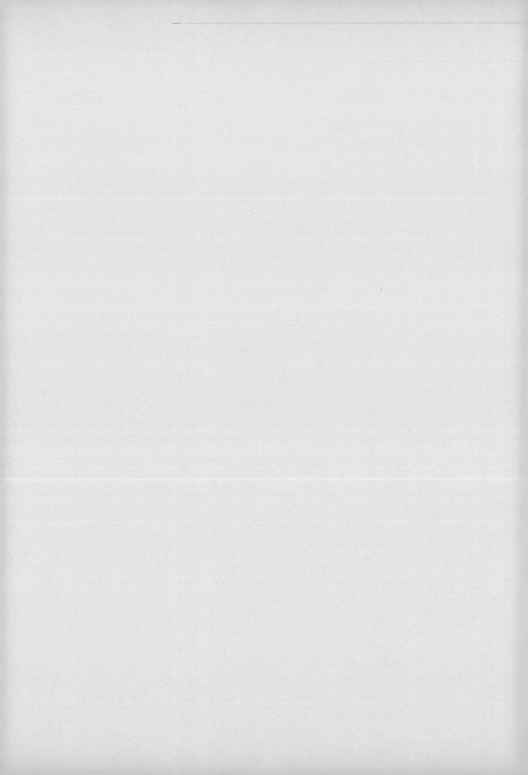

레 미제라블

한 권으로 읽는 레 미제라블

초판 1쇄 | 2016년 7월 15일
　　 3쇄 | 2019년 2월 20일
2 판 1쇄 | 2024년 2월 20일

지은이 | 빅토르 위고
편역자 | 박재인
펴낸이 | 김형호
펴낸곳 | 아름다운날
편집책임 | 조종순
북디자인 | 표현디자인
출판 등록 | 1999년 11월 22일
주소 | (05220) 서울시 강동구 아리수로72길 66-19
전화 | 02) 3142-8420
팩스 | 02) 3143-4154
E-메일 | arumbooks@gmail.com

ISBN 979-11-6709-027-0 (03860)

한 권으로 읽는

레 미제라블

빅토르 위고 지음 | 박재인 편역

아름다운날

차례

제 *1* 부 **팡틴느**

제 4 부 폭풍

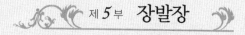

제 5부 **장발장**

제 **1** 부

팡틴느

1

거룩한 빛, 미리엘 주교

1815년 당시 샤를르 프랑수아 비앵브뉘 미리엘 씨는 디뉴의 주교였다. 그는 이미 일흔다섯 살의 노인으로서 1806년부터 디뉴의 주교 자리를 차지하고 있었다.

미리엘 씨는 아버지가 에크스 고등법원 판사인 법관 귀족 가문의 아들이었다. 그의 아버지는 아들이 자신의 지위를 잇게 하려고 아주 어린 나이에 일찍 결혼을 시켰다. 샤를르 미리엘은 결혼 후에도 여러 가지 소문을 일으켰는데, 키는 자그만 했지만 품위 있고 우아하며 풍채가 좋은데다 유머러스한 분위기를 풍기고 있었다. 그래서 젊은 시절엔 사교계를 풍미하는 남자였다.

그러나 혁명이 일어나면서 고등법원 출신의 집안들은 무수히 학살당하고 추방되어 샅샅이 흩어지게 되었다. 미리엘 씨도 혁명 초기에 이탈리아로 망명했다. 그의 아내는 그곳에서 오랜 지병인 폐렴으로 죽고 말았다. 그들에게는 아들이 없었다. 하지만 망명자로서 먼 곳에 머물러 있긴 했지만 1793년에 일어난 프랑스 구체제의 붕괴와 집안의 몰락 등 비참한 사태들을 바라보는 일은 너무나 고통스럽고 몸서리쳐지는 일일 수밖에 없었다. 그런 과정을 거치면서 그의 내면세계도 자연히 바뀌었던 것일까? 아무도 알 수 없는 일이지만, 아무튼 이탈리아에서 돌아왔을 때 미리엘 씨는 사제의 신분이 되어 있었다.

1804년 당시에 그는 브리뇰의 주임 사제로 있었는데, 그때도 이미 그는 노인이 다 되어 완전히 은둔생활을 하고 있었다.

그 무렵 황제의 대관식이 거행되었다. 그때 그는 마침 직무상 어떤 일을 보기 위해 파리로 나가 숙부인 페슈 추기경의 집에 잠시 머물고 있었다. 어느 날 황제가 페슈 씨 집을 방문하러 왔다가 현관에 엉거주춤 서 있는 미리엘을 보고는 말했다.

"나를 바라보고 있는 늙은 그대는 누구인가?"

"폐하."

미리엘 씨가 대답했다.

"폐하께서는 한 늙은이를 보고 계시고, 이 늙은이는 한 위인을 보고 있습니다. 우리들은 각자 다른 것을 얻고 있는 셈입니다."

황제는 그날 저녁 추기경에게 그 늙은 사제의 이름을 물었고, 미리엘 씨는 그로부터 얼마 후 자신이 디뉴의 주교에 임명되었다는 것을 알았다. 그는 무척이나 놀랄 수밖에 없었다.

미리엘 씨는 누이동생인 바티스틴느와 함께 디뉴로 왔다. 그녀는 아직 노처녀였는데, 미리엘 씨보다 열 살이 적었다.

그들 두 사람에게는 바티스틴느와 같은 나이인 하녀 마글루와르 부인 외에 아무도 없었는데, 그녀는 바티스틴느의 시녀 겸 주교의 가정부로서 일하고 있었다.

바티스틴느는 키가 크고 마른 몸매에 얼굴은 창백하고 무척 온순한 성품을 지니고 있었다. 그녀는 오랫동안 성직에만 봉사하며 나이가 들어가고 있었는데, 그래서인지 어딘가 선량한 아름다움이라고 할 수 있는 분위기를 풍기고 있었다. 그럼으로써 젊었을 때는 그저 약한 모습으로만 비쳤지만 지금은 오히려 맑은 빛이 나는 인상으로 변해 있었다. 그런 모습으로 인해 자연히 그녀는 천사처럼 보이기도 했다. 그 천사는 여자이기보다는 하나의 영혼이었다. 그녀의 육체는 그림자일 뿐이어서 남녀의 성을 담아낼 수 없으며, 단지 빛을 뿜어내는 어떤 물질에 가까웠다. 그녀의 커다란 눈은 언제나 조용히 응시하고 있어, 영혼이 지상에 머무르는 동안 잠시 빌린 매개체처럼 보였다.

마글루와르 부인은 작은 키에 기름기가 흐르는 흰 살결에다 뚱뚱한 몸으로 늘 허둥대는 할멈이었는데, 일이 많기도 했지만 천식 때문에 항상 헐떡거리곤 했다.

미리엘 주교가 도착하자 디뉴 시에서는 잘 갖춰진 의식으로 그를 환영하며 주교의 저택으로 맞아들였다. 그리고 시장과 시의회 의장이 우선 그를 예방했고, 미리엘 주교도 지사를 방문했다.

취임식이 끝난 후 디뉴 시는 새로운 주교의 활동을 기다리고 있었다.

디뉴의 주교 저택은 무료 진료소와 바로 인접해 있었는데, 18세기 초에 건축된 웅장한 석조 건물이었다. 저택은 어느 모로 보아도 당당하고 장엄해 보이기까지 했다. 그리고 주교의 거실, 응접실, 방, 고대 플로렌스 풍의 산책용 회랑이 딸린 넓은 뜰, 그리고 갖가지 나무들로 울창한 정원 등 모든 게 잘 갖춰져 있었다. 또한 식당은 맨 아래층에 정원 쪽으로 긴 회랑을 이루며 나 있는데, 그곳엔 역대 주교와 그곳을 방문한 존귀한 분들의 일곱 개 초상화가 장식돼 있었다.

무료 진료소는 나지막하고 작은 2층 건물로 조그만 뜰 하나가 있을 뿐이었다.

미리엘 주교는 취임한 지 사흘 후 그 진료소를 방문했다. 그리고 진료소 원장을 자신의 저택에 초대했다.

"원장님."

주교가 말했다.

"지금 진료소엔 환자가 몇 명이나 있습니까?"

"스물여섯 명 있습니다, 주교님."

"나도 숫자를 세어 보긴 했습니다."

"침대가 다닥다닥 붙어 있습니다."

원장이 말했다.

"그렇더군요."

"방이 너무 좁고 통풍도 안 좋습니다."

"나도 그렇게 생각합니다."

"또 뜰도 너무 작아서 햇빛이 비칠 때 회복기 환자들이 산책을 하기에도 너무 불편합니다."

"내가 보기에도 그렇습니다."

"전염병이라도 돌 때면 환자가 백 명도 넘게 들어오는데, 그때는 정말 속수무책입니다."

"내가 걱정하는 게 바로 그런 경우입니다."

"하지만 별 수가 있어야지요. 다른 방법이 없으니……."

원장이 말을 중단했다. 그들은 주교 저택의 맨 아래층에 있는 회랑 식당에서 대화를 하고 있었다. 주교는 한동안 침묵하고 있다가 원장을 돌아보았다.

"원장님, 이런 방에는 침대를 몇 개나 놓을 수 있을까요?"

"주교님의 이 식당에 말입니까!"

원장이 깜짝 놀라 외쳤다. 주교는 방을 둘러보며 어림짐작으로 계산을 해 보고 있었다.

"한 스무 개 정도는 넉넉히 놓을 수 있겠지!"

주교는 혼잣말로 중얼거리며 원장을 돌아보고는 말했다.

"이건 분명 잘못되었습니다. 진료소에는 대여섯 개의 비좁은 방에 스물여섯 명이나 있는데, 우리는 세 명이서 육십여 명이나 살 수 있는 이 저택을 차지하고 있으니 말이죠. 당신들이 이 저택으로 들어오고 나는 진료소에 가서 살겠습니다. 진료소를 내게 비워 주시오. 그리고 이곳은 당신들이 쓰시기 바랍니다."

다음 날 두 집 사이에 대이동이 있었음은 말할 필요도 없었다.

주교는 재산이라곤 전혀 없었다. 그의 집안은 혁명 때 완전히 파산했었다. 그의 누이는 종신연금으로 500프랑을 받고 있었는데, 주교 저택에서는 혼자서 충분히 쓸 수 있는 돈이었다. 미리엘 씨는 주교 연봉으로 국가에서 1만 5천 프랑을 받고 있었다. 그는 진료소로 옮겨 가던 날, 국가에서 받는 연봉의 지출 세목을 작성했다.

우리 집 지출 예산서

* 신학중학교 : 1천5백 리브르(프랑의 옛 명칭)

* 전교회 : 1백 리브르

* 파리 외국 선교회 신학교 : 2백 리브르

* 성 라자로 회원을 위해 : 1백 리브르

* 성령 수노회 : 1백 50 리브르

* 성지 종교회관 : 1백 리브르

* 어머니 자선회 : 3백 리브르

* 아를르의 같은 회를 위해 : 50 리브르

* 감옥 개선 사업 : 4백 리브르

* 죄수 위문 및 구제 사업 : 5백 리브르

* 빚으로 투옥된 가장의 석방을 위해 : 1천 리브르

* 관할 교구의 교사 급료 보조 : 2천 리브르

* 오트 알프의 곡물 저장고 : 1백 리브르

* 빈민 여자 무료 교육 : 1천5백 리브르

* 빈민 도움 : 6천 리브르

* 저택 살림비 : 1천 리브르

　합계 : 1만 5천 리브르

　디뉴의 주교직에 머무르는 동안 미리엘 씨는 위의 항목에서 그 어떤 것
도 변경하지 않았다. 그는 그것을 우리 집 지출규정이라고 불렀다. 그의
누이동생 바티스틴느도 그것엔 절대로 이의를 제기하지 않았다. 그 거룩
한 노처녀에게 디뉴의 주교는 오빠이면서 동시에 주교였다. 그녀는 주교
를 오로지 사랑하고 숭배할 뿐이었다. 그가 하는 말은 모두 따르고, 그
가 하는 모든 행동에도 잘 협조했다. 그러나 하녀 마글루와르는 때로 불
평을 했다. 주교는 집안 살림비로 천 리브르를 정해 놓았기 때문에 바티
스틴느의 연금과 합해 1년에 1천5백 프랑밖에는 쓸 수가 없었는데, 그걸
로 세 사람이 살아야 했던 것이다.

　디뉴에 온 지 석 달쯤 되었을 무렵, 어느 날 주교가 말했다.

"이 돈으로는 살림이 아주 어렵군!"

"당연하지요."

　마글루와르 할멈이 얼른 대꾸를 했다.

"주교님께서 쓰시는 마차 비용과 교구 순회 비용은 당연히 관할청에

청구하셔야 하는데 그렇지 않으시잖아요? 이전 주교님들은 다 청구하셨거든요."

"그렇군! 당신 말이 맞네요, 마글루와르 부인."

얼마 후, 도의회에서는 주교에게 사륜마차비와 역마차비, 교구 순회비로 매년 3천 프랑을 지급하기로 결정했다.

이 소식은 곧 디뉴 시민들에게 널리 알려졌고, 디뉴 시 외곽에 거대한 재산을 물려받아 소유하고 있던 어떤 상원의원은 이런 말을 뱉기도 했다.

"사륜마차비라고? 이 손바닥만 한 도시에서 그걸 사용한다고? 역마차와 순회 비용이라고? 순회는 뭣 때문에 하고, 이런 산골짜기에서 어떻게 역마차를 사용한단 말인가? 사제들은 다 똑같군. 모두 탐욕스럽고 인색하니 말이야. 이 주교도 처음엔 무척 양심적인 사도처럼 보이더니, 다른 놈들이랑 다를 게 하나도 없군. 그도 사륜마차니 역마차니 하고 타령이니 말이야. 종전 주교들처럼 이번 주교도 호사를 누리려고 하다니. 에라, 사제놈들이란 다 똑같다니까!"

그래도 마글루와르 할멈만은 너무나 즐거워하며 중얼거렸다.

"주교님이 남의 일을 많이 도우시지만, 결국 자신의 일도 하지 않으면 안 되는 거지. 자선사업 비용은 다 책정해 놓았으니 이제 이삼천 리브르는 우리가 갖는 거야. 이제 됐어."

그날 저녁 주교는 또 한 장의 지출 예산서를 작성하더니 바티스틴느에게 건넸다.

마차와 순회 비용 지출 예산서
* 진료소 환자들의 고기수프 : 1천5백 리브르
* 엑스의 어머니 자선회 : 2백50 리브르

* 드라기냥의 어머니 자선회 : 2백50 리브르
* 버려진 아이들 : 5백 리브르
* 고아들 : 5백 리브르
  합계 : 3천 리브르

미리엘 주교는 관할 교구의 임시 수입이라든지 결혼 허가, 세례식, 설교, 성체 강복 의식, 결혼식 등의 수입을 부자들에게서 가능한 많이 걷어 가난한 사람들에게 나누어 주었다.

교회 헌금이 점차로 늘어갔다. 부자, 가난한 자 할 것 없이 주교의 방문을 두드렸다. 어떤 사람들은 헌금을 하기 위해 왔고, 어떤 사람들은 도움을 받기 위해 오는 것이었다. 결국 막대한 금액이 주교의 손을 거쳐 움직이고 있었다. 하지만 그의 생활은 어느 것 하나 변하는 게 없었다. 자신의 필요를 위해서는 단 한 푼도 더 쓰지 않았던 것이다. 그런 일은 상상도 할 수 없었다. 언제나 상류층의 베푸는 사람보다는 밑바닥의 비참한 사람들이 더 많기 때문이었다. 말하자면 돈이 들어오기도 전에 이미 주어지기 바빴다. 가뭄에 한 방울의 물과도 같이 아무리 돈이 들어와도 그의 손에는 남아나는 게 없었다. 정말이지 그는 입은 옷가지마저도 벗어 주곤 했다.

주교는 결국 자신의 마차 비용까지도 헌금으로 바쳤지만 순회를 중단하지는 않았다. 디뉴의 주교구는 일하기 힘든 지역이었다. 평지가 아주 적고 거의 산으로 이루어져 있어 사실상 도로는 거의 없는 형편이었다. 그런 곳을 구석구석 찾아다닌다는 건 매우 어려운 일이었지만 미리엘 주교는 한 군데도 놓치지 않고 해내고 있었다. 가까운 곳은 걸어서, 평지는 수레를 타고, 또 산간 지역은 나귀를 타고 찾아다녔다. 그가 순례를 할

땐 바티스틴느와 마글루와르 두 사람도 늘 동행을 했지만 길이 너무 험난할 때는 주교 혼자 가기도 했다.

순례를 할 때 그는 언제나 너그럽고 온화한 말투로 이런저런 이야기를 할 때가 많았다. 덕이란 결코 접근할 수 없는 높은 곳에 올려놓는 게 아니라고 그는 생각했다. 그는 언제나 말과 행동을 함께 하는 사람이었다. 그는 사람들에게 말할 때 이웃 마을의 예를 들어가며 설명했다. 일테면 인심 안 좋은 마을에서는 가난한 사람들에게 이렇게 말했다.

"브리앙송 사람들을 보십시오. 그들은 궁핍한 사람들이나 과부, 고아들에게는 다른 사람들보다도 사나흘 전에 먼저 목장 풀을 베게 합니다. 그리고 그들의 집이 낡아 못 쓰게 되면 새로 지어 줍니다. 그 마을은 하느님의 은총을 듬뿍 받고 있는 것이지요. 그곳은 백 년 동안 단 한 명의 살인자도 없답니다."

그런가 하면 추수 때 서로 많이 가지려고 욕심 부리는 마을에서는 이렇게 말했다.

"앙브렁 사람들 얘기를 들려드리겠습니다. 그들은 추수할 때, 아들 딸들이 군대나 도시로 나가 있고, 아버지마저 병들어 일을 할 수가 없는 집안이 있으면 신부님이 설교할 때 그런 사정을 알려줍니다. 그러면 주일 미사가 끝난 후 모두들 그 딱한 집으로 달려가 밭의 곡식을 거둬들여 주는 것이지요."

또 돈이나 상속 문제로 불화를 겪는 집안 사람들에게는 이런 말을 해 주었다.

"드볼니 산골 사람들을 보세요. 오십 년 동안 새 소리 한 번 들을 수 없는 황량한 곳이지요. 하지만 그들은 아버지가 죽으면 딸들이 결혼할 수 있도록 재산을 남겨 두고 아들들은 돈을 벌기 위해 도시로 나갑니다."

각종 송사가 많은 마을에서는 이렇게 말했다.

"케이라스 골짜기의 선량한 농부들을 보세요. 그곳은 삼천 여 명의 인구가 사는 작은 공화국 같은 곳입니다. 하지만 그곳엔 재판관도 없고 집달관도 없습니다. 그냥 마을 이장이 모든 것을 다 하고 있지요. 그는 세금을 정하고, 정직하게 내도록 하며, 분쟁이 생기면 재판도 해주고, 유산을 분배하거나 판결도 내려주곤 합니다. 사람들은 그에게 모든 걸 맡기고 또한 따르고 있는 것입니다. 왜냐하면 그는 마을에서 가장 올바른 사람이니까요."

학교 선생이 없는 마을에 가서도 또 케이라스 사람들의 이야기를 들려주었다.

"그들은 이런 방법으로 하고 있습니다. 몇 가구밖에 안 되는 작은 마을에서는 교사를 계속 두기가 어려우니까 케이라스 전체에 몇 사람의 교사를 두고 있습니다. 그러면 교사들은 마을을 돌아다니며 한 곳에서 일주일이나 열흘씩 묵으며 가르치는 것이지요. 그 교사들은 모두 훌륭한 학자들입니다. 무식하다는 게 얼마나 수치스런 일입니까? 당신들도 케이라스 사람들처럼 해보십시오."

미리엘 주교는 항상 위엄 있는 자세로, 마치 아버지처럼 따뜻하게 말했다. 실제로 있었던 이야기 거리가 없으면 지어내기도 하고, 또는 많은 비유를 하면서 요점을 잘 설명하기도 했다. 그는 늘 깊은 확신을 가지고 사람들을 감복시키곤 했는데, 가히 예수 그리스도의 웅변만큼이나 설득력이 있었다.

주교는 언제나 유쾌하면서도 조용한 말투로 대화를 했는데, 그의 옆에서 한평생을 보내는 두 늙은 여인도 잘 알아들을 수 있도록 말을 했다. 그가 웃을 때는 마치 천진난만한 아이와도 같은 미소를 지었다.

마글루와르 할멈은 이따금 주교를 큰 어르신이라고 불렀다. 하루는 주교가 서재에서 어떤 책을 찾는데 높은 곳에 꽂혀 있었다. 그는 키가 아주 작았기 때문에 그걸 끄집어낼 수가 없었다. 그래서 큰 소리로 외쳤다.

"마글루와르 부인, 의자 좀 가져와요. 이 큰 어르신도 저기 높은 데까지는 손이 안 닿거든요."

한번은 어떤 귀족의 부고를 받았는데, 거기엔 고인의 작위뿐 아니라 모든 집안 사람들의 봉건시대 귀족 칭호까지 일일이 장황하게 적혀 있었다. 그걸 보고 주교가 말했다.

"죽음이란 녀석은 온갖 것을 다 짊어지는구나! 죽음에도 칭호를 잔뜩 입히다니, 허영을 위해서라면 무덤까지도 이용하는 인간들이란 참 재주도 좋지!"

미리엘 주교는 때로 농담도 잘 했는데, 그 말 속에는 언제나 깊은 뜻이 담겨 있는 경우가 많았다.

사순절 때 젊은 부제 한 사람이 디뉴에 와서 '자선'에 대하여 강연을 한 적이 있었다. 그는 지옥을 무시무시한 곳으로 묘사하며, 부자가 지옥에 안 가고 천국으로 가려면 가난한 사람들에게 많은 보시를 해야 한다고 주장했다. 마침 그 강연에 은퇴한 부자 상인이 한 사람 있었는데, 그는 고리대금업을 하며 평생 한 번도 가난한 사람을 도와준 적이 없었다. 그런데 그 설교를 들은 후부터 그는 주일마다 대성당 문 앞에 앉아 구걸을 하는 한 늙은 여자에게 일 쑤(일 쑤는 1프랑의 20분의 1)씩 보시를 했다. 그 여자 거지는 일 쑤를 가지고 여섯 거지들과 나눠 가져야 했다. 하루는 주교가 지나가다 그 상인이 보시하는 것을 보며 자기 누이에게 말했다.

"저것 좀 봐. 저 남자가 일 쑤로 천국을 사고 있잖아."

주교는 자선에 관해서라면 어떠한 거절에도 물러서지 않고 상대방을 설득해 해결해 내는 재주가 있었다. 한번은 어떤 장소에서 빈민들을 위한 기부금을 받고 있을 때였다. 그곳에 샹테르시에 후작이라는 부자 구두쇠 영감이 있었다. 주교가 그를 보고 다가갔다.

"후작님, 당신도 기부금을 좀 내시죠."

그러자 후작이 냉정한 말투로 대답했다.

"주교님, 나도 도와야 할 빈민들이 많은걸요."

주교가 대꾸했다.

"그 돈을 내게 주시라는 말씀입니다."

그는 산간 구석구석을 돌아다닐 때도 예사롭게 행동했다. 아주 평범한 말투를 쓰면서도 깊이 있는 내용을 얘기해 주었다. 갖가지 사투리를 구사할 수 있는 그의 말은 많은 사람들의 마음속에 파고들었다. 또한 그는 상류층이나 하류층 사람들을 가리지 않고 누구에게나 똑같이 대했다.

그는 무슨 일이든 섣불리 판단하거나 비난하지 않고, 저간의 사정을 파악해 참작하려고 했다. 그러면서 이런 식으로 말했다.

"문제가 생긴 상황을 한번 살펴봅시다."

미리엘 주교는 자신 또한 과거에 죄를 지은 사람이라며 언제나 미소를 짓고 말했는데, 그는 단 한 번도 준엄한 표정을 짓는다든지 도덕군자처럼 인상을 찌푸리는 법 없이 다만 교리를 설파할 뿐이었다.

"인간의 육신은 스스로에게 짐이자 유혹이다. 인간은 그것을 짊어지고 나가며 또한 그것에 끌려다닌다."

"성자가 되는 건 예외라 해도 올바른 사람은 누구나 될 수 있다. 외도를 하거나 의무를 저버리거나 죄를 범하더라도 늘 올바른 사람이 되려고 하라."

"사람은 가능한 죄를 적게 지으려고 해야 한다. 죄를 전혀 짓지 않는 건 천사의 꿈이나 마찬가지다. 따라서 지상의 모든 만물은 죄를 면치 못한다. 죄는 곧 인력(引力)이다."

사람들이 소리를 지르고 화를 내면 그는 빙그레 웃으며 이렇게 말했다.

"저런 짓을 하는 건 큰 죄를 저지르는 거야. 스스로의 위선에 놀라 얼떨결에 변명하고 도망치려는 짓이거든."

하지만 삶의 무거운 짐에 눌려 있는 여자들이나 가난한 사람들에게 그는 무척 관대했다.

"부인들이나 어린아이들, 하인들, 가난한 자들, 못 배운 사람들이 저지르는 잘못은 남편이나 아버지, 주인, 부자, 학자들이 잘못 하기 때문이지."

그는 또 이렇게 말했다.

"무식한 자들에게는 가능한 다방면에 걸쳐 여러 가지를 가르쳐야 한다. 사회가 그들에게 무료 교육을 시키지 않는 것은 죄악이다. 사회는 스스로 자초해 낸 그런 암흑에 대해 책임을 져야 한다. 마음속에 그늘이 가득 차 있으면 거기서 죄가 생겨난다. 죄인이란 죄를 범한 자가 아니라 그늘을 만들어낸 자다."

어느 날 그는 곧 판결이 내려질 한 형사소송 사건에 대한 얘기를 들었다. 어떤 가련한 남자가 한 여자와의 사이에 낳은 아이를 위해 위조지폐를 만들었던 것이다. 그 당시 돈을 위조한 자는 사형에 처해졌었다. 여자는 위조지폐를 처음 쓴 순간 현장에서 체포돼 구속되었는데, 그때 한 번뿐 다른 증거는 아무것도 없었다. 결국 위조지폐 범인을 신고할 수 있는 사람은 그 남자의 정부인 이 여자뿐이었다. 여자는 끈질긴 신문에도 완강히 부인했다. 검사는 마침내 한 가지 묘안을 짜냈다. 그는 위조 편지를 만들어 남자에게 다른 여자가 있으며, 그녀는 이제까지 남자한테 모두 속았다는 것을 믿게 만들어 버렸다. 그러자 여자는 질투심에 불타올라 그 남자를 고발하고 모든 것을 자백하며 증거를 낱낱이 다 내놓았다. 결국 남자는 공범자인 그 여자와 함께 판결을 받게 된 것이다. 사람들은 그 검사의 능란한 수완에 모두들 찬탄을 보냈다. 질투심에 불을 댕겨 격분한 상태에서 진실을 고백하게 만들고, 복수심에서 정의를 끌어내게 했기 때문이다. 주교는 그 얘기를 가만히 듣고 있다가 물었다.

"그들이 어디서 재판을 받죠?"

"중죄재판소에서요."

주교가 또 물었다.

"그럼 그 검사는 어디서 재판을 받게 되나요?"

디뉴에서 또 하나의 참혹한 사건이 발생했다. 한 사나이가 살인죄로 사형 판결을 받았다. 그 가련한 사나이는 유식한 것도 아니고 무식한 것도 아니었다. 그는 장터를 떠돌며 곡예사 노릇도 하고, 대신 글씨를 써주는 일도 했다. 많은 사람들의 이목이 쏠려 있던 공판에서 그는 사형 집행 판결을 받았다. 사형 전날 감옥에서 사형수의 임종을 위한 신부가 있어야 하는데 마침 감옥의 임종 신부가 병이 나 외부에서 불러와야 했다. 그런데 사제가 거절을 하며 말했다.

"나는 그런 일에 상관하지 않습니다. 그 마술사인지 따위는 내가 알 바 아니죠. 나도 몸이 좋지 않고요. 게다가 그런 일은 내 일이 아닙니다."

그 보고를 들은 주교가 말했다.

"그 사제의 말이 맞아요. 그의 일이 아니에요. 그건 바로 내 일이지요."

그는 곧바로 감옥으로 가서 곡예사의 감방에 들어갔다. 그러고는 밤낮으로 먹지도 자지도 않고 사형수의 영혼을 위하여 그의 손을 잡고 하느님께 기도를 올렸다. 그는 사형수의 아버지가 되고, 형제가 되고, 친구가 되어 가장 최선의 진리를 그에게 이야기해 주었다.

다음 날 주교는 사형수를 따라 단두대로 향했다. 자주색 법복을 입고, 목에는 주교의 십자가를 건 채 죄수와 함께 수레를 타고 가서 같이 단두대로 올라갔다. 사형수는 전날까지도 침통한 표정으로 있더니 지금은 눈에 빛이 나고 있었다. 영혼을 하느님께 맡긴 듯 그의 얼굴은 희망의 빛이 어른거렸다. 주교는 마지막으로 그를 포용했다. 그리고 칼이 떨어지기 직전, 사형수에게 말했다.

"인간으로 인해 죽은 자는 하느님께서 되살려 주실 것입니다. 인간에게서 버림받은 자는 주님을 발견할 것입니다. 기도드리시오. 믿으시오. 영원 속으로 들어가시오! 아버지 주께서 저기 계십니다."

주교가 단두대에서 내려올 때 그의 눈 속에 있는 그 무엇이 군중들로 하여금 저절로 뒤로 물러서게 했다. 그는 자신의 저택이라고 일컫는 초라한 집으로 돌아와 누이에게 말했다.

"지금 막 주교의 의식을 마치고 오는 길이야."

그는 단두대를 보고는 크나큰 충격을 받은 게 분명했다. 그로부터 회복되는 데 오랜 시간이 걸렸기 때문이다.

단두대는 사형집행인이 하는 행위를 담당하고 있다. 놈은 사람을 죽여 살을 뜯어먹고 피를 마신다. 단두대는 법관과 목수가 합작해낸 일종의 괴물이다. 그건 죄로 인한 모든 죽음이 얽힌 어떤 무시무시한 생명체로 꿈틀거리는 것 같은 하나의 악귀이다.

시형 집행 이후 며칠이 지나도록 주교는 깊은 허탈 상태에서 빠져나오지 못하고 있었다. 사형장에서의 최후 순간에도 그는 극도의 침착함을 보여주었지만, 그건 어디론가 사라져 버리고 이젠 사회의 정의라는 환상이 그를 짓눌렀다. 이따금 그는 낮은 목소리로 침울한 독백만 중얼거리고 있었다. '단두대가 인간에게 얼마나 흉측한 물건인지 미처 생각도 못했어. 인간의 법도 모르면서 난 신의 법에만 몰두하고 있었구나. 이건 분명 잘못이야. 죽음은 하느님의 뜻에만 달려 있는 것인데, 인간들이 도대체 무슨 권리로 이 알 수 없는 것에 관여한단 말인가?'

사람들은 환자나 죽음을 앞둔 사람을 위해 언제나 신부를 부를 수 있다. 미리엘 주교는 자신이 해야 할 최선의 의무와 직책이 바로 그것이라는 것을 잘 알고 있었다. 과부나 가난한 집에서는 일부러 부탁하지 않아도 그는 스스로 찾아갔다. 아내를 잃은 남편이나 자식을 잃은 어머니 곁에서는 오랫동안 묵묵히 함께 있어 주기도 했다. 그는 침묵을 지켜야 할 때와 말을 해야 할 때를 잘 분간할 줄 알았다. 주교는 진정 훌륭한 위안자였다! 그는 망각함으로써 고통을 없애려 하지 않고 희망으로써 그걸 숭고하게 하려고 했다. 그럴 때마다 그는 이렇게 말했다.

"돌아가신 분을 어떻게 되돌아봐야 할지 그 방법을 잘 가려서 해야 합니다. 썩어 가는 것을 보려고 하지 마시고, 똑똑히 들여다보세요. 그러면 사랑하는 고인의 살아 있는 빛을 하늘 깊은 곳에서 보실 수 있습니다."

미리엘 주교의 사생활은 그의 공적 생활에서의 신념과 조금도 다를 바 없이 행해지고 있었다. 디뉴의 주교가 그토록 철저하게 지키고 있는 청빈한 생활 자세는 실로 감동적이고도 아름다웠다.

그는 노인들이나 많은 사상가들처럼 수면도 조금밖에 취하지 않았다. 그러나 짧은 수면이지만 깊이 잘 수 있었다. 잠에서 깨어나면 한 시간 동안 명상을 하고, 그다음엔 성당이나 자택 기도실에서 미사를 올렸다. 미사가 끝나면 아침 식사를 했는데, 라이 보리빵을 자기 집 소에서 짠 우유에 적셔 먹었다. 그러고는 집무를 시작했다.

주교는 무척 바쁜 직업이었다. 수없이 많은 공식 업무에 성무와 예배가 끝나고 나면 그는 남은 시간을 활용해 우선적으로 가난한 사람들과 환자들, 힘든 일을 하는 사람들을 찾아다녔다. 그들을 위해 헌신하는 시간 외에도 그는 조금이라도 시간이 남으면 정원을 손본다거나 책을 읽고 글을 쓰기도 했다. 이 두 가지 일을 그는 뜰을 가꾸는 일이라고 불렀다. '인간의 정신도 뜰'이라고 생각하기 때문이었다.

점심도 그는 아침처럼 간소하게 먹고, 날씨가 좋을 때면 두 시쯤 집을 나서서 오후 내내 여기저기 걸어 다니며 빈민가 집들을 방문하곤 했다.

그가 나타나는 곳은 어디든 축제 분위기였다. 그는 사람들에게 푸근함을 주기 때문에 마치 빛이 출현하는 것 같았다. 어린아이들과 노인들은 주교를 보면 태양을 향하듯 문 밖으로 달려 나왔다. 그는 사람들을 축복하고 사람들 또한 그를 축복 속에 반겼다.

그는 아무 곳이나 거리낌 없이 걸음을 멈추고 청년들과 이야기를 나누거나 부인들과 편안히 웃으며 대화를 나누었다. 또한 그는 돈을 다 나눠 줄 때까지 가난한 사람들을 찾아다니다가 돈이 다 떨어지면 부자들을 찾아다녔다.

하나밖에 없는 사제복도 오래 입어 사람들 눈에 띌까 봐 그 위에 자주색 외투를 걸쳐 입어 가리고 외출을 할 정도였다. 그러나 여름철에는 그럴 수 없어 난처했다.

저녁 식사는 여덟시 반에 함께 모여 했는데, 그것 또한 간소하기 이를 데 없었다. 그러나 사제 한 명이라도 손님이 있으면 마글루와르 할멈은 그런 기회를 이용해 좋은 생선이나 육류 요리를 해서 저녁상을 차리기도 했다. 손님이 있으니 좋은 핑곗거리가 생기는 셈이었다. 그럴 때는 주교도 간섭하지 않았다. 그렇지 않으면 평소 주교의 식사는 거의 언제나 물에 데친 채소와 간단한 수프뿐이었던 것이다.

저녁 식사 후 그는 30분가량 바티스틴느와 마글루와르 할멈과 함께 이야기를 나누고는 자기 방으로 돌아가 글을 쓰기 시작했다. 그는 문학을 좋아하며 깊은 식견도 있었다. 그가 쓴 글 중에는 상당히 진기한 내용도 몇 가지 있었다.

주교의 집은 아래층에 방 세 개와 위층에 방 세 개가 있으며, 집 뒤쪽으로는 3백여 평의 정원이 있었다. 두 부인은 위층에 머무르고 주교의 방은 아래층에 있었다. 아래층의 길 쪽으로 나 있는 방은 식당으로 쓰고, 다른 방 하나는 그의 침실로, 그리고 나머지 방은 기도실로 사용하고 있었다. 그런데 기도실로 가려면 그의 침실을 거쳐야 하고, 또 침실로 가려면 식당을 거쳐야 했다. 기도실 안쪽에는 작은 공간이 하나 더 있었는데, 그곳에 침대를 두어 손님용으로 사용했다. 교구에 일이 있어 디뉴에 오는 다른 지방 사제들을 위해 그 방을 제공했던 것이다.

건물이 진료소였던 당시 조리실로 쓰였던 곳은 외양간으로 만들어 암소를 두 마리 키우고 있었다. 소에서 짜내는 우유의 양이 아무리 적더라도 주교는 그 절반을 언제나 진료원의 환자들에게 보냈다. 그는 '나의 십일조를 지불한다.'고 말했다.

그의 방은 꽤 넓어서 추울 때는 따뜻하게 하기가 아주 어려웠다. 디뉴는 장작 값이 무척 비쌌기 때문에 그는 외양간을 판자로 칸막이 해 몹시 추운 날 밤에는 거기서 보냈다. 그는 그곳을 겨울 객실이라고 불렀다. 그 겨울 객실에는 식당처럼 사각형 탁자와 네 개의 짚으로 된 의자가 놓여 있었다. 그리고 기도실에는 오래된 가구에다 흰 천을 덮어 씌운 제단을 만들어 놓았다.

디뉴의 경건한 부인들이 주교의 기도실에 번듯한 새 제단을 들여놓기 위해 이따금 헌금을 했지만 주교는 돈이 생기기가 바쁘게 가난한 사람들에게 나눠줘 버렸다. 그러면서 '가장 훌륭한 제단은 주께 감사드리는 마음이며, 위로받은 불행한 사람의 마음이다.'라고 중얼거렸다.

그의 기도실에 짚으로 된 의자 두 개가 있고, 침실에도 짚으로 된 팔걸이의자가 하나 있었다. 그래서 7, 8명의 손님이 올 때는 겨울 객실에 있는 의자들과 기도실 의자, 침실용 안락의자들을 모두 꺼내 와야 했다. 그렇게 하면 모두 열한 개까지 자리를 만들 수 있었다. 온 집 안의 의자를 동원해서 말이다. 때로 사람 숫자가 열둘일 때도 있었는데, 그럴 때면 주교는 겨울엔 자신이 벽난로 앞에 서 있고, 여름엔 정원 산책을 하자고 제의하며 난처한 상황을 잘 얼버무렸다.

주교의 침실은 그보다 간소할 수 없었다. 창과 문을 겸하는 출입구가 정원 쪽으로 나 있고, 그 맞은편에 침대가 놓여 있었다. 그건 초록색 휘장이 달려 있는 병원용 철제 침대였다. 침대 안쪽 휘장 뒤에는 문이 두 개 있었는데, 하나는 벽난로 옆에 있으며 기도실로 통하는 문이고, 또 하나는 서가 옆에 있는 것으로 식당으로 통하게 돼 있었다. 서가엔 커다란 유리가 달려 있으며 책이 가득 꽂혀 있었고, 벽난로에는 대리석 무늬로 된 나무 장식이 붙어 있는데 평소엔 불을 지피지 않았다. 그리고 벽난로 위엔 칠이 벗겨진 구리쇠 십자가가 금박이 떨어져 나간 나무 액자 위에서 낡은 검정색 벨벳 천으로 묶여 있었다. 창과 문을 겸하는 출입구 옆에는 커다란 탁자가 놓여 있는데, 그 위에는 잉크병과 구겨진 종이들과 두꺼운 책들이 놓여 있었다. 탁자 앞에는 짚 의자들이 있고 침대 앞에는 기도실에서 쓰는 기도대가 놓여 있었다.

문에는 옛날식 두꺼운 모직 커튼이 쳐 있었는데, 워낙 낡은데다가 마글루와르 할멈이 돈을 아끼려고 새로 사는 대신 한가운데를 꿰매 커다란 십자가 모양을 이루고 있었다. 주교는 이따금 그걸 가리키며 이렇게 말했다.

"참 멋지게 됐지 뭔가!"

집은 휑한 것 같아도 두 여자가 살림을 맡고 있었기 때문에 어디나 할 것 없이 깨끗하게 정돈돼 있었다. 그 점은 주교가 허락하는 유일한 사치이기도 했다.

"깨끗이 하는 건 가난한 사람들한테서 아무것도 빼앗지 않으니까."

그는 이렇게 말하곤 했다.

주교가 옛날에 갖고 있던 것 중 유일하게 남아 있는 것은 은그릇 여섯 벌과 큰 스푼 하나였다. 마글루와르 할멈은 허름한 흰 테이블 보 위에서 유난히 반짝거리는 은그릇들을 볼 때마다 항상 즐거워했다. 어느 날 디뉴의 주교도 한마디했다.

"은그릇에 담아 먹기를 포기하는 건 너무나 힘든 일이야."

이 은그릇 외에도 그가 대고모에게서 상속받은 귀중한 것이 있는데, 그건 바로 커다란 은촛대 두 개였다. 두 촛대에는 항상 초가 꽂혀 벽난로 위에 놓여 있었다. 저녁 식사에 손님을 초대했을 때에는 마글루와르 할멈이 불 켜진 그 촛대들을 식탁 위로 갖다 놓았다.

마글루와르 할멈은 이 여섯 벌의 은그릇과 커다란 스푼을 저녁마다 주교의 방 침대 머리맡에 있는 작은 벽장 안에 넣어 두었다. 벽장 열쇠는 언제나 그대로 걸어 두었다.

정원은 그다지 잘 가꾸어지지 않은 채 초라한 모습이었지만 마글루와르 할멈이 생활비를 절약하려고 채소를 키우고 있고, 한구석에는 주교가 화초를 심어 놓았다. 그리고 과일나무도 몇 그루 심어져 있었다.

하루는 마글루와르 할멈이 비꼬듯 주교에게 슬쩍 말을 건넸다.

"어르신께서는 뭐든지 잘 이용하시면서 이 땅은 버려두시는군요. 화초보다는 채소를 심는 게 더 좋았을 텐데요."

주교가 대답했다.

"마글루와르 부인, 그건 잘못 생각하는 거예요. 아름다움도 유용한 것과 마찬가지로 유익한 거예요. 아니 아름다운 게 아마도 더 유익한 것일지 몰라요."

집에는 열쇠로 잠가 놓은 문이 하나도 없었다. 낮이나 밤이나 모든 문은 그냥 닫혀 있을 뿐이었다. 아무나 언제든 문을 열고 들어갈 수 있었다. 두 여자는 문을 잠가 놓지 않는다면서 걱정했지만 주교는 이렇게 말할 뿐이었다.

"원한다면 당신들 방이나 잠가 놓으시오."

주교는 자신의 성경책 여백에 이런 글을 적어 놓았다.

'의사의 집 문은 절대 닫혀 있어서는 안 되며, 사제의 문은 늘 열려 있지 않으면 안 된다.'

'나 또한 의사가 아닌가? 내게도 환자가 있으니 말이다. 의사들은 환자라고 일컫는 자신들의 환자를 갖고 있지만 나는 불쌍한 사람이라고 생각되는 나의 환자를 가지고 있는 것이다.'

'잘 곳을 찾으러 온 자에게 이름을 물어서는 안 된다. 스스로가 이름을 밝힐 수 없는 자는 정말로 잘 곳이 필요한 사람이기 때문이다.'

어떤 사제가 그에게 밤낮으로 집을 열어 놓았다가 아무나 들어오고 무슨 나쁜 일이 생기면 어떻게 하겠느냐고 하자, 주교는 다정히 사제의 어깨를 잡으며 말했다.

"사람이 아무리 집을 잘 단속해도 주께서 지켜 주시지 않으면 아무런 소용이 없다오."

그리고 때로는 이런 말도 했다.

"군인에게 용기가 있듯, 사제에게도 용기라는 것이 있다. 다만 사제의 용기는 침착해야 한다."

　근처 산간 지역에 크라바트라는 산적의 잔당이 살고 있었다. 그는 여러 지방을 돌아다니며 약탈을 일삼다 얼마 전에는 성당에 침입해 성기실의 물건들을 훔쳐 달아났다. 경찰이 추적에 나섰지만 허탕이었다. 그 도적은 교묘하고도 대담한 짓을 저질렀다. 그래서 모두들 공포에 떨고 있는데, 어느 날 주교가 순회를 하러 그 마을에 가겠다고 했다. 그러자 마을 이장이 달려와 그를 간곡히 말렸다. 너무 위험하기 때문이라고 했다. 호위병을 데리고 다녀도 소용이 없으며 불행한 사태만 일어날 뿐이라는 것이었다.
　"호위병은 필요 없어요. 바로 출발하겠소."
　"주교님, 제발 이러지 마세요."
　"저 산속에도 아주 가난한 마을이 하나 있는데 삼 년 간 전혀 돌아보지 못했어요. 그들은 선량한 나의 친구들이고 정직한 양몰이꾼들이지요. 그들도 때로는 주님의 말씀이 필요합니다."
　"하지만 주교님, 그곳엔 산적이 있습니다! 만약 산적을 만난다면 어떻게 하시려고요! 그들은 이리 떼와도 같거든요."
　"아, 나도 생각하고 있어요. 당신 말대로 산적을 만날지도 모르지요. 그러면 그들에게도 주님의 말씀을 들려주지요, 뭐."
　"하지만 그들은 주교님의 물건을 훔칠 것이고……, 주교님을 죽일지도……."
　"내겐 훔칠 게 아무것도 없어요. 그리고 나 따위 신부를 죽여서 뭘 하겠어요. 쓸데없는 소리 그만둬요!"

"그래도 만약 만나신다면!"

"그들에게 가난한 사람들을 위해 보시하라고 하겠소."

"주교님, 제발 가지 마십시오! 목숨이 위험하다고요."

"이장님."

마침내 주교가 말했다.

"바로 그겁니다. 내가 이 세상에 있는 건 내 생명을 지키기 위해서가 아니라 다른 사람들의 영혼을 지키기 위해서지요."

그를 말릴 방법이 없었다. 주교는 함께 가겠다면서 자진해 나선 아이 하나만을 데리고 길을 떠났다. 그의 고집에 마을 사람들 모두 놀라지 않을 수 없었다.

그는 나귀를 타고 산을 넘어 무사히 '선량한 친구들'인 양몰이꾼들의 마을에 도착했다. 그동안 만난 사람은 아무도 없었다. 그곳에서 그는 미사도 치르고, 설교도 하고, 글을 가르치며, 도덕에 대해 얘기해 주면서 2주일 정도 머물렀다. 그리고 떠나기 전에 처음으로 주교 의복을 제대로 갖춰 입고 찬송가를 부르기로 했다. 그러나 마을 사제는 그의 결정에 난감해 했다. 마을의 성당엔 주교복은커녕 초라한 제구실과 모조 금테가 둘린 낡아 빠진 사제복 두세 벌밖에는 없었기 때문이다.

"문제없어요! 어쨌든 주일 미사 때는 회중들에게 찬송가를 불러줍시다. 어떻게 되겠죠."

주교가 사제에게 그렇게 말했다.

사람들은 근처 성당들에 가서 찾아보기로 했다. 그러나 여러 교구들의 쓸 만한 것들을 다 모아도 이 성당의 합창단원 복장 하나도 제대로 갖추어 주지 못할 정도였다.

그런데 다들 허둥대고 있는 그때 낯선 남자 둘이 말을 타고 나타나 커다란 상자 하나를 사제의 집 앞에 내려놓으며 주교에게 전해 달라고 하고는 곧 떠나버렸다. 상자 속에는 금실로 짠 주교의 법복과 다이아몬드가 박힌 주교의 관 등 노트르담 성당에서 도둑맞은 주교 법복 일체가 들어 있고, '크라바트가 비앵브뉘 주교님께' 라고 적힌 쪽지 하나가 들어 있었다.

"봐요, 내가 어떻게든 되겠지라고 말하지 않았어요!"

주교는 빙그레 웃으며 말했다.

"평범한 사제복으로 만족하는 자에게는 주님께서 대주교의 제복을 보내주신다니까요."

"주교님, 주께서 보내시는 겁니까, 악마가 보내는 겁니까?"

사제가 머리를 흔들며 중얼거리듯 물었다.

주교는 사제의 눈을 가만히 들여다보다가 엄숙하게 말했다.

"주님께서죠."

주교가 돌아가자 사람들은 그제야 안도하며 모두 그를 신기한 인물 바라보듯했다. 주교는 사제의 집에서 기다리고 있는 누이 바티스틴느와 마글루와르 할멈에게 이렇게 말했다.

"보라고, 내 말이 맞았지? 이 가련한 신부는 주를 믿는 신앙심만 가지고 빈손으로 가난한 산골사람들한테 갔다가 이제는 두 손에 성당의 보물을 하나 가득 가지고 돌아왔잖아. 그러니까 도둑이나 살인자를 그렇게 무서워할 필요는 없어. 그런 건 그저 작은 위험에 불과하지. 우리가 정작 두려워해야 할 건 바로 우리 자신이야. 편견이 곧 도둑이고, 악덕이 살인자며, 가장 큰 위험은 우리 자신 내부에 있어. 우리의 목이나 지갑을 위협하는 것은 별것 아니야! 정말로 두려워해야 할 건 우리의 영혼을 위협하는 것이지."

돌아온 대성당의 보물이 그 후 어떻게 됐는지는 당시 주교가 쓴 듯한 메모를 살펴봐야 한다. 거기엔 이렇게 쓰여 있었다. '그것을 대성당으로 반환할 것인가, 아니면 진료소로 보낼 것인가. 그 결정이 문제다.'

어느 날 비공식 만찬회가 지사의 저택에서 열렸는데, 주교는 자신을 비난했던 한 상원의원과 같은 테이블에 앉게 되었다. 식사가 끝난 후 차를 마시며 그 상원의원은 유쾌하게, 그러나 품위를 갖추고 말했다.

"주교님, 이야기 좀 할까요. 상원의원과 주교는 얼굴을 맞대기가 여간 어려운 게 아닌데, 우리는 깨인 사람들이니 털어놓고 얘기합시다. 내게도 내 철학이 있으니 말입니다."

"물론이지요. 인간은 누구나 자신의 철학 위에 누워 있는 법이니까요. 당신은 붉은색 침대에 누워 있지요."

"자, 우리 서로 선량한 아이가 되기로 합시다."

"아니, 선량한 악마라도 상관없어요."

주교가 대꾸했다.

"주교님, 내겐 확고한 신념이 있어요. 인간의 불멸이란 도깨비불과도 같은 것이죠. 참 훌륭한 약속이에요! 아담은 참으로 대단한 마음을 가졌으니 말이오! 인간은 영혼이다, 천사가 될 것이다, 양쪽 어깨에 파란 날개를 달게 될 거라고 하면서요. 그따위 잠꼬대 소리를 하다니. 신이란 어리석은 괴물에 불과해요. 천국에 가기를 바라면서 지상의 삶을 저버린다는 게 물에 비친 자신의 그림자를 보고 그걸 욕심내다가 입에 문 먹이를 놓치는 것과 뭐가 다르겠소. 영원에 속아 넘어가는 것보다 더 어리석은 일은 없어요. 나는 허무예요. 나는 상원의원 '허무' 백작이오. 내가 태어나기도 전에 내가 존재하고 있었다고? 천만에 말씀. 죽은 후에도 내가 존재할 거라고? 천만에. 나는 먼지와 같은 존재일 뿐. 그러면 나는 무엇을 해야 하는가? 난 선택의 자유가 있어요. 고통스러워할 것인가, 향락을 즐길 것인가? 고통도 향락도 나를 허무로 이끌어 갈 것입니다. 그러나 이제 고통도 향락도 모두 끝난 다음입니다. 나의 선택은 이미 결정되었습니다. 먹을 것인가 먹힐 것인가 결정해야 한다면 나는 먹겠습니다. 이것이 나의 지혜죠. 그러고는 종말, 청산, 소멸이지요. 죽음은 벌써 죽어 버리고 없어요. 그것에 대해 내게 무슨 말을 하겠다는 건지 생각만 해도 우습군요. 그런 건 유모나 지어낼 이야기죠. 아이들에게는 도깨비 얘기가 필요하고, 어른들에게는 여호와가 필요하지만 우리에게 미래는 밤뿐이에요. 죽은 후에는 누구에게나 똑같이 허무밖에 없어요. 이것이 진실입니다. 하지만 우선 살아야겠죠. 자신의 자아를 간직하고 있는 동안은 그걸 잘 활용해야 합니다. 주교님, 분명히 말하지만 내게는 내 철학이 있습니다. 난 잠꼬대 같은 말로 나 자신을 포장하지 않아요. 하층민들은 자신을 꾸미려면 무엇인가가 필요하겠죠. 그들에게는 전설이나 망상, 영혼, 불멸, 천국, 별, 그런 것들을 먹여 주면 좋아할 겁니다. 그들은 그것들을 마른 빵에 발라 먹을 거예요. 또 아무것도 없는 사람은 하느님이라도 가지고 있어야겠죠. 그러나 그뿐입니다. 그렇다고 해서 내가 그런 것까지 반대하는 건 아니에요. 사실은 민중에게 필요한 것이니까요."

"말씀 한번 잘 하시는군요."

주교가 박수를 치며 말했다.

"당신의 그 유물론은 대단히 훌륭하고 경이롭군요! 모두가 다 그런 생각을 하기는 어렵습니다. 정말로 그런 생각을 가지고 있기만 하다면 남에게 속아 넘어가는 일은 없을 거예요. 정말 그렇게 대단한 유물론을 다행히도 터득한 사람이라면 책임 해제의 즐거움으로 어떤 지위도, 정당한 권력도, 부당한 권위도, 유리한 배반도, 양심의 포기도, 그 무엇도 안심하고 삼켜 버릴 수 있을 거라는 즐거움을 누릴 수 있을 것입니다. 그리고 그걸 다 소화한 다음엔 무덤 속으로 들어갈 수 있으리라고 즐거운 생각을 할 것입니다. 얼마나 유쾌한 일입니까! 내가 당신에게만 이 말을 하는 건 아닙니다. 하지만 당신에게 축복을 빌지 않을 수 없군요. 당신 같은 훌륭한 분들은 당신이 말한 것처럼 자신만의 그리고 자신을 위한 철학을 가지고 있는 것 같소. 오묘하고, 섬세하고, 또 유용하고, 인생의 즐거움을 위해 훌륭한 양념이 되어 주는 그런 철학 말이죠. 그러한 철학은 특별한 탐구자들이 찾아낸 것이겠죠. 아무튼 당신 같은 학자들은 거룩한 분들입니다. 주님에 대한 신앙이 민중의 철학이 되는 건 결코 나쁜 게 아니라고 생각하시니 말입니다. 마치 거위의 밤 요리가 굶주린 사람에게는 칠면조의 송이버섯 요리와 같다는 그런 말이겠죠.”

미리엘 주교는 결코 정치적 인물이 아니었다. 그러나 그가 주교로 승진하고 얼마 후, 황제는 그를 다른 여러 주교들과 함께 제국의 남작에 봉했다. 그리고 1809년 7월 5일과 6일 사이의 밤에 교황 체포 사건이 발생했고, 미리엘 씨는 나폴레옹에 의해 파리에서 개최된 프랑스와 이탈리아의 주교 회의에 소집되었다. 이 주교 회의는 노트르담 대성당에서 페슈 추기경을 의장으로 하여 열렸는데, 참석한 사람들은 모두 95명이었다. 미리엘 주교는 회의가 끝난 후 곧바로 디뉴로 돌아와 버렸다. 왜 그리 빨리 돌아왔냐고 사람들이 묻자 그가 대답했다.

“내가 그들에게는 방해가 되는 사람이었던 것 같소. 내가 지니고 있던 공기가 그들에게 옮아간 것이지요. 나는 그들에게 활짝 열린 문과 같은 인상을 주었던 것 같아요.”

또 어떤 사람에게는 이런 얘기도 했다.

“할 수 없죠. 그 사람들은 고귀한 분들이지만 나는 가난한 시골 주교에 지나지 않으니까요."

사실 어떤 면에서 그는 사람들의 환심을 사지 못하고 있었다. 워낙 기이한 행동과 말을 많이 하지만 어느 날은 한 고위층에 속하는 사람의 집에서 불쑥 이런 말도 한 적이 있었다.

"괘종시계가 참 멋들어지는군요! 대단한 양탄자네요! 하인 옷이 참 화려하구만! 하지만 저런 것들은 다 굉장히 귀찮은 물건들이죠! 난 저런 사치품에 정말 넌더리가 난다니까요. 저런 물건들을 보면 내 귀에다 대고 이렇게 외치는 것 같아요. '굶주리는 사람들이 있네! 추위에 떠는 사람들이 있네! 가난한 사람들이 있네!' 하고요."

주교 주위에는, 장군들 주위에 언제나 젊은 장교들이 모여 있듯 항상 젊은 성직자들이 많이 모여 있었다. 어떤 직업이든 그 지원자들은 이미 활동하고 있는 지위 있는 사람들 주변에 모여들기 마련이다. 권력자들도 마찬가지로 측근들이 있고, 아첨을 하는 자들도 꼬이는 법이다. 출세를 하고자 하는 자들은 현재의 권력에 들러붙어 그 주위를 배회한다. 마찬가지로 대주교 관구에도 성직자들 무리가 기웃거리고 있다. 유력한 주교 옆에는 으레 젊은 신학생들이 모여들며 심지어 주교의 집에 드나들면서 일을 해주고 주교의 미소를 엿보기도 한다. 그래서 주교의 마음에 들게 되면 부제가 될 수 있는 지름길을 가게 되고, 이어서 사제가 될 수 있기 때문이다.

속세에도 큰 지위가 있듯이 교회에도 큰 주교직들이 있다. 정부의 보호를 받고, 수입이 많으며, 영리하여, 주교라기보다는 오히려 교황청의 고관에 적합할 것 같은 그런 주교들이다. 그들에게 접근하는 자들은 행운이 생기게 마련이다. 그들 권력자들은 주위의 아첨하는 자들과 그를 편드는 자들에게, 그리고 자신들을 즐겁게 해줄 줄 아는 모든 젊은이들에게, 자신이 승진하면 할수록 모든 걸 보장해주게 된다. 보호자의 교구가 크면 클수록 보호받는 사제의 권한도 커지게 마련이다.

미리엘 주교는 겸손하고 청빈하며, 성격도 특이한 면이 있어서 그러한 주교들과는 어울릴 수 없었다. 한 예로 그의 주위에 젊은 신부라고는 한 명도 없었다. 파리에서도 그는 '호평받지 못한 사제'로 이미 알려진 바 있다. 따라서 야망을 품고 있는 사람으로서 그의 그늘 아래서 가지를 뻗으려는 어리석은 생각을 하는 자는 하나도 없었다. 그의 밑에서 일하는 주교회원이나 사제, 부제들은 모두 특별한 사심이 없는 노인들뿐이었다. 그에게서 자격을 얻은 젊은이들도 그의 밑에 있으면 승진이 불가능하다는 것을 누구나 다 알고 있었기 때문에 신학교를 졸업한 후 곧바로 다른 곳으로 자리를 옮겨 버리곤 했다.

미리엘 주교는 신앙을 초월한 사랑으로 행동하는 사람이었다. 그 과도한 사랑은 사람들에게 넘쳐흐르도록 쏟아질 뿐 아니라 사물에게까지 미치는 깨끗한 친절이었다. 그는 아무것도 함부로 대하지 않고 하느님의 모든 창조물에 대하여 자비를 베풀었다. 사람은 누구나 동물에 대해서는 가혹하게 대하며 깨닫지 못하는 법이다. 그러나 디뉴의 주교에게는 그런 면이 조금도 없었다. 그는 어떤 생물을 보더라도, 모양이 추악하다거나 타고난 불구라고 해서 본능적으로 피한다거나 격분하지도 않았다.

반대로 그는 오히려 감동을 느끼고 측은한 마음으로 바라보기까지 했다. 그는 곧잘 깊은 생각에 잠기며 수없이 많은 혼란들을 관찰하는 것이었다. 몽상에 빠져 있다가 가끔 이상한 말을 중얼거리기도 했다. 어느 날 아침엔 정원에서 새까맣고 긴 털이 난 기이한 거미 한 마리를 보면서 이런 말을 했다.

"불쌍한 놈 같으니, 네가 잘못한 건 아니지."

또 한번은 개미 한 마리를 밟지 않으려고 비켜 가다가 발목을 삔 적도 있었다.

그는 가히 올바른 사람이라고 할 수 있었다. 그의 온후한 풍채에는 위엄이 절로 서려 있었고 언제나 빛이 어른거렸다. 사람들은 그를 보면 마치 미소를 지으며 가만히 날개를 펴면서 언제까지나 미소를 잃지 않는 천사의 모습을 보는 것 같은 감동을 느낀다고 했다. 그럼으로써 말로 다 표현할 수 없는 존경심이 차츰 일어나며 가슴에 꽉 차게 된다는 것이었다.

하루 일과가 끝난 후, 자기 전에, 밤하늘의 위대한 광경을 바라보며 명상에 잠기는 것이 그의 매일 습관이 되다시피했다. 때로는 밤 한 시가 훨씬 지난 시각에도 그는 정원을 조용히 걷고는 했다. 거기서 그는 자신과 대면하며 명상에 잠기고 주를 예찬하며, 어둠 속에서 보이지 않는 주의 광휘가 자신을 감싸고 모든 만물이 똑같이 빛나는 것을 황홀하게 바라보고 있었다. 그러면서 무언가가 자기 밖으로 빠져나가고, 또 무언가가 자기 안으로 들어오는 것을 느끼고 있었다. 그건 바로 영혼의 심연이 우주의 심연과 섞이는 신비로운 교감이었다!

한가한 시간이라고는 거의 없었지만 낮에는 정원을 돌보고 밤에는 관상의 시간을 바치며 보내고 있는 이 노인에게 무엇이 더 이상 필요했을까? 아름다움과 장엄함을 갖춘 조화로운 생활 속에서 주를 예배하는 것으로 너무나 충분하지 않았던가. 사실이 그랬다. 그 속에 모든 것이 있었다. 그 이상도 그 이하도, 바랄 것이 없었다.

이런 디뉴의 주교에게 어떤 '범신론자'적인 기질이 있다고 생각할지도 모른다. 그러나 주교가 어떤 신비한 것들에 정신을 기울이고 있었던 흔적은 전혀 없었다. 사제들은 대담함도 갖추고 있어야 하지만, 주교로서는 소심한 편이 더 낫다.

관조자는 동시에 피관조자도 될 수 있다. 그는 조금도 자신의 법의에 엘리아의 외투를 입히려고 하지 않았다. 그의 겸허한 영혼은 사랑밖에는 모르고 오로지 그게 전부였던 것이다.

그는 애통해하는 자와 회개하는 자에게 손을 내밀었다. 세상이 하나의 커다란 질병덩어리로서 열병을 앓고 고통의 신음 소리를 지른다 하더라도 그는 그 수수께끼를 풀려고 하기보다는 그 상처를 치료하는 데 힘썼다.

황금을 얻기 위해 일하는 사람이 있는 것처럼 주교는 연민을 이끌어내기 위해 일했다. 온 세상이 그에게는 비참함을 캐내기 위한 광산과도 같았다. 도처에 도사리고 있는 인간의 고뇌는 그의 손길을 기다리는 새싹일 뿐이었다. 서로 사랑하라. 이 말은 그에게 완전한 것, 그 자체였다. 그 이상 아무것도 그는 원치 않았다. 그것만이 그의 교리의 전부였다.

2

절망 속에서

1815년 10월 초순의 해질 무렵이었다. 한 남자가 디뉴의 거리로 들어서고 있었다. 마침 거리에 나와 있던 몇몇 사람들이 불안한 눈초리로 그 나그네를 바라보았다. 그보다 더 초라하고 험악한 몰골을 한 행인은 한 번도 본 적이 없을 정도였다. 남자는 중간 정도 키에 근육질로 다져진 탄탄한 몸을 하고 있었다. 마흔 대여섯 살쯤 되어 보였다. 그는 햇볕과 바람에 그을리고 땀이 번질거리는 얼굴을 축 늘어진 모자의 창으로 깊숙이 가리고 있었다. 거칠고 누렇게 된 셔츠는 소매가 너덜거리고 단추도 떨어져 나가 털이 숭숭한 가슴팍을 다 드러내고 있었고, 닳아 빠진 푸른색 바지는 한쪽 무릎 부분에 구멍이 뚫려 있었다. 그는 큼지막한 새 배낭 하나를 단단히 묶어 등에 지고, 손에는 마디가 울퉁불퉁한 굵은 지팡이를 들고, 발에는 징이 박힌 신발을 신고, 짧게 깎은 머리에 이제 길어나기 시작한 머리카락이 삐죽삐죽 서 있고, 얼굴엔 수염이 덥수룩하게 나 있었다.

그를 아는 사람은 아무도 없었다. 그는 우연히 마을을 지나가는 나그네인 것 같았다. 사나이는 하루 종일 걸었는지 몹시 지쳐 보였다. 그는 거리 입구에 있는 샘에서 물을 마시고는 얼마간 걷다가 장터가 나오자 그곳 샘에서 멈추고는 또 물을 마셨다.

그는 거리 모퉁이를 왼쪽으로 돌아 시청으로 들어갔다. 15분쯤 후에 나온 그는 문 옆 돌 벤치에 헌병이 앉아 있는 것을 보고는 깜짝 놀라며 얼른 모자를 벗고 고개 숙여 인사를 했다. 하지만 헌병은 인사도 안 받고 한참 동안 그를 가만히 쳐다보기만 하다가 안으로 들어가 버렸다.

나그네는 다시 거리로 들어가 마을에서 가장 훌륭한 여관인 꼴바 여관으로 다가갔다. 그러고는 바로 길 쪽으로 나 있는 부엌으로 들어갔다. 화덕과 벽난로에는 불꽃이 활활 타오르고 있고 안에서는 떠들고 웃는 소리가 요란하게 들려왔다.

화덕에 큰 잉어와 송어를 굽고 있던 주인은 문이 열리고 누가 들어오는 소리가 나자 눈을 돌리지도 않은 채 물었다.

"무슨 일로 오셨나요?"

"숙식을 하려고요."

"좋습니다."

주인은 그제야 고개를 돌려 나그네의 모습을 훑어보고는 말했다.

"······돈만 내신다면."

사나이는 재킷 주머니에서 커다란 가죽 지갑을 꺼냈다.

"돈은 여기 있습니다."

"그럼 됐습니다."

사나이는 지갑을 다시 넣고, 배낭을 내려놓고, 지팡이를 든 채 난로 옆 의자에 가서 엉거주춤 앉았다. 디뉴는 산골마을이라 10월에도 저녁엔 벌써 추웠다.

주인은 나그네를 여기저기 살펴보고는 쪽지에 뭔가를 쓰더니 심부름하는 아이를 불러 귀에 대고 소곤거렸다. 아이는 그 길로 시청 쪽으로 달려갔다.

나그네는 그동안 아무것도 못 보고 주인에게 물었다.

"빨리 좀 먹을 수 있을까요?"

"네, 곧 됩니다."

아이가 다시 돌아와 쪽지를 주인에게 내밀었다. 그러자 주인은 얼른 펼쳐 유심히 읽더니 고개를 끄덕거렸다. 그러고는 나그네에게 다가왔다.

"손님, 그만 나가 주세요."

사나이가 벌떡 일어났다.

"아니! 돈이 있다고 했잖소. 미리 지불할까요?"

"당신이 돈이 있다고 해도······ 이곳엔 방이 없어요."

나그네는 어깨가 축 처져 말했다.

"마구간이라도 좋소. 좀 재워만 주시오."

"마구간도 말들로 채워져 있소."

"그럼 헛간에라도 좋소. 그리고 일단 밥이나 좀 먹읍시다."

"밥도 드릴 수 없소."

사나이의 얼굴은 이제 실망으로 일그러졌다.

"제기랄! 배가 고파 죽겠구먼. 아침부터 백이십 리를 걸어왔소. 돈은 낼 테니 뭐든 좀 먹게 해주시오."

"아무것도 없어요."

주인의 말에 사나이는 허탈한 표정을 지으며 화덕을 쳐다보았다.

"아무것도 없다고요! 저건 뭐죠?"

"그건 예약된 거예요."

사나이는 그만 주저앉으며 중얼거렸다.

"여기는 여관이고 난 배가 고프단 말이오. 못 갑니다."

주인은 냉소를 머금고 그를 쏘아보더니 나직한 목소리로 말했다.

"자, 일어나시오. 당신은 장발장이란 사람이오. 당신이 어떤 사람인지 말해 볼까? 당신에 대해 시청에 사람을 보내 알아봤소. 자, 이게 답장이오. 읽을 줄 알아요?"

주인은 시청에서 보낸 쪽지를 사나이에게 내밀었다. 사나이는 그걸 쳐다보지도 않고 고개를 숙여 배낭을 집어 들고는 떠나 버렸다.

거리로 나온 사나이는 단 한 번도 뒤를 돌아보지 않고 계속 앞으로 걸어갔다. 꼴바 여관 앞에서는 주인이 손님들과 행인들에게 뭐라고 떠들며 나그네의 뒤에 대고 손가락질을 하고 있었고, 사람들은 공포와 의심에 가득 찬 눈빛으로 그를 쳐다보고 있었다.

나그네는 슬픔에 젖어 피로도 잊은 채 낯선 길을 정처 없이 걷고 또 걸었다. 그러다 갑자기 배가 심하게 고팠다. 어둠은 금방 쏟아져 내려올 듯 산기슭이 어둑어둑해졌다. 어디라도 가서 하룻밤을 쉬어가야 했다. 그는 어디 허름한 주점이 없을까 두리번거렸다.

이윽고 거리 끝쯤에 불빛이 비치고 있는 주점을 발견했다. 그는 다가가 잠시 걸음을 멈추고는 창문 안을 들여다보았다. 실내는 천장이 나지막하고 작은 램프불이 켜 있고 벽난로엔 불이 환히 타오르고 있었다. 한쪽에서 남자 몇 명이 술을 마시고 있었다. 그리고 냄비가 불 위에서 끓고 있었다.

사나이는 조심스레 문을 밀었다.

"저녁 좀 먹고 자고 가고 싶은데요."

"들어오시오. 먹고 자고 다 가능합니다."

그가 들어가 배낭을 내려놓는 동안 사람들은 그를 유심히 지켜보고 있었다. 주인이 그에게 말했다.

"여기 불 옆으로 오세요. 저녁은 곧 먹을 수 있습니다."

너무나 지쳐 버린 사나이는 벽난로 옆에 앉아 다리를 쭉 뻗었다. 요리 냄새가 냄비에서 스물스물 나기 시작했다. 푹 내려 쓴 모자 밑으로 보이는 그의 지친 얼굴엔 약간의 안도감이 묻어나기도 했지만, 가만 보면 사실은 몹시 강인하고 정력적이며 음울한 면도 있었다. 어딘지 모르게 복잡한 그의 표정은 얼른 보기엔 겸손한 것 같지만 자세히 보면 준엄한 얼굴에 눈빛은 타오르는 불처럼 번쩍거리고 있었다.

손님 중 하나가 조용히 주인을 부르더니 귀에 대고 뭔가를 속삭였다. 그는 조금 전 꼴바 여관 주인이 떠드는 소리를 듣고 온 것이었다.

술집 주인은 벽난로로 다가와 나그네의 어깨를 치며 말했다.

"이봐요, 여기서 나가 주시오."

사나이는 힘없이 주인을 쳐다보며 공손히 말했다.

"아, 당신도 알고 있습니까?…… 난 아까 어떤 여관에서도 쫓겨났어요."

"여기서도 나가 줘야겠소."

"그럼 난 어디로 가야 합니까?"

"어디로 가든, 좌우간 여기서 나가요."

나그네는 다시 거리로 쫓겨 나왔다. 그를 본 아이들이 그에게 돌멩이를 던지며 소리쳤다. 나그네가 지팡이를 들고 휘두르자 아이들은 새 떼처럼 금방 도망쳐 버렸다.

그는 교도소 앞을 지나가다가 문에 매달려 있는 종을 치며 두드렸다. 그러자 구멍만 한 문이 하나 열렸다.

그는 모자를 벗고 공손히 말했다.

"간수님, 오늘 밤만이라도 여기서 좀 재워 주십시오."

"여기는 여관이 아니오. 체포돼 오면 들어올 수 있소."

안쪽에서 무슨 말소리가 들리며 구멍문은 곧 닫혀 버렸다.

그는 골목길로 들어갔다. 작은 이층집이 하나 있어 그는 주점에서처럼 창문 안을 들여다보았다. 수프 그릇의 음식에서 김이 모락모락 오르고, 한 사십대 남자가 행복한 표정으로 무릎 위에 아이를 올려놓고 있었다. 그리고 옆에서는 부인이 아기에게 젖을 먹이고 있었다.

나그네는 그 화목한 광경을 한참이나 멍하니 바라보고 서 있다가, 이렇게 푸근한 가정에서는 조금이라도 동정을 받을 수 있지 않을까 하는 생각이 들어 창문을 살며시 두드렸다.

"여보, 누가 온 것 같아."

여자의 목소리가 들리더니 남자가 호롱불을 들고 와 문을 열어 주었다.

"죄송합니다만 돈은 낼 테니 수프 한 접시만 좀 얻어먹읍시다. 그리고 헛간이라도 좋으니 하룻밤만 좀 자게 해주십시오. 돈은 드릴 테니……."

"당신은 누구시죠?"

그 남자가 물었다.

"나그넵니다. 하루 종일 걸었습니다. 백이십 리나요. 좀 들어가게 해주세요. 돈은 드릴 테니……."

"돈을 내겠다는 선량한 사람을 거절할 수는 없지만, 왜 여관으로 가시지 않고?"

"여관엔 방이 없다는군요."

"그럴 리가요! 오늘이 장날도 아닌데. 목로주점에도 가 보셨소?"

나그네는 당황한 듯 말을 우물거렸다.

"거기서도 없다고……."

남자는 의혹에 찬 시선으로 이 낯선 나그네를 자세히 살펴보더니 갑자기 몸을 떨며 소리쳤다.

"당신이 바로 그 사람이구먼!"

남자는 테이블 위에 호롱불을 내려놓고는 벽에서 총을 끌어내렸다.

여자는 두 아이를 끌어안고 재빨리 남자 뒤로 가서 숨으며 공포에 질린 눈으로 달달 떨며 중얼거렸다.

"도, 도둑이야."

남자는 마치 괴물이라도 보듯 나그네를 노려보며 말했다.

"쏴 버리기 전에 빨리 꺼져."

"제발 물 한 그릇만……."

중얼거리는 나그네 앞에서 문이 쾅 닫히더니 빗장 거는 소리가 들리고 곧 덧창마저 잠겨 버렸다.

어느새 어둠이 짙어지고 알프스에서 불어오는 바람은 점점 차가워지고 있었다. 어둠 속에서 희끄무레한 빛을 따라 걷는데 어느 정원 안에 있는 움막 비슷한 것이 보였다. 그는 단숨에 울타리를 넘어 정원으로 갔다. 움막엔 문이랄 것도 없이 나지막한 입구가 하나 있었다. 추위와 배고픔에 지칠 대로 지친 그는 다른 생각을 할 겨를도 없이 그 입구 속으로 일

단 머리를 디밀고 들어갔다. 배고픔은 이미 느낄 수조차 없었지만 추위
는 피할 수가 없었다. 내부는 제법 따뜻했고, 짚으로 된 누울 자리도 있
었다. 그는 한참 동안 그곳에 누워 있었다. 이루 말로 할 수 없는 피로로
몸을 거의 움직일 수가 없었다. 그런데 곧 무시무시한 소리가 들려왔다.
입구 앞 어두컴컴한 곳에 커다란 개 한 마리가 나타나 으르렁대고 있는
것이었다. 그 움막은 다름 아닌 그 개의 집이었던 것이다.

그는 지팡이와 배낭으로 막으며 간신히 그 움막에서 빠져나왔다. 그
바람에 초라했던 그의 옷은 더 찢어지고 더러워졌다. 부리나케 울타리를
다시 넘어 거리로 나섰지만 그는 자신의 몸 하나 뉘일 곳도 없고, 하늘을
가릴 지붕 하나도 없는, 심지어 개집에서조차 쫓겨난 몸이었다. 그는 돌
위에 쓰러질듯 주저앉아 중얼거렸다.

"제기랄, 나란 놈은 개만도 못한 신세구나!"

그는 다시 일어나 시내를 벗어났다. 차라리 들판으로 나가 나무둥치
아래나 짚더미를 찾아볼까 하는 생각에서였다.

그는 머리를 푹 숙이고 계속 걸어가 집들이 보이지 않는 지점쯤 왔다
고 생각됐을 때 머리를 들고 주위를 돌아보았다. 정말로 그는 한적한 들
판에 서 있었다. 그런데 추수가 끝난 그곳에는 싹 깎아 버린 머리처럼 그
루터기밖에 남아 있지 않았다.

그는 잠시 생각하다가 결연한 태도로 다시 돌아서 걷기 시작했다. 자
연조차도 냉정하게 자신을 받아 주지 않는다는 생각이 들었던 것이다.

그는 다시 되돌아 시내로 들어왔다. 저녁 여덟 시가 지난 시각이었다.
그는 무작정 아무데로나 걸어갔다. 성당 앞 광장을 지나면서 그는 성당
에 대고 주먹을 날렸다. 아무런 희망도 없이 발을 질질 끌다시피 걷다가
그는 광장 옆길로 들어서서 인쇄소 옆에 있는 돌 벤치 위에 벌렁 드러누

워 버렸다.

그때 성당에서 한 부인이 나오면서 나그네를 보았다.

"이봐요. 뭘 하고 있는 거요?"

나그네는 짜증을 내며 퉁명스럽게 대답했다.

"친절도 하시지. 보다시피 이렇게 누워 있잖아요."

말마따나 사실 친절한 그 여인은 어떤 후작부인으로 동정심이 아주 많은 사람이었다.

"이 돌 벤치에서요?"

"난 십구 년 동안 나무 침대에서 잤는데 지금은 이렇게 돌 침대에서 자고 있는 거예요."

"당신 군인이셨나요?"

"맞아요."

"그런데 왜 여관으로 안 가시죠?"

"돈이 없거든요."

"아니, 저런! 내가 지금 사 쑤밖에 없는데."

"그거라도 주시면 좋죠."

후작부인은 사나이에게 돈을 주며 말했다.

"여관은 그 돈으로 안 돼요. 그런데 여관엔 가 봤나요? 여기서 이렇게 밤을 새울 수는 없을 거예요. 춥고 배도 고플 텐데. 누가 불쌍히 여겨 하룻밤 재워 줄 수도 있을 텐데."

"여러 집에 다 가 봤는데 모두 쫓아내더군요."

부인은 사나이에게 광장 건너편에 있는 주교 저택 옆의 작은 집을 가리켰다.

"저 집에 혹시 가 봤어요?"

"아니요."

"한번 가 봐요."

그날 저녁 미리엘 주교는 시내를 산책하고 돌아온 뒤 밤늦도록 자기 방에 앉아 글을 쓰느라 골몰하고 있었다. 그는 의무에 관한 주제로 글을 쓰고 있었다.

주교는 여덟 시가 넘어서까지 글을 쓰고 있다가 마글루아르 할멈이 여느 때와 다름없이 와서 침대 옆 벽장 속의 은그릇을 가지고 나가자 얼마 후 책을 덮고 식당으로 들어갔다. 식당엔 벽난로가 있으며 문이 길 쪽으로 나 있고 창은 정원 쪽으로 나 있었다. 마글루아르 할멈은 식사를 준비하며 바티스틴느와 이야기를 나누고 있었다.

벽난로에선 불이 활활 타오르고 있었다. 마글루와르는 오후에 시장에 갔다가 여기저기서 들은 얘기를 하고 있었다. 웬 수상한 부랑자에 대한 얘기가 쑥덕거리며 퍼져 있었던 것이다. 그 사나이가 어디선가 서성이고 있다가 불쑥 덤벼들지도 모르니, 문을 단단히 잠가 사고를 미연에 방지해야 한다는 것이었다.

"문을 꼭 잠가야 한대요."

마글루와르 할멈이 큰 소리로 다시 한번 말했는데, 그건 주교에게 한 소리였지만 추운 방에서 떨다가 들어온 주교는 불 앞에 앉아서 다른 생각에 빠져 있는 듯 할멈이 하는 말에 아무런 반응도 내보이지 않았다. 할멈이 그 말을 또 되풀이하자 바티스틴느는 두 사람의 기분을 살피며 말했다.

"오빠, 마글루와르 부인이 말하는 것 들었나요?"

"어, 뭔가 들은 것 같기도 한데?"

주교는 그제야 몸을 돌려 너그러운 표정으로 할멈을 쳐다보았다.

"무슨 일이 있어요? 무슨 위험한 일이라도 생긴 거요?"

마글루와르 할멈은 처음부터 이야기를 다시 시작했다. 그동안 이야기는 벌써 부풀려 있었다. 한 부랑자가 지금 시내에 있는데, 아무 여관에서도 자기를 받아 주지 않자 그는 잔뜩 독이 올라 바랑과 밧줄로 어떤 무시무시한 짓을 저지를지 모른다는 것이었다.

"정말인가요?"

주교가 묻자 할멈은 주교도 걱정을 하고 있는 걸로 생각하고는 더 용기를 내어 말을 계속 했다.

"네, 오늘 밤 시내에서 무슨 불미스런 사고가 날 거예요. 모두 불안해하고 있으니까요. 경찰은 도통 무능하고, 이 집도 절대 안전하지 못하니까, 혹시 허락하시면 전에 사용했던 빗장을 다시 달면…… 금방 달 수 있어요. 오늘 밤만이라도 빗장을 달아 두어야 하거든요. 지나가던 사람 아무라도 열고 들어올 수 있고, 게다가 어르신께서는 아무 때고 으레 들어오라고 하시니, 그래서 한밤중에도 아무나 막 문을 열고 그냥 들어오거든요……."

그때 누군가 문을 두드려 댔다.

"들어오시오."

주교가 말했다.

문이 열렸다. 세차게 밀었는지 문이 활짝 열렸다. 그리고 한 사나이가 들어왔다. 바랑을 매고 지팡이를 든 채 서 있는 그의 눈빛은 지치고 멍해 보이면서도 어딘지 난폭한 기운이 서려 있었다. 이윽고 벽난로 불빛에 좀더 자세히 보이자 마치 유령과도 같은 괴이한 모습이 드러났다.

마글루와르 할멈은 입을 벌린 채 다물지 못하고 벌벌 떨며 넋이 나가 있었고, 바티스틴느도 너무나 놀란 얼굴로 몸을 반만 일으켜 오빠를 한참이나 바라보더니 곧 침착한 표정으로 다시 자리에 앉았다.

주교는 아무렇지도 않은 표정으로 사나이를 바라보고 있었다.

사나이는 방 안을 둘러보더니 주교의 말을 기다리지도 않고 큰 목소리로 외쳤다.

"저는 장발장이라고 합니다. 감옥에서 십구 년을 살다가 나흘 전에 석방돼 나왔습니다. 퐁타를리에로 가려고 툴롱에서부터 나흘 동안 걸어왔습니다. 오늘은 자그마치 백이십 리를 걸었고요. 오늘 저녁 이곳에 도착했는데, 어느 곳에서도 날 받아 주지 않았습니다. 시청에 노란색 통행권을 제시했더니 그렇게 된 모양인데, 그건 반드시 제시해야 하는 것이거든요. 아무튼 어느 집이나 다 내쫓더군요. 감옥에도 가 봤지만 간수가 넣어 주지 않고, 개집에도 들어갔는데 마치 개가 저를 알고 있다는 듯 물어뜯으려 달려들면서 내쫓지 뭡니까? 사람들이 하듯 말입니다. 그래서 들판으로 나갔는데 별빛도 없고 비가 내릴 것 같아 다시 시내로 돌아와서 저기 광장의 돌 벤치에서 자려고 했습니다. 그런데 어떤 친절한 부인께서 이 집을 가리키면서 가 보라고 하더군요. 그래서 이렇게 찾아온 것입니다. 제게 돈은 있습니다. 감옥에서 십구 년 동안 일해서 모은 돈이 백구 프랑하고 오 쑤 되거든요. 돈은 내겠습니다. 저는 지금 너무 피곤하고 너무 배가 고픕니다. 제발 여기서 좀 자게 해 주시겠습니까?"

"마글루와르 부인, 한 사람 식사를 더 준비해 주세요."

주교가 말했다.

사나이는 몇 걸음 더 안으로 들어오며 놀란 표정으로 이렇게 말했다.

"아니, 제 말 뜻을 아셨습니까? 저는 감옥에서 산 놈이라고요. 죄수 말입니다. 감옥에서 나왔다니까요. 제 통행권을 보여드릴까요? 자, 여기요, 노란색입니다. 이것 때문에 저는 어디든 갈 수가 없습니다. 읽어 보시겠어요? 저도 감옥에서 배워 읽을 줄 안답니다. 이렇게 쓰여 있죠. '장발장, 석방된 죄수, 가택 침입 절도죄로 오 년, 네 번의 탈옥 시도로 십사 년. 총 십구 년 간 형을 산 자임. 극히 위험 인물임.' 자, 보세요. 다른 데선 전부 다 나를 쫓아내는데 댁에서는 저를 받아 주시겠다고요? 여기는 여관입니까? 밥도 주고 잠도 재워 주신다고요? 이 집엔 마구간이라도 있습니까?"

"마글루와르 부인, 침대에 깨끗한 시트를 깔아 놓으세요."

주교가 또 말했다.

할멈은 아무 말도 없이 주교의 말을 들으며 고개를 끄덕이고 있었다.

주교가 나그네에게 손을 내밀었다.

"자, 노형, 이리 와서 불을 좀 쬐세요. 식사는 곧 준비될 겁니다. 식사하는 동안 잠자리도 준비될 거고요."

그제야 사나이는 모든 걸 이해했다는 듯 어둡고 비굴해 보였던 얼굴에 놀라움과 기쁨의 빛을 띠며 미친 듯이 말을 했다.

"아니, 정말로 저를 받아 주시는군요! 쫓아내지 않으시네요! 저 같은 죄수를 노형이라고 불러 주시다니…… 저는 여기서도 쫓겨날 줄로만 알고 제가 어떤 사람이라는 것을 먼저 말씀드렸던 것입니다. 아! 이곳으로 안내해 주신 그 부인은 너무나 좋은 분이시지. 아! 밥을 먹고 침대에서 잘 수 있다니! 침대에서 자 보는 게 십구 년 만이네요! 댁에선 정말 저를 쫓아내지 않는 거죠? 당신은 너무나 좋은 분이십니다! 돈은 꼭 지불하겠습니다. 주인님, 당신은 여관 주인이신가요?"

"아니오, 나는 여기서 살고 있는 신부요."

"신부라고요! 너무 좋은 신부님! 아! 저 대성당의 신부님이시군요?"

사나이는 흥분해 마구 떠들더니 바랑과 지팡이를 그제야 내려놓고 불 옆으로 가서 앉았다. 바티스틴느는 따뜻한 눈빛으로 그를 바라보고 있었다. 사나이는 또 말을 시작했다.

"신부님은 정말 인정이 많으시고 저를 무시하지 않으시는군요. 신부님은 저에게 돈도 받지 않으시려는 거죠?"

"그렇소. 돈은 그냥 갖고 있어요. 아까, 백구 프랑 오 쑤 버는데 몇 년이나 걸렸다고 했죠?"

"십구 년이요."

"십구 년이라!"

주교는 크게 숨을 내쉬며 활짝 열려진 채 그대로 있던 문을 그제야 가서 닫았다.

마글루와르 할멈이 한 사람 식사 자리를 식탁에 준비했다.

"마글루와르 부인, 그 자리를 벽난로 가까이에다 놓으세요. 알프스의 밤바람이 여간 차지 않으니까요. 노형이 몹시 추울 거예요. 그런데 이 호롱불이 밝지가 않군."

할멈은 주교의 말뜻을 알아차리고는 주교 침실에 있는 은촛대 두 개를 가져와 불을 켜고는 식탁 위에 놓았다.

"신부님은 너무나 좋은 분이십니다. 저를 멸시하지 않고 받아들여 주시고, 촛불도 켜 주시니 말입니다. 제가 어떤 인간이라는 것을 말씀드렸는데도 말이죠."

주교는 그의 옆으로 가서 손을 잡았다.

"당신이 누구든 말하지 않아도 돼요. 이 집은 예수 그리스도의 집이오. 내게는 감사할 필요가 없죠. 여기는 안식처를 찾는 모든 사람들의 집입니다. 그러니 내 집이 아니라 오히려 당신 집이고, 이곳의 모든 물건도 당신 것입니다. 나는 당신이 누구든 이름도 알 필요가 없는 거예요."

"신부님, 아까 여기로 왔을 때는 너무도 배가 고팠는데 지금은 신부님의 친절 덕분에 배고픈 게 다 달아났습니다. 저는 십구 년 동안 쇠사슬에 묶여 개처럼 살았습니다. 이제 제 나이 마흔여섯입니다. 그런데 이놈의 노란색 통행권이 또 제 발목을 잡는군요."

"당신은 그 참혹한 곳에서 나왔지만 만약 당신이 그곳에서 인간에 대한 증오와 분노를 가지고 나왔다면 당신은 불쌍한 사람이겠지요. 그러나 인간에 대한 호의와 온정을 가지고 나왔다면 당신은 그 누구보다도 훌륭한 사람일 것이오."

그러는 사이 저녁 식사가 다 차려졌다. 간소한 식사였지만 주교는 늘 그렇듯 쾌활한 태도로 손님을 응대했다. 그는 기도를 올린 후 직접 수프를 나그네의 접시에 떠 주었다. 남자는 정신없이 먹기 시작했다.

그런데 주교가 갑자기 말했다.

"잠깐, 식탁에 뭔가 빠진 것 같네."

마글루와르 할멈은 세 사람 분의 은그릇만 늘 차려 놓다가 주교가 손님을 맞이할 때에는 여섯 사람 분의 은그릇을 모두 다 테이블 위에 올려놓는 걸 이 집의 관례로 해 오고 있었다. 할멈은 아무 말 없이 식당에서 나가더니 곧 돌아왔다. 그녀는 반짝거리는 세 벌의 은그릇을 다 가져와 사람들 앞에 한 벌씩 늘어놓았다.

사나이는 아무도 신경 쓰지 않고 그저 게걸스럽게 수프를 먹고 나더니 이렇게 말했다.

"감사합니다, 신부님. 그런데 저는 이것만으로도 너무나 충분하지만 저를 쫓아냈던 여관의 심부름꾼들도 신부님보다는 더 잘 먹을 것 같군요."

사나이의 말은 몹시 불쾌한 것이었지만 주교는 그저 이렇게 말할 뿐이었다.

"그들이 나보다 더 힘들게 일하니까요."

"그런 말이 아닙니다."

사나이가 계속 말을 이었다.

"그들은 돈이 더 많습니다. 신부님은 너무 가난하십니다. 아마 당신은 사제가 아닐지도 모르겠군요. 하느님이 정말 공평하시다면 당신은 아무리 못해도 사제는 되어야 할 텐데요."

"천주님은 더없이 공평하신 분입니다."

잠시 후 주교가 말을 이었다.

"장발장 씨, 당신은 퐁타를리에로 간다고 했죠?"

"네, 내일 아침 일찍 떠나겠습니다. 밤엔 춥고 낮엔 더워서 걷기가 워낙 힘들어서요."

"당신이 가는 그곳은 좋은 마을입니다. 혁명 때 우리 집이 몰락한 후 거기서 잠시 살았던 적이 있거든요."

사나이는 식사를 하면서 점차 생기를 되찾기 시작했고, 주교는 자신도 평소 잘 마시지 못하는 비싼 포도주를 사나이에게 따라 주었다. 주교는 퐁타를리에의 치즈 제조 공장에 대한 얘기를 들려주기도 했다. 그곳에 일자리라도 얻으면 사나이에게 꽤 괜찮은 직장이 될 수도 있다는 식의 암시를 던져 주려는 것이었다. 그러나 직접 대고 권하지는 않았다. 그리고 자신이 사제라거나 상대방이 죄수였다는 것을 떠올리게 하는 말은 일체 한마디도 하지 않았다. 그 사나이가 가슴 깊이 느끼고 있는 비참한 과거를 생각나게 하지 않고 평범하게 대해 줌으로써 잠시라도 그가 다른 사람과 다름없는 사람임을 믿게 해주려는 의도에서였다. 상대방이 가슴속에 지니고 있는 어떤 고통을 조금도 건드리지 않는 것이야말로 그 사람에 대한 진정한 연민의 표현이 아닐까? 주교는 다른 저녁 때와 똑같이 교구의 다른 사제와 함께 식사하는 것처럼 똑같은 표정과 태도로 식사를 했다.

식사가 끝나자 주교는 누이동생에게 저녁인사를 한 후 식탁 위에 있던 은촛대 두 개 중 하나를 들고 다른 하나는 사나이에게 주며 말했다.

"자, 노형이 잘 방으로 안내해 드리죠."

사나이는 그의 뒤를 따라갔다.

손님용 침대가 있는 기도실로 가려면 주교의 침실을 통과해야만 했다. 두 사람은 주교의 방으로 들어갔다. 그때 마글루와르 할멈이 침대 머리 맡에 있는 벽장에 은그릇을 넣고 있었다. 그녀는 잠자리에 들기 전에 항상 마지막으로 그 일을 하곤 했다.

주교는 사나이를 데리고 기도실로 갔다. 침대엔 깨끗한 시트가 깔려 있었다.

"자, 그럼 편히 주무시오. 그리고 내일 떠나기 전에 우리 젖소에서 짠 따뜻한 우유를 한잔 마시고 가시오."

"고맙습니다, 신부님."

한데 사나이가 갑자기 수상한 동작을 하는 것이었다. 뭐랄까, 자신도 모르게 나오는 일종의 본능적인 충동이랄까? 그는 주교를 향해 팔짱을 끼고는 이내 흉포한 눈빛으로 그를 노려보더니 거친 목소리로 말했다.

"아니 정말 나를 당신 바로 옆에서 자게 해주는군요. 내가 살인범인지 아닌지 어떻게 알아요?"

주교는 천장으로 눈길을 돌리며 말했다.

"그야 주님께서 아시겠지."

그러고는 오른손을 올려 사나이에게 축복의 성호를 그었다. 사나이는 그대로 빳빳하게 서 있었다. 주교는 곧 자기 방으로 돌아갔다. 그 후 주교는 정원으로 나가 이리저리 거닐며 천주님의 위대한 신비에 대해 깊은 묵상에 들어갔다.

사나이는 피로에 지쳐 있었기 때문에 그 하얀 시트의 쾌적함도 즐길
새 없이 오랜 죄수의 습관으로 촛불을 코로 휙 불어 끄고는 옷 입은 그
대로 잠에 곯아떨어졌다.

열두 시가 넘어서야 주교는 자기 방으로 돌아왔고, 곧 모두가 조용히
잠들었다.

한밤중에 장발장은 잠에서 깼다.

그는 브리의 가난한 집안에서 태어났다. 어렸을 때 글도 배우지 못한
그는 침울한 성격은 아니었지만 늘 무슨 생각에 잠겨 있곤 했다. 그런 면
은 인정이 많은 사람에게서 흔히 보이는 특징이기도 했다. 그에겐 나이가
훨씬 많은 누이가 하나 있었는데 그녀가 장발장을 기르다시피 했다. 누
이의 남편이 죽었을 때는 아이 일곱 중 제일 큰애가 여덟 살이고 막내가
한 살이었다. 그때 스물다섯 살이 되었던 그는 졸지에 누이 가족을 부양
해야 하는 처지가 되고 말았다. 어쩔 수 없는 의무처럼 되어 버린 것이다.
그는 근근이 버는 힘든 노동을 하며 젊은 시절을 다 보낼 수밖에 없었다.
연인을 갖는다든지 자신만의 생활을 갖는다는 건 생각할 수도 없었다.

저녁마다 그는 지쳐서 집으로 돌아왔고, 아이들은 늘 배가 고팠다. 그
는 무슨 일이든 닥치는 대로 했고 그의 누이 또한 일을 했지만, 일곱 아이
들의 배를 채우기에는 늘 허덕여도 모자랐다. 그러다 혹독하게 추운 겨
울이 왔는데 장발장은 일거리가 없었다. 집에는 빵 한 조각도 없이 배고
픈 일곱 아이들만 있었다.

어느 일요일 밤이었다. 대성당 앞 광장 쪽으로 나 있는 한 빵집에서 주
인이 막 자려고 하는데 뭔가 딸깍 하는 소리가 들렸다, 그러더니 곧 창살
과 유리창이 깨지고 팔 하나가 불쑥 들어오며 빵 하나를 집어 갔다. 주인

은 후닥닥 밖으로 달려 나갔다. 도둑은 그 자리에서 붙잡히고 말았다. 그는 빵은 벌써 버렸지만 팔에서 피가 흐르고 있었다. 그가 바로 장발장이었다.

1795년에 일어난 일이었다. 장발장은 '밤에 가택에 침입하여 절도를 범한 혐의'로 법정으로 송치되었다. 그는 총을 한 자루 가지고 있었는데, 명사수 실력이었다. 그걸로 가끔 밀렵을 했었다는 것도 드러났다. 밀렵은 보통 안 좋게 보는 게 지배적이어서 그에겐 불리할 수밖에 없었다. 그것이 도시의 살인자와는 비교가 안 되는 것임에도 불구하고…….

장발장은 결국 5년 징역형을 받았다. 법이란 명백히 필요한 것이지만 법전에 의해 한 인간을 돌이킬 수 없는 나락으로 던져 버린다는 건 얼마나 쓰디쓴 일인가. 장발장은 울부짖었다. 일곱 아이의 이름을 부르며…… 그는 목에 쇠사슬을 차고 수레에 매달린 채 툴롱 항으로 송치되었다. 붉은 죄수복을 입은 그는 과거의 모든 삶이 지워지고 이름마저도 없어진 채 그냥 14601번일 뿐이었다. 누이는 어떻게 되었을까? 일곱 아이는 또 어찌 되었을까? 누가 그런 것을 헤아려 주기나 할까 말이다!

결과는 안 봐도 훤했다. 가련한 하느님의 자식들은 어떠한 도움도 못 받고 안식처도 없이 제각각 흩어져 버렸다. 그들은 고향을 떠났고, 아무도 장발장을 기억하지 못했다. 장발장 또한 감옥에 있으면서 그들을 잊어 갔다. 가슴속에는 상처만이 남아 있었다. 그러나 그뿐이었다. 툴롱에 있는 동안 그는 단 한 번 누이의 소식을 들었다. 감옥에 있은 지 4년째, 그해도 다 저물어갈 무렵, 누이가 막내 하나만을 데리고 파리의 빈민가에 살고 있다는 소식을 들은 것이다. 다른 아이들은 모두 어디에 있는지 알 수 없었다.

그때 장발장에게 탈옥할 기회가 찾아왔다. 다른 죄수들은 당연히 그를 도왔다. 탈옥 후 그는 이틀 동안 들판을 자유롭게, 아니 불안에 떨며 헤매고 다녔다. 쫓기며 두려워하며 인가를 피해 밤에만 움직였다. 그러다 이틀째 되는 날 저녁에 다시 붙잡히고 말았다. 그동안 아무것도 못 먹고 잠도 한숨 자지 못했었다. 어쨌든 그는 탈옥 죄로 3년이 추가돼 형기가 8년으로 늘어났다. 그렇게 6년째 되던 해, 그는 또다시 탈옥할 기회가 왔다. 그는 물론 탈옥할 수 있었다. 하지만 그날 밤에 바로 다시 체포됐다. 그땐 간수들에게 반발했다는 죄로 5년 중형을 받아 총 13년의 형으로 늘어났다. 그는 10년째 되던 해에 다시 출옥할 기회가 왔으나 그때도 곧 붙잡히고 말았다. 다시 3년의 형이 추가돼 총 16년의 감옥 형을 받았고, 13년째에 마지막으로 탈옥을 시도했다가 겨우 네 시간 만에 잡히는 신세가 되었다. 그 네 시간 때문에 또 3년이 추가돼 19년이란 세월을 감옥에 갇혀야 했다. 그리고 1815년 10월에 그는 석방돼 나왔다. 유리창을 부수고 빵 한 조각 훔친 죄로 자그마치 19년 동안을 철창 속에 갇혀 있었던 것이다.

장발장은 울며 공포에 몸서리치면서 감옥에 들어갔지만 나왔을 때는 무감정한 인간이 되어 있었다. 절망한 인간으로 들어갔다가 침울해져 나온 것이다.

그는 무식했지만 바보는 아니었다. 지옥 같은 감옥에서 그는 스스로의 양심에 질문하며 깊이 생각해 보았다. 그는 자신이 무턱대고 벌을 받고 있는 결백한 사람이라고는 생각하지 않았다. 그러나 이 불행한 사건의 잘못이 자기 한 사람에게만 있었던가! 성실히 일한 자신에게 빵 한 조각이 없었다는 게 그저 아무런 일도 아니었단 말인가? 범죄를 저지르기는 했지만, 지나친 그 형벌이 더 큰 죄악은 아니었던가? 과연 개인에 적대적인 사회의 악이 아니었는가 말이다!

장발장은 분노를 억누를 수가 없었다. 사회가 그에게 베푼 것이라곤 악밖에 없었다. 그에겐 이제 증오심밖에는 더 이상의 무기도 없었다.

　툴롱 감옥에는 죄수들을 위해 수도사들이 운영하는 학교가 있었다. 운이 나빠 들어온 죄수들 가운데 배우고자 하는 사람에게는 그 학교에서 교육을 시켜 주기도 했다. 장발장도 그중 한 사람으로 마흔 살에 읽기와 쓰기, 계산법을 배웠다. 그는 무지를 깨닫는 게 곧 자신의 증오심을 다지는 것이라고 생각했다.

　그는 본성이 나쁜 사람은 아니었다. 처음 감옥에 들어갔을 당시엔 무척 착한 사람이었다. 그러다 감옥에서 사회를 증오하게 되고 자신이 나약함을 깨달았다. 또한 신의 섭리를 믿지 않게 되면서 신앙심조차 사라져 버렸다.

　신은 사람을 선량하게 만들지만 사람은 사람에 의해 악해지는 것인가? 장발장은 감옥에서 휴식 시간을 가질 때마다 몽상에 빠져들었다. 그는 언제나 침울한 표정으로 말없이 묵묵하게 견뎌 나가고 있었다. 하지만 몽상 속에서 그는 수없이 좌절하고 분노하며 희망을 잃은 채 암흑의 밑바닥으로 내려가곤 했다.

　장발장은 다부진 체력을 갖고 있었다. 감옥 안에서 그를 당해낼 자가 없었다. 그는 어떤 일도 네 사람 몫을 해낼 수 있었다. 엄청나게 무거운 것도 들어 올려 등에 지기도 하고, 때로는 기중기처럼 들어 올릴 수도 있었다. 그래서 기중기 장이라는 별명이 붙기도 했다. 한번은 툴롱 시청의 발코니 공사를 할 때 발코니를 받치고 있던 기둥이 부러진 적이 있었다. 마침 그 자리에 있던 장발장은 그 발코니를 어깨로 받치고 일꾼들이 올 때까지 버티고 있었다.

　그는 동작 또한 얼마나 날렵한지 체력을 능가할 정도였다. 탈옥을 늘

기도하는 죄수들로선 체력과 날쌘 손놀림으로 하나의 학문을 만들어내기도 한다. 말하자면 근육 학문이라고 할 만한 일종의 모든 신비한 정력을 쓰는 방식에 대해서인데, 죄수들은 심지어 파리나 새들의 자유조차도 부러워하기 때문에 그러한 경지에 도달할 수 있는 것이다. 일테면 아무것도 없는 벽이라도 식은 죽 먹기로 올라갈 수 있는데, 벽 한쪽 귀퉁이를 잡고 등과 두 다리로 지탱하며 팔꿈치와 뒤꿈치는 벽돌 틈새로 집어넣고 몇 층 정도를 오를 수가 있는 것이다. 때로는 감옥 지붕 위까지도 그런 식으로 올라가곤 했다.

장발장은 말수가 적고 잘 웃지도 않았지만 어쩌다 극도의 흥이 날 경우엔 마치 악마의 웃음과도 같은 죄수 특유의 침울한 표정을 지을 뿐이었다.

그는 파브롤에서 가지 치는 일을 한 성실한 일꾼이었는데 툴롱에서 무서운 죄수가 되면서 십구 년 동안의 감옥 생활 덕분에 이제는 망설임 없이 아무 악행이라도 저지를 수가 있게 되었다. 그의 증오심은 마침내 무슨 생명체든 마구 해치고 싶은 끝없이 막연한 야수적 욕망으로 나타났다.

세월이 흐를수록 그의 영혼은 서서히, 그러다 돌이킬 수 없이 메말라갔다. 영혼이 메마르면 눈물도 마르는 법. 출옥 때까지의 19년 동안 그는 눈물 한 방울 흘린 적이 없었다.

출옥이 가까워오자 장발장의 귀에는 '너는 이제 자유다.' 라는 말이 들려왔다. 그러나 그는 곧 노란색 통행권이 따라붙는 자유라는 것이 무엇인가를 알게 되었다.

장발장은 잠에서 깨어 대성당의 큰 시계가 새벽 두 시 종을 치는 소리를 들었다. 그가 잠을 깬 건 침대 때문이었다. 20년 가까이 안 쓰던 침대가 잠을 설치게 했던 것이다. 그는 겨우 네 시간 정도 잤지만 피로는 가시고 없었다. 오래전부터 잠을 그리 오래 자지 않는 게 습관이 되어 있었다.

그는 잠시 어둠 속을 응시하고 있다가 다시 눈을 감고 자려고 해보았다. 그러나 잠은 더 이상 오지 않고 이런저런 생각만이 머리에 맴돌았다.

머릿속에는 온갖 생각들이 뒤죽박죽 섞여 있었다. 너무나 많은 어두운 상념들이 꼬리를 물고 달려왔는데 그 많은 것들 중에서도 끈질기게 남아 마침내는 다른 상념들을 모조리 쫓아버리는 것이 하나 있었다.

그건 바로 저녁 식탁 위에 놓여 있던 은그릇들이었다. 할멈이 주교 침대의 머리맡에 있는 벽장 속에 집어넣었던 그 여섯 벌의 은그릇들이 그의 머릿속을 꽉 채운 것이었다. 그것은 순 은이었다. 아무리 못해도 이백 프랑은 나갈 것 같았다. 19년 간 감옥에서 번 돈의 두 배 정도 되는 돈이다.

그는 거의 한 시간 동안이나 마음이 물결처럼 흔들리는 고민을 거듭했다. 그러다 세 시 종이 울렸다. 그는 눈을 부릅뜨고 벌떡 일어나 앉았다. 그러고는 다시 한참 동안 이런저런 생각에 잠겼다. 여러 가지 상념들이 교차하는 가운데 별안간 죄수복이 보이기도 했다.

30분을 알리는 종소리가 들렸다. 그는 자리에서 벌떡 일어섰다. 장발장의 동작은 아직도 민첩하기 이를 데 없었다. 모자를 뒤집어쓰고 바랑을 걸머지고 지팡이를 들고는 바람처럼 사뿐히 주교의 방으로 미끄러져 들어갔다. 시계소리가 그에게 '자, 서둘러!' 하고 말하는 듯했다.

그는 잠들어 있는 주교의 규칙적인 숨소리를 들으며 침대 옆으로 다가갔다. 순간 구름이 확 긷히며 달빛이 방 안으로 들어와 주교의 창백한 얼굴 위에 머물렀다. 그는 여전히 자고 있었다. 그의 흰 머리칼과 감긴 눈 아래로 희망과 신뢰의 빛이 가득 차 있는 얼굴은 존엄하고 성스러워 보였다.

장발장은 그토록 빛에 싸여 있는 한 노인의 모습을 보며 넋을 잃은 듯 그 자리에 우뚝 서 있었다. 그는 분명 놀라움으로 얼이 빠진 것이었다. 그는 주교를 가만히 내려다보고 있었다. 그러다 차츰 망설임이 일어났다. 주교의 머리를 내려치거나 그의 손에 입을 맞추거나 할 것만 같은 분위기였다.

잠시 후 그는 모자를 천천히 벗더니 지팡이를 오른손에 쥐고 다시 노인을 응시하기 시작했다. 그 위험한 눈빛 아래서 주교는 여전히 깊고 평화로운 잠을 자고 있었다.

벽난로 위의 십자가상이 달빛 아래서 희미한 윤곽을 드러내고 있었다. 두 팔을 벌리고 있는 예수가 한 사람에게는 축복을, 다른 한 사람에게는 용서를 해주는 듯 두 사람을 포옹하려는 자세였다.

장발장은 돌연 모자를 다시 쓰고, 머리맡에 있는 벽장으로 다가갔다. 그는 자물쇠를 부술까 하다가 옆에 걸려 있는 열쇠로 문을 열고는 은그릇이 가득 들어 있는 바구니를 꺼냈다. 그러고는 대담하고도 재빨리 기도실로 성큼성큼 가서는 창문을 열었다. 그런 다음 바랑 속에 은그릇들을 모조리 집어넣고 빈 바구니는 버려둔 채 정원으로 나가 담장을 획 넘어서 어둠 속으로 사라져 버렸다.

이튿날 해가 떠오를 무렵, 미리엘 주교가 정원을 거닐고 있는데 마글루와르 할멈이 헐레벌떡 그에게로 달려왔다.

"주교님, 주교님, 혹시 은그릇 바구니 어디 있는지 보셨나요?"

"그럼, 봤죠."

"아이고, 다행이네! 전 어디로 사라졌나 했네요."

주교는 좀 전에 정원에서 주웠던 그 바구니를 할멈에게 내보였다.

"여기 있어요."

"아니 속에 건 다 없어졌잖아요! 은그릇 말이에요!"

"아, 바구니를 찾은 것이 아니고 은그릇 말인가요? 그건 나도 모르는데요."

"아이고 맙소사! 도둑맞은 거네요. 그 남자가 훔쳐 간 거라고요."

마글루와르 할멈은 부랴부랴 기도실로 갔다가 다시 주교에게로 달려왔다. 주교는 바구니 때문에 부러진 꽃나무 가지를 허리를 구부린 채 매만지고 있었다.

"주교님. 그 남자가 없어졌어요. 은그릇을 몽땅 훔쳐 간 거예요. 저기보세요. 담을 타고 넘어간 거예요."

주교는 한참 동안 말이 없더니 다시 아무렇지도 않은 표정으로 마글루와르 할멈에게 찬찬히 말했다.

"그런데 그 은그릇들이 우리 물건이었던가요?"

할멈은 어이가 없다는 듯 멍한 표정으로 서 있었다.

"마글루와르 부인, 그 은그릇을 가지고 있었던 건 잘못한 거예요. 그건 가난한 사람들의 것이거든요. 그 사내는 분명 가난한 사람이지 않아요? 그럼 됐어요."

"도대체 무슨 말씀을 하시는 거예요! 아가씨와 저는 상관없지만 주교님은 어디다 식사를 담아 드려야 할지 모르겠네요."

주교가 장난치듯 대답했다.

"아무데나 담아 먹으면 뭐 어때요. 그렇다고 밥맛이 변하나요."

잠시 후 그들은 이제 그 장발장과 함께 먹었던 식탁에 앉아 아침식사를 하고 있었다.

"그런 불한당을 집에 들이다니! 그런 놈을 바로 옆방에다 재우시다니!"

마글루와르 할멈이 계속 중얼거리고 있는데 누가 문을 두드렸다.

"들어오세요."

주교가 말했다.

문이 홱 열리면서 헌병 세 명이 장발장을 끌고 나타났다.

"주교님……."

헌병 하나가 경례를 올려붙이고는 주교에게로 다가왔다. 고개를 푹 숙이고 있던 장발장이 주교라는 소리에 화들짝 놀라며 얼굴을 들었다.

"주교라고! 그냥 사제가 아니고……?"

헌병이 장발장의 머리를 한 대 쥐어박았다.

그러는 동안 어느새 주교는 장발장에게 다가가 있었다.

"아, 노형이구먼! 반갑소. 그런데 이게 웬일이오? 당신한테 촛대도 드렸는데 이건 왜 잊어버리고 가셨소? 이것도 은이니까 이백 프랑쯤은 받을 수 있을 거요."

장발장은 믿을 수 없다는 눈빛으로 그 거룩한 주교를 바라보고만 서 있었다. 그의 얼굴은 뭐라고 형언할 수 없는 표정으로 굳어 있었다.

"주교님, 그럼 이자가 거짓말을 한 게 아니란 말씀입니까? 저희는 이자를 보고는 분명 도망치는 거라고 생각해 붙잡아 조사를 해보았더니, 글쎄 이 은그릇들이 나오지 뭡니까……."

주교는 빙그레 웃으며 헌병의 말을 잘랐다.

"이 사람이 이렇게 말했겠지요. 잠을 재워 준 늙은 신부가 이걸 주었다고요. 맞아요. 내가 주었어요."

"그러면 그냥 보내도 되겠습니까?"

"물론이죠."

주교는 장발장에게 말했다.

"노형, 이번엔 당신 촛대를 잊지 말고 가져가시오."

주교는 벽난로 위에 놓여 있는 은촛대 두 개를 가져와 장발장에게 주었다. 두 여인들은 아무 말 없이 주교가 하는 걸 쳐다보고만 있었다.

장발장은 여전히 떨고 있으면서 어리둥절한 표정으로 주교가 내미는 촛대를 받아 들었다.

"자, 그럼 물러가도 됩니다."

주교의 말에 헌병들은 다시 경례를 하고 떠나갔다. 장발장은 당장이라도 실신할 것처럼 주저앉았다. 주교가 그의 옆으로 가서 조용히 말했다.

"절대 잊지 마세요. 이 은그릇들은 정직한 사람이 되기 위해 쓰겠다고 나와 약속을 했지요?"

꿈에도 그런 약속을 한 기억이 없는 장발장은 그저 당황스러울 뿐이었다. 주교는 그 말을 할 때 한 단어 한 단어 힘을 주면서 계속 엄숙한 말투로 덧붙였다.

"장발장, 내 형제여, 나는 그대의 영혼을 산 것이라오. 내가 하고 싶은 건 그대의 영혼을 사악한 것으로부터 끌어내 천주님께 바치고자 하는 것이오."

장발장은 도망치듯 시내를 빠져나갔다. 그는 방향도 모른 채 산이든 들이든 아무데나 발 가는 대로 걸었다. 아무것도 안 먹었지만 배고픈 줄도 몰랐다. 그는 한 번도 느껴 보지 못한 감정에 사로잡혀 어쩔 줄 몰라 하고 있었다. 하지만 누구에게랄 것도 없는 분노 또한 마음속에 솟아올랐다. 어쩌면 헌병들에게 그대로 잡혀가 감옥에 가는 게 더 나았을지도 모른다는 생각까지 들었다. 그런 복잡한 심경을 가지고 그는 하루 종일 헤매고 다녔다.

해가 서쪽으로 서서히 저물 무렵, 장발장은 디뉴에서 삼십 리 정도 떨어진 곳의 나무둥치에 앉아 마냥 생각에 잠겨 있었다.

그때 너덜너덜한 옷을 입은 한 사보아 소년이 콧노래를 부르며 걸어오고 있었다. 소년은 걸으면서도 동전 몇 개로 공기놀이를 하고 있었다. 그가 가진 전 재산일지도 모르지만 그중엔 40쑤짜리 은전 하나도 있었는데 그게 땅으로 떨어지면서 장발장 앞까지 굴러왔다. 장발장은 동전을 발로 밟았다. 그러자 소년이 다가가 말했다.

"아저씨, 그거 주세요."

"너 이름이 뭐냐?"

"프티 제르베에요."

"저리 꺼져!"

장발장은 소리를 지르며 고개를 돌려 버렸다.

"내 돈 달라고요, 아저씨!"

소년이 다시 말했지만 장발장은 들은 체도 하지 않았다. 소년은 그의 옷을 움켜잡고 흔들며 동전을 밟고 있는 그의 징 박힌 구두를 밀어내려고 있는 힘을 다 썼다.

"빨리 내 돈 달라고요. 사십 쑤짜리 내 돈이오."

소년이 울부짖자 장발장은 고개를 돌려 그를 노려보았다. 소년은 더 악에 받혀 소리 질렀다.

"저리 꺼지라니까!"

장발장의 고함에 소년은 놀라 바들바들 떨더니 곧 달아나 버렸다. 소년의 울음소리가 멀리서 들려오다 이내 잠잠해졌다.

해도 지고 어느새 어두워졌다. 장발장은 그 자리에 그대로 서 있었다. 그는 가쁜 숨을 몰아쉬며 가슴을 들먹거렸다. 그러다 갑자기 추위를 느끼며 몸을 부르르 떨었다. 그는 모자를 더 깊이 눌러 쓰고 한걸음 내디디며 지팡이를 잡으려 했다. 그때 발밑에 있던 40쑤짜리 은 동전이 눈에 들어왔다. 그는 별안간 감전이라도 된 듯 몇 걸음 뒤로 물러났다. 그러고는 발작적으로 달려들어 그 은화를 집어 들고 부들부들 떨며 들판을 여기저기 둘러보았다.

그는 긴 한숨을 내쉬고는 소년이 달아난 방향으로 서둘러 걸으며 외치기 시작했다.

"프티 제르베! 프티 제르베!"

그러나 소년의 대답은 없었다. 주위엔 어둠과 고요뿐이었다.

장발장은 뛰기 시작했다. 가끔 걸음을 멈추고는 무서울 정도로 절절한 목소리로 외쳐댔다.

"프티 제르베! 프티 제르베!"

그는 한참 계속 가다가 말을 타고 오는 한 신부를 만났다.

"신부님, 혹시 소년이 지나가는 걸 못 보셨습니까? 이름이 프티 제르베라고 하던데요."

"아무도 못 봤는데요."

장발장은 가죽 지갑을 꺼내 5프랑짜리 동전 두 개를 신부에게 건넸다.

"가난한 사람들에게 주십시오. 신부님, 열 살쯤 된 사보아 소년인데 이름이 프티 제르베라고 혹시 모르십니까?"

"모르겠는데요."

장발장은 또다시 5프랑짜리 두 개를 꺼내 신부에게 주었다.

"가난한 사람들에게 나누어 주십시오."

그러다 갑자기 그는 정신 나간 사람처럼 소리쳤다.

"신부님, 저를 체포해 주십시오. 저는 도둑놈입니다."

신부는 화들짝 놀라며 말을 채찍질해 달아나 버렸다.

장발장은 다시 계속 달려갔다.

"프티 제르베! 프티 제르베!"

그는 주위를 두리번거리고 외치면서 오랫동안 달려갔지만 아무도 만나지 못했다. 그러다 길이 세 갈래로 갈라진 곳이 나와 그는 걸음을 멈췄다. 달빛이 환하게 비치고 있었다. 그는 다 죽어가는 소리로 프티 제르베를 계속 중얼거리며 커다란 바위 옆에 쓰러지듯 엎어졌다. 그러고는 두 손으로 머리털을 잡아 뜯으며 얼굴을 무릎 사이에 처박고 울부짖었다.

"아아, 난 구제불능이야!"

그는 가슴이 찢어질 것 같아 울기 시작했다. 19년 만에 처음 터져 나온 처절한 울음이었다.

주교의 집에서 나올 때만 해도 그는 마음을 단단히 먹고 있었다. 주교의 용서는 사실 그에게는 가장 무서운 공격이나 마찬가지였던 것이다. 만약 그 공격을 이겨내지 못한다면 그는 자신의 증오심을 포기하겠다고 생각했다. 그 싸움은 이기거나 지는 것밖엔 없었다. 자신의 사악함과 주교의 관용이 맞붙는 싸움인 것이다.

그는 그런 생각을 마음속에 담고 취한 사람처럼 비틀거리며 간신히 걸어오고 있었다. 스스로는 인식하지 못하고 있었지만 그러는 가운데 마음은 어느새 변해 가고 있었고, 다시 말해 주교의 관용이 그의 마음에 자리 잡아가고 있었다.

그런데 그런 상황에서 그는 소년을 만났고, 느닷없이 그의 40쑤를 강탈했던 것이다. 도대체 왜 그랬을까? 그건 감옥에서 따라 나온 나쁜 습관의 마지막 찌꺼기였을 것이다. 충동적인 무의식 행위 말이다. 그런 행위를 한 건 어쩌면 그 자신이 아니라 막 눈뜨고 있는 그의 지성이 고통 속에서 몸부림치며 빠져나오려는 순간 본능이라는 짐승이 먼저 튀어나오며 저지른 행위였을 것이다. 그런 다음 그 지성이 뒤따라 나와 짐승의 행위를 보고는 기겁하며 놀라 자빠졌던 것이다.

결국 악마 같은 그 마지막 행동은 그의 지성 속에 꿈틀거리던 혼돈을 정지시키고, 본능 속의 장발장을 쫓아낸 후 주교만을 남게 한 것이었다. 주교는 이 가련한 사나이의 영혼에 찬연한 빛을 가득 채워 주고 있었다.

장발장은 울고 또 울었다. 뜨거운 눈물은 멈출 줄 모르고 흘러내렸다. 그는 포효하듯 절규하며 울고만 있었다. 그러다 한순간 그의 뇌리에 빛이 떠오르며 자신의 삶과 영혼을 비추고 있는 듯했다. 갑자기 무섭고 끔찍하게 느껴졌지만 그 빛은 부드럽고 밝게 그의 영혼 위에서 머물고 있었다. 얼마나 오랫동안 울었을까?

그 이후 그를 본 사람은 아무도 없었다. 다만 바로 그날 새벽 세 시쯤, 한 마차꾼이 주교 집 앞을 지나다가 한 남자가 그 집 앞 길바닥에서 기도하듯 무릎을 꿇고 엎드려 있는 것을 보았을 뿐이었다.

3

청춘 시절

1817년은 루이 18세가 재위한 지 22년이 되는 해다. 그해, 파리의 젊은 이 네 사람은 '재미있는 일'을 벌이고 있었다. 그들은 흔히 볼 수 있는 아주 평범한 학생들이었다. 그들에게는 각자 애인들이 있었는데, 블라슈벨르라는 청년에게는 페이버리트라는 영국 이름을 가진 여자가, 리스톨리에에게는 다리아라는 꽃 이름의 여자가, 파뫼이유에게는 조제핀느라는 여자, 톨로미에스에게는 햇빛처럼 빛나는 금발머리를 한 팡틴느라는 여자가 있었다.

그 네 여자는 신선하고 매력적이었다. 그리 세련된 건 아니었지만 연애를 하다 보니 젊음의 향기를 내뿜으며 발랄한 멋을 낼 줄 아는 여자들이었다.

네 사람 중 처음 연애를 시작한 팡틴느가 제일 나이가 적었고, 다른 셋은 팡틴느보다 경험도 있는 데다 좀 더 자유를 즐기며 세상 물정에도 밝아 있었다.

청년들도 친구 사이고, 여자들도 서로들 모두 친구 사이였다. 팡틴느의 첫사랑은 단 한 사람으로 꽤 충실한 사랑이었다. 네 여자들 중 한 남자에게만 애인으로 불리고 있는 사람은 팡틴느밖에 없었다.

팡틴느는 서민 중에서도 가장 밑바닥 집안에서 태어났다. 그녀의 부모를 아는 사람은 그녀를 포함해 아무도 없었다. 그녀는 성도 없었고, 세례명도 없었다. 원래는 이름도 없었는데 누군가가 그냥 예쁜 이름이라며 불러준 것이 그대로 이름이 되었다. 그 밖에 아무것도 그녀에 대해 알려진 건 없었다. 그녀는 열 살부터 도시 외곽의 한 농가에 들어가 일하다가 열다섯 살이 되자 파리로 '돈벌이'를 하러 왔다. 그녀는 무척 아름다운 이를 가진 금발 미인이었고 아직도 순결을 지키고 있는 처녀였다.

그녀는 톨로미에스와 사랑에 빠졌다. 남자에게는 정욕이, 여자에게는 정열이 있다. 카르티에 라탱 거리는 학생들과 여자 직공들이 함께 어울리며 늘 시끌벅적한 곳인데, 팡틴느도 그곳에서 꿈이 시작되었다.

청년들 중에는 톨로미에스가 대장 노릇을 했다. 그는 재치가 있고, 집안도 부유했다. 어느 날 그는 다른 세 명을 불러 모아놓고 이렇게 말했다.

"벌써부터 네 명의 여자들이 깜짝 놀랄 만한 무슨 일을 하자고 조르고 있고, 우리도 모두 꼭 그러겠다고 약속을 했다. 게다가 부모들한테서도 자꾸만 편지가 오고 있으니, 때가 된 것 같다. 자……."

톨로미에스가 목소리를 낮춰 뭐라고 속삭이자 다른 세 사람이 똑같이 폭소를 터뜨리며 합창을 했다.

"정말 대단한 생각이야!"

그들은 스스로 감탄을 하며 다음 일요일에 네 여자를 초대해 피크닉을 가기로 했다.

일요일이 되자 네 커플은 아침 일찍 들판으로 나갔다. 여름방학이 막 시작될 무렵이었는데 날씨가 벌써 무척 더웠다. 여자들은 새처럼 조잘대며 수다를 떨었다. 톨로미에스는 맨 뒤에서 일행을 이끌어가며 즐거워하고 있었다.

팡틴느도 마냥 즐겁기만 했다. 그녀는 밀짚모자를 손에 들고 긴 금발 머리는 자연스럽게 바람에 내버려 두고 있었다. 네 커플은 햇빛이 눈부신 들판에서 꽃과 나무들 가운데 뛰놀며 맘껏 젊음을 발산하고 있었다. 떠들다 노래하고, 뛰어다니다 나비를 쫓기도 하며 발랄하게 노닐다가 서로 입을 맞추기도 했다.

점심 식사 후 네 커플은 당시 왕의 화원이라고 불리던 곳의 식물들을 구경하고 나귀를 타 보기도 하고 그네도 탔다. 톨로미에스가 여자들을 그네에 태워 밀어 주었다. 그러자 여자들의 치마가 바람에 날려 올라가고 모두들 웃음을 터뜨렸다.

그러나 팡틴느는 그네를 타지 않았다.

"왜 저렇게 도도하게 굴지?"

페이버리트가 못마땅하다는 듯 남자들에게 소리쳤다.

"그런데 참, 깜짝 놀라게 해 준다는 게 뭔데? 빨리 말해 봐."

"조금만 기다려."

톨로미에스가 대답했다.

그들은 행복감에 도취돼 세 시 즈음엔 아이들이 하는 기차놀이를 시작했다. 하루 종일 노느라 어느덧 피곤해진 그들 여덟 명은 저녁때가 되자 봉바르다 식당으로 갔다. 식당 안쪽엔 큰 침대가 놓여 있고 좀 허름하기도 하지만 그곳에서 그들은 식사를 하고 술도 마셨다. 아침 다섯 시부터 시작한 피크닉 산책도 끝나가고, 어둠이 시작되고 있었으며, 식사도 맘껏 한 상태였다.

어느덧 식탁에서 하던 잡담은 사랑의 속삭임으로 이어지고 있었다. 페이버리트가 블라슈벨르에게 욕망의 눈길을 던지며 말했다.

"블라슈벨르, 난 자기한테 빠진 것 같아."

블라슈벨르가 대답했다.

"페이버리트, 만일 내가 자기를 사랑하지 않게 된다면 자기는 어떻게 할 건데?"

"내가 어떻게 할 거냐고?"

페이버리트가 외쳤다.

"그런 말은 하지 마, 농담이라도! 만약 그런 일이 생긴다면 자기를 막 할퀴고 물어뜯을 거야. 아! 그렇게 되면 난 어떻게 하라고 그래! 나쁜 남자 같으니!"

블라슈벨르는 황홀해 하며 자존심에 만족을 느끼면서 의기양양한 미소를 지었다. 다리아가 블라슈벨르를 힐끗거리고 쳐다보면서 페이버리트의 귀에 대고 속삭였다.

"너, 정말 저 친구 사랑하니?"

"아니, 싫어."

페이버리트는 멀쩡한 표정으로 역시 나지막하게 속삭였다.

"저 구두쇠보다 우리 앞집에 사는 귀여운 남자가 더 좋아. 무슨 배우 같기도 한데 되게 멋진 거 있지. 나 그 남자한테 점점 빠지고 있어. 그래도 상관없어. 블라슈벨르한테 그냥 사랑한다고 말해 주는 거야."

한쪽에서는 떠들고 다른 한쪽에서는 사랑을 속삭이고, 또 다른 쪽에서는 시끄럽게 노래 부르며 왁자지껄했다. 갑자기 톨로미에스가 큰 소리로 말했다.

"자, 그럼 요란하게 떠들지만 말고 정말 재미있는 뭔가를 좀 생각해 보자고. 여러분들, 모두 침착하게 들어 봐. 나의 재담에 너무 감동하지 말고 그냥 들어 보라고. 모든 일엔 한계가 있는 법. 아가씨 여러분, 여러분은 능금과자를 좋아하지만 거기에도 절제가 있어야 하죠. 과식은 건강을 해치니까요. 연애도 역시 마찬가지죠. 너무 지나치게 해서도 안 좋고 적당한 시기엔 끝을 맺어야 하는 겁니다. 팡틴느! 그대는 조용하고 민감한 여자로군요. 님프 같은 자태에 소녀 같은 정절을 지키고 있는 환영 같은 여자. 그런데 어쩌다 이 바람둥이 여자들 속에 잘못 끼어들어 환상 속을 헤매고 있구려. 그대는 나 톨로미에스 역시 그림자 같은 존재에 불과하다는 것을 알아야 해요. 숙녀 여러분에게 충고를 하겠습니다. 결혼은 절대 하지 말아요. 결혼이란 접붙이기와 같은 것, 잘 되는 수도 있지만 잘 안 되는 수도 있으니, 그런 위험은 피하는 게 좋습니다. 내가 지금 무슨 소리를 지껄이고 있는 건지 모르겠지만, 자 신사 여러분, 여자를 정복하시오. 여자는 남자의 권리물이요, 역사의 모든 전쟁은 여자에 달려 있으니, 여자를 빼앗으시오."

톨로미에스가 말을 마치자 블라슈벨르가 술잔을 건넸다.

"숨이나 쉬고 떠들게나."

톨로미에스는 술잔을 비우고 다시 말을 이었다.

"내가 지껄인 얘기는 모두 잊어버려. 신중함도 정숙함도 다 필요 없고, 자 축배를 들고 즐깁시다. 재밌게 놉시다. 내 마음은 저 처녀림의 벌판으로 달려가고 있네. 만물의 조화가 신비롭고 아름답기만 하구나. 나에게 키스를 해다오, 팡틴느여!"

그러나 톨로미에스는 실수를 하고 말았다. 팡틴느가 아니라 페이버리트를 안고 키스를 한 것이다. 페이버리트가 몸을 빼내며 그에게 물었다.

"도대체 깜짝 놀랄 일이 뭐냐고?"

"어, 이젠 때가 왔어."

톨로미에스가 자리에서 일어나며 말했다.

"신사 여러분, 이 숙녀들을 놀라게 해 줄 때가 되었다. 숙녀 여러분은 잠시 기다리세요. 우선 숙녀분들에게 키스를 해 드리자. 각자 이마에 하세요."

청년들은 애인의 이마에 엄숙하게 키스를 하고는 입에 손가락을 대고 살금살금 고양이 걸음으로 문밖으로 나갔다. 그들의 동작을 보던 페이버리트가 손뼉을 쳤다.

"뭐야 정말. 궁금해 죽겠네."

"너무 오래 걸리지 않도록 해."

팡틴느가 작은 소리로 말했다.

여자들은 창문으로 다가가 밖을 내다보았다.

청년들이 서로 팔짱을 끼고 식당 밖으로 나가고 있었다. 그들은 뒤로 돌아 창문으로 여자들을 보고 웃으며 손을 흔들면서 사라져갔다.

"너무 오래 있지 말고 빨리 와!"

팡틴느가 창밖으로 다시 소리쳤다.

여자들은 자기네들끼리 계속 수다를 떨었다.

"뭘까?"

"틀림없이 뭔가 멋있는 것이겠지."

"금 액세서리 같은 것이면 좋겠다."

여자들이 떠들면서 계속 창밖을 보고 있는 사이, 시간이 꽤 흘렀다. 페이버리트가 잠자다 깨어난 사람처럼 말했다.

"도대체 깜짝 놀라게 해 준다는 건 어떻게 된 거야?"

"너무 오래 걸리네!"

팡틴느가 짜증난 목소리로 말하고 있는데, 식당 종업원 하나가 쪽지를 들고 와 그녀들에게 내밀었다.

"이게 뭐죠?"

페이버리트가 묻자 종업원이 대답했다.

"아가씨들에게 드리라면서 아까 그 남자분들이 주고 가신 거예요."

"근데 왜 바로 안 가져왔어요?"

"남자분들이 한 시간 지나기 전에는 드리면 안 된다고 했거든요."

페이버리트가 편지를 잡아챘다.

"이게 뭐지? 누구라는 것도 안 적혀 있고…… 깜짝 놀랄 것이란 게 바로 이건가?"

그녀는 편지를 뜯어서 읽기 시작했다.

　사랑하는 여인들이여

　우리들에겐 부모가 있소. 그들은 한탄을 하며 우리가 돌아오기를 기다리고 있소. 우리는 도덕심 때문에 부모의 뜻을 따르기로 했소. 그대들이 이 편지를 읽을 때쯤이면 우리는 꽤 멀리 가 있을 것이오. 우리는 이렇게 떠나가오. 아니 이미 떠나갔소. 툴루즈의 역마차는 우리를 수렁에서 건져내 주었소. 그 수렁이란 오, 바로 우리의 귀여운 아가씨들, 그대들이오. 우리는 시간당 30리씩 달려 사회의 의무와 질서 속으로 돌아가는 중이오. 우리들을 불쌍히 여기고 하루빨리 다른 남자를 만나세요. 이 편지가 당신들의 가슴을 찢었다면 이 편지를 갈기갈기 찢어 버리세요. 그럼 건투를 빌며.

거의 이틀 동안 우리는 당신들에게 즐거움을 주었소. 우리를 너무 원망하지 마시오.

블라슈벨르, 파뫼이유, 리스톨리에, 톨로미에스.

추신 : 식사비는 다 지불됨.

여자들은 서로의 얼굴을 멍하니 바라보았다. 한참을 그러고 있다가 페이버리트가 입을 열었다.

"좋아! 어쨌든 재미있는 연극 같아."

"장난끼가 좀 있네."

조제핀느가 말했다.

"이 일을 꾸며낸 건 블라슈벨르일 거야. 그 친구도 그런 매력이 있는 걸 몰랐군. 없어지고 나니까 아쉽네. 세상이 다 그렇겠지 뭐."

페이버리트가 시큰둥하니 말하자 이번엔 다리아가 한마디했다.

"아니, 이건 톨로미에스가 꾸민 수작일 거야. 뻔해."

"어쨌든 대단히 기발하지 않았어? 멋있었잖아. 만세!"

페이버리트가 그렇게 소리치자 다들 웃음을 터뜨렸다. 팡틴느도 함께 웃었다.

하지만 팡틴느는 그날 밤 집에 돌아와 울었다. 그녀에게는 톨로미에스가 첫사랑이었고, 함께 잠을 잔 사이였던 것이다.

4

이별

파리 근교 몽페르메유에 떼나르디에라는 부부가 경영하는 여관이 있었다. 졸음이 나른하게 몰려오는 오후의 햇살 아래, 떼나르디에 부인이 여관 문 앞 층계에 어린 딸들과 함께 앉아 있었다. 한 아이는 두 살이 넘어 보였다. 아이들의 옷차림은 꽤 신경 써서 입혀 놓은 듯 예쁘게 꾸며져 있었다.

그때 "애기들이 참 예쁘네요." 하는 소리가 들려왔다. 아기를 안은 한 여자가 다가오고 있었다. 여자는 무거워 보이는 커다란 가방 하나도 들고 있었는데, 품에 있는 아기는 두세 살 되어 보이는 여자아이였다. 아이는 뽀얗고 포동포동하게 살이 올라 장밋빛처럼 불그레하니 예쁜 얼굴로 새근새근 잠이 들어 있었다. 아이의 옷차림도 여관집 아이들 못지않게 좋은 것으로 잘 입혀져 있었다. 그러나 아이의 엄마는 몹시 초라한 행색에 힘거운 표정을 하고 있었다. 여직공 같은 옷차림을 하고 있었는데, 젊은 여인이고 과거엔 꽤 아름다웠을 것 같은 얼굴이지만 지금은 전혀 그렇게 보이지 않았다.

그녀는 바로 팡틴느였다. 지난날의 그 '깜짝 놀랄 만한' 장난이 있은 후로 몇 년의 세월이 흘렀다. 애인에게서 버림받고 남은 것은 가난뿐이었다. 다른 여자 친구들과도 곧 연락이 끊어지고 그녀는 혼자가 되었다. 톨로미에스와 사귈 때 직장 일에 좀 소홀했던 결과로 일자리도 잃고 말았다. 그녀는 더 이상 돈벌이를 할 길이 없어졌다. 글을 읽은 줄은 알았지만 쓰는 건 이름밖에 배우지 않았던 팡틴느는 대서쟁이에게 부탁해 편지를 써서 톨로미에스에게 여러 번 보냈지만 한 번도 답장을 받지 못했다.

그러다 어느 날, 길을 가는데 한 무리의 여자들이 수다를 떨고 있다가 팡틴느의 딸을 보고는 '누가 저런 아이를 예뻐하겠어.' 하고 말하는 걸 듣게 되었다. 그러고 보니 톨로미에스도 죄 없는 아이를 외면할 것 같아 팡틴느는 그를 만날 생각을 아예 포기해 버렸다.

그녀는 슬픔을 나눌 사람이 아무도 없었다. 그래서 고향 메르 시로 가기로 했다. 거기선 혹시 아는 사람이라도 있어 일자리를 찾을 수 있을지 모르기 때문이었다. 그러나 자신의 과거를 숨겨야 하고, 그렇게 되면 또다시 고통스런 이별을 해야만 하리라.

팡틴느는 자신을 위해서는 옷 하나 사는 것도 단념했지만 딸에게만은 최대한 좋은 걸 입혔다. 딸아이만이 그녀에게 남은 유일하고도 성스러운 허영이었다. 그녀는 모든 걸 포기하고 남아 있는 돈 80프랑을 챙겨 아이를 안고 화창한 봄날 아침에 파리를 떠났다. 그녀 나이 스물두 살이었다.

그녀는 아이를 돌보느라 고생을 많이 한 탓에 이미 건강이 안 좋아졌고, 수시로 기침을 하며 쉽게 피로를 느끼곤 했다. 그 때문에 가끔 마차를 타기도 하면서 그날 정오 무렵에 몽페르메유에 도착했다. 그리고 걷다가 떼나르디에 여관 앞을 지나가게 되었고, 거기서 두 딸아이와 엄마가 행복하게 있는 모습을 보며 자신도 모르게 걸음을 멈췄던 것이다.

층계에 앉아 있던 여인이 팡틴느에게 옆자리를 권하며 그들은 얘기를 나누기 시작했다.

"나는 떼나르디에의 아내예요. 남편과 함께 이 여관을 운영하고 있지요."

여관집 여자가 말을 건넸다. 여자는 통통하고 붉은 머리를 하고 있으며 수다스럽게 아양을 떠는 말투였다. 서른 살쯤 된 것 같은 그 여자가 앉아 있지 않고 서 있었더라면 미련스러워 보이는 그 큰 몸집 때문에 팡틴느가 어떤 신뢰도 느끼지 못하고 놀라 달아나 버렸을지도 모른다. 한데 그 시각엔 마침 여자가 앉아 있었던 것이다. 팡틴느에게는 너무나 불행한 순간이었다.

팡틴느는 감정이 격앙된 나머지 자신의 신세타령을 약간 과장되게 했다. 그때 팡틴느의 딸이 잠에서 깨어났다. 아이는 다른 아이들이 보이자 방글거리며 엄마 품에서 빠져나가 땅바닥으로 내려섰다.

떼나르디에 부인도 딸들을 바닥으로 내려가게 내버려 두었다.

"함께 놀아라. 근데 아이 이름이 뭐예요?"

"코제트예요."

"몇 살이죠?"

"곧 세 살이 돼요."

"우리 큰딸이랑 같네요."

세 아이들은 금방 어울려 놀았다.

"아이들이 금방 친해지네요. 셋이 자매라고 해도 믿겠어요."

그때 팡틴느가 여인의 손을 덥석 잡으며 말했다.

"우리 코제트를 좀 맡아 주세요."

여관집 여자는 놀란 표정으로 쳐다만 보고 있었다.

"아이를 고향으로 데리고 갈 수가 없어서요. 아이가 딸려 있으면 일자리를 얻을 수가 없거든요. 고향 사람들이 좀 유별나긴 해요. 제가 여길 지나게 된 건 주님의 뜻이겠죠. 부인의 아이들이 예쁘고 깨끗한 걸 보면 당신은 참 좋은 엄마인 것 같네요. 셋이 자매처럼 지낼 거예요. 곧 돌아오겠어요. 제 아이 좀 맡아 주시면 감사하겠습니다. 매달 육 프랑씩 드릴게요."

그때 안쪽에서 남자 소리가 들려왔다.

"칠 프랑 이하로는 안 돼. 여섯 달치는 미리 내야 하고."

"그렇게 할게요."

남자가 또 말했다.

"그리고 처음에 드는 비용 십오 프랑도."

"그럼 모두 오십칠 프랑이네요. 지금 드릴게요. 팔십 프랑이 있으니까 고향에 갈 돈은 남네요. 가서 어느 정도 벌면 금방 아이를 데리러 올 거예요."

남자가 또 소리쳤다.

"아이 옷은 있나 물어봐."

"내 남편이에요."

떼나르디에의 아내가 말했다.

"그럼요. 옷은 많이 있죠. 우리 애 옷은 아주 좋은 것들이에요! 종류마다 세트로 다 있어요. 다 놓고 갈게요."

팡틴느는 그날 밤 여관에서 묵고, 돈과 아이를 남겨 놓은 뒤, 아이 옷을 다 꺼내 버려 가벼워진 가방을 들고는 곧 돌아온다는 생각으로 울면서 떠나갔다. 팡틴느가 떠난 뒤 여관집 부부가 수선스럽게 지껄였다.

"휴! 백십 프랑짜리 어음을 지불할 수 있게 됐구먼. 내일이 기한이었는데 오십 프랑이 모자랐었거든. 집달리가 올 뻔했지 뭐야. 이봐, 마누라, 딸들 덕분에 올가미 한번 잘 쳤구먼."

"그렇게 하려고 했던 건 아니었는데 그렇게 됐지 뭐."

이들 떼나르디에 부부는 졸부의 속물성과 몰락한 지식인의 불순함을 함께 지닌 자들로서, 사악한 일이라면 뭐든 눈 하나 깜짝 않고 해낼 수 있는 자들이었다.

급기야 불쌍한 여인에게서 뜯어낸 돈으로 위기를 넘길 수 있었던 떼나르디에는 다음 달 또 돈이 필요하자 아내를 시켜 코제트의 옷을 몽땅 파리로 가져가서 전당포에 잡히고 60프랑을 마련했다. 그 돈까지 다 써린 다음에는 코제트를 마치 자기들이 동정해서 받아주었다는 식으로 행세했다. 코제트에게는 자기 아이들이 입다 버린 옷이나 떨어진 것들을 입히고 음식도 자기들이 먹다 남은 것만을 주었다. 코제트는 마침내 개나 고양이와 함께 식탁 아래서만 밥을 먹었다.

팡틴느는 메르에 정착한 후 남에게 대필을 부탁해 편지를 써서는 아이가 있는 집으로 수차례 보냈다. 그곳에서는 언제나 '코제트는 잘 있다.'는 답장만 보내왔다.

여섯 달이 지나고부터 팡틴느는 매달 7프랑씩을 정확히 송금했다. 그러나 1년도 지나지 않아 떼나르디에는 월 12프랑으로 올려달라고 요구했고, 딸이 행복하게 잘 있을 거라고만 믿었던 팡틴느는 그들 요구대로 12프랑씩을 보내주었다.

사랑은 나눌 수가 없다고 했던가? 한쪽을 사랑하면 다른 한 쪽은 미워하게 되는 법. 떼나르디에의 아내는 자기 딸들을 몹시도 사랑하는 만큼 남의 딸은 미워했다. 그녀는 입이 험악해 욕도 많이 했는데, 만약 코제트가 없었다면 아무리 자기 딸들이 귀엽다고 해도 사랑만큼이나 욕 또한 많이 얻어먹었을 것이다. 그런데 마침 코제트가 있어 그 욕을 대신 다 들었고, 그녀의 딸들은 애정만을 받게 되었다.

제 어미처럼 두 딸 에포닌과 아젤마도 코제트를 못살게 굴기는 마찬가지였다.

"떼나르디에는 참 인정도 많은 사람이군. 자신도 살기 쩔쩔매면서 버려진 불쌍한 아이를 키워 주고 있으니!"

동네 사람들은 코제트가 버려진 애인 줄 알고 그렇게 수군거렸다.

얼마가 지나자 떼나르디에는 코제트가 사생아이기 때문에 아이 엄마가 데리고 가지 않으리라고 생각하고는, 아이가 커가면서 점점 더 많이 먹으니 매월 15프랑을 보내야 한다고 요구하기에 이르렀다. 만약 응하지 않으면 아이를 돌려보내겠다고 협박까지 하면서. 팡틴느는 어쩔 수 없이 15프랑씩을 송금했다.

몇 년이 지나 코제트가 자라자 고생도 더 심해졌다. 아이는 다섯 살이 채 되기도 전에 식모 노릇을 해야 했다. 잔심부름은 물론이고 집 안과 마당 청소를 하고 설거지도 하며 짐도 날라야 했다.

그 즈음 메르의 아이 엄마한테서는 몇 달 전부터 송금도 끊긴 상태라 떼나르디에 부부는 아이를 그렇게 부려먹어도 당연하다고 생각했던 것이다.

아이의 엄마가 찾아왔다 하더라도 딸을 전혀 알아보지도 못했을 정도였다. 그렇게 예쁘고 포동포동했던 코제트는 이제 비쩍 마르고 창백해진 채 발랄한 모습이라곤 전혀 없이 어두운 눈빛만 남아 있었다. 아름답고 커다란 눈 속엔 슬픔이 가득 어려, 보기만 해도 가슴이 아프게 만들었다.

이 불쌍한 아이는 겨울이 오면 더 가련한 모습이 되어 갔다. 옷이 헐어 빠진 누더기에 가까워 추위에 덜덜 떨며, 커다란 눈엔 눈물이 그렁그렁 맺히고, 새파랗게 언 작은 손을 불며 자신의 키보다 더 큰 빗자루로 새벽부터 마당을 쓸어야 했기 때문이다.

사람들은 코제트를 종달새라고 불렀다. 새만큼이나 작은 아이가 늘 벌벌 떨면서 놀라 두려워하고, 마을에서 제일 먼저 일어나 날이 밝기도 전에 길거리나 들을 돌아다닌다고 붙인 별명이었다. 그러나 이 가련한 종달 새가 노래를 부르는 일은 절대 없었다.

5

전락

팡틴느가 정착한 몽트뢰유 쉬르 메르는 전부터 많이 변해 있었다. 그 녀가 파리에서 비참한 생활을 하는 동안 이 도시에는 놀라운 발전이 이 루어졌다. 2년쯤 전부터 이곳에 공업의 큰 변화가 일어났던 것이다.

메르 지방에는 옛날부터 모조 보석 특수 가공업이 성행했었는데, 구식 제조법으로 더 이상 발전이 없이 정체돼 있었다. 그러다 1815년 말, 한 낯선 사람이 이 도시로 들어와 새로운 제조법을 시도하게 되었다. 이제 껏 사용해 왔던 수지 대신 칠을 사용하고, 팔찌의 고리를 용접으로 붙이 다가 끼우는 방법으로 바꾸면서 그 작은 변화가 혁명을 불러일으켰던 것 이다.

그건 곧 원료 값에 굉장한 감소를 가져오는 결과를 낳아 노동자들의 월급이 인상될 수 있었고, 곧 그 지방 사람들 모두에게 혜택이 돌아갔다. 원가 절감은 소비자에게도 이익이 되었고 판매금도 훨씬 싼 데다 수익은 3배나 올라가면서 제조자도 큰 수익을 보게 되었다. 결국 그 사람은 2년 만에 굉장한 부자가 되었고, 그 지방도 전체적으로 활기를 띠게 되었다.

하지만 그 사람에 대해 자세히 알려진 것은 없었다. 떠도는 풍문에 의

하면 그는 겨우 수백 프랑의 돈을 가지고 이곳에 나타났다고 했다.

12월 어느 날 해질 무렵이었다. 닳아 빠진 바랑을 등에 짊어지고 지팡이를 손에 쥔 그가 이 메르에 도착했을 땐 하필 시청이 화재로 불타고 있었다. 이 사나이는 조금도 망설임 없이 그 위험천만한 불 속으로 뛰어들어 어린아이 둘을 구해 냈다. 그 아이들은 마침 헌병대장의 아들들이었기 때문에 그에게 통행증을 보자는 사람이 아무도 없었다. 게다가 그는 곧 사람들에게 알려지게 되었다. 그의 이름은 마들렌느였다.

그는 50세쯤 되었는데 조용하고 무척 친절하기로 소문이 났다. 그가 이루어낸 공업 발전으로 메르는 어느새 중요한 교역지가 되어 있었다.

마들렌느 씨의 공장은 규모가 엄청나, 작업실은 두 개로 나뉘어 남자들과 여자들이 따로 작업을 하고 있었다. 누구든 그곳을 찾아가면 일자리를 얻을 수가 있어 굶주리는 사람이 없었다. 마들렌느 씨는 남자들에게는 성실함을 요구했고, 여자들에게는 정숙함을 요구했으며, 정직성을 중요하게 생각했다. 그가 작업실을 분리해 운영하는 것도 여자들의 정숙함을 중요시했기 때문인데, 그 점에 관한 한 그는 철저했다. 그에게 냉혹한 면이 있었다면 바로 그 점이었다.

마들렌느 씨가 이 도시에 들어온 건 은혜와도 같은 일이었다. 그가 나타나기 전에는 보잘것없는 도시였지만 이제는 신성한 노동의 힘 덕분에 모든 것이 활기차고 생명력이 넘쳐흐르는 도시로 변모하게 되었다. 실업과 빈곤은 더 이상 없었다. 그는 누구든 일하기를 원하면 받아 주었다. 그가 원하는 것은 단 한 가지, 정직함뿐이었다.

1820년 당시 마들렌느 씨는 라피트 은행에 63만 프랑의 예금이 있다고 알려졌지만 그가 빈민을 위해 쓴 돈은 백만 프랑도 더 넘었다.

마들렌느 씨의 공장에서 만든 제품이 박람회에 출품되어 큰 성공을 거두자 국왕이 그에게 발명의 공로로 5급 훈장을 수여하게 되었다. 그 작은 도시에서 엄청난 뉴스거리가 된 건 너무나 당연했다. 하지만 마들렌느 씨는 그 훈장을 거절했다.

그는 하나의 수수께끼였다. 도시와 시민들 모두가 그에게 큰 은혜를 입었기 때문에 사람들은 그를 당연히 존경했고, 그의 온화한 인품을 사랑하지 않을 수 없었다. '사교계의 사람'들은 비굴하기까지 한 자세로 그를 끌어들이지 못해 안달했다. 그러나 그는 모든 걸 거절했다.

입방아 찧기 좋아하는 사람들은 그를 두고 처음엔 '그 인간은 장사꾼'이라고 폄하하더니, 그가 많은 기부를 하자 '그자는 야심가'라고들 떠들어 댔다. 그가 명예를 거절하는 것을 보고는 '그자는 사기꾼'이라고 하더니, 이제 그가 사교계를 외면하자 '그자는 개자식'이라며 씹어 댔다.

1820년 마들렌느 씨가 몽트뢰유 쉬르 메르에 온 지 5년이 되던 해, 드디어 국왕이 그를 시장으로 임명했다. 그 지방의 엄청난 발전에 공헌한 점과 그가 모든 시민들의 희망의 상징이었기 때문이다. 그는 이번에도 거절했지만 지사가 그의 거절을 인정하지 않고, 수많은 시민들이 간청하고 애원하는 바람에 그는 마침내 수락하지 않을 수 없었다.

시장이 되어서도 마들렌느 씨는 여전히 소탈했다. 희끗희끗한 머리에 챙이 넓은 모자를 쓰고 색 바랜 킨 코트를 목까지 채워 입기를 좋아했다. 그는 시장의 직무를 보는 시간 외에는 대부분 혼자 조용히 살고 있었다. 사람들의 방문도 가능한 피하며, 말도 삼가고 미소만 던지거나 돈을 수는 것으로 대신할 때가 많았다.

그는 늘 책을 읽고 혼자 식사를 했다. 세월이 지나가면서 그의 말투는 더 부드러워지고 무게가 생기며 품위를 더해 갔다.

그는 자주 산책을 했고 그럴 때는 늘 총을 소지하고 다녔다. 총을 잘 사용하지는 않았지만 가끔 사냥을 할 때면 정확히 잘 맞춰 사람들이 놀랄 정도였다. 그러나 아무 동물이나 함부로 죽이지는 않았다.

마들렌느 씨는 힘도 무척 세, 개울에 빠진 수레를 밀어 올려주는가 하면 도망치는 황소의 뿔을 잡아 세우기도 했다. 집을 나설 때는 언제나 주머니에 돈을 가득 채웠고 돌아올 때는 언제나 텅 비어 있었다. 가는 곳마다 가난한 집 아이들이 몰려와 그를 에워쌌기 때문이다.

그는 이렇게 말했다.

"세상엔 나쁜 풀도 없고 나쁜 사람도 없다. 자신을 잘못 가꾸는 사람만이 나쁠 뿐이다."

아이들은 짚이나 야자수 열매 등으로 재미있는 장난감을 만들어 주곤 하는 그를 무척 따랐다. 사람들은 나쁜 짓을 숨어서 하지만 그는 좋은 일을 그렇게 남몰래 했다. 그리고 이따금 저녁에 가난한 사람들 집에 몰래 들어가 돈을 놓고 나오기도 했다.

어딘지 슬퍼 보이고 말이 없는 그에 대해 사람들은 미스터리한 인물이라면서 괴이한 생활을 할 거라고 상상하기도 했다. 그래서 때로는 그것을 확인하기 위해 수다스러운 젊은 여자들이 그의 방을 찾아온 적도 있었다.

"시장님, 방 구경 좀 하러 왔는데요. 동굴에서 사신다고 해서요."

마들렌느 씨는 그냥 빙그레 웃기만 하면서 여자들을 '동굴'로 안내했다. 그런데 그 방엔 어디서나 볼 수 있는 싸구려 가구 몇 개와 벽난로 위에 놓여 있는 구닥다리 은촛대 두 개밖엔 아무것도 보이지 않았다. 또 그는 엄청나게 많은 돈을 라피트 은행에 넣어 두고 있어 언제든 은행에 가서 요청하기만 하면 2, 3백만 프랑은 10분도 안 돼 찾을 수가 있다는 소문이 떠돌아다녔다. 그러나 정확히 말하면 그는 은행에 63만 프랑이 있을 뿐이었다.

1821년 초, 신문엔 '디뉴의 미리엘 주교 서거'라는 기사가 실렸다. 그는 82세로 성자처럼 살다가 떠났다는 내용이었다.

신문 기사를 읽은 마들렌느 씨는 그다음 날부터 상복을 입었다. 사람들은 그와 거룩한 미리엘 주교 사이가 대단히 가까운 친척 관계일 것이라고 판단했다. 그 판단은 마들렌느 씨를 한층 더 존경스럽게 만들어 메르의 귀족층들도 그에게 경의를 표하게 되었다. 마들렌느 씨는 나이 든 부인들이 자신에 대해 한결 더 높은 존경심을 표하는 것을 보고 자신의 지위가 높아진 것을 깨달을 수 있었다. 그러다 어느 날 사교계에서도 가장 높은 층의 한 부인이 그에게 호기심 어린 말투로 물었다.

"시장님은 돌아가신 미리엘 주교님과 친척이신가 봐요?"

"아니오. 그렇지 않습니다."

"그런데 왜 상복을 입고 계시죠?"

그가 대답했다.

"제가 어렸을 때 주교님 댁에서 하인으로 일했었거든요."

마들렌느 씨는 굴뚝 청소를 하러 그 도시로 들어와 돌아다니는 사부아 출신의 소년을 보기만 하면 이름을 물으며 돈을 주곤 했다. 사부아 소년들은 그런 이야기를 서로 퍼뜨리며 일부러 그를 찾아와 돈을 얻기도 했다.

시간이 흐르면서 마들렌느 씨에 대한 온갖 의혹과 시기는 점차 사라지고, 이제 메르 시민들은 그를 진정으로 존경하게 되었다. 그들은 모든 일에 대해 그의 의견을 물었다. 그는 싸움은 종결시키고, 소송은 미리 방지하고, 원수 사이는 화해를 시켰다.

그러나 단 한 사람만은 마들렌느 씨에 대해 의혹과 적대심을 품고 있었다. 그는 자베르라는 이름의 감찰관이었다. 그는 마들렌느 씨가 처음 이 도시에 들어왔을 때의 일을 전혀 모르고 있었다. 자베르는 파리의 경시총감을 지낸 앙글레스의 비서 샤부이에의 도움으로 이 도시의 감찰관이 되었다. 그가 이곳에 왔을 무렵, 마들레느 씨는 이미 상당한 재산가가 돼 있었고 사람들의 신망도 얻어 가고 있었다.

자베르는 카르타 점쟁이의 아들인데, 감옥에서 태어났다. 그 점쟁이의 남편도 감옥에 있었다. 자베르는 자신이 사회로부터 외면 받는 위치에 있다는 것을 어렸을 때부터 깨달으며 태생적인 혐오감과 냉혹한 본성을 지닌 채 경찰이라는 직업에 몸을 던졌다.

경찰로서의 그는 사명감에 불타는 고지식한 원리주의자였다. 아무튼 그 직업에서 누구보다도 충실했던 그는 나이 사십에 감찰관이 되는 성공을 이루었다. 젊었을 때는 남부 지방의 감옥간수로 근무하기도 했다.

자베르는 냉엄한 표정을 하고 있으면 마치 불독 같고 웃을 때는 호랑이와도 같았다. 그의 눈초리는 음침하고, 꾹 다문 입매는 냉혹해 보이는 게 전체적으로 싸늘한 흉포함을 풍기고 있었다. 그는 늘 숨어서 엿보고 살폈다. 그는 모자를 깊숙이 눌러 쓰고 있어서 눈도 이마도 잘 보이지 않고, 턱은 목도리로 감싸고 있으며, 손은 소매 안에, 지팡이는 코트 속에 감춰져 있어 뭐든 잘 보이지 않았다. 그러나 사건이 닥치면 번개처럼, 어둠 속에서 튀어나오는 유령처럼, 그의 좁은 이마와 표독스런 눈초리, 그리고 두둑한 턱살과 솥뚜껑 같은 손과 무시무시한 곤봉이 눈 깜짝할 사이에 튀어나왔다.

자베르는 말 그대로 공포의 대상이었다. 범죄자들은 그의 이름만 들어도 도망치기 바빴다. 그의 얼굴을 보게 되는 순간이면 그 자리에서 돌처럼 굳어 버렸다.

어느 날, 자베르는 마들렌느 씨를 예의주시하기 시작했다. 그의 눈 속엔 당연히 의혹과 적대심이 가득 차 있었다. 마들렌느 씨도 마침내 그의 태도를 이상히 여기며 눈치를 챘다. 그러나 특별히 신경 쓰지 않는 듯했다. 그는 자베르에게 일부러 말을 하지도 않고, 그렇다고 피하거나 하지도 않으면서 태연하고 늘 그렇듯 온화한 표정으로 다른 사람들에게 하듯 똑같이 대했다. 자베르가 오히려 마들렌느 씨의 그토록 자연스런 태도에 약간 당황해 하기도 했다.

그러던 어느 날, 마들렌느 씨가 좁은 길을 걷고 있는데 어디선가 시끄러운 소리가 들려 그는 사람들이 몰려 있는 곳으로 다가갔다. 포슐르방이라는 한 노인이 말을 타고 가다 말이 넘어지면서 떨어져 마차 밑에 깔려 있었던 것이다.

포슐르방이라는 늙은이는 마들렌느 씨에 대해 나쁜 소문을 퍼뜨리는 자들 중 대표적인 사람이었다. 마들렌느 씨가 처음 이 지방에 왔을 무렵, 포슐르방은 공중인 출신으로 촌구석에서는 제법 배운 사람이었지만, 서서히 가세가 기울어 가고 있었다. 마들렌느 씨는 노동자 출신이었지만 큰 부자가 되어 가는데 자신은 선생님 소리를 듣다가 거꾸로 몰락해 가는 신세가 되자 포슐르방은 질투심이 일어나 마들렌느 씨에 대해 갖은 험담을 쏟아내기 시작했던 것이다. 결국 그 늙은이는 파산해 버리고 가족도 자식도 없이 혼자 밥먹고 살기 위해 마차꾼 노릇을 하고 있었다.

말은 다리가 부러진 채 뻗어 있었고 늙은이는 두 바퀴 사이에 끼어 있었다. 마차엔 무거운 짐이 실려 있고 가련한 늙은이는 비명을 지르고 있었다. 사람들은 쳐다만 볼 뿐 어쩔 줄 모르고 서 있었다. 어중간하게 손을 댔다가는 오히려 늙은이가 죽을 수도 있는 꼴이었다. 마차를 들어 올려야만 하는 상황이었다. 마침 그 사고 장면을 본 자베르가 사람을 보내 기중기를 가져오라고 한 다음 모두들 기다리고 있었다.

마들렌느 씨가 그곳으로 오자 사람들이 그에게 인사를 하며 자리를 비켜 주었다.

"사람 살려."

포슐르방 노인이 고통스럽게 소리를 질렀다.

마들렌느 씨는 사람들을 돌아다보았다.

"기중기가 있어야겠는데요."

"지금 가지러 갔는데 십오 분쯤 더 기다려야 합니다."

"십오 분이나요!"

마들렌느 씨가 외쳤다.

전날 비가 내려 땅이 질척거렸기 때문에 수레는 점점 더 땅속으로 빠져 들어가고 늙은이도 점차로 더 짓눌리며 고통에 몸부림치고 있었다. 5분도 안 돼 그의 갈빗대가 부서져 나가리라는 건 안 봐도 훤한 상황이었다.

"언제까지 그걸 기다려요. 바퀴가 점점 빠져 들어가고 있는데요. 누가 마차 밑으로 들어가 등으로 치켜 올릴 수 있는 사람 없나요? 루이 금화 (20프랑) 다섯 닢을 내가 줄 테니 말이오."

마들렌느 씨가 외치는데도 앞으로 나서는 사람은 없었다.

"십 루이 주겠소. 아니 이십 루이 줄 테니."

그래도 아무도 나서는 사람이 없었다.

"힘이 있으면 물론 하지. 하지만 어지간한 장사 아니고는 그만한 힘을 쓸 수가 없지."

그 말에 마들렌느 씨가 돌아다보자 바로 자베르 그자가 서 있었다. 처음엔 그자를 미처 보지 못했었다. 자베르는 마들렌느 씨를 노려보며 내뱉듯 말했다.

"마들렌느 씨, 그런 일을 할 수 있는 사람을 난 딱 한 사람 알고 있지요."

마들렌느의 등골이 서늘해졌다. 자베르는 계속 마들렌느 씨를 쏘아보며 덧붙여 말했다.

"그는 툴롱 감옥에서 죄수로 있었지요."

마들렌느 씨는 머리털이 곤두서는 걸 느꼈다.

그러는 동안 바퀴는 조금씩 더 빠져 들어가고 포슐르방 영감은 계속 비명을 질러 댔다.

"아이고 사람 살려! 갈빗대 부러지겠어! 아이고!"

마들렌느 씨가 급하게 외쳤다.

"이십 루이에도 이 노인을 구하겠다는 사람이 아무도 없다는 건가요?"

여전히 누구 하나 꿈쩍하지 않았고 자베르가 또 지껄였다.

"기중기를 대신할 만한 사람을 난 아직까지 딱 한 사람밖에 모르는데, 바로 그 죄수지요."

"아이고! 나 죽네!"

포슐르방의 비명 소리가 커지자 마들렌느 씨는 여전히 자신을 쏘아보고 있는 자베르를 쳐다보고, 또 움직일 기미도 전혀 없는 사람들을 돌아보고는, 사람들이 놀랄 사이도 없이 어느 순간 갑자기 마차 밑으로 기어 들어갔다.

마들렌느 씨는 무거운 마차 밑으로 파고들어 엎드린 다음 양 팔꿈치와 무릎을 맞닿게 붙이려고 기를 썼다. 구경꾼들이 그에게 나오라고 아우성치고, 포슐르방 영감마저도 자신은 어차피 살지 못할 것이고 마들렌느 씨까지 함께 죽을 거라며 빨리 나가라고 소리쳤으나 마들렌느 씨는 들은 체도 하지 않았다.

구경꾼들은 숨을 죽이며 기다렸다. 그동안에도 수레바퀴는 점점 더 빠져 들어가고 있었고, 이제는 마들렌느 씨마저 빠져 나오기 힘들 지경까지 돼 가고 있었다.

그러다 순간, 그 육중하고 커다란 마차가 움찔하더니 서서히 올라가며 바퀴가 천천히 위로 뽑혀 올라오고 있었다.

"빨리 거들어요!"

마들렌느 씨는 마지막 있는 힘을 다해 간신히 소리를 질렀다.

한 사람의 희생으로 모두들 힘과 용기를 얻었다. 그들은 모두 달려들어 마차를 힘껏 들어 올렸다.

마침내 마들렌느 씨는 일어났다. 얼굴은 땀이 비 오듯 쏟아지며 하얗게 질려 있었다. 옷은 당연히 진흙으로 범벅이 되어 있었다. 그의 용기에 모두들 울음을 쏟아냈다. 포슐르방 영감은 마들렌느 씨의 발에 입을 맞추고 하느님을 부르며 그 자리에 쓰러지고 말았다. 마들렌느 씨는 뿌듯하고 경건한 표정으로, 아직도 그를 노려보고 서 있는 자베르를 똑바로 쳐다보았다.

포슐르방 영감은 마차에서 떨어졌을 때 무릎 관절이 빠져 버렸다. 마들렌느 씨는 자신의 공장에 직원들을 위해 갖춰 놓은 병실로 영감을 옮기게 했다. 다음 날 의식을 되찾은 영감은 마들렌느 씨에게서 1천 프랑과 편지 하나를 받았다. 〈당신의 마차와 말은 내가 사겠습니다.〉 그러나 마차는 부서지고 말은 이미 죽어 있었다. 그리고 포슐르방은 살아나긴 했지만 절름발이가 되고 말았다. 마들렌느 씨는 그 영감을 파리의 생 탕투안느 수녀원의 정원지기로 취직시켜 주었다.

그 얼마 후, 마들렌느 씨는 시장에 임명되었고, 시 전체의 권한을 부여받은 시장 휘장을 두르고 있는 마들렌느 씨를 처음 보았을 때 자베르는 어떤 전율을 느꼈다. 그때부터 자베르는 이제 가능한 한 마들렌느 씨를 피해 다녔다. 그러나 직무상 시장을 꼭 만나야 할 때는 지극히 낮은 자세를 취했다.

국민의 생활이 안락해지고 질서가 잡히면 세금 납부도 잘 되어 강제로 징수하기 위한 정부의 비용도 줄어들게 된다. 몽트뢰유 쉬르 메르에서는 7년 동안 세금 징수에 드는 비용이 전보다 4분의 3으로 줄어들었다.

그 즈음, 팡틴느가 메르에 돌아온 것이었다. 그녀는 마들렌느 씨의 공장에 일자리를 얻게 되었다. 그녀는 성실히 일하고 정직하게 살아갔다. 과거의 모든 일은 접고 오로지 코제트와의 미래만 꿈에 그리며 행복하게 지내려 노력했다. 결혼한 적이 있었다는 말은 할 수 없는 처지라 어린 딸에 대한 얘기는 입에서 나오지 않도록 무척 조심하고 있었다.

그녀는 매월 떼나르디에에게 송금을 하며 자기 이름밖에 쓸 줄 모르기 때문에 매번 대필을 부탁해 편지를 써서 부쳤다. 그러던 어느 날부터 사람들이 그것을 이상하게 여기며 그녀에 대해 수군대기 시작했다.

자신과는 아무런 관계가 없는 일인데도 남의 일에 기웃거리며 온갖 쑥덕공론을 일삼는 사람들이 있다. 그들은 곧 팡틴느의 행동을 살피기 시작했다. 그녀의 아름다운 금발과 하얀 이를 시기하는 여자들이었다. 팡틴느가 작업을 하다 가끔 얼굴을 돌려 눈물을 훔치곤 하는 행동을 그들은 눈여겨보았다. 그건 분명 딸 생각 때문에, 그리고 떠나간 애인 생각을 하며 그랬던 것이었으리라.

슬프고 아픈 과거를 모두 싹 잊는다는 것은 절대 쉬운 일이 아니다. 결국 그 여자들은 팡틴느의 비밀을 탐지해 냈다. 팡틴느가 대서를 부탁하는 영감에게 공장의 여자들이 술을 먹이자 영감이 모두 불어 버린 것이었다.

팡틴느가 공장에서 일한 지 1년이 좀 더 지난 어느 날 아침이었다. 작업실의 여자감독이 팡틴느에게 50프랑을 주며, 사장님이 더 이상 공장에 나오지 말랬다고 하면서 이 지방을 떠나달라고 했다. 떼나르디에가 코제트의 양육비를 12프랑으로 인상했다가 또 다시 15프랑으로 올려 달라고 요구한 그 무렵이었다.

팡틴느는 눈앞이 캄캄해졌다. 그곳을 떠날 수는 없었다. 방세도 밀려 있고 빚이 50프랑도 넘어 있었던 것이다. 그녀는 더듬거리다시피 몇 마디 사정해 보았지만 여자감독은 막무가내로 당장 떠나라고 소리쳤다.

팡틴느는 말 한마디 제대로 못 하고 돌아서서 공장을 나왔다. 사장을 만나 사정을 설명해 보라는 직원들도 몇몇 있었지만 그녀는 아무런 기력조차 없었다.

마들렌느 씨는 그런 일이 있는 줄은 전혀 모르고 있었다. 그 늙은 여자 감독은 사제가 추천해서 들어온 사람이므로 그녀에게 모든 걸 맡기고 있었던 것이다.

팡틴느는 여감독이 준 50프랑과 가구를 판 돈으로도 빚을 다 갚지 못하고 아직 100프랑 정도의 빚이 남아 있었다. 떼나르디에에게 송금을 못하고 있었던 게 바로 그 무렵이었다.

그녀는 추위와 배고픔에도 아랑곳없이 아무리 힘든 일도 닥치는 대로 했다. 그렇게 비참한 상황 속에서도 어린 딸과 함께 있으면 행복할 것 같아 딸을 데려올까 생각도 해 봤지만 도저히 아이까지 고생을 시킬 수는 없었다. 게다가 떼나르디에에게 빚까지 지고 있어서 그녀는 용기가 나지 않았다.

처음에 한동안 팡틴느는 쑥스러워 밖에도 나가지 못하고 일거리를 받아 집에서 했다. 그러는 동안 그녀의 몸은 점점 허약해졌다.

그녀가 공장에서 내몰리고 난 후 여름이 지나가고 겨울이 되었다. 버는 건 적고 빚은 점점 더 쌓여 갔다. 그때 어린 코제트가 옷도 없이 추위에 떨고 있으니 10프랑을 보내달라는 떼나르디에의 편지가 왔다. 팡틴느는 자신의 아름다운 머리털을 팔아 받은 10프랑으로 코제트의 털실치마를 하나 사서 부쳤다. 그런데 떼나르디에 부부가 원한 건 아이의 옷이 아니라 돈이었다. 결국 그 치마는 그들의 딸에게 갔고 불쌍한 '종달새'는 여전히 못 입고 떨며 지낼 수밖에 없었다.

팡틴느는 아무것도 모르고 '코제트는 이제 춥지 않겠지. 내 머리털로 산 옷을 입었으니까.' 하고 생각하며 모자를 써 머리를 감추고 살았다. 그래도 그녀는 여전히 아름다웠다.

그러던 즈음 팡틴느의 마음은 이상하게 변해 가고 있었다. 그녀는 사람들을 증오하기 시작했다. 다른 사람들처럼 그토록 존경해 오던 마들렌느 씨를 더욱 증오했다. 자신이 쫓겨나고 이렇게 불행해진 건 모두 그 사람 때문이라는 생각을 하게 되었던 것이다.

그런데 떼나르디에에게서 또 편지가 왔다. 거기엔 이렇게 쓰여 있었다. '코제트가 유행병에 걸렸으니, 40프랑을 급히 보내지 않으면 아이의 생명이 위독하오.'

그녀는 미친 듯 거리로 뛰쳐나가 울고 웃으며 정신없이 돌아다녔다.

"사십 프랑이라고, 내게 그런 돈이 어디 있어!"

그녀는 헤매고 헤매다 광장으로 갔는데, 거기서 한 무리의 사람들을 모아 놓고 떠들어 대고 있던 장돌뱅이 치과의사가 문득 그녀를 쳐다보았다.

"어이! 아가씨, 이가 참 예쁘게 생겼구먼. 전치 두 개를 나한테 주면 나폴레옹 금화 두 개를 주겠소."

"전치가 뭐죠?"

"앞니 말이오. 윗니 두 개를 내게 줄 생각이 있으면 이따 저녁에 다르장 여관으로 오시오."

그날 저녁 집으로 돌아온 팡틴느의 입가엔 피가 묻어 있었다. 그녀는 이를 뽑아 40프랑에 팔아 떼나르디에게 보냈던 것이다. 그러나 사실 코제트는 앓고 있지도 않았다.

팡틴느도 이제는 더 이상 쑥스러움 따윈 없었다. 빚쟁이들은 하루가 멀다 하고 그녀에게 행패를 부렸다. 그녀는 울며 하루하루를 살아갔다. 기침은 더 심해지고 마들렌느 씨에 대한 증오심도 나날이 더 커져만 갔다.

그 무렵 떼나르디에한테서 또 편지가 왔다. 큰 병을 겨우 이겨낸 코제트가 불쌍해 이제까지 참고 기다렸지만 백 프랑을 즉시 보내지 않으면 그 아이를 이제는 내쫓을 수밖에 없는 사정이라는 내용이었다.

눈은 내리고 또 내려 쌓여만 갔다. 사람들로 득실대는 카페 한 구석에 술 취한 건달이 앉아 있다가 이리저리 서성이고 있는 아가씨를 보고는 놀려 댔다. 남자는 그 여자가 지나갈 때마다 얼굴에 담배 연기를 내뿜으며 지분거렸다. 그런데 여자가 아무런 대꾸도 하지 않고 밖으로 나가 버리자 성질이 났다. 그는 여자를 뒤따라가 길바닥의 눈을 한 움큼 집어 들더니 여자의 등 속으로 밀어 넣었다. 순간 여자가 비명을 지르며 악을 쓰고 달려들어 남자의 얼굴을 마구 할퀴었다. 그 바람에 사람들이 주위로 몰려들었다. 남자와 여자는 땅바닥에 뒹굴고 있었다.

그때 덩치 큰 남자 하나가 사람들 속으로 파고들어 흙 범벅이 된 여자의 어깨를 잡아채다시피 하며 일으켰다. 여자는 새로운 도전자에게 공격적으로 고개를 들어 쳐다보다가 새파랗게 질리며 부들부들 떨기 시작했다. 그녀는 팡틴느였고, 남자는 자베르였다.

그 사이에 술 취한 남자는 도망쳐 버리고, 자베르는 팡틴느를 광장 끝에 있는 경찰서로 끌고 갔다. 그런 부류의 여자들은 경찰이 알아서 처리하는 재량권에 맡겨져 있었다. 자베르는 간단한 조서를 끼적거렸다. 매춘부 따위가 시민에게 행패를 부렸다는 것이었다.

조서에 사인을 하며 자베르가 당직자에게 명령했다.

"이봐! 이 여자 감옥에 처넣어! 육 개월이다."

팡틴느는 몸을 떨며 땅바닥에 주저앉았다.

"육 개월이나요! 안 돼요! 내 딸 코제트는 어떻게 하라고요!"

그녀는 기다시피 다가가 자베르의 바지자락을 붙잡았다.

"감찰관 님! 제발 용서해 주세요. 제가 잘못한 거 아니에요. 아니 제가 잘못했어요. 그냥 가만히 있어야 했는데. 그분은 어디로 갔나요? 제가 그분한테 빌게요. 제발 용서해 주세요. 저는 백 프랑이나 벌어야 돼요. 안 그러면 제 어린 딸이 곧 쫓겨날 거예요. 저는 이런 추한 짓을 하면서 딸을 데려올 수가 없어요. 우리 천사 같은 코제트를 어떻게 하라고요. 딸을 맡고 있는 그 사람들은 아무것도 모르고 돈만 요구하는 사람들이에요. 제발 저를 감옥에 넣지 말아 주세요. 제 딸이 이 추운 겨울에 길바닥으로 내쫓기고 말 거예요. 제발……."

팡틴느는 기침을 해 대며 남자의 바지자락에 계속 입을 맞췄다. 그러나 자베르는 매몰차게 말할 뿐이었다.

"할 말 다 끝났나? 넌 육 개월 수감이다. 하느님도 어쩔 수 없는 일이다."

"제발 살려 주세요!"

바닥에 머리를 처박으며 비통하게 소리치는 여자의 팔을 순경이 잡아질질 끌고 가는데, 조금 전부터 들어와 그 장면을 보고 있던 한 남자가 한걸음 앞으로 나서며 말했다.

"잠깐!"

자베르가 억지로 일어나며 남자에게 허리를 숙였다.

"아, 시장님……."

그때 팡틴느가 튕겨나오듯 벌떡 일어나며 재빨리 마들렌느 씨 앞으로 가더니 그를 물끄러미 쳐다보다가 소리쳤다.

"그래! 바로 네가 그 시장이라는 자구나!"

그러고는 낄낄거리며 한참 웃더니 그의 얼굴에 침을 탁 뱉었다.

마들렌느 씨는 아무 말도 안 하고 있다가 얼굴을 닦으며 말했다.

"자베르 감찰관, 이 여자를 풀어 주시오."

자베르는 어리둥절한 표정으로 마들렌느 씨를 쳐다보았다. 순경들도 모두 그를 돌아다보았다. 그는 분명 시장인 마들렌느 씨였다. 그런데 매춘부가 시장 얼굴에 침을 뱉다니, 그리고 시장이 그 매춘부를 풀어 주라니……

팡틴느도 얼떨떨하기는 마찬가지였다. 그러더니 혼자 중얼거렸다.

"나를 풀어 주라고? 저 시장놈이 그런 말을 했을 것 같지는 않고, 친절하신 자베르 님 당신이 저를 풀어 주라고 말씀하셨죠? 저 시장놈 때문에 제가 이 지경이 됐거든요. 저놈이 나를 쫓아냈지 뭡니까. 작업실에서 아무 말이나 지껄여 대는 나쁜 년들 말만 듣고 성실하게 일하는 이 불쌍한 나를 내쫓았어요. 내가 저놈한테 침 뱉는 걸 보셨죠? 자베르 님께서 제 어린 딸을 생각해 저를 풀어 주시는 거죠? 이제 저는 누가 무슨 짓을 해도 가만히 있겠습니다. 자, 그럼 안녕히 계세요."

팡틴느는 문 쪽으로 걸어갔다. 그때 자베르가 고함을 질렀다.

"이봐! 저년이 나가는 거 안 보이나? 누가 내보내라고 했나?"

"내가 내보내라고 했소."

마들렌느 씨가 말했다.

팡틴느는 자베르의 소리를 듣고 다시 부들부들 떨더니 마들렌느 씨의 말에 돌아서서 그를 가만히 쳐다보았다. 그러고는 숨죽이며 두 사람을 번갈아 쳐다보았다.

"안 됩니다. 시장님, 저년은 한 시민에게 모욕을 주었습니다."

"자베르 감찰관, 자네가 정직한 사람인 걸 난 알고 있네. 자네가 아까이 여자를 잡아갈 때 난 광장에 있다가 사람들에게 무슨 일인지 물어봤고 그 이유를 다 들었네. 체포할 사람은 이 여자가 아니라 그 남자였네."

"이 여자는 좀 전에 시장님도 모욕했습니다."

"그건 내 문제네. 나는 상관하지 않아."

"하지만 시장님……."

"난 아무 문제없다네."

"그래도……."

"모두 물러가라."

마들렌느 씨가 힘주어 엄중하게 말하자 자베르는 인사를 하고 나가 버렸다.

팡틴느는 얼이 빠져 멍하니 서 있었다. 자신이 그렇게나 증오했던 저남자가…… 도대체 저 남자는…….

마들렌느 씨는 팡틴느에게로 다가갔다.

"당신이 그렇게 된 걸 난 전혀 모르고 있었소. 당신 말이 모두 사실이라고 믿고 있소. 왜 나에게 말하지 않았소? 이제 내가 모든 걸 다 해 주겠소. 빚도 갚아 주고 딸도 데려다 주겠소. 여기서 살든 어디로 가든 당신이 원하는 대로 할 수 있게 해 주겠소. 돈은 충분히 주겠소. 당신은 편안하고 행복하게 지내면 돼요. 당신은 절대 타락한 여자가 아니고, 천주님앞에서 순결한 몸이오."

팡틴느는 가슴이 터져 버릴 것 같았다. 이 지옥 같은 세상에서 벗어나 코제트와 살게 되다니! 그녀는 또다시, 그러나 아까와는 다른 감정으로 주저앉아 흐느끼며 마들렌느 씨의 손에 입을 맞추다가 그대로 의식을 잃었다.

6

자베르

마들렌느 씨는 자신의 집에 있는 병실로 팡틴느를 옮기게 하고는 간호를 맡아 하는 수녀들이 돌보게 했다. 팡틴느는 밤새 헛소리를 하며 앓았다.

그러다 이튿날 낮이 되어서야 그녀는 눈을 뜨고는 침대 옆에 서서 자비로운 눈길로 자신을 들여다보고 있는 마들렌느 씨를 발견했다. 마들렌느 씨는 간밤에 그녀에 대해 자세히 알아보고는 팡틴느의 슬픈 과거를 모두 알게 되었다.

"당신은 너무나 힘겨운 생활을 해 왔소. 하지만 이제는 주님이 내려주시는 복을 받게 될 거요."

다음 날 아침, 자베르는 메르 우체국에 가서 편지 한 통을 직접 부쳤다. 수신인은 경시총감 비서인 샤부이에 씨였다. 온 마을에 어제 경찰서에서 있었던 사건이 자자하게 퍼져 있어, 분명 자베르가 사표를 쓴 거라고 사람들은 생각했다.

마들렌느 씨는 떼나르디에에게 서둘러 편지를 보냈다. 팡틴느가 그에게 120프랑의 빚이 있었지만 마들렌느 씨는 300프랑을 보내며 아이 엄마가 지금 아프니 아이를 빨리 메르로 데려오라는 내용이었다.

떼나르디에는 편지를 읽고 말했다.

"이 종달새가 제법 알 까는 거위가 되려나. 어떤 놈팡이가 애 엄마한테 목을 매달고 있나 본데."

얼마 후 아이는 안 오고, 500프랑의 계산서만 도착했다. 코제트는 아픈 적도 없었지만, 떼나르디에의 딸들 치료비가 이름을 바꿔 잔뜩 적혀 있었다. 하지만 마들렌느 씨는 요구한 돈을 곧바로 또 부치며 '하루빨리 아이를 데려오라'는 편지를 썼다.

떼나르디에는 복이 굴러들어왔다는 듯 손뼉을 치며 좋아했다.

그동안 팡틴느는 아직 회복을 못하고 계속 간호를 받고 있었다. 수녀들은 처음엔 그녀를 꺼려 하다가 차츰 그녀의 겸손한 자세와 부드러운 말투, 그리고 지극한 모성애를 보며 깊은 감동을 느꼈다. 팡틴느는 이런 말을 했다.

"저는 죄 많은 사람이에요. 그러나 주님이 저를 용서하신다면 코제트를 보내주시겠죠. 순결한 천사 같은 제 딸을 만나면 전 금방 나을 것 같아요. 제 아이는 천사예요."

마들렌느 씨는 하루에 두 번씩 팡틴느를 보러 왔다. 기력을 완전히 잃어버린 팡틴느는 너무나 쇠약해져 더 이상 회복할 수 없는 지경에까지 이르러 있었다. 그 당시 폐병은 대단히 위험한 병이었다. 의사는 팡틴느를 진찰해 보고는 고개를 저으며 마들렌느 씨에게 말했다.

"만나야 할 사람이 있으면 속히 불러오도록 하시지요."

의사가 나가자 팡틴느가 물었다.

"뭐라고 했어요?"

"아이를 보면 병이 빨리 나을 거라고 하는군."

마들렌느 씨가 미소를 짓자 팡틴느의 표정도 환하게 피어났다.

"그럼요. 우리 코제트가 오면 저는 금방 일어날 수 있을 거예요."

그러나 떼나르디에는 갖은 핑계를 꾸며 대며 코제트를 보내지 않았다. 아이가 아직도 병이 낫지 않아 먼 길을 갈 수 없다느니, 못 갚은 자잘한 계산서가 여기저기 흩어져 있어 찾는 중이라느니 하는 핑계들이었다.

"사람을 보내든지 아니면 내가 직접 가야겠소."

마들렌느 씨는 팡틴느가 쓰라는 대로 받아 적은 편지를 내밀며 사인을 하게 했다.

> 떼나르디에 씨
> 이분에게 코제트를 보내 주십시오.
> 모든 비용은 다 지불하겠습니다.
> 부탁합니다.
> 팡틴느

그 사이에 중대한 사건 하나가 생겼다. 다음 날 아침 마들렌느 씨는 코제트를 데리러 가야 하는 상황에 대비하여 자신의 사무실에서 몇 가지 일을 정리하고 있었다. 그때 지난번 경찰에서의 일이 있은 후부터 그를 피해 다녀 한 번도 보이지 않았던 자베르가 문득 나타났다.

자베르는 어깨를 잔뜩 움츠리고는 시장이 쳐다봐 주기를 기다리며 서 있었다. 한참 후 시장이 일을 하다 말고 몸을 약간 돌려 그를 쳐다보았다.

"무슨 일로 왔나?"

자베르는 잠시 생각하더니 이윽고 단호한 말투로 입을 열었다.

"시장님, 하급 관리 하나가 한 행정관을 모독하는 유죄 행위를 저질러 보고 드립니다."

"그 관리가 누군가?"

"접니다."

"그럼 그 행정관은 누구고?"

"시장님이십니다."

마들렌느 씨는 자리에서 벌떡 일어났다. 자베르는 고개를 숙이며 말을 이었다.

"시장님께서 당국에 저의 파면을 요청해 주시기 바랍니다. 저는 당연히 처벌을 받아야 할 만큼 큰 과오를 저질렀습니다. 제발 저를 파면시켜 주십시오."

"도대체 무슨 과오란 말인가?"

"육 주일 전, 그 여자의 일 때문에 저는 몹시 격분한 나머지 시장님을 파리 경시청에 고발했습니다."

마들렌느 씨는 미소를 지었다.

"그래, 시장이 경찰권을 침해했다는 것인가?"

"아닙니다. 전과자로서 그랬다는 것입니다."

마들렌느 씨는 안색이 나빠졌지만 자베르는 여전히 고개를 숙인 채 말을 이어갔다.

"저는 시장님에게서 어떤 비슷한 점을 보고는 틀림없이 맞다고 믿고 있었습니다. 포슐르방 영감의 마차를 들어 올리실 때 허리 힘을 쓰신 점이나 훌륭한 사격 솜씨, 또 걸으실 때 다리를 약간 저는 듯한 모습을 보며 마침내 시장님이 장발장이라고 믿게 되었습니다."

"누구?……"

"장발장이라는 죄수인데, 제가 이십 년 전 툴롱에서 간수보로 있을 때 봤습니다. 그자가 감옥에서 나오자마자 어떤 주교의 집을 털어 도망쳤던 모양입니다. 그 주교는 그런 일 없다고 부인했지만 말입니다. 그다음엔 길가에서 어떤 사부아 소년의 돈을 가로챘는데, 그 장발장이란 자가 그때부터 팔 년 간 자취를 감춰 아무도 찾지 못하고 있었습니다. 그래도 수사는 계속 진행되고 있었지요. 그러다 제가 그만 화가 치민 나머지 시장님이 장발장이라고 믿고 경시청에 고발을……."

시장은 다시 아무렇지도 않다는 투로 물었다.

"그래서 뭐라 하던가?"

"저더러 돌았다고 했습니다. 진짜 장발장은 잡혔으니까요."

시장은 들고 있던 서류를 떨어뜨렸다. 자베르가 다시 입을 열었다.

"클로셰 근처 시골에 샹마티외라는 한 늙은이가 있었는데 그자가 바로 장발장이라고 밝혀졌습니다. 그동안 잘 숨어 있다가 지난번 가을에 사과를 훔치면서 잡혔다고 합니다. 그 늙은이는 결국 다시 아라스의 도립 형무소로 이송되었는데, 거기서 툴롱 형무소에 같이 있었던 브르베라는 전과자가 그 늙은이를 보고는 장발장인 것을 알아냈던 것입니다. 샹마티외는 당연히 아니라고 잡아뗐지만 조사를 해본 결과, 그는 한 삼십 년 전에 파브롤 부근에서 나뭇가지 치는 일을 했었는데 갑자기 어디론가 사라져 오랫동안 행방이 묘연하다가 다시 나타났다는 것입니다. 장발장은 세례명이 장이었고, 그의 어머니 성이 마티외였죠. 그러니까 형무소에서 나온 후로 그는 자신의 정체를 감추려고 어머니의 성을 따 장마티외라고 했을 겁니다. 그런 다음 오베르뉴라는 곳으로 갔는데, 그 지방에서는 장을 샹이라고 발음한답니다. 그래서 자연히 샹마티외가 된 것이죠. 파브롤에도 알아봤는데, 그곳엔 장발장의 가족이라곤 아무도 없었습니다."

그는 잠시 말을 끊었다가 다시 계속했다.

"그리고 툴롱에서도 조사를 해봤더니 장발장을 기억하는 사람이 브르베 외에도 두 사람이 더 있었습니다. 종신형을 받고 있는 코슈파유라는 자와 슈닐디외 두 죄수입니다. 그래서 그자들을 불러다가 자칭 샹마티외라는 늙은이와 대면을 시켰더니 맞다는 것이었습니다. 나이와 키, 얼굴 생김새가 바로 장발장과 똑같다는 겁니다. 바로 그 무렵에 제가 파리 경시청에 고발장을 보냈는데 답장이 오길, 장발장은 체포되어 아라스에 있다는 것이었습니다. 저는 너무나 놀랐습니다. 그래서 저도 가서 그 샹마티외라는 자를 만나 보았습니다."

"그래 어땠나?"

"그게 사실이었습니다, 시장님. 안됐지만 그자가 장발장이 맞았습니다."

"그자가 뭐라고 했나?"

"자기는 아니라고 하더군요. 그놈은 이제 종신형을 받을 것입니다. 사과 하나 훔친 게 문제가 아니고 그놈은 전과자니까요. 게다가 사부아 소년의 사건도 걸려 있으니 더 가중될 겁니다. 장발장이란 놈, 참 뻔뻔하더군요. 별로 소란도 안 피우고 자기는 도통 뭔 일인지 모르겠다는 식으로 '죽어도 난 샹마티외거든요!' 하면서 바보인 척하니 말입니다. 하지만 지가 아무리 수작을 부린다 한들 네 사람이나 인정을 했으니 이제는 끝난 거죠. 지금 놈은 아라스의 중죄재판에 회부되어 있어 저도 증인으로 출두해야 됩니다."

마들렌느 씨는 다시 서류를 들여다보며 일을 하기 시작했다. 그러면서 자베르를 쳐다보지도 않고 말했다.

"자, 그만 나가 보게, 자베르. 나와는 아무 상관도 없는 이야기들이구먼. 근데 출두하러 아라스엔 언제 가나?"

"재판날이 내일이라 오늘 밤 역마차로 떠나야 합니다. 저는 내일 오전에 진술을 하기로 돼 있으니까 그것만 마치면 곧 돌아올 겁니다. 늦어도 내일 저녁엔 판결이 나오겠지만 뻔한 일이니 볼 필요도 없겠지요."

"알았네."

시장은 자베르에게 그만 나가라고 손짓을 했다. 하지만 자베르는 나갈 생각을 하지 않고 서 있었다.

"아직 할 말 더 있나?"

"시장님, 아직 일이 다 끝나지 않았습니다. 저의 파면이 남아 있습니다."

"자베르, 자네는 일을 철저히 하는 사람이라는 걸 알고 있네. 그 점을 나도 존중하지. 과실을 범했다고 해서 너무 심각하게 생각지는 말게. 그리고 그건 단지 나에게만 관련된 과실일 뿐이었네. 자네는 오히려 계속 승진할 걸세. 나는 자네가 남아 있기를 바라네."

"시장님, 그건 안 됩니다."

자베르는 끈질기게 고집을 부렸다.

"제가 남들은 처벌을 하면서 어찌 제 자신은 처벌하지 않겠습니까? 그렇게 하면 저는 나쁜 인간입니다. 시장님, 저는 제 일에서 모범을 보여야 합니다. 저를 파면시켜 주십시오."

"그만 물러가고 나중에 보세."

시장이 손을 내밀자 자베르는 뒤로 물러섰다.

"안 됩니다, 시장님. 죄인과 악수를 하시면 안 됩니다."

자베르는 머리를 깊숙이 숙여 인사를 한 후 뒷걸음질로 나갔다.

"시장님, 그럼 후임자가 올 때까지만 일을 하도록 하겠습니다."

그는 문 앞에서 한 번 더 고개를 숙이더니 이윽고 돌아서 나갔다. 마들렌느 씨는 멀어져 가는 자베르의 발걸음 소리를 들으며 생각에 잠겨들었다.

7

샹마티외 사건

자베르가 나간 후 마들렌느 씨는 언제나처럼 팡틴느를 보러 가기 전에 생플리스 수녀를 불렀다. 병실 일을 담당하고 있는 수녀는 페르페튀와 생플리스 두 사람이었다. 페르페튀 수녀는 평범하게 생긴 시골 여자 타입으로, 맡고 있는 일도 하녀가 하는 잔일들이었다. 생플리스 수녀는 백합처럼 하얀 피부에 평생 어떤 거짓말도 결코 한 적이 없이 사람이었다. 그녀는 진실이 아닌 걸 절대 말하지 않는 특이한 면을 갖고 있는데, 그 점은 모두가 다 알고 있는 사실이었다.

생플리스 수녀는 팡틴느가 겉보기와는 달리 깊은 모성애를 가지고 있다는 점을 측은히 여기며 그녀를 정성껏 보살피고 있었다. 마들렌느 씨는 생플리스 수녀에게 팡틴느를 특별히 잘 간호해 달라는 부탁을 하고 나서 팡틴느를 보러 갔다.

팡틴느는 그날 더 심해진 고열에 시달리고 있었지만 마들렌느 씨를 보고는 그래도 힘없는 미소를 지으며 물었다.

"우리 아이는요?"

"곧 올 거예요."

그는 보통 때보다 더 오랜 시간 동안 그녀 옆에 있다가 그녀가 잠드는 걸 보고는 자리에서 일어났다. 그때 의사가 마들렌느 씨에게 다가와 귀에 대고 말했다.

"얼마 못 갈 것 같습니다."

마들렌느 씨는 무거운 표정을 지으며 최선을 다해 달라고 의사에게 당부하고는 시청으로 갔다. 그는 집무실 벽에 걸려 있는 지도 속의 도로망을 자세히 살펴보더니 종이에 뭔가를 적고는 시내 한쪽 끝에서 마차를 빌려주는 스코플레르 영감에게로 갔다.

"마차 딸린 말 중에서 하루에 이백 리쯤 달릴 수 있는 말이 있나요? 어쩌면 그다음 날 돌아올지도 몰라요."

"시장님이 직접 타실 겁니까?"

스코플레르 영감이 물었다.

"네, 그래요."

"그러면 적당한 녀석이 있죠. 백마인데, 사실 승마로 쓰고 싶었지만 아이놈이 어찌나 제멋대로 날뛰는지 녀석 등에 타기만 하면 아무라도 패대기를 쳐 버리는 바람에 할 수 없이 마차에 매달았지 뭐예요. 그랬더니 아이놈이 금방 순해져서 엄청스레 잘 달리지 뭡니까. 이놈들도 다 저한테 맞는 일이 있는 모양입니다요."

"그놈이 그러니까 이백 리를 달려갈 수 있다는 말이오?"

"그럼요. 계속 달리면 여덟 시간 안에 갈 수 있을 겁니다요."

"그럼 됐어요. 얼마죠?"

"하루에 삼십 프랑입니다."

마들렌느 씨는 나폴레옹 금화 세 닢을 내밀었다.

"자, 이틀치 선금 드리죠."

"그런데 장거리를 달리려면 포장마차는 너무 무겁고 포장 없는 작은 마차를 달아야 되는데요."

"네 아무렇게나 괜찮아요."

"날씨가 춥고 비가 올지도 모르겠네요."

"상관없어요. 내일 아침 네 시 반까지 우리 집 문 앞에 대 주세요."

마들렌느 씨는 가려다 말고 다시 돌아섰다.

"그 말과 마차가 얼마나 하죠?"

"사시려고요?"

"아니, 만일의 경우를 생각해서 보증금을 주려고요. 돌아오면 다시 돌려주시고요. 얼마나 되죠?"

"오백 프랑 주세요, 시장님."

마들렌느 씨가 돈을 치르고 나가자 스코플레르 영감은 두 배쯤 부를 걸 하고 후회했다. 사실 3백 프랑만 받아도 되었지만.

그날 밤 마들렌느 씨의 방에는 밤새 불이 켜져 있었다. 그는 밤이 새도록 마음속 갈등과 싸우고 있었다. 마들렌느 씨가 바로 장발장이었던 것이다.

과연 그는 미리엘 주교가 그에게 기구했던 대로 실현해 냈다. 그건 크나큰 변화였다. 그는 주교 집에서 훔친 것들 중 은촛대만 기념으로 놔 두고 은그릇 전부를 팔아서 여기저기 떠돌아다녔다. 그러다 몽트뢰유 쉬르 메르에 와서 신분을 감추고 정착한 후 성공적인 기반을 갖추고 조용히 참회하며 살고 있었다.

그는 앞으로 남은 삶을 덤으로 생각하며 과거의 삶을 참회하기 위해서라도 자신의 평안은 돌보지 않고 할 수 있는 한 모든 희생을 하기로 했다. 그래서 그동안 주교가 준 촛대 두 개를 간직해 왔고, 주교의 서거 후에 상복을 입었으며, 사부아 소년들을 볼 때마다 도와주고, 자베르가 보고 있는 걸 알면서도 포슐르방 영감의 목숨을 구해 주었던 것이다.

하지만 이젠 어찌해야 한단 말인가? 자베르의 말을 듣고 있을 때 그는 마치 구름이 벼락을 몰고 와 덮치는 것을 느끼면서 '가야 한다. 내가 가

야 한다. 내가 가서 자수하고 샹마티외를 구해야 한다. 내가 자수해 갇히는 한이 있더라도.' 하는 생각이 들었었다. 그래서 아라스로 떠나기 위해 모든 준비를 하고 있었던 것이다. 그런데 아…… 활활 불이 타고 있는 벽난로 앞에 서서 그는 고민에 고민을 거듭했다.

이제 어찌해야 좋단 말인가! 나는 이대로 끝나게 된단 말인가. '어찌하여 그 끔찍한 장발장이란 이름이 마들렌느 앞에 망령처럼 불쑥 튀어나왔단 말인가?'

그는 별안간 한 낯선 남자와 함께 천애의 낭떠러지 위에 서서 저 심연의 바닥을 내려다보고 있는 것이었다. 이제 운명은 그 낯선 남자를 장발장으로 만들어 자신을 대신해 그 심연의 구덩이로 밀어 버리려 하고 있는 것이다. 그의 갈등은 끝없이 이어졌다.

'그러나 감옥에는 내 자리가 나를 기다리고 있다. 주교와 프티 제르베에게 지은 죄의 대가를 아직 안 치렀으니까. 그래, 그 자리는 언제까지나 나를 기다리고 있을 것이다.'

'하지만 지금 나를 대신하고 있는 한 사나이가 있지 않은가. 그 샹마티외라는 자는 정말 운도 없지. 장발장은 세상에서 사라질 것이다. 아니 샹마티외로 바뀌어 감옥에서 살아가게 될 것이다. 나는 어디까지나 마들렌느로서 이 사회에 존재하면 된다.'

'그래, 이건 내가 저지른 일이 아니다. 천주님의 뜻인지도 모른다. 나더러 일을 더 하라는 뜻일 것이다. 천주의 뜻이라면 인간이 거스를 수는 없다. 나는 그냥 가만히 있기만 하면 된다. 천주님께 모든 걸 맡기면 된다.'

마침내 스스로를 위로하며 그는 방 안에서 왔다갔다 거닐었다. 그러나 아무리 해도 마음이 편해지지가 않았다. 그는 다시 생각에 몰두했다.

'천주님께 맡기겠다고? 이거야말로 가장 극단적인 위선이 아니겠는가?

난 이제 야비하고 음흉하게 과거의 그 도둑보다 더 악질적인 도둑이 되어 가고 있다! 남에게 뒤집어씌워 그의 목숨을, 그의 삶을 훔치고 있는 것이다. 이건 도둑이 아니라 살인자인 것이다. 내가 그동안 해왔던 참회의 삶이 이런 것이란 말인가? 아니다! 자수해야 한다. 그럼으로써 오류의 제물로 바쳐지려는 그 남자를 구하고 나는 장발장으로 돌아가자. 그래서 나의 부활을 진정으로 이뤄 내야 한다.'

이런 생각을 하자 그의 마음이 이제야 가벼워졌다.

'그래, 나 자신으로 돌아가는 거다. 장발장이 되는 거야. 그 불쌍한 남자를 구해 주자!'

그는 비로소 주변을 정리하기 시작했다. 모든 차용증서 따위는 불 속에 던져 버리고 편지 한 통을 썼다. 봉투에는 〈파리 아르투아 거리 은행가 라피트 씨〉라고 썼다. 그리고 서랍에서 지갑을 꺼냈다. 지갑 속엔 지폐가 몇 장 들어 있었다. 그는 편지와 지갑을 호주머니에 넣고 다시 방 안을 왔다갔다 걸었다.

멀리서 성당의 종이 한 시를 치는 소리가 들렸다. 그는 잠시 이런 생각도 해봤다. 만일 자수를 하면 자신의 그 영웅적 행위와 7년 간의 선행들, 그리고 무엇보다 이 지방에서 이룩한 공헌들이 참작되어 용서받을지도 모른다. 하지만 그는 곧 머리를 흔들었다. 사부아 소년의 40쑤를 강탈한 건 분명 재범 행위이므로 틀림없이 무기징역을 받게 될 것이다. 그는 속으로 쓴웃음을 지었다.

그때 문득 팡틴느 생각이 떠올랐다.

'아! 그 불쌍한 여인은 어떻게 하지!'

팡틴느 생각이 불현듯 떠오르며 한 줄기 빛처럼 그의 뇌리를 환히 비추기 시작했다.

'아니, 여태껏 내 생각에만 빠져 있었구나! 내가 자수해서 감옥에 갇혀 버리면 그다음은 어떻게 되지? 내가 이뤄 놓은 이 도시, 내 공장, 노동자들, 어려운 사람들 모두는 어떻게 되지? 내가 벌어 놓았고 내가 먹여 살리는 이들 말이다! 이 도시는 곧 피폐해질 것이다. 아! 그리고 저 여인은! 나때문에 불행해지고 타락에 빠진 저 불쌍한 여인은! 또 그녀의 딸은! 내가 자수하면 저 여인은 죽게 된다. 그러나 만약 내가 자수를 안 한다면? 안 한다면?'

그런 생각을 하며 그는 전율을 느꼈다.

'그럼 그 남자가 감옥에 가겠지. 그렇게 되는 거야. 놈도 어쨌든 도둑질을 했으니까. 그래 나는 그냥 내 길을 가는 거야. 그러면 가난도 사라지고 매음과 도둑질도 사라질 것이다. 저 가련한 여인도 딸과 함께 행복하게 살 수 있고 이 도시 전체가 잘 살게 되리라. 자수를 하다니! 자수를 하는 건 결국 나 혼자만 생각하는 행위야. 그가 어떤 놈인지는 모르지만 어쨌든 도둑질을 했잖아. 물론 그는 억울하겠지만 도둑놈 하나 구하기 위해 도시가 파멸하도록 내버려 두고 한 불쌍한 여인이 죽어가는 걸 바라보고 그녀의 딸아이가 길바닥에 내동댕이쳐져야 하겠는가! 아! 이 모든 불쌍한 사람들을 내버려두고 자수를 하다니! 나는 물론 양심의 가책을 느끼겠지만 다른 사람들의 행복을 위한다면 그 까짓것쯤 감수하는 건 그야말로 희생이며 헌신이 아니겠는가?'

그는 다시 방 안을 이리저리 서성거렸다. 마음도 어느덧 가벼워지고 있었다.

'자! 그럼 이제 결심은 끝난 거다. 장발장을 없애 버리자.'

그는 구석으로 가서 가구를 밀어내고 벽장의 비밀 문을 열었다. 그 속에는 감옥에서 나올 때 가지고 온 푸른색 작업복과 낡은 바랑과 울퉁불퉁한 지팡이가 있었다. 그는 항상 자신의 과거를 잊지 않기 위해 은촛대와 그것들을 잘 간직하고 있었는데 밖엔 은촛대만 내놓고 나머지는 감추어 뒀던 것이다. 그는 그 오랜 세월 동안 간직해 두었던 그것들을 모두 꺼내 벽난로 속에 던져 버렸다. 그러고는 벽장을 닫은 다음 다시 가구를 밀어붙여 안 보이게 해 두었다.

벽난로 속에서 활활 타고 있는 장발장의 모든 흔적들 속에서 뭔가 반짝이는 것이 있었다. 사부아 소년에게서 빼앗은 40쑤짜리 은화였다. 그는 벽난로 속은 쳐다보지도 않고 서성거리다가 그 위에 놓여 있는 은촛대를 무심히 보게 되었다.

'장발장이 아직 저기도 남아 있군.'

그는 촛대 두 개를 들고 불 앞에 섰다. 불이 그 촛대를 삼킨다면 순식간에 은덩이리가 될 것만 같은 기세였다. 그때 그는 가슴속에서 울려나오는 소리를 들었다.

'장발장! 장발장!'

그는 숨이 멎는 것 같았다.

'그래! 좋지, 어서 하라고! 촛대를 녹여 버려! 주교 따위는 잊어버려라! 샹마티외는 죽여 버려! 잘 하고 있다, 끝내 버려. 그 늙은이 하나쯤이야 뭐! 하지만 넌 존경 받으며 가난한 사람들을 먹이고 행복하게 하며 칭송받아야지. 허나 네가 영광과 만족 속에 있는 동안 다른 쪽 감옥에선 너 대신 죄수복을 입고 치욕의 쇠사슬을 끌며 신음하는 자가 있을 것이다! 하지만 그것도 괜찮아. 잘된 거야!'

아! 가련한 장발장은 식은땀을 흘리며 그 소리를 듣고 있었다.

'장발장! 그대는 자신을 칭송하는 요란한 소리만 들릴 뿐, 그 속에 묻혀 들리지 않는 소리가 있으니, 그것이 어둠 속에서 그대를 저주하리라. 파

럼치한 자여! 모든 떠들썩한 칭송은 하늘로 올라가기 전에 추락할 것이며, 저주만이 하늘로 올라가리라!'

그 소리는 처음엔 약하게 들리다가 점점 커지더니 마침내 천둥처럼 크게 그의 가슴을 때렸다. 그는 결국 촛대를 벽난로 위에 다시 올려놓았다.

두 가지 생각을 번갈아 가며 해봤지만 그는 이제 똑같은 공포심을 느낄 뿐이었다. 둘 다 비통한 심정만 들게 했다. 그는 제자리에서 빙빙 돌며 맴돌고 있었다.

어느덧 새벽 종소리가 들리며 다섯 시간 동안 방 안을 헤매던 그는 마침내 두 손으로 머리를 싸안고 의자 위로 엎어졌다. 자는 것도 깨어 있는 것도 아닌 채로 그는 오랫동안 그렇게 있었다.

얼마나 지났을까? 깨어 보니 벽난로의 불이 꺼져 있었다. 그는 추워서 일어나 창가로 갔다. 하늘엔 구름이 끼어 있고 별도 보이지 않았다. 길 끝에서 마차가 다가오더니 문 앞에 멈춰 섰다.

'이 새벽에 누굴까?'

곧 그의 방문을 두드리는 소리가 나고 수위 영감이 외쳤다.

"시장님, 마차가 왔습니다."

"마차라니?"

"시장님께서 마차를 부르셨다고 하던데요?"

"누군데?"

"스코플레르 씨네 마부에요."

"스코플레르?"

마들렌느 씨는 벼락이라도 맞은 듯 그 자리에 멍하니 서 있었다.

영감이 다시 외쳤다.

"시장님, 어떻게 할까요?"

"그래요, 잠깐만 기다리라고 하시오."

그 당시는 우편물 수송을 마차로 하고 있었다. 우편 마차는 무거운 짐들의 무게를 지탱하고, 다른 마차를 비켜 가게 하기 위하여 단단한 바퀴통을 덧붙이고 다녔다.

아라스에서 출발해 아침 다섯 시 전에 메르에 도착하는 우편마차가 시내로 들어서는 길모퉁이를 돌다가 맞은편에서 오고 있던 흰 말이 끄는 작은 마차 한 대와 부딪쳤다. 작은 마차는 바퀴에 큰 충격을 받았을 텐데도 마차를 모는 남자는 외투로 몸을 감싼 채 별일 아니라는 듯 그대로 달려갔다. 그는 바로 밤새 갈등을 했던 그 남자였다.

그는 심연에 몸을 내던지듯 적막한 어둠 속에서 말을 몰아 달려가고 있었다. 그 뭔가가 그의 등을 떠밀며 그의 멱살을 끌어당기고 있었다.

그는 아라스로 가고 있었다. 사건을 직접 보고 다시 생각해 보기로 했다. 우선 샹마티외라는 자의 낯짝을 보면 그가 감옥에 가는 것도 전혀 마음이 불편하지 않을지도 모르기 때문이었다. '자베르나 두 명의 죄수들이 나를 못 알아볼지도 모른다. 즐거운 시간이 될 수는 없겠지만 그 시간은 잠깐이면 끝날 것이고 난 곧 거기서 벗어날 것이다.'

날이 환해질 무렵 그는 에뎅에 도착해 말 먹이를 주려고 여관 앞에 멈춰 섰다. 그는 마차 위에 그대로 머물러 있었다. 그런데 말 먹이를 주던 여관 마부가 문득 왼쪽 마차 바퀴를 유심히 살펴보더니 말했다.

"이 말이 계속 가기는 힘들겠는걸요."

"뭐라고요? 오십 리나 달려왔는데요."

"오십 리요? 나뒹굴지 않고 온 게 기적입니다."

마차바퀴가 우편마차와 부딪쳤을 때 그랬던 듯 살이 두 개 부러져 있고 바퀴통도 부서져 있었다.

"그럼 수레 고치는 목수 좀 불러 주시오."

마부가 연락해 도착한 수레목수는 바퀴를 살펴보더니 얼굴을 찌푸렸다.

"이거 고치려면 하루 걸려야 하는데요."

"난 무척 바쁜 사람입니다. 아무리 늦어도 한 시간 안에 떠나야 하거든요."

"그건 도저히 안 됩니다."

"돈은 충분히 드릴 수 있어요. 바퀴를 바꾸면 되잖소."

"바퀴가 아무거나 다 맞는 게 아니거든요. 여긴 짐수레 바퀴밖에 없어서요."

"그럼 다른 마차를 하나 빌려주세요."

"이 동네엔 마차 빌릴 데도 없고, 바퀴 수리하는 목수는 나밖엔 없거든요."

그 말을 듣다가 마들렌느 씨는 별안간 기쁨이 솟아올랐다.

'그렇다면 이건 천주님의 뜻이다. 내가 안 가는 게 아니라 못 가는 것이 되니까.'

수레목수와 여관 앞에 서서 그런 얘기들을 주고받는 동안 오가던 사람들이 멈춰 서서 그들의 대화를 듣고 있었는데, 그 속에 끼어있던 아이 하나가 살그머니 빠져나갔다.

나그네도 속으로 위안을 삼으며 이제는 돌아가자고 마음먹고 있는데 그 아이가 한 노파와 함께 돌아왔다.

"이보세요. 마차를 빌리고 싶다고요? 우리 집에 마차가 한 대 있긴 한데, 좀 낡았지만 말이우."

나그네는 갑자기 한기를 느꼈다. 숙명의 손아귀가 다시 그를 잡아채려 하고 있었다. 그래서 모두들 노파네 집으로 몰려갔다. 거기엔 말 그대로 다 낡아 빠진 마차 한 대가 헛간에 처박혀 있었다. 수레 고치는 목수는 손님을 놓치게 생겨 기분이 언짢은 듯 내뱉었다.

"아주 형편없구먼. 이걸로는 멀리 갈 수가 없지."

그건 사실이었지만 그래도 바퀴들은 멀쩡해 보였고 아마도 아라스까지는 갈 수 있을 것 같았다. 그래서 빌리는 값을 계산해 주고 그는 말을 그 마차에 매어 다시 길을 떠나려 했다. 마차는 분명 잘 움직였다. 못 갈 수도 있다는 생각에 잠시 흥분해 있었던 그는 스스로에게 분노가 치밀었다. 막 출발하려는데 아까 그 아이가 그를 불렀다.

"아저씨, 제가 마차를 찾아 드렸잖아요."

"그래서?"

"저한테 아무것도 안 주셨어요."

"아, 바로 너구나. 너한텐 한 푼도 안 주고 싶다."

그는 말에 채찍을 휘두르며 달려갔다.

에뎅에서 허비한 시간이 많았기 때문에 그는 쉬지 않고 내달렸지만 길이 험해 생폴까지 50리 거리를 거의 네 시간이나 걸려 도착했다. 거기서 그는 대충 아무 여관에나 들어가 말에게 먹이를 먹였다.

"손님 식사는요?"

"아 참, 나도 아무것도 안 먹었군."

그는 식당으로 들어가 빵을 조금 뜯어 먹고는 다시 댕크를 향해 달려갔다. 거기서 아라스까지는 다시 50리가 남아 있었다. 가는 동안에도 그는 끝없는 상념에 잠겨 있었다.

댕크 마을에 도착했을 때는 어느덧 저녁이 되어 있었다. 그는 댕크에서 멈추지 않고 계속 가려는데 길에서 일하고 있던 수리공이 그를 보며 말했다.

"말이 엄청 지쳐 있는데요. 이래 가지고 아라스까지 가려면 아주 늦게 나 도착하겠습니다."

그는 말을 세우고 그 수리공에게 물었다.

"여기서 아라스까지는 얼마나 되죠?"

"칠십 리는 족히 되지요."

"지도에는 오십 리 정도로 나와 있던데요."

"길이 공사 중이거든요. 조금 더 가면 도로가 막혀 있지요."

"그러면 어떻게 가야 하나요?"

"거기 왼쪽 길로 접어들어 개울을 건넌 다음 캉블랭까지 가서 오른쪽 길로 가시면 됩니다. 그리 가면 몽 생텔루아를 지나 아라스로 이어지거든요."

"어두워지면 길을 잘못 들 수도 있겠네요."

"이 지방 사람이 아니시군요. 그러시면 댕크로 다시 가서 거기서 하룻밤 묵고 내일 떠나시는 게 좋을 겁니다."

"오늘 밤 안으로 가야만 해서요."

"그러면 댕크로 돌아가서 말을 한 마리 더 매고, 여관 마부 한 사람을 길잡이로 구하시는 게 좋죠."

수리공의 말대로 그는 댕크로 되돌아가 말을 한 필 더 매고 길잡이를 한 사람 구하는 데 30분쯤 걸린 다음 다시 그 길을 달려가기 시작했다. 한참 후 길이 좁아지면서 매우 험해졌다.

장발장이 마부에게 소리쳤다.

"좌우간 있는 대로 속력을 내시오. 돈은 두 배로 줄 테니."

갈등에 휩싸여 있는 그 남자가 아라스로 가고 있는 동안, 팡틴느는 여전히 그를 기다리고 있었다. 그녀는 밤새 고열과 악몽에 시달렸는데 아침에 의사가 와서 볼 때는 헛소리까지 하고 있었다. 의사는 어두운 얼굴로 간호수녀에게 마들렌느 씨가 오면 자기에게 알려 달라고 말하며 자리를 떠났다.

팡틴느는 오전 내내 축 늘어져 누워만 있었다.

점심 무렵엔 의사가 다시 와서 보더니 마들렌느 씨는 아직 안 왔느냐고 묻고는 머리를 가로저었다.

마들렌느 씨는 매일 세 시에 그녀를 보러 왔기 때문에 팡틴느는 두 시 반이 지나자 몇 번이나 수녀에게 시간을 물으며 초조해 했다.

시계가 세 시를 알리는 소리에 팡틴느는 그동안 몸도 움직이지 못하더니 침대에서 벌떡 일어나 앉았다. 그러고는 얕은 숨을 쉬며 계속 문 쪽만 바라보고 있었다. 하지만 문은 열리지 않고 아무도 들어오지 않았다.

15분 정도를 그녀는 꿈쩍도 안 하고 숨도 죽인 채 굳어 버린 사람처럼 앉아 있었다. 생플리스 수녀도 말 한마디 못 붙일 정도로 그녀의 모습은 간절한 기다림의 응결체 같았다. 성당의 시계가 세 시 십오 분을 알리자 그녀는 마침내 배게 위로 쓰러지며 겨우 들리는 소리로 중얼거렸다.

"내일 떠나시기 전에 오실 줄 알았는데……."

생플리스 수녀도 언제나 정확한 시간에 오던 마들렌느 씨가 안 오자 이상하게 생각하고 있었다.

팡틴느는 허공을 응시하며 들릴 듯 말 듯 힘없는 목소리로 노래를 흥얼거렸다.

　　들국화는 파아랗고 장미는 빠알갛고

들국화는 파아랗고 우리 아기 어여쁘네

노래는 팡틴느가 코제트를 재우며 부르던 자장가였다. 그러나 딸을 맡긴 후 지금까지 5년 간 한 번도 불러 보지 못했다. 그녀의 노랫소리는 너무나 슬프면서도 따뜻하게 들려 엄격한 수녀의 눈에서도 눈물이 흘러내리지 않을 수 없었다.

수녀는 급기야 심부름하는 여자아이를 시장에게 보냈다. 그러나 그 아이는 금방 돌아오더니 속삭이듯 수녀의 귀에 대고 말했다. 시장님이 아침 일찍 마차를 타고 혼자 떠났는데 어디로 갔는지는 아무도 모르고, 수위 영감에게 오늘 밤에 기다리지 말라고 말했다는 것이다.

그들이 속삭이는 소리를 팡틴느가 듣고 외쳤다.

"시장님 얘기를 하고 계시죠? 왜 안 오시는 거죠?"

생플리스 수녀는 잠시 망설였다. 거짓말을 해서는 안 되지만 사실을 그대로 얘기하면 팡틴느가 큰 충격을 받을 것 같았다. 수녀는 아무 일도 아니라는 듯 태연한 얼굴로 말했다.

"시장님이 외출 중이시라고 하네요."

팡틴느는 다시 벌떡 일어나 앉았다. 그녀의 눈빛이 환해지며 미소가 번졌다.

"우리 코제트를 데리러 가신 거예요!"

그녀는 두 손을 모아 잡고 감동에 젖어 기도를 드렸다. 그런 다음 다시 누우며 또 말했다.

"마들렌느 씨는 우리 코제트를 데리러 가신 거예요."

"그만 좀 쉬세요. 말은 그만하고요."

수녀는 팡틴느의 두 손이 축축이 젖은 것을 보고는 이불 속으로 넣어 주며 가슴이 저려 왔다.

"수녀님도 어제 들으셨죠? 제가 코제트 얘기를 했을 때 시장님이 곧 올 거라고 말씀하셨잖아요. 저를 놀라게 하시려고 아무 얘기도 없이 가신 거예요. 이제 전 아프지 않아요. 우리 코제트가 올 거니까요. 그동안 많이 컸겠죠. 일곱 살이거든요. 내일이면 오겠죠? 수녀님, 내일 아침엔 제 옷차림 좀 봐 주세요. 우리 코제트를 만나는데 엄마가 예쁘게 하고 있어야죠. 수녀님, 내일이면 돌아오시겠죠?"

"그러겠죠. 내일은 돌아오시겠죠."

수녀는 그렇게 대답할 수밖에 없었다.

"아! 내일이면 코제트가 와요."

팡틴느의 목소리에 생기가 돌고 창백하던 얼굴은 홍조가 떠오르며 얼굴 가득 미소가 번져 갔다.

여섯 시가 지나 의사가 다시 와서 팡틴느를 살펴보고는 생플리스 수녀를 밖으로 불러냈다. 수녀는 의사에게, 마들렌느 씨가 어디론가 마차를 타고 갔는데 팡틴느는 딸을 데리러 간 거라고 믿고 있지만 사실이 무엇인지는 잘 모른다는 얘기를 전했다.

의사는 환자에게 차도가 있다며 믿을 수 없어 했다. 그러면서 환자를 안정시키고 절대로 충격을 주지 말라며 덧붙여 말했다.

"아주 놀랍도록 좋아졌어요. 시장님이 정말 내일 딸을 데려온다면 아마도 기적이 일어날지도 모르겠군요. 그런 예가 실제로 있거든요. 어쩌면 한 생명이 살아날 수도 있겠어요."

마차가 아라스의 우편 여관에 도착한 것은 저녁 여덟 시가 거의 다 됐을 무렵이었다. 여섯 시간쯤 예정했던 여정이 열 네 시간이나 걸렸던 것이다. 그건 장발장의 잘못이 아니었다.

"손님, 여기서 묵으실 건가요? 손님의 말이 너무 지쳐 있다고 마부가 그러던데요."

여관 주인이 물었다.

"내일 아침 일찍 떠날 수는 있을까요?"

"참 손님도! 이틀은 푹 쉬어 줘야겠던데요."

"여기에 우편사무소가 있죠?"

주인은 그렇다면서 그를 사무소로 안내했다. 장발장은 통행권을 내보이며 그날 밤에 메르로 돌아갈 수 있는 우편마차가 있느냐고 물었다. 다행히 우체부 옆 자리가 하나 비어 있었다. 그가 예약을 하자 주인이 말했다.

"새벽 한 시 정각에 출발하니까 시간 잘 지키셔야 합니다."

장발장은 여관을 나왔다.

아라스는 낯선 곳이었다. 그는 아무 데로나 걷다가 길가 사람들에게 물어 재판소를 찾아갔다. 대합실에는 여기저기서 많은 사람들이 법복 차림의 변호사를 둘러싸고 얘기를 하고 있었다. 그는 한 변호사에게 다가갔다.

"재판은 어디까지 진행되고 있습니까?"

"재판이요? 이미 끝났는데요."

"끝났다고요?"

그의 목소리가 너무 큰 바람에 주위 사람들이 모두 그를 한 번씩 돌아다보았다.

"형을 얼마나 받았는데요?"

"무기징역이오. 당연하죠. 그 여자가 제 아이를 죽인 사실이 증명되었으니까."

"여자요?"

"네, 리모쟁의 여자 말이오. 당신은 지금 뭘 묻는데요?"

"아 아닙니다. 그런데 끝났다면서 법정엔 왜 아직 불이 켜져 있는 거죠?"

"아 다른 사건이 두 시간 전부터 진행되고 있어요. 도둑질을 한 자인데 전과자로 재범이죠. 아주 고약한 놈이오."

"법정에 들어갈 수 있습니까?"

"사람이 너무 많아 아마 자리가 없을 거요. 지금 휴정 중이니까 개정되면 한번 가 보시오."

장발장은 또다시 복잡한 심정에 빠져 있다가 법정 문 앞에 서 있는 수위에게 물었다.

"지금 들어갈 수 있소? 곧 개정한다는데."

"개정은 될 겁니다만 자리가 없어 들어가실 수 없습니다. 재판장님 뒤쪽으로 자리가 몇 개 있습니다만 거기는 관리들만 앉을 수 있거든요."

그는 잠시 머뭇거리다 수첩을 한 장 뜯어내 〈몽트뢰유 쉬르 메르의 시장 마들렌느〉라고 쓰고는 수위에게 내밀며 목소리에 힘을 주어 말했다.

"재판장에게 전달하시오."

수위는 그를 힐끔 쳐다보더니 법정으로 들어갔다. 그러고는 곧 돌아와 쪽지를 돌려주며 허리를 공손히 숙였다.

"자, 이쪽으로 오십시오."

메르의 시장 마들렌느의 명성은 이미 널리 퍼져 있었다.

쪽지에는 이렇게 쓰여 있었다.

'본 재판장은 마들렌느 씨에게 경의를 표합니다.'

그는 쪽지를 구겨 버리고 수위를 따라 안으로 들어갔다.

"이 문 안으로 들어가면 재판장 자리가 나옵니다."

수위가 다시 한번 허리를 깊숙이 숙이고는 물러났다. 장발장은 진땀을 흘리며 몸을 부르르 떨었다. 그러고는 문을 확 밀고 들어갔다.

아무도 그를 의식하지 않았다. 사람들은 오로지 한 곳, 재판정 한가운데에 놓여 있는 의자에 헌병 둘이 한 남자를 양쪽에서 붙잡고 앉아 있는 그곳만 쳐다보고 있었다.

장발장은 그 남자가 자신이라도 된 듯 다시 몸을 부르르 떨었다.

'아아! 내가 또다시 저렇게 되어야 한단 말인가!'

문소리를 듣고 재판장이 돌아보며 그가 바로 몽트뢰유 쉬르 메르의 시장인 것을 알아보고는 가볍게 고개를 숙였다. 검사 역시 공무로 메르에 갔을 때 마들렌느 씨를 본 적이 있어 목례를 보냈다. 그러나 마들렌느 씨는 아무것도 눈치채지 못했다.

그는 다만 판사 뒤에 의자가 하나 비어 있는 것을 보고는 사람들 눈에 띌까 봐 얼른 가서 앉았다. 그러고는 판사의 책상 위에 쌓여 있는 서류들 뒤로 얼굴을 가리고 그제야 법정 안을 둘러보았다.

자베르는 보이지 않았다.

곧 검사의 논고가 시작되었다. 그는 장발장을 악질 중의 악질로 고발하는 논고를 펼침으로써 방청객들과 배심원들을 '몸서리치게' 하기에 조금도 부족함이 없었다. 그는 마침내 장발장에게 중형을, 즉 종신형을 요구하며 논고를 마쳤다.

재판장이 피고를 일어나게 했다.

"피고는 더 할 말이 없는가?"

남루한 사나이는 땟자국이 반질반질한 모자를 만지작거리고 서 있다가 재판장이 또 한 번 같은 질문을 하자 그제야 얼굴을 들고 주위를 살펴더니 검사에게 시선을 고정하고는 소리를 질러 댔다.

"난 글쎄 파리의 발루 영감네서 수레목수로 일하고 있었다니께요. 고생만 죽살나게 했지. 허리가 끊어져라 아무리 일해도 하루에 삼십 쑤밖에 안 주더라니께요. 딸년 하나가 있었는데 고년도 고생 참 엄청스레 했지. 남의 집서 빨래 해 주고 몇 푼씩 받아 오곤 했는데 하도 뼈빠지게 하다 보니 어느 날부터 시름시름 앓다가 그 망할 년이 글쎄 죽어 버립디다. 내 거짓말은 안 하오. 파리가 바다만큼이나 넓으니 이 샹마티외 놈을 누가 알겠소만 그래도 발루 영감은 내 사정을 다 알고 있다니께 그러네. 그 영감한테 가서 물어보시라니께요."

그의 말투에 방청석에서 웃음이 터져 나오자 사나이는 뒤를 돌아보며 덩달아 히죽거리고 웃었다.

재판장이 배심원들을 향해 '발루 영감이라는 자를 소환했으나 그가 파산한 뒤 행방불명됐다' 면서 상황을 설명했다. 그러고는 피고에게 다시 말했다.

"자 피고에게 다시 한번 묻겠는데, 피고는 피에롱 과수원의 담을 넘어 들어가 사과를 훔쳤는가, 안 훔쳤는가? 또 피고는 장발장이 맞는가, 안 맞는가?"

피고는 흥분해 큰 소리로 대답했다.

"난 아무것도 안 훔쳤다니께요. 난 말이오, 안 먹고도 사는 놈이라고요. 기길 지나가는데 글쎄 사과가 몇 개 달린 가지가 하나 땅바닥에 떨어져 있더라니께. 그래서 주웠지 뭐요. 그런데 고것 좀 주웠다고 글쎄 나를 석 달씩이나 감옥에 처넣고 이리 끌고 다니고 저리 끌고 다니고, 헌병들은 나한테 훔쳤으면 바로 이실직고 하라고 마구 쥐어박고, 아무리 그래도 난 도둑질 안 했다니께요. 그냥 땅바닥에 있는 거 주웠다니께 그러네.

그라고 왜 날 자꾸만 장발장인지 뭔지 하고 부르는지 모르겠구먼. 내 이름은 상마티외여 상마티외. 거기다가 어딘지도 모르는 델 갖고 내가 태어난 곳이라고 들먹거리는데 도대체 뭔 소린지 모르겠다니께요. 좌우지간 내가 오베르뉴에도 있었고 파브롤에도 있었는데, 아 그럼 거기에 있었던 사람은 다 감옥에서 나온 놈들이란 말이오? 대체 당신들하고 나하고 무슨 웬수가 진 거요?"

그때 검사가 자리에서 일어났다.

"재판장님, 피고는 바보인 척하면서 계속 시치미를 떼고 있습니다. 다시 한번 죄수 브르베와 코슈파유, 슈날디외와 자베르 감찰관을 불러 마지막으로 한 번 더 피고와 장발장의 동일 인물 심문을 해주시도록 요청드립니다. 아 참 자베르는 돌아가고 없으니 제가 그 사람이 했던 진술을 읽겠습니다. '본인은 이자를 잘 알고 있습니다. 이자는 형기가 만료되어 유감스럽게도 석방할 수밖에 없었는데, 절도죄로 복역 중 대여섯 차례나 탈옥을 한 바람에 형량이 가중되어 19년을 살다 나온 악질입니다. 밝혀진 범죄 외에도 이자는 돌아가신 디뉴의 미리엘 주교 댁에서 도둑질을 한 것으로 본인은 혐의를 두고 있습니다. 그리고 본인이 툴롱 형무소에서 간수보로 있었을 때 이자를 여러 번 본 적이 있습니다.'"

세 명의 죄수가 증인석으로 불려 나왔다. 그들은 모두 이 남자가 장발장이 맞다고 주장하며 이렇게들 말했다.

"재판장님, 틀림없습니다. 저는 이자를 본 적이 있습니다. 1796년에 툴롱 감옥에 들어왔다가 1815년에 출옥한 장발장이란 자입니다. 저는 일 년 후에 출옥했고요. 이자는 바보인 척하고 있지만 감옥에 있을 때는 아주 엉큼한 데가 있었죠. 이자가 틀림없습니다."

"뭐 알고 모르고가 아니라 이자와 전 오 년 동안이나 같은 쇠사슬에 묶어 있었습니다. 이보게, 날 모르는 척하는구먼."

"저놈이 힘이 얼마나 셌는지 '기중기 장'이라고 불렸었죠."

그들의 얘기를 다 듣고 난 뒤 재판장이 사나이에게 물었다.

"피고, 다른 할 말이 있는가?"

사나이는 영문을 모르겠다는 듯 대답했다.

"이놈들이 뭐라고 떠드는지 당최 모르겠구먼!"

사나이에게 최후의 순간이 다가오고 있었다. 그때 벼락 같은 고함 소리가 실내를 뒤흔들었다.

"브르베, 슈닐디외, 코슈파유! 나를 쳐다봐라!"

재판장 뒤의 특별 방청석에서 한 남자가 일어서더니 법정 한가운데로 나왔다. 재판장과 검사, 그리고 그를 알아보는 모든 사람들이 한꺼번에 외쳤다.

"마들렌느 씨!"

그는 모자를 손에 들고 단정한 옷차림을 하고 있었는데, 아라스에 도착했을 때까지만 해도 반백의 머리를 하고 있었는데 지금은 온통 하얗게 변해 있었다. 그 자리에 앉아 있던 한 시간 동안 그렇게 세어 버린 것이었다.

사람들은 존경받는 마들렌느 씨를 보려고 모두들 고개를 빼들었다. 마들렌느 씨는 곧바로 코슈파유, 브르베, 슈닐디외 세 사람 앞으로 걸어갔다. 모두가 아무 말도 하지 않고 있었다.

"당신들 나를 모르겠나?"

세 증인은 기겁을 하며 머리를 흔들었다. 그리고 코슈파유는 자리에서 벌떡 일어나더니 마들렌느 씨에게 거수 경례를 붙였다. 마들렌느 씨는 재판장을 돌아보며 조용한 목소리로 말했다.

"재판장 님, 이 피고를 풀어 주고 나를 체포하십시오. 당신이 찾고 있는 장발장은 바로 접니다."

장내는 숨소리도 안 들리고 모두들 멍해 있었다.

재판장이 배석 판사들과 뭐라고 의논을 하더니 방청석을 향해 말했다.

"혹시 여기 의사 없습니까?"

검사가 재판장을 대신해 말을 이었다.

"여러분은 존경받는 메르의 시장 마들렌느 씨의 명성을 익히 알고 계실 줄로 압니다. 여기에 혹시 의사가 계시면 마들렌느 씨를 자택으로 모셔 주시면 감사하겠습니다."

그러나 마들렌느 씨가 위엄 있는 목소리로 검사의 말을 잘랐다.

"감사합니다만 저는 지금 정신 이상 증세가 있는 게 아닙니다. 내 의무를 다하고 있는 것입니다. 제가 바로 장발장입니다. 나는 과거를 숨기고 돈을 벌고 시장이 되었습니다. 정직한 사람들 속에 속하고 싶었지만 이제는 불가능해졌습니다. 주교님 집에서 도둑질을 한 것도, 프티 제르베의 돈을 강탈한 것도 모두 사실입니다. 장발장이란 놈이 악질이라는 건 온당한 말씀입니다. 그러나 그게 장발장만의 잘못은 아닐 것입니다. 여러분, 나같이 나쁜 놈이 주의 섭리를 구한다거나 사회에 불평 불만을 늘어놓을 자격은 물론 없겠지요. 그러나 이 장발장도 전에는 그저 무지몽매한 촌놈에 불과했습니다. 그런데 감옥이란 곳이 바보 같았던 나를 악랄하고 위험스런 인물로 바꿔 놓았습니다. 그렇지만 그 후, 감옥이 나를 파멸시켰듯 관용이 나를 구해 냈습니다. 아무튼 저의 집 벽난로의 재 속에는 칠 년 전에 프티 제르베한테서 빼앗은 사십 쑤짜리 은전이 있습니다. 나를 체포하십시오! 검사님은 '마들렌느 씨가 정신 이상 증세가 있다'고 생각하시는 것 같은데, 그렇지 않습니다. 제 말은 사실입니다. 그러니 저 남자를 석방해 주십시오."

그는 세 사람의 죄수를 향해 다시 돌아섰다.

"여보게 브르베! 나는 자네가 감옥에서 걸치고 있던 그 바둑판 무늬의 멜빵이 기억나네."

브르베는 놀라 눈을 휘둥그레 뜨며 입을 다물지 못했다.

"슈닐디외, 네 오른쪽 어깨에 화로에 덴 흉터가 남아 있지 않나?"

슈닐디외는 고개를 끄덕였다.

"코슈파유, 넌 왼쪽 팔뚝에 화약으로 새겨 넣은 파란색 날짜가 쓰여 있지. 그 날짜는 황제가 칸느에 상륙한 날짜 1815년 3월 1일이었다. 소매를 올려 봐."

코슈파유는 소매를 걷어 올려 보여주었다. 판사와 방청객을 향해 다시 돌아선 장발장의 얼굴엔 미소가 어려 있었다.

"자 보신 대로 난 장발장이 맞습니다."

법정엔 판사도 검사도 헌병도 모두 사라지고 오로지 감동의 정적만이 감돌고 있었다. 사람들은 직접 눈으로 진짜 장발장을 보고 있었다. 얼굴에 빛이 흐르는 장발장을 말이다. 자기를 대신해 감옥에 가게 생긴 한 남자를 구하기 위해 스스로 자수를 선택한 그의 숭고한 양심에 사람들은 모두 감동하고 있었다.

장발장이 다시 입을 열었다.

"체포하지 않으시겠다면 전 이만 가겠습니다. 아직 해야 할 일이 몇 가지 남아 있어서요. 검사님은 내가 누구인지 그리고 어디로 가는지 알고 계시니 언제든 원하시면 나를 체포하십시오."

그는 출구로 걸어갔다. 아무도 무슨 말을, 어떤 행동을 감히 하는 사람은 없었다. 모두 그가 지나가도록 길을 비켜 주었고 누구는 또 문을 열어 주었다. 그는 문까지 위엄 있게 걸어가 거기서 잠시 돌아섰다.

"검사님, 언제든 처분에 맡기겠습니다. 그리고 여러분은 저를 동정할 만하다고 생각하실 것입니다. 나도 이렇게 나갈 수 있는 이 순간의 나 자신이 부러워할 만하다고 생각합니다. 하지난 아! 이런 일이 아예 없었더라면 얼마나 좋았겠습니까?"

그는 그대로 나갔다. 그리고 문은 저절로 닫혔다.

그 후 한 시간도 안 돼 샹마티외에 대한 모든 기소는 중지되었다. 그는 곧바로 석방돼, 모두들 미친놈들이라고 소리치며 어리둥절한 채로 떠나 버렸다.

8

반전

날이 밝아 오고 있었다. 마음이 들떠 밤새 잠을 이루지 못하고 꼬박 세운 팡틴느는 새벽녘이 되어서야 잠이 들었다. 같이 밤을 새운 생플리스 수녀는 그 사이 의무실에서 약을 정리하고 있었다. 그때 마들렌느 씨가 들어왔다.

"그 여인은 좀 어떤가요?"

"조금 나아진 것 같아요."

수녀는 그동안 있었던 일을 얘기하며, 물어보지는 않았지만 시장이 몽페르메유에 갔다 온 게 아님을 알아차렸다.

"잘 됐어요. 그냥 아무 말 하지 마세요."

"하지만 팡틴느가 시장님이 오신 걸 알고도 딸을 못 만난다면 어떻게 말해야 하죠? 거짓말을 할 수도 없고⋯⋯."

"천주님께서 지혜를 주시겠죠."

방 안에 햇살이 들어와 퍼지며 마들렌느 씨의 얼굴까지 환히 비추자 수녀가 그의 얼굴을 보다가 갑자기 외쳤다.

"아니, 시장님 머리가 하얘졌네요!"

그녀는 의료기구 가방 속에서 검진용 작은 거울 하나를 꺼내 마들렌느 씨에게 내밀었다. 그는 거울에 머리를 비쳐 보며 '이런!' 하고는 그냥 거울을 돌려주었다.

"그런데 그 여인을 지금 봐도 되겠어요?"

"시장님, 그녀의 딸을 데려오실 건가요?"

"물론이죠. 한 이삼 일은 걸릴 거예요."

"그러면 그때까지는 만나시지 않는 게 어떨까요? 시장님이 돌아오신 줄 모르면 참고 기다리기가 좀 더 쉬울 테니까요. 나중에 아이를 데리고 와 함께 만나시는 게 좋을 것 같아요. 그러면 저도 거짓말 하지 않아도 되고요."

마들렌느 씨는 잠시 생각에 잠기더니 무겁게 입을 열었다.

"아니오. 만나는 게 좋겠어요. 어쩌면 내가 좀 바빠질 것 같아서요."

"그럼 들어가 보세요. 지금 자고 있을 거예요."

그는 방으로 들어갔다. 그리고 잠들어 있는 환자 옆에 서서 한참을 조용히 내려다보았다.

팡틴느가 눈을 떴을 때 그가 보이자 빙긋이 웃으며 말했다.

"코제트는요?"

마들렌느 씨는 어떻게 말해야 할지 몰랐다.

"시장님이 오신 걸 알고 있었어요. 꿈속에서 밤새도록 시장님을 보고 있었거든요. 천사들에 둘러싸여 빛이 나시더라고요. 그런데 코제트는 어딨어요?"

마들렌느 씨가 입을 못 떼고 있는데, 시장이 왔다는 소식을 들은 의사가 막 들어오면서 대답을 했다.

"자 안정을 취해야 돼요. 딸이 저기 와 있어요."

순간 팡틴느의 눈에 빛이 나며 얼굴색이 환해졌다.

"정말요? 빨리 데려와 주세요!"

"아직 안 돼요. 아이를 보게 되면 몹시 흥분해서 건강에 안 좋아요. 우선 병이 좀 가라앉아야 됩니다."

"글쎄 난 다 나았다니까요. 선생님은 참 말귀도 못 알아듣고! 난 딸애를 빨리 봐야 한다고요!"

의사가 다시 그녀를 달랬다.

"봐요, 지금도 흥분하고 있잖아요. 흥분이 가라앉아야 아이를 만날 수 있거든요. 좀 편안히 있으면 내가 딸을 데려오지요."

아이의 엄마는 비로소 고개를 푹 숙였다.

"알겠어요. 무례했다면 죄송합니다. 선생님 말씀대로 기다릴게요. 괜찮아졌다고 생각되실 때 우리 코제트를 바로 데려다 주세요. 전 이제 열도 없고 다 나았어요. 그래도 가만히 있을게요."

마들렌느 씨는 침대 옆 의자에 앉아 있었다. 팡틴느는 침착하게 보이려고 무척 애를 썼다. 하지만 마들렌느 씨에게 묻지 않고는 참을 수가 없었다.

"시장님, 여행은 어떠셨나요? 제가 어떻게 감사를 드려야 할지…… 우리 아이는 좀 어때요? 아이가 저를 못 알아보겠죠? 가엾은 것. 시장님, 우리 아이 예쁘죠? 우리 딸 예쁘죠?"

그는 팡틴느의 손을 꼭 잡아 주었다.

"그럼요! 너무 예쁘더군요. 코제트는 잘 있으니 걱정 말아요. 곧 만나게 될 거예요. 하지만 우선 몸이 좋아져야만 돼요."

마들렌느 씨는 팡틴느의 손을 이불 속으로 넣어 주고 걱정스럽게 얼굴을 들여다보았다. 진찰을 마친 의사는 나가고 생플리스 수녀는 그들과 함께 남아 있었다. 그때 팡틴느가 갑자기 소리를 쳤다.

"아! 소리가 들려. 코제트의 소리야!"

그녀는 숨을 죽이고 황홀한 표정으로 가만히 있었다.

하필 마당에서 어린아이 소리가 들려왔다. 어떤 여직공의 아이인지 큰 소리로 웃으며 떠들고 있었다. 팡틴느가 들은 것은 그 아이의 소리였던 것이다.

이제 그 아이의 소리는 더 이상 들리지 않았다. 팡틴느는 한동안 더 귀를 기울이다가 들릴 듯 말듯 한 목소리로 힘없이 말했다.

"우리 딸을 못 보게 하다니, 참 웃기는 의사네! 뭐 저런 인간이 다 있어!"

그러다 곧 그녀는 행복한 생각이 떠오른 듯 누워서 계속 홍얼거렸다.

"얼마나 행복할까? 작은 정원이 있는 집에서 살겠지! 마들렌느 씨가 약속했으니까. 아이는 정원에서 놀고……"

마들렌느 씨는 무심히 바닥을 쳐다보며 생각에 빠져 있다가 문득 그녀의 말소리가 안 나자 반사적으로 고개를 들었다.

팡틴느가 상체를 세우고 앉아 숨이 멎은 듯 새파랗게 질린 얼굴로 눈을 크게 뜨고는 방문 쪽을 쳐다보고 있었다. 거기엔 자베르가 서 있었던 것이다.

그동안 있었던 일을 설명하면 이렇다.

마들렌느 씨가 아라스의 재판장에서 나온 건 밤 열두 시 반이 막 넘었을 때였다. 여관으로 돌아왔을 때는 그가 예약해 놓은 우편마차가 곧 출발할 시간이라 딱 맞아떨어졌다. 그리고 아침 여섯 시가 조금 안 돼 몽트뢰유 쉬르 메르에 도착해 우선 라피트 씨에게 보내는 편지를 우체통에 넣고 곧바로 팡틴느를 보러 병실로 온 것이었다.

중죄재판소는 그 충격적인 일이 있은 뒤 샹마티외를 석방하고, 마들렌느 씨 아니 장발장에 대한 체포 영장을 자베르에게 보냈던 것이다.

조용히 방문을 열고 들어선 자베르를 아무도 눈치채지 못해 그는 1분 가량을 그렇게 서 있었다. 그러다 문득 팡틴느가 그를 보게 되었던 것이다. 그리고 마들렌느 씨가 돌아보았다.

팡틴느는 경찰서에서 그 일이 있은 후에는 한 번도 자베르를 본 적이 없었다. 그녀는 그가 다시 자기를 잡으러 온 줄 알고 소리를 질렀다.

"마들렌느 씨, 도와주세요!"

장발장은 — 이제부터는 그를 이렇게 부르자 — 일어섰다. 그리고 팡틴느에게 다정하고 침착하게 말했다.

"괜찮아요. 당신을 잡으러 온 게 아니오."

그리고는 자베르에게 말했다.

"당신이 온 용건을 알고 있소."

자베르는 싸늘하게 대답했다.

"그럼 됐군. 자, 갑시다!"

자베르의 말을 듣고 팡틴느는 다시 시장을 쳐다보며 안심하는 듯했다.

자베르가 발걸음을 떼며 소리쳤다.

"빨리 안 움직여?"

그녀는 숨죽여 주위를 돌아보며 또다시 두려움에 떨었다. 방 안엔 시장과 수녀밖에 없으니 그건 분명 자기에게 한 소리가 아니었을까?

그리고 곧 그녀는 경악스런 일을 목격하게 되었다. 자베르가 시장의 멱살을 움켜잡았던 것이다.

"아니, 시장님!"

팡틴느의 비명에 자베르는 방 안이 쩌렁쩌렁하게 울릴 정도로 웃어젖혔다.

"시장 따위는 없다!"

장발장은 자베르의 손을 피하지도 않고 말했다.

"자베르……."

자베르가 말을 자르며 소리쳤다.

"감찰관이라 불러라!"

"당신에게 특별히 부탁할 게 하나 있소."

"크게 말해! 크게."

장발장은 여전히 나직한 소리로 말했다.

"딱 하나 부탁이 있소. 당신에게만 조용히 말하고 싶소."

"닥치고 크게 말하라고!"

장발장은 자베르에 귀에 대고 조용히 말했다.

"사흘만 시간을 좀 주시오! 이 불쌍한 여인의 딸을 데리러 가야 하오! 당신이 같이 가도 좋소."

"농담하나! 이 멍청한 놈 같으니! 저년의 딸을 데리러 가니 사흘간 시간을 달라고? 도망치려는 수작을 부려?"

자베르의 그 말에 팡틴느는 부르르 몸을 떨었다.

"코제트를 데리러 간다고! 여기에 없군요! 코제트는 어디 있나요? 수녀님! 아이가 보고 싶어요! 시장님!"

자베르가 고함을 쳤다.

"입 닥치지 못해! 이 망할 년! 이런 개 같은 경우가 있나. 전과자가 시장이 되고 창녀가 공주가 되다니! 이젠 끝났어!"

그는 장발장의 멱살을 쥔 채 더 추켜올렸다.

"이제 시장은 없고 전과자 도둑놈만 있는 거다. 그놈, 장발장을 내가 이렇게 잡은 거라고!"

팡틴느는 장발장과 자베르, 수녀를 번갈아 쳐다보며 무슨 말을 하려는 듯했지만 이내 두 손을 벌리고 경련을 하다가는 베개 위로 허물어져 내렸다. 입을 벌리고 팔은 내려뜨린 채, 그리고 떠 있는 두 눈에선 초점이 사라져 버렸다.

장발장은 자신의 멱살을 잡고 있는 자베르의 손을 달래듯 가만히 풀어 놓으며 말했다.

"당신이 이 여자를 죽였어."

"입 닥쳐! 자, 빨리 움직여."

그 순간 악에 바쳐 있던 자베르가 멈칫하며 한걸음 뒤로 물러섰다. 장발장의 눈에서 무서운 불길이 이글거리고 있었다.

"며칠 간 나를 방해하지 마시오."

장발장은 그렇게 말하며 팡틴느를 돌아보았다. 마치 명상에 잠겨있듯 한참을 그렇게 쳐다보고만 있던 장발장은 팡틴느의 머리를 베개 위로 반듯이 눕히며 눈을 감겨 주었다. 그런 다음 침대 밑으로 늘어져 있는 팡틴느의 손을 들어 입을 맞추고는 자베르를 쳐다보았다.

"자, 이젠 당신 맘대로 하시오."

자베르는 장발장을 끌고가 시의 감옥에 처넣었다.

마들렌느 씨의 체포 사건은 몽트뢰유 쉬르 메르 전 도시에 큰 충격을 불러일으켰다. 그러나 그 충격은 채 두 시간도 되기 전에, 그가 전과자였다는 것 때문에, 수많은 선행에도 불구하고 곧 그들의 기억에서 물거품처럼 사라져 버렸다. 그들은 이제 다만 극악한 한 전과자만을 기억하고 있을 뿐이었다. 그렇게 마들렌느 씨라는 허상은 그 도시에서 자취를 감춰 버렸다.

그날 저녁, 여전히 공포에 떨고 있는 마들렌느 씨 집의 문지기 노파는 문을 닫으려다 소스라치게 놀랐다. 한 남자가 소리도 없이 갑자기 문으로 들어섰던 것이다.

"아이고, 시장님은 지금……."

남자는 노파의 말을 잘랐다.

"그래, 그 사람은 감옥에 있었지. 그런데 창살을 부수고 이렇게 나왔소. 생플리스 수녀를 좀 불러 주시오. 아마 그 가련한 여인을 지키고 있을 거요."

그는 자기 방으로 올라가 덧창을 내리고 촛불을 켰다.

문지기 노파는 마들렌느 씨가 떠나기 전에 어지럽게 늘어놓았던 방 안을 깨끗이 치워 놓고 타다 남은 재 속에서 지팡이의 양쪽 끝 쇠장식과 불에 그을은 사십 쑤짜리 은화를 주워 탁자 위에 올려놓았다. 장발장은 종이에 '이것은 내 지팡이의 양쪽 끝 장식과 프티 제르베한테서 빼앗은 사십 쑤짜리 은화이다'라고 써서 그것들 밑에 놓았다. 그런 다음 옷장에서 낡은 옷을 꺼내 찢어서 그것으로 은촛대 두 개를 쌌다.

그때 누가 가만히 문을 두드렸다.

"들어오시오."

생플리스 수녀가 충혈된 눈에 창백한 얼굴로 들어왔다. 그녀는 몹시 두려운 기색이었다. 장발장은 몇 마디 쓴 쪽지를 그녀에게 내밀었다.

"신부님에게 전해 주세요. 읽어 봐도 돼요."

수녀는 그냥 펼쳐져 있는 그 쪽지를 읽었다.

여기 남아 있는 모든 것은 신부님께서 알아서 처분하시기 바랍니다. 그중 저의 소송비와 오늘 운명한 여인의 장례비를 지불해 주시고, 나머지는 가난한 사람들을 위해 써 주시기 바랍니다.

수녀는 나지막한 소리로 말했다.

"시장님, 저 불쌍한 여인을 마지막으로 보고 싶지 않으세요?"

"난 쫓기고 있는 몸이에요. 그 방에서 잡히면 오히려 그 여인의 영혼을 어지럽게 할 뿐이오."

그때 밖에서 웅성거리는 소리가 나며 곧이어 층계를 올라오는 요란한 발걸음 소리가 들렸다. 그리고 문지기 노파가 큰 소리로 말하는 소리가 들렸다.

"나으리, 오늘 하루 내내 여기엔 아무도 안 들어왔어요. 맹세합니다."

"저 방에서 불빛이 보였어."

자베르의 목소리였다.

장발장은 얼른 탁자 위의 촛불을 끄고 문 뒤로 가려지도록 벽 구석으로 가서 섰다.

생플리스 수녀는 탁자 옆에 무릎을 꿇고 앉았다.

곧 문이 열리면서 자베르가 들어왔다.

수녀는 꿈쩍도 하지 않고 기도를 드리고 있는 체했다. 벽난로 위에 놓여 있는 촛불 하나가 방 안을 희미하게 비추고 있었다. 자베르는 방 안에 수녀밖에 보이지 않자 깜짝 놀라며 그대로 멈춰 섰다. 그는 모든 권력에 대해서 존경심을 가지고 있었다. 아무리 융통성이 없는 그이지만 교회의 권위는 그 무엇보다도 높은 것이었다. 그에게 성직자와 수녀는 절대 죄를 범하지 않는 사람들이었다.

평생 한 번도 거짓말을 한 적이 없는 사람이란 걸 알고 있고, 그래서 늘 존경해 오던 그 생플리스 수녀를 보자 그는 그 자리에서 물러나고 싶어졌다. 그러나 한마디도 물어보지 않고 그냥 떠날 수는 없었다.

"수녀님, 혹시 방 안에 혼자 계십니까?"

긴장된 순간이었다. 문지기 노파는 기절할 것만 같았다. 그때 수녀가 얼굴을 들었다.

"네."

"죄송하지만, 제가 맡은 임무라서…… 혹시 오늘 저녁에 한 남자를 못 보셨습니까? 장발장이라고, 탈주한 놈인데, 혹시 못 보셨는지요?"

"아니오. 못 봤는데요."

수녀는 거짓말을 했다. 그것도 두 번이나 계속해서.

"그럼 실례했습니다."

자베르는 공손히 인사하고는 곧 떠나갔다.

수녀의 대답으로 의혹은 일거에 사라져 버렸다. 탁자 위의 촛불이 꺼져 방금 연기가 나고 있었는데도 전혀 의심조차 받지 않았다.

그 후 한 시간쯤 뒤, 한 남자는 안개 속에서 메르를 빠져나가 황급히 파리를 향해 가고 있었다. 그 남자는 장발장이었다.

제 **2** 부

코제트

1

워털루

1815년 6월 17일 저녁부터 18일 새벽까지 사이에 만약 비가 안 왔다면 유럽의 역사는 달라졌을지 모른다. 그 비가 나폴레옹의 운명을 결정적으로 좌우했기 때문이다.

나폴레옹은 18일 오전 11시 30분이 되어서야 워털루의 전투를 시작할 수 있었다. 그는 포병 장교 출신이었기 때문에 포병의 운용을 적절히 잘 하는 것이 전술의 핵심이라고 믿고 있었다. 그런데 포병이 작전을 개시하려면 땅이 말라 어느 정도 굳어져야 했다. 그래서 기다릴 수밖에 없었는데, 그동안이 웰링턴에게는 바로 지원군이 달려올 수 있는 시간의 여유를 준 셈이 되었다.

그날 18일, 나폴레옹은 자국 포병이 수적으로 우세했던 만큼 기세등등해 있었다. 웰링턴의 대포가 9문인데 반해 나폴레옹은 240문을 보유하고 있었기 때문이다.

밤 사이에 비가 오지 않고 땅이 단단한 상태에서 대포가 가동될 수 있었다면 전투는 아침부터 시작되어 오후 2시쯤에는 나폴레옹의 승리로 끝났을 것이다. 즉 웰링턴의 군사가 도착하기 세 시간 전에 이미 끝나 있었을 것이었다.

그러나 역사는 그것을 원하지 않았던 것일까? 운명을 결정지은 그 세

찬 비는 나폴레옹의 패배를 낳게 하고 말았다.

결국 워털루의 벌판에 죽어 나뒹굴고 있는 6만여 명의 병사들이 처참하게 썩어 가고 있는 동안 윈 회의는 1815년의 조약을 체결했고, 그것을 복고라고 불렀다.

그날 밤엔 보름달이 떠 있었다. 전투가 끝난 후 살아남은 자들은 모두 도망가고 죽음만 남아 교교한 달빛 아래 널려 있는 가운데 한 남자가 움직이고 있었다.

전쟁터에는 어디나 시체들 사이를 비집고 다니며 물건을 훔치는 비루한 도둑들이 있다. 현행범은 즉각 총살할 수 있게 돼 있지만, 그럼에도 불구하고 약탈은 끈질기게 계속 일어났다. 그 남자는 시체를 검사라도 하듯 마구 뒤지며 허겁지겁 돌아다니고 있었다. 그러다 갑자기 걸음을 멈췄다.

몇 걸음 앞 시체들 속에서 튀어나와 있는 팔 하나가 달빛에 유난히 환하게 드러나 있었다. 가만 보니 손가락에 금반지가 끼워져 있었다. 남자는 조심스레 다가가 앉아 손에서 반지를 빼내고 다시 일어섰다. 그리고 돌아서 움직이다가 그는 흠칫 서 버렸다. 뒤에서 누가 잡아당기는 것 같았기 때문이다. 뒤를 돌아보자 반지를 뽑아낸 그 손이 그의 옷자락을 붙잡고 있었다. 보통은 놀라 혼비백산할 일이지만 이 남자는 그저 히쭉거리며 웃기만 했다.

"헌병이야 무섭지만 이까짓 송장쯤은 뭐. 근데 이 송장이 아직 살아 있는 것 같은데."

그는 엉켜 있는 시체들을 헤치고 피투성이로 널브러져 있는 그 반지의 남자를 끌어내 협곡 길 그늘로 끌고 갔다. 남자는 아주 높은 계급의 장교였다. 팔다리가 부러지지는 않았고 시체들 밑에 깔려 있는 바람에 밟혀

죽지 않고 살아 있었던 것이다.

이 약탈자는 장교 복장에 달려 있는 십자 훈장을 떼어 내고 그의 주머니를 뒤져 시계와 지갑을 꺼내 부랴부랴 제 주머니 속으로 처넣었다.

다 죽어가다 살아난 장교가 겨우 눈을 뜨고는 꺼져 가는 소리로 말했다.

"고마워요. 어떤 쪽이 이겼나요?"

"영국군이요."

이 남자의 대답에 장교가 말했다.

"내 주머니를 뒤져 보세요. 지갑과 시계가 있을 거예요. 모두 가지세요."

남자는 그의 옷을 뒤지는 체하다가 말했다.

"아무것도 없는데요."

"누가 훔쳐 갔나 보네요. 당신에게 주고 싶었는데."

그때 순찰병이 다가오는 소리가 들렸다. 이 남자가 놀라 도망치려 하는데 장교가 그를 힘겹게 붙잡으며 말했다.

"당신이 나를 구해 줬어요. 이름이 어떻게 되나요?"

남자는 속삭이듯 목소리를 낮춰 대답했다.

"나도 당신처럼 프랑스군이었어요. 이제 빨리 떠나야 돼요. 잡히면 총살되거든요. 당신은 혼자 알아서 해야 돼요."

"계급이 뭔가요?"

"상사요."

"이름은?"

"떼나르디에요."

"당신 이름 안 잊을 거요."

그러면서 장교는 말을 이었다.

"당신도 날 기억해 두시오. 난 퐁메르시요."

2

오리옹 호

장발장은 곧바로 체포되었다. 그동안의 사건 경위에 대해서는 당시 두 개의 신문에 기사가 게재되었다.

메르의 시장 마들렌느 씨로 알려진 사람은 절도죄로 복역한 적이 있는 전과자 장발장으로, 그는 감시에 응하지 않은 죄로 다시 체포되어 투옥되었다. 체포되기 전에 그는 라피트 은행에서 예금해 두었던 50만 프랑 이상을 인출해 낸 것으로 추측되고 있다. 그 돈은 합법적으로 번 것이라고 장발장은 주장하고 있지만 그가 툴롱 감옥에 투옥된 후 그 돈의 행방을 아는 사람은 아무도 없다.

장발장이 체포됐을 때 현장에 함께 있었던 그의 매춘부 출신 첩은 충격을 받아 그 자리에서 사망했다. 악당 장발장은 교묘한 술수를 부리는 재주를 갖고 있는데 체포됐을 때도 곧바로 탈주를 했다가 3, 4일 후 파리에서 몽페르메유로 가는 마차를 타고 가다 경찰에 다시 붙잡혔다. 그 3, 4일 동안 그는 한 은행에서 상당한 금액의 돈을 인출해 낸 것으로 보인다. 약 60만 프랑에 달하는 것으로 보이는 그 돈은 어딘가에 숨겨 놓은 듯한데 아무도 그 행방을 모른다고 한다. 아무튼 장발장은 중죄 재판에 회부되어 여러 가지 숨겨진 죄상이 모두 드러남에 따라 법정에서 사형 판결을 받았다. 범인은 공소를 포기했으나 국왕의 관용으로 무기징역으로 감형되어 현재 툴롱 감옥에 수감되어 있다.

결국 몽트뢰유 쉬르 메르 시의 발전은 마들렌느 씨와 함께 끝나 버렸다. 그가 없어짐으로써 도시는 '얼빠진' 모습 그 자체가 되고 말았다. 모든 질서와 관용, 신뢰는 한순간에 무너져 버리고 이기심과 증오심만이 횡행해 파업과 파산이 난무하고 모든 것이 허무하게 무너져 내렸다.

그 무렵, 몽페르메유에서는 이상한 일이 하나 일어났다.

그 지방에 옛날부터 전해져 내려오는 미신 중 도깨비가 숲 속에 보물을 감춰 둔다는 얘기가 있었다.

그런데 며칠 간 탈주했던 장발장이 몽페르메유 부근에서 헤매고 다닌 것 같다고 경찰이 추측했던 그 무렵, 불라트뤼엘이라는 한 도로 수리공이 숲 속에서 수상한 행동을 하는 것이 마을 사람들 눈에 띄었다. 이 사나이는 떠돌다가 그 마을에 들어오게 되었는데 전과자였는지 몹시 거친 데가 있었다. 그는 일자리를 찾지 못하자 도로 수리공으로 일하고 있었다.

이 수리공이 날만 어두워지면 숲 속을 헤매면서 땅을 파기도 하며 뭔가를 찾고 있는 것 같았다. 그러나 한동안 그러다가 그만두자 사람들의 관심도 이내 사그라졌다.

그런데 계속 호기심을 품고 있던 한 초등학교 선생과 여관 주인인 떼나르디에가 그 수리공에게 술을 사주었다. 수리공은 술을 잔뜩 얻어먹었지만 별로 말이 없는 사람이라, 두 수다쟁이는 그가 내뱉은 말 몇 마디를 가지고 대충 끼워 맞춰 이런 얘기를 밝혀냈다.

어느 날 저녁 이 수리공은 한 남자 ― 이 마을 사람은 아니지만 본 적이 있는 — 가 숲 속으로 들어가는 것을 보았다. 떼나르디에는 그 남자가 '감옥에 있었을 때 동료'일 것이라고 추측했고, 수리공은 그의 이름을 결코 밝히지는 않았다. 아무튼 그 남자는 무슨 네모 모양의 꾸러미를 하나 들고 있었다는 것이다. 수리공이 그를 보고 놀라 머뭇거리고 있는데, 그 남자는 어느새 숲 속으로 사라져 버리고 없었다. 하지만 날이 어두워 그를 찾을 수가 없자 수리공은 그냥 지켜보며 한동안 서 있었다. 두세 시간이 지나 달이 떠올라서야 그 남자는 꾸러미는 없이 곡괭이와 삽만을 들고 숲 밖으로 나왔다. 수리공은 그 남자에게 접근할 엄두가 나지 않았다. 그 남자가 자기보다 체격이 훨씬 큰 데다 곡괭이까지 들고 있으니 만약 들켰다는 것을 알게 될 때는 자기를 죽여 버릴 것 같았기 때문이다. 그다음 날부터 수리공은 숲으로 들어가 여기저기 파 보게 되었다. 그러나 매번 허사일 뿐이었다. 그는 아무것도 찾아내지 못했다.

그 후부터 몽페르메유에서는 아무도 그 얘기를 하는 사람이 없었다. 다만 수다쟁이 몇몇만이 이렇게 지껄여 댔다.

"그 늙은 수리공이 도깨비를 본 거겠지."

그해 10월 말 경, 군함 오리옹 호가 폭풍우에 휩쓸려 파손되는 바람에 수리를 하려고 툴롱 항구로 들어왔다. 사람들은 군함의 웅장한 위용 앞에서 잔뜩 매료되었다. 그래서 날이 밝기가 무섭게 툴롱 항의 부두는 오리옹 호를 보려는 사람들로 북적거리기 시작했다. 그러다 어느 날 아침, 오리옹 호에 사고가 발생했다. 선원들이 돛을 올리고 있을 때였다. 수부 하나가 균형을 잃고 비틀거렸다. 그것을 보고 있던 군중들이 비명을 지를 사이도 없이 그 수부는 머리를 아래로 처박고는 바다로 떨어지고 있었다. 그런데 떨어지기 직전 그는 돛 아래 밧줄에 손이 닿아 그걸 잡고 매달렸다. 바로 아래에 컴컴한 바다가 입을 벌리고 있는데 수부는 밧줄 끝에 매달려 그네처럼 흔들리고 있었다.

그를 구하려면 위험을 무릅써야 했으나 감히 나서는 사람이 없었다. 그 불쌍한 수부는 사력을 다하느라 소리조차 지르지 못하고 있었다. 사람들은 그가 떨어지는 걸 보는 게 두려워 눈을 감거나 얼굴을 돌려 버렸다.

순간 한 사나이가 잽싸게 선구(船具)로 기어 올라갔다. 붉은 옷에 푸른색 모자를 쓴 무기수였다. 그가 돛의 가로장 위로 올라섰을 때 마침 불어닥친 바람이 그의 모자를 날려 버렸다. 드러난 얼굴은 백발 노인이었다.

사고가 난 걸 알았을 때 모두들 안절부절못하며 어찌할 바를 모르고 있는데, 배 안에서 노역을 하던 죄수 하나가 당직 사관에게 다가가 자신이 그 수부를 구조해 보겠노라며 허락을 요청했다. 사관의 허락이 떨어지자 그는 재빨리 자기 발의 쇠고랑을 망치로 때려 부수고 줄을 든 채 선구로 올라갔던 것이다. 그가 족쇄를 깨부술 때 아무도 눈치채지 못했지만 그건 언제나 원할 때 쉽게 깨지도록 돼 있었던 듯했다.

잽싸게 돛의 가로장에 다다른 그는 돛가름대 위를 달려 그 끝에 이르자 가져갔던 줄 끝을 거기에 비끄러매고 다른 쪽 끝을 내려뜨려 놓은 다음 그 줄을 타고 내려가기 시작했다. 이제 두 사람이 매달려 있게 된 것이었다.

사람들의 시선은 두 사람에게 모아져 있었고 모두들 숨도 제대로 못 쉬고 있었다.

그동안 죄수는 수부 옆까지 가 있었다. 마지막 순간이었다. 만약 죄수가 1분만 늦게 갔더라도 수부는 더 이상 버티지 못하고 떨어졌을 것이다. 죄수는 한 손으로 줄에 매달린 채 다른 손으로는 수부를 그 줄로 칭칭 동여맨 다음 가로장으로 다시 올라가 수부를 끌어올렸다. 그러고는 잠시 기다렸다가 수부를 안고 돛가로장 위를 걸어가 장루에 이르러 그를 동료들 가운데로 내려놓았다.

군중들은 열렬히 환호했다. 눈물을 흘리는 사람들도 있었고, "저 사람을 석방하라"며 감격에 겨워 소리치는 사람들도 여기저기 있었다.

죄수는 내려오기 시작했다. 빨리 내려오려고 그는 선구로 내려가 아래 돛가로장 위를 달렸다. 한데 그를 좇던 사람들의 시선이 일순간 경악으로 멈춰 버렸다. 힘이 빠졌던 것인지 어지러웠던 것인지 모르지만 그는 잠시 주춤하더니 비틀거렸다. 군중들이 크게 고함을 쳤다. 그러나 순간, 죄수는 바다로 떨어져 버렸다.

그때 마침 옆에 군함 알제지라 호가 정박해 있었는데, 하필 죄수는 두 군함 사이로 떨어졌다. 두 배 중 어떤 배 밑으로 쏠려 들어갈 위험이 있었다. 선원들이 황급히 보트로 뛰어내렸고 군중들은 열렬한 응원을 하고 있었다. 그러나 죄수는 결코 물 위로 떠오르지 않았다. 그는 바닷속에서 사라져 버린 것이다. 저녁까지 수색은 계속됐지만 그의 시체조차도 나오지 않았다.

다음 날 툴롱 신문엔 이런 기사가 나와 있었다.

1823년 11월 17일, 오리옹 호에서 노역을 하던 한 죄수가 떨어진 수부 하나를 구하고 내려오다 바다에 추락해 익사하는 사고가 발생했다. 시체는 발견되지 않았지만 조선공창 모서리의 말뚝에 걸친 듯하다. 그 죄수의 이름은 장발장이다.

3

죽은 여자와의 약속

몽페르메유는 높은 고원에 위치해 있는 마을이라 물이 귀했다. 물을 길으려면 마을에서 15분쯤 거리에 있는 산 중턱의 샘까지 가야만 했다.

그래서 가족이 많은 집이나 식당 등에서는 물 한 통에 1리아르(1쑤의 4분의 1)씩을 주고 사 먹었다. 물 길어다 주는 일로 하루에 8쑤 정도의 돈벌이를 하는 노인은 여름에는 저녁 일곱 시까지, 겨울에는 다섯 시까지 일했기 때문에 밤에 물이 떨어지고 없을 때는 직접 가서 길어오거나 그냥 참거나 해야 했다.

1823년 크리스마스 이브 저녁, 몽페르메유의 떼나르디에 여관집 식당에서는 마차꾼과 행상인들 여러 명이 식탁에 둘러앉아 술을 마시고 있었다.

코제트는 언제나 그렇듯 벽난로 옆에 놓인 조리대 탁자 다리의 가로장에 걸터앉아서, 헐어 빠진 옷을 입고 맨발에 나막신을 신은 채 벽난로 불빛을 이용해 떼나르디에의 딸들이 신을 털양말을 짜고 있었다. 코제트 옆 의자 밑에서 작은 고양이 한 마리가 놀고 있었다. 방에서는 이 집의 두 딸들이 즐겁게 웃는 소리가 새어나왔다.

벽난로 위에 가죽 채찍 하나가 걸려 있고, 가끔 어디선가 아이의 울음 소리가 들려왔다. 작년 겨울에 태어난 이 집 사내아이의 소리였다.

떼나르디에란 인간은 오십줄을 넘어섰고 그의 마누라는 사십줄에 들어서고 있었다. 집안일은 절구통같이 생긴 떼나르디에의 아내가 거의 모든 걸 혼자 해치우고 있었다. 코제트는 생쥐 꼴로 만들어 놓고 식모로 부려먹었다.

떼나르디에는 작은 키에 왜소하고 늘 병약해 보이지만 사실은 무척 힘이 좋은 사내였다. 족제비 같은 눈초리로 눈웃음을 치며, 아무한테나 허리를 굽실거리고, 마차꾼들과 어울려 술을 마실 때는 잘난 척 허세를 떨기가 일쑤였다.

그럴 때마다, 자신은 경기병 상사였는데 워털루 전투 때는 혼자서 적군 1개 중대에 대항해 빗발치듯 쏟아지는 산탄 아래서 '중상 입은 장군'을 자신의 몸으로 가려 생명을 구해 줬다고 떠벌여 댔다. 그러나 사실을 말하면, 이 사내는 군대의 뒤를 따라다니며 시체를 뒤져 약탈하는 치졸한 도적 떼 무리 중 하나로, 그렇게 주위 담은 걸로 한밑천 마련해 이곳 몽페르메유에 와서 여관을 시작했던 것이다.

떼나르디에는 교활하고 능청맞으며, 온순한 척하면서 뒷구멍으로는 가장 악질의 위선을 품고 있었다. 이 사내의 유일한 희망은 오로지 부자가 되는 것뿐이었다. 그러나 별로 성공하지 못하고 있었다. 그의 교활함을 제대로 펼쳐 보이기에는 이곳 무대가 너무 좁았고, 그러다 보니 몽페르메유에서의 여관업은 점점 더 기울어 가고만 있었다. 그의 빌어먹을 재주도 여관 주인 신세로는 영 시원찮아, 1823년에는 천오백 프랑 정도의 빚이 쌓여 매일 독촉을 받는 신세가 되어 있었다.

그러나 여관업자로서 자칭 지당한 이론이라며 그의 아내에게 강조하는 말이 있었다.

"여관업자는 일단 찾아온 사람에게는 무조건 음식과 휴식, 등불, 난롯불, 심지어 벼룩과 아첨까지도 팔아먹을 줄 알아야 해. 작은 지갑은 몽땅 털어 버리게 만들고, 큰 지갑은 좀 가볍게 만들어 주고, 가족이 함께 왔으면 더 친절하게 해서 사내는 털어 내고 여자는 뜯어 내고 어린아이는 벗겨 내야 하지. 창문 하나 열고 닫을 때도 값을 받고 어떤 것이든 무조건 값을 쳐 받아야 해. 거울에 비친 그림자도 거울을 닳게 하니까 값을 매겨야 돼. 좌우지간 아무리 작은 거라도, 예를 들어 손님의 개가 먹는 파리도 값을 쳐서 받아내야 한다고!"

아무튼 이 부부는 교활함과 억척스러움이 뭉쳐 결혼한 것처럼 끔찍하고 무서운 한 쌍이었다.

코제트는 그 틈바구니에서 이중으로 짓눌리며 매를 맞고 겨울에도 맨발로 다니고 있었다. 아이는 층계를 오르내리며 쓸고 닦고, 빨래를 하고, 낑낑대며 무거운 짐을 나르는 등 인정이라고는 눈곱만큼도 없는 냉정한 여자와 악랄한 남자 밑에서 노예처럼 혹사를 당하고 있었다.

새로운 손님이 네 명 더 들어와 있었다.

코제트는 슬픈 생각에 젖어 겨우 여덟 살밖에 안 됐는데도 마치 늙은이 같은 침울한 얼굴을 하고 있었다. 아이의 눈 주위는 떼나르디에의 마누라한테 쉴 새 없이 얻어맞아서 시퍼렇게 멍이 들어 있었다. 그런데도 그 마누라는 이렇게 말하곤 했다.

"눈두덩에 점이 있으니까 참 보기 흉하구나."

코제트는 걱정이 태산이었다. 날이 어두워져 밤이 되었고, 새로 온 손님들 방의 주전자에 물을 채워 넣어야 하는데 물통에 물이 다 떨어지고 없었던 것이다. 제발 빨리 내일 아침이 되기만을 코제트는 바라고 있었다. 술을 마시고 있는 한 사내가 자꾸만 밖을 내다보더니 떠들었다.

"아주 캄캄해졌군. 고양이가 아니고는 등불 없이 꼼짝도 못하겠어!"

그 남자의 소리를 들으며 코제트는 온몸을 부르르 떨었다.

이미 여관에 숙박하고 있는 행상 하나가 들어오며 갈라진 목소리로 말했다.

"내 말에는 물을 안 줬어."

"왜 안 줘요?"

떼나르디에의 마누라가 대꾸하자 행상이 다시 말했다.

"아니, 안 줬다니까 그러네."

코제트는 얼른 식탁 밑에서 나와 있었다.

"아니에요! 줬어요, 아저씨! 한 통 가지고 가서 말하고 얘기하면서 먹였는데요."

코제트는 거짓말을 하고 있었다.

"아니 요 생쥐만 한 것이 황소만 한 거짓말을 하고 있네. 내 말은 물을 못 먹으면 코를 부는 버릇이 있거든."

코제트는 기어들어가는 목소리로 다시 말했다.

"참 잘 먹던데 그래요!"

"뭐라고! 그럴 리가 없어! 내 말에 물을 줘야 돼!"

마침내 행상이 화를 내자 코제트는 다시 식탁 밑으로 들어갔다.

"그럼 말이 물을 안 먹었으면 먹여야죠. 이놈의 계집애는 금방 어디 갔어?"

떼나르디에의 아내는 허리를 굽혀 저쪽 식탁 아래 사람들 발밑에서 웅크리고 있는 코제트를 찾아내고 외쳤다.

"얼른 못 나와, 이 계집애야. 빨리 말에게 물을 갖다 먹여."

다시 나온 코제트가 꺼져 가는 목소리로 말했다.

"물이 없어요."

떼나르디에의 아내는 길 쪽의 문을 확 열어젖혔다.

"그럼 얼른 가서 길어 와!"

코제트는 힘없이 고개를 떨어뜨리고 구석에 있는 큰 통을 집어 들었다. 통은 제 몸보다 둘레가 커서 그 속에 들어가 앉아도 될 정도였다.

떼나르디에의 아내는 서랍을 뒤지더니 뭔가를 꺼냈다.

"그리고 돌아오는 길에 빵 하나만 사와라. 여기 십오 쑤 받아."

코제트는 아무 말도 없이 그 돈을 받아 앞치마 주머니에 넣고는 통을 든 채 문 앞에 잠시 서 있었다. 마치 누가 도와주러 오지나 않을까 하고 기다리는 것처럼.

"빨리 안 가고 뭐해!"

떼나르디에의 아내가 악을 쓰자 코제트는 밖으로 나갔다. 뒤로 문이 닫혔다.

성당에서 떼나르디에 여관까지의 길에는 상점들이 죽 늘어서 있었다. 여관 맞은편 상점은 장난감 가게였다. 거기엔 높이가 두 자나 되는 커다란 인형 하나가 있었다. 그 인형은 금발 머리에 파란 눈을 하고 장밋빛 실크 옷을 입고 있었다. 열 살 이하의 애들이라면 누구나 이 멋진 인형 앞에서 넋을 잃고 온종일 떠나지 못했다. 몽페르메유 마을엔 아이에게 그만한 것을 사줄 수 있을 만큼 돈 있고 허영심 있는 어머니는 없었다.

코제트는 통을 들고 그 인형을 바라보았다. 무섭고 슬펐지만 그래도 그 인형을 쳐다보지 않을 수 없었다. 가련한 소녀는 돌처럼 굳어서, 그냥 단지 인형이 아닌 어떤 환영을 보고 있었다.

"아니 저런 망할 것이! 거기서 뭐하고 자빠졌니, 이놈의 계집애야! 어서 못 가!"

떼나르디에의 아내가 무심코 밖을 내다보다가 아이를 보고는 악다구니를 질러 대자 그제야 제정신이 든 코제트는 재빨리 달아나 버렸다. 그러고는 가게는 쳐다보지 않고 부지런히 걸어갔다. 성당 근처에 이르자 노점들 불빛이 보였지만 이 가련한 소녀는 곧 어둠 속으로 계속 걸어갔다.

그런데 가다 말고 코제트는 통을 내려놓고 머리카락 속을 서서히 긁기 시작했다. 아이들은 겁이 나서 당황하면 곧잘 그런 행동을 하는 버릇이 있다. 그곳은 마을을 벗어난 벌판이었던 것이다. 두려운 눈으로 어둠 속을 바라보니 사람은 그림자도 안 보이고 짐승들과 귀신들만이 있는 것 같았다. 코제트는 통을 집어 들고 돌아서며 속으로 말했다.

'에이 몰라! 물이 없어 못 길렀다고 하지 뭐!'

그러나 얼마 안 가 코제트는 걸음을 멈추고 다시 머리를 긁적이기 시작했다. 떼나르디에 아내의 환영이 앞을 가로막았던 것이다. 아이는 어쩔 줄 몰라 하며 비통한 심정으로 주위를 두리번거렸다. 어떻게 해야 하나? 앞에는 괴물 같은 떼나르디에 아줌마가 있고 뒤에는 유령들이 들끓고 있으니 말이다. 그러다 결국 떼나르디에 아줌마 앞에서 뒤돌아 다시 샘을 향해 뛰어갔다. 아무것도 안 보고 안 듣고 곧바로 달려가다가 숨이 차자 천천히 걸어갔다. 코제트는 울고 싶었지만 울지는 않았다. 샘까지는 낮에 여러 번 와 봤었기 때문에 길을 헤매지 않고 잘 찾아갔다.

코제트는 숨을 고를 새도 없이 어두워 잘 보이지는 않지만 샘 위로 구부러져 있는 나뭇가지를 익숙하게 왼손으로 잡고 매달려 통을 물속으로 집어넣었다. 몸을 구부리는 바람에 앞치마 주머니에 넣어둔 15쑤짜리 동전이 물속으로 떨어져 버렸는데도 아이는 의식하지 못했다.

코제트는 물이 가득 찬 통을 있는 힘을 다해 끌어올려 풀밭 위에 내려놓고 기진맥진해 그만 쓰러지듯 주저앉아 눈을 감았다. 하지만 곧 다시 눈을 뜨고는 겁이 나서 사방을 둘러보았다.

너무나 힘들어 잠시 잊고 있었던 공포심이 그때 다시 되살아났다. 아이는 소름이 끼치도록 무서웠다. 공포심이 온몸을 휘감아 걷잡을 수 없을 정도였다. 아이는 어서 빨리 숲 밖으로 나가 불 켜진 곳들이 있는 데까지 도망가고 싶은 생각밖에는 없었다. 그러나 물통은 어떻게 한담. 물통을 버리고 도망갈 수는 없었다. 두 손으로 통의 손잡이를 잡고 힘껏 들어올렸다.

그러나 열 걸음쯤 가서 코제트는 통을 땅에 내려놓지 않을 수 없었다. 그러다 잠깐 숨을 고른 다음 다시 물통을 들고 이번엔 아까보다 좀 더 멀리까지 걸어갔다. 그러나 또 걸음을 멈췄고 잠시 쉰 다음 다시 걸었다. 코제트는 급기야 허리를 구부리고 마치 늙은이처럼 걸어갔다. 물통이 워낙 무거워 아이의 팔은 뻣뻣해졌고 차가운 손잡이 때문에 물에 젖은 작은 손이 마비되어 얼어 버리고 있었다. 걸음을 멈출 때마다 통에서 물이 넘치며 양말도 신지 않은 맨다리를 차갑게 적셨다.

코제트는 숨이 넘어갈 정도로 헉헉거리며 열심히 걸었지만 도저히 더 이상 빨리 갈 수는 없었다. 쉬는 시간을 줄여 더 빨리 가려고 아무리 애를 써도 이런 걸음으로는 집까지 한 시간도 더 걸릴 것 같았다. 그러면 당연히 떼나르디에의 아내한테 쥐어터지게 될 것이란 생각이 들자 가슴이 먹먹해지기만 했다. 게다가 한밤중에 혼자 숲 속에 있으니 공포심 때문에도 상당히 걸은 것 같은데 아직도 숲을 벗어나지 못하고 있었다. 잘 아는 익숙한 밤나무 아래까지 온 코제트는 거기서 충분히 쉰 다음 이번엔 마침내 숲을 빠져나가려고 좀 오랫동안 서 있었다. 그러고는 다시 있는 힘을 다해 통을 들고 걷기 시작했다. 그러나 소녀는 자신도 모르게 입에서 절망적이고도 간절한 소리가 터져 나왔다.

"아! 하느님! 하느님!"

그 순간 갑자기 코제트는 통이 가벼워진 것을 느꼈다. 커다란 손 하나가 물통의 손잡이를 잡고 들어 올리고 있었다. 아이가 고개를 들고 쳐다보니 웬 키 큰 남자가 자신 옆에서 같이 걷고 있는 것이었다. 아이는 그 사람이 다가오는 걸 전혀 듣지 못했었다. 남자는 아무 말도 없이 그렇게 계속 함께 걸었다.

바로 그 크리스마스 이브의 오후, 파리의 로피탈 거리 주변을 한 남자가 한참 동안 기웃거리고 있었다. 남자는 어떤 집을 찾는지 생 마르소 성벽 근처의 허름한 집들 앞에서 잠깐씩 걸음을 멈추곤 했다.

남자는 옷차림이나 분위기로 보면 상류거지라고 할 만한 품이었다. 옷은 낡아 보이기는 하지만 단정했고, 백발에 주름살이 깊게 잡힌 이마, 창백한 입술 등 꽤 고생을 많이 해서 지쳐 보이는 얼굴이었다. 나이는 어림잡아 60세를 넘은 듯한데, 느리면서도 당당한 걸음걸이나 어떤 동작을 할 때 보이는 힘찬 기운 등을 보면 아직 50세도 안 되는 것처럼 보이기도 했다.

그는 보자기로 싼 작은 꾸러미 하나를 들고 울타리에서 잘라 온 듯한 지팡이를 짚고 있었다. 지팡이는 그래도 공들여 다듬은 듯 볼품없지 않고 꽤 그럴싸해 보였다.

네 시 십오 분경 해가 졌을 무렵, 남자는 라니로 가는 마차를 탔는데 자리가 없어 마부 옆자리에 겨우 앉았다. 출발 전에 마부는 남자의 허술한 차림새를 보고는 선금을 내라고 했다.

"라니까지 가시오?"

"그렇소만."

남자는 라니까지 삯을 냈다.

마차가 출발한 후 마부는 이런저런 얘기를 해보려고 했지만 남자는 짧게만 대답하고 입을 다물어 버렸다. 날씨가 몹시 추워 마부는 망토를 걸쳤는데 남자는 그런 건 신경도 안 쓰는 것 같았다.

저녁 여섯 시쯤 마차가 셸에 도착해 말이 쉬는 동안 남자는 꾸러미와 지팡이를 들고 마차에서 내렸다. 그런 다음 라니를 향해 다시 출발하려고 하는데 남자는 오지 않았다.

남자는 어둠 속을 빨리 걸어 몽페르메유로 가는 길로 접어들었다. 부지런히 걸어 몽페르메유의 입구에 다다르자 시내로 곧장 들어가지 않고 오른쪽 길로 꺾어 들판을 지나 숲 속으로 성큼성큼 들어갔다.

숲 속에 들어간 그는 이제 걸음을 늦추고 나무들을 찬찬히 살펴보기 시작했다. 혼자만 알고 있는 곳을 찾는 듯 골똘히 생각하고 살피며 이리저리 헤매다가 커다란 돌무더기가 있는 공터로 다가갔다. 그러고는 밤안개 속에서 돌무더기를 자세히 들여다보고는 거기서 몇 걸음 떨어진 곳에 있는 물푸레나무로 걸어갔다. 그는 그 나무를 가만히 쓰다듬었다.

나무는 병이 들어 있고 껍질이 벗겨진 부분에 아연판이 박혀 있었다. 남자는 팔을 뻗어 그 아연판을 만져 보았다. 그런 다음 그는 나무와 돌무더기 사이의 땅을 조심해서 밟으며 누가 근래에 땅을 파헤치지 않았나 유심히 확인했다.

마침내 남자는 마을을 향해 걷기 시작했다. 그리고 코제트 앞에 나타난 사람은 바로 이 남자였다

남자는 나지막한 목소리로 소녀에게 말을 걸었다.

"얘야, 이건 네가 들기엔 너무 무겁구나."

"네, 그래요."

"이리 줘. 내가 들어 줄게."

코제트는 통을 내려놓았다. 남자는 소녀와 함께 걸으며 혼잣말로 몇 번이나 말했다.

"정말 무겁다. 정말 무거워. 그런데 너 몇 살이니?"

"여덟 살이요."

"이걸 어디서 들고 오는 거니?"

"숲 속의 샘에서 길어오는 거예요."

"아직도 한참 가야 하니?"

"네, 좀 멀어요."

"네 엄만 없니?"

"잘 몰라요."

그러면서 소녀는 덧붙여 말했다.

"없는 것 같아요. 다른 애들은 엄마가 있는데 난 없어요."

그리고는 한동안 가만히 있다가 다시 말했다.

"나한테는 엄마가 한 번도 없었어요."

남자는 통을 내려놓더니 허리를 구부려 아이의 어깨를 잡고 얼굴을 가만히 들여다보았다.

"이름이 뭐니?"

"코제트에요."

남자는 순간 감전된 사람처럼 전율에 떨었다. 그는 계속 아이를 들여다보다가 다시 통을 들고 걷기 시작했다.

"도대체 이 캄캄한 밤중에 누가 너한테 물을 길어 오라고 했니?"

남자는 태연하게 말하려고 했으나 목소리가 이미 떨리고 있었다.

"떼나르디에 아줌마가요."

"그 여자가 누군데? 뭐 하는 사람이니?"

"우리 여관집 부인이에요."

"여관? 그럼 오늘 밤 거기서 묵어야겠네. 같이 가자."

남자의 걸음걸이에도 코제트는 지치지 않고 따라갔고, 이젠 힘들지도 않았다. 아이는 오히려 어떤 안도감과 믿음을 품고 이따금 그를 쳐다보았다.

남자가 다시 입을 열었다.

"그 여관에는 식모가 없니?"

"없어요."

"너 혼자뿐이야?"

"네."

그러고는 잠시 후 다시 말을 이었다.

"여자애들이 두 명 더 있어요. 에포닌과 아젤마요."

"걔들이 누군데?"

"떼나르디에 아줌마의 아가씨들이요. 주인집 딸들이에요."

"걔들은 뭘 하는데?"

"걔들은요, 예쁜 인형을 갖고 놀고, 또 많은 것들을 갖고 재미있게 놀고 있어요."

"하루 종일?"

"그럼요."

"너는?"

"나는 일만 해요."

"온종일?"

아이는 커다란 눈을 들어 올려다보았다. 어둠 속에 희미하게 보이긴 했지만 눈물이 그렁그렁 괴어 있었다. 아이는 힘없이 고개를 끄덕였다.

한동안 침묵한 채 걷다가 아이가 다시 말을 이었다.

"가끔 일 끝나면 같이 놀라고 해서 나도 논 적이 있어요."

"넌 뭘 하고 노는데?"

"아무거나 해요. 난 장난감이 없거든요. 에포닌하고 아젤마는 내가 자기네들 인형을 만지지도 못하게 해요. 난 납으로 된 작은 칼 하나밖에 없어요."

"잘 들지도 않겠네?"

"잘 들어요. 풀도 자를 수 있고, 파리 머리도 자를 수 있어요."

어느덧 그들은 마을에 도착했다. 빵집 앞을 지나가면서도 코제트는 계속 침울한 기분에 잠겨 있었다.

여관이 보이자 코제트가 머뭇거리며 남자의 팔을 잡아당겼다.

"아저씨, 집에 거의 다 왔어요. 이제 통을 주세요."

"왜?"

"남이 들어다 준 걸 아줌마가 알면 저 매 맞아요."

남자는 아이에게 통을 내밀었다.

코제트는 장난감 가게의 진열장에 있는 그 커다란 인형에 다시 시선을 빼앗기며 거의 옆걸음으로 여관 문으로 다가갔다. 남자의 눈길도 같이 그 인형에 가 머물렀다. 코제트가 문을 두드렸다. 문이 확 열리며 떼나르디에의 아내가 나타났다.

"이년이 뭘 하고 이제 오는 거야! 어디서 놀다 왔어?"

코제트는 새파랗게 기가 죽어 떨면서 말했다.

"아주머니, 이 아저씨가 자고 가시겠다고 오셨어요."

남자를 본 떼나르디에의 아내는 금방 애교 섞인 목소리로 말했다.

"어서 오세요."

남자는 안으로 들어갔다. 남자의 행색이 불빛 속에서 환히 드러나자 떼나르디에의 아내는 눈을 깜박거리며 의심의 눈초리로 남편을 돌아보았다. 남편은 마차꾼들과 잡담을 하고 있다가 집게손가락을 오므리는 것으로 대답했다. 그것은 '완전 거지'라는 뜻이었다. 여자가 얼른 큰 소리를 쳤다.

"미안하지만 지금 방이 없는데요."

"헛간이라도 좋습니다. 방값은 치를 수 있습니다."

"그럼 사십 쑤예요."

"사십 쑤, 좋습니다."

"됐어요, 그럼."

"사십 쑤라고! 이십 쑤 아니에요?"

안에서 마차꾼 하나가 주인여자에게 나지막이 말했다.

"저 사람은 사십 쑤 받아야 해요."

여자가 소곤거리듯 말하자 떼나르디에는 한술 더 떴다.

"저런 사람이 오면 우리 집 인상이 떨어지거든요."

나그네는 벌써 꾸러미와 지팡이를 내려놓고 식탁에 가서 앉았다. 코제트가 얼른 나그네에게 술병과 잔을 가져다주었다. 물을 길어오라고 고함쳤던 행상은 직접 자기 말에게 물을 먹이고 있었다. 코제트는 조리대 탁자 아래 구석으로 가서 다시 뜨개질을 하기 시작했다.

나그네는 포도주로 조금 입을 축이고는 아이를 가만히 쳐다보았다. 코제트는 꼬질꼬질해 보였는데도 만약 좋은 가정에서 정상적으로 자랐다면 무척 예쁠 얼굴이었다. 워낙 못 먹고 자라 아이 몸은 여섯 살도 안돼 보이고 눈도 푹 꺼지다시피 커다란 게 얼마나 눈물을 많이 흘렸으면 빛이라곤 없이 흐리멍덩해 보였다. 손은 동상이 걸려 잔뜩 부어 있고 겨울에도 털옷이 아니라 너덜너덜한 면 조각을 걸치고 있어 살이 드러나 있었다. 그리고 살가죽은 여기저기 퍼런 멍이 들어 있었다. 여관집 주인여자에게 매 맞은 흔적이었다. 아이는 걸음걸이와 말소리, 눈빛 등 작은 몸짓 하나에도 공포심이 배어 있었다.

공포심 때문에 아이의 팔은 허리에 오그려 붙어 있고, 발은 치마 속에 감춰져 있으며, 기가 죽어 늘 움츠리고 있는 바람에 숨도 잘 못 쉬고 있는 모습이었다. 그래서 물을 길어 오다 적셔진 옷을 불에 말리지도 못하고 그대로 가서 하던 일을 계속하고 있는 것이었다.

코제트는 기도가 무엇인지 이제껏 해 본 적도 없고 성당에 가 본 적도 없었다. "네가 그럴 시간이 어디 있냐?" 여관집 여자는 그렇게 소리를 지를 뿐이었다.

누르스름한 외투를 걸치고 있는 나그네는 계속 코제트만을 바라보고 있었다. 그런데 주인여자가 느닷없이 악을 썼다.

"빵은 어디 있냐?"

코제트는 주인여자가 소리를 치면 탁자 밑에서 후닥닥 뛰어나오는 게 아예 몸에 배어 있었다. 그런데 아이는 빵을 까맣게 잊고 있었다. 그래서 겁에 질린 아이들이 곧잘 그렇듯 거짓말이 튀어나왔다.

"빵집 문이 닫혀 있었어요, 아주머니."

"그게 사실인지 내일이면 다 아니까 만약 거짓말 했으면 너 가만 안 둘 거다. 십오 쑤 이리 내놔!"

그제야 앞치마 주머니에 손을 넣은 코제트는 얼굴이 새파래지고 말았다.

"이년아! 내 말 안 들려?"

주인여자의 악다구니에 코제트는 주머니를 까뒤집기까지 했지만 동전은 온데간데없었다. 사색이 된 아이는 입이 딱 붙어 돌처럼 굳어 버렸다.

"이년이 돈을 잃어버린 거야, 아님 어디로 빼돌린 거야?"

여자가 눈을 부라리며 벽난로 옆에 걸어 놓은 채찍을 내렸다.

"용서해 주세요, 아주머니! 다시는 절대 안 그럴게요."

코제트는 절망으로 몸부림쳤다.

그걸 보고 있던 누런 외투의 남자가 자기 주머니를 뒤지기 시작했다. 코제트는 벽난로 구석으로 가 몸을 떨며 벌거벗다시피 한 가느다란 팔다리를 감추려는 듯 갖은 애를 썼다. 주인여자가 마침내 채찍을 들고 다가갔다.

"잠깐만요. 아까 보니까 그 애 앞치마 주머니에서 뭐가 떨어져 굴러 갔었는데, 아마도 그게……."

그렇게 말하며 나그네는 허리를 굽혀 바닥에서 뭘 찾는 시늉을 하다가 일어나면서 은전 하나를 내밀었다.

"이거 아니에요?"

"네, 그거 맞아요."

여자는 낚아채듯이 그 돈을 잡았다. 그런데 가만 보니 그건 15쑤짜리가 아니라 20쑤짜리였다. 그래서 그 은전이 자기가 준 게 아니란 걸 알았지만 5쑤를 더 챙긴 거니까 모른 척 하고 얼른 주머니에 넣고는 여전히 사나운 눈길로 코제트를 쳐다보았다.

"앞으로 다시는 잃어버리지 않도록 해!"

아이는 다시 제자리로 기어들어가 그 이상한 아저씨를 어리둥절하게, 그러나 안심이 되는 표정으로 쳐다보았다.

그때 문이 열리며 에포닌과 아젤마가 들어왔다. 두 아이는 포동포동하게 살이 붙어 있고, 질이 좋은 옷을 여러 벌 껴입고 있었다.

떼나르디에의 아내가 애정이 듬뿍 담긴 목소리로 아이들에게 말했다.

"이제들 오는구나."

아이들은 자연스럽게 벽난로 옆으로 가서 인형을 들고 장난치며 재잘대면서 깔깔거리고 웃었다. 코제트는 부러운 눈빛으로 그 애들을 힐끗힐끗 쳐다보았다. 하지만 에포닌과 아젤마는 코제트를 쳐다보기는커녕 알은 체도 하지 않았다. 그 아이들은 코제트를 개 쳐다보듯 했다. 그 아이들이 갖고 노는 인형은 색도 바래고 낡아 빠졌지만 그런 것조차 가져 보지 못한 코제트에게는 흠 잡을 데 없는 훌륭한 것이었다.

방 안에서 왔다갔다 하던 떼나르디에의 아내가 자기 딸들을 바라보고 있는 코제트를 흘끗 보더니 꽥 소리를 질렀다.

"저년이 일은 안 하고 뭐 하고 있는 거야! 꼭 맞아 봐야 버릇을 고치겠나!"

나그네가 참다못해 여자를 돌아보며 말했다.

"아주머니, 좀 내버려 두시지 그래요!"

만약 그럴 듯한 손님이 그런 부탁을 했다면 명령 같은 효과를 낼 수도 있었겠지만, 웬 거지 같은 남자가 말했기 때문에 여자는 퉁명스럽게 대꾸할 뿐이었다.

"거저 놀려 두고 먹여 줄 수는 없죠."

"대체 그 아이가 지금 하고 있는 일은 뭔가요?"

남자의 말투는 부드러웠다. 초라한 그의 행색과 노동자 같은 몸집과는 어딘지 맞지 않은 말투였다.

"우리 딸아이가 신을 양말이에요. 아이 양말이 다 떨어져 가서 얼마 안 있으면 맨발로 다녀야 할 판이거든요."

남자는 코제트의 가련한 맨발을 보며 말했다.

"그 양말을 다 짜면 얼마짜리나 될까요?"

떼나르디에의 아내는 무시하는 눈길로 남자를 흘겨보았다.

"못해도 삼십 쑤는 되겠지요."

"그럼 내가 오 프랑 줄 테니 나한테 파시오."

가까이 있던 마차꾼 하나가 그 말을 듣고는 크게 웃어젖혔다.

"오 프랑? 와 대단하구면!"

그때 떼나르디에가 끼어들었다.

"좋습니다, 손님. 원하시면 그 양말을 오 프랑에 드려야죠. 손님들이 원하시는 걸 거절할 수는 없으니까요."

"내가 사리다. 자 여기요."

남자는 주머니에서 5프랑짜리를 꺼내 식탁 위에 놓았다.

"얘야, 이제 놀아도 돼."

마차꾼이 그걸 보고 놀라며 술잔을 들고 쫓아오듯 다가왔다.

"이거 정말이네!"

떼나르디에는 거만한 동작으로 돈을 집어 주머니에 넣었다.

코제트는 여전히 떨면서도 간신히 용기를 내어 물었다.

"아주머니, 정말 내가 놀아도 돼요?"

"그래라!"

떼나르디에의 아내는 못마땅한 말투로 내뱉었다.

"고맙습니다."

코제트는 그 알 수 없는 아저씨에게 감사를 드렸다.

떼나르디에가 다시 술잔을 기울이자 그의 아내가 귀에 대고 소곤거렸다.

"저 거지 같은 작자는 도대체 뭐하는 인간이야?"

"저런 외투를 걸치고 있는 백만장자를 본 적이 있긴 하지."

코제트는 여전히 제자리에 앉은 채로 뒤에 놓여 있는 상자 속에서 허접스런 천조각과 납으로 된 작은 칼을 꺼내고 있었다. 에포닌과 아젤마는 주위에서 일어나는 일들에 전혀 관심도 없이, 인형놀이는 이제 흥미가 없고 고양이에게 옷 입히는 장난을 치고 있었다.

떼나르디에의 아내는 '저자가 정말 백만장자일지도 모르겠네.' 하고 속으로 생각하며, 그 남자의 식탁으로 다가가 한껏 얌전을 떨며 말했다.

"선생님…… 저라고 해서 뭐 저 애를 꼭 일만 부려먹는 건 아니에요. 선생님께서 부탁하시니까 이번 한 번은 봐 주는데, 일을 안 시킬 수가 없거든요. 버려진 아이라 불쌍해서 우리가 이렇게 키우고 있는데, 우리도 할 수 있는 건 다 해 주고 있지만 그래도 워낙 없는 살림이라 어쩔 수가 없어요, 선생님. 저 애 어미한테 편지를 보내도 반 년 전부터 아무 답장이 없네요. 애 어미가 죽었는지……."

남자는 생각에 잠겨 아무 대꾸도 안 하고 듣고만 있었다.

"어미라는 여자도 참 불쌍한 여편네지. 오죽하면 제 자식을 버리고 갔을까. 참 선생님, 저녁은 뭘 드실까요?"

'백만장자'는 여관집 여자가 설레발을 치는 바람에 할 수 없이 저녁을 먹기로 했다.

"빵과 치즈 주시오."

'거지가 분명해' 하고 여자는 생각을 고쳐먹었다.

코제트의 시선이 떼나르디에의 두 딸이 팽개쳐 버려 바닥에 나뒹굴고 있는 인형으로 가 멎었다. 그러더니 방 안을 둘러보고는 아무도 자기를 안 쳐다보자 얼른 탁자 밑에서 기어 나와 인형을 집어 들고는 다시 제자리로 돌아가 앉았다. 그러나 인형이 안 보이도록 몸을 뒤로 돌려 앉아 있었다. 처음으로 인형을 안아 본 기쁨에 아이는 꼼짝도 않고 있었다.

아이에게 눈길을 주는 사람은 아무도 없었다. 조촐한 음식을 천천히 씹고 있는 그 나그네를 제외하고는.

그러나 코제트의 기쁨은 오래가지 못했다. 조심을 한다고 했지만 인형의 한 쪽 발이 삐져나와 벽난로 빛에 드러난 것을 어쩌다 아젤마가 보고만 것이었다. 아젤마는 제 어미의 치맛자락을 잡아당기며 코제트를 가리켰다. 코제트는 인형을 갖고 너무 좋은 나머지 아무것도 듣지도 보지도 못했다.

순간 여관집 주인여자의 얼굴이 분노로 일그러지더니 찢어지는 소리가 터져 나왔다.

"코제트!"

아이가 소스라치며 돌아보았다.

"코제트!"

여자가 또 다시 악을 쓰며 부르자 코제트는 어쩔 줄 몰라 하면서도 한편으로는 포기하는 몸짓으로 인형을 땅에 가만히 내려놓았다. 그러고는 인형에서 눈을 떼지 못한 채 두 팔을 가슴에 꼭 붙이고 비틀면서, 눈에서 눈물이 주르륵 흘러내렸다. 온종일 서러웠던 여러 가지 일들, 숲 속에 물 길러 갔을 때나 돈을 잃어버린 걸 알았을 때, 그리고 주인여자가 채찍을 들고 다가왔을 때도 흘리지 않았던 눈물이 마침내 터져 나왔던 것이다. 코제트는 슬픔에 겨워 흐느꼈다.

그 사이 나그네는 탁자에서 일어나 있었다.

"왜 그러세요, 아주머니?"

"보세요, 여기!"

여자가 바닥에 놓인 인형을 가리키며 소리쳤다.

"그게 뭐가 어째서요?"

"저 더러운 계집애가 우리 애들 인형을 만졌단 말이에요!"

"뭐 그 정도 가지고 야단이시오? 저 아이가 인형 좀 만진 게 어떻단 말이오?"

"더러운 손으로 만졌다고요! 조용히 못 해, 이년아!"

코제트가 더 서럽게 울자 여관집 여자가 외쳤다.

남자가 뚜벅뚜벅 걸어가더니 문을 열고 밖으로 나갔다. 그가 잠깐 없는 틈에 여자는 탁자 밑에 있는 코제트에게 힘껏 발길질을 했다. 아이가 비명을 질렀다.

남자는 다시 들어왔다. 그는 커다란 인형 하나를 안고 있었다. 그것은 몽페르메유 마을의 모든 어린이들이 꿈에 그리던 바로 그 인형이었다. 남자는 코제트 앞으로 가서 그 인형을 내려놓으며 말했다.

"자, 이거 가져. 너한테 주는 거야."

하지만 코제트는 뒤로 주춤주춤 물러나며 벽 구석으로 들어가 숨어 버렸다. 울음도 뚝 그치고 소리도 안 지르고, 숨만 헐떡거리고 있었다. 여자와 두 딸들이 멍하니 쳐다보며 서 있었다. 손님들도 모두 술잔을 내려놓고 이쪽만 쳐다보며 입을 다물고 있었다. 방 안은 침묵에 잠겨 들었다.

여자는 굳어진 채 다시 머리를 굴리기 시작했다. '저 인간은 도대체 거지야, 백만장자야? 두 가지 다인지도 몰라. 그렇다면 도둑이라는 소린데.'

떼나르디에도 술을 먹다 말고 뭐가 뭔지 모르겠다는 표정으로 얼굴을 찡그리며 아내의 귀에 대고 뭔가를 쑥덕거렸다.

"저거 최소한 삼십 프랑은 돼. 실수하지 마. 그냥 무조건 굽실거려."

여자는 태연하려고 애쓰며 부드러운 목소리로 말했다.

"코제트야, 나와서 인형 받아라."

코제트도 잠시 머뭇거리더니 용기를 내어 나왔다. 떼나르디에도 다가와 거들었다.

"코제트야, 아저씨가 주시는 거니까 받아야지. 네 인형이야."

그래도 코제트는 일종의 공포심을 품고 그 인형을 바라보았다. 얼굴은 아직도 눈물로 젖어 있었지만 눈엔 서서히 희미한 기쁨의 빛이 차오르기 시작했다. 하지만 인형을 만지면 떼나르디에의 아내가 또 다시 난리를 치지 않을까, 채찍으로 때리지 않을까, 코제트는 알 수가 없었다. 그래도 인형에게로 자꾸만 눈이 가는 건 어쩔 수가 없었다. 아이는 인형 가까이 다가가 떼나르디에의 아내를 한 번 돌아보고는 머뭇거리며 중얼거리듯 말했다.

"정말 만져도 돼요, 아주머니?"

아이의 얼굴엔 두려움과 슬픔과 환희가 모두 교차하고 있었다.

"그래, 그건 네 것이니까."

"정말이요, 아저씨?"

코제트는 확인하듯 다시 물었다.

"정말이에요? 이거 내 거예요?"

나그네의 눈에는 눈물이 맺혀 있었다. 그는 고개를 끄덕거리며 인형의 손을 잡아 아이의 자그마한 손에 쥐어 주었다. 코제트는 불에 덴 듯 얼른 손을 빼 버렸다. 그러고는 바닥을 내려다보며 혀를 쑥 내밀더니 갑자기 인형을 와락 껴안았다.

"얘를 캬트린느라고 불러야지."

코제트는 그렇게 말하며 주인 여자에게 물었다.

"아주머니, 이 인형 의자에 앉혀도 돼요?"

"그럼, 괜찮지."

떼나르디에의 아내는 마지못해 대답했다. 어느새 에포닌과 아젤마가 부러운 눈으로 코제트를 바라보고 있었다.

코제트는 인형을 의자에 앉혀 놓고 자기도 그 앞에 앉아 가만히 쳐다보고만 있었다.

나그네가 말했다.

"자, 이제 인형과 놀아, 코제트야."

"지금 놀고 있어요."

코제트가 대답했다.

떼나르디에의 아내는 이 수상쩍은 남자를 괘씸하게 여기며 속이 끓어올랐다. 그러나 내색은 안 하고 두 딸아이를 허겁지겁 침대로 보내 버렸다. 그러면서 코제트도 자러 보내야겠다고 남자에게 허락을 구하듯 말했다. "아이가 오늘 무척 피곤했으니까요." 하는 말을 덧붙이면서. 덕분에 코제트는 캬트린느를 안고서 평소보다 좀 더 일찍 잠자리로 갔다.

남자는 여전히 식탁에 팔을 괴고 골똘히 생각에 잠겨 있었다. 그렇게 몇 시간이 흘렀다. 성당의 밤 미사도 끝나고 술꾼들도 다 떠나고 불도 꺼졌는데 이 남자는 계속 같은 자세로 앉아 있었다. 가끔 팔만 바꿀 뿐 코제트가 가 버린 후에는 말도 한마디 하지 않았다.

새벽 두 시가 울리자 떼나르디에의 아내는 더 이상 못 참고 자러 가고, 그 남편은 한쪽 구석에 앉아 촛불을 켜 놓고 신문을 읽었다.

또 꼬박 한 시간이 흘러갔다. 갸륵하기도 한 떼나르디에는 그동안 신문을 글자 한 자 안 빠뜨리고 세 번을 되풀이해서 읽고 있었는데도 나그네는 여전히 꿈쩍도 하지 않았다.

결국 떼나르디에가 헛기침을 하고 괜히 의자를 덜그덕거리며 일어났다 앉았다 해 보았지만 그래도 나그네는 돌부처처럼 앉아 있기만 했다. 마침내 떼나르디에는 모자를 벗고 나그네에게 조심스레 다가가 어렵사리 말을 꺼냈다.

"저, 선생님, 주무셔야죠?"

"아, 그래야죠. 그 마구간은 어디 있나요?"

"제가 안내해 드리겠습니다. 선생님."

떼나르디에는 촛불을 들고, 나그네는 보퉁이와 지팡이를 챙겨 들었다.

떼나르디에는 그를 2층 방으로 안내했는데, 마호가니 가구와 넓은 침대가 갖춰진 훌륭한 방이었다.

"우리 부부가 결혼했을 때 쓰던 방입니다. 지금은 다른 방을 쓰고 있지요. 일 년에 두 번 정도 외에는 아무도 이 방에 들어오지 않습니다."

떼나르디에의 설명에 나그네가 불쑥 말했다.

"난 마구간도 상관없는데요."

그러면서 나그네는 무심코 벽난로 위에 있는 유리 상자 속에 오렌지꽃이 장식된 여자 모자가 들어 있는 걸 보고는 물었다.

"이게 뭐죠?"

"아, 그건 제 아내가 결혼식 때 썼던 모자입니다."

나그네는 그걸 다시 한번 유심히 쳐다보았는데, 마치 '그 괴물 같은 여자에게도 그런 시절이 있었단 말인가!' 하고 의아해 하는 눈빛이었다.

떼나르디에의 말은 전부 거짓이었다. 그 방은 그가 여관을 시작했을 때부터 그렇게 꾸며 놓았고, 가구들과 그 낡은 모자를 사서 장식함으로써 왠지 오랜 전통이 있는 여관처럼 보이게 하려는 것이었다.

그 여관 주인이 자러 방으로 갔을 때 아직 안 자고 있던 아내가 그에게 말했다.

"내일 코제트를 쫓아버려야겠어."

"알아서 해!"

이 부부도 잠들고 여관엔 정적이 감돌고 있는데, 나그네는 계속 잠을 못 자고 뒤척이고 있었다. 결국 그는 일어나 촛불을 들고 신발을 벗은 채 방에서 나갔다. 그러고는 복도 여기저기를 두리번거리고 다니다가 층계참에서 아주 작게 들리는 어린아이의 숨소리를 들었다. 그래서 숨소리가 나는 곳을 따라 가만가만 다가가 보니 층계참 한쪽 구석에 세모 모양의 다락방 같은 곳이 보였다. 거기엔 바구니들과 온갖 물건들이 처박혀 있는데, 짚으로 거칠게 엮은 깔개 위에서 엉성하게 짠 담요를 덮고 코제트가 자고 있었다. 아이는 옷을 그대로 입은 채 인형을 꼭 껴안고 있었으며 옆에는 나막신 한 짝이 놓여 있었다.

코제트가 잠든 곳 옆에는 문 하나가 열려 있고 그 문 안으로 보니 커다란 방이 있었다. 나그네는 그 안으로 들어가 보았다. 거기엔 다시 유리문이 있었고 그 안에 두 개의 작은 침대가 놓여 있는데 하얗고 깨끗한 그 침대엔 에포닌과 아젤마가 자고 있었다. 그리고 침대 뒤쪽으로 작은 요람이 있으며 그 안에서 저녁 내내 찡얼거리던 작은 남자아이가 잠들어 있었다.

남자는 나가다 말고 벽난로를 쳐다보았다. 보통 흔한 모양인데 그 안에는 불도 없고 재도 전혀 없이 예쁜 신발 두 켤레만이 나란히 놓여 있었다. 아마도 크리스마스 전날 밤에 벽난로 속에 신발을 놓아두면 산타 클로스 할아버지가 선물을 가져다준다는 믿음을 두 딸이 잊지 않고 그대로 한 모양이었다.

그런데 할아버지가 벌써 왔다 갔는지 두 켤레 신발 속에는 10쑤짜리 새 은전이 반짝거리고 있었다. 그 방은 부모의 방과 연결되어 있을 거라고 짐작하며 막 나가려던 나그네는 벽난로 옆 컴컴한 구석에 조심스레 놓여 있는 나막신 하나가 눈에 들어왔다. 그건 거의 다 부서진 채 흙과 재가 잔뜩 들러붙어 있는 코제트의 다른 쪽 나막신이었다.

코제트도 산타 클로스 할아버지를 기다리며 자기 신발을 갖다 놓은 것이었다. 절망 속에 몸부림치는 아이에게 이런 가느다란 희망이 남아 있다니! 얼마나 감동적이고 아름다운 일인가!

그 나막신 속에 무엇이 들어 있을 리는 물론 없었다. 나그네는 호주머니에서 금화 한 닢을 꺼내 나막신 속에다 넣었다. 그리고 자기 방으로 돌아갔다.

다음 날 아침, 일찍부터 떼나르디에는 나그네의 계산서를 작성하고 있었다. 그의 아내는 옆에서 남편의 계산을 지켜보고 있고, 집 안에서는 '종달새'가 청소하는 소리만 들리고 있었다.

15분쯤이 지나서야 계산서가 다 작성되었는데, 떼나르디에의 아내가 그걸 보더니 환호를 질렀다.

"이십삼 프랑이라고!"

떼나르디에는 그걸로는 만족스럽지 않다는 표정이었다.

"물론 이 정도는 받아야지. 우리가 빚이 천오백 프랑이나 있잖아!"

"좌우지간 오늘 그년을 쫓아버려야겠어요. 저 빌어먹을 것이 인형을 갖고 있다니, 그 꼴을 어떻게 봐!"

떼나르디에가 밖으로 나가며 아내에게 말했다.

"그 청구서는 당신이 줘."

그때 막 나그네가 식당으로 들어왔다. 떼나르디에는 나갔다가 다시 슬쩍 들어와 아내만 쳐다보이는 방향에 붙어 섰다.

나그네는 떠날 차비를 하고 있었다.

"벌써 떠나시려고요?"

"네, 지금 가야 해요."

"선생님, 여기 몽페르메유에 무슨 일이 있어 오신 것 아니었어요?"

"아니오. 그냥 지나가다 들르게 된 거예요. 얼마 내야 하죠?"

떼나르디에의 아내는 들고 있던 계산서를 내밀었다.

나그네는 그걸 펼치면서 별 관심도 없는 듯 엉뚱한 말을 했다.

"아주머니, 여관은 잘 되나요?"

"뭐, 그럭저럭 되고 있어요."

여자는 나그네가 가타부타 아무 말이 없자 불안한 생각이 들며 신세타령을 늘어놓기 시작했다.

"이런 작은 시골에서는 잘 되기 힘들어요. 선생님처럼 돈 많고 인심 좋은 손님이 자주 오는 것도 아니고요. 나가는 돈도 많고, 저 계집애한테도 쏠쏠히 나가거든요."

"계집애요?"

"네, 어제 보셨던 그 코제트라는 애 말이에요."

"아, 그 아이요!"

"선생님, 솔직히 우리는 남에게 도움 받을 생각도 안 하지만 또 남을 도와줄 능력도 없어요. 돈 들어오는 건 적은데 나가는 건 많고, 세금도 또 장난이 아니거든요. 게다가 저도 딸들이 있으니 남의 자식까지 키울 필요는 없는 거죠."

나그네는 그저 물어본다는 식으로 입을 열었지만 목소리는 떨리고 있었다.

"그럼 내가 그 아이를 데려갈까요?"

"코제트를요?"

"네, 그래요."

여자의 얼굴이 흥분과 기쁨으로 환해졌다.

"선생님은 어쩜 그리도 친절하세요. 데려가셔도 돼요. 데려다가 지지든 볶든 맘대로 하세요. 저야 뭐 천주님께 감사할 일이죠."

"그럼 그렇게 할게요."

"정말요? 지금 바로 데려가시는 거예요?"

"그러죠 뭐. 가서 애를 데려오세요. 자, 이제 계산을 해야죠."

그는 계산서를 그제야 자세히 보고는 놀라며 물었다.

"이십삼 프랑이요?"

"네, 이십삼 프랑 맞아요."

여자가 자신 있게 대답했다.

나그네는 탁자 위에 5프랑짜리 다섯 개를 꺼내 놓으며 말했다.

"가서 아이를 데려오세요."

그때 떼나르디에가 다가왔다.

"선생님은 이십육 쑤만 내면 돼. 방값이 이십 쑤고, 저녁 식사가 육 쑤니까. 그리고 계집애 문제는 내가 선생님과 얘기를 좀 해야 되니까 당신은 잠시 나가 있어."

그의 아내가 나가고 두 사람만 남게 되자 떼나르디에는 갑자기 선량한 사람처럼 표정을 꾸몄다.

"선생님, 저는 그 아이를 무척 아끼고 있습니다."

나그네가 여관 주인을 쳐다보았다.

"누구 말인가요?"

"이상하게도 마음이 많이 끌리네요. 아이가 하는 짓이 정말 귀여워요."

"도대체 누구를 말하는 겁니까?"

"아, 우리 코제트 말이에요. 선생님이 그 애를 데려가시려 하는데 전 솔직히 말씀드려 보낼 수가 없거든요. 그 애가 떠나고 나면 너무 슬플 것 같아서요. 갓난아기 때부터 키웠으니까요. 돈도 엄청 많이 들었죠. 한번은 애가 아파서 약값이 사백 프랑 넘게 든 적도 있었고요! 애가 불쌍해서 키우게 됐지만 이제는 정이 들 만큼 들었죠. 제 집사람이 좀 깐깐한 구석은 있지만 그래도 엄청 귀여워한답니다. 우리 아이들처럼 똑같이 키우고 있어요. 그 애가 재잘거리는 걸 보는 게 저에겐 큰 즐거움이죠."

나그네는 주인남자를 똑바로 쳐다보고 있었다. 남자는 계속 지껄여댔다.

"선생님은, 선생님은 부자시고 너무 좋은 분이시라, 아이를 위해서는 너무 잘된 일이지만, 그래도 가슴이 아프군요. 만약 제가 그 아이를 보낸다면, 죄송하지만 아이가 어디로 가는지는 최소한 알아야 하지 않겠습니까? 그래야 가끔 가서 볼 수 있을 테니까요. 선생님 이름도 모르고, 그 애를 데리고 가시려면 뭐라도, 뭐 통행권 같은 거라도 보여주시면 좋겠는데요."

나그네는 남자의 양심을 꿰뚫어보는 듯 흔들리지 않는 눈빛으로 바라보며 확신에 찬 어조로 대답했다.

"이봐요, 파리에서 겨우 오십 리 거리밖에 안 되는데 무슨 통행권이 필요 있겠소? 그리고 코제트를 데려가는데 내 이름도 주소도 당신이 알 필요는 없소. 난 당신한테 절대로 그 애를 보이지 않을 작정이오. 나는 그 아이의 발에 묶인 족쇄를 풀어 주려는 것이오. 여러 말 필요 없고, 데려올 거요, 안 데려올 거요?"

떼나르디에는 상대방이 대단히 강한 사람임을 깨달았다. 이 사나이는 대체 누굴까? 왜 부자면서도 초라한 행색을 하고 다닐까? 이 남자는 코제트의 아버지나 할아버지는 아니다. 신분을 밝히지 않으려는 걸 보면 코제트를 데려갈 아무런 권리도 없는 남자다. 그냥 뭔가 비밀이 있어 이 남자가 신분을 감추고 싶어 하는 것이다. 자신이 유리한 입장에 있다고 생각했던 떼나르디에는 나그네의 단호한 태도에 비로소 자기가 불리해지고 있다는 걸 알았다. 그래서 정면으로 곧바로 내질렀다.

"선생님, 천오백 프랑만 주십시오."

나그네는 낡은 가죽 지갑을 꺼내더니 지폐 세 장을 탁자 위에 놓았다.

"코제트를 데려오시오."

그날 아침, 코제트는 잠을 깨자마자 나막신으로 달려가 들여다보았다. 그 안엔 눈부신 금화 하나가 들어 있었다. 아이는 얼른 그걸 집어 주머니에 감췄다. 그러고는 가슴이 두근거리면서도 기쁜 마음에 어리둥절해 있었다. 인형과 금화 모두 두려움을 느끼게 하지만, 그래도 아저씨에게는 이상하게 마음이 놓였다.

코제트는 여느 때와 다름없이 아침부터 일을 하기 시작했다. 앞치마 주머니 속에 넣어 둔 금화를 가끔 들여다보며 층계를 쓸고 있는데, 떼나르디에의 아내가 다가왔다. 남편이 시킨 대로 코제트를 데리러 온 것이었다.

잠시 후 코제트는 식당으로 들어왔다.

나그네가 갖고 온 보퉁이 속에는 작은 모직 외투와 치마, 속옷들, 양말, 구두, 목도리 등 여덟 살짜리 소녀용 옷가지가 들어 있었다. 모두 검은색이었다.

"애야, 이걸로 모두 갈아입고 오렴."

나그네가 말했다.

날이 밝아오고 있을 즈음, 초라한 행색을 한 오십 대 남자가 상복 차림에 커다란 인형을 안고 있는 작은 소녀의 손을 잡고 몽페르메유 마을의 거리를 지나 리브리 쪽을 향해 가고 있었다.

그들은 다름 아닌 그 나그네와 코제트였다. 그 나그네를 아는 사람은 마을에 아무도 없고, 누더기를 벗어 버린 코제트 또한 마을 사람들은 알아보지 못했다.

코제트는 떠나고 있었다. 이 아저씨가 누구이며, 어디로 가는지 알 수 없지만, 아무튼 떼나르디에의 여관을 떠나고 있다는 것만은 확실히 알고 있었다.

떼나르디에의 아내는 언제나 남편이 하는 대로 내버려 두었다. 그러나 나그네와 코제트가 떠난 후 15분쯤 지나서야 남편이 1500프랑을 내보이자 그녀는 못마땅하다는 듯 말했다.

"그것밖에 안돼?"

아내의 말에 남자는 머리를 한 방 얻어맞은 듯 끄덕거렸다.

"맞아. 당신 말이 맞아. 나도 참 멍청하지. 내 모자 좀 줘."

그는 지폐 세 장을 다시 주머니에 집어넣고는 허겁지겁 밖으로 나갔다. 거리에 보이는 사람들에게 물어 그들이 리브리 쪽으로 갔다는 걸 알아내고는 서둘러 걷기 시작했다.

'그자는 틀림없이 백만장자일 거야. 처음엔 이십 쑤를 내더니 다음엔 오 프랑, 그리고는 천오백 프랑을 쉽게 냈지. 나도 참 멍청이 같긴. 만오천 프랑도 냈을지 모르잖아. 그리고 아이 옷을 미리 다 준비해 온 걸 보면 분명 무슨 비밀이 있는 거야. 그 비밀을 물고 늘어져 한재산 우려내야지.'

여관 주인은 리브리로 가는 길을 따라 한참을 걸었지만 그 나그네와 아이는 보이지 않았다. 그는 다급해진 나머지 사람들에게 또 물어, 웬 남자와 아이가 가니 쪽으로 꺾어져 숲으로 들어가는 걸 보았다는 말에 뛰다시피 걸어갔다.

숲으로 들어가 한참을 가던 그는 걸음을 멈추고는 이마를 탁 쳤다.

"참, 총을 가져올걸!"

그러나 총을 가지러 돌아갈 수는 없었다. 떼나르디에는 잠시 머뭇거리다 다시 계속 달려갔다. 얼마쯤 달려가자 마침내 저 앞에 코제트와 함께 나란히 앉아서 쉬고 있는 그 나그네가 보였다.

"선생님 죄송합니다. 천오백 프랑을 다시 가져왔습니다."

떼나르디에는 숨을 몰아쉬며 지폐 석 장을 내밀었다.

나그네는 물끄러미 바라만 보고 있었다.

떼나르디에가 공손하게 절을 했다.

"코제트를 보낼 수 없습니다, 선생님."

코제트는 두려움에 떨며 나그네에게 바짝 붙어 앉았다. 나그네는 여관 주인 남자의 속셈을 알아채고는 천천히 입을 열었다.

"코제트를 보낼 수 없다고?"

"네, 그렇습니다. 가만 생각해 보니 이 아이를 선생님에게 딸려 보낼 권리가 저에게 없더라고요. 아이 엄마가 저한테 맡겼으니까 그 엄마한테만 아이를 내줄 수 있는 거죠. 아이 엄마가 죽었다면 물론 좋습니다. 그럴 경우 최소한 아이를 주어도 좋다는, 아이 엄마가 서명한 무슨 서류라도 있어야 하는 것 아니겠습니까? 그런 게 없으면 아무한테나 아이를 줄 수는 없습니다. 네, 아무렴요."

나그네는 아무 말도 없이 주머니에서 지갑을 꺼냈다.

떼나르디에는 그 지갑을 보고는 기쁨에 온몸이 떨려 왔다. 그러나 나그네는 접혀진 종잇조각을 꺼내 그에게 내밀었다.

"당신 말이 맞아요. 자 이걸 읽어 보시오."

떼나르디에는 그 종이를 펼쳐서 읽었다.

떼나르디에 씨

이분에게 코제트를 보내 주십시오.

모든 비용은 다 지불하겠습니다.

부탁합니다.

팡틴느

"이 서명, 분명히 맞죠?"

나그네가 말했다.

물론 팡틴느의 서명을 떼나르디에는 금방 알아보았다. 다른 말을 할 여지가 없었다. 나그네는 말을 이었다.

"그 종이는 아이를 보낸 증거로 간직하고 계시오."

떼나르디에는 절망감에 사로잡혀 마지막 노력을 한 번 더 시도해보았다.

"좋습니다. 그럼 선생님이 그 '모든 비용'을 지불해 주십시오. 비용이 꽤 많습니다."

나그네가 벌떡 일어섰다. 그리고 옷에 묻은 흙을 털면서 말했다.

"떼나르디에 씨, 지난 일 월에 이 아이 엄마가 당신한테 빚진 게 백이십 프랑 있다고 했어요. 그런데 당신은 이월에 오백 프랑의 계산서를 보내서 이월 말과 삼월 초에 각각 삼백 프랑씩 받았어요. 그때부터 지금까지 아홉 달이 지났으니까 약속한 대로 한 달에 십오 프랑씩 치면 백삼십오 프랑이 되는데, 당신은 이미 백 프랑을 더 받았으니까 나머지 줄 돈은 삼십오 프랑이 되는 거죠. 그런데 내가 아까 삼십오 프랑이 아니라 천오백 프랑이나 지불했어요."

떼나르디에는 기절할 것만 같았다.

'이 인간은 도대체 누구야?' 그는 속으로 생각하며 예의를 차리는 대신 이번엔 단호하게 말했다.

"이봐요! 당신이 누군지는 모르겠지만 어쨌든 난 코제트를 다시 데려가야겠소. 못 내놓겠으면 삼천 프랑 더 주시오."

나그네는 여관집 남자를 아예 무시하듯 쳐다보지도 않고 나직이 말했다.

"코제트야, 자 가자."

나그네는 왼손으로 코제트의 손을 잡고, 오른손으로는 지팡이를 들고 천천히 숲 속으로 걸어 들어갔다.

떼나르디에는 멍하니 서서 그들의 뒷모습을 바라볼 뿐이었다. 나그네의 구부정하지만 넓은 어깨와 큰 지팡이, 우락부락한 그의 주먹을 보다 떼나르디에는 자신의 가느다란 팔과 손을 들여다보았다. '사냥을 하러 오면서 총을 두고 오다니!' 그는 속으로 중얼거렸다.

장발장은 죽은 것이 아니었다. 그는 이미 쇠사슬을 끊어 버린 상태였기 때문에 바다에 떨어진 것이 아니라 스스로 뛰어들었던 것이다. 그러고는 물속에서 헤엄쳐 배 아래까지 내려가서는 그 배에 매어 있는 거룻배 속으로 숨어 들어갔다. 그리고 밤까지 기다려 구조 수색 작업이 끝나자 다시 헤엄쳐 거기서 별로 멀지 않은 해안에 도달할 수 있었다.

밖으로 나온 그는 변장을 하고 파리로 가서 우선 소녀의 상복을 사고, 살 집도 하나 찾아 놓았다. 그런 다음 몽페르메유로 갔던 것이다.

그는 파리의 여러 신문에서 자신에 대한 기사를 읽고는 안심하며 실제로 자기가 죽은 것 같은 평화를 느끼기도 했다.

떼나르디에로부터 코제트를 빼내온 그날 저녁, 그는 파리로 돌아갔다. 그는 성문 앞에서 마차를 타고 천문대 앞 광장에 가서 내렸다. 그리고 코제트의 손을 잡고 어둠 속을 걸어 우르신느 거리와 글라시에르 거리에 접해 있는 조용한 길을 지나 오피탈 거리 쪽으로 올라갔다.

그날은 코제트에게 참 이상하고도 꿈속 같은 날이었다. 어디 외딴 식당에서 빵과 치즈를 사와 개울가에서 먹었는가 하면 마차를 몇 번이나 바꿔 타고 한참씩 걷기도 했다. 그래도 아이는 힘들다는 소리 한 번 안하고 잘 따라왔지만 역시나 몹시 지쳐 있었다. 아이의 걸음 속도가 점점 느려지고 자꾸만 손을 잡아당겨야 하자 장발장은 마침내 아이를 들쳐 업었다. 코제트는 인형 캬트린느를 꼭 잡은 채 장발장의 등에서 그대로 잠들어 버렸다.

4

은둔생활

파리 근교의 한 조용한 동네에 있는 그 주택은 얼핏 보기엔 자그마한 집인 것 같지만 자세히 보면 대단히 큰 건물이었다. 작아 보이는 이유는 건물 전체가 큰길 쪽에서 볼 때 한쪽 측면의 문과 창문만 보이기 때문이었다.

이 주택은 오래되어 허름하긴 하지만 2층 건물인데다 꽤 고급스런 장식들과 넓은 공간들을 갖추고 있어 오래전에는 매우 훌륭한 저택이었다는 걸 짐작하게 했다. 그런데 너무 오랫동안 손질을 하지 않아 군데군데 부서지고 떨어져 나간 그대로 방치되어 있고, 내부도 전체적으로 어둠침침해 다가가고 싶은 마음을 싹 가시게 했다.

이 건물은 50−52번지인데 법률가 고르보의 저택으로 불리고 있었다.

장발장은 코제트를 업고 이 고르보의 집 앞에 도착했다. 그는 이 한적한 곳에 집을 구했던 것이다.

그는 코제트를 업은 채 주머니에서 열쇠를 꺼내 문을 열고 들어가서는 다시 가만히 닫고 층계를 올라갔다. 그리고 현관문을 다시 열쇠로 열고 집 안으로 들어갔다. 내부는 꽤 넓지만 썰렁했는데 바닥엔 허름한 카페트가 깔려 있고 탁자 하나와 의자 몇 개가 있을 뿐이었다. 한쪽 구석에 있는 난로에 불이 피워져 있고 그 안쪽에 있는 작은 방에는 휴대용 침대 하나가 놓여 있었다. 장발장은 그 침대에다 아이가 깨지 않도록 살며시 내려놓았다.

그는 촛불을 켜고 연민 어린 눈으로 코제트의 자는 얼굴을 가만히 내려다보았다. 아이의 얼굴엔 신뢰와 안도의 빛이 어려 있으며, 편안히 꿈속에 잠겨 있었다.

장발장은 아이의 손에 입을 맞췄다. 9개월 전에는 하늘나라로 가버린 아이의 엄마 손에 지금처럼 입을 맞췄었다. 그는 또다시 침통한 기분에 휩싸여 가슴이 먹먹해졌다.

다음 날 아침 날이 밝도록 아이는 잠에서 깨지 않았다. 12월의 희멀건 햇살이 초라한 방 유리창 너머로 들어왔다. 갑자기 무거운 짐을 실은 마차 한 대가 집 앞 큰길을 지나며 요란한 소리를 냈다.

"네, 아주머니! 금방 갈게요."

코제트가 깜짝 놀라 외치며 일어났다. 그리고 아직도 잠이 덜 깨 눈을 반쯤 감은 채로 침대에서 뛰어내려 벽 구석으로 손을 뻗쳤다.

"어! 빗자루가 어디 있지!"

그제야 화들짝 놀라 눈을 뜬 코제트는 바로 앞에 장발장이 빙긋이 웃으며 서 있는 게 보였다.

"아참! 그랬지! 안녕히 주무셨어요?"

코제트는 인형 캬트린느를 찾아 안으면서 장발장에게 수없이 질문을 했다.

"여기는 어디에요? 파리는 얼마나 큰가요? 떼나르디에 아주머니 집에서 많이 떨어져 있나요? 안 돌아가도 돼요?"

한참을 묻더니 아이는 벌떡 일어나며 말했다.

"여기 되게 멋있어요."

방 안은 아주 볼품없었지만 코제트는 자유로움을 느꼈던 것이다.

"빗자루로 쓸까요?"

아이가 문득 물었다.

"아니, 그냥 놀아."

장발장이 대답했다.

하루가 지나가면서 코제트는 더 이상 질문하지 않고 인형과 아저씨와 함께 있는 게 그냥 즐겁기만 했다.

그다음 날 아침도 장발장은 코제트의 침대 옆에 앉아 아이가 깨기를 기다리며 자는 모습을 바라보고 있었다. 그의 마음속에 뭔가 새로운 것이 움트고 있었다. 그는 25년 동안 외톨이로 지내며 단 한 번도 누구의 아버지나 남편이나 연인, 친구가 되어 보지 못하고 살았다. 감옥에서는 침울하고 포악한 인간일 뿐이었다. 누나와 조카들에 대한 기억도 점점 희미해지다가 이젠 완전히 잊혀져 버리고 말았다. 그들을 찾으려고 수소문도 해봤지만 결국 찾지 못하고 기억 속에서조차 사라져 버린 것이다.

그런데 코제트를 처음 봤을 때부터, 그 아이의 손을 잡고 데려오면서 그는 마음속에서 뭔가 움직이는 걸 느꼈다. 잠자고 있어 자신도 잘 몰랐던 사랑과 열정 같은 것이 눈을 뜨며 아이에게로 달려갔던 것이다. 그는 아이가 자고 있는 침대 옆에서 엄마의 마음 같은 감동과 뜨거운 기쁨을 느끼고 있었다.

그건 그의 인생에 다가온 두 번째 광명이었다. 첫 번째는 미리엘 주교를 만났을 때로, 그의 영혼에 관대함이라는 찬란한 빛을 뿌려주었었다.

그런 흥분되는 기쁨 속에서 며칠이 흘러갔다.

가련한 코제트 역시 사랑이란 감정을 전혀 모르고 있었다. 모두 자기를 외면하며 좋아해 주지 않았기 때문에 사랑할 어떤 대상이 없었던 것이다. 그러나 아이도 처음부터 장발장을 좋아했다. 난생처음 아이는 누군가를 좋아한다는 감정을 느낀 것이다. 마치 마음속에 꽃이 피어나는 것처럼.

아이가 보기에 장발장은 훌륭한 아저씨였다. 그리고 본능적으로 아버지를 찾고 있고, 장발장 역시 본능적으로 아이를 원했다. 그들은 두 손이 맞닿은 순간부터 영혼으로 합치되며 서로에게 끌려 갔던 것이다.

장발장의 이 은신처는 완벽하다고 할 만큼 안전했다. 밖으로 나가지 않는 한 이웃사람 눈에 띌 일은 전혀 없었다.

2층에 방이 여러 개 있는데, 그중 하나에 이것저것 집안일을 봐주는 노파 한 사람이 살고 있을 뿐 다른 사람은 아무도 없었다.

그 노파는 사실 집주인이지만 문지기에 불과했다. 크리스마스 전날 장발장은 노파에게 이 집을 빌렸다. 자기는 연금으로 사는데 증권투자를 했다가 큰 실패를 한 바람에 손녀를 데리고 와 살려고 이 집을 빌리는 것이라며, 6개월치 월세를 선불하고 노파에게 기본 가구를 방 두 개에 갖춰 달라고 부탁했던 것이다. 그가 도착하던 날 난로에 미리 불을 피워 놓았던 사람이 바로 그 노파였다.

또 몇 주일이 지나갔다. 누추한 집이지만 장발장과 코제트는 즐겁게 지내고 있었다. 코제트는 이제 아침부터 웃고 노래하고 재잘거리며 하루하루를 보냈다.

장발장은 아이에게 읽기를 가르치기 시작했다. 그리고 아이가 노는 것을 바라보며 그것을 일상의 낙으로 삼았다. 그는 아이에게 엄마 얘기를 들려주며 하느님께 기도를 하라고 했다.

코제트는 그를 아빠라고 불렀다. 다른 호칭은 알지 못했다. 장발장은 아이와 함께 놀고 아이의 말에 귀를 기울이며 아이를 사랑하고 있는 지금, 자신이 살아있다는 것에 새삼 행복을 느끼고 있었다.

팡틴느가 죽은 후 바로 감옥에 들어간 그는 또다시 증오와 환멸에 사로잡혀 주교에 대한 기억마저 흐려지고 있었다. 절망으로 인해 다시 타락하려는 즈음, 다행히도 그는 사랑을 알게 되었고 다시금 강해졌다. 이제 그는 아이의 기둥이고, 아이는 그의 지팡이가 되었다.

장발장은 낮에는 절대 외출을 하지 않았다. 그러나 저녁 무렵이면 매일 한두 시간씩 밖으로 나가 어떤 때는 혼자 걷기도 했지만 대개는 코제트를 데리고 산책을 했다. 그는 가로수 아래 가장 사람이 없는 곳을 골라 산책을 하고 어두워지면 성당에 들어갈 때도 있었다.

코제트는 점차 쾌활한 아이가 되어 갔다. 장발장은 아직도 검은 바지와 누르스름한 외투를 걸치고 낡은 모자를 쓰고 있었다. 그가 거지인 줄 알고 길거리에서 친절한 부인들이 그에게 1쑤짜리 동전을 줄 때도 있었다. 그럴 때 그는 공손히 절을 하며 그 동전을 받았다. 그러나 그가 진짜 거지들을 만나면 주위를 한번 둘러보고 동전을 얼른 주고는 그 자리를 떠났다. 동전은 거의 대부분 은전이었다. 하지만 그의 행동은 좋지 않은 소문을 불러일으켜 마을에서 그는 곧 적선 베푸는 거지로 알려지기 시작했다.

집주인 노파는 고약한 인상을 한데다 귀가 좀 멀고 수다스러웠다. 또 남의 일에 참견하기를 좋아해 코제트에게 꼬치꼬치 물어보았지만 몽페르메유에서 왔다는 것밖에는 아무것도 알아내지 못했다. 그런데 어느 날 아침, 장발장이 심란한 얼굴을 하고 빈 방으로 들어가자 노파는 그의 뒤를 슬며시 뒤따라가 문틈으로 들여다보았다. 장발장은 마침 노파 쪽으로 등을 돌리고 있었다. 그는 주머니에서 작은 상자 하나를 꺼내 그 속에서 가위와 실을 집더니 외투의 한쪽 안감을 터서 그 안에서 누런 종잇조각 하나를 끄집어냈다. 그건 분명 천 프랑짜리 지폐였다. 노파는 그걸 한두 번 본 적이 있었는데, 너무 놀란 나머지 무서워서 얼른 도망가 버렸다.

한참 후 장발장은 노파를 찾아 천 프랑짜리 지폐를 바꿔 달라고 하면서 마침 어제 받은 6개월치의 연금이라고 했다. 노파는 장발장의 심부름으로 돈을 바꾸러 나가서는 혼자 이런저런 추측을 해보았다. 어제 오후 여섯 시에 외출한 사람이 어떻게 그 시간에 연금을 받았을까. 아니야, 받았을 리가 없어. 그날 이후부터 노파의 수다는 동네 여자들 사이로 퍼져 나갔다.

그러다 어느 날 오후, 장발장은 복도에서 조끼 차림으로 장작을 패고 코제트는 그 옆에서 구경을 하며 앉아 있었다. 그 틈에 청소를 하고 있던 노파가 장발장의 외투를 살짝 뒤져 보았다. 옷 안감 부분을 더듬자 소매 겨드랑이 속에서 무슨 종이가 두둑하게 만져졌다. 지난번에 본 그 천 프랑짜리 지폐가 한 뭉치 들어 있는 모양이었다!

외투 주머니 속에는 그것 외에도 여러 가지가 들어 있었다. 바늘, 가위, 실, 큰 지갑 하나, 칼, 그리고 여러 색깔의 가발들이었다. 노파는 도대체 알 수가 없었다. 모든 게 의심이 갔지만 시간이 흐르면서 어느새 그해 겨울이 다 지나가고 있었다.

생 메다르 성당 근처에 방치되어 있는 우물가에 늘 쭈그리고 엎드려 있
는 거지가 하나 있었는데, 장발장은 그 앞으로 지나갈 때마다 늘 몇 푼씩
적선을 하고 가끔은 말을 건네기도 했다. 그런데 그 거지는 경찰 끄나풀
이라는 소문도 있었다. 나이는 일흔다섯 살이나 되는 늙은이였다.

어느 날 저녁 장발장은 코제트 없이 혼자 산책을 나갔다가 가로등 아
래에 엎드려 있는 그 거지를 보고 가까이 다가가 그 손에 돈을 놓아주었
다. 그런데 거지가 갑자기 고개를 들고 장발장을 뚫어지게 쳐다보더니 곧
머리를 떨어뜨렸다. 너무나 갑작스럽고 빠른 동작이라 장발장은 소스라
치게 놀랐다. 가로등 불빛에 어렴풋이 드러난 그 얼굴은 늙은 거지의 얼
굴이 아니라 그가 아는 어떤 얼굴, 그를 소름 끼치게 하는 그 얼굴로 보였
다. 그는 호랑이라도 마주친 듯 가슴이 쿵쾅거리며 돌처럼 굳어져 숨도
제대로 못 쉬고 입도 얼어붙은 채 넋이 나가 그 거지를 내려다보았다. 거
지는 누더기를 뒤집어쓴 채 그대로 엎드려 있었다. '내가 꿈을 꾼 거야! 그
럴 리가 없어!' 장발장은 어리둥절한 기분으로 집으로 돌아왔다.

얼핏 본 그 얼굴이 자베르였다고 단정 지을 수는 없었다. 그러나 아무
리 생각해도 그 거지한테 말을 시켜 얼굴을 다시 들게 하지 않은 것이 못
내 아쉬웠다.

다음 날 저녁, 그는 다시 그 거지에게 가서 돈을 주며 물었다.

"좀 어때요, 영감?"

거지는 얼굴을 들고 힘없는 목소리로 대답했다.

"덕분에 그럭저럭이요."

그 얼굴은 분명 거지의 얼굴이었다. 장발장은 안도감에 미소를 지었

다. '이 얼굴이 자베르로 보이다니, 내 눈이 벌써 멀어지고 있단 말인가?'

그 며칠 후 저녁 여덟 시 무렵이었다. 장발장이 코제트에게 큰 소리로 따라 읽기를 시키고 있는데 대문 닫히는 소리가 들리며 누가 층계로 올라오는 것이 들렸다. 노파는 저녁에 늘 일찍 자는데…….

장발장은 촛불을 끄고, 코제트에게 가서 자라고 속삭이듯 말하며 이마에 입을 맞추고 방으로 보냈다. 그 사이 발걸음 소리는 그쳐 있었다. 장발장은 어둠 속에서 숨을 죽이고 꼼짝 않고 있었다. 방문의 자물쇠 구멍으로 불빛이 보였다. 문 앞에서 누군가가 촛불을 들고 가만히 귀 기울이고 있는 게 보였다. 그렇게 한참을 보고 있는데, 불빛이 사라지면서 사람도 보이지 않았다. 이상한 건 발걸음 소리가 전혀 들리지 않았다는 것이다.

장발장은 옷을 입은 채로 침대에 누웠다. 그러나 잠을 이룰 수가 없었다.

새벽녘에 깜박 졸다가 복도 끝 쪽의 한 다락방 문이 열리는 소리에 잠을 깬 장발장은 재빨리 문 자물쇠 구멍으로 달려가 내다보았다. 그 구멍으로 웬만한 것은 다 보였다. 의문의 사나이는 장발장의 방 앞을 휙 지나쳐 갔다. 그런데 아직 어둑한 새벽이라 그 얼굴을 알아볼 수가 없었다. 사나이가 계단으로 갈 때 밖에서 들어온 빛에 그의 뒷모습이 어렴풋이 드러났다. 큰 키에 긴 외투를 걸치고, 울퉁불퉁한 지팡이를 든 그 사나이는 무시무시한 자베르의 모습, 바로 그것이었다.

아침에 청소를 하러 노파가 오자 장발장은 아무 말도 하지 않고 노파의 행동을 몰래 살펴보았다. 그러나 달라진 건 없었다.

바닥을 쓸며 노파가 말했다.

"밤중에 누가 들어오는 소리 들으셨죠?"

노파에게 저녁 여덟시는 한밤중이었다.

"아, 그래요. 대체 누구였어요?"

장발장은 자연스럽게 물었다.

"새로 방을 얻어 들어온 사람이에요."

"이름이 뭔데요?"

"뒤몽이라고 하던가, 하여튼 그 비슷해요."

"뭐하는 사람이래요, 그 사람?"

"선생님처럼 연금 받고 있다고 하던데요."

청소를 끝내고 노파가 나가자 장발장은 서랍 안에 두었던 백 프랑을 꺼내 주머니 속에 집어넣었다. 그는 동전 소리가 안 나도록 조심했지만 결국 5프랑짜리 은전이 떨어져 요란한 소리를 내며 마룻바닥으로 굴러갔다

저녁 무렵, 장발장은 거리로 나가 여기저기를 살펴본 후 아무도 보이지 않자 다시 집으로 들어갔다. 그리고 잠시 후 그는 코제트의 손을 잡고 다시 밖으로 나갔다.

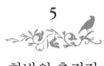

5

한밤의 추격전

집을 나온 장발장은 재빨리 오피탈 거리를 벗어나 작은 골목들을 여기저기 바꿔 가며 서둘러 걸었다.

마침 보름날 밤이었다. 멀리 지평선에서 서서히 달이 솟아오르며 긴 그림자를 드리웠다. 장발장은 어둠 속에서 담벼락에 바짝 붙어 가며 달빛이 비추는 곳을 계속 살펴보며 걸어갔다. 뒤따라오는 사람은 아무도 없

는 것 같았다.

코제트는 아무 말도 없이 얌전히 따라 걸었다. 아이는 이 남자와 있으면 모든 게 안전하다고 믿는 듯했다.

하지만 장발장도 코제트와 마찬가지로 자신이 어디로 가고 있는지 모르고 있었다. 코제트가 자신에게 몸을 맡기고 있듯 그는 하느님에게 자신을 맡기고 있었다. 어둠 속의 그 남자가 자베르인지 확실하지도 않았고, 또 설사 자베르가 맞다 하더라도 그가 자신을 알아보았는지도 확실치 않았다. 장발장은 세상에서 사라지고 없다고 사람들은 알고 있고, 또 그는 변장을 하고 있지 않았던가. 어쨌든 그는 고르보의 저택으로 돌아가서는 안 된다는 결정을 했다.

장발장은 수없이 얽혀 있는 미로들을 누비고 다녀 누군가 자기를 뒤쫓아왔다 해도 이미 놓쳐 버렸을 거라고 생각했다.

생테티엔느 뒤 몽 성당에서 열한 시를 알리는 종소리가 울릴 때 그는 퐁투아즈 거리의 파출소를 피해 멀리 돌아가면서 본능적으로 뒤를 돌아보았다. 그때 웬 남자 세 명이 따라오고 있는 게 파출소에서 비추는 불빛 때문에 드러났다. 그중 하나가 파출소 안으로 들어가는 게 보였다.

장발장은 코제트의 손을 잡아끌며 그 구역을 뱅뱅 돌아 나가서 사거리를 지나 재빨리 어떤 문 아래로 들어가 숨었다. 그 남자들이 계속 뒤따라오고 있다면 그 사거리를 지나 올 때 그들이 누구인지 알아볼 수 있을 것이기 때문이었다.

과연 몇 분도 안 돼 그들의 모습이 나타났다. 그런데 한 명이 늘어 네 명이었다. 모두 몸집이 크고 밤색 외투를 입었으며 둥그런 모자에 울퉁불퉁한 지팡이를 들고 있었다. 그들은 사거리에 이르러 걸음을 멈추고 무슨 일인가를 의논하는 듯했다. 그중 한 명이 나서서 여기저기를 손가락으로 가리키며 뭔가를 지시했다. 순간 그 얼굴이 달빛 아래로 환히 드러나면서 장발장은 그게 자베르의 얼굴이란 것을 알아보았다.

다행히 그들은 거기서 우왕좌왕하고 있었고, 장발장은 그 틈에 시간을 벌어 더 멀리로 도망칠 수 있었다. 그런데 어린 코제트가 어느덧 지쳐질질 끌리다시피하자 장발장은 아이를 들어 안고 걸었다. 거리엔 이제 지나가는 사람도 없고 가로등도 켜 있지 않았다.

그는 부지런히 걸어 거리를 빠져나가 강둑으로 갔다. 거기도 사람이라곤 아무도 없었다. 그는 숨을 헐떡이며 다리지기에게 다가가 통행료로 1쑤를 냈다.

"이 쑨데요. 안고 있는 아이도 걸을 수 있는 나이라 두 사람 몫을 내야 하거든요."

장발장은 이 다리를 건너가는 것이 괜한 단서를 남기는 건 아닐까 불안해 하며 1쑤를 더 냈다.

그때 마침 큰 마차 하나가 그 다리 위에서 센 강을 건너는데 오른쪽으로 가고 있어 장발장은 그 마차의 그림자 속에 붙어 다리를 건너갔다. 다리 중간쯤을 건너는데 코제트가 발이 저리는 바람에 내려서 걸었다. 그들은 다리를 지나자마자 휑한 공간에서 눈에 띨까봐 얼른 좁은 골목으로 들어섰다. 어둑하고 높은 담이 늘어서 있는 곳이었다. 그리고는 뒤를 돌아보니 네 남자가 막 다리 입구로 들어서고 있는 게 보였다. 장발장은 온몸이 떨려 왔다.

약 300보쯤 걷자 길이 두 갈래로 갈라지는 지점이 나왔다. 그는 전혀 망설이지 않고 변두리 쪽, 즉 사람이 없는 오른쪽으로 방향을 잡았다. 코제트의 걸음이 느려지자 장발장은 다시 아이를 안았다. 코제트는 그의 어깨에 머리를 기대고는 아무 말도 없었다.

그는 여전히 그늘 속으로 걸으며 이따금 뒤를 돌아다보았다. 서너 번 돌아다보았으나 계속 아무도 보이지 않았다. 그러다 어느 순간 그가 다시 돌아다보았을 때 멀리 어두컴컴한 속에서 뭔가 움직이는 것이 눈에 띄었다. 그는 이제 걷는 게 아니라 뛰어갔다. 어디든 샛길로 빠져서 자취를 감춰야 했다.

눈앞에 담이 나타났다. 골목이 끝나는 곳에서 담벼락이 마주 보이며 양쪽으로 다시 길이 나 있었다. 오른쪽 길은 헛간 같은 건물 사이로 나 있는데 끝에는 하얀 담이 가로막고 있었다. 왼쪽 길은 쭉 뻗어 가다가 큰길로 다시 통했다. 그는 왼쪽 길로 돌아서려고 했는데, 그때 막 길 끝 모퉁이에 바짝 붙어 있는 사람의 그림자가 눈에 들어왔다. 누군가가 거기서 기다리고 있는 게 분명했다.

장발장은 뒷걸음질을 쳤다. 하지만 뒤로 돌아갈 수도 없었다. 자베르의 조직일 게 틀림없는 남자들이 이미 골목으로 들어섰을 것이기 때문이다. 짐작컨대 자베르는 이곳의 지리를 훤히 알고 있어 부하 하나를 저쪽 길로 보내 지키게 했던 것이다. 오른쪽 길은 막다른 골목이고, 왼쪽 길은 누군가 지키고 있고, 뒤에서는 자베르가 조여오고 있었다. 장발장은 절망스런 심정으로 하늘을 올려다보았다.

곧 사람들이 웅성거리는 소리가 들려왔다. 장발장이 길 모퉁이에 숨어서 조심스레 살펴보니 7, 8명의 순경들이 골목으로 막 들어서고 있었다. 큰 키의 자베르가 보이며, 그들은 담 구석과 문 들을 샅샅이 뒤지며 살펴보느라 자주 멈춰 섰다. 그들 중엔 도중에 합류한 순찰병들도 포함되어 있는 듯했다.

장발장이 있는 곳까지 오려면 그들의 걸음 속도로 보아 15분쯤 걸릴 것 같았다. 인생의 세 번째 절벽 앞에 장발장은 서 있었다. 이번에 다시 감옥에 들어간다면 그는 코제트를 영원히 잃게 될 것이다. 그러니 지금 할 수 있는 단 한 가지는 앞에 있는 벽을 뛰어넘는 것밖엔 없다.

다행히 담벼락이 약간 휘어져 있어 길 양쪽 끝에서는 이곳이 잘 보이지 않았다. 여러 번 탈옥 경험이 있는 장발장은 사다리 없이도 맨몸으로 벽의 모서리를 잡고 7, 8층 높이까지는 거뜬히 올라갈 수 있었다. 그는 좀 안쪽으로 휘어져 들어가 보리수 나뭇가지가 뻗어 나온 담의 높이를 눈짐작으로 대강 재 보았다. 열여덟 자가량 돼 보였다. 그리고 담이 꺾여 이어진 모서리 아래쪽에는 세모 모양으로 덧붙여진 곳이 있었다. 아마도 이용하기 좋은 그 구석으로 들어가 볼일을 보지 못하도록 막아 놓은 것 같았다.

그 세모 모양이 다섯 자 정도 높이니 그 위에서 담까지는 열세 자 정도 되었다. 그런데 코제트를 안고 올라가는 건 불가능했다. 줄이 하나 있어야 했다. 하지만 한밤중에 줄을 어디서 구한단 말인가!

장발장의 절망한 눈길이 가서 멈춘 것은 막다른 골목 안의 켜 있지 않은 가로등이었다. 그 당시에는 아직 가스등이 없었고 해가 지면 기둥 홈에 끼워 놓은 줄을 올렸다 내렸다 하면서 반사등에 불을 켰다. 그 줄을 올리고 내리는 고리는 반사등 아래 작은 상자에 들어 있고 열쇠는 가로등 관리인이 갖고 있었다.

장발장은 번개같이 그리로 달려가 칼 끝으로 그 상자를 열고 줄을 벗겨낸 다음 다시 코제트에게로 달려왔다. 그러는 동안 어둡고 낯선 장소에서 장발장이 허둥대며 하는 일들이 코제트에게 불안감을 안겨 주기 시작했다. 다른 아이들 같으면 벌써 울음을 터뜨리거나 했겠지만 코제트는 장발장의 외투를 붙잡고 떨기만 했다. 자베르의 발걸음 소리는 점점 가까이 들려오고 있었다.

코제트가 속삭이듯 물었다.

"아빠 무서워요. 저게 무슨 소리에요?"

"쉿! 떼나르디에 아줌마가 오는 소리야."

코제트는 더 바짝 장발장의 옷을 붙잡았다.

"가만히 있어. 소리를 지르거나 울면 떼나르디에 아줌마가 쫓아올 거야. 너를 다시 데려가려고 말이야."

그는 넥타이를 풀어 코제트의 겨드랑이 밑으로 돌려 잡아매고는 그 넥타이를 줄 한쪽 끝에 매고 다른쪽 끝은 입으로 문 채, 구두와 양말은 벗어 담 너머로 던진 다음, 덧담 위에 올라서서 담 모서리를 타고 순식간에 담 위로 기어올라갔다. 코제트는 입을 꼭 다물고 어리둥절하니 그를 바라보고만 있었다. 떼나르디에 아주머니의 이름만 들먹여도 아이를 얼어붙게 만들었다.

장발장이 거의 속삭이는 목소리로 말했다.

"담에다 등을 돌려."

코제트는 시키는 대로 했다.

"소리 내면 안 돼. 무서워하지 말고."

아이는 자신의 몸이 끌려 올라가는가 싶더니 어느새 담 위에 올라와 있는 걸 알았다.

장발장은 아이를 업고, 아이의 조그만 두 손을 왼손으로 모아 잡고서 엎드려 담 위의 쑥 들어간 곳까지 기어갔다. 거기에 집 한 채가 있는데 완만한 경사의 지붕이 보리수나무에 바짝 붙어 뻗어 있었다.

그때 웅성거리는 소리와 함께 자베르의 고함이 울려 퍼졌다.

"막다른 골목 안을 뒤져 봐! 빠져나갈 길은 전부 차단됐으니까 이 골목 안에 있는 게 틀림없다!"

순경들이 골목 안으로 허겁지겁 달려들었다.

장발장은 코제트를 업고 지붕을 조심스레 내려가 보리수 나뭇가지를 붙잡고 땅으로 뛰어내렸다. 코제트는 겁에 질려 있어 숨도 제대로 못 쉬었다. 아이의 팔에 가벼운 상처가 나 있었다.

그들이 들어간 곳은 아주 넓고 썰렁해 보이며 묘한 분위기가 나는 정원이었다. 정원 안쪽에는 포플러 나무들이 늘어서 있고 여기저기에 나무 덤불들이 있으며, 가운데 공터 같은 곳에는 채소밭과 달빛에 유리 덮개가 보이는 메론 밭이 있고, 이끼가 퍼렇게 끼어 있는 돌 벤치들이 군데군데 놓여 있었다.

그가 지붕을 타고 내려온 그 집은 일종의 폐가로 장작이 쌓인 채 그대로 있고, 벽이 떨어져 나간 방이 몇 개 있으며, 헛간도 하나 있었다. 정원 안쪽 멀리는 어두운데다 안개에 휩싸여 있어 거의 보이지 않았다. 정원은 믿어지지 않을 정도로 황량하고, 사람이 다닌 흔적도 없어 보였다.

장발장은 구두와 양말을 찾아 신고 코제트와 함께 헛간으로 들어갔다. 코제트는 아직도 두려움에 떨며 그에게 바짝 붙어 있었다. 담 너머에서는 부산하게 찾아 대는 순찰대의 요란한 발걸음 소리와 자베르의 고함 소리가 쩡쩡 울리고 있었다.

그렇게 10분 정도가 지나자 그 시끄럽고 가슴 졸이게 하던 소리도 차츰 잠잠해졌다. 그동안 장발장은 숨을 죽이고 코제트의 입을 손으로 막고 있었다. 이제 공포의 소리들은 모두 물러가고 고요한 정적이 감돌고 있었다.

그때 깊은 적막 속에서 형언할 수 없을 만큼 거룩한 어떤 소리가 하늘에서 내려오는 듯 들려왔다. 그것은 어둠과 두려움 속에서 울려 나오고 있는 기도와 찬송 소리였다. 너무나 맑고 신비로워 마치 천사의 소리처럼 멀리서 들려왔다.

코제트와 장발장은 무릎을 꿇었다. 그것이 무슨 소리인지는 알지 못했지만 엄숙하고 경건한 마음이 절로 들어 그들은 자신도 모르게 무릎을 꿇었던 것이다. 노랫소리가 계속 들리는 동안 장발장은 아무 생각도 하지 않고 어두운 밤이 아닌 파란 하늘을 보고 있었다. 마치 하늘을 날 수 있는 날개가 돋아나는 것 같았다. 얼마 후 노랫소리가 사라지고 사방은 다시 고요해졌다. 이제 담 밖의 거리와 정원엔 아무것도 없었다.

한밤중에 북풍이 불어왔다. 새벽 한두 시쯤 된 것 같았다. 가련한 코제트는 아무 말도 없이 장발장에게 기대어 앉아 있었다. 잠이 들었나 하고 그가 들여다보니 아이는 두 눈을 동그랗게 뜨고 아직도 떨고 있었다. 그 모습에 가슴이 아파 장발장이 물었다.

"졸리지 않니?"

"너무 추워요."

아이는 여전히 속삭이듯 낮은 소리로 말하고는 잠시 후 다시 입을 열었다.

"아직도 거기 있어요?"

"누가?"

"떼나르디에 아주머니요."

장발장은 코제트를 조용히 시키기 위해 그 말을 했던 걸 잊어버리고 있었다.

"아! 아주머니? 아까 가 버렸어. 이제 무서울 건 없어."

아이는 가슴을 누르고 있던 것이 내려진 것처럼 한숨을 폭 내쉬었다.

헛간의 땅바닥은 축축하고 사방에서 바람이 들어와 몹시 추웠다. 장발장은 외투를 벗어 코제트에게 덮어 주었다.

"좀 덜 춥지?"

"네!"

"잠시 기다리고 있어. 금방 돌아올게."

그는 좀 더 따뜻한 곳이 없을까 하며 정원 안쪽으로 가서 건물 벽을 살펴보았다. 문은 모두 잠겨 있고 맨 아래층 창문에는 창살이 붙어 있었다.

건물 안쪽으로 모퉁이를 돌자 아치형 창문에 불빛이 비치는 게 보였다. 그는 뒤꿈치를 들고 창문 안을 들여다보았다. 안에는 넓은 돌이 깔려 있고 여러 개의 기둥이 서 있으며 구석에 희미하게 비치는 등불이 켜 있지만 아무런 인기척도 없었다. 그런데 자세히 보니 돌바닥 위에 하얀 천을 입은 사람의 형상 같은 것이 있었다. 얼굴을 돌에 대고 엎드려 팔은 양쪽으로 벌린 채 죽은 듯 움직이지 않고 있었다. 희멀건 불빛과 함께 안개가 자욱이 끼어 있어 더 오싹하게 보였다.

장발장은 등골이 서늘하면서도 그것이 움직이나 하고 가만히 지켜보았다. 한참을 쳐다봐도 그 형상은 꿈쩍도 하지 않았다. 그러다 순간 장발장은 극심한 공포심에 사로잡혀 누가 뒤에서 잡는 것처럼 헛간 쪽으로 내달렸다. 정신없이 헛간에 도착한 그는 온몸에서 땀이 배어나왔다. 도대체 이곳은 뭘까? 파리 한복판에 무덤 같은 곳이 있다니!

그가 헛간 안으로 들어가 보니 코제트는 돌을 베고 잠들어 있었다. 아이 옆에 앉아 잠든 얼굴을 들여다보고 있으니 마음이 좀 가라앉았다. 장발장은 앞으로 자신의 생활이 어떻게 되어 갈 것인지를 똑바로 인식하고 있었다. 코제트가 있는 한 자신의 인생은 오로지 그 아이를 위해서 살게 될 것이었다. 아이에게 코트를 벗어 덮어 주었지만 그는 추운 것도 못 느끼고 있었다.

한참 몽상에 잠겨 있는데, 정원 쪽에서 뭔가 이상한 소리가 들려오고 있었다. 가만히 들어보니 가축의 목에 달린 작은 방울 소리와 비슷했다.

벽 한쪽의 깨진 구멍으로 들여다보자 정원에 웬 사람이 하나 있었다. 그는 멜론 밭의 유리 덮개 옆을 지나며 허리를 굽혔다 폈다 하고 있었다. 약간 저는 걸음으로 그는 땅바닥에 뭔가를 늘어놓는 것 같았다.

장발장은 소름이 끼쳤다. 자베르가 아직 떠나지 않았을지도 모른다. 그리고 순찰병들 몇 명이 아직 길에 남아 있을지도 모른다. 저 남자가 우리를 발견하고 도둑이 들었다고 소리친다면……. 그는 코제트를 살며시 안아 들어서 안쪽 구석에 쌓여 있는 가구들 뒤로 가서 눕혔다. 다행히 아이는 아무 소리도 내지 않았다.

장발장도 거기 숨어 그 방울 울리는 남자를 살펴보았다. 방울 소리는 남자가 움직일 때마다 울리고 걸음을 멈추면 따라서 그쳤다. 그런데 저 남자는 왜 동물들처럼 방울을 달고 있는 것일까?

그런데 코제트의 손을 잡던 장발장은 깜짝 놀랐다. 아이의 손이 차디 찼던 것이다.

"코제트!"

그가 나직히 불렀지만 아이는 깨어나지 않았다. 놀라고 당황한 장발장은 아이를 마구 흔들어 보았다. 그래도 아이는 도대체 깨어나지를 않았다.

"죽었단 말인가!"

그는 중얼거리며 온몸이 얼어붙는 듯했다.

아이가 새파랗게 질려 있는 것 같아 몸을 숙여 숨소리를 들어보니 너무 약하게 쉬고 있어 금방이라도 끊어질 것만 같았다.

어떻게 따뜻하게 해주지! 어떡하면 좋을까? 그는 황급히 헛간 밖으로 뛰쳐나갔다. 무조건 10분 안에 코제트를 불 옆에 재워야 했다.

그는 정원에 있는 그 남자에게 다가갔다. 손에는 주머니에서 꺼낸 돈 뭉치를 들고 있었다. 그 남자는 일에 열중해 있어 장발장이 다가오는 걸 보지 못하고 있었다. 장발장은 남자 옆까지 가서 손을 내밀며 말했다.

"백 프랑이오!"

남자가 깜짝 놀라며 고개를 들었다.

"오늘 밤 나를 재워 주면 백 프랑을 드리겠소."

간절히 애원하는 장발장의 가련한 얼굴을 달빛이 환히 비추고 있었다. 그 남자가 또다시 놀라며 말했다.

"아니, 마들렌느 씨 아니십니까!"

어딘지 알 수도 없는 으슥한 곳에서, 그것도 처음 보는 사람의 입에서 마들렌느라는 이름이 느닷없이 튀어나오자 장발장은 뒷걸음질을 쳤다. 그 남자는 허리가 구부정하고 다리를 저는 노인인데 농부 차림의 옷에다 왼쪽 무릎에 가죽을 대고 큰 방울도 하나 달고 있었다. 얼굴은 어두워 잘 보이지 않았다. 그 남자가 모자를 벗더니 다시 말했다.

"어떻게 여기를 들어오셨습니까, 마들렌느 씨? 도대체 어디로 어떻게 해서 들어오셨어요? 그 옷차림은 또 무슨 일입니까? 넥타이도 없고 모자도 안 쓰시고, 모르는 사람들이 보면 놀라겠는데요."

"당신은 누구요? 그리고 여긴 어디요?"

"허 참, 선생께서 나를 여기다 넣어 주시지 않았습니까? 아니 저를 못 알아보십니까?"

"모르겠소. 당신은 어떻게 나를 알고 있소?"

"선생께서 제 목숨을 살려 주셨지요."

남자가 몸을 옆으로 돌렸다. 달빛이 그의 얼굴을 비췄다. 그제야 장발장은 그가 포슐르방 노인이란 걸 알아보았다.

"아! 당신이군요! 이제 알아보겠네."

"이제야 겨우 알아보셨습니까?"

"그런데 지금 뭘 하고 있는 거요?"

"멜론을 덮어 주고 있습니다."

포슐르방 영감은 멜론 밭에 가마니를 덮어 주고 있던 참이었다.

영감이 말을 이었다.

"서리가 내릴 것 같아서요. 마침 달빛도 밝고 해서 좀 덮어 줘야겠다고 생각했죠."

"그 무릎에 달고 있는 방울은 뭐하는 거요?"

장발장의 물음에 영감이 방울을 한 번 흔들어 보였다.

"이 소리를 들으면 비키라는 뜻이죠."

"사람에게 비키라고!"

"여기는 여자들밖에 없거든요. 처녀들 말이지요. 그래서 제가 가면 위험하니 방울 소리를 듣고 모두 피하게 하는 것입니다."

"도대체 뭐 하는 집인데요?"

"아니, 저를 여기 정원사로 넣어 주셨으면서! 여기가 프티 픽퓌스 수도원 아닙니까?"

이제야 장발장은 생각이 환히 정리되는 것 같았다. 신의 도움으로 그는 생땅뚜안느 지역의 그 수도원으로 들어가게 되었고, 거기서 바로 포슐르방 영감을 만나게 된 것이었다.

"여기가 프티 픽퓌스 수도원이라고!"

"그렇다니까요. 그런데 도대체 어떻게 여길 들어오셨습니까, 마들렌느 씨? 남자는 여기에 절대 들어올 수 없는데요."

"영감은?"

"저 하나밖에 없죠."

"나도 여기에 좀 있어야겠소."

"아니!"

포슐르방이 깜짝 놀라자 장발장이 그에게 바짝 다가서며 위엄 있는 목소리로 말했다.

"포슐르방 영감, 내가 당신 목숨을 살려 주었소."

"제가 먼저 말씀을 드렸죠."

"이젠 영감이 내게 은혜를 베풀어 줄 차례요."

영감은 쭈글쭈글한 손으로 장발장의 억센 두 손을 꽉 잡으며 외쳤다.

"오! 하느님, 제가 은혜를 조금이라도 갚을 수 있다면 그건 주님이 주시는 축복인 줄 아옵니다! 선생의 목숨을 제가 구할 수 있다면 뭐든 다 하겠습니다! 무엇을 도와드릴까요?"

영감의 얼굴이 기쁨의 빛으로 환해졌다.

"당신 방이 어디요?"

"저쪽 옛 수도원 뒤에, 잘 보이지 않는 구석에 오두막이 하나 있는데 거기에 살고 있죠. 방이 세 개 있고요."

정말이지 그 오두막은 일부러 숨겨 놓은 듯 눈에 잘 띄지 않는 곳에 있었다.

"자, 이제 내 말을 잘 들으시오. 우선 내 얘기를 아무한테도 말하지 말고, 또 나에 관해 아무것도 묻지 마시오."

"알겠습니다. 선생께선 절대 나쁜 짓을 할 분이 아니시죠. 선생께선 항상 올바른 신앙심을 가지고 계시니까요."

"자, 좋습니다. 이리 오시오. 아이를 데려와야 하니까."

"아이가 있다고요?"

포슐르방 영감은 장발장을 따라 헛간으로 왔다. 개가 주인을 따르는 것처럼.

잠시 후 불이 활활 타오르고 있는 벽난로 옆 포슐르방의 침대에서 코제트는 다시 얼굴이 불그스레해진 모습으로 자고 있었다. 장발장은 넥타이를 매고 외투도 입고 모자도 다시 챙겨 놓았다. 포슐르방 영감은 방울 달린 무릎 덮개를 벗어 벽에다 걸어 놓고 테이블 위에 치즈와 검은 빵과 포도주 한 병, 술잔 두 개를 차려 놓았다. 그러고는 장발장의 무릎에 손을 올리며 말했다.

"아니 마늘렌느 씨! 제 목숨을 구해 주시고도 저를 잊어버리시다니! 섭섭합니다! 목숨을 건진 저는 선생을 절대로 잊지 못하죠!"

팡틴느가 죽던 날 밤, 바로 그 자리에서 자베르에게 체포된 장발장은 그 후 곧바로 몽트뢰유 쉬르 메르의 감옥을 탈출했다. 그러자 경찰은 가까운 대도시인 파리로 집중 수사를 펼쳤고 자베르도 수사의 편의를 위해 파리 경찰서로 자리 배치를 받았다. 자베르는 장발장을 체포하는 데 큰 공헌을 했기 때문에 그를 전부터 봐주고 있던 경시총감의 비서 샤부에 씨가 또 한번 그를 인정해 파리 경찰서로 불러들였던 것이다.

그동안 자베르는 다방면으로 활약하며 장발장 따위는 이미 잊어버리고 있었다. 그러다 1823년 12월 어느 날, 우연히 신문을 읽다가 장발장의 이름을 보게 되었다. 그 기사는 죄수 장발장이 죽었다는 내용이었으므로 그는 잘됐다고 생각하며 아무런 의심도 하지 않고 또다시 그의 존재를 잊어버리고 있었다.

그런데 얼마 후 어린이 유괴 사건에 관한 보고가 파리 경시청에 접수되었다. 몽페르메유의 한 여관 주인이 7, 8세 된 여자아이를 맡아 기르고 있었는데 유괴를 당했다는 것이었다. 아이의 이름은 코제트이고, 아이의 엄마인 팡틴느라는 여자는 언제 어디서인지는 모르지만 죽었다는 내용이었다.

　자베르는 그 보고서를 보고는 팡틴느라는 이름이 기억에 되살아났다. 장발장이 그 여자의 딸을 데려올 수 있도록 3일 간만 시간을 달라고 했던 말이 떠올랐다. 또 파리에서 몽페르메유로 가는 마차에서 그가 잡혔다는 소식도 들은 적이 있었다. 그런데 장발장이 몽페르메유와 무슨 연고가 있었던 것일까? 아무도 그 이유를 몰랐는데, 자베르는 순간 알 수 있었다. 팡틴느의 딸이 몽페르메유에 있었고, 장발장은 그 아이를 데리러 갔던 것이다.

　하지만 그 아이가 어떤 남자에게 유괴당했다고 하는데, 그 남자는 누구였을까? 장발장이었을까? 장발장은 죽었는데…… 자베르는 아무에게도 말하지 않고, 은근히 기대를 품으며 혼자 몽페르메유로 갔다. 그러나 아무런 소득도 없었다.

　떼나르디에 부부가 한동안 마구 화를 내며 온 동네에 떠들고 다녀 처음엔 '종달새'가 없어졌다는 소문이 자자하게 퍼져 있었는데, 그게 입에서 입으로 옮겨 다니며 갈수록 꼬리를 달아 나중엔 아예 아이가 유괴를 당했다는 보고가 경찰에까지 올라가게 되었던 것이다. 그때쯤 되자 화도 어느 정도 풀어진 떼나르디에는 그런 결과가 자신에게 결코 이로울 게 없다고 판단했다. 왜냐하면 경찰이 자신에 관한 모든 것을 주시할 것이며, 아이를 내준 대가로 1500프랑이나 받은 걸 설명해야 하기 때문이었다.

　그래서 그들 부부는 생각을 싹 바꾸기로 했다. 그 후로는 누가 유괴당한 아이 얘기를 꺼내면 무슨 말인지 도통 이해를 못하겠다는 표정을 지으며, 아이를 너무나 귀여워했는데 어느 날 그 애 할아버지가 갑자기 와서 정든 아이를 데려가 버리는 바람에 처음엔 화가 엄청 났지만 할아버지가 데려갔으니 어쩔 수 없는 일이라고 말하고 다녔다.

그래서 자베르가 몽페르메유에 왔을 때 그 할아버지가 어떤 사람이었냐고 묻자 떼나르디에는 조금도 주저하지 않고, 그는 부유한 농민이며 통행권도 있고 이름은 랑베르였다고 말했다. 자베르는 그 말을 듣고 장발장에 대한 의심을 완전히 털어냈다. 그리고 파리로 돌아오며 역시 장발장은 죽은 게 틀림없다고 믿었다.

그렇게 장발장을 잊고 있었는데, 1824년 3월에 생 메다르에 '적선을 하는 거지'가 살고 있다는 이야기가 들려왔다. 소문에 의하면, 그 남자는 연금을 받고 있는데 이름은 아무도 모르고 여덟 살쯤 된 여자아이를 데리고 살고 있으며 아이는 자기가 몽페르메유에서 왔다는 것 말고는 아무것도 모른다는 것이었다. 몽페르메유라는 말을 듣고 자베르는 또 귀가 쫑긋했다.

그 남자에게서 적선을 받고 있는 거지는 사실상 경찰의 끄나풀 노릇을 하고 있는 늙은이였다. 그래서 자베르는 그자를 불러 자세한 이야기를 들었다. 연금을 받고 있는 그 남자는 저녁에만 외출을 하고 가끔 가난한 사람들과 얘기를 할 뿐 아무하고도 말을 섞지 않으며, 그가 걸치고 있는 낡은 외투의 안감 속에는 지폐가 한 움큼 들어 꿰매져 있다는 것이었다. 그 마지막 말에서 자베르는 호기심이 들어, 어느 날 그 거지로 감쪽같이 변장을 하고 같은 자리에 엎드려 있었다.

그날 그 '수상한 남자'가 자기에게로 다가와 적선을 하자 자베르는 잠깐 고개를 들고 쳐다보았다. 장발장을 알아본 자베르는 역시 큰 충격을 느꼈다. 하지만 어두워 잘못 봤는지도 모르고, 장발장이 죽었다는 건 이미 알려진 사실이었으므로 원리원칙에 충실한 자베르로서는 아무리 의혹이 간다 해도 함부로 그 남자를 체포할 수는 없었다.

자베르는 곧바로 그 남자의 뒤를 밟아 고르보의 저택까지 가서 노파에게 캐물었다. 노파는 자기가 실제로 천 프랑짜리 지폐를 보았다면서 그의 외투 안에 백만 프랑은 들어 있을 거라고 떠벌렸다. 자베르는 그 저택의 방 하나를 빌려서 그날 저녁 들어가 그 수상쩍은 남자의 목소리라도 들으려고 문 앞에 귀를 댔지만 장발장이 눈치를 채고 입을 다문 바람에 계획이 수포로 돌아가고 말았다.

그 이튿날 장발장은 그 집에서 도망쳐 나왔지만 그가 5프랑짜리 동전을 떨어뜨렸을 때 그 소리를 들은 노파가 그의 도주계획을 눈치채고 얼른 자베르에게 알렸다. 어두워진 다음 장발장이 밖으로 나갔을 때는 자베르가 이미 부하 두 명과 함께 가로수 뒤에 숨어서 기다리고 있을 때였다.

자베르는 경시청에 지원을 요청하면서 체포하려는 자의 이름은 밝히지 않았다. 죽었다고 알려진 늙은 탈옥수를 체포한다는 것은 대단히 영광스런 일이므로 파리 경찰에 소문이 퍼지면 고참들이 부하인 자베르에게 그 일을 맡겨 두지 않을 것이기 때문이었다.

아무튼 자베르는 장발장의 뒤를 쫓아 계속 골목을 누비며 다니면서도 그를 즉시 체포하지는 않았는데 그건 아직 확신이 서지 않아서였다. 그 당시에는 언론의 자유가 강조되고 있을 때였으므로 경찰도 행동의 제약을 받고 있었다. 자칫 엉뚱한 사람을 체포라도 했다가는 즉시 언론에 보도되어 문제가 의회로까지 확대될 수 있으므로 경찰에서도 조심하고 있었다. 개인의 자유를 침해하는 중대한 문제가 발생하기 때문이었다. 경찰은 바짝 몸을 도사리고 있었고, 실수가 발생되면 곧바로 파면되는 상황이었다.

그러다 길거리 한 술집에서 비쳐 나온 불빛에 남자의 얼굴이 얼핏 드러났고, 그게 분명 장발장이라는 것을 자베르는 곧 알아보았다. 그는 먹이를 만난 호랑이처럼 온몸이 격렬한 흥분으로 떨려 왔다. 비로소 그 무시무시한 장발장을 눈앞에 둔 것이었다. 그런데 지원군이 세 명밖에 안 되자 퐁투아즈 거리의 파출소에 들어가 원군을 요청했다. 그 잠깐 사이에 하마터면 사냥감을 놓칠 뻔했다.

그러나 자베르는 직감적으로 도망자가 강을 건너갈 것이라고 생각하고 곧장 오스테를리츠 다리로 갔다. 다리지기로부터 여자 아이를 안고 있는 사람에게서 2쑤를 받았다는 대답을 듣고 자베르는 즉시 다리로 들어섰다. 그리고 멀리서 장발장이 코제트의 손을 잡고 달빛에 훤히 드러난 공터를 지나 막 골목길로 들어가는 것을 보았다. 그 골목 끝에서 오른쪽은 막다른 길이 나오고, 왼쪽은 픽퓌스의 작은 길로 이어져서 빠져나갈 수 있는 길은 왼쪽밖에 없다는 것을 자베르는 알고 있었으므로 미리 가서 그 길을 지키도록 경관 하나를 다른 길로 돌아가도록 급히 보냈다. 그는 교대하고 돌아가는 인근 순찰병까지 붙잡고 지원을 해 주도록 부탁했다. 그쯤 되면 장발장은 독 안에 갇힌 쥐 신세라고 자베르는 확신했다. 오른쪽 길은 막혔고, 왼쪽 길은 부하 경관이 지키고 있고, 뒤에는 자베르 자신이 있었으니 장담을 할 만도 했다.

자베르는 서서히 장난을 치기 시작했다. 황홀하고도 냉정한 시간을 즐기며 그는 천천히 걸어갔다. 이미 자기 손 안에 들어 있는데 상대는 아무것도 모르고 자유롭게 돌아다니고 있다고 생각하니 저절로 쾌감이 솟구쳤다. 그는 구석구석을 청소하듯 샅샅이 뒤지면서 천천히 전진해 나갔다.

그리고 마침내 골목 끝에 도달했다. 하지만 장발장의 자취는 온데간데 없었다. 거미집 한가운데에 걸려 있어야 할 파리가 보이지 않았던 것이다.

자베르의 실망과 분노는 상상을 하고도 남을 정도였다. 대체 장발장이란 놈은 마술사란 말인가! 자베르는 장발장을 상대로 한 싸움에서 실수를 범하고 말았다. 거지로 변장하고 그를 알아봤을 때 즉시 체포했어야 했다. 그뿐 아니라 고르보의 저택에서도, 또 퐁투아즈 거리에서 불빛으로 확실히 알아보았을 때도 곧바로 체포해 버렸어야 했다. 자신의 능력을 과대평가하여 장난치듯 너무 여유를 부린 것도, 또 자신의 능력을 너무 과소평가해 지원군을 필요로 한 것도 모두 실수였다.

어쨌거나 자베르는 포위망을 뚫고 나간 그 죄수가 멀리까지 가지는 못했을 거라고 생각하며 그 일대를 밤새 수색했다. 우선 가로등을 작동시키는 줄이 끊어져 불이 들어와 있지 않은 점이 눈에 띄어, 그 점을 중요한 단서로 잡고 담벼락 안쪽을 집중적으로 수색했다. 담이 낮고, 그 안에 정원이 있으며, 정원 울타리는 넓은 황무지로 이어져 있었다. 장발장은 그쪽으로 도망친 게 분명해 보였다. 만약 장발장이 골목의 막다른 곳으로 더 들어갔다면 아마도 그 황무지로 넘어가는 것이 쉬웠을 것이다. 그랬다면 결국 잡히고 말았을 것이다. 그래서 자베르는 그 정원과 황무지를 바늘 찾듯 샅샅이 뒤졌다.

날이 샐 때까지 수색을 했으나 찾지 못하자 그는 똘똘한 부하 두 명을 그곳에 남겨 살피게 하고 자신은 마치 도둑에게 되레 잡힌 탐정처럼 겸연쩍게 다시 경시청으로 돌아갔다.

6

수도원으로 피신

오래전부터 픽퓌스 거리에 위치해 있는 그 수도원은 마르탱 베르가의 베르나르 교단 수녀의 수도원이었다. 1425년에 마르탱 베르가가 베르나르 교단의 수녀와 베네딕트 교단의 수녀들을 위한 교단을 따로 창설해 본원은 살라망카에 두고 지원은 알칼라에 두었다.

마르탱 베르가의 베르나르 수녀들과 베네딕트 수녀들의 규칙은 카르멜 수녀들의 규칙 다음으로 엄격한데, 카르멜 수녀들은 항상 맨발에 버들바구니를 목에 걸고 다니며 절대 앉지 않는 것으로 유명했다.

이 분원의 베르나르·베네딕트 수녀들은 육식을 하지 않고, 사순절이나 다른 특별한 날에는 단식을 했다. 그리고 초저녁에 잠자리에 들고, 밤한 시부터 세 시까지 예배를 드리며, 사계절 내내 짚으로 된 깔개 위에서 얇은 담요를 덮고 잔다.

수도원장의 임기는 3년으로 장로들이 선출을 하며 두 번밖에 연임할 수 없다. 남자는 이 수도원에 들어올 수 없는데, 딱 한 사람, 즉 교구의 대주교만은 들어올 수 있다. 그리고 예외적으로 또 한 남자가 있지만 그는 정원사로서 노인이어야 하고 정원엔 항상 혼자 있어야 하며 수녀들이 그가 있는 걸 알고 미리 피할 수 있도록 그는 언제나 무릎에 방울을 달고 있어야 했다.

그들은 원장의 명령에 절대 복종했다. 그리고 원장은 외부 사람을 만날 수 있지만 다른 수녀들은 아주 가까운 친척 외에는 만날 수 없고 그것도 아주 드물게 허락이 내려졌다. 면회를 받을 때는 접견실의 격자문 사이로 얘기를 나누는데, 그것도 여자 친척들만 허락되고 남자는 아예 면회조차 갈 수 없었다.

이 교단에 들어가면 짧게는 2년, 때로는 4년 간 지원 수녀로 있고, 다시 4년 간 수련 수녀를 거쳐야 했다. 그리고 종신서원은 23년 내지 24년이 되기 전에는 이루어지는 일이 매우 드물고, 과부는 받아들이지 않았다.

가끔은 수도원 마당이 어린이 놀이터가 될 때도 있었다. 쉬는 시간에 종이 울리면 문이 활짝 열리면서 아이들이 쏟아져 들어왔다. 그럴 때면 수도원 안에 문득 생기가 넘쳐흘렀다.

이런 프티 픽퓌스의 수도원도 왕정복고 초기부터 쇠퇴의 길을 걷기 시작했다. 18세기 후부터 모든 종교단체에서 그랬듯이 이곳 프티 픽퓌스에서도 일반적인 질서가 무너져 수도자 숫자가 급속히 줄어들었다. 그 결과 1840년엔 작은 수도원과 기숙사가 사라지고, 나이 든 수도자들과 젊은 수도자들 모두 사라져 버렸다. 나이 든 수도자들은 죽고, 젊은이들은 떠나 버렸기 때문이다.

장발장이 툴롱소 거리에서 모퉁이 담장을 뛰어넘어 들어온 곳이 바로 이 수도원의 정원이었다. 한밤중에 들렸던 천사들의 찬송과 기도 소리는 수녀들이 새벽 예배 때 부른 소리였다. 그리고 장발장이 들여다보았던 그 컴컴한 곳은 회당이었고, 돌바닥에 엎드려 있던 유령 같은 존재는 속죄를 하고 있던 한 수녀였다.

코제트는 오두막집에 있는 단 하나의 침대에서 잠을 자고, 장발장과 포슐르방은 짚 깔개 위에 누웠다.

"나도 여기에 좀 있어야겠소."

장발장의 이 말이 포슐르방의 머릿속에서 밤새 오락가락하고 있었다. 장발장도 잠을 못 자기는 마찬가지였다. 자베르에게 쫓기다 어딘지도 모르고 정신없이 들어온 이 수도원에 한동안 머물러야 한다는 생각밖엔 할 수 없었다. 이곳은 가장 위험하면서도 가장 안전한 장소였다. 위험한 건, 남자는 들어올 수 없는 곳이므로 들키는 즉시 현행범이 되기 때문이며, 안전한 건, 아무도 그를 잡으러 들어올 수 없기 때문이었다. 들어갈 수 없는 곳에 들어가 숨는 것이 곧 영원한 구원인 셈이었다.

포슐르방은 밤새 생각을 거듭했다. '도대체 어떻게 여기에 들어왔을까. 아이를 안고 담을 넘을 수는 없을 텐데. 그런데 저 아이는 누굴까?' 그는 이 수도원에 들어온 후부터 몽트뢰유 쉬르 메르의 소식은 전혀 들은 적이 없어 아무것도 모르고 있었다. 그렇다고 마들렌느 씨에게 무슨 일이 있느냐고 물어볼 처지도 아니라 그는 마음속으로 장발장이 했던 말 몇 마디를 참고로 짐작해야 했다. 아마 파산을 맞아 빚쟁이한테 쫓기고 있거나 아니면 어떤 정치적 사건에 연루되어 피신을 온 것일지도 모른다고 생각한 것이다. 결국 그는 '성자 같은 사람에게는 시시콜콜 캐묻는 법이 아니다.'라고 결론을 내렸다. 포슐르방은 그런 생각을 하면서 어떤 이유든 간에 전혀 불쾌감을 느끼지 않았다. 그에게 마들렌느 씨는 아직도 찬란한 빛과 같은 존재였다. 마들렌느 씨가 이곳에 머물러 있고 싶다면 무조건 그를 도와야 한다고 결심했다.

포슐르방 영감은 젊었을 때는 거칠고 이기적인 사람이었지만 나이가 들어 불구자가 된 후로는 세속의 삶에 기쁨을 잃어버리고 말았다. 하지만 자신의 생명을 구해 준 마들렌느 씨의 은덕에 보답할 수 있는 뜻밖의 기회를 맞이하게 된 지금, 그는 하늘에 감사하며 마들렌느 씨에게 헌신하기로 굳은 마음을 먹었다.

새벽빛이 방 안으로 들어와 잠을 깬 포슐르방은 옆에서 마들렌느 씨가 코제트의 자는 얼굴을 들여다보고 있는 게 눈에 들어왔다. 그는 얼른 일어나 마들렌느 씨에게 말했다.

"절대 방 밖으로 나가시면 안 됩니다. 선생도 아이도 누구 하나라도 정원으로 나갔다가는 바로 끝장입니다."

"알겠소."

"선생께서는 여기에 마침 좋을 때 오셨습니다. 아니 사실은 안 좋을 때지만요. 수녀 한 분이 지금 몹시 아프서서 모두들 이쪽에 신경을 쓸 수가 없거든요. 위중하신 상태라 사십 시간 기도 중에 있어 다들 거기에 온통 정신을 쏟고 있으니까요. 죽어가는 그 수녀님은 성자이십니다. 여기의 모든 분들이 다 성자지만요. 이곳에서는 죽어가는 사람을 위해 기도를 올리고, 또 죽은 후에도 기도를 올리니까 오늘 밤은 아마도 괜찮겠지만 내일은 어쩔지 모릅니다."

"그런데 이 오두막은 구석에 있는데다 낡은 집들 뒤에 가려져 있어서 수도원에서는 바로 안 보일 것 같은데?"

"네, 그렇긴 합니다. 그리고 수녀들은 이쪽에 올 일이 없습니다. 그런데 아이들이 오거든요."

"아이들이요?"

포슐르방이 막 설명을 하려고 하는데 종소리가 울렸다.

"아! 수녀가 죽었다는 조종이 울리는군요. 종은 일 분마다 한 번씩, 시체가 회당에서 나갈 때까지 계속 울릴 겁니다. 참, 아이들 얘기를 하다 말았죠. 여기에 기숙생들이 있습니다. 쉬는 시간에 공을 차다가 이리 넘어오면 모두들 우르르 몰려와서 한바탕 소란을 피우곤 하거든요. 장난꾸러기들이지만 천사 같은 아이들이지 뭡니까. 아무튼 그 아이들이 보면 온통 다 소문이 나고 만다는 거죠. 그러면 그 여자아이들이 '저기 남자가 있어요!' 하고 소리를 지를 겁니다. 하지만 오늘은 걱정하실 것 없습니다. 아이들도 오늘은 노는 시간이 없고 온종일 기도를 올릴 테니까요. 저 종소리 들리시지요? 일 분마다 계속 울리는 걸 보니까, 조종이 맞습니다."

포슐르방의 말을 들은 장발장은 이곳이 코제트의 교육에 딱 좋겠다는 생각이 들었다.

포슐르방이 말을 이었다.

"좌우지간 언제가 됐건 여자아이들이 여기 와서 선생을 보게 된다면, 아이고 맙소사! 여기서는 남자를 무슨 페스트 보듯 한다니까요. 보시다 시피 제가 뭐 무서운 맹수라도 되는 듯 다리에 방울을 달고 있지 않습니까요."

"그렇군. 여기 머물러 있기는 어렵겠소."

"그것보다 나가는 게 더 어렵습니다."

포슐르방의 말에 장발장은 온몸이 얼어붙는 것 같았다.

"나간다고!"

"네, 그렇지요. 여기에 다시 들어오려면 우선 나가야 하니까요. 지금 이대로 만약 수녀님들을 만나게 되면 큰 곤경에 처하시게 됩니다. 어디서 어떻게 들어오셨나 하고 문제 삼을 테니까 말이죠."

그때 여러 번의 복잡한 종소리가 울리자 포슐르방이 말했다.

"저 소리는 회의가 열린다는 뜻입니다. 수녀님이 돌아가시면 반드시 회의가 열리지요. 참, 선생께서 들어오신 곳으로 다시 나가실 수는 없을까요? 제가 일부러 물어보는 건 아니지만 도대체 어디로 해서 들어오셨습니까?"

장발장은 그 생각을 하니 소름이 끼쳤다. 그 무시무시한 거리로 다시 나간다는 생각만 해도 온몸이 오그라드는 것 같았다. 근처엔 분명 아직도 경찰들이 쫙 깔려 있고, 사거리 모퉁이엔 자베르도 숨어서 엿보고 있을 것이라 확신했다. 장발장은 신음하듯 중얼거렸다.

"그렇게 할 수는 없소! 그냥 하늘에서 떨어졌다고 생각하시오."

"저야 물론 그렇게 믿죠. 제게는 자세한 말씀을 하실 필요조차 없습니다. 아이는 잘 자고 있군요. 아이 이름은 뭡니까?"

"코제트요."

"따님인가요? 선생께서는 저 아이 할아버지뻘이신데……."

"그렇소."

"따님을 밖으로 내보내기는 쉽습니다. 안마당 쪽으로 난 문을 두드리면 문지기가 보고 열어 줍니다. 아이는 치룽에 넣어 위를 덮고, 제가 그 치룽을 메고 밖으로 나가면 되거든요. 그건 전혀 수상히 여길 게 없으니까요. 대신 따님에게 조용히 있으라고 시키기만 하면 됩니다. 슈맹 베르 거리에서 과일 가게를 하는 귀머거리 노파 한 사람을 제가 알고 있으니까 그분에게 잠시 맡겨 놓으면 됩니다. 그러다 나중에 선생과 함께 다시 들어오면 되니까요. 선생께서 다시 꼭 이곳으로 들어오실 수 있도록 제가 해보겠습니다. 그런데 선생이 어떻게 나가서야 할지 그게 문젭니다."

장발장이 나직이 말했다.

"아무한테도 눈에 안 띄어야 하는데, 그럼 나도 코제트처럼 치룽에 넣고 덮어서 내보내는 방법으로 합시다."

포슐르방은 난처한 표정을 지었다.

그때 또 다른 종소리가 울렸다.

"검시할 의사를 데리러 간다는 종소립니다. 수녀들은 의사를 신뢰하지 않습니다. 의사들은 믿음도 없거든요. 의사는 수도복을 열고 들여다보는데 때로는 다른 것도 들춰볼 때가 있습니다. 그러고 나서 의사가 사망 판단을 내리고 천국행 티켓에 도장을 찍으면 그때 장의사에서 관을 갖고 옵니다. 관 속에 시체를 넣은 다음엔 제가 못질을 하지요. 그건 정원사가 하도록 돼있으니까요. 관은 회당 아래쪽에 두는데 길 쪽으로 나 있는 그곳에는 의사 외엔 남자는 아무도 못 들어갑니다. 아니, 장의사 사람들이나 저 같은 건 남자라 치지 않고 말이죠. 좌우지간 제가 거기서 관에 못질을 하고 나면 장의사 인부들이 와서 관을 가져가는 거지요."

창을 통해 들어오는 환한 햇살이 코제트의 얼굴을 비치고 있었다. 입을 살포시 벌리고 잠든 모습이 마치 햇살을 머금고 있는 천사 같았다. 장발장은 아이의 모습을 지그시 바라보느라 포슐르방의 얘기가 더 이상 들리지 않았다.

그러나 선량한 늙은 정원사는 계속 이야기를 하고 있었다.

"장지는 보지라르 거리에 있는 묘지입니다. 그런데 그 묘지가 곧 없어진다고 하는군요. 섭섭한 일이죠. 거기가 묘지로는 참 편하거든요. 거기서 일하는 제 친구도 하나 있습니다. 메스티엔느라고 무덤 파는 일꾼이죠. 이 수도원의 수녀는 죽으면 특별히 그 묘지에 묻힐 수 있답니다."

또 다시 종소리가 울렸다. 그러자 포슐르방 영감이 후닥닥 일어나더니 방울 달린 무릎 덮개를 벽에서 내려 얼른 무릎에 덮었다.

"이제 제 차례가 왔습니다. 원장님이 저를 부르는 소리네요. 저도 이제부터 바빠지게 생겼습니다. 마들렌느 씨, 절대로 움직이지 말고 여기 계셔야 합니다. 저기에 포도주랑 빵이랑 치즈 다 있으니까 챙겨서 드시고요."

포슐르방은 절룩거리며 서둘러 정원을 건너가고 있었다. 그리고 10분도 안 돼 방울 소리를 내며 정원사가 들어갈 수 있는 응접실로 들어갔다. 그 사이 방울 소리를 들은 수녀들은 길을 비켜 숨어들었다.

정원사는 응접실에서 기다리고 있는 원장에게 깍듯이 절을 하고는 허리를 굽힌 채 그대로 서 있었다. 묵주 알을 넘기고 있던 원장이 그제야 눈을 떴다.

"아, 포방 영감이군요!"

수도원에서는 정원사를 그렇게 부르고 있었다. 포슐르방은 다시 한 번 허리를 더 굽혔다.

"포방 영감, 내가 당신을 불렀소."

"네, 그래서 이렇게 왔습니다, 원장님."

"할 얘기가 좀 있소."

"저도 마침…… 원장님께…… 드릴 말씀이 좀…… 있습니다."

포슐르방이 더듬거리며 말하자 원장을 그를 쳐다보았다.

"내게 무슨 할 말이 있다는 거요?"

"소원이 하나 있습니다."

"말해 보시오."

오래전에 공중인 서기 노릇을 했던 포슐르방은 2년 동안 수도원에서 살아 오면서 칭찬을 많이 들었다. 그는 항상 혼자서 정원 일을 열심히 하며 여러 종류의 종소리를 귀담아 듣다가 스스로 그 뜻을 알아맞히게 되었다. 그래서 마침내 수수께끼 같은 침묵의 수도원 일을 종소리로 모두 이해할 수 있었다. 그러나 그는 알면서도 모르는 척하고 있어 수도원에서는 그를 바보로 알고 있었다. 하지만 그는 수도원에서 소중한 사람으로 취급되었다. 워낙 말이 없다 보니 사람들에게 신뢰를 주게 되고, 또 성실히 일하며 과수원이나 채소밭에 꼭 가야 할 일이 아니면 외출도 하지 않았다. 그렇듯 신중하게 처신함으로써 그는 굳은 신임을 얻고 있었다. 하지만 그는 수도원 문지기나 묘지의 무덤 파는 일꾼들과 얘기를 나누면서 수도원이나 묘지에 관한 온갖 얘기들을 다 들어 알고 있었다. 어쨌거나 수도원에서는 그를 좋게 보고 있었다. 늙고 절름발이에다 눈도 어둡고 귀도 좀 멀었으니 수도원에서는 딱 좋은 사람이라고 여기고 있었다.

포슐르방 영감은 그런 인상을 주면서 자신도 부담 없이 지내고 있었던 터라, 원장 앞에서 장황하고도 의미심장한 얘기를 떠듬떠듬 늘어놓기 시작했다. 자신은 이제 나이도 많고 몸도 성하지 않다 보니 기운이 예전만 못해 힘이 무척 든다, 게다가 일도 자꾸만 늘어나고 정원도 혼자 돌보기엔 너무 넓다, 간밤엔 혼자서 멜론 밭에 가마니를 덮어 주느라 밤을 꼬박 새웠다, 등등 서설을 늘어놓고 나서는 마침내 본론으로 들어갔다. 자신에게 실은 동생이 하나 있는데(원장이 몸을 약간 움직였다), 그도 자신만큼 늙어서(원장이 또 한 번 몸을 움직였는데 이번엔 안도하는 몸짓이었다) 만약 원장이 허락해 준다면 동생더러 여기 와 살면서 도와달라고 하겠다, 동생은 원래 훌륭한 정원사이기도 해서 수도원에는 자기보다 훨씬 더 도움이 될 것이다, 하지만 만약 동생을 받아 주지 않는다면 자기는 이제 너무 쇠약해지고 지쳐서 더 이상 일을 할 수 없어 유감스럽지만 부득불 일을 그만 둘 수밖에 없다, 동생에겐 어린 딸이 하나 있는데 함께 데려와 여기서 천주의 보살핌 속에 길러 장래에 수녀를 만들지도 모른다, 등등의 내용이었다.

포슐르방 영감이 말을 마치자 원장이 그에게 말했다.

"저녁 때까지 지렛대로 사용할 튼튼한 철봉 하나 구해 올 수 있겠소?"

"네, 찾아보겠습니다, 원장님."

원장은 아무 말 없이 일어나 옆방 회의실로 들어갔다. 포슐르방은 혼자 남아 있었다. 그러다 한 15분쯤 지나자 원장이 다시 들어와 의자에 앉았다.

"포방 영감?"

"네, 원장님."

"회당의 성가대석에 일하러 들어가 본 적 있지요?"

"네, 서너 번 있습니다."

"거기 있는 돌 하나를 들어 올려야 해요."

"그게 무겁습니까?"

"제단 옆에 있는 포석이오."

"그걸 들어 올리려면 남자 둘이서 해야 합니다."

"남자처럼 힘이 센 아쌍씨옹 장로가 도와줄 거요."

"여자 힘과 남자 힘은 다릅니다."

"자신이 할 수 있는 힘만큼 일하는 것이 좋은 거요. 수도원은 작업장이 아니오."

"여자는 남자가 아니지요. 제 동생은 힘이 엄청 좋습니다!"

"돌에 쇠고리가 달려 있소."

"거기다 지렛대를 연결하면 되겠군요."

"그 돌은 축으로 돌도록 되어 있소. 굴을 열어야 해요."

"네, 원장님."

"성가대의 어머니 네 분이 입회할 거요."

"그러면 원장님, 굴을 연 다음엔?"

"포방, 우리는 그대를 믿고 있소."

"저는 분부대로 하겠습니다."

"무슨 일이든 침묵을 지키시오."

"네, 알겠습니다."

"오늘 아침에 장로 한 분이 돌아가신 것 알고 있지요?"

"아니오. 몰랐습니다."

"종소리를 못 들었소?"

"정원 안쪽에서는 아무 소리도 들리지 않습니다. 제 종소리도 겨우 들리는 걸요."

"크뤼씨픽씨옹 장로가 새벽에 돌아가셨소. 그분은 복자셨지."

원장은 잠시 말을 끊고 마음속으로 기도를 드리는 듯하더니 다시 말을 이었다.

"장로들이 회당으로 통하는 그 시체실에 시신을 옮겨다 놓았소. 그 방

222

에는 당신 말고 다른 남자는 아무도 못 들어가게 되어 있소. 그 점을 주의하시오."

원장은 또 한 번 기도를 하듯 잠시 중얼거리다가 말했다.

"크뤼씨픽씨용 장로는 생전에 많은 사람들을 개종시켰소. 사후에도 또 많은 기적을 행하실 것이오. 포방 영감, 우리 수도원은 크뤼씨픽씨용 장로로 인하여 많은 축복을 받았소. 그분은 매우 고귀한 죽음을 하셨소. 운명하시는 순간까지 의식을 잃지 않으시고 마지막 소원을 말씀하셨소. 포방 영감, 돌아가신 분의 소원은 풀어드려야 하는 것이오."

포슐르방은 잠자코 있었다.

"나는 이 문제를 여러 성직자들과 상의해 보았소. 그분은 성자 같은 분이오. 그분은 이십 년을 관 속에 누워 계셨소. 우리 교황님의 특별한 허락으로…… 포방 영감."

"네, 원장님."

"아퀴일라의 수도원장이었던 메쏘가네 복자는 교수대 밑에 묻히기를 바랐는데, 그대로 실행되었소."

"그렇습니다."

"뽀르의 성 떼렌체 주교는 지나가는 사람들이 자기 무덤에 침을 뱉기를 바라며, 부모를 죽인 자의 무덤에 하는 표지를 자신의 묘비에다 새겨주기를 바랐는데, 그것도 실행되었소. 죽은 사람의 소원은 들어줘야 하는 거요."

"그렇게 되기를 바랍니다."

"포방 영감, 크뤼씨픽씨용 장로는 이십 년 동안 누워 계셨던 자기 관 속에 그대로 넣어드려야겠소. 그렇게 하면 그분의 잠이 그대로 계속되는 것이오."

"옳으신 말씀입니다. 그러면 그 관에 못을 박으면 되겠지요. 장의사의 관은 치워 버리고요."

"바로 그렇소."

"저는 원장님의 말씀대로 따르겠습니다."

"성가대의 어머니 네 분이 도와줄 거요."

"관에 못질하는 데는 그분들 도움이 필요 없습니다."

"못질이 아니라 관을 내리는 데 말이오."

"어디로 내리는데요?"

"제단 아래 굴 속으로."

포슐르방이 깜짝 놀라며 물었다.

"제단 아래 굴이라고요?"

"죽은 사람의 소원은 들어줘야만 하는 거요. 그분은 회당의 제단 아래 굴 속에 매장되어 죽은 후에도 항상 기도를 올리던 그곳에 머물고 싶다는 것이 마지막 소원이셨소. 그분이 그렇게 해달라고 말씀하셨지."

"하지만 그건 금지돼 있지 않습니까?"

"인간들이 금지하고 있는 거지요."

"혹시 들키는 날엔……"

"당신을 믿겠소."

"저야 물론 돌처럼 입을 꽉 다물고 있지만요."

"회의를 열어 의논한 결과, 크뤼씨픽씨용 장로를 그의 소원대로 자기 관 속에 넣어 제단 아래에 매장하기로 결정을 했소. 생각해 보시오, 포방 영감. 만약 여기서 기적이 일어난다면 우리 수도원으로서는 얼마나 천주님께 영광이겠는가 말이오! 기적이란 무덤에서 나오는 것 아니겠소."

"하지만 원장님, 만약 위생관이나 경찰이나 감찰관이 알게 된다면······.”

“규정이니 행정이니 장의사니 위생이니 그런 따위가 우리와 무슨 상관 있나. 우리가 예수 그리스도께 우리의 몸 하나 바칠 권리조차도 없다는 건가! 그런 위생이니 경찰이니 하는 것들에 천주님이 예속되어서야 되겠소! 세상이 그 꼴로 돌아가긴 하지만 말이오. 아무 말 하지 말아요, 포방! 매장에 대해 수도원의 권리는 뻔한 것이오.”

원장이 크게 숨을 몰아쉬며 포슐르방 영감 쪽으로 몸을 돌렸다.

“알겠소, 포슐르방 영감?”

“네, 원장님.”

“영감을 믿어도 되겠소?”

“네, 분부대로 하겠습니다. 저는 이 수도원에 저의 모든 걸 바치고 있는 몸입니다.”

“알았소. 당신은 관에 뚜껑을 덮으시오. 그럼 수녀들이 그것을 회당으로 운반해 추도미사를 드린 후에는 모두 수도원으로 돌아갈 거요. 당신은 열한 시에서 열두 시 사이에 철봉을 가지고 오도록 해요. 모든 일은 비밀리에 처러질 거요. 회당 안에는 네 분의 성가대 어머니와 아쌍씨용 장로와 당신 외에는 아무도 없을 것이오.”

“기둥 앞에서 고행하시는 수녀님은 계시겠지요.”

“그는 결코 돌아보지 않소.”

“그래도 소리는 들리겠지요.”

“아무 소리도 들으려 하지 않을 것이오. 혹 수도원 안에서는 알려진다 하더라도 세상 밖으로 나가지는 않소.”

원장은 잠시 말을 끊었다가 다시 이었다.

“그 방울은 떼어 놓으시오. 기둥 앞에 있는 수녀에게 당신이 여기 와 있다는 걸 알릴 필요는 없으니까 말이오."

"원장님, 검시하는 의사는 왔습니까?"

"오후 네 시에 올 거요. 의사를 부르러 가는 종이 이미 울렸는데, 종소리를 못 들은 게로군."

"저는 제 종소리 외에는 신경을 안 씁니다."

"잘 하고 있소, 포방 영감."

"원장님, 지렛대가 여섯 자는 넘어야 되겠습니다."

"어디서 구해올 거요?"

"쇠살이 있는 곳에 가면 철봉도 있겠지요. 정원 안쪽에 고철이 잔뜩 쌓여 있으니까 가서 보겠습니다."

"밤 열한 시 조금 넘어서 오시오. 잊지 말고."

"원장님?"

"뭔가요?"

"만약 이런 일이 또 생기면, 제 동생이 힘이 아주 좋습니다. 대단한 장사거든요."

"할 수 있는 한 빨리 해야 되오."

"저야 빨리 하지는 못합니다. 늙고 몸이 성하지 않으니까요. 그래서 조수가 꼭 필요하다는 겁니다. 좌우지간 굴 속에 관을 내려놓고 다시 덮겠습니다. 아무런 흔적도 안 남을 겁니다. 관청에서는 그런 줄을 꿈에도 생각지 못할 것입니다. 원장님, 그렇게 하고 나면 다 끝나는 거지요?"

"아니오."

"아니라고요? 무슨 일이 더 남았습니까?"

"빈 관을 처리해야지요, 포방 영감."

"원장님, 제가 회당 아랫방에서 관 뚜껑에 못질을 하는데, 그 방엔 저 외에는 아무도 들어올 수가 없잖습니까? 그리고 제가 관에 천을 씌워 놓으면 되는 거죠."

"그건 그런데, 일꾼들이 영구차에 관을 싣고 또 무덤 속에 내릴 때 빈 관이라는 걸 알 게 아니요?"

"아참! 이런 제기……!"

포슐르방은 '제기랄' 하려다 끝을 얼른 삼켰다. 원장이 그를 쏘아보았다. 영감은 순간 방법을 생각해 냈다.

"원장님, 관 속에 흙을 채워 넣겠습니다. 그러면 무거우니까 눈치를 못 채겠죠."

"거참, 그렇구먼. 흙이나 사람이나 같은 거니까. 그럼 빈 관은 그렇게 하면 되겠구려."

"네, 그렇게 하겠습니다."

이제 그동안 골머리를 앓으며 표정이 어두웠던 원장의 얼굴이 환해졌다. 그리고는 정원사 포방 영감에게 물러가라는 손짓을 했다. 포슐르방이 문 밖으로 막 나가려 하는데 원장의 말소리가 나지막이 들렸다.

"포슐르방 영감, 나는 그대를 굳게 믿고 있소. 내일 매장이 끝나는 대로 동생을 데려오시오."

포슐르방이 정원의 오두막집으로 돌아오자 장발장은 코제트를 불 옆에 앉혀 놓고 벽에 걸린 정원사의 치룽을 가리키며 얘기를 하고 있었다.

"코제트야, 우린 이 집 밖으로 나갔다가 다시 들어와야 한단다. 이 집 할아버지가 너를 저 속에 넣어서 짊어지고 밖으로 나가 어떤 아주머니 댁으로 갈 거니까 넌 거기서 잠깐만 기다리고 있으면 돼. 내가 곧 너를 데리러 갈 테니까. 떼나르디에 아주머니한테 다시 가고 싶지 않으면 내

말 잘 듣고 아무 말도 하면 안 돼! 알았지?"

코제트는 표정이 잔뜩 굳은 채 고개만 끄덕였다. 장발장이 포슐르방을 쳐다보며 물었다.

"어떻게 됐소?"

"선생을 데려오도록 허락은 받았습니다. 그런데 어쨌든 들어오시기 전에 여기서 나가는 게 문젭니다. 아이는 어렵지 않은데…… 아이는 가만히 있겠죠?"

"그건 걱정 안 해도 되겠소."

"그럼 선생은…… 그렇다면 들어오신 방법대로 다시 나가시는 게 어떨까요?"

장발장은 또 다시 그건 불가능하다고 대답했다. 포슐르방은 혼자 중얼거렸다.

"사실 그것도 걱정이네. 관 속에 흙을 넣으면 아무래도 시체를 넣은 것과는 다를 텐데…… 일꾼들이 눈치채고, 그러면 결국 관청에서 문제 삼지 않을까?"

그러면서 영감은 원장과 한 모든 얘기를 장발장에게 들려주었다. 오늘 아침에 죽은 수녀는 오랫동안 누워 있던 관 속에 다시 넣어서 회당의 제단 아래 굴 속에 매장하기로 했다, 그건 물론 법으로 금지되어 있지만 원장은 그 거룩한 수녀의 소원을 들어줘야 한다고 결정했다, 따라서 포슐르방 본인은 관에 못질을 하고 회당의 제단 아래 돌을 들어 올리고 그 밑 굴 속에다 시체를 내리기로 했다. 그리고 나면 자신의 동생인 마들렌느 씨를 정원사로 받아들이고, 조카딸 코제트는 기숙생으로 들어오도록 원장이 허락을 했다. 그리하여 내일 저녁 매장을 끝낸 다음 동생을 데려오라고 했으니, 마들렌느 씨가 밖으로 나가 있어야 밖에서 데리고 들어올 수가 있고, 또 그 빈 관을 처리하는 문제가 남아 있다는 이야기였다.

"빈 관이란 게 뭐요?"

장발장이 물었다.

"관청에서 주는 관이죠. 수녀가 죽으면 관청에서 의사를 보내고, 죽었다는 판정이 나오면 관을 보내줍니다. 그리고 다음 날 영구차와 일꾼들을 보내줍니다. 그런데 일꾼들이 관을 들어낼 때 그 속이 비어 있으면 큰일이 아닙니까?"

"안에다 뭘 넣어야죠."

"시체를요? 그게 없으니 문제죠."

"아니, 시체 말고요."

"그럼 뭐를?"

"산 사람."

"산 사람 누구요?"

"나를 넣으면 되지."

포슐르방이 펄쩍 뛰며 일어났다.

"선생을요!"

"왜 안 돼요?"

장발장의 굳어 있던 얼굴에 슬며시 미소가 번졌다.

"아, 농담이시죠?"

"아니, 진심이오. 어쨌든 여기서 나가야 된다면서요?"

"물론입니다."

"그럼 됐소. 그렇게 하면 되겠어요."

"아니, 정말, 정말입니까?"

"그렇다니까. 새벽 두 시에 나를 관 속에 넣고 못질을 하시오."

포슐르방이 뒤로 주춤 물러났다.

"뭘 그렇게 놀라시오? 관에 못 몇 개 박는 걸 가지고!"

포슐르방으로선 기겁할 일이지만 장발장에겐 그깟 일쯤 아무것도 아니었다. 그는 죽을 고비를 몇 번이나 넘어 왔기 때문이다.

포슐르방이 다시 정신을 차리며 소리 질렀다.

"그럼 숨은 어떻게 쉬시려고요?"

"입부분에 송곳으로 구멍 몇 개 뚫어 놓으면 되지 뭐. 그리고 관 뚜껑을 너무 딱 붙지 않도록 못질을 대강만 해 두시오."

"그리고 만약 기침이라도 나오면요?"

"도망자는 기침이나 재채기 따위는 안 하는 법이오, 포슐르방 영감. 잡혀서 죽느냐 마느냐 하는 문제가 달려 있으니까요."

불안해 하던 포슐르방 영감이 마침내 결단을 내리고 혼잣말 하듯 중얼거렸다.

"그 방법밖엔 별 도리가 없네."

장발장이 물었다.

"다만 걱정되는 건, 묘지에서 어떻게 할 거요?"

"아, 그 점은 문제없습니다. 무덤 파는 자는 제가 잘 아는 늙은 주정뱅이 메스티엔느 영감이니까요. 그자는 잘 구워삶을 수 있습니다. 영구차는 어두워지기 조금 전, 묘지의 문이 닫히기 한 시간쯤 전에 도착할 겁니다. 구덩이 바로 앞까지 가는데 제가 거기까지는 따라갑니다. 제 임무거든요. 제가 주머니에 몰래 연장들을 갖고 가겠습니다. 일꾼들이 관을 구덩이 속에 내려놓으면 신부가 기도를 올리고 성수를 뿌리게 됩니다. 그리고 모두들 떠나고 저와 메스티엔느 둘만 남게 됩니다. 그 영감은 저랑 잘 통하는 사이죠. 영감이 만약 술에 안 취해 있으면 술집으로 데리고 가

잔뜩 취하게 먹일 겁니다. 그리고 잔뜩 취한 영감을 탁자 밑에다 눕혀 놓고 주머니에서 묘지 출입증을 꺼내 제가 혼자서 묘지로 다시 가는 거죠. 그럼 묘지엔 저 혼자 있게 되니까 간단해집니다. 그런데 만약 그자가 이미 취해 있으면 더 쉬워집니다. '가서 쉬어. 내가 혼자 다 할게.' 하면서 그자를 보내버리고 제가 선생을 관에서 끌어내면 되는 거죠."

장발장은 포슐르방의 손을 잡았다. 포슐르방도 스스로 감동해 장발장의 손을 맞잡았다.

"됐소, 포슐르방 영감. 잘될 것 같소."

이튿날 해질 무렵, 메느 거리에 해골 그림이 그려진 영구차가 지나가고 있었다.

보지라르 묘지는 낡고 황폐한 곳으로, 오래전에는 프티 픽퓌스의 베르나르·베네딕트 수도회 소유지였던 곳이다. 그래서 이 수도원의 수녀들은 한쪽 묘지에 따로 매장할 수 있도록 허가되어 있다. 그런데 무덤 파는 일꾼들은 여름엔 해가 떨어진 이후에, 겨울엔 밤에만 묘지에서 일할 수 있어서 많은 어려움이 따랐다. 당시 파리의 묘지들은 해가 넘어가면 문을 닫게 되어 있었기 때문에 보지라르의 묘지도 그 규례대로 하고 있었다. 무덤 파는 일꾼이 매장 작업을 늦게 끝냈을 경우엔 시청의 장의과에서 발급한 출입패를 가지고 나올 수가 있었다. 무덤 파는 사람이 수위실 문에 붙어 있는 상자 속에 출입패를 넣으면 수위는 그 패가 떨어지는 소리를 듣고 줄을 잡아당겨 문을 열어 준다. 그러나 만약 패를 갖고 있지 않을 때는 수위를 불러내 이름을 밝혀야 문을 열어 주는데, 그땐 15프랑의 벌금을 내야 했다.

포슐르방은 절뚝절뚝 영구차 뒤를 따라가면서도 마음은 아주 편안했다. 일이 아주 순조롭게 진행되고 있기 때문이었다. 남아 있는 문제는 메스티엔느 영감인데, 지난 2년 동안 그자는 별 문제 없이 쉽게 다뤄 왔던 터라 걱정할 게 없었다.

영구차는 묘지의 큰 문 앞에 도착해 멈춰 섰다. 그리고 수위에게 매장 허가서를 내보였다. 그때 모르는 사나이 하나가 영구차 뒤로 다가오더니 포슐르방 옆에 섰다. 그자는 큰 주머니가 달린 웃옷을 입고 곡괭이를 메고 있었다. 포슐르방이 그자에게 물었다.

"당신은 누구죠?"

사나이가 대답했다.

"나는 무덤 파는 사람인데요."

포슐르방은 마치 넋이 나간 사람의 얼굴이 되었다.

"무덤 파는 사람?"

"그렇소만."

"무덤 파는 사람은 메티엔느 영감인데요."

"그 영감은 죽었어요."

포슐르방은 많은 것을 예견하고 있었지만 무덤 파는 사람도 죽는다는 사실은 꿈에도 생각하지 못하고 있었다. 그런데 그게 현실이 돼 있었다. 무덤 파는 사람이라고 왜 안 죽겠는가. 남의 구덩이를 많이 파다 보면 언젠가는 제 구덩이를 팔 때도 온다.

포슐르방은 그야말로 멍해져 버려 혼자 중얼거렸다.

"이걸 어쩌면 좋나! 무덤 파는 사람은 메스티엔느 영감인데."

"나폴레옹 다음에 루이 18세가 등장하듯 메스티엔느 다음에 그리비에가 등장한 겁니다. 내 이름은 그리비에라고 합니다."

그는 큰 키에 여위고 어두운 얼굴을 하고 있는데, 마치 의사가 되려다 무덤 파는 자가 된 것 같은 그런 인상을 풍겼다.

영구차가 다시 움직이더니 묘지의 큰 길로 들어섰다.

포슐르방은 점점 걸음이 느려지고 있었다. 다리를 절기 때문이 아니라 넋이 나가 어리벙벙해 있기 때문이었다. 그는 앞에 걸어가고 있는 무덤 파는 사람을 불렀다.

"이봐요, 노형! 나는 수도원에 있는 무덤 파는 사람이에요."

"아, 그럼 동료가 되시는군요."

사나이가 그를 돌아보며 말했다.

"우리 서로에 대해 좀 알면 좋겠는데요."

포슐르방이 더듬거리며 말했다.

"벌써 소개했잖아요."

"아니, 그래도 술을 한잔 같이 해야 서로에 대해 안다고 하지 않겠어요? 술잔을 기울여야 마음을 나누는 것이지요. 나랑 같이 가서 한잔 합시다."

"일부터 하고요."

'일이 다 틀렸구나.' 하고 포슐르방은 속으로 생각했다.

사나이가 말을 이었다.

"이봐요. 난 먹여 살릴 새끼가 일곱이나 있어요. 그러니 술을 마실 수가 없는 거죠."

"아니 그래도 일단 한잔 합시다요."

포슐르방이 한 번 더 애원해 봤지만 사나이는 대꾸도 하지 않았다.

이윽고 영구차가 멈춰 섰다. 영구차 뒤엔 구덩이가 파여 있고 흙더미가 가에 쌓여 있었다.

장발장은 관 속에서 겨우 숨을 쉬고 있었다. 그는 구덩이에 와 있다는 것을 느끼고 있었다. 그때 여러 사람이 관을 붙잡고는 관 위를 문지르는 것인지, 쓱쓱 하는 소리가 났다. 관을 구덩이 속으로 내려 보내기 위해 새끼줄로 비끄러매고 있는 것 같았다. 그리고는 곧 거꾸로 처박히듯 떨어지면서 그는 순간 정신이 아찔했다. 아마도 장의사 일꾼들이 관을 내릴 때 머리 쪽을 먼저 내린 모양이었다. 장발장이 이내 정신을 차리고 보니 구덩이 밑바닥에 내려가 있었다. 그는 온몸이 오싹하게 추웠다.

잠시 후 장발장은 잘 알아들을 수는 없지만 엄숙하면서도 싸늘한 목소리가 천천히 말하는 것이 들리며, 이어서 관 위에 뭔가 빗방울처럼 부드럽게 떨어지는 소리도 들렸다. 아마도 성수인 것 같았다.

곧이어 발걸음 소리가 멀어져 가는 듯하며 장발장이 '이제 모두 떠나고 나 혼자뿐이구나' 하고 막 생각하고 있는데, 갑자기 관 위로 벼락이 치듯 쾅 하는 소리가 들렸다. 그건 흙이 한 삽 쏟아져 내리는 소리였다. 이어서 또 한 삽의 흙이 쏟아져 내렸다. 관 위에 뚫어 놓은 작은 구멍 하나가 막혀 버렸다. 그리고 세 번째 흙 한 삽이 또 쏟아졌다. 이어서 네 번째 흙 한 삽. 아무리 강한 자라도 그 정도면 견디기 힘들 것이다. 장발장은 이내 의식을 잃고 말았다.

영구차와 사람들이 모두 떠나고, 무덤 파는 사나이가 구덩이에 흙을 한 삽씩 떠 넣기 시작하자 포슐르방이 얼른 그 남자 앞을 가로막으며 외쳤다.

"돈은 내가 낼 거요!"

무덤 파는 사나이가 깜짝 놀라며 허리를 펴고 말했다.

"돈이라뇨?"

"술값 말이오. 가서 한잔 하자니까 그러네."

"그만하라고요!"

사나이는 귀찮다는 듯 말하며 다시 흙을 한 삽 관 위로 떠 넣었다. 포슐르방은 거의 미친 듯 비틀거리며 그 자신도 구덩이 속으로 처박힐 것만 같았다.

"돈은 내가 낼 거라고, 노형. 나는 수도원의 무덤 파는 사람인데, 노형을 도우러 온 거요. 일은 이따가 밤에 해도 되니까 우선 가서 좀 마십시다."

포슐르방은 그렇게 절망적으로 애원을 하면서도 '그런데 이자가 술을 마신다고 꼭 취할까' 하는 불안감이 연신 앞서고 있었다.

"영감, 그렇게 마시고 싶으면 마십시다. 그런데 일이 끝난 다음에 마셔야지, 지금은 안 돼요."

사나이가 다시 흙을 뜨느라 허리를 굽히고 있는 바람에 그의 웃옷 주머니가 벌어져 있었다. 그때 포슐르방의 절망적인 눈길이 무심코 그 주머니 속에 가 멎었다. 뭔가 하얀 것이 눈에 띄었던 것이다. 포슐르방은 불현듯 생각이 하나 떠올랐다. 사나이가 삽질에 열중하느라 신경을 안 쓰고 있는 사이, 그는 사나이 뒤로 가서 그 주머니 속에 손을 넣어 그 하얀 물건을 꺼냈다.

무덤 파는 사나이가 네 번째 흙을 구덩이 속에 쏟아붓고 다시 흙을 뜨려고 돌아서는데 포슐르방이 그를 보며 태연히 말했다.

"그런데 노형, 패는 가지고 있소?"

무덤 파는 사나이가 동작을 멈췄다.

"무슨 패요?"

"날이 저물고 있으니 말이오."

"그래서요?"

"묘지 문이 곧 닫히는데 패를 가지고 있느냐고요?"

"아! 내 패?"

사나이가 자기 주머니 속을 뒤졌다. 여기저기 모든 주머니를 온통 다 뒤져 보더니 '없는데, 집에다 놓고 왔나' 하고 중얼거렸다.

"십오 프랑 벌금 내야 되는데."

포슐르방의 말에 무덤 파는 사나이가 기겁을 하며 소리를 질렀다.

"제기랄! 벌금을 십오 프랑이나 내야 한다니!"

사나이를 느긋하게 쳐다보며 포슐르방이 찬찬히 말했다.

"이보시오, 노형. 너무 걱정할 것 없어요. 벌금을 안 물어도 되는 방법이 있으니까. 그런 건 내가 좀 알지. 가르쳐 드릴게. 어쨌든 날이 저물고 있으니 서둘러요! 오 분 후면 문이 닫힐 거니까."

"그러네요."

"오 분만에 이 구덩이를 다 메울 수는 없고, 그러니 문이 닫히기 전에 여길 나가기는 틀렸어요. 그러면 벌금으로 십오 프랑을 내야 하고요."

"네, 십오 프랑이죠."

"하지만 아직 시간은 있어…… 그런데 노형의 집은 어디요?"

"성문 바로 옆이요. 여기서 오 분쯤 걸려요. 보지라르 거리 팔십칠 번지거든요."

"지금 바로 뛰어나가면 문이 닫히기 전에 나갈 수는 있겠네."

"그러네요."

"문을 나가서 얼른 뛰어가면 패를 가지고 다시 돌아올 수는 있겠군. 패만 가지고 있으면 문지기가 언제든 문을 열어 주니까 돈은 안 내도 되지. 그리고 와서 다시 일을 하면 되고. 그동안 시체가 도망가지 않도록 내가 지켜 드리면 되겠네."

"그렇게 해주시면, 아이고, 살겠네요."

"빨리 가 봐요."

포슐르방의 말에 사나이는 그의 손을 잡고 흔들더니 정신없이 뛰어갔다.

사나이가 숲 속으로 멀어지자 포슐르방은 그의 발소리가 안 들릴 때까지 기다렸다가 구덩이를 내려다보며 나직이 소리쳤다.

"마들렌느 씨!"

아무 대답이 없었다.

포슐르방은 온몸이 얼어붙어 구덩이 안으로 굴러 떨어지듯 내려가 관에 귀를 대고 외쳤다.

"마들렌느 씨!"

여전히 아무 대답도 없었다.

포슐르방은 숨을 죽이고 떨면서 장도리를 꺼내 관 뚜껑을 벗겨 냈다. 어둠침침해 잘 보이지는 않지만 장발장이 새파래진 얼굴로 눈을 감고 그대로 있었다. 포슐르방은 소름이 돋으며 기절할 듯 비틀거리면서 다시 장발장을 자세히 들여다보았다.

장발장은 전혀 움직이지 않고 그대로 누워 있었다.

"죽다니! 살려 드린다고 한 게 세상에!"

가련한 영감은 흐느끼며 중얼거리기 시작했다.

"망할 놈의 메스티엔느 영감! 왜 하필 이때 뒈져 가지고 속을 썩인담! 그놈의 영감이 마들렌느 씨를 죽인 거야. 아이고 마들렌느 씨! 세상에, 이렇게 돌아가실 수가 있나! 저 딸은 어떡하지? 이분이 이렇게 돌아가실 줄은, 세상에! 내 짐수레 밑에 뛰어드셨던 마들렌느 씨! 이렇게 숨이 막혀 버리다니! 그러게 내가 안 된다고 했는데 왜 내 말을 안 들으시고 이런 사태를 맞으셨나. 세상에, 애들 장난도 아니고! 그렇게나 좋으신 분이 이렇게 돌아가시다니! 저 딸! 아! 저 딸은 어떡하나!"

포슐르방은 머리털을 쥐어뜯었다. 코제트는 벌써 치룽에 실린 채 몰래 수도원을 나와 그가 아는 노파의 집에 숨어 있었다.

끼익 하는 날카로운 소리가 멀리서 들려왔다. 묘지의 철문이 닫히는 소리였다.

포슐르방은 다시 장발장을 가까이 들여다보았다. 순간 그는 간이 떨어지듯 놀라며 구덩이 밖으로 기어 올라왔다. 장발장이 눈을 뜨고 그를 바라보고 있었던 것이다.

죽은 사람을 보는 것도 무섭지만 다시 살아나는 걸 보는 건 더 무서운 일이다. 포슐르방은 극도의 충격을 받아 새파랗게 질리고 돌처럼 굳어, 자기를 바라보고 있는 장발장을 오히려 멍하니 마주 쳐다보았다.

"잠이 들었었나 봐요."

장발장은 그렇게 말하며 일어났다.

포슐르방은 쓰러지듯 주저앉았다.

"아이고, 세상에!"

그러고는 다시 일어서며 외쳤다.

"아이고 고맙습니다, 마들렌느 씨!"

장발장은 잠시 기절했다가 밖의 공기가 들어오자 깨어난 것이었다.

포슐르방은 아직도 온전히 정신을 차리지 못하고 있었다.

"좀 춥네."

장발장의 말에 그제야 비로소 포슐르방은 정신이 완전히 돌아왔다.

"여기서 빨리 나가야죠."

포슐르방은 주머니에서 미리 가져온 병을 꺼냈다.

"우선 이것 좀 마시세요!"

장발장은 위스키를 조금 마시고 나자 정신을 제대로 차릴 수 있었다.

장발장이 관에서 나온 후 포슐르방은 다시 뚜껑을 덮고 못질을 했다.

그러고는 둘이 함께 흙을 떠 넣으며 빈 관을 완전히 파묻었다.

작업을 끝내자마자 포슐르방이 말했다.

"이제 빨리 나가야 됩니다. 제가 삽을 들 테니 선생께선 곡괭이를 메십시오."

날은 이미 어두워 있었다.

장발장은 걷기가 좀 힘들었다. 관 속에서 꼼짝도 안 하고 오래 누워 있어서 관절이 굳어 있었던 것이다.

닫힌 철문 앞에 이르자 포슐르방 영감이 무덤 파는 남자의 패를 상자속에 넣었다. 그러자 수위가 줄을 잡아당겨 문을 열어 주었다.

두 사람은 태연히 묘지 밖으로 나와 인적이 드문 보지라르 거리를 걸어 87번지를 찾아갔다. 포슐르방은 87번지 집 앞에서 장발장을 기다리게 해놓고 삽과 곡괭이를 들고 아주 낡고 초라한 그 집 안으로 들어갔다. 현관문을 두드리자 안에서 소리가 들렸다.

"들어오시오."

그리비에의 목소리를 들으며 포슐르방은 문을 밀었다. 방 안은 가난한 사람들의 집이 늘 그렇듯 가구도 없이 어수선하고 옹색했다. 그리고 구석에 부인과 고만고만한 아이들이 모여 있었다. 방 안은 온통 뒤집어 놓아 난장판에 가까웠고, 침울한 표정으로 있는 부인과 아이들 앞에서 그리비에가 인상을 쓰며 으르렁대고 있었다. 패를 찾느라 난리를 치며 식구들을 다단했던 게 틀림없었다.

포슐르방이 그를 보자마자 말했다.

"곡괭이하고 삽을 가져왔소."

그리비에는 멍하니 쳐다보고만 있었다.

"내일 아침에 묘지의 수위한테 가 보시오. 당신 패가 거기 있으니까."

그리비에가 깜짝 놀라며 물었다.

"아니, 뭐라고요?"

"당신이 패를 흘렸더군요. 당신이 떠난 뒤에 보니까 땅바닥에 떨어져 있더라고요. 나 혼자 관을 다 묻었으니까 당신 일을 내가 대신 다 한 거요. 패는 수위한테 받으면 되고 십오 프랑은 안 내도 되고요."

그리비에는 기쁨의 탄성을 질렀다.

"정말 고맙습니다. 술은 내가 사겠소!"

한 시간쯤 뒤, 두 남자와 한 어린아이가 픽퓌스 62번지의 수도원 앞에 도착했다. 그들은 두말 할 것도 없이 포슐르방과 장발장 그리고 코제트였다.

그들은 이내 원장이 기다리고 있는 응접실로 들어섰다. 원장은 장발장을 위아래로 훑어보며 물었다.

"당신이 동생 되는 사람이오?"

"네, 맞습니다, 원장님."

포슐르방이 재빨리 대답했다.

"이름이 뭔가요?"

"윌띰 포슐르방이라고 합니다."

포슐르방이 또 대답했다. 그에게는 죽었지만 윌띰이라는 동생이 실제로 있었다.

"나이는요?"

계속 포슐르방이 대답했다.

"쉰 살입니다."

"직업은 뭔가요? 기독교 신자인가요?"

"네, 온 가족이 다 기독교 신자입니다."

"이 아이는 당신 딸인가요?"

240

"네, 그렇습니다, 원장님."

"당신이 아버지요?"

"아니오. 할아버지 됩니다."

여전히 포슐르방이 대답하고 있었다. 장발장은 한마디도 하지 않았다. 원장이 코제트를 유심히 쳐다보며 혼잣말로 중얼거렸다.

"이 아이가 미인은 안되겠군."

그러고는 말했다.

"포방 영감, 방울 달린 무릎 덮개를 하나 더 만드시오. 이제부터 두 개가 필요하니까요."

그다음 날부터 정원에서는 두 개의 방울 소리가 울렸다.

장발장은 정식으로 고용되었고 이름은 윌띰 포슐르방이라고 정했다. 코제트는 나중에 미인이 안 될 것 같다고 생각한 원장이 환영하며 기숙사에 받아 주었다.

수도원에서는 거울을 사용하지 못하게 돼 있지만 여자들은 자기 얼굴에 대해 예민하게 반응해, 자신이 아름답다고 생각하는 여자들은 아무래도 신중하게 지내지 못하는 경향이 있다. 수도 생활은 미인보다 오히려 못생긴 사람들이 더 열중한다고 생각해 수도원에서는 못생긴 여자들을 더 선호해 오고 있었다.

코제트는 수도원에서 지내며 침묵으로 일관했다. 자기는 당연히 장발장의 딸이라고 생각하고 있었지만 사실 제대로 아는 게 없었으므로 아무 말도 할 수가 없었다. 설령 뭔가를 안다고 해도 아무 말도 할 필요가 없었겠지만, 사실은 두려워서 말하는 것을 극도로 조심하고 있었다. 코제트는 수도원 생활에 금방 익숙해졌다.

수녀들은 장발장을 윌띰이라고 부르지 않고 또 하나의 포방이라고 불렀다. 만약 이 거룩한 수녀들이 주의 깊게 살펴봤다면 밖에 일이 있어 나가는 사람은 언제나 늙은 절름발이인 형 포슐르방이지 절대 그의 동생이 아니라는 걸 알았을 것이다. 하지만 수녀들은 그런 것에는 아무런 신경도 쓰지 않았다.

장발장은 밖으로 전혀 나가지 않고 안에만 틀어박혀 있었다. 그로서는 잘된 일이었다. 자베르가 그 지역 일대를 한 달이 넘도록 매일 감시하고 있었으니 말이다.

장발장은 다시금 평온한 생활을 이어갈 수 있었다. 그는 포슐르방 영감과 함께 정원 구석 오두막집에 살며 매일 열심히 정원 일을 했다. 사실 그는 젊었을 때 가지 치는 일을 했었기 때문에 재배 방법도 잘 알고 있어 그 점을 새삼 매우 유용하게 활용하고 있었다.

코제트는 매일 한 시간씩은 아버지 옆에서 지낼 수 있도록 허락되어 있었다. 그래서 항상 정해진 시각에 아이는 오두막집으로 달려왔다. 아이가 오면 집안은 천국으로 변했다. 장발장은 행복에 겨웠고, 코제트에게 쏟는 사랑으로 자신 또한 더 행복해지는 걸 느꼈다.

코제트도 이제는 웃는 아이가 되어 가면서 얼굴의 음울한 그림자는 어느새 사라져 버리고 없었다. 아이가 그렇게 예쁜 얼굴은 아니지만 귀여운 얼굴로 커 가고 있었다. 그리고 아이답게 천진한 목소리로 즐겁게 재잘거리곤 했다.

아이들의 휴식시간이 끝나고 코제트가 교실로 들어가고 나면 장발장은 아이의 교실 창문을 바라보고 있고, 또 밤이 되면 밖으로 나와 아이의 침실 창문을 바라보기도 했다.

수도원은 장발장이 보기에 끔찍한 감옥 다음으로 두 번째의 유폐장소였다. 감옥은 강도, 폭행, 간음, 살인, 사기, 협잡, 갖가지 신성모독을 저지른 남자들을, 수도원은 오로지 결백만을 요구하는 여자들을 가둬 두는 곳이다. 한 곳은 작은 소리로 죄악을 속삭이고, 다른 한 곳은 큰 소리로 과실을 고백한다. 한 곳에서는 독기가 뿜어져 나오고, 다른 곳에서는 말로 다 할 수 없는 향기가 뿜어져 나온다. 한 곳은 쇠사슬에 매어져 있고, 다른 곳은 신앙으로 매어져 있다.

비슷하면서도 완전히 다른 그 두 장소에서, 너무나 다른 두 종류의 사람들은, 하지만 같은 일, 즉 속죄를 하고 있는 것이다. 장발장은 한 곳의 그 속죄, 즉 자신을 위한 속죄는 이해할 수 있지만 다른 곳의 속죄, 즉 죄 없고 순결한 여자들의 속죄는 이해할 수가 없었다. '무엇을 속죄한단 말인가. 무슨 속죄일까' 그가 자문하고 있는데, 속에서 양심의 소리가 들려왔다. '인간의 선한 마음 중에서도 가장 거룩한 것, 그건 바로 남을 위한 속죄이다.'

가끔 그는 한밤중에 깨어나 저 순결무구한 천사들의 노랫소리를 들으며 옛날 일을 떠올렸다. 법의 처분대로 벌을 받는 자들이 하늘을 향해 소리를 지르는 것은 오로지 저주하는 몸짓이었다는 것을 이제는 알게 되었다. 그러면서 자신 역시 비참하게도 신에게 마구 삿대질을 했던 걸 생각하면 온몸의 피가 싸늘하게 식는 것 같았다.

그는 철문과 쇠창살을 바라보았다. 그런데 그것들은 누구를 가두기 위한 것인가? 분명 저 천사들을 가두기 위한 것이었다. 맹수 우리에 세워져야 할 높은 담이 양들의 우리에 세워져 있는 꼴이었다.

이곳은 분명 속죄의 장소이지 징벌의 장소는 아닌데도 저 징벌의 장소보다 더 엄격하고 더 음산하며 더 냉혹해, 수녀들은 죄수들보다도 더 고통스러운 삶을 영위하고 있었다. 장발장은 그런 생각을 하면 할수록 마음속에 남아 있던 모든 것들이 그 미지의 신비 앞에서 먼지처럼 흩어지는 걸 느꼈다. 명상을 하면서 교만함 또한 허물어지고, 반성을 하는 가운데 스스로의 허약함을 깨달으며 그는 수없이 울고 또 울었다.

수도원에서 지낸 지 어느덧 여섯 달이 지나가면서 장발장의 삶은 저옛날 주교가 몸소 보여주었던 그 거룩한 충고를 향해 점점 이끌려 가고 있었다. 코제트를 돌보며 사랑을 알게 되었고, 수도원에 머물며 겸양의 미덕을 실천하게 된 장발장은 이따금 정원에 아무도 없는 해질 무렵이 되면 무릎을 꿇고 기도를 드리곤 했다. 그가 담을 넘어 들어왔던 그날 밤에 들여다보았던 그 창문 앞, 속죄를 하느라 수녀가 엎드려 기도를 하고 있었던 바로 그 창문을 향해서 말이다.

그를 둘러싸고 있는 평화로운 정원, 향기로운 꽃들, 즐겁게 재잘거리는 아이들, 근엄하고 순결한 수녀들, 그리고 조용한 수도원이 그의 마음속에 서서히 스며들고 있었다. 따라서 그의 마음도 점차로 고요하고 향기롭게, 그리고 평화롭고 즐겁게 바뀌어 가고 있었다. 생각해 보면 그동안 닥쳤던 두 번의 큰 위기에서 자신을 보호해 주었던 곳은 모두 천주의 집이었다는 걸 그는 새삼 깨달았다. 첫 번째 집에서는 자신 앞에 모든 문들이 닫히고 인간 사회로부터 거절당했을 때 받아 주었고, 두 번째 집에서는 인간 사회로부터 다시 추적을 받으며 감옥이 입을 쫙 벌렸을 때 받아 주었던 것이다. 첫 번째 것이 없었다면 그는 다시금 죄악 속에 빠졌을 것이고, 두 번째 것이 없었다면 그는 다시 감옥에 갇혀 있을 것이었다.

그는 뼛속 깊이 감사함을 받아들이며 사랑이 마음속에서 더욱 커져만 가고 있었다.

그렇게 몇 년이 지나갔다. 코제트는 잘 커 가고 있었다.

제 **3** 부

마리우스

1

파리의 부랑아들

파리에는 아이들이 있고, 숲에는 새들이 있다. 그 새들은 참새라는 이름으로 불리며, 그 아이들은 부랑아라고 불렀다. 아이들은 모두 쾌활했다. 그들은 몹시 가난했지만 저녁마다 극장에 갈 수도 있었다. 옷은 넝마조각 같고 신발도 모자도 없이, 마치 날아다니는 파리 떼들 같았다. 그 아이들은 일곱 살부터 열세 살까지인데, 무리를 지어 거리를 돌아다니고, 노숙을 하고 구걸을 하며, 담배를 피우거나 욕을 하고 술을 마시며, 도둑들과 어울리기도 하고 계집애들과 노닥거리며 음란한 노래들을 부르고 하는데도 마음속엔 아무런 악의도 없었다. 오히려 진주 같은 결백함이 자리 잡고 있었다. 그 진주는 진흙 속에서 녹지 않는다.

이 사내아이들 속에 때로는 계집아이들이 섞여 있었는데, 계집아이들 또한 아직 어린아이들로서 비쩍 마르고, 햇볕에 탄 얼굴엔 주근깨가 더덕더덕 나 있으며, 장난꾸러기에다 야생마처럼 맨발로 돌아다녔다. 저녁엔 계집아이들의 웃음소리가 울려 퍼지기도 했다. 아이들이 한낮의 뜨거운 햇볕 아래서 서성대거나 해거름 무렵의 어둑한 빛 속에서 무리지어 있는 모습이 언뜻언뜻 보이는데, 그 모습은 명상에 잠긴 산책자의 뇌리 속에 오래도록 박혀 있어 때로는 꿈속에까지 그 환영이 나타나기도 했다.

당시 파리에는 그런 부랑아들이 사방에 득시글거렸다. 그래서 순찰병들은 울타리 없는 밭이나 빈 집, 다리 아래 등을 돌아다니다 집 없는 아이들을 찾아내는데, 그 수가 매년 평균 250명쯤이나 되었다.

부랑아들 사이에서는 조금만 특이한 사건도 매우 중요하게 여겨졌다. 그래서 큰 상처를 입은 아이가 있으면 이미 그 아이는 대단한 존경의 대상이 되었다. 주먹이 센 것 역시 존경을 받을 수 있는 결정적 조건이 되었다. 부랑아들은 '내 주먹이 굉장히 세거든!' 하는 말을 가장 즐겨 했다. 왼손잡이는 대단한 선망의 대상이고, 사팔뜨기도 존경을 받았다.

파리의 탕플 거리와 샤토 도 구역에 열한두 살 가량 되는 소년 하나가 있었다. 이 아이는 제 나이에 어울리는 미소를 늘 입가에 달고는 있었으나 마음속이 늘 우울하고 공허하기만 했다. 그가 만약 그런 성격만 아니었다면 파리 부랑아의 이상적인 모델을 완전히 갖추고 있다고 할 수 있었을 것이다. 이 아이는 어른용 바지를 요상스럽게 입고 있었는데, 아버지 것을 입은 것 같지는 않고, 또 웃옷도 여자용을 입고 있었지만 어머니 것을 입은 건 아니었다. 아마도 누군가가 불쌍히 여겨 입혀준 것 같았다. 아이에게는 부모가 있었지만 아버지는 아이에게 관심조차 없었고 어머니는 아이를 조금도 돌봐 주지 않아 부랑아가 된 것이었다. 그에게는 부모가 있지만 없는 것이나 마찬가지였다.

이 아이는 거리에 나와 있을 때가 차라리 마음이 더 편했다. 거리의 사람들은 아이에게 어머니보다 덜 냉혹했다. 소년의 부모는 아이를 세상에 내동댕이쳐 버린 것이었다. 소년도 아무런 미련 없이 집을 나와 버렸다.

소년은 얼굴이 창백했지만 날렵하고 영리하며, 몸은 약했지만 인내심이 있었다. 그는 거리를 쏘다니며 노래를 부르고 가끔은 도둑질도 좀 했다. 훔칠 때는 고양이나 참새처럼 잽싸게 했고, 사람들이 부랑아라고 부르면 그냥 웃다가, 불량소년이라고 부르면 화를 냈다. 그래도 소년은 자유로우며 늘 쾌활하게 지냈다.

만약 이런 가련한 자들이 성인이라면 사회질서라는 이름의 맷돌에 갈려 완전히 가루가 되어 버릴 것이다. 그러나 아이일 때는 아직 어리기 때문에 거기서 벗어날 수가 있다. 아주 작은 구멍이라도 있다면 그리로 빠져 살아날 수가 있는 것이다.

이 소년은 완전히 버림을 받았으면서도 3, 4개월에 한 번씩은 "엄마를 만나러 좀 가볼까!" 하고 말하며 50−52번지에 있는 고르보의 집으로 터벅터벅 걸어가기도 했다.

늘 '셋방 있음' 이라는 광고가 붙어 있었던 그 텅 빈 주택엔 이제 여러 사람들이 입주해 살고 있었다. 그들은 물론 서로 아는 사이가 아니었다. 어쨌거나 그들은 모두 극빈자 층의 사람들이었다.

장발장이 그곳에 살던 때의 그 '집주인' 노파는 이미 죽었고, 그다음에 들어온 사람도 또 노파였다. 어떤 철학자가 이런 말을 한 적이 있었다. '노파는 절대 씨가 마르지 않는다.' 라고.

이 새로운 노파의 이름은 뷔르공이라고 했다. 그리고 이 초라한 주택에 살고 있는 사람들 중 제일 비참한 가족은 네 식구가 살고 있는 한 집안이었다. 그들은 부부와 두 딸들이었는데, 좁은 다락방에서 함께 비비적대며 살고 있었다. 이들은 극도로 가난한 살림을 꾸리고 있었는데, 그 외에 특별한 점이라곤 달리 없었다. 남자의 이름은 종드레트라고 하며, 그들 가족은 살림살이랄 것도 거의 없이 맨몸이다시피 했다. 이 남자는 이사를 오자마자 수위 겸 청소부인 그 셋집 주인 노파에게 이렇게 지껄였다.

"할머니, 혹시 누가 찾아와서 폴란드 사람이거나 이탈리아 사람이거나 또는 스페인 사람을 찾으면 그게 난 줄 알고 계세요."

이 가족은 다름 아닌 저 쾌활한 맨발 소년의 식구들이었다. 소년이 집에 오면 눈에 보이는 것이라곤 오로지 빈곤과 비참함뿐이었고, 더 우울하게 하는 것은 누구의 얼굴에서도 웃음을 볼 수 없다는 점이었다. 집 안도 싸늘하고 사람들도 싸늘했다. 소년이 들어가면 가족들은 "어디서 오니?" 하고 묻고, 소년은 "거리에서" 라고 대답했다. 그가 집에서 나가면 그들은 "어디로 가니?" 하고 묻고, 그는 또 "거리로" 하고 대답했다. 소년의 엄마는 심지어 아들에게 "뭣 하러 왔니?" 하고 묻기 일쑤였다.

아이는 들판의 잡초처럼 그렇게 버려진 채 살고 있었지만 그렇다고 해서 불행하게 생각한다거나 가족을 원망하지도 않았다. 아니, 부모란 게 어떻게 하는 사람들인가에 대해서조차도 잘 모르고 있었다. 그의 어머니는 딸들을 매우 아끼고 있었다.

탕플 거리에 늘 나타나는 이 소년의 이름은 가브로슈였다.

종드레트 가족이 살고 있는 방은 복도의 맨 끝에 있었고, 그 옆방엔 마리우스라는 매우 가난한 청년이 살고 있었다. 마리우스는 몽상을 좋아하는 청년인데 입이 무겁고 거의 말이 없었다.

2

부르주아

질노르망 씨는 좀 괴팍한 노인인데, 18세기 시대의 사람들처럼 거만한 시민정신을 가지고 있었으며, 귀족들이 귀족의 태도를 간직하고 있듯이 옛 시민의 태도를 그대로 유지하고 있었다. 그는 이미 아흔 살이 넘었지만 허리도 꼿꼿하고 목소리도 크며 눈도 밝고 건강한데다 술도 잘 마셨다. 글을 읽을 때 외에는 안경도 쓰지 않고, 여자도 좋아했지만 10년 전부터는 여자와 완전히 관계를 끊고 산다고 그 스스로 고백했다. 그러면서 '여자들이 나를 좋아하지 않으니까'가 이유라고 했다. 그러고는 '너무 늙어서'라고 하지 않고, '너무 가난해서'라고 덧붙여 말했다. 그러면서 또 이런 말도 했다. "내가 파산하지만 않았어도…… 그냥!" 그는 사실 1년에 1만 5천 프랑쯤의 수입밖에는 없었다.

이 노인은 항상 건강하고, 성질이 급해 화도 잘 냈다. 좀 더 심할 때는 버럭버럭 소리를 지르며 지팡이를 치켜들고 후려치기도 했다. 이 노인에게는 나이 오십이 넘은 미혼의 딸이 있었는데, 화가 나면 그 딸을 때릴 때도 있었다. 그는 또 하인의 따귀를 후려갈기며 "이런 망나니새끼 같으니!" 하며 욕을 해댔다.

노인은 마레 지역의 칼베르 거리 6번지에 살고 있었다. 2층의 넓은 그의 방 양쪽으로는 한길과 정원이 보였고, 방 안에는 아주 고급스럽고 멋진 커튼이 높다랗게 천장까지 쳐 있었다.

그는 결혼을 두 번 했으며 쾌활한 성격이었고, 마음만 잘 맞으면 여자를 매우 사랑하기도 했다. 아내에게는 무뚝뚝하고 불친절한 남편이면서도 애인에게는 다정다감한 남자들이 있는데, 이 노인도 젊었을 때는 그런 남자 중 하나였다. 그는 짧은 바지에 끈 달린 구두를 신고 두 손은 바지 주머니에 찔러 넣고서 거만하게 말하곤 했다. "프랑스 혁명은 무뢰한들이나 하는 짓거리야."

질노르망 씨는 굳은 편견을 갖고 있었는데, 그중 한 가지는 이런 것이었다. 만약 남자가 딴 여자한테 한눈을 팔면서 못생기고 질투하는 아내가 있다면 아내에게 곧바로 돈주머니를 맡기는 게 낫다는 생각이었다. 그렇게 포기함으로써 남자는 자유를 얻게 된다는 것이었다. 아내 또한 돈세는 재미에 빠져 자신만만해지고, 또 물건을 산다거나 판다거나 하며, 계약을 했다가 취소하고, 양도했다가 저축하고 또 낭비하는 등 온갖 즐거움을 누리며 스스로 위안을 할 수가 있는 것이다. 남편에게서 무시당한 만큼 아내는 그런 남편을 파산시키면서 만족해 한다는 것이 질노르망 씨가 믿고 있는 생각이었다.

그의 두 번째 아내는 그의 재산을 잘 관리했기 때문에 그녀가 죽은 후 질노르망 씨에게 남아 있는 재산은 먹고 살 만큼은 되었다. 그래서 그걸 전부 종신연금으로 예금해 연간 1만 5천 프랑의 수입을 얻을 수 있게 된 것이었다.

그런데 어느 날, 갓난아이 하나가 바구니에 담겨 그의 집으로 왔다. 반년 전쯤에 쫓겨난 하녀 하나가 질노르망 씨의 아들이라며 그 아이를 보내온 것이었다. 당시 질노르망 씨는 84세였다. 그의 가족들이 이를 알고는 난리를 했다. "아니, 그 뻔뻔스런 계집이 어디다 대고 아이를 키워 달라고 그런 끔찍한 수작을 부려!" 하지만 막상 질노르망 씨 본인은 화를 내지 않으며, 오히려 즐거운 듯 너그러운 미소까지 지으며 그 갓난아이를 지그시 바라보았다.

"뭘 이런 걸 가지고 시끄럽게 떠들지? 무식한 것들 같으니. 샤를르 9세 폐하의 서자인 앙굴렘 공작은 여든다섯 살에 열다섯 살 소녀하고 결혼하셨고, 보르도 대주교 추르디 추기경의 동생인 알류이 후작 비르지낭은 여든세 살에 쟈켕 의장 부인의 시녀와의 사이에 아들을 얻었지. 또 대단한 위인이신 따바로 수도원장은 그의 아버지가 여든일곱 살 때 태어나셨단 말이야. 이런 일들이 뭐가 이상한가? 하지만 이 아이가 내 아들이 아니란 건 성서에 대고 맹세할 수 있다! 그래도 어쨌거나 이 아이를 잘 돌봐 주도록 해. 이 아이 잘못은 아니니까 말이야."

그의 행동은 무척 인간적이었다. 하인이었던 여자의 이름은 미농이었는데, 그다음 해에도 두 번째 사내아이를 그의 집으로 보내왔다. 그러자 질노르망 씨는 두 손 다 들고 아이들을 제 어미한테로 돌려보내며, 앞으로 절대 다시 그런 짓을 하지 않겠다는 조건을 내걸고 아이들 양육비로 매달 80프랑씩을 보내주기로 약속했다.

질노르망 씨에게는 신부인 동생이 하나 있었다. 그 동생은 33년간 푸아티에 아카데미의 회장을 지내다가 79세에 죽었는데, '내 동생은 일찍 죽었다'고 질노르망 씨는 말하곤 했다.

질노르망 씨는 첫 부인과의 사이에 딸이 하나 있는데 미혼으로 살고 있고, 두 번째 부인과의 사이에서도 딸 하나를 두었는데 출세한 군인과 결혼했다가 30세쯤에 죽고 말았다. 사위인 그 군인은 공화국과 제국시대에 군대에 들어가, 오스테를리츠 전투에서는 훈장을 받았고, 워털루 전투를 통해서는 대령으로 승진을 했는데도 '이건 우리 집안의 수치스러운 일'이라며 늙은 부르주아인 질노르망 씨는 투덜거렸다.

왕정복고 시대 초기까지만 해도 '아직 젊었던' 질노르망 씨는 — 1814년에 그는 74세였다 — 생 제르맹 근처 세르방도니 거리에 있는 생 쉴피스 성당 부근에 살고 있었다. 그러다 사교계를 떠나면서 80세에 마레 지구로 옮겨 갔다.

사교계에서 물러난 후 그는 자신만의 세계에 잠겨 버렸다. 낮에는 문을 철저히 닫아 버리고 아무도 만나지 않았으며, 저녁이 되어야만 일이든 사람이든 받아들였다. 오후 다섯 시에 저녁 식사를 한 다음부터 그의 집 문이 열리기 시작했다. 그는 그 습관을 절대 바꾸려 하지 않고 모든 사람에게 적용했다. 심지어 상대가 왕이라 할지라도 그 장벽은 무너지지 않았다. 그는 그 이유를 이렇게 말했다. "낮은 천박하기 때문에 문을 닫아 놓아야 한다. 훌륭한 남자라면 창공에 별이 빛날 때 자신의 정신도 빛을 내야 하는 것이다."

질노르망 씨의 두 딸은 10년 차이로 태어났는데, 그들은 외모나 성격이 조금도 닮지 않았다. 동생은 마음이 착해서 아름다운 모든 것들에 관심을 가지고 꽃과 문학, 음악에 열중했으며, 고결한 정신세계를 동경하고 어릴 때부터 마음속에 이상으로 떠오른 영웅적인 환영에 온 몸과 마음을 쏟고 있었다. 언니도 자기만의 세계에 빠져있긴 했지만 좀 천박하고 격이 낮은 상상의 나래를 펼치곤 했다. 두 소녀는 그렇듯 각자 자기만의 꿈속에서 날개를 펼치고 있었는데, 한 사람은 천사의 날개였고, 다른 한 사람은 거위의 날개였다.

그 후 동생은 꿈속의 남자와 실제로 결혼까지 했지만 일찍 죽어버렸고, 언니는 결혼을 하지 않았다. 언니는 이제 둔하고 늙어 빠진 채 집 밖에서는 아무도 그녀의 이름을 아는 사람도 없었고, 사람들은 그녀를 그냥 질노르망 큰아가씨라고 부르고 있었다.

그런데 이 질노르망 큰아가씨에게 교회 친구 하나가 있었다. 그녀처럼 미혼인데 보부아라는 이름의 역시 둔한 여자였다. 그 여자 앞에서 질노르망 큰아가씨는 마치 자신이 독수리나 되는 것처럼 자신만만해 했다.

질노르망 큰아가씨는 집안 살림을 꾸려 가고 있었는데, 집에는 그녀의 아버지 외에도 소년 하나가 살고 있었다. 그 소년은 질노르망 씨만 보면 늘 입을 다문 채 긴장하고 있었다. 질노르망 씨가 수시로 그 소년에게 호통을 치며 지팡이를 들어 올렸기 때문이다. 소리를 버럭버럭 지르면서.

"이런 못된 놈 같으니! 얼른 이리 못 와! 이 버르장머리없는 놈아!"

3

할아버지와 손자

질노르망 씨는 세르방도니 거리에 살고 있을 때까지만 해도 매우 훌륭한 상류층 집안 몇 곳에 드나들곤 했다. 그 자신은 중류층 시민이었지만 상류층 사람들에게서 거절당하지는 않았다. 그가 꽤 재치가 있었기 때문이다. 사람들도 그걸 인정해 주었고, 그래서 더욱 그를 환영했다.

그는 상류층 집을 방문할 때 항상 딸과 소년을 데리고 갔는데, 딸은 미혼인 큰딸로서 당시 사십 세가 조금 넘은 나이였지만 실제로는 오십이 넘어 보였고, 소년은 일곱 살이었는데 피부가 하얗고 예쁘장하며, 활발하고 만족스러운 듯한 눈빛을 갖고 있었다. 이 소년이 응접실에 나타나면 사람들이 언제나 한마디씩 했다. "참 귀엽구나!" "애가 참 아깝다!" "애가 가엾게 됐지!" 이 소년은 바로 질노르망 씨의 손자였다. 사람들이 아이에게 가엾다고 말하는 건 그의 아버지가 '루아르의 무리들' 중 하나였기 때문이다. 다시 말해, 질노르망 씨의 사위로서, 그가 '우리 집안의 수치'라고 부르는 그 사람이었다.

그 당시 베르농이라는 작은 도시에 정원을 잘 가꿔 온갖 꽃들이 만발해 있는 아담한 집이 한 채 있었는데, 정원을 가꾸고 있는 남자는 50세쯤 되고 이마부터 뺨까지 긴 흉터가 나 있으며 머리가 하얗고 허리가 벌써 굽어 실제 나이보다 훨씬 늙은 노인으로 보였다. 그는 하루 종일 삽이나 낫을 들고 꽃 속에 파묻히다시피 일을 했다. 이 남자가 바로 그 루아르의 무리라고 불리는 사람이었다.

전쟁 기록이라든지 전기, 정부 기관지, 육군 보고서 같은 것들을 읽어 본 사람들은 거기에 자주 등장하는 조르주 퐁메르시라는 사람에게서 큰 감명을 받았을 것이다. 그는 젊었을 때 생통즈 연대에서 사병으로 있었는데, 혁명이 일어나자 생통즈 연대가 라인 군 소속이 되면서 퐁메르시는 여기저기로 전전하며 전투에 참여하게 되었다. 그러는 동안 그는 수많은 전공을 세우며 이탈리아 국경까지 나아가, 상관인 쥬베르는 고급 부관으로 승진되고, 퐁메르시는 소위로 승진되었다. 그 후로도 퐁메르시는 전투마다 큰 공을 세워 황제에게서 훈장도 받으며 대위가 되었고, 계속해서 셀 수 없을 만큼 많은 공로를 세우며 나폴레옹을 따라 엘바 섬에도 갔다. 그는 또 워털루 전투에서 튀부아 여단의 흉갑기병 중대장으로서 루네부르크 대대의 군기를 빼앗아 내기도 했다. 그리고 피투성이가 된 채 그 군기를 가지고 황제에게 가서 바쳤다. 군기를 빼앗는 과정에서 얼굴에 칼을 맞았던 것이다. 그를 보며 황제가 기뻐하면서 외쳤다.

"그대는 지금부터 대령이며, 남작 칭호를 받게 된다. 그리고 레지옹 도뇌르 4급 훈장을 내린다!"

이처럼 퐁메르시는 대령이 되고 또 남작이 되었는데, 한 시간 후에는 오앵의 골짜기에 빠지는 신세가 되었다. 워털루 전투에서 시체 속에 파묻혀 있다가 한 남자에 의해 오앵의 깊은 골짜기에서 끌어내어진 후 운 좋게도 자기 편 군대를 만나 야전병원으로 옮겨졌던 것이다.

그 후 왕정복고가 되면서 그는 봉급을 깎이고, 베르농의 주택에서 감시를 당하고 있었다. 루이 19세는 백일천하 때의 모든 수혜를 다 무효 처리함으로써 퐁메르시가 받았던 레지옹 도뇌르 훈장과 대령 계급, 그리고 남작의 칭호도 모조리 인정되지 않았다. 하지만 그는 언제나 육군 대령 남작 퐁메르시라고 서명했다. 그리고 제복이 한 벌밖에 없지만 외출할 때는 언제나 레지옹 도뇌르 훈장 배지를 옷에 붙였다. 그러자 검사가 '불법 훈장 패용'으로 그를 기소하겠다고 경고했다. 그 경고가 비공식적으로 그의 귀에 들어왔을 때 퐁메르시는 씁쓸하게 웃으며 대답했다.

"내가 프랑스 말을 못 알아듣는 건지, 아니면 당신이 프랑스 말을 못하는 건지는 알 수 없지만 아무튼 난 무슨 소린지 통 알 수가 없소."

그날부터 그는 일주일 동안 매일 그 훈장 배지를 달고 다녔지만 아무도 그를 괴롭히는 자는 없었다. 그러다 어느 날 아침, 퐁메르시는 베르농 거리에서 그 검사를 만났다.

"검사 나리, 얼굴 흉터는 이대로 달고 다녀도 괜찮나요?"

퐁메르시는 기병중대장 급으로 봉급이 반감되었고, 그것밖에는 아무 수입이 없었다. 그래서 그는 베르농에서 아주 작은 셋집을 얻어 혼자 살고 있었다.

제정시대 때 전쟁을 하는 도중 그는 질노르망 양을 만나 결혼을 했다. 늙은 부르주아 질노르망 씨는 그가 마음에 들지 않았지만 결혼을 허락하지 않을 수 없었다. 퐁메르시 부인은 모든 면에서 훌륭하고 교양 있는 사람이었으나 1815년에 아이 하나를 두고 세상을 떠나고 말았다. 그 아이는 외롭게 사는 대령에게 유일한 기쁨이었다. 그러나 외할아버지가 손자를 달라면서 만약 안 주면 상속권을 주지 않겠다고 했다. 그래서 퐁메르시는 아들을 위해 양보하였고, 아들과 함께 살 수 없게 되자 마음을 달래기 위해 꽃을 가꾸게 되었던 것이다.

그때부터 그는 모든 걸 체념하고, 아무런 활동도 계획도 없이 오로지 지난 일들을 회상하며 시간을 보내고 있었다.

질노르망 씨와 사위인 퐁메르시 사이에는 아무런 관계도 이어지지 않왔다. 대령은 질노르망 씨에게 그저 '악당'이었고, 늙은 질노르망 씨는 대령에게 '멍텅구리'일 뿐이었다. 퐁메르시는 자기 아들을 절대 만날 수 없도록 되어 있었다. 그것을 위반하면 그의 아들은 상속권을 박탈당하고 집에서 쫓겨나야 했다. 대령으로서는 자기 혼자만 희생하면 되므로 그 조건을 무조건 받아들였다. 질노르망 씨의 유산은 별것 아니었지만 질노르망 큰아가씨의 유산은 막대했다. 계속 미혼인 이 큰아가씨는 어머니한테서 많은 재산을 물려받았고, 그녀의 조카가 자연히 상속자가 되는 것이었다.

아이의 이름은 마리우스이며, 자기에게 아버지가 있다는 것밖에 아무것도 몰랐다. 아무도 아버지에 대한 얘기를 해주지 않았던 것이다. 다만 할아버지를 따라 가는 사교계에서 사람들이 하는 소곤거림과 눈짓 등을 보며 마침내 어느 정도 내용을 알게 되었다.

마리우스가 커 가면서 질노르망 큰아가씨는 아이를 생 쉴피스 성당의 미사에 데리고 다녔다. 대령은 서너 달에 한 번씩 그 시간에 성당으로 가서 기둥 뒤에 숨어 아이를 바라보았다. 그러는 동안 퐁메르시는 베르농의 마뵈프 신부와도 알게 되었다. 신부는 생 쉴피스 성당의 집사 한 사람과 형제 사이인데, 그 집사가 대령이 아이를 지켜보고 있는 걸 여러 차례 보게 되었다. 그런데 남자는 얼굴에 흉터가 있으며, 아이를 볼 때마다 눈물을 흘리는 것이었다. 집사는 이 남자가 우는 모습에 마음이 찡해지며, 그 얼굴이 그의 머릿속에서 떠나질 않았다.

그러던 어느 날, 형을 보러 베르농으로 가던 집사는 다리 위에서 생 쉴피스 교회의 그 우는 남자를 만나게 되었다. 집사는 퐁메르시에 대한 얘기를 사제인 형에게 하며 둘이서 퐁메르시의 집을 찾아갔다. 그리고 그때부터 그들은 계속해 그의 집을 방문했다.

절대 입을 열지 않던 대령도 마침내 이야기를 털어놓게 되었다. 자초지

종을 들은 사제와 집사는 퐁메르시가 아들의 장래를 위해 자신의 행복을 모두 희생하고 있다는 것을 알고는 대령에게 존경심과 온정을 품게 되었고, 대령도 그들을 좋은 사람들로 생각했다.

1827년, 마리우스도 어느덧 열일곱 살이 되었다. 어느 날 저녁, 그가 집으로 돌아가자 할아버지가 편지를 읽다 말고 말했다.

"마리우스, 내일 베르농에 가 봐라."

"왜요?"

"네 아버지를 만나 보거라."

마리우스는 몸이 떨려 왔다. 그는 아버지를 만나야 할 일이 생기리라고는 이제껏 한 번도 생각해 본 적이 없었다. 그래서 너무나 뜻밖이고 놀랍고, 심지어 불쾌한 생각마저 들었다.

마리우스는 할아버지가 이따금 기분 내키면 하던 말대로, 아버지가 자기를 사랑하지 않는다고 믿고 있었다. 아버지가 자기를 이렇게 버려두고 있는 것만 봐도 너무나 분명하며, 자신이 사랑을 못 받는 만큼 그도 아버지를 좋아하지 않았다. 그것은 당연한 일이라고 그는 생각해 왔다.

멍하니 서 있는 그에게 할아버지가 다시 말을 이었다.

"아픈가 보다. 너를 오라고 한다는구나."

그러고는 잠시 말을 끊었다가 다시 덧붙였다.

"내일 아침에 가거라. 퐁텐느 거리에서 여섯 시에 떠나 저녁에 도착하는 마차가 있으니, 그걸 타거라. 무척 위독한가 보다."

마리우스는 바로 그날 저녁에 출발해 다음 날 아침에 그의 아버지 곁에 가 있을 수도 있었다. 블루아 거리에서 밤에 루앙까지 가는 역마차가 있으므로, 그걸 타면 베르농에 내릴 수 있었다. 그러나 질노르망 씨도 마리우스도 그런 게 있다는 걸 알아보려고 생각조차 하지 않았다.

이튿날 해질 무렵, 마리우스는 베르농에 도착했다. 가로등이 막 켜지기 시작하고 있었다. 그는 길거리에서 아무한테나 '퐁메르시 씨의 집'을 물어보았다. 그도 왕정복고 정부와 같은 의견을 갖고 있었으므로 아버지를 남작이나 대령으로 인정하지 않고 있었던 것이다.

마침내 어떤 사람이 가르쳐 준 대로 아버지의 집에 도착해 초인종을 누르자 한 여자가 작은 램프를 들고 나와 문을 열어 주었다.

"퐁메르시 씨 계십니까?"

마리우스가 묻는데도 여자는 그냥 멍하니 쳐다볼 뿐이었다.

"이 집 아닌가요?"

여자는 맞다고 했다.

"만나 뵙고 싶은데요."

그런데 여자가 고개를 가로저었다.

"저는 그분 아들 되는데요. 지금 기다리고 계실 거예요."

"아니오. 이제는 기다리시지 않습니다."

가만 보니 여자는 울고 있었다.

그는 여자를 따라 안으로 들어가 한 방으로 안내되었다.

방 안에는 남자 세 명이 있었는데, 한 사람은 서 있고, 다른 한 사람은 무릎을 꿇고 있었으며, 또 한 사람은 셔츠만 입은 채 마룻바닥에 누워 있었다. 누워 있는 남자가 바로 대령이었다. 서 있는 남자는 의사였고, 무릎 꿇고 있는 사람은 신부였다. 그는 기도를 드리는 중이었다.

대령은 사흘 전에 뇌염에 걸렸는데 어떤 불길한 예감이 들어 질노르망 씨에게 아들을 보내달라는 편지를 보냈던 것이다. 그런데 병이 급히 위중해지며 마리우스가 베르농에 도착한 바로 그 시각쯤에 대령은 정신착란의 발작을 일으켰다. 가정부가 극구 말리는데도 그는 침대에서 벌떡 일어나 외쳤다는 것이다.

"내 아들이 안 오는구나! 그러면 내가 가서 만나야겠다!"

그러고는 응접실로 나왔다가 바닥에 쓰러지고 말았다. 그가 운명한 건 불과 얼마 전이었다. 가정부가 의사와 사제에게 연락을 했지만 다들 너무 늦게 도착했고, 아들마저도 너무 늦게야 왔다.

어슴푸레한 촛불 아래 누워 있는 핏기 없는 대령의 얼굴엔 흘러내린 눈물 자국이 그대로 남아 있었다. 아들의 도착을 보지 못한 비통의 눈물이 아니고 무엇이었겠는가.

마리우스는 자신의 아버지라고 하는 이 남자의 얼굴을 처음이자 마지막으로, 그것도 죽은 후에야 자세히 들여다보며 쓸쓸한 감정으로 서 있었다. 방 안엔 침묵과 가슴 저미는 애통한 심정만이 감돌고 있었다. 가정부는 한쪽 구석에서 소리 내어 울고, 사제는 기도를 드리며 흐느끼고, 의사 또한 눈물을 닦고 있었다. 죽음마저도 울고 있는 듯했다.

의사와 사제, 가정부 모두 근심스러운 표정으로 이따금 마리우스를 쳐다보았다. 그들 속에서 마리우스는 이방인처럼 조금도 슬퍼하지 않는 자신의 태도에 무척 겸연쩍고 불편했다. 그러나 그게 자신의 잘못은 아니었다. 그는 아버지를 전혀 좋아해 본 적이 없었으니까!

아버지의 유산은 아무것도 없었고, 오히려 살림살이를 다 팔아도 장례식 비용이 나올까 말까였다. 가정부가 종이 하나를 발견하고 마리우스에게 내밀었다. 대령이 쓴 것이었다.

내 아들에게
황제께서 워털루 전투의 공으로 나에게 남작 작위를 하사하셨다. 하지만 복고 정부는 피 흘려 얻은 이 작위를 인정하지 않는다. 그래도 내 아들인 너는 이 작위를 사용하기 바란다. 너에게 그럴 자격이 있는 건 너무도 당연하다.

대령은 종이 뒷면에 이렇게 덧붙여 적었다.

그 워털루 전투에서 한 상사가 내 생명을 구해 주었다. 그의 이름은 떼나르디에라고 하는데, 파리 교외의 셸이나 몽페르메유라는 마을에서 작은 여관을 하고 있을 것이다. 네가 떼나르디에를 만나게 되면 최대한의 호의를 베풀어 주기 바란다.

마리우스는 아버지에 대한 존경심 때문이 아니라 죽음에 대한 막연한 경의로 그 종이를 주머니에 집어넣었다.

대령의 물건은 아무것도 남지 않았다. 검과 군복이 하나씩 있었지만 그것마저도 질노르망 씨가 고물상에 팔아 버렸다.

마리우스는 베르농에 겨우 48시간밖에 머물러 있지 않았다. 장례를 치르고 곧바로 파리로 돌아온 그는 법률 공부를 시작하면서 아버지의 죽음이 벌써 머릿속에서 사라져 버렸다. 대령은 이틀 만에 매장되고 사흘 만에 잊혀져 버렸다. 마리우스의 모자에 달린 상장만이 사실을 증명하는 유일한 표시였다.

어느 일요일, 마리우스는 생 쉴피스 성당에 가서 어릴 때 이모와 함께 다녔던 그 비에르즈 회당에서 미사를 드렸다. 그날 그는 무심코 기둥 뒤에 있는 한 의자에 앉았다. 그런데 의자 위엔 '집사 마뵈프'라고 적혀 있었다. 미사가 막 시작되자 한 노인이 다가오더니 마리우스에게 말했다.

"이보세요. 이건 내 자리예요."

마리우스는 얼른 자리를 비켜 주었다.

미사가 끝난 후 마리우스가 잠시 생각에 잠겨 있는데, 그 노인이 다가와 말했다.

"아까는 실례했습니다만 내가 꼭 거기에 앉아야 할 이유가 있어서요. 얘기해 드릴게요."

"아닙니다. 꼭 그러지 않으셔도 됩니다."

마리우스가 만류했지만 노인은 굳이 설명을 하기 시작했다.

"내 얘기를 들어보시면 나를 이해하실 수 있을 겁니다. 나는 저 자리를 아주 좋아해요. 같은 미사라도 거기 앉으면 더 좋게 느껴지거든요. 그 이유를 설명해 드리지요. 나는 한 갸륵한 남자가 서너 달 만에 한 번씩 꼭 이 미사에 오는 것을 보았어요. 아주 오랜 세월 동안 말이오. 그 사람은 자기 아들을 보러 오는 거였어요. 미사 때 말고는 아들을 만날 기회도 다른 방법도 없었지요. 아들을 만날 수 없도록 집안에서 금지하고 있어서 자기 아들이 미사에 오는 시간에 맞춰서 왔던 거예요. 아들은 자기 아버지가 자기를 보고 있는 줄은 꿈에도 몰랐을 겁니다. 자기에게 아버지가 있다는 것조차 몰랐을 테니까요. 아버지는 혹여나 들킬까 봐 저 기둥 뒤에 숨어서 아들을 바라보며 울곤 했어요. 아들을 몹시 사랑했으니까요. 나는 내 눈으로 직접 보았지요. 그래서 저 자리는 내게 거룩한 장소가 되었고, 나는 항상 저 자리에 앉아 미사를 듣게 되었어요. 나는 집사 직보다 저 자리를 더 좋아해요. 그리고 그 가련한 남자의 신세에 대해서도 조금 알게 되었어요. 그에게는 장인과 돈 많은 아이의 이모가 있었는데, 그들은 만약 이 남자가 아들을 만났다가는 상속권을 박탈하겠다고 위협했다는 거예요. 그래서 그는 아들이 나중에 상속을 받고 행복하게 살 수 있도록 아이를 지키기 위해 자신의 행복을 희생했던 거예요. 그는 훌륭한 사람이었지만 그 장인과 정치적인 의견에서 대립했던 것 같습니다. 워털루 전투에 참가했다고 해서 사람이 나쁜 건 아니지 않습니까? 어쨌거나 그렇다고 해서 부자간을 생으로 떼어 놓다니! 그 사람은 황제 밑에서 대령으로 있었어요. 사제인 우리 형과 마찬가지로 그 사람도 베르농에 살았죠. 봉페르 뭔가 하는 이름이었는데…… 얼굴엔 칼에 다친 커다란 흉터가 있었지요."

"그 사람 이름이 퐁메르시 아닙니까?"

마리우스는 안색이 창백해지며 물었다.

"맞아요. 퐁메르시 맞아요. 혹시 그분을 아시오?"

"바로 제 아버지였습니다."

늙은 집사는 마리우스의 말에 두 손을 맞잡고 외쳤다.

"아니! 당신이 그 아들이라고요? 아참, 그렇겠네. 지금쯤은 많이 컸을 테니……. 알고 있었는지 모르지만 당신 아버지는 당신을 무척 사랑하셨다오."

마리우스는 늙은 집사를 집까지 모셔다 드렸다. 그리고 다음 날, 그는 질노르망 씨에게 말했다.

"친구들과 사냥하기로 약속을 했어요. 사흘쯤 걸릴 것 같은데요?"

"나흘이라도 괜찮다. 잘 갔다 오너라."

질노르망 씨는 그렇게 말하며 마리우스가 나간 뒤 딸에게 눈을 깜빡거리면서 나지막이 말했다.

"쟤가 요즘 연애하나 보네!"

사흘 후 집으로 돌아온 마리우스는 법률학교의 도서관으로 가서 정부 기관지를 빌려왔다. 그리고 공화국과 제국시대의 역사기록, 세인트 헬레나의 회고록, 그 밖의 모든 신문의 포고문 등을 샅샅이 읽어 보았다. 그는 육군의 보고서 속에서 처음으로 아버지의 이름을 발견하고는 일주일 동안이나 흥분해 있기도 했다. 그는 또 조르주 퐁메르시의 상관이었던 장군들 이름도 찾아보고, 마뵈프 집사를 다시 찾아가 대령의 은퇴와 정원 가꾸기, 고독한 생활 등 베르농에서의 삶에 대한 얘기도 들었다.

그때부터 마리우스는 모든 시간과 정열을 그런 연구에 바치느라 질노르망 씨와 다른 식구들과는 거의 얼굴도 대하지 않고 지내게 되었다. 식사 때만 잠깐 그들을 만날 뿐이었다. 이모가 못마땅해 하면 질노르망 노인은 빙긋이 미소를 지으며 말했다.

"여자애들 꽁무니를 쫓아다닐 때도 됐지 뭐! 잠깐 그러려나 했는데 진짜로 빠진 모양이네."

말 그대로 마리우스는 진짜 정열을 쏟았다. 알아볼수록 그는 아버지를 좋아하게 됐고, 이제는 열렬한 숭배자가 되어 있었다. 당연히 그의 생각에도 변화가 일어났다. 자신이 아버지를 이해하지 못하고 있었던 것처럼 조국에 대해서도 올바르게 이해하지 못하고 있었다는 걸 깨달았다. 그는 결국 둘 다 제대로 알지 못하고 있었으며, 암흑 속에서 살고 있었던 것이다. 그러나 이제는 눈을 뜨게 되었고, 그러고 보니 모두 찬탄하고 숭배해야 할 대상이었다. 아버지와 조국, 이 둘은 이제부터 그의 삶에 자연스럽고 새로운 힘을 불러일으켜 주었다.

역사와 여러 가지 기록들을 읽어 가면서 그동안 굳어져 있었던 나폴레옹에 대한 생각도 서서히 베일이 걷혀 갔다. 종교에 처음 발을 디디는 사람이 그렇듯이 그의 전향 또한 분명히 그를 도취시켰다. 이러한 그의 내적인 모든 혁명은 집안 식구들이 눈치채지 못하는 사이에 그의 마음속에서 이루어지고 있었다.

그의 변화는 은밀히, 그러나 상당한 진통을 겪으며 서서히 달라져 갔다. 그래서 부르봉 당파이자 과격 왕당파였던 옛 껍질을 완전히 벗어 던졌을 때 그는 열렬한 혁명파가 되어 있었다. 당연히 진지한 민주주의자가 된 그는 '남작 마리우스 퐁메르시'라는 이름으로 명함 100장을 만들었다.

마리우스는 아버지에 대해 알아 갈수록 할아버지에게서 멀어져 갔다. 식구들에게 대하는 것도 갈수록 쌀쌀해지고 식사도 간단히 하며 집에 머무는 것조차 점점 드물어졌다. 이모가 못마땅해 하면 그냥 아무 대꾸도 안 하고 공부와 강의, 시험, 모임 등을 핑계 댔다. 할아버지는 자신의 짐작을 여전히 그대로 믿고 있었다.

"연애를 하고 있는 게 분명하다니까!"

마리우스는 자주 집을 떠나기도 했다. 어느 날 그는 아버지가 유서에 써 놓은 대로 몽페르메유에 가서 워털루 전투 때 상사였던 여관 주인 떼나르디에 씨를 찾아보았다. 그러나 떼나르디에는 이미 파산을 하고 그 마을을 떠났다는 것이었다. 그것밖에는 알려진 게 없었다. 그 일로 마리우스는 나흘간 집을 비웠다. 그 일에 대해 할아버지는 이렇게 말했다.

"저 애가 단단히 빠진 모양이네."

그러고 보니 집안 식구들은 마리우스가 외투 속에 검은 끈으로 뭔가를 매달아 목에 걸고 있는 것을 본 적이 있었다.

질노르망 씨의 손자 되는 사람으로 테오뒬 질노르망이라는 중위가 있었다. 군대에서 생활하고 있는 그는 무척 멋스러움이 풍기는 장교였다. 보기 좋은 반듯한 자세를 하고 단도를 옆에 차고 있으며 카이젤 수염을 기르고 있었던 것이다. 그는 가끔 파리에 나올 때도 있었지만 마리우스는 그를 여태껏 한 번도 본 적이 없었다. 둘은 사촌 사이로 서로의 이름만 알고 있었다. 질노르망 고모는 테오듈을 무척 아끼고 있었는데, 사실 그들도 자주 만나 본 사이가 아니었다.

어느 날 아침, 질노르망 큰아가씨가 화를 잔뜩 내며 자기 방으로 돌아갔다. 마리우스가 또 여행을 떠나겠다고 할아버지에게 말하며 그날 저녁에 바로 떠난다고 했기 때문이었다. 할아버지는 그저 갔다 오라고 말했지만 질노르망 양은 너무도 화가 나 자기 방으로 올라가 버렸다. 그녀는 괜히 어떤 떳떳하지 못한 관계라든지 밤거리 여자 등을 떠올리며 불쾌하게 생각하고 있었던 것이다.

그녀는 방에 앉아서 몇 시간째 어떻게 하면 그 비밀을 알아낼 수 있을까 하고 궁리하고 있었다. 그런데 갑자기 방문이 열리면서 테오듈 중위가 거수 경례를 붙이며 나타났다. 그녀는 뜻밖의 방문이라 반가워하며 소리쳤다.

"너 왔구나, 테오듈!"

"지나가다 들렀어요, 고모님."

"자, 이리 와서 키스해 주렴."

"네, 알겠어요."

테오듈이 그녀에게 다가가 키스하자 질노르망 고모는 책상으로 가서 서랍을 열며 물었다.

"일주일쯤 쉬었다 갈 거지?"

"아니오. 저녁에 바로 떠나야 합니다, 고모님."

"왜 좀 쉬었다 가지, 그러니?"

"저도 그러고 싶지만 사정이 여의치 않습니다. 우리 부대가 믈룅에서 가이용으로 옮겨 가는 길에 파리를 지나게 되어 잠깐 고모님을 뵙고 오겠다고 허락을 받고 이렇게 온 것이거든요."

"그러니? 그럼 이건 날 보러온 수고 값이다."

그녀는 루이 금화 열 닢을 그의 손에 쥐어 주었다. 그러자 테오뒬이 다시 한 번 그녀에게 키스를 하며 말했다.

"아니, 고모님을 보러 오는 게 저의 즐거움이죠."

"그래, 넌 부대를 따라 말을 타고 가니?"

"아니오. 고모님을 뵈려고 특별 허가를 받아 나왔기 때문에 제 말은 사병이 끌고 갔어요. 저는 역마차로 돌아갈 겁니다. 그런데 참 여쭤 볼 게 있는데요."

"뭔데?"

"사촌 마리우스 퐁메르시가 어디로 여행을 가나 보죠?"

"그걸 네가 어떻게 알았니?"

"여기 도착하고 곧바로 앞자리를 예약해 놓으려고 마차 역으로 갔는데 이미 그 자리는 예약이 돼 있더군요. 그래서 손님 이름을 보았더니······."

"이름을?"

"네, 마리우스 퐁메르시라고 돼 있더라고요."

"아니, 걔 바람둥이 아니야!"

질노르망 큰아가씨는 그렇게 흥분하다 문득 어떤 생각이 하나 떠올랐다.

"걔가 널 알고 있니?"

"모를걸요. 저는 그 애를 본 적이 있지만 그 애는 절 한 번도 본 적이 없으니까요."

"그럼······ 너희 둘이 오늘 밤에 같은 마차를 타겠네?"

"그렇죠. 그 애는 지붕자리고 저는 앞자리를 예약했어요."

"한동안 같이 가겠구나?"

"저처럼 중간에 내리지 않는다면 그렇겠죠. 저는 가이용 행으로 바꿔 타야 하기 때문에 베르농에서 내리거든요."

"그럼, 잘 들어봐, 테오뒬."

"네, 고모님."

"마리우스가 요즘 자주 여행을 간다면서 외박을 하고 있거든."

"외박을요?"

"그래. 그래서 무슨 일로 그러는지 알고 싶어서 말이야."

테오뒬은 아무렇지도 않은 듯 태연한 표정으로 대답했다.

"여자가 생긴 것 아닐까요?"

"그런 것 같아. 그래서 말이야, 네가 마리우스 뒤를 좀 밟아 보면 어떨까 하고. 그 애는 네 얼굴을 모르니까, 이상하게 생각하지 않겠지. 정말 여자가 있는 건지 잘 살펴봤다가 편지로 연락 좀 해주렴. 할아버지도 좋아하실 거야."

테오뒬은 그런 일 따위에는 별로 관심이 없었지만 루이 금화 열 닢을 받고 몹시 감동해, 어쩌면 더 받을 수도 있겠다 싶어 그러겠다고 대답했다.

그날 저녁 마리우스는 자기가 감시를 당하고 있는 줄도 모르고 마차를 탔다. 테오뒬은 마차를 타자마자 바로 잠이 들었다가 새벽에 "베르농 내리세요!" 하는 소리에 잠이 깼다. 그는 정신이 들면서 곧 낭패감에 빠졌다.

'벌써 마차에서 내렸을 텐데…… 어디서 내렸을까? 푸이씨? 트리에리? 믈룅? 이거 어쩐담…… 고모한테 뭐라고 편지를 쓰지? 내가 잠이 너무 깊이 들어 버렸어.'

그때 지붕자리에서 내리는 바짓자락이 앞자리의 유리창에 슬쩍 비쳤다. 그건 마리우스의 바지였다.

마리우스는 마차에서 내린 다음 길거리에서 꽃을 팔고 있는 아가씨에게

다가가 꽃바구니 속에 있는 꽃들 중에서 아름다운 것들을 골라 들었다.

'이거 정말 궁금한데…… 어떤 여자일까? 저렇게 아름다운 꽃들을 사는 걸 보면 여자가 굉장한 미인인가 본데…… 한번 따라가 봐야지.'

마리우스를 따라 마차에서 내린 테오뒬은 속으로 그렇게 중얼거리며, 이제부터는 누가 시켜서가 아니라 스스로 호기심이 발동해 마리우스의 뒤를 쫓아가기 시작했다.

마리우스는 거리의 아무것에도 관심이 없었다. 예쁜 여자들이 역마차에서 내리고 있어도 쳐다보지도 않았다.

테오뒬은 '애인한테 완전히 빠져 있는 모양이지!' 하고 생각하며 마리우스를 뒤따라 성당 쪽으로 걸어갔다.

'성당이라…… 미사를 같이 보면서 연애를 하는구먼. 그럴싸한데. 하느님 어깨 너머로 오는 추파야말로 감미로움 그 자체겠지.'

테오뒬은 혼자 중얼거렸다.

성당에 도착한 마리우스는 안으로 들어가지 않고 성당 뒤로 돌아가 후원으로 가더니 담 모퉁이에서 사라져 버렸다.

'밖에서 만나는군. 여자애 얼굴 좀 보자.'

그러면서 테오뒬은 마리우스가 사라진 모퉁이로 조용히 다가가 내다보았다. 그러고는 멍하니 쳐다보고만 있었다.

마리우스는 머리를 두 손 안에 파묻고, 한 무덤 앞에 무릎을 꿇고 있었다. 꽃은 무덤 앞에 놓여 있었다. 세워져 있는 검은색 나무 십자가에는 흰 글씨로 '육군 대령 남작 퐁메르시'라고 쓰여 있었다. 마리우스는 울고 있는 것 같았다.

여자를 만나러 간다고 생각했는데, 그건 무덤이었다.

마리우스가 처음 여행을 간다고 했던 곳도 바로 여기였고, 질노르망 큰아가씨가 '마리우스가 외박한다.'고 했던 것도 그때마다 이곳을 찾아왔던 것이다.

뜻밖의 장면에 당황한 테오뒬 중위는 고모에게 결국 아무것도 써 보낼 수가 없었다.

마리우스는 그로부터 사흘 후 아침나절에 집으로 돌아왔다. 돌아오자마자 그는 역마차에서 두 밤을 새웠기 때문에 너무나 피곤해 한 시간 정도 수영장에 가서 몸을 풀기로 했다. 그래서 자기 방으로 올라가 여행용 재킷과 목에 걸고 있던 검은 끈을 벗어 놓고 바로 수영장으로 뛰어갔다.

질노르망 씨는 건강한 노인들이 흔히 그렇듯 새벽같이 일어나 있다가 마리우스가 돌아오는 소리를 듣고 그의 방이 있는 다락으로 올라갔다. 마리우스가 어디서 무엇을 하고 왔는지 알아보기 위해 이것저것 물어볼 참으로 그 노인은 제법 빠른 걸음으로 층계를 올라갔던 것이다. 그러나 아무래도 팔십 노인이 올라가는 것보다는 청년이 내려가는 게 더 빨라서 질노르망 영감이 지붕 밑 방에 들어갔을 때 마리우스는 이미 거기에 없었다.

침대에는 시트와 이불이 가지런히 그대로 있었고, 여행용 재킷과 검은색 끈이 그 위에 던져져 있었다.

잠시 후 질노르망 씨는 응접실로 들어갔는데, 거기엔 이미 큰딸이 나와 앉아 수를 놓고 있었다. 질노르망 씨는 마리우스의 재킷과 검은색 끈에 달린 상어가죽갑을 들고 소리를 질렀다.

"좋아. 이제 우리 미남의 비밀을 알게 됐어! 속속들이 알 수 있게 됐단 말이야! 이 속에 틀림없이 사진이 들어 있을 거야. 뻔해."

"어디 봐요, 아버지."

노처녀가 아버지의 고함 소리에 고개를 들고 물었다. 질노르망 씨가 가죽갑의 용수철을 누르자 뚜껑이 열렸다. 그 속에는 잘 접힌 종이 하나가 들어 있었다.

질노르망 씨가 허허 하고 웃었다.

"이게 바로 연애편지인가!"

"어머 세상에! 빨리 읽어 보세요."

질노르망 큰아가씨는 안경을 썼다. 그리고 두 사람은 편지를 함께 읽었다.

내 아들에게

황제께서 워털루 전투의 공으로 나에게 남작 작위를 하사하셨다. 하지만 복고 정부는 피 흘려 얻은 이 작위를 인정하지 않는다. 그래도 내 아들인 너는 이 작위를 사용하기 바란다. 너에게 그럴 자격이 있는 건 너무도 당연하다.

두 부녀는 뭐라고 표현할 수 없는 감정에 사로잡혔다. 그들은 얼어붙은 듯 멍하니 입을 벌린 채 말 한마디도 하지 못하고 그대로 서 있었다. 그러다 얼마 후 질노르망 씨가 겨우 입을 떼며 신음하듯 중얼거렸다.

"그 녀석이 쓴 거야."

질노르망 큰아가씨는 그 종이를 이리저리 뒤집어 보고는 다시 접어 갑속에 집어넣어 버렸다. 그때 마침 파란 종이에 싸인 작은 꾸러미 하나가 마리우스의 재킷 주머니에서 떨어졌다. 질노르망 양이 그걸 얼른 주워 펼쳐 보았다. 그것은 마리우스가 만든 100장의 명함이었다. 그녀는 명함 한 장을 아버지에게 내밀었다. '남작 마리우스 퐁메르시'라고 쓰여 있었다.

질노르망 영감이 벨을 누르자 하녀가 왔다. 영감은 가죽갑과 재킷을 들고 응접실 한복판에 내팽개치며 소리를 질렀다.

"그 누더기는 갖다 버려!"

쥐죽은 듯 조용한 가운데 늙은이와 노처녀는 각자 구석에 웅크리고 앉아 생각에 잠겨 있었다.

한참 후에 마리우스가 돌아왔다. 그리고 응접실 문을 열자마자 할아버지가 바들바들 떨며 소리를 질러 댔다.

"이런 나쁜 놈아! 네가 지금부터 남작이라고? 대체 그게 무슨 뜻이냐?"

마리우스는 약간 쑥스러워 하며 대답했다.

"제가 아버지의 아들이라는 뜻입니다."

질노르망 씨가 버럭 쏘아붙였다.

"네 애비는 이 할아버지야!"

마리우스는 눈을 내려뜨고 진지하게 말했다.

"제 아버지는 겸손하고 영웅적인 대단한 분이셨습니다. 공화국과 프랑스에 이십오 년 간 충성을 바쳐 헌신해 오셨습니다. 낮에는 포탄과 총알 속에서, 밤에는 눈과 비 속에서 싸우며, 두 개의 군기를 탈환하고 수없는 부상을 입으셨는데도 결국 마지막엔 잊혀지고 비난 받으며 돌아가셨습니다. 잘못이 있다면 단 하나, 조국과 아들, 두 배은망덕한 것들을 너무나 사랑했다는 것뿐이었습니다."

질노르망 씨는 도저히 더 이상 듣고 있을 수 없었다. 공화국이라는 말이 나오자 그는 이미 벌떡 일어서 있었다. 그런 다음 마리우스의 입에서 나오는 말 한마디 한마디 전부가 이 늙은 왕당파의 얼굴을 점점 붉게 물들였다.

"마리우스! 이 망할 놈 같으니! 네 애비란 작자가 뭐 하는 놈이었는지 난 모른다. 알고 싶지도 않고! 다만 내가 아는 건, 그놈들은 모두 사기꾼에 무뢰한이고, 살인자에 붉은 모자(혁명가를 뜻함)고 또 도둑들이었다는 사실이다! 모조리 말이다. 알겠냐, 마리우스! 뭐 네 놈이 남작이라고! 보나파르트를 지지한 놈들은 죄다 불한당들이야! 정당한 왕을 배반한 놈들은 모조리 반역자라고! 워털루 전투에서 프러시아인들과 영국인들 앞에서 도망친 놈들은 전부 다 비겁한 놈들이지! 난 그 정도는 안다. 너의 거룩한 애비가 그런 사람이었는지 아닌지 몰라서 매우 미안하지만 말이다!"

그러자 이제 마리우스의 얼굴이 붉어졌다. 그는 온몸을 떨다시피했다. 머릿속에 불이 붙은 것 같았다. 도저히 용서할 수 없는 말을 할아버지가 내뱉었다. 아버지를 자신 앞에서 짓밟다니! 어찌해야 하는가? 그의 머릿속에서는 한참 동안 폭풍이 휘몰아치고 있었다. 잠시 후 그는 마침내 시선을 들어 할아버지를 쳐다보며 크게 고함을 쳤다.

"부르봉 왕가를 타도하자! 미련한 돼지 같은 루이 16세를 타도하자!"

루이 16세는 이미 4년 전에 죽었지만 그건 아무래도 상관없었다.

늙은이의 붉은 얼굴이 그의 머리카락 색보다도 더 하얗게 변해 갔다. 그러고는 아무 말도 없이 벽난로와 창문 사이를 천천히 왔다 갔다 했다. 이윽고 그는 늙은 양처럼 멍청하니 두 사람의 입씨름을 쳐다보고 있는 딸에게 몸을 돌리며 씁쓸한 미소를 지었다.

"이 거룩한 남작과 나 같은 시민이 더 이상 한 지붕 밑에서 살 수는 없겠구나."

그렇게 말하며 늙은이는 별안간 얼굴이 새하얘지며 온몸을 부들부들 떨면서 거의 공포스러운 표정으로 마리우스에게 팔을 휘두르며 고함을 쳤다.

"여기서 꺼져, 이놈아!"

마리우스는 바로 돌아서 그 집을 나와 버렸다.

그다음 날 질노르망 씨는 아직도 분이 안 풀린 목소리로 딸에게 말했다.

"저런 돼먹지 않은 놈에겐 육 개월에 육십 피스톨(1피스톨은 10프랑에 상당하는 금화)씩만 보내주고, 내 앞에서 두 번 다시 그놈 얘기는 꺼내지도 말거라!"

마리우스도 분하기는 마찬가지였다. 게다가 그의 분노를 더욱 부채질한 것은 가죽갑이 사라지고 없었던 것이었다. 질노르망 씨가 시킨 대로 허겁지겁 마리우스의 그 '누더기'를 그의 방으로 가져가던 하녀가 어둠침침한 층계에서 그 가죽갑을 떨어뜨렸던 것이다. 그 검은색 상어 가죽갑 속엔 대령이 쓴 메모가 들어 있었는데, 종이고 상자고 다 없어져 버렸던 것이다. 마리우스는 틀림없이 질노르망 씨가 — 그날 이후로 마리우스는 할아버지를 그렇게밖에는 부르지 않았다 — 자기 '아버지의 유언'을 불속에 던져 태워 버린 것이라고 믿고 있었다. 그 몇 줄의 글은 물론 외우고 있었지만 그 무엇과도 바꿀 수 없는 성스러운 물건인 종이와 필적은 모두 그의 마음이었던 것이다. 마리우스는 아무런 말도, 어디로 갈 계획도 없이, 돈 30프랑과 시계, 옷가지 몇 개만 들고 무조건 집을 나왔다. 그리고는 전세마차를 집어타고 무작정 라탱 구역 쪽으로 달려갔다.

4

ABC의 친구

1831년 그 무렵, 겉으로 보기엔 평온했지만 사실 내부적으로는 일종의 혁명의 전운이 감돌고 있었다. 왕당파는 자유주의자가 되고, 자유주의자는 민주주의자가 되어 가고 있었다. 그럼으로써 마치 썰물과 밀물이 섞인 것 같은 괴이한 사상이 생겨났다. 사람들은 나폴레옹과 자유를 동시에 숭배하고 있었다.

당시 파리엔 여러 종류의 결사대가 있었지만 그중에 〈ABC의 친구〉라는 결사대는 겉으로는 아동 교육을 목적으로 하고 있었지만 사실은 인간의 재교육을 목적으로 하고 있었다. ABC라는 것은 abaisse(아베쎄)의 발음을 딴 것으로, 민중이라는 뜻이었다. 그들은 바로 민중을 잠에서 깨우고자 했던 것이다.

〈ABC의 친구〉들은 아직 그렇게 숫자가 많지는 않으나 결집력이 점점 커가고 있는 비밀 결사대였다. 그들은 파리의 두 군데 장소에서 모이고 있었다. 한 군데는 중앙시장 근처의 코랭트라는 술집이었고, 또 한 군데는 생 미셸 광장의 뮈쟁이라는 조그만 찻집이었다. 첫 번째 장소에서는 노동자들이 모이고, 두 번째 장소에서는 학생들이 주로 모이곤 했다.

〈ABC의 친구〉는 대부분 학생들로서, 그들은 회원들끼리 가족처럼 친밀하게 지내고 있었다. 그들 중 대표는 앙졸라라는 청년으로 그는 부유한 집안의 외아들인데 무척 미남이고 매력적이면서도 위엄이 있어, 천사 같으면서도 한편으론 야성적인 면이 있었다. 앙졸라가 혁명의 논리를 지도하는 대표자라면 그들 중엔 혁명의 철학을 대표하는 콩브페르라는 청년도 있었다. 그는 타고난 기질이 순수하고 온화했다. 그리고 시민이라는 단어보다는 인간이라는 단어를 더 좋아하는 청년이었다.

또 장 프루베르라는 청년도 있었는데, 그는 콩브페르보다 더 부드러운 청년이었다. 그는 인정이 많고 꽃 가꾸기를 좋아하며, 시를 쓰고 악기도 연주하고, 민중을 사랑하며 또 여성을 위하고, 어린아이를 보면 눈물을 흘리는가 하면 미래와 신을 똑같이 신뢰하고 있었다.

푀이라는 청년은 부채 만드는 노동자인데, 부모를 잃은 고아로 하루에 겨우 3프랑씩을 벌고 있었다. 그러면서도 그는 세상을 구하려는 오직 한 가지 생각과 공부를 해야 한다는 꿈을 품고 있었다. 그래서 독학으로 읽기와 쓰기를 공부해 많은 지식을 쌓게 되었다. 이들 외에도 〈ABC의 친구〉 회원으로는 쿠르페락, 바오렐, 졸리, 또 레글르이라는 이름을 사용하지만 실제 이름은 보쉬에인 청년도 있었다.

이렇게 서로 다른 이들은 모두 하나의 같은 종교를 갖고 있었는데, 바로 '진보주의'였으며, 그것의 이상을 실현하려고 뭉치고 있었다. 그런데 이처럼 정열과 확고한 신념의 인물들 중 회의주의자가 단 한 사람 있었다. 그랑테르라는 청년이었는데, 파리에서 유학을 하며 많은 것을 보고 배운 학생들 가운데 하나로, 그는 모든 것을 의심하며 믿으려 하지 않았다.

어느 날 오후, 레글르가 뮈쟁 찻집의 문 앞에 기대 서 있었다. 그는 몽상에 잠겨 생 미셸 광장 쪽을 바라보고 있었다. 며칠 전 법률학교에서 당했던 사소한 일 하나를 곱씹고 있는 중이었다. 그 일은 그에게 장래 계획으로 가지고 있었던 희망을 완전히 바꿔 버리는 결과를 가져다주었다.

생각에 빠져 있는 레글르의 시선에 광장으로 서서히 굴러 들어오는 한 이륜마차가 띄었다. 마차엔 마부 옆에 한 청년이 앉아 있었고, 청년 앞에는 커다란 여행 가방 하나가 놓여 있었다. 그 가방에 붙어있는 천 조각엔 큼지막한 검은색 글씨로 '마리우스 퐁메르시'라고 적혀 있었다. 레글르는 그 이름을 보며 벌떡 몸을 떼고 마차 속의 그 청년에게 소리를 질렀다.

"마리우스 퐁메르시!"

마차가 멈춰 서더니 역시나 깊은 생각에 빠져 있었던 듯한 마차 속의 그 청년이 소리 나는 쪽을 쳐다보았다.

"?"

"당신이 마리우스 퐁메르신가요?"

"그렇습니다만."

"당신을 찾고 있었어요."

"무슨 일이죠? 모르는 분이신데."

마리우스가 물었다.

"나도 역시 당신을 모르고 있어요."

레글르의 대답에 마리우스는 웬 모르는 사람의 느닷없이 장난에 당한 것 같아 별로 기분이 좋지 않았다. 그래서 눈살을 찌푸리고 있는데 모르는 청년이 계속 태연한 표정으로 말을 이어갔다.

"며칠 전에 학교에 안 왔었죠?"

"맞아요, 그랬어요. 그런데 당신도 학생인가요?"

"그래요. 그저께 바로 오랜만에 학교에 갔었어요. 가끔 그런 생각이 날 때도 있지 않나요? 강의실에 들어갔는데 마침 교수가 출석을 부르고 있더군요. 당신도 잘 알고 있겠지만 세 번 불러도 대답이 없으면 이름을 지워 버리잖아요. 그러면 졸지에 육십 프랑도 날아가 버리죠."

마리우스는 가만히 듣고 있었고, 레글르는 계속 말을 했다.

"그때 출석을 부른 교수가 불롱도였는데, 당신도 잘 알다시피 그는 심술궂게 생긴 뾰족한 코로 결석자들을 귀신같이 냄새 맡는 사람 아닌가요? 그걸 아주 즐기고 있고요. 그런데 얄밉게도 그가 P자부터 시작하기에 난 P자 하고는 전혀 상관이 없어 신경도 안 쓰고 아예 듣지도 않고 있었죠. 출석 점검은 계속 잘 돼가고 있었어요. 한 사람도 지워지지 않고 모두 대답을 하고 있었으니까요. 불롱도는 어느덧 실망스런 표정을 하고 있더군요. 난 속으로 이렇게 말했죠. '불롱도 씨, 오늘은 고소하게 놀려먹을 일이 없어서 어쩌나.' 그때 불롱도가 마리우스 퐁메르시라고 부르는데 아무 대답도 없더군요. 불롱도는 이제 회심의 미소를 지으며 더 큰 소리로 마리우스 퐁메르시를 연달아 부르며 펜을 들기까지 했어요. 그런데 내가 무척 인정이 있는 사람이거든요. 속으로 이런 생각을 했죠. '어떤 녀석 하나가 곧 이름이 지워지겠군. 이놈 정말 대단한 놈팡인가 본데. 제대로 공부하는 녀석이 아니야. 그래도 존경할 만한 게으름뱅이일지도 몰라. 어디서 빈둥거리고 있거나 바람둥이 여공하고 시시덕거리고 있거나 어떤 미녀의 꽁무니를 쫓아다니거나 하고 있겠지. 아니 참, 어쩌면 지금 내 애인 집에서 뒹굴고 있는지도 모르지. 어쨌거나 모르겠다. 일단 도와주고 보자. 저 불롱도 씨를 좀 골려 줘야지!' 그 순간 바야흐로 불롱도가 그 살벌한 검은 펜에 잉크를 푹 찍어 바르더니 학생들을 한 번 쭉 훑어보며 세 번째 호출을 하고 있었어요. '마리우스 퐁메르시!' 그때 바로 내가 대답을 해줬지요. 그래서 당신 이름은 지워지지 않고, 대신 내가 출석부에서 지워졌어요."

"무슨 말인지 통 모르겠군요."

"아니 생각해 봐요. 뻔한 일이죠! 난 문 가까이에 앉아 있었는데 불롱도가 나를 이미 뚫어지게 쳐다보고 있다가 그 심술궂은 코빼기가 느닷없이 L자로 가서 출석을 체크하지 않겠어요? 그건 내 이름을 부를 차례가 온다는 건데…… 참 나는 레글르라고 합니다."

"레글르! 참 멋진 이름인데요!"

"아무튼 불롱도가 '레글르!' 하고 불렀어요. 나는 역시 '네!' 하고 대답했죠. 그러자 불롱도가 아주 느긋한 눈빛으로 나를 쳐다보며 빙그레 웃더니 이렇게 말하더군요. '자네가 퐁메르시라면 레글르는 아닐 텐데.' 그 말은 당신에겐 별로 반갑지 않은 말이겠지만 나한테는 정말 끔찍스런 소리였죠. 결국 불롱도는 내 이름을 지워 버리더군요."

그제야 마리우스는 탄성을 질렀다.

"아니 이거 정말 뭐라고 말해야 좋을지 모르겠네요."

"자, 그대의 이웃이 이름을 말소당하는 일이 다시는 없어야겠죠."

"정말 죄송합니다."

레글르는 허허 하고 웃었다.

"그래도 난 즐거워요. 자칫하면 변호사가 될 뻔했는데 이름이 지워지는 바람에 난 오히려 살아나게 됐으니까요. 이제부턴 변호사 따위의 월계관도 끝이에요. 과부를 변호해 줄 필요도 없고, 고아를 골탕 먹일 일도 없게 된 거예요. 변호사 복장도, 실습도 모두 끝났어요. 제적 처분을 받았으니까요. 다 당신 덕분이죠 뭐, 퐁메르시 씨. 내가 정식으로 언제 한번 감사의 방문을 드릴게요. 어디서 살고 계시나요?"

"현재로선 이 마차 안에요."

"무척 호화로운 생활을 하고 계시네요."

그때 쿠르페락이 찻집에서 나오다 그들을 보고 다가왔다.

마리우스는 외로워 보이는 미소를 지었다.

"난 두 시간 전부터 이 마차 안에 있어서 그만 나가고 싶어요. 그런데 어디로 가야 좋을지 모르겠어요."

"그럼 우리 집으로 가죠."

쿠르페락이 말했다.

"나한테 우선권이 있는데, 난 집이 없네."

레글르의 말에 쿠르페락이 다시 말했다.

"잠깐만, 보쉬에."

"보쉬에라고? 당신 이름이 레글르라고 하지 않았어요?"

"내가 쓰는 이름이 레글르고, 친구들이 부를 때는 보쉬에라고 하죠."

레글르의 대답을 들으며 쿠르페락이 마차에 올라타고 말했다.

"포르트 생 쟈크 여관으로 가 주세요."

그래서 그날 저녁으로 마리우스는 포르트 생 쟈크 여관의 쿠르페락 옆방에 짐을 풀었고, 그 둘은 곧 친구 사이가 되었다. 젊을 때는 금방 친해지고 상처를 받아도 쉽게 아물곤 한다. 어느 날 아침 쿠르페락이 갑자기 질문을 했다.

"자네는 어떤 정치적 의견을 갖고 있나?"

"뭐라고?"

마리우스는 그런 질문에 약간 기분이 안 좋았다.

"자넨 무슨 파냐고?"

"민주주의적 보나파르트 파인데, 왜 그러지?"

"온건한 회색분자군."

이튿날 쿠르페락은 마리우스를 뮈쟁 찻집으로 데려가 그의 귀에 대고 조용히 말했다.

"자네를 혁명운동에 넣고 싶군."

그러면서 쿠르페락은 마리우스를 〈ABC의 친구〉 회합실로 데리고 갔다. 그는 친구들에게 마리우스를 소개하며 목소리를 나직이 깔고 그냥 한마디로 "학생이야"라고만 했다. 마리우스는 그게 무슨 뜻인지 알 수 없었다. 어쨌거나 그날부터 마리우스는 그들의 회원이 되었다.

청년들 사이에 정신적 충돌이 일어나는 일은 아무도 그 섬광을 절대 예견할 수 없다. 금방이라도 무엇이 솟아오를지 결코 알 수 없는 것이다. 감동에 빠져 있다가 별안간 폭소를 터뜨리는가 하면, 장난을 치다가도 느닷없이 진지해지곤 한다.

뮈쟁 찻집의 밀실에서는 자주 토론이 벌어지고 모두들 심각하게 토론에 참여하고 있었다. 마리우스는 그들의 동지가 되긴 했지만 아직까지는 그들이 하는 대화와 이론을 조용히 듣기만 하며 감탄하고 있었다.

하루는 토론이 끝난 후 한동안 시끌벅적하다가 보쉬에가 불쑥 무슨 말을 하면서 끝에 이렇게 덧붙였다.

"1815년 6월 18일, 워털루."

워털루라는 단어를 들은 마리우스는 탁자에 턱을 괴고 있다가 갑자기 몸을 바로 세우며 사람들을 조용히 응시하기 시작했다.

"18이라는 숫자가 참 이상하게도 보나파르트한테는 치명적인 숫자거든. 보나파르트가 루이 18세를 쫓아낸 것도 18일이었고, 워털루에서 패전한 날도 18일이거든. 인간의 운명이란 게 바로 시작과 끝이 이어진 의미심장한 면이 있지 않겠어. 그걸 한눈에 보는 것 같아."

쿠르페락이 그렇게 말하자 이제까지 가만히 듣고만 있던 앙졸라도 입을 열었다.

"다시 말하면 죄악에 속죄가 뒤따랐다는 얘기지."

불현듯 워털루라는 단어를 들으며 몹시 감동되어 있었던 마리우스는 그러나 죄악이라는 말은 너무나 귀에 거슬려 참을 수가 없었다. 그는 벌떡 일어나 벽에 걸려 있는 프랑스 지도 쪽으로 걸어갔다. 지도 아래에는 따로 칸을 친 곳에 섬 하나가 그려져 있었다. 그는 그 칸에 손을 대고 말했다.

"코르시카 섬, 이 작은 섬이 프랑스를 위대하게 만들었지."

마치 어디서 싸늘한 바람이 휘몰아온 것처럼 방 안의 모든 사람들은 입을 다물었다. 바야흐로 무엇인가가 곧 터질 것만 같았다.

그때 앙졸라가 파란 눈동자로, 마리우스를 포함해 아무도 쳐다보지 않고, 허공을 응시하며 대답했다.

"프랑스가 위대해지는 데 있어서 코르시카 섬 따위는 필요하지 않다. 프랑스는 프랑스이기 때문에 위대한 것이다."

마리우스는 절대 물러서지 않겠다는 기세로 앙졸라를 응시하며 심장을 쥐어짜는 듯 떨리는 목소리로 외쳤다.

"나는 프랑스를 과소평가할 생각은 꿈에도 없다. 나폴레옹을 프랑스에 합병하는 것이 프랑스를 결코 축소시키는 것은 아니다. 그 점에 대해 내가 설명해 주겠다. 나는 이 결사대에 들어왔지만 솔직히 말해 너희들에 대해 좀 놀랐다. 우리는 도대체 어떤 입장을 가진 사람들인가? 우선 황제에 관해 의견을 말해 보자. 우리는 젊은이들이다. 그런데 우리는 어디에 정열을 쏟고 있으며, 무엇에 정열을 쓰고 있는 것일까? 황제를 숭배하지 않으면 누구를 숭배한다는 것이냐? 그 이상 무엇이 더 필요하고, 그런 위인을 바라지 않는다면 우리는 어떤 위인을 바라고 있나? 그는 위대한 분이셨다. 그의 머릿속에는 인간이 할 수 있는 모든 능력을 지니고 계셨다. 그리고 스스로 역사를 만드셨다. 그는 다른 황제들에게 위엄을 보이셨다. 그래서 유럽 다른 나라들이 놀라며 그에게 귀를 기울였고, 그가 지평선 위로 솟아오르는 장면을 목격했지. 그것은 바로 전쟁의 천사였던 것이다!"

모두들 침묵하고 있었으며, 앙졸라는 고개를 숙이고 있었다. 침묵이란 동의한다는 뜻이거나 굴복한다는 의미였다. 마리우스는 계속 더 열정적으로 말을 이어갔다.

"여러분, 우리 모두 올바른 생각을 가집시다! 이런 황제의 국민이라는 게 얼마나 축복받은 운명인가! 황제는 전쟁에 나가서 승리하시고, 모든 나라의 수도를 정복하시며, 여러 왕조의 몰락을 선포하심으로써 유럽을 변화시키셨다. 그래서 우리 민족은 영광의 황금 옷을 입은 민족이 되었고, 역사 속에서 거인으로 우뚝 섰으며, 정복과 찬란한 빛이라는 이중의 승리를 할 수 있었다. 이 모든 것이 정말로 숭고하지 않은가? 이보다 더 위대한 것으로 무엇이 있나?"

"자유가 있다."

콩브페르가 재빨리 대답을 했다. 그러자 이번엔 마리우스가 고개를 수 그렸다. 이 단순하고 날카로운 한마디가 강철 같은 칼날이 되어 마리우 스의 들끓는 격정을 단번에 사그라지게 했다. 그 한마디의 응수로 마리 우스의 절대적인 예찬을 무너뜨리자 모두들 고소하다는 심정으로 방을 나가 버렸다. 앙졸라만 남아 있었다. 그는 혼자 마리우스 옆에 앉아서 그 의 얼굴을 진지한 표정으로 바라보고 있었다.

곧 층계에서 콩브페르가 노래하는 소리가 들려왔다.

시저가 설령 나에게 왕관을 준다한들
어머니를 향한 사랑을 버려야만 한다면
나는 대답하리라 위대한 시저에게
그대의 왕관을 가져가시라
나는 어머니를 더 사랑하노라!
나는 어머니를 더 사랑하노라!

마리우스는 생각에 잠겨 허공을 바라보며 중얼거렸다.

"어머니?……"

그때 마리우스는 자신의 어깨에 앙졸라의 손이 닿는 것을 느꼈다. 앙 졸라가 나지막이 말했다.

"동지, 어머니란 공화국을 말하는 거야."

그날 저녁의 일은 마리우스에게 심각한 갈등과 함께 서글픈 암담함을 일깨워 주기에 충분했다. 그가 느낀 것은 보리씨를 뿌리려고 괭이로 땅을 팔 때 땅이 느낄 것 같은 그런 것이었다. 그때 땅은 고통만을 느낄 뿐, 싹이 돋아나며 결실을 맺을 때의 그 즐거움은 맛보지 못하는 것이다. 그 즐거움은 훗날이 돼서야 찾아오는 것. 마리우스는 음울한 슬픔을 느꼈다. 그는 이제 막 하나의 신앙을 가졌는데, 그걸 벌써 버려야만 하는 상황에 맞닥뜨렸다. 아직 벗어나지 못한 것과 아직 들어가지 못한 것과의 두 종교 사이에 서 있는 것은 견딜 수 없이 고통스러웠다. 마리우스에게는 올바른 광명이 필요했다. 회의에 빠져 있는 것은 씁쓸할 뿐이었다. 그는 이제껏 연구해 온 상태에 머물러 있고 싶었지만 어느 날 닥쳐온 운명의 힘에 이끌려 어쩔 수 없이 탐색하고 새로이 공부하지 않을 수 없게 되었다. 그는 이제야 겨우 아버지의 세계를 알게 되었는데 다시 아버지에게서 멀어져야만 하게 되었다. 마리우스는 두려운 생각이 들었다. 마음속에서 자꾸만 일어나는 갖가지 반성들은 그의 불안을 더욱 고조시켰다. 그는 할아버지와도 친구들과도 융화할 수가 없었다. 한쪽에서 보면 그는 무모한 인간이었고, 다른 한쪽에서 보면 그는 뒤떨어진 인간이었다. 마리우스는 뮈쟁 찻집에도 더 이상 나가지 않았다.

번뇌 속에서 마리우스는 일상생활에 별로 신경을 쓰지 않고 있었는데, 현실은 그를 그냥 내버려 두지 않았다. 어느 날 아침 여관 주인이 마리우스의 방에 와서 방세를 달라고 했다. 현실의 문제가 닥친 것이었다. 마리우스는 이 세상에 친척이라곤 아무도 없다고 쿠르페락에게 말한 바 있었다.

"넌 앞으로 뭐가 되고 싶냐?"

쿠르페락이 물었다.

"나도 모르겠어."

"그럼 뭘 하고 싶은데?"

"그것도 모르겠어."

"돈은 얼마나 있니?"

"십오 프랑."

"그럼 내가 좀 빌려줄까?"

"아니."

"그럼 어떻게 할 건데?"

"갖고 있는 거 팔지 뭐. 금시계 하나하고 옷 몇 벌이 있으니까."

"그다음엔 어떡하고?"

"무슨 일이든 해야지 뭐. 나쁜 짓만 아니면."

"영어는 할 줄 아니?"

"아니."

"독일어는?"

"그것도 몰라."

"내 친구 중에 백과사전들을 만드는 출판업자가 있는데, 독일어나 영어를 번역하면 좋을 텐데. 보수는 별것 없지만 그래도 먹고 살 수는 있거든."

"그럼 영어와 독일어를 배우지 뭐."

그들은 함께 가서 옷가지를 20프랑에, 시계를 45프랑에 팔았다. 그리고 여관으로 돌아오는 길에 마리우스가 쿠르페락에게 물었다.

"남은 십오 프랑을 합하면 팔십 프랑이나 되는데."

"여관 방값은?"

"아참, 그건 깜빡 잊고 있었네."

"영어를 배우는 동안에 최소한 오 프랑은 식비로 들어갈 거고, 독일어를 배우는 동안에 또 오 프랑이 식비로 들어갈 텐데, 그러려면 어학을 아주 빨리 마스터하거나 백 쑤로 아주 천천히 먹거나 해야 될 거야."

그러는 동안 질노르망 이모는 마침내 마리우스의 숙소를 찾아냈다. 어느 날 마리우스가 학교에서 돌아와 보니 이모가 편지와 함께 밀봉한 상자 속에 금화 6백 프랑을 넣어 두고 간 것이었다. 마리우스는 정중한 답장을 써서 그 돈을 이모에게 되돌려보냈다. 그는 앞으로 살아갈 수 있는 생활수단을 얻었다고 편지에 썼다. 하지만 그의 손에는 3프랑밖에 남아 있지 않았다.

한편 이모는 질노르망 씨를 더 분노하게 할까 봐 마리우스가 거절했다는 내용은 말하지 않았다.

한편 마리우스는 빚을 지고 싶지 않아 생 쟈크 여관에서 나와 버렸다.

5

불행한 사람들

마리우스의 생활은 점점 어려워져 겨우 연명해 갈 정도였다. 그러나 물질의 궁핍은 정신에 힘을 넣어 주는 법. 궁핍은 자존심의 채찍이 되고, 불행은 큰 인물을 만들어 주는 영양소가 되곤 한다. 그런 곤경을 겪으며 마리우스는 마침내 변호사 자격을 띠게 되었다. 그는 쿠르페릭의 방에서 실고 있는 것처럼 꾸며 모든 편지도 쿠르페락의 주소로 오도록 해 놓았다.

그는 변호사가 되었을 때 냉정하면서도 정중한 존경심을 담아 할아버지에게 편지를 써 보냈지만 질노르망 씨는 편지를 읽더니 이를 박박 갈며 찢어 쓰레기통에 던져 버렸다. 그러면서 이렇게 말했다.

"병신 같은 놈! 남작 주제로는 변호사가 될 수 없다는 것도 모르나!"

마리우스는 인내심을 갖고 열심히 일해 1년에 약 7백 프랑을 벌 수 있게 되었다. 그는 독일어와 영어를 배워 쿠르페락의 친구인 출판업자의 사무실에서 일을 했다. 광고문을 쓰고 신문을 번역하며 출판물을 편집하는 등 여러 가지 일을 하면서 연간 7백 프랑의 순수입을 얻은 것이었다. 그것으로 굶지 않고 살아갈 수는 있었다. 그리고 연 30프랑으로 고르보 주택의 허름한 방 하나를 세 얻어 있었다. 방에는 벽난로도 없었다.

그가 이 정도라도 살 수 있게 되기까지는 몇 년이 걸렸다. 그동안 그는 너무나 힘겹게 살았지만 단 하루도 용기를 잃은 적은 없었다. 그는 궁핍을 참고 견디면서 한 푼도 누구에게 빚진 적이 없었고, 그것에 자부심을 갖고 있었다.

마리우스의 가슴속에는 아버지의 이름과 또 하나의 이름, 즉 떼나르디에라는 이름이 나란히 새겨져 있었다. 그 사나이는 아버지의 생명의 은인이며, 워털루의 포화와 총탄 아래서 대령을 구출한 용감한 상사였다. 마리우스는 아버지의 추억에 그 사나이의 추억을 결합시켜 가지고 있었다. 그는 몽페르메유에 찾아갔다가 그 불행한 여관 주인의 파산과 몰락을 안 이후 백방으로 수소문하며 떼나르디에의 행방을 찾아내려고 노력했다. 그는 각 도시를 빠짐없이 샅샅이 뒤지고 다녔다. 3년 간 저축해 놓은 돈도 그렇게 찾아다니느라 다 써버렸을 정도지만 아직도 떼나르디에의 소식을 아는 사람은 없었다. 어쩌면 외국으로 나갔는지도 모른다고 말하는 사람도 있었다. 그에게 돈을 떼인 사람도 마리우스보다 더 악착같이 그를 찾았지만 도저히 찾아낼 수가 없었다. 마리우스는 그를 찾지 못하자 스스로를 탓하고 원망했다. 그것은 아버지가 그에게 남겨 놓은 단 하나의 과제이며 빚이기 때문에 그는 결단코 그 일을 해낼 생각이었던 것이다.

그 당시 마리우스는 스무 살이었고, 할아버지를 떠난 지 3년째 되고 있었다. 그들 사이는 양쪽 모두 여전히 서로에게 다가가려 하지 않았고 만날 생각도 하지 않았다.

마리우스는 할아버지의 마음을 오해하고 있었다. 그는 질노르망 씨가 자기를 조금도 사랑해 주지 않았다고 생각하고 있었다. 그것은 마리우스가 잘못 알고 있는 것이었다. 세상엔 자기 아들을 사랑하지 않는 아버지는 있지만 자기 손자를 애지중지하지 않는 할아버지는 없다. 질노르망 씨 또한 마리우스를 무척 사랑하고 있었다. 다만 너무 아끼기 때문에 호통치고 질책하는 방법으로 사랑을 표현하고 있었을 뿐이었다. 그러나 막상 손자가 집을 떠나자 노인은 마음속에 캄캄한 공허를 느꼈다. 그는 자기 앞에서 다시는 손자 얘기를 꺼내지도 말라고 명령을 했지만 그것이 진짜로 너무나 잘 지켜지고 있자 속으로 섭섭했다. 사실 처음엔 마리우스가 곧 돌아올 거라는 희망을 품고 있었다. 그러나 몇 주일이 지나고 몇 달이 지나고 마침내 몇 해가 지나도 그 녀석이 돌아오지 않자 질노르망 씨는 크게 절망했다. 그는 결코 손자 이야기를 입에 담지는 않았으나 마음 깊이 늘 생각하고 있었다. 그는 가끔 이런 말을 했다.

"이놈 돌아오기만 해 봐라! 된통 한 대 때려 줄 테니!"

이모는 그렇게 절실히 생각하고 있지도 않았고 애틋한 사랑을 품고 있지도 않았다. 그 노처녀에게 마리우스는 이미 사라져 가는 흐릿한 그림자에 지나지 않았다.

질노르망 씨의 고통은 나날이 커져만 갔는데, 그건 그가 남들이 알아차리지 못하도록 마음속에다 감추고 있었기 때문이었다. 친구들이 마리우스에 대해 물으면 그는 조용히 이렇게 대답할 뿐이었다.

"퐁메르시 남작께서는 어느 시골에서 시시한 사건들을 변론하고 있답니다."

할아버지가 그렇게 마음 아파하고 있는 동안 정작 마리우스 본인은 즐겁게 지내고 있었다. 그는 질노르망 씨를 생각할 때마다 아버지를 그렇게나 극도로 멸시했던 사람한테서는 이제 아무것도 받지 않겠다고 굳게 결심하고 있었다. 그래도 그건 처음에 그가 격분했을 때보다는 많이 누그러졌다는 걸 나타내고 있었다. 뿐만 아니라 그는 고생하고 있는 것도 행복으로 여기고 있었다. 그것은 아버지를 위해서였다. 그는 자신의 고생을 일종의 속죄로 여기며 즐거운 마음으로 생각하고 있었다. 만약 이런 속죄를 지금 하지 않는다면 훌륭했던 아버지에 대해 그렇게도 무심했던 벌을 나중에 언젠가는 반드시 받을 거라고 믿고 있었다. 아버지는 수많은 고통을 겪었는데, 자신은 편안하게만 산다면 그건 분명 옳지 않은 일이었다.

할아버지한테서 쫓겨났을 당시 그는 아직 어린 나이였지만 이제는 어엿한 어른이 되어 있었다. 다시 말해 빈곤과 고생은 그를 성숙하게 했다. 그는 변호사가 되어 있었지만 질노르망 영감이 상상하는 그런 시시한 변론은 하지 않았다.

변변찮기는 해도 출판사 일이 그에게는 확실한 수입원이 되어 있었다. 그다지 힘든 일도 아니었고 그 수입만으로도 그는 넉넉히 살 수 있었다.

마리우스에게는 두 명의 친구가 있었다. 한 명은 청년 쿠르페락이고, 또 한 명은 마뵈프 노인이었다. 그 노인은 그의 마음속에 처음으로 혁명이 일어나게 했으며, 아버지를 알고 사랑하게 만들어 준 장본인이었다. 교회 집사인 그 노인은 그의 인생에서 실로 중요한 역할을 담당했다.

마뵈프 씨는 책을 수집하고 독서를 하는 식물학자였다. 그가 퐁메르시 대령을 처음 알게 됐을 때 그는 과일에 대해 연구하고 있었고, 대령은 꽃을 가꾸고 있었다. 따라서 그들 사이엔 식물을 연구한다는 공감이 있었다. 마뵈프 씨는 맛이 좋은 새로운 과일 종자를 교배해 내는 데 성공하기도 했다.

그는 독신으로 늙은 가정부와 함께 살고 있었다. 그러면서 식물 재배에 관한 새로운 책을 써서 출판했는데, 평가가 아주 좋아 거기서 연간 2천 프랑 가량의 수입을 얻고 있었다. 그것이 그의 총수입이었다. 그는 가난했지만 오랜 세월 동안 인내하고 절약하며 온갖 종류의 귀중한 서적들을 수집해 놓고 있었다.

마뵈프 씨도 마리우스에게 호감을 갖고 있었다. 마리우스는 젊고 온화하여 늙은 그에게는 따뜻하게 느껴졌기 때문이었다.

7월 혁명으로 인해 책이 잘 안 팔리자 마뵈프 씨의 저서도 판매가 뚝 끊기며 수입이 줄어들게 되어 그는 오스테를리츠 마을의 한 초라한 집으로 이사를 갔다. 사회는 어수선하고 모든 희망이 하나씩 스러져 가며 바야흐로 어둠이 밀려오고 있었다. 그런데도 그는 태연하게 지내고 있었다.

마리우스는 순박하고 사심 없는 그 마뵈프 노인을 좋아했다. 노인은 자신이 어느새 옹색해져 있다는 것을 깨닫고 몹시 놀랐지만 그렇게 슬퍼하지는 않았다. 마리우스는 쿠르페락도 만나고 마뵈프 씨도 찾아가곤 했지만 한 달에 두세 번 정도였다.

마리우스가 좋아하는 일은 교외의 한적한 길이나 사람들이 많지 않은 공원 같은 곳을 혼자 명상에 잠겨 산책하는 것이었다. 고르보의 그 허름한 집을 발견한 것도 그런 산책을 통해서였다. 그 집은 조용한 곳에 있는데다 세가 싼 것이 마음에 들어 거기서 살기로 했던 것이다. 그 집에서 그는 마리우스라는 이름으로만 알려져 있었다.

그때가 1831년 무렵이었는데, 어느 날 마리우스의 심부름을 해 주고 있던 한 노파가 그의 이웃에 살고 있는 종드레트라는 불쌍한 가족이 쫓겨날 지경에 처해 있다는 얘기를 들려주었다. 마리우스는 거의 날마다 밖에서 살다시피하고 있었기 때문에 옆방에 누가 살고 있는지도 모르고 있었다.

"왜 쫓겨나게 된 건데요?"

"방세를 못 내서 그런 거죠. 두 분기나 밀려 있대요."

"얼마나 되는데요?"

"이십 프랑이요."

마리우스는 서랍 속에 넣어 두었던 30프랑 중 25프랑을 꺼냈다.

"이 이십오 프랑으로 그 가련한 사람들의 방세를 내주고 나머지 오 프랑은 그들에게 전해 주세요. 내가 주었다는 말은 하지 말고요."

테오듈 중위가 소속돼 있는 연대가 파리에 와서 주둔하게 되었다. 그것을 계기로 질노르망 양은 테오듈에게 마리우스의 뒤를 잇게 하려고 계획했다.

어느 날 아침 질노르망 씨가 신문을 읽고 있는데 딸이 그에게 다가가 다정한 목소리로 말했다.

"아버지, 테오듈이 오전에 인사드리러 들른다고 하네요."

"테오듈? 그게 누군데?"

"손자 말이에요."

"그래?"

질노르망 씨는 다시 신문으로 눈을 돌리며 테오듈인지 뭔지 하는 따위엔 신경도 쓰지 않았다. 신문엔 마침 날마다 일어나고 있던 사건 하나가 내일 또다시 일어날 거라는 기사가 나와 있었다.

　　　법률학교와 의학교 학생들이 내일 정오에 팡테옹 광장에서 집회를 가
　　질 예정 ― 토론을 위한 집회임.

그는 마리우스를 생각했다. '마리우스도 학생이니까 다른 애들처럼 정
오에 팡테옹 광장에서 하는 집회에 참석하겠지'. 질노르망 씨가 그렇게
쓸쓸한 생각에 잠겨 있는데 테오뒬 중위가 사복 차림으로 질노르망 양
과 함께 안으로 들어왔다. 창기병은 이런 생각을 하고 있었다. '이 노인네
가 설마 전 재산을 종신연금에 죄다 넣어 버린 건 아니겠지. 국물이라도
있으면 가끔 사복으로 갈아입는 건 일도 아니지.'

"손자 테오뒬이 왔어요."

질노르망 양이 큰 소리로 아버지한테 말하고는 다시 중위에게 조용히
속삭였다.

"무조건 다 맞다고 대답해."

그러고는 방을 나갔다.

중위는 이런 어려운 자리에 익숙하지 못해 좀 더듬거리면서 "할아버지
안녕하십니까." 하고 인사를 했다. 그는 자기도 모르게 군대식 거수 경례를
하려다 허리를 굽혀 인사를 하는 바람에 이상한 모양의 절을 하고 말았다.

"오, 왔구나. 거기 앉아라."

질노르망 씨는 그렇게 말하고 나서는 그 창기병이 있다는 것을 잊어버
렸다. 테오뒬이 자리에 앉아 있는데도 질노르망 씨는 일어나 두 손을 호
주머니에 집어넣고는 방 안을 왔다갔다 서성대며 혼자 큰 소리로 말하기
시작했다.

"이 어린 것들이 뭐 팡테옹 광장에 모인다고! 내참 기가 막혀서! 어제까지도 젖 먹던 놈들이 내일 정오에 모여 토론을 한다고! 도대체 세상이 어떻게 돼 가는 꼴인지! 혁명 공화당 놈들도 한 통속이구먼! 대체 어떤 놈들이 모인다는 거야? 그래, 민주주의라는 게 얼마나 과격하게 되가는지, 내 두고 보겠다. 그런 곳에 나오는 놈들이 죄수나 전과자들 아니고 누구겠어. 공화당 작자들하고 범죄자들하고 딱 어울리는 짝이니까."

"네, 옳습니다."

"요 나쁜 놈이 그런 비밀 결사대에 들어가다니! 집은 도대체 왜 나간 거야? 공화당원이 되려고? 하지만 국민들은 그까짓 공화제 같은 건 바라지도 않아. 그런 건 불한당들이나 하는 짓거리지."

"옳으신 말씀입니다. 할아버지."

질노르망 씨는 계속 떠들어 댔다.

"그 바보 같은 조무래기들이 지들 딴에 무슨 정치사상을 갖고 있단 말이지. 억지 이론을 만들고, 사회를 개조하고, 군주제를 파괴하고, 모든 법을 없애고, 온 유럽을 휘젓고, 그러겠다고? 이놈! 천하에 못된 이 마리우스 놈아! 뭐 광장에서 소리 지르고, 토론하고, 대책을 세우겠다고? 참 같잖은 것들! 마리우스 네놈은 이 할애비를 절망에 빠뜨려놓고 그래, 참 고소하겠다, 이놈아!"

"틀림없는 말씀이십니다."

테오뒬이 또 말했다. 그러고는 질노르망 씨가 숨을 몰아쉬고 있는 틈에 잘난 체하며 덧붙였다.

"신문은 정부기관지만 두고, 책은 군사연감만 두어야 합니다."

테오뒬의 말은 귀에 들리지도 않는다는 듯 질노르망 씨가 계속 말을 이었다.

"그놈들은 모두 미친 거야. 난 그놈들한테 이렇게 말하고 싶다. 너희들의 진보라는 건 미친 지랄이고, 정의는 일장춘몽일 뿐이다. 그리고 너희들의 혁명은 바로 범죄 행위이고, 공화제는 괴물이며, 너희들이 말하는 순결한 젊은 프랑스는 사창굴에서 막 나온 것에 불과하다. 나는 그들에게 나의 이 생각을 전하고 싶다. 그들이 누구든, 신문기자든, 경제학자든, 법률가든, 또 자유와 평등과 박애를 단두대의 칼날보다도 더 잘 아는 자든, 좋다! 그들, 나의 선량한 친구들이여, 나는 그것을 단언하는 바이다!"

"그럼요, 정말 지당하시고 옳으신 말씀입니다."

중위가 외치자 질노르망 씨는 막 들어올렸던 손을 내리고 돌아서서 테오뒬의 얼굴을 똑바로 쳐다보며 버럭 소리를 질렀다.

"이 머저리 같은 자식!"

6

두 별의 만남

그 무렵 마리우스는 키가 그리 크지 않은 미남이었다. 검은 머리칼에 시원하고 영리해 보이는 이마와 정열적인 코, 그리고 진실하고 침착한 표정을 하고 있었다. 게다가 얼굴엔 고결하고 명상적인 빛이 감돌고 있었다. 그의 태도 또한 신중하고 차분하며 품위를 갖추고 있었다.

그는 최악으로 궁핍했던 시절, 길에서 젊은 여자들이 자기를 쳐다보면 옷차림이 하도 궁상맞아 비웃는 것이라고 생각했는데, 사실은 그의 멋스러운 외모를 보고 동경의 시선으로 바라보았던 것이다. 아무튼 그는 예쁜 여자들의 시선을 오해하는 바람에 전혀 사교성 없는 사람이 되어 버렸다. 여자들만 보면 도망치고 싶은 마음뿐이라 결국 그는 아무도 사귀지를 못했다. 그러자 마침내 쿠르페락이 그에게 조언을 해 주었다.

"내가 충고 한마디 할까? 그렇게 성인군자인 체 책만 열심히 파지 말고 여자들도 좀 쳐다보고 그래. 여자들도 쓸 데가 있잖아. 여자만 보면 도망가고 얼굴 빨개지고 하면 바보가 된단 말이야."

또 하루는 쿠르페락이 마리우스 앞에서 허리를 숙여 인사하며 말했다.

"신부님, 안녕하십니까?"

그런데 그런 마리우스도 피하지 않는 여자가 두 명 있었다. 하나는 그의 심부름을 해 주는 수염 난 할멈이었고, 또 하나는 이름도 모르는 한 소녀였다.

1년쯤 전부터 마리우스는 뤽상부르 공원의 한 인적 없는 오솔길에서 한 남자와 소녀가 언제나 길 끝에 있는 벤치에 앉아 있는 걸 보아 왔다. 남자는 60세쯤 돼 보이는데, 늘 우수에 찬 진지한 표정을 하고 있었다. 그는 강인하면서도 어딘지 피곤한 분위기를 온몸에 휘감고서 절대 남의 시선을 쳐다보지 않았다.

소녀가 처음에 남자와 함께 마치 자기네 자리로 정해 놓기라도 한 듯 그 벤치에 앉아 있었을 때는 열서너 살 정도 돼 보였는데, 보기 흉할 정도로 삐쩍 마르고 예쁘지도 않아 별로 눈에 띄지도 않았다. 그러나 눈만은 앞으로 꽤 아름다워질 것 같았다. 그들은 아버지와 딸 사이로 보였다.

마리우스는 처음 며칠 간 그들을 볼 때마다 아직 노인은 아닌 그 늙은 남자와 아직 다 크지 않은 그 소녀를 유심히 쳐다보았지만 이내 별다른 관심을 갖지 않았다. 그들도 마리우스를 전혀 의식하지 않고 그냥 무심히 자기들끼리 얘기를 하고 있었다. 소녀는 줄곧 쾌활하게 재잘거리고 있었고, 남자는 별 말이 없었지만 애틋한 사랑으로 가득 찬 눈길로 딸을 쳐다보곤 했다.

마리우스는 어느덧 일상처럼 그 공원의 오솔길을 산책하러 나섰다. 그리고 언제나 변함없이 그 벤치에 앉아 있는 그들을 보았다. 아무도 그들이 누구인지, 이름이 무엇이지 모르지만 사람들은 그 남자를 르블랑이라는 별명으로 부르고 있었다.

마리우스는 처음 1년 동안은 거의 날마다 같은 시각에 그들이 나오는 것을 보며, 남자에게 묘한 호감을 느낄 때가 많았다. 그러나 소녀에게는 별다른 매력을 느끼지 못했다.

그러다 마리우스가 반년 동안 산책을 가지 않다가 얼마 전부터 다시 그 공원으로 나가게 되었다. 어느 맑은 여름날 아침 나절이었다. 날씨가 쾌청하면 누구나 그렇듯이 마리우스도 무척 기분이 상쾌했다.

그가 오솔길로 들어서자 그들 부녀는 여전히 같은 벤치에 앉아 있었다. 가까이 다가가 보니 남자는 역시나 같은 모습이었는데, 소녀는 전의 그 소녀가 아니었다. 그의 눈앞에 있는 사람은 늘씬하고 예쁜 여자로, 아직 어린 티가 나는 청순한 몸매를 고스란히 유지하고 있었지만 그래도 어엿한 여자의 분위기를 풍기고 있었다. 아름다운 갈색 머리칼에 대리석처럼 은은한 이마, 장미꽃 같은 뺨, 윤기 나는 우윳빛 피부, 잔잔한 미소를 머금은 매력적인 입술, 비너스의 매끈한 목선, 그리고 화가를 어렵세 만들고 시인을 매혹시킬 섬세한 선의 코를 가지고 있었다.

마리우스는 처음엔 그 소녀가 남자의 다른 딸, 곧 전에 보았던 그 소녀의 언니인 줄 알았다. 그런데 그다음 날 역시 벤치 옆을 지나며 가만히 살펴보니 그 여자는 전의 그 소녀와 같은 여자였다. 그러니까 그 소녀가 반

년 만에 그렇게 성숙한 처녀가 돼 있었던 것이다. 그런 일은 얼마든지 일어나는 일이다. 여자에게는 눈 깜빡할 사이에 피어나 우아한 꽃송이가 되는 그런 시기가 있는 것이다. 어제까지만 해도 어린애인 줄만 알았는데 오늘은 갑자기 가슴 설레게 만드는 청춘이 돼 있는 것이었다.

그 여자는 예전의 촌스러운 모습이 아니라 전혀 꾸미지 않았는데도 단아하고 산뜻한 멋이 풍기고 있었다. 남자는 예전과 똑같은 모습이었다.

그날은 마리우스가 가까이 다가가자 처녀가 눈을 들어 쳐다보았다. 그녀의 눈은 짙은 하늘색으로 반짝이고 있었다. 그러나 그녀의 눈길 속에는 아직 어린아이의 시선 외에는 특별한 게 없었다. 그녀는 그냥 무심코 마리우스를 바라보았을 뿐이었다. 마리우스도 역시 다른 생각에 골몰하며 산책을 계속 했다. 그는 처녀가 있는 벤치 근처를 몇 번이나 지나치면서도 그녀를 돌아다보지는 않았다.

다음 날, 또 다음 날도 그는 뤽상부르 공원을 산책하며 그 벤치에 두 '부녀'가 앉아 있는 걸 보았을 뿐 이제는 아무런 관심도 기울이지 않았다.

그러던 어느 날이었다. 화창한 날씨 속에 마리우스는 유쾌한 기분으로 별 생각도 없이 뤽상부르 공원으로 가 그 벤치 옆을 지나갔다. 순간 처녀가 그를 쳐다보는데 마침 마리우스도 그녀를 쳐다보다 둘의 시선이 마주쳤다. 처녀의 시선 속에 특별한 무엇이 있었을까? 아니, 특별한 건 아무것도 없었다. 그러나 한순간 모든 것이 들어 있었다. 그것은 바로 하나의 섬광이었다. 처녀는 곧바로 얼굴을 숙였고, 마리우스는 그대로 계속 걸어갔다.

그러나 그가 방금 본 것은 그저 순진하고 단순하기만 한 어린아이의 눈빛만은 아니었다. 그것은 비밀스럽게 열렸다가 일순간 닫혀버린 신비로운 심연 같은 것이었다. 어린 처녀도 때로는 그런 눈빛으로 사람을 바라볼 수 있는 것이다.

무의식적이고 신비로운 그 첫 시선은 영혼을 얼어붙게 하는, 이른바 사랑이라는 저 꿈틀거리는 꽃잎을 어느 순간 불현듯 피워 올리는 마력을 갖고 있는 것이다.

그날 저녁 집으로 돌아간 마리우스는 새삼스레 자기 옷차림을 훑어보고는 그제야 그런 '일상복' 차림으로 뤽상부르 공원에 산책을 다닌다는 게 얼마나 바보 같은 짓인가를 깨달았다. 그가 입고 다녔던 일상복은 찢어진 모자와 막노동꾼이 신는 것 같은 구겨진 구두와 무릎이 허옇게 닳아 빠진 검은 바지와 팔꿈치 부분이 해진 검은색 외투였다.

이튿날 같은 시각에 마리우스는 새 옷과 새 모자에 새 신발을 꺼내 신고 당당한 마음으로 뤽상부르 공원으로 갔다. 도중에 쿠르페락을 만났지만 못 본 체해 버렸다. 쿠르페락은 집으로 돌아가 친구들에게 말했다.

"좀 전에 새 모자와 새 옷을 입은 마리우스 놈을 봤는데 아마 시험을 보러 가는 모양이더라고. 아주 멍한 얼굴이던데."

마리우스가 공원 오솔길로 들어서는데, 여전히 길 끝 벤치에 르블랑 씨와 그 처녀가 앉아 있는 것이 보였다. 그는 자신의 옷차림을 한 번 내려다보고 손질을 한 다음 벤치 쪽으로 걸어갔다. 그는 처녀가 자신의 새 옷차림을 보았는지 안 보았는지는 알 수 없지만 길을 계속 걸어 끝까지 갔다가 되돌아서서 다시 벤치 쪽으로 걸어왔다. 이번엔 벤치에 좀 더 가까이 접근하며 지나갔다. 몸은 잔뜩 뻣뻣해지고 얼굴은 귀밑까지 새빨개지며 외투 주머니에 손을 집어넣은 채 가슴을 두근거리면서 천천히 지나갔던 것이다. 처녀는 어제와 같은 옷을 입고 있었다. 마리우스의 귀에 뭐라고 형언할 수 없는 부드러운 음성이 들려왔다. 처녀가 남자에게 조용히 얘기를 하고 있었던 것이다.

그는 벤치 앞을 지나쳐 그리 멀지 않은 길 끝까지 간 다음 되돌아서서 다시 한번 그 아름다운 여자 앞을 지나갔다. 이번엔 그의 얼굴이 하얗게 되고 말았다. 그는 그 길로 집으로 달려갔다.

다음 날 마리우스는 또다시 뤽상부르 공원으로 갔지만 그들이 앉아 있는 곳까지 가지 않고 길 중간에 있는 벤치에 주저앉아 멀리서 그 부녀를 바라보고 있었다. 여자는 흰 모자와 검은 옷을 입고 있었다. 그는 꼼짝 않고 그 자리에 앉아 있다가 공원 문이 닫힐 때에야 집으로 돌아갔다. 그는 르블랑 씨 부녀가 나가는 걸 보지 못했다. 그래서 그들이 공원 뒤쪽의 철문으로 나간 줄 알았다.

이튿날도, 그 이튿날도 마리우스는 계속 뤽상부르 공원으로 갔다. 여자와 르블랑 씨는 언제나처럼 이미 거기에 와 있었다. 마리우스는 책을 읽는 체하면서 될 수 있는 한 가까이 다가갔으나, 아직도 그들이 있는 곳에서 꽤 떨어진 거리에 머물렀다.

그렇게 보름 정도가 지나갔다. 마리우스는 어느덧 산책을 하러 뤽상부르 공원에 가는 것이 아니라, 늘 같은 자리에 가서 앉아 있으려고 가고 있었다. 왜 그러는지는 자신도 분명히 알 수 없었다. 다만 그 자리에 한 번 앉으면 그는 한 발짝도 더 움직이지 못했다. 그는 아침마다 새 옷을 입고 나갔으나 그들 앞에 자신을 드러내지는 않았다. 한동안 그는 계속 같은 행동을 되풀이하고 있었다.

그 여자는 정말 대단한 미인이었다. 우수에 찬 눈빛과 애잔한 미소를 보며 마리우스는 가슴이 두근거리고 심장이 얼어붙는 것 같았다.

한 주일이 다 끝나갈 무렵의 어느 날, 마리우스는 어느 때와 다름없이 벤치에 앉아서 책을 들고 있었으나 두 시간이 지나도록 그는 한 장도 넘기지 않고 있었다. 그러다 갑자기 소스라치게 놀라고 말았다. 길 끝의 벤치에서 르블랑 씨와 딸이 일어나더니 딸이 아버지의 팔을 잡고 둘이서 함께 마리우스가 있는 쪽으로 천천히 걸어오고 있는 것이었다.

마리우스는 무심결에 책을 덮었다가 다시 펼쳐서 읽으려고 애를 썼다. 그는 몸이 떨려 왔다. '이것 참 큰일이네! 자세를 고칠 틈도 없는데' 하고 그는 생각했다.

백발의 남자와 젊은 여자는 계속 걸어오고 있었다. 마리우스는 그 시간이 몇 백 년만큼이나 긴 것 같기도 하고, 한순간에 불과한 것 같기도 했다. '아! 저 여자가 내 앞을 지나가다니! 저 여자의 발이 저 모래를 밟고 지나가겠지!' 그는 거의 정신이 아득해졌다. 그 두 사람이 걸어오는 발걸음 소리만이 조용히 규칙적으로 들릴 뿐이었다.

그는 고개를 숙였다. 그러다 다시 고개를 들었을 때는 그들이 바로 앞에까지 와 있었다. 여자가 지나가다 그를 쳐다보았다. 그녀는 생각에 잠긴 듯한 다정한 눈길로 그를 지그시 바라보았다. 마리우스는 머리부터 발끝까지 저려 왔다. 여자의 눈길은 한편으론 마치 그가 자기에게 다가오지 않은 걸 책망이라도 하는 듯했다. '그래서 제가 이리로 온 거예요' 하고 말하면서.

마리우스는 그 맑고 그윽한 눈매 앞에서 거의 정신을 잃을 것만 같았다. 머리가 터져나가고 가슴이 타오르는 것 같았다. 바야흐로 일은 시작됐다. 마리우스는 한 여자에게 빠진 것이다. 그의 운명은 이제 알 수 없는 미지의 세계로 들어가고 있었다. 고독과 초월과 긍지와 독립, 그 모든 것들이 함께.

그렇게 꼭 한 달이 흘러갔다. 그동안에도 마리우스는 매일 뤽상부르 공원에 갔다. 그 시각이 되면 어떠한 것도 그를 막을 수가 없었다. 쿠르페락은 그에게 "아예 출근을 하는구나." 하고 말했다. 마리우스는 황홀경 속에서 나날을 보내고 있었다. 그 여자도 자기를 쳐다보고 있다고 그는 확신했다.

마침내 그는 용기를 내어 벤치 가까이까지 다가갔다. 그러나 이제 그 앞을 지나가지는 않았다. 그는 그 아버지의 주의를 끌지 않는 게 좋으리라고 생각했다. 여자한테는 될 수 있는 대로 눈에 띄게 하되, 그 아버지에게는 될 수 있는 한 눈에 잘 안 띄도록 하고 있었다. 여자는 아련한 미소를 지으며 그 귀여운 얼굴을 그에게로 돌리고 아버지와는 태연스럽게 이야기를 하면서, 처녀다운 꿈꾸는 듯한 눈길로 마리우스를 바라보았다.

그러나 결국 르블랑 씨도 눈치를 채고 말았다. 그는 마리우스가 나타나면 자리에서 일어나 걷기 시작했다. 그러고는 길 반대편 끝에 있는 벤치로 옮겨 앉았다. 혹시 마리우스가 따라오나 보려고 하는 것 같았다. 그날 이후 그들 부녀의 산책은 불규칙해지기 시작하더니, 딸은 안 오고 아버지 혼자 올 때도 있었다. 그럴 때는 마리우스도 머물러 있지 않았는데, 그건 잘못한 것이었다.

아무튼 마리우스는 그런 징후들을 전혀 신경 쓰지 않고, 사랑의 감정만 한없이 커가고 있었다. 그는 밤마다 사랑의 꿈을 꾸었다. 어느 날은 해질 무렵에 그곳에 갔다가 그들 부녀가 막 떠나고 난 뒤 손수건 하나를 발견했다. 수도 놓여 있지 않은 수수한 손수건이었지만 새하얀 그 손수건은 형언할 수 없는 향기를 풍기고 있었다. 그는 뭐라 말할 수 없는 기쁨에 그것을 움켜쥐었다. 손수건엔 U.F. 라고 쓰여 있었다. 마리우스가 그 아름다운 여자에 대해 아는 것은 아무것도 없었다. 그런데 이제 처음으로 두 글자를 알게 되었다. 그리고 그것이 전부였다. 'U는 분명 이름의 머리글자일 테니, 그럼 위르쉴일까! 대단히 멋진 이름인데!' 하고 그는 속으로 생각했다. 그는 낮엔 그 손수건에 입을 맞추고 향기를 맡아 보며 얼굴에 대어 보고 하다가 밤에는 입술 위에 올려놓고 잠을 잤다. 그러면서 가끔

소리쳤다. '그녀의 온 영혼이 느껴지고 있구나!'

사실 그 손수건은 남자의 것이었는데 호주머니에서 빠져 떨어진 것이었다. 그 여자의 이름이 위르쉴일 거라고 마음대로 생각해 버린 마리우스는 그것만 생각해도 마음이 황홀할 정도였다. 하지만 그 황홀한 행복은 3, 4주 정도가 지나자 약효가 떨어져, 이제 다른 행복을 찾아야 했다. 그는 그녀가 어디에 사는지 알고 싶었다.

마침내 그는 엄청난 실수를 저지르고 말았다. 그는 '위르쉴'의 뒤를 따라갔던 것이다. 그녀는 웨스트 거리에서 가장 사람 왕래가 적은 곳의 한 수수한 건물 4층에 세 들어 살고 있었다.

그때부터 마리우스는 그녀를 뤽상부르 공원에서 볼 수 있고, 또 집까지 뒤를 따라가는 두 가지 행복을 맛볼 수 있었다. 그러나 그것도 잠시, 이제 그는 그녀가 어떤 사람인지를 알고 싶어졌다.

어느 날 저녁, 집까지 그들 뒤를 따라가 그들이 건물 안으로 들어가는 것을 보고는 그도 얼른 뒤따라 들어가 경비에게 물었다.

"방금 들어간 사람들 혹시 이 층에 사나요?"

"아니오. 사 층에 살고 있는 분들이에요."

한걸음 앞으로 나아간 셈이었다.

"길 쪽으로 나 있는 방입니까?"

"물론 그렇죠. 집이 원래 길 쪽을 향해 지어지니까요."

"그런데 뭐 하는 분입니까?"

"연금으로 살아가는 분이시죠. 정말 친절한 분이세요. 별로 부자도 아니면서 어려운 사람을 돕기도 하고요."

"이름은 어떻게 되는데요?"

마리우스의 질문에 경비가 고개를 한껏 쳐들었다.

"당신 경찰이시오?"

마리우스는 머쓱해 건물을 나오고 말았지만 꽤 여러 가지를 알게 돼 무척 기분이 좋았다. 상당히 진전된 것이었다.

'그래, 이름이 위르쉴이라는 것도 알았고, 연금 받는 사람의 딸이라는 것도 알았고, 웨스트 거리 사 층에 산다는 것도 알았으니까……'

그다음 날, 르블랑 씨 부녀는 뤽상부르 공원에 갔다가 아직 환한 대낮인데도 오래 머물지 않고 금방 가 버렸다. 마리우스는 어느 때처럼 그들 뒤를 따라갔다. 집에 도착하자 르블랑 씨는 딸을 먼저 들어가게 하고 자신은 안으로 들어가기 전에 갑자기 돌아서더니 마리우스를 물끄러미 바라보았다.

그다음 날 그들은 공원에 나오지 않았다. 마리우스는 하루 종일 기다리다 허탕을 치고 해가 저물어 웨스트 거리의 집으로 가보니 4층 창문에 불빛이 보였다. 그는 불이 꺼질 때까지 그 창문 아래서 어슬렁거리고 있었다.

다음 날도 그들은 공원에 나오지 않았다. 마리우스는 또 하루 온종일 기다리다가 다시 그 집 창문 아래로 가서 늦게까지 서성거렸다. 밤 열 시까지 계속 서 있느라 저녁도 굶었다.

그렇게 일주일이 지나갔다. 르블랑 씨 부녀는 그날 이후로 뤽상부르 공원에 전혀 나타나지 않았다. 마리우스는 온갖 슬픈 상상을 다 해 보았지만 낮에 그 집 앞에 가서 살펴볼 용기는 나지 않았다. 다만 저녁 시간에 가서 창문에 비치는 불그스름한 불빛을 바라보는 것으로 만족했다. 그러다 가끔 그녀의 그림자라도 비치면 가슴이 울렁거리곤 했다.

그런데 하루는 창으로 불빛이 보이지 않았다. '어두운데 아직 불을 안 켜다니. 외출한 걸까.' 그는 속으로 생각하며 한참을 그 앞에서 기다렸다. 열 시, 열두 시가 지나고 새벽 한 시가 되도록 4층 창문에는 불빛이 보이지 않았다. 그는 너무나 침울한 마음으로 그곳을 떠났다.

이제는 공원에서도 그들을 볼 수 없었고, 집으로 가봐도 창에는 불빛이 보이지 않았다. 그리고 덧창도 닫혀 있었다.

마침내 마리우스는 건물 안으로 들어가 경비에게 물었다.

"사 층에 사시는 분들 혹시 안 계신가요?"

"이사 갔어요."

경비의 대답에 마리우스는 쓰러질 듯 잠기는 목소리로 물었다.

"아니 도대체 언제 말인가요?"

"그저께요."

"어디로 갔는데요?"

"글쎄, 난 모르는데요."

"아니 새 주소도 안 가르쳐 주고 그냥 떠났단 말입니까?"

"네."

그러면서 경비가 마리우스를 보고는 소리쳤다.

"아니, 지난번에 그분이시네! 그럼 당신은 정말 형사였던 거군요."

7

밑바닥 인생들

복잡한 미로와 같은 사회 구조 아래엔 수많은 동굴이 숨어 있다. 종교의 동굴이 있고, 철학의 동굴, 정치의 동굴, 경제의 동굴 등. 어떤 사람들은 사상의 곡괭이로 굴을 파고, 어떤 사람은 숫자의 곡괭이로, 또 어떤 사람은 분노의 곡괭이로 굴을 판다. 사람들은 이 동굴에서 저 동굴로 서로 부르고 대답하며, 각자의 이상을 찾아 그렇게 지하에서 헤매고 다닌다. 그들은 사방으로 가지를 뻗어 때로는 서로 만나서 친밀해지기도 한다. 장 자크 루소는 자신의 곡괭이를 디오게네스에게 빌려주고, 디오게네스는 자신의 등불을 장 자크 루소에게 빌려준다. 하지만 때로는 동굴에서 서로 투쟁할 때도 있다.

이 지하세계에서는 서로 무사무욕을 감춘다. 여기서는 악마가 머리를 내밀고 사람은 각자 자신의 이익만을 생각한다. 맹목적인 자아가 으르렁거리며 먹이를 찾고 다 먹어치운다.

다시 말해 사회의 밑바닥에는 커다란 죄악의 동굴이 있으며, 무지가 사라져 없어지는 날까지 그것은 계속 존재해 나갈 것이다.

클락수, 괼베르, 바베, 몽파르나스, 이들 네 명의 불한당은 1830년부터 1835년까지 파리의 밑바닥 세계를 주무르고 있었다.

괼베르는 마치 쫓겨난 헤라클라스 같은 사나이였다. 아르슈 마리옹의 하수도를 소굴로 삼고 있는 그는 6척 장신에 대리석 같은 가슴팍과 청동 같은 팔을 가지고 있었다. 나이는 40세 아래로, 거친 머리털과 구레나룻 수염을 하고 있어 산돼지처럼 생긴 이 게으름뱅이는 강도짓과 살인을 하고도 태연할 정도였다.

바베는 몸집이 작고 왜소했지만 꽤 유식한 데가 있었다. 비쩍 마른 그 몸뚱이 속에 뭐가 들어 있는지 도무지 가늠할 수 없는 사나이였다. 그는 어릿광대짓도 하고 신파를 하기도 했다. 그리고 한껏 멋을 부리고 말주변도 좋았다. 그는 신문을 읽을 줄 알았는데, 그런 암흑사회에 있는 녀석으로는 참 희한한 일이었다.

클락수는 밤에만 움직이는 녀석이었다. 하늘이 어두워지기를 기다렸다가 나타나는 것이었다. 한마디로 그는 밤이 되면 지하 구멍에서 기어 나왔다가 날이 밝아오기 전에 다시 그 구멍으로 들어가는 식이었다. 한데 그 구멍이 어디에 있는지는 아무도 알 수 없었다.

몽파르나스는 스무 살도 안 된 나이에 꽤 미남으로, 꽃잎 같은 입술과 귀여운 검은 머리에 봄빛처럼 반짝이는 눈동자를 가지고 있었는데, 온갖 악습을 일삼고 또 온갖 죄악을 갈망하는 그런 청년이었다. 그는 부랑아로 떠돌다가 불량 청년이 되었고, 그러다 또 불한당이 되어 있었다. 그는 외모는 상냥하고 여성처럼 부드러웠지만 성격은 몹시 거칠고 악랄한 데가 있었다.

이들 네 명의 강도들은 수시로 모습을 바꾸며 경찰의 그물망을 피해 다녔다. 이들은 결코 네 사람이 아니라 하나의 조직이었다. 그리고 무슨 일이든 했다. 자기들이 벌이는 일도 했지만 다른 사람에게서 부탁을 받아 교묘하게 해결해 내는 일도 많이 했다. 이들은 어떤 각본에 맞춰 도와줄 필요가 있는 일이면, 그리고 돈벌이만 톡톡히 되는 일이라면 어떤 일이든 서슴지 않고 언제나 그 일에 적당한 사람을 빌려줄 수도 있었다. 폭력이 필요한 범죄엔 공범자를 빌려줄 수 있었고, 사회 밑바닥의 온갖 비극에 언제든 투입할 수 있는 수많은 암흑의 배우들을 그들은 가지고 있었다.

한밤중 인적 없는 거리에서 그들을 만나거나 그림자라도 보면 온몸에 소름이 돋을 정도였다. 그들은 사람이 아니라 마치 살아 움직이는 안개 같은 존재들이었다. 그들은 항상 어둠과 한 덩어리가 돼있어 쉽게 분간할 수도 없고, 아무런 영혼도 없는 것 같았다.

이런 악마들을 없애려면 무엇이 필요한가? 그것은 빛이었다. 넘쳐흐르는 빛 말이다. 빛에 대항할 수 있는 박쥐는 없는 법. 빛이여! 저 밑바닥의 세계를 비추어라!

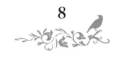

8

마음 나쁜 가난뱅이

　여름과 가을이 지나고 겨울이 왔다. 르블랑 씨와 그 아가씨는 두 번 다시 뤽상부르 공원에 나타나지 않았다. 마리우스는 그녀의 아름다운 얼굴을 다시 한번 보고 싶은 생각뿐이었다. 그는 계속해 찾아다녔다. 그러나 그들의 그림자도 찾을 수 없었다. 마리우스는 이제 더 이상 열렬한 몽상가도 아니고 대담한 운명의 도전자도 아니며, 긍지와 사상과 강한 의지도 그의 정신 속엔 없었다. 그는 그저 헤매는 한 마리 개일 뿐이었다. 그는 암담한 슬픔에 빠져 들어 모든 게 무너진 것 같았다. 일도 하고 싶지 않고 산책도 나가고 싶지 않으며, 고독에 지쳐 버렸다.

　그는 천번 만번 스스로를 자책했다. 왜 그녀의 뒤를 따라갔던가. 왜 보는 것만으로 만족하지 않았는가. 그녀도 나를 바라보며 나를 생각하고 있는 것 같았다. 그것만으로도 일단은 충분하지 않았던가. 내가 너무 바보 같았다.

　마리우스는 속애기를 털어놓는 성격이 아니라 얘기를 한 적이 없었는데도 쿠르페락은 그의 성격대로 또 모든 걸 잘 눈치채는 편이라, 처음엔 마리우스가 사랑에 빠진 걸 알아내고는 사뭇 놀라면서도 축하해 주었는데, 이제 마리우스가 우울해 하는 것을 보며 이렇게 말했다.

　"너 정말 무슨 바보짓을 크게 한 모양이네."

　마리우스는 점점 더 괴로워하며 허탈한 심정으로 보이지도 않는 그 여자를 찾아 헤매다녔다. 그러다 하루는 앵발리드 거리 근처의 한 작은 골목에서 어떤 남자를 만났다. 남자는 노동자복 차림으로 차양이 긴 모자를 쓰고 있었는데 모자 아래로 하얀 머리털이 삐죽이 나와 있었다. 마리우스는 이상하게도 그 하얀 머리가 멋지게 보이며 마음이 끌려 그 남자를 자세히 바라보았다. 남자는 무슨 괴로운 생각에 빠져 있는지 천천히 걸어가고 있었다. 마리우스는 그 남자가 문득 르블랑 씨인 것만 같았다. 모자 아래로 보이는 하얀 머리칼에 옆모습도 같고 걸음걸이도 똑같았다. 다만 이 남자가 좀 더 쓸쓸해 보이는 것이 다르다고 할까? 그런데 르블랑 씨가 왜 노동자 옷을 입고 있을까? 도대체 무슨 일일까? 변장을 한 것일까? 마리우스는 그 남자의 뒤를 따라가 봐야겠다고 생각했다. 드디어 사는 곳을 알아낼 수도 있지 않은가? 어쨌든 그 남자를 다시 한번 자세히 살펴봐야겠다고 생각하는 순간, 때는 늦어 버렸다. 남자가 어디론가 사라져 버린 것이었다. 좁은 골목으로 들어가 버린 것인지 그 남자는 두 번 다시 나타나지 않았다. 이 일은 그 뒤로 며칠 동안 마리우스의 머릿속에서 맴돌고 있다가 곧 잊혀졌다. 아마도 르블랑 씨를 닮은 사람이었던 모양이라고 그는 생각했다.

마리우스는 여전히 고르보의 허름한 방에 살고 있었지만 그즈음 그는 거기 살고 있는 사람들에게 전혀 관심을 기울이지 않고 있었다. 그 당시 고르보의 주택에는 마리우스 외에 종드레트 가족밖엔 살고 있지 않았다. 그는 언젠가 한번 종드레트 가족의 방세를 대신 내준 적이 있었지만 그 가족들과는 말도 해 보지 않았다. 다른 셋방 사람들은 이사를 갔거나 죽었거나 아니면 세를 못 내 쫓겨나거나 했다.

그해 겨울의 어느 날, 해가 지고 있을 무렵 마리우스는 저녁 식사를 하러 밖으로 나갔다. 그는 골목길을 나와 깊은 생각에 잠겨 있느라 머리를 숙이고 가로수 길을 천천히 걷고 있었다. 그런데 갑자기 누가 그를 탁 스치면서 지나갔다. 돌아다보니 맨발에 누더기를 걸친 여자애들 둘이 뛰어가고 있었다. 하나는 큰 키에 비쩍 말랐고, 다른 하나는 좀 더 작은 키로, 둘은 헉헉거리면서 도망치듯이 달려가고 있었다. 그들은 미처 마리우스를 못 보고 부딪쳐 갔던 것이다. 그들은 뛰면서도 서로 얘기를 하고 있었다.

"개가 왔어. 하마터면 잡힐 뻔했잖아."

"나도 봤어. 그래서 냅다 튄 거지."

마리우스는 두 애들이 헌병이나 경찰에게 잡힐 뻔하다가 용케 빠져나온 길이라는 걸 짐작할 수 있었다. 그 애들은 가로수 속에 묻혀 어렴풋이 보이다가 곧 사라져 버렸다.

마리우스는 그들을 쳐다보며 잠시 서 있었다. 그러다 다시 걸어가려 돌아섰는데 작은 꾸러미 하나가 발에 걸렸다. 주워서 보니 무슨 봉투 같은 것이었다.

'좀 전에 그 애들이 떨어뜨린 것이군!'

그는 다시 돌아서 크게 불러 보았지만 그들은 이미 사라진 지 한참이었다. 그는 그 봉투를 호주머니에 집어넣고 계속 걸어갔다.

그날 밤 마리우스는 자려고 옷을 벗다가 외투 주머니에 들어 있는 봉투를 발견했다. 그는 여태 그걸 잊어버리고 있다가 뭐가 들었는지 궁금해 열어 보았다. 혹시 주소가 씌어 있을까 기대하면서. 마침 봉투는 밀봉돼 있지 않았다. 속에는 편지 네 통이 들어 있었는데 그것 역시 밀봉돼 있지 않았고 거기서 무슨 퀴퀴한 담배 냄새가 났다.

첫 번째 편지의 겉봉에는 수신인의 주소와 이름이 씌어 있었다.

'xxx거리 xxx번지 그류슈레 후작 부인 각하'

그럼 편지 속에 혹시 보내는 사람의 주소가 적혀 있을까? 마리우스는 봉투 속에서 편지를 꺼냈다.

　　후작 부인 각하
　　인자와 연민의 정을 가추신 후작 부인 각하께, 충의와 성스러운 대의 명분을 지키느라 일생을 희생하야 피를 흘리고 전재산을 바치고도 오늘날에 이르러서는 극도의 빈궁에 빠져 버린 한 가련한 이 스페인 사람이 거룩한 동정의 눈길을 던져 주시기를 앙망하나이다. 만산창이가 된 이 교양 있고 명예로운 군인에게 존귀하신 각하께서 꼭 구원의 손길을 내미러 주시리라고 믿고 각하의 불타시는 자비와 동정을 이 불쌍한 군인은 기다리고 있나이다. 저의 소원을 꼭 드러주시리라 믿고 삼가 경의를 표하나이다.
　　프랑스에 망명했다가 조국으로 도라가는 중에 있는 스페인의 왕당파 기병 대위, 동 알바레스 재배

　서명에는 아무런 주소도 없었다. 두 번째 편지에도 보내는 사람의 주소는 없고 겉봉에 받는 사람의 주소와 이름만 씌어 있었다. '카세트 거리 x번지, 몽메르네 백작 부인님 귀하'

　　백작 부인님 귀하
　　소첩은 여섯 아이의 불쌍한 에미이온데, 이제 겨우 여덟 달 지난 막내 아들을 해산하면서 소첩은 병을 얻었는데다 엎친 데 덮친 격으로 다섯 달 전에 남편한테 버림을 바다 돈 한 푼 없이 죽을 지경에 빠져 있습니다.
　　백작 부인님께 한가닥 희망을 걸고, 삼가 경의를 표하옵나이다.
　　발리자르의 아내 올림

마리우스는 세 번째 편지도 읽어 보았는데 이것 역시 또 다른 종류의 도움을 구하는 내용이었다. 그리고 마지막 네 번째 편지에는 '생 쟈크 성당의 인자하신 어른께'라고 씌어 있었다.

인자하신 어르신네

어르신께서 제 딸년과 함께 왕림하야 주신다면 이놈의 참혹한 몰골을 목도하실 거십니다. 동정심 많은 어르신네여, 이놈은 가혹한 궁핍에 시름하고 있나이다. 어린 자식들 때문에 기아로 시달리면서도 죽는 자유조차도 업는 가련한 이놈에게 부디 왕림하야 주시거나 뜻이 있으시다면 이 편지를 가져간 제 딸년에게 조그만 은전이라도 베푸러 주시기를 기다리고 있나이다. 소생의 지극한 경이를 바다 주소서.

관대하신 어르신네의 가련한 하인, 배우 P. 파방투 상서

이렇게 세 통의 편지를 다 읽고 나서 마리우스는 도대체 이것들이 무엇인지 통 알 수가 없었다. 받는 사람도 보내는 사람도 각각 다르지만 필적은 이상하게도 다 똑같았다. 그 이유는 네 편지 모두 별로 좋지 않은 재질의 종이를 쓴데다 똑같이 퀴퀴한 담배 냄새가 나고 있으며, 문체를 바꾸려고 애를 쓰긴 했는데도 똑같은 맞춤법의 오류가 여기저기 있었기 때문이었다.

마리우스는 무슨 도깨비 장난 같은 이 편지들을 다시 봉투에 넣어 한쪽 구석에 던져 버리고 잠을 잤다. 다음 날 아침 막 일어났는데 누가 조용히 문을 두드렸다. 살림이라고는 아무것도 없어서 그는 늘 방문을 잠그지 않고 살았다.

"들어오세요."

문이 열렸다.

"실례합니다. 저……."

처음 듣는 목소리인데 힘이 없고 어두운 음성이었다.

마리우스가 돌아보니 한 젊은 여자가 서 있었다.

여자는 조심스레 문을 열고 그대로 서 있었는데 얼굴이 창백하고 삐쩍 말라 뼈만 남아 있는 몸이었다. 그리고 걸친 옷은 얇은 셔츠와 치마뿐, 그것도 오래돼 해지고 때에 절어 거의 알몸이 드러날 정도였다. 두 손은 빨갛게 얼어 있고 멍하니 벌어져 있는 입속에는 군데군데 빠진 이가 얼핏 보였다. 천한 외모에 흐릿한 눈빛을 하고 있는 그녀는 젊은 여자라기보다는 거의 늙은 노파에 가까워 보였다.

마리우스는 벌떡 일어나 마치 꿈을 꾸고 있는 것처럼 그 여자를 멍하니 바라보았다. 여자는 원래부터 그렇게 못생긴 얼굴은 아니었을지 모르나 한창 나이의 아름다움은 방종과 빈곤으로 인해 겉늙어 버린 모습이었다.

마리우스는 이 여자를 처음 본 것 같지는 않고 어디선가 한 번쯤 본 듯했다.

"무슨 일인가요?"

마리우스가 묻자 여자는 무덤덤한 목소리로 대답했다.

"마리우스 씨에게 편지를 전하러 왔어요."

여자는 마리우스를 어떻게 알았는지 그의 이름을 부르며, 들어오리는 말을 미처 하기도 전에 불쑥 방 안으로 들어와 편지를 내밀었다.

그는 편지를 읽어 보았다.

갸륵한 이웃 청년이시여

소생은 6개월 전에 노형께서 소생의 방세를 치러 주신 호의를 입고 있습니다. 우리 네 식구는 또 이틀 전부터 굶고 앉았고, 설상가상으로 여편네는 병까지 어   으니 모든 참상을 제 큰 딸년한테 자세히 드러주시기 바라며, 소생은 관대하신 노형께서 이러한 사정 말씀을 듣고 감동하시어, 약간의 호의쯤 아끼지 않으시고 은혜를 베푸러 주시리라 미더 기대하는 바입니다.

지극한 경의를 표하며

종드레트 재배

추신 : 소생의 여식은 마리우스 씨의 분부를 기다리고 잇소이다.

이 편지로 인해 어제 저녁부터 어지러웠던 마리우스의 머릿속이 갑자기 밝아졌다. 이 편지는 그 네 통의 편지와 같은 데서 온 것이었다. 필적도 문체도 맞춤법도 종이도 담배 냄새도 모두 똑같았다. 편지도 다섯, 사연도 다섯, 이름도 다섯, 서명도 다섯이지만 서명자는 오직 한 사람이었다.

마리우스는 벌써 오래전부터 이 허름한 주택에 살고 있었지만 그 천박한 이웃들에 대해 한 번도 관심을 가져 본 적이 없었다. 복도나 층계참에서 종드레트 가족과 가끔 마주친 적이 있었겠지만 그들에게 통 신경을 안 썼기 때문에 전날 저녁 길에서 종드레트 집안의 자매들과 부딪쳤을 때도 — 그 여자들이 틀림없었다 — 전혀 알아보지를 못했던 것이었다.

그런데 이제 모든 것이 밝혀졌다. 그 종드레트라는 자가 살림이 어려워지자 자선가의 동정을 자극하는 술수를 부리고 있는 것이었다. 그자는 자비심이 있는 부자라고 생각되는 사람들의 주소를 찾아서 가명으로 편지를 쓴 다음 위험을 무릅쓰고 딸에게 편지를 전달하도록 시키고 있었던 것이다.

마리우스가 놀란 눈으로 쳐다보고 있는데도 여자는 뻔뻔스럽게 방 안에서 왔다 갔다 하더니 탁자 옆으로 가서 "아 책이 있네요!" 하며 흐리멍덩한 눈으로 달려들 듯 들여다보았다.

"나도 읽을 줄 알아요, 나도."

여자는 탁자 위에 펼쳐져 있는 책을 집어 들더니 거침없이 읽어나갔다.

"보듀앵 장군은 휘하 여단의 오개 대대를 진격시켜 워털루 평원 한복판의 우고몽 성을 탈환하라는 명을 받았다."

여자는 읽다 말고 말했다.

"아! 워털루! 나도 알고 있어요. 이거 옛날 전쟁 얘기죠. 우리 아버지도 이 전쟁에 나가셨대요. 우리 아버지도 군인이었거든요. 우리 집 식구들은 모두 훌륭한 보나파르트 파예요. 워털루란 곳은 영국군과 싸운 곳이죠?"

여자는 이제 책을 내려놓고 펜을 집어 들며 소리쳤다.

"나 글씨 쓸 줄도 알아요."

여자는 펜에 잉크를 찍더니 마리우스에게로 돌아섰다.

"보실래요? 써 볼게요."

여자는 마리우스가 대답도 하기 전에 탁자 가운데 있는 흰 종이에 이렇게 썼다. '개가 와 있다'. 그러고는 펜을 내려놓으며 말했다.

"봐요, 맞춤법도 맞죠? 보세요. 우리는 공부도 했어요. 우리가 처음부터 이런 꼴은 아니었다고요. 우리도……"

그러고는 마리우스를 빤히 쳐다보며 묘한 표정으로 말했다.

"마리우스 씨, 당신이 미남이신 걸 알고 계세요? 당신은 나 같은 여자 따윈 관심도 없겠지만 난 당신을 잘 알고 있어요, 이 집에서도 층계에서 가끔 봤었고, 또 오스테를리츠 다리 근처에서 마뵈프 씨 댁에 들어가시는 것도 여러 번 봤고요."

마리우스는 기분이 좀 불쾌해 냉정한 투로 말했다.

"자, 이 봉투가 당신 것 같은데, 가져가시오."

그는 네 통의 편지가 들어 있는 봉투를 내밀었다. 여자는 그 봉투를 얼른 채 가더니 봉투를 열면서 말했다.

"어머나 세상에! 내 동생하고 이걸 얼마나 찾아 헤맸는지. 당신이 주웠군요. 길가에서 주웠겠죠! 도망가다가 떨어뜨렸거든요. 내 동생이 떨어뜨렸어요. 집에 가서 보니까 없어졌더라고요. 아버지한테 말하면 얻어맞으니까 이렇게 말했어요. 편지는 다 갖다줬는데 모두 거절당했다고 말이죠. 그런데 이것들이 여기 있다니! 아니 근데 이게 우리 거라는 건 어떻게 아셨죠? 아! 글씨체 보고요? 그럼 엊저녁에 길에서 부딪친 사람이 바로 당신이었네요. 통 안 보였거든요! 동생한테 '남자였니?' 하고 물었더니 '남잔 것 같았어' 하고만 대답하더라고요."

여자는 그러면서 '생 쟈크 성당의 인자하신 어른에게' 라고 써진 편지를 펼쳐 들고 있었다.

"이건 성당에 나가시는 노인에게 갖다 줄 편지예요. 참 갈 시간이 됐네. 갖다주고 와야겠어요. 아마도 아침 먹을 정도는 주시겠지."

그러고는 혼자 깔깔거렸다.

"오늘 아침을 먹는다면 얼마 만에 먹는 건지 아시겠어요? 그제 아침부터 굶었으니까요. 제기랄, 언제 한번 제대로 배를 채워 보나."

그제야 마리우스는 이 가련한 여자가 자기한테 무엇을 바라고 온 것인지 알아차렸다. 그는 호주머니 속을 뒤져 보았지만 아무것도 없었다. 그래서 다른 호주머니를 샅샅이 뒤져 결국 5프랑 16쑤를 찾아냈다. 이게 그의 전 재산이었다. 그는 16쑤만 남겨 놓고 5프랑을 여자에게 주었다. 그러면서 속으로 생각했다. '이 정도면 우선 오늘 저녁까지는 먹을 수 있을 거고, 내일은 또 그때 가면 어떻게 되겠지.'

여자는 냉큼 돈을 받았다.

"세상에 고마우셔라! 하늘이 다 환해지네. 이거 오 프랑짜리 아니에요! 당신 참 좋은 분이시네요! 나 쑥 반했어요! 이 돈이면 우리 식구 모두 한 이틀은 술이랑 고기 실컷 먹겠는데요. 안녕히 계세요. 우선 아버지한테 가야겠어요."

그러면서 여자는 고개를 까딱 숙이고 방을 나갔다.

마리우스는 지난 5년 동안 나름대로 꽤 궁핍하게 살아 왔다고 생각했으나 사실 진짜 빈곤함이 어떤 것인지 모르고 있었다는 걸 깨닫게 되었다. 그는 이제껏 공상과 자신의 정열에만 매달리며 이웃 사람들을 거들떠보지도 않았던 것을 자책했다. 방세 한 번쯤 치러준 것은 그저 기계적인 행동으로, 누구나 할 수 있는 일이었다. 적어도 자신은 보다 더 정성스런 일을 해 줬어야 했다고 그는 생각했다.

마리우스는 스스로를 탓하며, 정직한 사람들이 흔히 그러듯 자신을 지나치게 질책하며 종드레트 가족의 방과 자신의 방 사이의 벽을 한없이 쳐다보고 있었다. 연민의 눈길로, 마치 그 벽을 뚫고 그 불쌍한 사람들을 감싸주기라도 하려는 듯이. 벽이란 게 그저 칸막이에다 얇게 회칠을 한 것뿐이어서 웬만한 말소리도 다 들릴 정도였는데, 마리우스는 여태껏 그것도 모르고 있을 정도였으니 정말 지독한 몽상가였음이 틀림없다. 그런데 벽엔 어느 쪽을 봐도 벽지 한 장 발라져 있지 않았다. 마리우스는 무심코 칸막이를 들여다보다가 갑자기 화들짝 놀라 일어섰다. 천장 가까이에, 세 장의 작은 판자 틈으로 세모난 구멍 하나가 파여 있었던 것이다. 그 틈에 발라 놓았던 흙은 이미 떨어져 나가고 없었다. 그래서 탁자 위로 올라가 보면 그 구멍으로 종드레트 가족이 사는 방을 들여다볼 수 있을 것 같았다.

'도대체 어떻게 생긴 사람들이 어떻게 지내고 있는지 좀 볼까.' 마리우스는 그런 생각을 하며 정말로 탁자 위로 올라가 그 구멍을 들여다보았다. 그의 방은 살림이랄 게 없기 때문에 보잘것없고 초라했지만 종드레트 가족의 방은 그야말로 돼지우리보다 더 지저분하고 처참할 정도였다. 그러나 방은 황량할 만큼 휑하니 컸다.

그 큰 방에 침대 하나는 문 옆에 있고, 또 하나는 창 옆에 놓여 있었는데, 둘 다 한쪽 끝이 벽난로 가까이 놓여 있어서 마리우스 쪽에서는 훤히 보이게 되어 있었다. 탁자 위에는 펜과 잉크와 종이가 놓여 있고 의자엔 60세쯤 돼 보이는 남자가 앉아 있었다. 그는 작은 키에 창백하고 몹시 야위었지만 성질이 사납고 냉혹하며, 또 간사하고 불안해 보이기도 했다. 한마디로 그는 악질처럼 보였다.

그 남자는 뭔가를 쓰고 있었다. 아마도 마리우스가 이미 읽어 본 그런 종류의 편지를 쓰고 있을 것 같았다. 그 남자 외에도 뚱뚱한 여자 하나가 벽난로 옆에 맨발로 웅크리고 앉아 있었는데, 40세가량 돼 보이기도 하고 100세 정도 돼 보이기도 했다. 여자는 셔츠 하나에 여기저기를 기운 속치마 하나만을 입고 있었는데, 쭈그리고 앉아 있어서 그렇지 키는 무척 큰 것 같았다.

한 침대엔 희멀건 하니 삐쩍 마른 소녀가 앉아 있었는데 아마 마리우스의 방으로 찾아왔던 그 여자의 동생일 듯했다.

그런데 방 안에는 무슨 일을 하는 흔적이라고는 전혀 보이지 않았다. 베틀도, 물레도, 아무런 기구들도 없었다. 다만 한쪽 구석에 뭔지 모를 쇠붙이들이 약간 있을 뿐, 방 안엔 어떤 성실함 같은 건 없고 음산한 나태만이 웅크리고 있었다.

마리우스는 무덤 속보다 더 무시무시한 이 참담한 방 안을 잠시 들여다보다가 가슴이 답답해져 그만 탁자에서 내려오려 했다. 그때 그 방의 문이 확 열리며 큰딸이 나타났다.

"오고 있어요!"

아버지가 딸을 쳐다보았다.

"누가 말이냐?"

"그 영감 말이에요. 그 자선가."

"아, 생 쟈크 성당의 그 늙은이?"

"네!"

"확실하냐?"

"네, 지금 마차로 오고 있어요."

아버지는 의자에서 일어났다.

"마차로 온다면서 어떻게 네가 먼저 왔냐?"

"내가 성당에 들어가 보니까 그분은 언제나 앉는 그 자리에 계셨어요. 제가 인사를 드리고 편지를 전하니까 그분은 다 읽어 보고는 '얘야, 넌 어디서 사니?' 하고 물으셨어요. 그래서 '제가 모시고 갈게요, 할아버지' 하고 대답했더니, '아니다. 주소를 가르쳐 주렴. 우리 딸한테 뭘 좀 사오라고 해서, 이따가 마차를 타고 네가 집에 도착할 때쯤 해서 가도록 하마.' 하시는 거예요. 그래서 주소를 드렸죠. 그랬더니 그걸 보시고는 좀 놀라면서 잠깐 망설이시더니 '하여튼 가마.' 그러시더군요. 미사가 끝난 후에 그분이 딸과 함께 성당을 나가 마차를 타시는 걸 보고는 우리 방이 복도 맨 끝 오른쪽 문이라고 분명히 말씀드렸어요. 그러고는 마차가 방금 프티 방키에 거리로 오는 걸 보고 전 달려왔어요."

"하지만 그게 그 마차인지 어떻게 알아?"

"마차 번호를 봤으니까 알죠! 440이었어요."

"그럼 됐다. 네가 영리한 데가 있구나."

그리고 남자는 신이 나서 소리쳤다.

"봐, 들었지? 지금 그 자선가가 온다잖아. 불 꺼 버려."

그의 아내는 무슨 말인지 이해를 못 해 그냥 가만히 있었다.

남자는 재빨리 벽난로 위에 있던 입구가 깨진 항아리를 집어 들고는 그 안에 있는 물을 벽난로에 들이 부으며 큰딸에게 말했다.

"넌 의자 속 짚을 빼내!"

딸도 어리둥절하니 그대로 서 있었다.

남자는 의자 좌석을 발로 꽉 짓밟으며 속에 있는 짚을 빼내고 구멍을 내버렸다. 그러고는 침대에 앉아 있는 작은딸에게도 고함을 질렀다.

"침대에서 빨리 내려오지 못해! 게을러터진 것 같으니! 넌 손 하나 까딱 안 하고 있을 거냐! 창문 하나도 깨 버려!"

작은딸은 무서워 벌벌 떨며 침대에서 내려오긴 했지만 뭘 할지 몰라 멍하니 서 있었다.

"아니, 뭐하고 있니? 유리창 하나 깨뜨리라니까!"

어린 소녀는 엉겁결에 주먹으로 유리창을 탁 쳤다. 유리가 날카로운 소리를 내며 깨져 떨어졌다.

"됐다."

남자는 이제 천천히 방 안을 둘러보았다. 그의 몸짓은 마치 전투가 시작되려는 순간에 마지막 점검을 하는 장군과도 같았다.

여태껏 조용히 있던 그의 아내가 그제야 일어나더니 둔하고 멍청한 목소리로 물었다.

"여보, 어쩌려고 그래요?"

"당신은 침대에나 가서 누워 있어."

그때 방 한쪽 구석에서 흐느끼는 소리가 들려왔다. 작은딸이 구석에 웅크리고 앉아 피투성이가 된 자기 손을 내려다보며 울고 있었던 것이다. 아내가 냅다 소리를 질렀다.

"도대체 이게 무슨 지랄이야! 염병할! 유리를 깨다가 다쳤잖아!"

"잘됐지 뭐! 그러길 바란 거였어. 당신은 입 다물고 있어!"

남자는 입고 있던 자기 셔츠를 찢어 작은딸의 손을 감아 주었다. 그리고는 찢어진 셔츠에 만족한다는 듯 그걸 내려다보았다.

"이젠 내 셔츠도 정말 그럴듯해졌구먼!"

매서운 바람이 깨진 유리창으로 불어 들어오며 날리는 눈송이까지 몰아 왔다.

남자는 다시 한 번 점검하듯 방 안을 쓱 훑어보더니, 삽을 들고 벽난로 안에 있는 장작을 재로 덮어 숨겨 놓고 그 옆 벽에 기대섰다.

"이젠 자선가 영감을 맞이해도 되겠군."

방 안은 잠시 조용해졌다. 큰딸은 치마의 흙을 털고 있고 작은딸은 여전히 흐느끼고 있으며, 그의 아내는 둘째 딸의 머리를 두 손으로 감싸 안고 나직이 속삭이고 있었다.

"울지 마라. 울면 아빠가 또 소리칠 거야."

"아니 괜찮아. 울어! 큰 소리로 우는 게 좋다."

그러면서 남자는 또 큰딸에게 버럭 소리를 질렀다.

"뭐야, 아직 안 오잖아! 안 오는 거 아냐? 불도 끄고 의자도 부수고 옷도 찢고 유리창도 깨고 그랬는데, 안 오면 어쩌지!"

"작은애는 손도 다쳤잖아!"

아내가 못마땅해 소리치자 남자는 또 악을 써 댔다.

"시끄러워! 이놈의 방은 또 왜 이리 추워! 근데 이 영감탱이는 왜 이리 사람을 기다리게 하는 거야! 기다리는 게 당연하다 이건가. 부자 놈들은 참 더러운 인간들이라니까. 모조리 목을 비틀어 버려야 해! 그 자선가라는 놈들도 말이야, 참 가소롭게 인정 넘치는 듯한 표정을 지으면서 막상 내놓는 거 보면 겨우 몇 푼어치 안 되는 빵이나 옷들이지. 내가 바라는 건 그런 게 아니라 돈이라고, 돈! 한데 그 자식들은 돈은 안 내놓는다니까. 돈을 주면 우리가 술 마시는 데 써버린다는 거야. 우리는 그냥 주정뱅이고 게으름뱅이다 이거지! 그렇게 따지면 지들은 다 도둑들 아닌가! 안 그러곤 어떻게 부자가 됐느냔 말이야! 제기랄! 그건 그렇고, 이 빌어먹을 자선간가 뭔가는 도대체 뭘 하고 자빠져서 안 오는 거야? 정말 오는 거야 뭐야! 이 개자식이 주소를 잊어먹은 거 아냐! 이놈의 영감이 분명히……."

이때 누가 조용히 문을 두드렸다.

남자가 방정맞게 후다닥 뛰어가 문을 열고는 공손히 절을 하며 잔뜩 존경심을 담은 미소를 지으면서 외쳤다.

"어서 오십시오, 자비하신 선생님! 존귀하시고 자애로우신 어르신, 그리고 어여쁘고 귀한 아가씨, 어서 들어오시지요."

문 앞에는 나이 지긋한 남자 한 사람과 젊은 여인이 서 있었다.

방 안의 장면을 계속 들여다보고 있던 마리우스는 그 순간 사람의 입으로는 도저히 어떻게 표현할 수 없는 감동의 전율을 느꼈다.

그 여인은 바로 '그녀'였던 것이다. 그동안 자취를 감췄던, 꿈에도 그리워했던 바로 그녀였다. 6개월 동안 그에게 빛을 비춰 줬던 그 별, 그러나 이제껏 사라지고 안 보였던 그 별이 다시 나타났던 것이다! 마리우스는 눈을 믿을 수 없고, 떨고 있었다. 아아! 바로 그녀가 나타나다니! 이제 그는 가슴이 두근거리고 금방 눈물이 쏟아져 나올 것만 같았다. 여자는 전과 다름없는 모습이었으나 좀 더 야위어 있었다. 그녀는 방 안으로 들어서더니 큼직한 꾸러미 하나를 탁자 위에 올려놓았다.

종드레트의 큰딸은 문가로 비켜서서 그 아름답고 평온한 여인의 얼굴을 음울한 눈길로 쳐다보고 있었다.

르블랑 씨는 측은한 눈빛으로 종드레트에게 다가가 말했다.

"이 꾸러미 안에 옷과 담요가 좀 들어 있습니다."

"아이고, 거룩하고 자애로우신 어르신, 너무나 감사합니다."

종드레트는 머리가 땅에 닿도록 절을 했다. 그러고는 두 손님이 방 안을 대충 훑어보고 있는 사이에 큰딸 귀에다 대고 재빨리 속삭였다.

"봐, 내가 뭐라던? 누더기만 가져온다고 했지. 똑같은 놈들이라니까. 그런데 이 영감한테 보낸 편지에는 내 이름을 뭐라고 썼더라?"

"파방투요."

딸도 재빨리 대답했다.

"참, 맞아. 배우였지. 됐어!"

그때 바로 르블랑 씨가 그를 돌아다보면서 이름을 기억해 내려고 하는 듯 이렇게 말했다.

"참 어려우시군요. 그런데 댁이……."

"예, 파방투라고 합니다."

"파방투? 아 참 그렇지, 이제 생각나는군요."

"배웁니다. 옛날엔 꽤 인기가 있었지요. 저는 딸마에게서 배웠습니다, 선생님! 그러니까 옛날엔 저도 운이 좋았었는데 이제는 이렇게 바닥인생이 되고 말았습니다. 좀 보세요. 먹을 것도 없고, 불도 없이 추위에 떨고 있고, 하나밖에 없는 의자는 이렇게 깊이 빠져 버렸어요. 저 유리창도 깨지고 없어서 찬바람이 마구 들어오고 있지요. 설상가상으로 마누라는 저렇게 병들어 누워 있고!"

"부인이 참 안됐습니다!"

"게다가 딸에까지 다쳤습니다."

둘째딸은 젊고 아름다운 '아가씨'를 쳐다보느라 정신이 팔려 더 이상 울지 않고 있었다.

"울어! 큰 소리로 울라고!"

종드레트는 둘째딸에게 나지막이 말하며 다친 손을 꽉 꼬집었다. 그러자 아이가 비명을 질렀다.

마리우스의 그 사랑스러운 여인이 얼른 아이에게로 다가갔다.

"세상에, 아프겠다!"

종드레트는 이제 아가씨에게 하소연을 했다.

"고귀하고 어여쁘신 아가씨, 애 피투성이 손목 좀 보십시오. 하루에 육 쑤짜리 돈벌이를 한다고 기계 밑에서 일하다가 그만 이런 사고를 당했지 뭡니까? 어쩌면 팔을 잘라 내야 할지도 모른답니다."

"정말이오?"

노인이 놀라며 물었다. 둘째딸은 그 말을 그대로 믿고 또 다시 울기 시작했다.

"예, 그렇습니다, 인자하신 어르신!"

종드레트는 사실 조금 전부터 이 자선가 영감을 유심히 살펴보고 있었다. 그는 어떤 기억을 더듬는 것처럼 묘한 표정으로 노인을 훑어보다가 손님들이 둘째딸에게 다가가 있는 틈을 타서 침대에 멍하니 누워 있는 아내에게 얼른 다가가 작은 목소리로 소곤거렸다.

"저 노인 얼굴 잘 봐!"

그러고는 다시 르블랑 씨에게로 돌아서며 계속 신세한탄을 늘어놓았다.

"보시다시피 선생님, 전 이런 꼴로 어디도 못가고 있습니다. 옷이라도 제대로 있다면 저를 참 아껴 주는 마르쓰 양(당시의 유명한 배우)이라도 한 번 찾아가보련만……. 선생님도 그분을 아시는지 모르겠습니다만 그분과 저는 지방에서 함께 신파를 하기도 했었거든요. 그분은 저를 도와주겠지만 이런 꼴로 갈 수가 있어야지요! 마누라가 저렇게 아파 누워 있고 딸년이 저렇게 다쳤는데도 돈이 한 푼도 없으니! 게다가 우리 네 식구는 방세도 못 내 내일이면 거리로 쫓겨나게 생겼습니다. 사기분의 방세 육십 프랑을 못 내고 있거든요."

그건 분명 거짓말이었다. 4기분의 방세는 40프랑밖에 안될 뿐 아니라 마리우스가 2기분을 내준지 6개월도 채 못돼 있었다.

르블랑 씨가 주머니를 뒤지더니 5프랑을 꺼내 탁자 위에 놓았다.

종드레트는 그 사이 큰딸의 귀에 대고 소곤거렸다.

"망할 놈의 영감! 그깟 오 프랑으로 뭘 하라는 거야? 의자와 유리 값도 안 되겠다."

그러는 동안 르블랑 씨가 푸른색 재킷 위에 걸치고 있던 큰 갈색 외투를 벗어서 의자에 걸쳐 놓고는 말했다.

"파방투 씨, 지금 나한테 오 프랑밖에 없으니까 딸을 집에 데려다주고 이따가 저녁에 다시 찾아오겠소. 방세를 치러야 하는 게 오늘 저녁까지라고 했지요?"

종드레트의 눈빛이 다시 반짝거렸다.

"예, 그렇습니다, 선생님. 여덟 시까지 주인한테 갖다 줘야 합니다."

"그럼 내가 여섯 시까지 육십 프랑을 가져오지요."

"아이고 세상에 고맙습니다!"

종드레트는 어쩔 줄을 모르겠다는 듯 방정을 떨면서 아주 낮은 목소리로 아내에게 또 속삭였다.

"이 늙은이를 잘 봐!"

르블랑 씨는 아름다운 딸의 팔을 잡고 문으로 돌아섰다.

"그럼 이따 저녁에 다시 오리다."

"여섯 시라고 하셨지요?"

"그렇소. 여섯 시 정각에 오리다."

그때 의자에 걸쳐져 있는 노인의 외투를 보고 종드레트의 큰딸이 말했다.

"할아버지, 외투 잊어버리셨네요."

종드레트는 못마땅한 눈초리로 딸을 노려보았다.

르블랑 씨가 돌아서 미소를 지으면서 말했다.

"잊어버린 게 아니라 두고 가는 거란다."

"아이고, 이 은혜를 어찌하면 좋습니까. 제가 마차까지라도 배웅해 드리겠습니다."

"밖으로 나오려면 저 외투를 입으시죠. 눈도 내리고 무척 춥네요."

르블랑 씨의 말에 종드레트는 냉큼 그 갈색 외투를 집어 입었다. 그러고는 손님들 앞에 앞장서 나갔다.

마리우스는 그 모든 광경을 하나도 놓치지 않고 다 지켜보고 있었다. 그녀가 거기 있는 동안 그는 황홀감에 빠져 자신을 완전히 잊은 채 그녀를 바라보았다. 그러다 여자가 방에서 나가는 걸 보며 그는 그제야 정신이 돌아와 오로지 한 가지 생각밖에 나지 않았다. 그녀의 뒤를 따라가 어디에 사는지 알아 둬야 한다. 이렇게 기적처럼 다시 보게 되었는데 두 번 다시 놓칠 수는 없다는 생각이었다.

　그는 얼른 탁자에서 내려와 모자를 집어 들고 문밖으로 나가려다 문득 걸음을 멈췄다. 만약 르블랑 씨와 맞닥뜨려 자신이 이 집에 산다는 걸 알게 되면 그는 또다시 자기를 피할 것이 틀림없었기 때문이다. 어떻게 하나? 좀 더 기다리고 있어야 하나?

　그러고 있는 사이에 마차가 떠나 버릴지도 모르기 때문에 마리우스는 안절부절못하다가 위험을 무릅쓰고 방에서 뛰쳐나갔다.

　허겁지겁 한길로 나가 보니 막 마차 한 대가 골목을 돌아가고 있었다. 마리우스는 그쪽으로 달려갔다. 그리고 모퉁이까지 갔을 때 마차는 벌써 멀리 시내 쪽으로 가고 있었다. 거리가 어느새 상당히 떨어져 더 이상 따라잡을 수가 없었다. 만약 마차 뒤를 따라 뛰어간다면 르블랑 씨의 눈에 띄어 버릴 게 분명했다.

　그때 마침 뜻밖에도 빈 마차 한 대가 옆으로 지나가는 게 보였다. 마리우스는 얼른 마차를 불러 세웠다.

　"한 시간만 빌립시다."

　마부는 넥타이도 매지 않고 단추도 없는 작업복을 입고 있는 마리우스를 훑어보며 손을 내밀었다.

　"뭐죠?"

　마리우스가 묻자 마부가 말했다.

　"선금을 내시오."

　마리우스는 그제야 자기가 지금 16쑤밖에 없다는 게 생각났다.

　"얼만데요?"

　"사십 쑤요."

　"갔다 와서 낼게요."

마부는 대꾸도 안 하고 말에 채찍질을 하며 떠나 버렸다.

마차가 멀어져 가는 것을 마리우스는 멍하니 바라보고 서 있었다. 24쑤가 모자라 그는 또다시 기쁨과 행복과 사랑을 잃어버리고 어둠 속으로 떨어져 버린 것이었다! 그는 그날 아침에 그 불쌍한 계집애한테 5프랑을 준 것이 너무나 화가 나고 서글펐다. 그는 절망감에 사로잡혀 집으로 돌아갔다.

르블랑 씨가 저녁에 다시 온다고 약속했으므로 그 기회에 뒤를 잘 따라가 보면 되련만, 마리우스는 그때 너무나 넋을 잃고 여자를 쳐다보느라 그가 그런 말을 한 것도 거의 듣지 못했다.

그는 집으로 들어가 층계를 올라가다가 골목 건너편 어둠침침한 담 아래서 '자선가'의 외투를 입은 종드레트가 한 남자와 같이 있는 걸 보았다. 상대 남자는 인상이 험악하고 수상해 보이며 둘이서 뭔가를 숙덕거리고 있었다.

마리우스는 그런가 보다 하고는 특별한 생각 없이 천천히 층계를 올라갔다. 그러다 문득 언젠가 한번 쿠르페락이 말한 적 있는, 그 일대에서 노상강도로 알려진 빵쇼라는 남자 생각이 났다.

그러고는 방으로 들어가 등 뒤로 문을 닫으려는데 닫히지가 않았다. 돌아다보니 종드레트의 큰딸이 문을 잡고 있었다.

마리우스가 쌀쌀한 목소리로 말했다.

"또 무슨 일로 왔죠?"

여자애는 생각에 잠긴 듯 아무 대답도 안 하고 그저 우울한 눈빛으로 그를 쳐다보며 말했다.

"마리우스 씨, 우울해 보이는데요. 무슨 일 있었나요?"

"아니요, 전혀."

"분명 무슨 일이 있는데요."

"상관하지 마시오."

마리우스가 다시 문을 닫으려 하자 여자는 계속 문을 붙잡고 놓아 주지 않았다.

"너무 그러지 말아요, 마리우스 씨. 당신은 돈도 별로 없으면서 오늘 아침에 굉장히 친절하지 않았던가요? 그런데 지금은 분명히 무슨 걱정이 있는데요. 그 걱정을 털어내는 데 내가 좀 도와드릴 건 없나요? 무슨 당신 비밀을 알아내려고 그러는 건 아니니까 그런 얘기는 안 해도 돼요. 어쩌면 나 같은 사람도 써먹을 데가 있을 걸요. 아버지도 내가 도와드리고 있잖아요. 편지를 전한다거나 집을 찾는다거나 누구의 뒤를 추적한다거나 뭐 그런 일 정도는 나도 얼마든지 할 수 있거든요. 어쨌거나 무슨 일이 있는지 얘기해 보세요."

마리우스의 눈이 잠시 반짝거렸다. 물에 빠진 사람은 지푸라기라도 붙잡고 매달리는 법.

"좋아 그럼, 말하지……."

그 여자는 몹시 기쁜 표정으로 말했다.

"그래요. 그렇게 반말로 해요. 친근하게 들려서 좋아요."

"아까 온 그 노인과 여자 말이야, 네가 데리고 왔지? 그분들 주소 알고 있니?"

"아니요."

"그럼 주소 좀 알아봐 줘."

한껏 반짝이던 여자의 눈이 다시 흐려져 버렸다.

"우울했던 게 바로 그거였네요. 그분들을 아세요?"

"아니."

"모르는 여잔데 지금부터 알고 싶다는 거네요?"

"알아봐 줄 수 있어?"

"그 아름다운 여자의 주소를 알아내 달라고요?"

'그 아름다운 여자' 라는 말을 하면서 그녀는 입을 비죽거렸다. 그러고
는 마리우스를 빤히 쳐다보며 물었다.

"그럼 나한테 뭘 줄 건데요?"

"뭐든 원하는 대로."

"바라는 대로라고요?"

"그래."

"좋아요, 그럼. 꼭 알아봐 드릴게요."

여자는 고개를 까딱하고는 홱 문을 밀어 닫아 버렸다.

마리우스는 의자에 털썩 주저앉아 갖가지 어지러운 생각에 빠져들었
다. 아침부터 일어난 여러 가지 일들이 그의 머릿속을 온통 채우고 있었
던 것이다.

그러다 갑자기 그는 정신이 들었다. 옆방에서 종드레트가 큰 소리로
악을 쓰고 있었던 것이다.

"틀림없어. 그가 누군지 알겠더라니까."

종드레트는 도대체 누구 이야기를 하고 있는 것일까? 알다니? 르블랑
씨를? 그러니까 종드레트는 그 노인이 누군지 안단 말이군. 그럼 나의 사
랑하는 여인이 누구인지, 그녀의 아버지가 누구인지를 마침내 알 수 있
단 말인가? 오 하느님!

마리우스는 다시 탁자 위로 올라가 그 벽의 구멍으로 옆방을 들여다보
았다. 방 안엔 종드레트의 아내와 딸들이 꾸러미를 풀어 속에서 옷을 꺼
내 입고 있었고, 종드레트는 밖에서 막 들어왔는지 아직도 숨을 가다듬

고 있었다. 종드레트는 이상한 눈빛으로 방 안을 이리저리 돌아다니고 있었다. 그의 아내는 그런 남편을 보며 어리둥절해 있다가 이렇게 물었다.

"그게 정말이에요? 정말 맞아요?"

"틀림없어! 팔 년이나 지났어도 난 금방 알아보겠더라고! 그 인간이었어! 그런데 당신은 그 인간을 몰라보다니!"

"난 정말 몰라봤어요."

"내가 뭐라고 했어. 잘 보라고 했잖아! 키도 같고 얼굴도 별로 안 늙었더라고. 그리고 목소리까지도 똑같았어. 옷은 훨씬 더 잘 입었더구면. 하여간 정체를 알 수 없는 인간이지만, 결국 이렇게 잡았다니까!"

그는 갑자기 걸음을 멈추고 딸들에게 말했다.

"너희들 나가 있어! 바람 좀 쐬다가 다섯 시 정각에 들어와. 둘 다 할 일이 있으니까."

아내와 둘이서만 남게 되자 종드레트는 다시 방 안을 빙빙 돌더니 아내를 쳐다보며 팔짱을 끼고는 말했다.

"한 가지 더 말해 줄까? 그 딸 말이야……"

마리우스는 그 딸이라는 게 틀림없이 그 여자 이야기라고 생각하고는 잔뜩 긴장을 하며 온 에너지를 귀에 쏟으면서 듣고 있었다.

그런데 종드레트는 몸을 구부려 아내에게만 들리도록 귀에다 속삭이고는 몸을 일으키며 큰 소리로 외쳤다.

"바로 그 여자애라니까!"

"걔가?"

그의 아내가 소스라치게 놀라며 말했다. 그 목소리엔 경악과 증오와 분노가 모두 섞여 있는 듯했다. 그러면서 계속 소리쳤다.

"그럴 리가 없어! 우리 딸들은 맨발로 양말짝 하나도 없는데! 입고 있는 옷만 해도 이백 프랑이 넘겠던걸. 마치 귀부인 같더라고! 당신이 잘못 봤을 거야! 그 계집애는 얼굴이 참 못생겼었는데, 아까 그 여자애는 얼굴이 못생긴 게 아니던데! 그럴 리가 없어!"

"그 계집애가 맞다니까 그러네. 하여간 두고 봐."

남편이 고집불통으로 단정을 내리자 종드레트의 아내는 그 불그스름한 낯짝으로 험한 인상을 쓰며 소리를 질러 댔다.

"아니 우리 딸들을 불쌍하다는 듯이 바라보던 그 예쁘장한 계집애가 바로 그 거지년이라고! 제기랄, 그년의 머리털을 싹 뽑아 버리면 좋겠네."

"이젠 나도 수가 생겼어."

남자는 또 방을 한 바퀴 빙 돌았다.

"그건 또 무슨 뜻이야?"

아내의 물음에 남자는 걸음을 멈추고 눈을 깜박이더니 큰 소리로 말했다.

"무슨 뜻이냐 하면? 들어봐!"

"소리 좀 작게 해! 남들이 듣겠다."

"아니, 누가 들어? 옆방 녀석은 아까 나가고 없어. 있다고 해도 그 바보 같은 게 뭘 듣겠어? 좌우간 아까 나가는 걸 봤어."

하지만 종드레트는 본능적으로 목소리를 낮췄다. 그래도 마리우스가 듣지 못할 만큼 낮지는 않았다.

"내가 큰 부자를 잡은 거야. 일은 이미 벌어졌어. 영감이 이따가 여섯 시에 육십 프랑을 가지고 온다고 했잖아. 하여간 내 수완은 알아줘야 된다니까. 사실 방세는 미뤄진 거 없어. 놈이 순진한 거지! 어쨌든 영감이 여섯 시에 올 거고, 옆방 녀석은 그때면 저녁 먹으러 나갈 시간이지. 뷔르공 할멈도 시내로 접시 닦으러 갈 시간이고, 그럼 이 집 안엔 아무도 없게 돼. 옆방 녀석은 열한 시 전까지는 안 들어올 거야. 딸년한테 망을 좀 보라고 해놓고 당신도 거들면 영감은 순순히 말을 듣게 되겠지."

"만일 맘대로 안 되면?"

아내가 퉁명스럽게 말하자 종드레트는 흉악한 동작을 해 보였다.

"해치워 버리면 되지 뭐. 그까짓 것쯤이야."

마리우스는 몸이 오싹해졌다.

종드레트는 벽난로 옆 옷장에서 모자를 꺼내더니 먼지를 탁탁 털고는 머리에 썼다.

"좀 나갔다 올게. 만나 볼 사람이 있어. 다들 좋은 놈들이야. 하여튼 이번 일은 잘 될 것 같아. 한데 그 영감이 만약 나를 알아봤다면 안 올 텐데 말이야. 하마터면 놓칠 뻔했는데 이 수염 덕분에 살아났다니까! 이 요상하게 생긴 턱수염 때문에 말이지! 아 참, 이 근처에 철물점이 어디 있나?"

"한길로 나가면 저 아래쪽으로 있지."

"아참, 그 길모퉁이에 있지. 금방 갔다 올게."

종드레트는 밖으로 나갔다.

생 메다르 성당에서 한 시를 알리는 종이 울렸다.

마리우스는 몽상을 즐기기는 했지만 한편으론 바라문 교도 같은 자비심과 법관 같은 준엄성을 가지고 있었다. 그는 두꺼비를 불쌍히 여기면서도 독사를 밟아 죽일 수 있는 성격이었다. 그런데 지금 그가 구멍으로 들여다보고 있는 것은 독사 같은 세상이고, 괴물의 소굴 그 자체였다. 그는 속으로 생각하고 있었다. '이런 쓰레기 같은 것들은 짓밟아 버려야 한다.'

혹시 풀릴까 기대했던 수수께끼는 오히려 더 꼬이기만 하고 오리무중에 빠져 버렸다. 마리우스가 종드레트에게서 들은 건 오직 한 가지, 끔찍한 음모뿐이었다. 그가 암담한 마음으로 그 구멍에서 눈을 떼지 못하고 있는 동안 종드레트의 아내가 한쪽 구석에서 낡은 화로를 끄집어내다가 쇠붙이 부스러기 속에서 뭔가를 찾고 있었다. 그는 소리가 안 나도록 살금살금 탁자에서 내려왔다.

그럼 이제부터 어떻게 할까? 마리우스는 이런저런 생각을 하다가 방금 전에 한 시 종이 울렸으니까 여섯 시에 예정된 그 사건까지는 아직 다섯 시간이 남아 있다고 생각하며, 좀 괜찮은 옷으로 갈아입고 소리 안 나게 조심해서 밖으로 나갔다. 종드레트의 아내가 계속 쇠부스러기를 뒤지는 소리가 다행히도 연신 들려왔다.

거리로 나간 마리우스는 한참을 걷다가 한 가게에 들어가 경찰서가 어디에 있는지를 물었다. 그리고는 빵집 앞을 지나다 어쩌면 저녁 식사를 못할 상황이 생길지 몰라 2쑤어치 빵을 사서 먹었다.

걸으면서 그는 신의 섭리에 감사하는 마음이 들었다. 아침에 종드레트의 딸한테 5프랑을 주지 않았다면 결국 마차를 집어타고 르블랑 씨의 뒤를 쫓아갔을 것이고, 그렇게 했다면 지금 그는 아무것도 모르고 있을 것이니 말이다. 그럼 르블랑 씨와 그의 딸 모두 파멸의 구렁텅이로 빠지고 말지도 모르는 일이었다.

마리우스는 경찰서로 들어가 서장이 있느냐고 물었다.

"서장은 지금 부재중이지만 대리 감찰관이 있습니다."

경관이 안내해 서장실로 들어서자 키 큰 남자 하나가 난롯가에 서 있었다. 각진 얼굴에 희끗희끗한 구레나룻 수염을 한 그는 심장을 꿰뚫어 볼 듯한 매서운 눈초리를 한 게 종드레트 못지않은 흉악한 분위기를 풍기고 있었다.

"무슨 일이죠?"

남자가 거칠게 물었다.

"경찰서장님 계신가요?"

"부재중인데요. 내가 대리를 보고 있어요."

"급한 사건이 하나 있어서요."

"말해 보세요."

마리우스는 변호사 마리우스 퐁메르시라고 자신을 소개하며 어떤 사람이 위기에 빠져 있다면서 자초지종을 설명했다. 마리우스가 그 집의 번지수를 알려주자 감찰관은 문득 어떤 기억을 더듬는 듯했다.

"알겠소. 대강 짐작이 가는군요. 당신이 본 그 작자의 얼굴이 어떻게 생겼죠?"

"확실히는 모르겠는데, 빵쇼 비슷하게 생겼어요."

"아, 그래요. 그 패거리들이 끼어들고 있구먼. 그럼…… 당신이 좀 도와줄 수 있겠어요?"

"물론이죠."

"좋아요. 그 주택 현관 열쇠를 지금 갖고 있나요? 세입자들은 모두 갖고 있을 거 아니에요?"

"예, 있어요."

마리우스는 외투 속에서 열쇠를 꺼내 감찰관에게 내밀었다. 열쇠를 받은 감찰관은 마리우스를 힐끗 쳐다보더니 망토의 커다란 주머니 속에서 조그만 권총 두 자루를 꺼내 마리우스에게 건넸다.

"이걸 갖고 가서 당신 방에 가만히 있어요. 외출하고 없는 것처럼 하고요. 두 개 다 총알이 한 방씩 들어 있어요. 그 구멍으로 살펴보고 있다가 놈들이 들어오면 우선 가만히 내버려 두고 있다가 딱 적당한 때라고 생각되면, 체포해도 좋겠다고 생각될 때 총을 한 방 쏴요. 공포를 쏘면 돼요. 그다음은 내가 알아서 할 거니까. 그리고 일이 완전히 끝날 때까지 기다리세요. 당신은 변호사니까 잘 알겠죠."

마리우스는 두 자루의 권총을 주머니에 잘 넣고 서장실을 나왔다. 그의 등 뒤에서 감찰관이 말했다.

"혹시 일이 있으면 직접 오든지 아니면 사람을 보내 감찰관 자베르를 찾으면 돼요."

마리우스는 아무에게도 들키지 않고 마치 숨어서 남의 집에 도둑질을 하러 들어가듯 자기 방으로 들어갔다. 그러고는 침대에 가만히 앉았다. 다섯 시 반쯤 됐을까? 그는 어둠 속에서 시계의 똑딱거리는 소리를 듣는 것처럼 자신의 맥박 소리를 듣고 있었다. 그는 두렵지는 않았지만 앞으로 일어날 일을 생각하면 온몸에 전율이 일어나는 것 같았다. 하루가 그에게는 꼭 꿈만 같았다. 그는 자신이 혹 무슨 악몽을 꾸고 있는 건 아닌가 싶어 확인이라도 하려는 듯 주머니 속에 손을 넣어 두 자루의 차가운 권총을 만져 보곤 했다.

밖엔 눈이 그쳐 있었다. 구름도 걷혀 달빛이 보였는데 땅에 쌓여 있는 눈에 반사돼 희번한 빛이 방 안에 들어오고 있었다. 옆방에서는 불그스름한 빛이 벽 구멍으로 비쳐 나왔지만 소리는 아무것도 들리지 않았다.

얼마나 시간이 흘렀을까? 그때 아래층 문이 열리는 소리가 들렸다. 그런 다음 저벅거리는 여러 명의 발걸음 소리가 무겁고도 빠르게 층계를 올라오더니 그중 몇 명은 복도 입구의 방에 숨어 들어가고, 한 명이 복도를 다 지나와 옆방 앞에서 멈춰 섰다. 종드레트가 여러 명을 데리고 돌아온 것 같았다. 그러고는 옆방에서 갑자기 여러 사람들 소리가 한꺼번에 들렸다. 식구들이 모두 방 안에 있었으면서도 종드레트가 없는 동안 조용히 하고 있었던 것이다.

"아빠 왔네."

딸들이 소리쳤다.

"어떻게 됐어?"

종드레트의 아내가 물었다.

"어, 잘 돼 가고 있어."

종드레트가 대답하며 뭔가 묵직한 것을 탁자 위에 내려놓는 소리가 들렸다. 철물점에서 사 온 흉기일 것이다.

"이거 불 속에 넣어 놔."

곧이어 무슨 쇠붙이가 장작에 부딪치는 것 같은 소리가 들렸다.

"지금 몇 시야?"

"곧 여섯 시가 돼. 생 메다르에서 방금 전에 다섯 시 반을 쳤으니까."

"그럼 너희들은 가서 망을 좀 봐야겠다. 이리 와 봐."

종드레트는 딸들에게 뭐라고 한참 소곤거리더니 큰 소리로 말했다.

"뷔르공 할멈은 나갔나?"

"어, 나갔어."

아내가 말했다.

"옆방에도 나가고 없겠지?"

"온종일 안 들어왔어. 그리고 지금은 저녁 먹으러 갔을 시간이지."

"틀림없어?"

"어, 틀림없어."

"그럼 확실하게 방을 한번 확인해 보지 뭐. 너 촛불 들고 가서 확인해 봐."

종드레트가 큰딸한테 말하는 걸 듣고 마리우스는 살금살금 움직여 침대 밑으로 기어 들어갔다. 곧 문이 열리더니 불빛과 여자의 맨발이 보였다.

"아빠, 아무도 없어요."

문 앞에서 딸이 소리쳤다.

"들어가서 잘 살펴봐!"

여자의 발이 다시 방 안으로 들어와 창문 쪽으로 가더니 밖을 내다보는 듯하다가 곧 문밖으로 나갔다.

잠시 후 복도에서 두 소녀의 발소리가 들리고 종드레트의 목소리도 들렸다.

"잘 살펴봐야 해! 한 사람은 성문 쪽을 보고 또 한 사람은 프티 방키에 거리 모퉁이를 쳐다봐. 한눈 팔면 절대 안 돼. 뭐가 조금만 보여도 얼른 돌아와야 돼. 빨리 뛰어오라고. 현관 열쇠는 갖고 있지?"

큰딸이 투덜거렸다.

"눈 위에서 맨발로 어떻게 오래 있으라는 거예요?"

"내일 털신발 사 줄게."

아버지의 대답에 두 딸은 금방 층계를 내려가더니 곧 아래층 현관문이 닫히는 소리가 들렸다.

마리우스는 신경을 잔뜩 세워 그 모든 소리를 들은 다음 이제 서서히 구멍으로 봐야 할 때가 되었다고 생각하고는 다시 탁자 위로 올라갔다.

종드레트의 방 안은 오전과 좀 달라져 있었다. 벽난로 안에 종드레트의 아내가 아까 꺼내던 커다란 화로가 들어가 있고, 불을 활활 피워 놓아 불그레한 불빛이 방 안을 다소 괴괴하게 비추고 있었다. 그리고 불 속에는 종드레트가 철물점에서 사 왔을 것 같은 커다란 쇠꼬챙이가 꽂혀서 벌겋게 달아 있었다. 문 옆 구석에는 쇠붙이 한 꾸러미와 밧줄이 놓여 있었다.

종드레트는 파이프에 불을 붙여 물고 짚을 빼 버린 그 의자에 앉아 있었다.

"날씨가 이러니까 그 영감 아마 마차로 오겠지. 당신은 램프를 들고 아래층으로 가서 기다리고 있다가 마차 도착하는 소리가 들리면 얼른 문을 열어 줘. 그리고 층계와 복도까지 램프를 좀 비쳐 준 다음 영감이 방 안으로 들어오면 얼른 다시 내려가서 마부에게 돈을 주고 보내 버려."

그러면서 종드레트는 주머니에서 5프랑을 꺼내 주었다.

"웬 돈이야?"

"아침에 옆방 멍청이가 준 거야. 아참, 의자가 두 개 더 있어야 되는데."

"그럼 옆방 것 좀 가져오지 뭐."

곧 그의 아내가 문을 열고 복도로 나오는 소리가 들렸다. 마리우스는 등골에 소름이 쫙 끼쳤다. 탁자에서 내려와 침대 아래까지 가서 숨을 겨를이 없었다.

"촛불을 들고 가지 그래."

"괜찮아. 양손에 의자를 들어야 하니까 방해만 돼."

금방 어둠 속에서 문고리를 더듬어 찾는 소리가 들리고 문이 열렸다. 마리우스는 꼼짝도 못하고 있었다. 종드레트의 아내가 들어왔다. 천장 부근에 한 줄기의 달빛이 스며들어 방 안의 어둠을 둘로 나누어 놓고 있었다. 한쪽의 어둠은 마리우스가 서 있는 벽을 컴컴히 만들어 다행히 그는 보이지 않았다.

종드레트의 아내는 벽을 흘낏 쳐다보았지만 마리우스를 보지는 못하고, 두 개밖에 없는 그의 의자를 다 가지고 나간 다음 문을 닫아 버렸다.

"자, 여기 가져왔어."

"빨리 램프를 들고 내려가 봐."

아내를 내려 보낸 종드레트는 탁자 양쪽에 의자 두 개를 갖다 놓고, 화로 속에 있는 쇠꼬챙이를 돌려놓은 다음, 벽난로 앞에 병풍을 세워 화로를 가려놓고는 밧줄이 놓여 있는 구석으로 가서 몸을 구부리고 뭔가를 살펴보았다.

그제야 마리우스는 아까 보았던 그 밧줄이 창문턱에 걸기 위한 두 개의 쇠갈고리가 붙어 있는 밧줄 사다리라는 것을 깨달았다.

종드레트는 잠시 무슨 생각을 하는 것 같더니 별안간 사납고 교활한 눈빛으로 탁자 서랍을 확 열고는 그 속에서 긴 칼을 하나 꺼내 칼날을 살펴보듯 손톱을 조금 잘라 보고는 다시 집어넣었다.

마리우스는 바지 주머니에서 권총을 꺼내 격철을 한 번 해 보았다. 그때 권총이 철거덕 하는 소리를 내는 바람에 종드레트가 깜짝 놀라며 의자에 앉아 있다가 몸을 벌떡 일으켰다.

"누구야?"

마리우스는 숨을 죽이고 가만히 있었다. 종드레트는 잠깐 기다리더니 이내 웃음을 터뜨렸다.

"깜짝 놀랐네! 쥐새끼 소리잖아."

마리우스는 권총을 꽉 쥐었다.

곧 생 메다르 성당에서 여섯 시 종을 쳤다.

종드레트는 종소리가 끝나자 방 안을 걷기 시작하다가 복도 쪽으로 귀를 기울이며 '이 영감이 꼭 와야 될 텐데' 라고 중얼거리고는 다시 의자에 앉았다.

바로 그때 문이 열리면서 종드레트의 아내가 끔찍한 애교를 부리며 노인을 안내해 방으로 들어왔다.

"어서 오십시오, 거룩하신 어르신."

종드레트가 후다닥 일어서며 말했다.

르블랑 씨는 밝은 표정으로 그를 쳐다보며 탁자 위에 루이 금화 네 닢 (80프랑)을 내려놓았다.

"파방투 씨, 이거면 방세와 우선 급한 대로 좀 쓸 수 있을 것이오. 다른 건 다시 얘기합시다."

"이 돈은 하느님이라도 갚아 드릴 겁니다. 정말 너무나도 감사합니다."

종드레트가 허겁지겁 입에 발린 소리를 하며 의자를 권하고 있는데 그의 아내가 밖으로 나가더니 금방 돌아왔다.

아침부터 눈이 줄기차게 오는 바람에 마차가 오는 소리도 떠나는 소리도 전혀 들리지 않았다.

그 사이 르블랑 씨는 의자에 앉았고, 종드레트는 르블랑 씨의 맞은편에 앉았다. 르블랑 씨는 의자에 앉으며 침대 쪽을 돌아보았는데, 거기엔 아무도 누워 있지 않았다.

"다친 딸은 좀 어떤가요?"

"더 나빠졌습니다. 그래서 큰딸이 부르브 진료소로 치료하러 데려갔어요. 곧 돌아올 겁니다."

"부인께선 좀 괜찮으신가 보군요."

종드레트는 이상하게 옷을 입고 있는 아내를 흘끗 쳐다보고는 말했다.

"마누라도 사실 지금 아주 안 좋은데 어쩌겠습니까? 몸도 저런데 씩씩하게 잘 견디고 있죠."

그의 아내는 남편이 칭찬을 해주자 금방 마음이 들떠서 어울리지 않는 애교를 부렸다.

"당신은 어쩜 그리 친절해, 종드레트!"

"종드레트라니! 당신은 파방투 씨 아닌가요?"

르블랑 씨의 물음에 종드레트가 얼른 얼버무렸다.

"본명은 파방투고 별명이 종드레트죠. 배우의 예명입니다!"

그러면서 르블랑 씨가 눈치채지 못하도록 아내에게 눈을 부라리며, 다시 그 아양 떠는 말투로 지껄여 댔다.

"아내와 저는 가난하긴 하지만 오순도순 살고 있습니다. 안 그러면 같이 못 살죠. 그런데 우리는 너무나 어렵게 살고 있습니다, 선생님! 팔이 있다 해도 일거리가 없고, 힘도 좋지만 일터가 있어야지요! 사는 게 참 한심하죠. 잘살던 때도 있었지만 어디 남아난 게 있어야지요! 딱 한 가지 남아 있는 건, 제가 아주 소중히 간직하고 있는 그림인데, 이젠 그것마저도 팔아야 할 것 같습니다. 뭐 입에 풀칠도 못하고 있으니까요."

종드레트가 주절거리고 있는 사이에 험악하게 생긴 남자 하나가 소리도 없이 방으로 들어와 종드레트의 아내 뒤에 서 있었다.

르블랑 씨가 그 남자를 보고는 깜짝 놀라며 물었다.

"저 사람은 누구죠?"

"아, 저 사람은 이웃입니다. 신경 쓰지 않으셔도 됩니다."

종드레트의 대답에 르블랑 씨가 말했다.

"그런데 아까 무슨 얘기 했었죠?"

"아, 다름 아니고……."

종드레트가 대답하려는데 문이 조용히 열리며 또 다른 남자가 들어와 종드레트 아내의 뒤쪽 침대에 가서 앉았다.

"전혀 신경 쓰지 않으셔도 됩니다. 모두들 이 주택에 사는 이웃들이니까요. 참 아까 그 얘기는, 제가 그림을 하나 갖고 있는데, 그게 무척 중요한 그림이라……."

그는 일어나 벽으로 가더니 패널 하나를 뒤집어 벽에다 세웠다. 그런데 무척 싸구려 티가 나는 그림이었다.

"그게 뭐죠?"

르블랑 씨가 물었다.

"유명한 그림입니다. 값이 꽤 나가죠. 제 두 딸들만큼 전 이 그림을 중요하게 여기고 있습니다. 수많은 추억이 담겨 있기도 하고요! 하지만 아까 말씀드린 것처럼 할 수 없이 이걸 팔아야 해서요……."

르블랑 씨는 그림을 살펴보다가 문득 방 안을 보니 어느새 남자들이 네 명이나 들어와 있었다. 세 명은 침대에 앉아 있고 하나는 문 옆에 서 있었는데, 모두들 인상이 험악했다.

종드레트는 르블랑 씨가 네 남자를 의식하고 있는 걸 알아차렸다.

"모두 제 친구들입니다. 이웃에 살고들 있죠. 조금도 신경 쓰지 마시고 제 그림이나 좀 사 주세요. 불쌍히 여기시고요. 비싸게 팔지는 않겠습니다. 혹시 얼마쯤으로 생각하시는지요?"

르블랑 씨가 경계하듯 종드레트를 힘주어 쳐다보며 말했다.

"어디 음식점 간판 같은데, 한 삼 프랑쯤이나 될까요."

그때 종드레트가 협박하듯 말했다.

"지금 지갑 가지고 계시겠지요? 천 에퀴(3천 프랑) 정도면 바로 드리겠습니다."

르블랑 씨는 자리에서 일어나더니 벽에 몸을 기대고 서서 방 안을 찬찬히 둘러보았다. 왼쪽 창 앞에 종드레트가 서 있고 오른쪽 문 옆에는 종드레트의 아내와 네 남자가 서 있었다. 네 남자는 르블랑 씨를 쳐다보고 있지도 않았다.

"선생님께서 이 그림을 안 사 주시면 저는 더 이상 기회가 없습니다. 물에 빠져 죽든지 해야죠."

종드레트는 애원하는 눈빛으로 말을 하면서 시선은 문 쪽을 향해 있었다. 그러다 갑자기 르블랑 씨를 무섭게 노려보며 그에게로 다가가 벼락같은 소리를 내질렀다.

"이따위는 상관없어! 네놈이 그래도 날 몰라보겠느냐?"

그때 느닷없이 방문이 열리며 푸른색 작업복을 입고 검은 종이로 된 가면을 쓴 세 남자가 들어왔다. 놈들은 각각 몽둥이와 망치 등을 들고 있었다. 종드레트는 그들과 이미 약속이 된 듯 그중 한 놈과 뭐라고 재빨리 얘기를 하고는 물었다.

"준비 다 됐나?"

"그래."

"몽파르나스는?"

"그 색골 자식은 오다가 자네 큰딸하고 얘기하고 있어."

"마차는 와 있나?"

"그럼. 와 있지."

"좋아 그럼."

르블랑 씨는 새파랗게 질려 있었다. 그는 자기가 올가미에 걸렸다는 걸 알아차린 듯 방 안을 구석구석 살펴보았다. 그러나 공포를 느끼고 있는 것 같지는 않았다. 그는 온후한 노인으로밖에는 보이지 않았지만 한때 힘깨나 쓰던 실력을 발휘해 순식간에 탁자를 방패로 삼고 의자의 등에다 큼지막한 주먹을 올려놓고는 무시무시한 자세를 취하고 있었다.

그 사이에 방 안에 들어와 있던 네 남자들도 어느새 모두 흉기를 하나씩 들고 있었다.

마리우스는 이제 곧 자신이 나설 때가 올 것 같아 권총을 오른손으로 들고 복도 쪽 천장을 향해 쏠 준비를 했다.

종드레트는 방금 들어온 놈과 다시 뭔가 얘기를 속삭이고 나서 다시 르블랑 씨를 보고는 그 특유의 음흉한 표정을 지으며 똑같은 말을 또 했다.

"그래도 나를 못 알아보겠나?"

르블랑 씨는 그를 똑바로 응시하며 말했다.

"모르겠는데."

종드레트가 르블랑 씨의 얼굴 가까이까지 다가와 촛불 위로 자신의 그 더러운 낯짝을 디밀어도 르블랑 씨는 조금도 물러서지 않았다. 그러자 종드레트는 물어뜯기라도 하려는 듯 맹수처럼 지껄였다.

"내 이름은 파방투도 아니고 종드레트도 아니고 떼나르디에다. 몽페르메유의 여관 주인 떼나르디에란 말이다! 그 떼나르디에! 자 이젠 날 알아보겠지?"

순간 아무도 눈치채지 못할 정도의 불그레한 빛이 르블랑 씨의 이마에 잠시 떠올랐다가 사라졌다. 그는 여전히 침착한 목소리로 대답했다.

"정말 모르겠네요."

마리우스의 귀에는 이제 더 이상 아무것도 들리지 않고 심장이 멎는 듯했다. 종드레트가 '난 떼나르디에다' 라고 말한 순간 마리우스는 날카로운 칼날에 심장을 찔린 것처럼 온몸에서 힘이 빠져나가며 신호탄을 쏘려고 했던 오른손이 서서히 아래로 떨어졌다. 그리고 '몽페르메유의 여관 주인 떼나르디에란 말이다' 하는 소리를 들었을 때 그는 권총을 떨어뜨릴 뻔했다.

이 이름은 바로 아버지의 유서 속에 쓰여 있었고, 마리우스가 항상 마음속에 품고 있었던 그 이름이었던 것이다. 바로 이 인간이 그렇게도 오랫동안 찾아다녔던 몽페르메유의 여관 주인 떼나르디에라니! 마리우스는 이제 그 남자를 찾아내게 되었지만, 그러나 아버지를 구해 준 그 인간이 바로 악랄한 놈이라니! 게다가 이 악랄한 놈이 상상할 수 없는 어떤 무서운 폭행을 지금 어떤 신사에게 하려고 한다! 아! 이렇게도 비통한 운명의 장난이 있단 말인가!

마리우스는 온몸이 바들바들 떨렸다. 이제 결정적인 일은 그의 손에 달려 있었다. 만약 그가 권총을 쏜다면 르블랑 씨는 살아나겠지만 떼나르디에는 파멸하게 된다. 그러나 만약 쏘지 않는다면, 반대로 르블랑 씨는 희생되고 떼나르디에는 아마도 도망가게 되리라. 어떤 것을 선택해야 하나? 그의 귀에는 한편에서는 아버지를 위해 애원하는 '그의 위르쉴'의 목소리가 들리고, 다른 한편에서는 떼나르디에를 부탁하는 아버지의 목소리가 들리고 있었다. 그는 미칠 것만 같았다. 그리고 곧 기절할 것 같았다.

그 사이에도 떼나르디에는 계속 지껄이고 있었다.

"이제야 드디어 이렇게 만났네요. 자선가 선생! 누더기 걸친 백만장자 영감! 큰 인형을 주셨던 그 어르신! 그래, 이래도 날 못 알아보겠나? 팔 년 전 크리스마스 날, 몽페르메유의 우리 여관으로 와서 팡틴느의 딸 '종달새'를 데려간 게 바로 네놈 아니었나? 그래도 나를 못 알아보겠다고? 하지만 난 널 알고 있지! 난 네놈이 그 낯짝을 들이밀었을 때 바로 알아봤거든. 어린아이를 훔쳐간 이 도둑놈 같으니! 이제 내가 네놈의 심장을 씹어 먹어야겠다!"

떼나르디에는 숨을 헐떡였다.

르블랑 씨는 그의 말을 다 듣고 있다가 그가 말을 멈추자 말했다.

"난 당신이 무슨 말을 하는 건지 통 알 수가 없소. 아마도 착각을 하고 있는 것 같은데, 나는 아주 가난한 사람이오. 백만장자가 절대 아니오. 턱없는 소리지. 그리고 난 당신을 본 적이 없는데, 아마도 다른 사람과 나를 혼동하고 있는 모양이네요."

떼나르디에는 다시 르블랑 씨에게 얼굴을 바짝 갖다 댔다.

"지금 이 늙은이가 농담을 하자는 거야! 아니 정말 생각이 안 난단 말이야? 나를 모르겠다고!"

"정말 미안하지만 모르겠소. 아마 당신은 불한당인 모양인데요."

르블랑 씨는 점잖게 말했다.

그러자 떼나르디에가 길길이 날뛰며 말했다.

"뭐라고? 내가 불한당이라고! 그래 좋소. 돈 있는 놈들은 우리를 그렇게 부르지! 그래, 나는 완전히 망해서 숨어 살고 먹을 것도 없어서 사흘간 쫄쫄 굶은 불한당이다! 그래도 난 눈곱만큼도 수상한 사람은 아니다! 이름도 안 밝히고 남의 집에 와서 아이나 강탈해 가는 너 같은 놈은 아니란 말이다. 난 이래 봬도 과거엔 프랑스 군인이었다. 워털루 전투에서는 무슨 백작인가 하는 장군의 목숨을 구해 준 적도 있다고! 이름이 뭐라고 말은 해 주었지만 그 사람 목소리가 하도 힘이 없어서 알아듣지를 못했지. 하여간 네놈이 나를 모른다는 건 말도 안돼! 저 그림은 몽페르메유 여관 식당에 걸려 있었던 것이다. 네놈도 그때 봤을 거야! 자 이 정도로 내가 얘기해 줬으면 이제 순순히 굴복하시지. 나는 돈이 필요하다. 거금이 말이야! 그래도 거절한다면 널 처치해 주겠다!"

떼나르디에가 잠시 말을 끊었다가 눈을 부라리고 르블랑 씨를 노려보면서 조용히 말했다.

"자 이제부터 맛을 보여주지. 마지막으로 할 말 있으면 해 보시지."

그래도 르블랑 씨는 아무런 동요도 없었다. 그런데 침묵 속에 별안간 복도에서 누가 큰 소리로 외쳤다.

"장작을 쪼개는 일이면 내가 들어가지!"

곧 도끼를 든 남자 하나가 냉혹한 표정으로 낄낄거리며 문 앞에 나타났다. 방 안의 모든 시선이 그쪽으로 쏠렸다.

순간 르블랑 씨가 번개처럼 발로 의자와 탁자를 밀어뜨리고 떼나르디에가 돌아설 틈도 없이 날렵하게 바람과도 같이 높이 뛰어 창문을 열고 밖으로 몸을 날렸다. 그런데 몸이 반쯤 나갔을 때 여섯 개의 억센 손이 그를 왈칵 잡아채 방 안으로 끌어내렸다. 그리고 그 세 남자와 동시에 떼나르디에의 아내가 그의 머리털을 움켜쥐었다.

그 요란한 소리에 다른 한패 놈들도 복도에서 달려왔다. 한 놈이 쇠망치를 들고 다가와 르블랑 씨 머리 위로 막 쳐들었다.

마리우스는 더 이상 기다릴 수 없었다. 그는 '아버지 용서하세요!' 하고 속으로 말하며 권총 방아쇠를 더듬어 찾았다. 그리고 막 당기려는 순간 떼나르디에가 외쳤다.

"해치지 마!"

떼나르디에가 서서히 그놈에게로 다가서며 다시 한번 말했다.

"해치지 마!"

마리우스도 당기려던 손가락을 멈췄다. 좀 더 기다려 보기로 했다.

방 안에서는 무시무시한 격투가 벌어졌다. 르블랑 씨가 셋 중 가운데에 있는 녀석의 가슴을 주먹으로 갈겨 자빠뜨려 놓고, 곧바로 두 놈을 주먹으로 쳐서 넘어뜨려 무릎으로 눌렀다. 그러자 곧 다른 네 놈이 달려들어 르블랑 씨의 양 팔과 목덜미를 잡고 넘어뜨렸다. 그들은 한참 동안 뒹굴고 자빠지고 하다가 마침내 놈들이 르블랑 씨를 침대 위로 끌어다 눕혀 놓고 사지를 꽉 눌렀다. 떼나르디에의 아내는 여전히 그의 머리털을 쥐고 있었다.

"당신은 놓고 저리 가 있어!"

떼나르디에가 여편네한테 꽥 소리를 지르며 놈들한테도 말했다.

"자네들 모두 저놈 몸 좀 뒤져 봐."

르블랑 씨는 이제 저항하지 않고 가만히 있었다. 놈들이 그의 옷 속을 다 뒤져 보았지만 6프랑이 든 가죽지갑과 손수건밖엔 아무것도 없었다. 떼나르디에는 그 손수건을 제 주머니에 집어넣었다.

"뭐야? 겨우 이것밖에 없어?"

떼나르디에는 구석으로 가서 밧줄 뭉치를 놈들한테로 던졌다.

"침대 다리에 단단히 묶어 놔."

그런 다음 르블랑 씨의 주먹에 맞아 방바닥에 자빠져 누워 있는 놈을 보며 말했다.

"이 새끼는 뒈졌나?"

"잠깐 기절한 것 같은데."

"이 새끼 저쪽으로 치워."

떼나르디에가 몽둥이를 들고 있는 놈의 귀에 대고 소곤거렸다.

"뭐 하러 이렇게 많이 끌고 왔나? 쓸 데도 없이."

"어떡해 그럼, 다들 오겠다는데. 요즘 불경기라 다들 장사가 안 되니까."

르블랑 씨는 그냥 잠자코 있었다. 놈들은 르블랑 씨를 방바닥에 세워 놓고 침대 다리에 묶어 친친 감아 놓았다. 그렇게 해 놓고 떼나르디에가 의자를 들고 다가와 르블랑 씨 앞에 앉았다.

"선생, 창문으로 뛰어내리면 다리가 부러질지도 모르는데, 어째서 그런 행동을 하시오? 자 이제 조용히 얘기해 봅시다. 그런데 선생, 이상하네요. 왜 이제껏 고함 한 번 지르지 않는 거요?"

그리고 보니 르블랑 씨는 말도 겨우 몇 마디밖에 하지 않았고, 조금도 언성을 높이지 않았다. 그리고 소리도 전혀 지르지 않았다.

떼나르디에가 계속 말했다.

"아니, 정말, 고함 한 번도 안 지르고 계속 묵묵부답으로 있다니……. 선생도 우리와 마찬가지로 경찰이 오는 걸 꺼리기 때문이겠지. 게다가 내가 옛날부터 이상하게 생각했는데, 선생은 아무래도 남한테 알려지면 곤란한 무슨 일이 있는 것 같아. 안 그런가요? 자, 우리 서로 얘기가 통할 것도 같은데?"

르블랑 씨를 계속 지켜본 마리우스는 그가 침묵할 뿐만 아니라 자신의 목숨마저 두려워하지 않는 침착함과 인내심이 있다는 것을 비로소 깨달으며, 너무 안타깝고 존경심마저 들어 가슴이 찡해졌다.

르블랑 씨의 얼굴엔 공포의 감정이라곤 추호도 나타나지 않았다. 떼나르디에는 결국 일어나 벽난로 쪽으로 가서 병풍을 걷어 치워 버렸다. 그러자 벌겋게 달아 있는 화로가 보이고 그 안에 역시 시뻘겋게 달아 있는 쇠막대기가 꽂혀 있었다. 떼나르디에는 다시 르블랑 씨 앞으로 와 앉았다.

"자, 계속 얘기를 하죠. 그러니까 우리가 서로 얘기가 통할 듯하니까 순순히 일을 끝냅시다. 아무리 노형이 백만장자라고 해도 내가 막무가내로 큰 액수를 내라고 하겠나. 내가 좀 물러서서, 그럼 이십만 프랑으로 하지."

르블랑 씨가 여전히 한마디도 안하고 있자 떼나르디에가 말을 이었다.

"내가 이 정도 낮췄으면 최대한으로 봐준 거요. 노형한테는 그 정도 돈쯤 별것 아니잖소? 자, 이제 더 이상 말하지 않고 딱 한 가지만 부탁하겠소. 지금부터 내가 부르는 대로 쓰시오. 글씨를 못 쓴다고 하지는 않겠지?"

떼나르디에는 르블랑 씨 앞으로 탁자를 끌어다 놓고 서랍에서 종이와 펜을 꺼냈다. 그런데 약간 열려 있는 서랍 속에 번쩍거리는 긴 칼이 하나 들어 있었다.

"자, 써 보시지."

떼나르디에의 말에 포로가 마침내 입을 열었다.

"이렇게 묶여 있는데 어떻게 쓰나?"

"그렇군! 이분 오른팔 좀 풀어 줘."

놈들이 포로의 오른팔을 풀어 주었다.

떼나르디에가 쓸 말을 지껄이기 시작했다.

'나의 딸에게…….'

순간 포로가 몸을 떨며 떼나르디에를 노려보았다.

"아니 '나의 사랑하는 딸에게'라고 쓰는 게 낫겠구먼. 계속 쓰시오. '빨리 와라. 네가 꼭 와야만 한다. 이 쪽지를 가지고 간 사람이 너를 나한테 데려다 줄 것이다. 그러니 속히 오너라.' 그렇게 쓰시오."

르블랑 씨는 그대로 받아썼다.

"다 썼으면 서명을 해."

포로가 펜을 내려놓고는 물었다.

"그런데 누구에게 보낼 편지요?"

"잘 알 텐데 그러네. 그 계집애한테지 누구겠어. 종달새 말이야."

떼나르디에가 그 여자의 이름을 입 밖에 내지 않는 것은 공모자들 앞에서 자신만의 비밀을 지키려는 속셈이 있었기 때문이었다. 괜히 그들에게 필요 이상의 것을 알려줄 이유는 없었던 것이다.

"서명하라니까. 이름이 뭔가?"

"위르벵 파브르."

포로의 대답에 떼나르디에는 얼른 주머니에서 르블랑 씨의 손수건을 꺼냈다. 그러고는 손수건을 촛불 가까이 대고 들여다보았다.

"U. F. 라. 위르벵 파브르. 좋아. 얼른 서명하라고."

포로가 서명을 하자 떼나르디에는 얼른 그 쪽지를 집어 반으로 접었다. 그러고는 다시 포로에게 내밀었다.

"여기다 주소를 써. 노형이 생 쟈크 성당 부근에 살고 있다는 건 알고 있으니까, 속일 생각 말고 직접 그 주소를 쓰라고."

포로는 잠시 생각하다가 주소를 썼다.

떼나르디에는 흥분한 듯 떨리는 손으로 편지를 잡아채고는 여편네와 도끼 든 놈한테 소리쳤다.

"이봐 마누라! 이 편지 가지고 빨리 갔다 와. 어떻게 할지는 잘 알고 있겠지. 그리고 이봐, 네가 마누라랑 같이 갔다 와. 사오십 분이면 갔다 올 거야."

그들이 나가자 방 안에는 떼나르디에와 포로와 다섯 명의 강도들이 남아 있었다. 강도들은 모두 음울한 표정으로 멍청하게 서 있었는데, 어떤 범죄를 저지르면서도 마치 당연한 일이라도 하듯 그들은 태연하게 임하고 있었다. 그리고 어느덧 싫증이 난 것 같은 분위기이기도 했다. 놈들은 짐승처럼 한쪽 구석에 웅크리고 가만히 있었다.

마리우스는 도대체 어떻게 돌아갈 건지 짐작조차 할 수 없어 더욱 더 불안했다. 떼나르디에가 '종달새'라고 하는 '그 계집아이'는 도대체 누구일까? 하지만 포로는 종달새라는 말을 듣고 그게 무슨 뜻인지 모르겠다고 대답했었다. U. F. 라는 글자는 위르벵 파브르였다. 그러므로 위르쉴이라고 마리우스가 추측했던 아가씨 이름도 틀렸던 셈이다.

'종달새가 누군지는 곧 알게 되겠지. 떼나르디에의 아내가 곧 데려올 거니까. 그땐 모든 게 밝혀지겠지. 만약 종달새가 그녀라면 내 목숨을 바쳐서라도 그녀를 구해 낼 거야!'

그로부터 30분 정도가 지나갔다. 떼나르디에는 뭔가 어두운 생각에 빠져 있는 듯하더니 꼼짝도 하지 않고 있는 포로에게 말했다.

"마누라가 곧 돌아올 테니까 조금만 참고, 미리 말해 두는 게 좋을 것 같아서 내 몇 마디 하겠소. 당신이야 물론 종달새를 이 일에 끌어들이고 싶지 않겠지만 우리 여편네가 옷도 그럴싸하게 차려입고 편지를 갖고 갔으니 딸이 아무 의심 안하고 따라올 거야. 두 사람이 함께 마차를 탈 건데, 내 친구도 같이 타지. 성문 밖에 아주 좋은 말 두 필을 매 놓은 작은 마차 한 대가 준비되어 있어. 딸이 도착하면 타고 온 마차에서 내려 그 작은 마차로 옮겨 타고, 여편네만 이리 와서 '끝났다고 보고하기로 돼 있어. 딸한테는 아무도 나쁜 짓을 안 하겠지만 마차를 타고 어떤 장소로 데려 갔다가 노형이 이십만 프랑을 내놓으면 그 즉시 돌려보내 줄 거야. 그러나 노형이 만약 허튼 짓을 해서 내가 체포되는 날에는 내 친구가 '종달새'의 목을 비틀어 버리기로 돼 있지."

그래도 포로는 단 한마디도 입을 열지 않았다. 떼나르디에는 잠시 멈췄다가 다시 말을 계속했다.

"뭐 노형이 마음을 어떻게 먹느냐에 따라 간단히 끝날 수도 있지. 여편네가 와서 '종달새'가 작은 마차로 출발했다고 말하면 그 즉시 노형을 놔줄 테니까, 잘 생각해서 하라고."

마리우스의 머릿속에서 끔찍한 생각이 솟구쳤다. 놈들이 그 여자를 강제로 이리 끌고 오는 게 아니라 그 괴물 같은 놈이 그녀를 지옥으로 끌고 간다는 것 아닌가? 도대체 이디로?…… 만약 그 종달새가 정말로 그녀라면! 아니야, 그녀라면이 아니라 그녀였던 게 틀림없어! 마리우스는 심장이 멎어 버리는 것 같았다. 어떻게 해야 하지? 권총을 지금 쏘아서 저 강도들을 모조리 경찰에 넘겨 버릴까? 그러다 아까 떼나르디에가 한 말이 떠올랐다.

'만약 내가 체포되는 날에는 내 친구가 종달새의 목을 비틀어 버리기로 돼 있지.'

그래서 아버지의 유언뿐만이 아니라 자신이 사랑하는 여자의 안전을 위해서도 좀 더 참아 보기로 했다.

누가 층계를 올라오는 소리가 들리더니 떼나르디에의 아내와 함께 갔던 녀석이 방 안으로 뛰어들었다.

"이 주소 거짓이야!"

두 사람은 소리를 질러 댔다.

"그 주소로 갔는데 위르벵 파브르라는 사람이 없더라고! 아무도 모르던데! 저 늙은이가 속인 거야."

마리우스는 숨을 내쉬었다. 위르쉴인지 '종달새'인지, 뭐라고 불러야 할지 모르겠지만, 아무튼 그 여자는 살아난 것이다.

떼나르디에가 사납고 느릿한 어투로 포로에게 말했다.

"주소가 거짓이라고? 이놈이 무슨 수작을 하는 거야!"

"시간을 벌자는 거다!"

포로가 큰 소리로 외치며 몸에 감겨 있는 밧줄을 쥐고 흔들었다. 그건 모두 잘라져 있어 포로는 한쪽 발만 침대에 묶여 있었다.

남자 일곱 명이 미처 달려들기도 전에 포로는 벽난로 안의 화로로 손을 뻗쳐 쇠꼬챙이를 뽑아 들더니 몸을 쑥 뺐다. 떼나르디에와 다른 강도들 모두 정신없이 방구석으로 물러나더니 넋이 나간 얼굴로 그를 쳐다보았다. 포로는 시뻘겋게 달아 있어 무시무시해 보이는 쇠꼬챙이를 머리 위로 치켜들고 있었다.

고르보 주택에서 일어난 이 사건 후 재판 과정에서 확인된 바에 의하면, 둘로 나뉘어 특수한 공정이 가해진 1쑤짜리 동전 하나가 현장 검증 때 그 방에서 발견되었다고 한다. 그 동전은 형무소 안에서 만들어지는 기발한 물건 중 하나로, 탈옥할 때 요긴하게 쓰이는 연장이었다.

그건 하나의 동전을 두 개로 쪼개서 두 조각의 안을 파내고 그 가장자리에 나사 고리를 채워 열고 닫을 수 있는 상자로 만든 것이었다. 그 속에 잘 가공된 시계의 용수철을 숨겨 놓고 쇠사슬의 고리를 끊는다거나 쇠창살도 끊을 수 있었다. 그 동전 외에도 그 속에 숨겨 놓을 수 있는 작은 파란색 강철 톱 하나도 발견되었다. 강도들이 포로의 옷 속을 뒤질 때 그는 그 커다란 동전을 운 좋게도 손 안에 감출 수 있었던 것이다. 그랬다가 글씨를 쓸 때 오른손이 풀리자 그 기회에 밧줄을 끊어 놓았다. 왼쪽 다리의 끈은 놈들이 눈치챌까 봐 몸을 구부릴 수가 없어서 끊지 못했던 것이다.

말 그대로 경악을 한 그 강도들은 간신히 정신을 차렸고 떼나르디에가 소리쳤다.

"아직 왼발이 묶여 있으니까 도망가진 못해."

포로가 큰 소리로 말했다.

"이 불쌍한 놈들! 내 목숨은 별로 아깝지 않다. 네놈들이 내게 악랄한 짓을 하겠다면, 자 봐라."

그러면서 그는 왼팔 소매를 걷어 올리고는 들고 있던 시뻘건 쇠꼬챙이를 맨살에 갖다 댔다. 지직 히고 살 타는 소리가 들리며 곧 누린 냄새가 났다. 마리우스는 두려움에 벌벌 떨며 강도들까지도 부르르 떨고 있었다. 그런데도 그 늙은이는 얼굴 표정 하나 변하지 않고 쇠꼬챙이가 연기를 내면서 살 속으로 들어가고 있는데도 태연하니 거의 장엄한 눈빛으로 떼나르디에를 바라보고 있었다. 그의 눈 속에는 증오도 고통의 감정도

들어 있지 않았다.

"참 불쌍하군. 내가 너희들을 두려워하지 않듯이 너희들도 나를 두려워 할 것 없어."

그는 쇠꼬챙이를 빼내어 열려 있는 창밖으로 던져 버렸다. 그러면서 또 말했다.

"자, 이제 날 마음대로 해라."

그는 아무런 무기도 갖고 있지 않았다.

"저놈을 잡아라!"

놈들이 그의 어깨를 누르며 침대에 주저앉히고는 주위로 빙 둘러섰다. 그때 마리우스는 벽 바로 아래서 누군가 조용히 말하는 소리를 들었다.

"이젠 한 가지 방법밖에 없어."

"칼로 해치워야지 뭐."

"그래야지."

떼나르디에가 탁자로 가서 서랍 속에 들어 있는 칼을 꺼냈다. 마리우스는 권총의 방아쇠를 만지며 어찌해야 좋을지 망설였다. 한 시간 전부터 그의 마음속에는 두 개의 소리가 들렸다. 하나는 아버지의 유언을 존중하라는 소리였고, 또 하나는 포로를 구하라는 소리였다. 그 두 개의 소리가 계속해 서로 싸우고 있어서 그는 두 개의 의무를 화합시킬 수 있는 방법을 여태껏 찾고 있었다. 그러나 방법은 생각나지 않고 위험은 점점 더 다가오고 있었다.

떼나르디에는 칼을 들고 잠시 생각하고 있었다.

마리우스는 절망스런 마음에 주위를 한번 둘러보았다. 그러다 갑자기 그는 속이 울렁거렸다. 그의 발아래 테이블 위로 밝은 보름달 빛이 마치 그에게 보라는 듯 종이 한 장을 비추고 있었다. 종이엔 바로 그날 아침에 떼나르디에의 큰딸이 써 놓은 한 줄의 글이 적혀 있었다.

"개가 와 있다."

순간 퍼뜩 어떤 생각이 한 줄기 빛처럼 마리우스의 뇌리를 스쳐갔다. 그는 무릎을 굽히고 팔을 뻗어 그 종이를 집어 들고 벽에서 한 덩이의 흙을 조심스레 떼어 그 종이에 싸서는 벽 구멍으로 넣어 옆방 가운데로 던졌다.

떼나르디에는 이제 결심한 듯 포로 쪽으로 걸어가고 있었다.

"뭐가 떨어진 것 같은데!"

떼나르디에의 아내가 소리쳤다.

"뭐야?"

떼나르디에의 아내가 종이에 싸인 걸 주워 남편에게 건넸다.

"어디서 떨어졌는데?"

"어디서 떨어지긴? 창문으로 들어왔겠지."

떼나르디에가 종이를 펴고는 촛불 있는 데로 갔다.

"에포닌의 글씨잖아. 빌어먹을!"

그는 손짓으로 아내를 불러 그 쪽지를 보이고는 조용히 소곤거렸다.

"빨리 사다리를 내려! 얼른 빠져나가야겠어!"

그러자 도끼 든 남자가 물었다.

"어디로 도망가지?"

"창문으로 가야지. 에포닌이 창문으로 돌을 던진 걸 보니까 그쪽은 아직 포위되지 않은 거야."

그들은 재빨리 사다리를 창밖으로 내리고 두 개의 쇠갈고리를 창턱에 걸었다.

포로는 무슨 생각에 잠겨 있는지 가만히 있었다.

사다리가 준비되자마자 떼나르디에가 소리쳤다.

"빨리 와, 마누라야!"

그는 창문으로 달려가 사다리에 막 발을 올렸다. 그때 도끼 든 남자가 그의 목덜미를 잡았다.

"비켜! 이 망할 새끼야! 내가 먼저야!"

강도들은 서로 먼저 내려가려고 아우성이었다.

"참 한심한 새끼들. 누가 됐든 빨리 도망쳐야지. 개들이 쫓아오고 있잖아."

떼나르디에가 악을 쓰자 패거리 중 한 놈이 말했다.

"그럼 누가 먼저 내려갈지 제비를 뽑으면 되잖아."

떼나르디에가 또다시 소리를 쳤다.

"미친 새끼들! 다 돌았구먼! 그래 제비를 뽑자! 이름을 써서 모자에 넣고……."

"내 모자 줄까?"

그때 문 쪽에서 무슨 소리가 들려 모두 돌아다보았다.

자베르가 서 있었다. 그는 빙긋이 웃으며 모자를 내밀었다. 자베르는 그동안 부하들을 여기저기 배치해 놓고 자신은 길 건너편의 가로수 뒤에 숨어 있었다. 그는 고르보의 주택 주변을 망보고 있던 떼나르디에의 작은딸 아젤마를 붙잡았다. 에포닌은 어디로 도망을 쳐 버린 바람에 잡지 못했다. 그런 뒤 자베르는 서로 약속한 신호를 기다리다 신호가 안 오자 주택으로 들어왔던 것이다.

그는 마침 제때에 도착했다. 강도들은 도망치려고 내팽개쳤던 무기를 다시 집어 들었다. 그들 일곱 명은 순식간에 도끼와 곤봉, 가위, 망치 등을 들었고, 떼니르디에는 칼을 들었다. 자베르는 다시 모자를 쓰고 팔짱을 긴 채 방 안으로 들어섰다. 그러고는 큰 소리로 외쳤다.

"위험하게 창문으로 나갈 필요 없다. 문으로 내보내주지. 너희는 일곱 명이지만 우리는 열다섯이다. 그러니 자, 내 말을 들어라."

도끼를 든 녀석이 옷 속에 감추고 있던 권총을 꺼내 떼나르디에에게 주며 소곤거렸다.

"저놈이 자베르야. 난 저놈한테는 못 쏘니까 네가 쏘아 봐."

"좋아!"

떼나르디에는 권총을 잡고 자베르를 향해 들었다.

불과 서너 걸음 앞에 서 있던 자베르가 그를 노려보며 말했다.

"멈춰라! 맞지도 않는다."

그러나 떼나르디에는 손을 떨며 방아쇠를 당겼다. 총알은 역시나 빗나 가고 말았다.

"거봐, 내가 말하지 않았나!"

자베르가 소리쳤다. 그때 도끼를 든 놈이 자베르의 발 앞으로 도끼를 내던지며 말했다.

"난 항복합니다."

"그럼 너희들은?"

자베르가 다른 놈들한테 물었다.

"우리도 항복하겠습니다."

"그래, 잘 생각했다. 자, 전부들 이리 들어와라!"

자베르의 명령에 한 무리의 경찰관들이 칼과 곤봉, 포승줄을 들고 방 안으로 들어왔다. 그러고는 일곱 놈들을 포승줄로 묶었다.

"전부 수갑 채워!"

자베르가 외쳤다.

떼나르디에의 아내는 결박되고 수갑이 채워진 남편을 보며 방바닥에 쓰러져 울부짖었다.

"우리 딸들은 어떻게 한담!"

"딸들도 이미 잡혀 들어갔으니 걱정할 것 없다."

자베르는 그렇게 말하며 강도들에 의해 잡혀 있는 포로를 순간 쳐다보았다. 포로는 한마디 말도 없이 계속 고개를 숙이고 있었던 것이다.

"저 사람을 풀어 줘라! 그리고 아무도 여기서 나가지 못하게 해!"

그렇게 말하며 자베르는 탁자 앞에 앉아 서류를 꺼내 놓고 조서를 쓰기 시작했다. 언제나 같은 형식의 서류를 몇 줄 쓰고 나서 그는 얼굴을 들었다.

"놈들한테 묶여 있던 사람 데려와."

경찰관들이 자베르의 명령에 주위를 둘러보았다.

"아니, 그 사람 어디 갔지?"

포로는 이미 사라지고 거기에 없었다. 그는 묶여 있던 몸이 풀리자 혼란스러운 방 안에서 아무도 자신에게 신경 쓰지 않는 틈을 이용해 창밖으로 나가 버렸던 것이다.

경찰관 하나가 창문으로 달려가 밖을 내려다보았지만 사람은 흔적도 없고 사다리만 흔들거리고 있었다.

"제기랄, 그게 제일 중요한 놈이었던 것 같은데!"

자베르가 투덜거렸다.

그 이튿날 밤, 오스테를리츠 다리 쪽에서부터 한 소년이 퐁텐블로 성 쪽으로 걸어가고 있었다. 아이는 창백한 얼굴에 몹시 야윈 몸으로 목청껏 소리 내어 노래를 부르고 있었다. 아이가 골목의 모퉁이를 막 지나는

데 한 늙은 노파가 가로등 불빛 아래서 쓰레기를 버리고 있었다. 아이가 노파를 잘 못 보고 그만 부딪치는 바람에 소리를 질렀다.

"이크! 난 또 무슨 개가 있나 했네!"

아이의 말에 노파가 노발대발하며 소리쳤다.

"아니, 이런 망할 놈의 어린것이!"

아이는 이미 멀리 가 있었다. 그러고는 계속 노래를 부르며 50—52번지 주택 앞에 가서 문이 잠겨 있자 발로 찼다. 그 사이에 노파가 소리를 치며 그를 쫓아왔다.

"왜 그러니? 아이고! 문 다 부서지겠네."

소년은 들은 체도 안 하고 계속 문을 차고 있었다.

"아니, 이놈이 남의 집을 부수려는 거야!"

노파는 숨이 차서 소리를 지르다가 갑자기 말을 멈췄다.

"아니, 이게 누군가 했더니 바로 악마 새끼구나!"

아이도 노파를 알아보았다.

"난 또 누구라고! 할멈이네. 안녕하세요, 뷔르공 할멈. 내 조상들 좀 보러 왔는데."

노파는 못마땅하고 불쾌하다는 표정으로 대답했다.

"아무도 없어, 이 망나니야."

"씨팔, 아버지가 어디 갔는데?"

"포르쓰 감옥에."

"제기랄, 그럼 엄마는?"

"성 라자로 감화원에 갔단다."

"다들 놀고 있군! 누나들은 어디 가고?"

"마들로네트 감화원에 가고."

소년은 머리를 긁적이며 뷔르공 할멈에게 말했다.

"세상에! 잘 있어, 할멈!"

그러면서 아이는 홱 가 버렸다. 노파는 어둠 속으로 멀어져 가는 아이의 뒷모습을 한동안 쳐다보았다.

제 **4** 부

폭풍

1

역사의 몇 페이지

　1831년과 1832년은 7월 혁명과 직접 관련되는 해이므로 역사상 가장 특별하고 놀라운 시기의 하나라고 할 수 있다. 왕정복고시대는 정의 내리기 어려운 하나의 과도기로서 피로와 혼란과 잡음이 무성하던 시기였다.

　나폴레옹의 몰락 후 프랑스로 돌아온 부르봉 왕가는 어리석게도 여전히 국민 위에 군림하려는 자세를 취했다. 이 복고정부는 보나파르트를 무너뜨림으로써 국내에 뿌리를 내렸다는 단순한 생각을 갖고 국민에게는 주권을 거부하고 공민에게는 자유를 거부했다.

　그리하여 7월이 되자 복고정부는 무너졌다. 7월 혁명은 전 세계에 지지 세력과 적을 양산하는 결과를 낳았다. 지지 세력은 기쁨에 넘쳐 열광적인 환호를 보냈고, 적들은 모두 외면을 했다. 유럽의 군주들은 처음엔 놀라고 어리둥절하여 눈을 감았으나 곧 다시 눈을 떴을 때는 오직 위협하려는 생각밖에 없었다.

　7월 혁명은 현실을 타파하려는 권리가 승리를 가져온 역사상 빛나는 사건이었다. 권리란 곧 정의와 진리를 말하는 것이었다.

　1830년엔 혁명의 불씨가 도중에 꺼져 버렸다. 혁명은 거친 팔과 능수능란한 손을 갖고 있어서 그 타격은 단호하며 그 선택은 교묘하다. 그래서 1830년의 혁명처럼 비록 불완전하고 타락하고 유치한 상태로 굴러 떨어진다 해도 그리 나쁜 종말을 초래하지는 않는다.

혁명 뒤의 수습은 또 언제나 정치가라는 무리들이 하기 마련이어서 그들은 루이 필립을 왕으로 세웠다.

루이 필립의 옹립은 혁명의 진정한 목적과는 분명히 어긋나는 것이었지만 그로서는 다만 왕족으로 태어나 국왕으로 선출된 정도로만 생각할 수 있을 뿐이었다. 그는 위임 통치권을 스스로 취했던 것이 아니라 그저 주위에서 제공했으므로 수락했을 뿐이었다.

1830년의 정부는 세워지자마자 바로 싸우지 않으면 안 되었다. 그리고 틀이 잡히기가 무섭게 벌써 저항이 생겼고 시간이 지나면서 반대는 커졌다. 반대자들은 왕좌에 대해서 이 혁명을 공격했다. 그러면서 외쳤다. '혁명이여, 이 왕은 도대체 무엇인가?'

공화주의자들 역시 외쳐 댔다. 1830년은 혁명이 아니라 군주제가 되어 버렸다고. 게다가 국내에서는 경제적 빈곤으로부터 실업문제, 매음 등의 여성문제, 생산의 소비, 분배 문제, 자본가와 노동자의 권리 등 여러 문제가 잇달아 제기되고 있었다.

7월 혁명 후 20개월도 채 못 지난 1832년은 이제 절박한 상황에 빠져 있었다. 여기저기서 폭동이 일어났다가 진압되고 또 다시 폭동이 일어나는 일이 반복되었다. 그러다 보니 민심은 흉흉해지고 혁명이라는 말이 공공연히 나돌고 있었다.

그 무렵 앙졸라는 혁명이 일어날지 모른다고 생각하고는 비밀 조사를 실시했다. 모두들 뮈쟁 다방의 비밀회의에 모여들고 앙졸라는 의미심장한 비유를 들며 말했다.

"지금 형편이 어떤지, 누구를 신뢰할 수 있는지 등을 알아 두는 게 좋겠어. 힘을 갖추고 있어야 하니까. 그러니 우리 쪽의 확실한 숫자를 세어 보자고. 우리 편이 과연 몇 명인가를 말이야. 혁명가는 항상 바쁘게 서둘러야 하고 진보는 우물거릴 시간이 없는 거야. 쿠르페락은 이공과 학생들을 봐 주게. 마침 그들은 강의가 없는 날이니까. 콩브페르는 픽퓌스에 가기로 했지. 비오렐은 에스트라파드에 들러보고, 프루베르는 그르넬 생 토노레 거리의 비밀집회소를 둘러보고 와서 보고해 주게나. 졸리는 대학 병원에 가서 의과대학을 살펴보고, 보쉬에는 재판소에 들러서 견습 변호사들을 살펴보고, 나는 쿠구르드당을 맡겠네. 그리고 메느 성문이 남아 있는데 말이야, 석공과 화가, 조각가 견습생들이 있는데, 그들은 열렬하지만 또 곧잘 열이 식거든. 요즘 어떻게 하고 있는지 모르지만 아마 열이 다 식어 가고 있을 거야. 늘 도미노 놀이만 하고 시간을 보내고 있거든. 그들에게 좀 단호한 말을 해줘야 되는데…… 나는 그 일을 몽상가 마리우스에게 시킬까 했거든. 마리우스는 보기보다 꽤 쓸모가 있는 녀석인데, 요즘 통 안 나오고 있어. 메느 성문에 갈 사람이 하나 필요한데, 이제 아무도 없네."

"내가 있잖아? 내가 갈게."

그랑테르가 말했다.

"네가 공화주의자들을 설득하겠다고? 네가 무슨 쓸모가 있겠니? 너는 우리 일에 참견 말고 가서 잠 좀 자고 술이나 깨도록 해."

"아니 나를 완전 무시하는구먼. 나도 했다 하면 굉장한 놈이거든. 이거 왜 이래. 난 민약론도 알고 공화 이 년의 헌법도 외우고 있단 말이야. 인권이나 주권 등, 하여간 계속 몇 시간은 떠들 수 있다고."

앙졸라는 한참 생각하다 결심을 한 듯 말을 했다.

"그래, 그랑테르, 너 한번 믿어 볼게. 메느 성문으로 가."

15분쯤 후 뮈쟁 다방의 뒷방엔 아무도 없었다. 〈ABC의 친구들〉은 모두 각자 맡은 임무를 완수하기 위해 흩어졌던 것이다.

2

에포닌

자베르가 죄수들을 세 대의 마차에 태우고 고르보의 주택을 떠난 그날 밤, 마리우스는 곧바로 조심스레 밖으로 나가 쿠르페락의 집으로 갔다. 그리고 거기서 밤을 보낸 후 다음 날 아침 일찍 고르보의 주택으로 돌아와 뷔르공 할멈에게 방세를 치렀다. 그러고는 짐을 모두 정리해 수레에 싣고 주소도 남겨 놓지 않은 채 그 집을 떠났다.

그래서 지난밤의 사건에 관해서 마리우스에게 신문하려고 아침나절에 그의 집을 찾아온 자베르는 뷔르공 할멈밖에는 만나지 못하고 돌아가야 했다.

마리우스가 그렇게 서둘러 이사를 한 데는 두 가지 이유가 있었다. 하나는 강도들이 그렇게 살벌한 짓을 벌였던 그 집이 싫어졌기 때문이고, 다른 하나는 앞으로 열리게 될 공판에 출두하여 떼나르디에게 불리한 증언을 해야 하는 처지에 빠지고 싶지 않아서였다.

자베르는 그 청년이 무서워서 도망을 갔거나 아니면 그날 밤 사건 이후 집에 들어가지 않았거나 둘 중 하나였을 거라고 생각했다. 그래도 그는 이름도 생각나지 않는 그 청년을 찾으려고 알아보았지만 결국 찾아내지 못하고 말았다.

그로부터 두 달 가량이 지났다. 마리우스는 그동안 쿠르페락의 집에 계속 머물러 있었다. 그러다 우연히 재판소의 한 변호사 비서한테서 떼나르디에가 독방에 감금돼 있다는 말을 들었다. 그래서 매주 월요일 떼나르디에에게 줄 5프랑씩을 포르쓰 감옥으로 보냈다. 사실 마리우스는 돈이 한 푼도 없었기 때문에 매주 5프랑씩을 쿠르페락에게서 빌렸다. 그가 남한테 돈을 빌린 것은 이번이 처음이었다.

그런데 돈을 빌려주는 쿠르페락과 그걸 받는 떼나르디에 두 사람에게 그 5프랑은 수수께끼 같은 돈이었다. 쿠르페락은 마리우스가 그걸 누구에게 주는지 궁금했고, 떼나르디에는 그걸 누가 보내주는 건지 알 수 없었던 것이다.

마리우스는 깊은 슬픔에 빠져 있었다. 모든 것이 다시 혼란 속에 빠져 버려 도대체 오리무중이었다. 그의 생활 또한 즐거움이라곤 없는 컴컴한 암흑 같아 그는 목표도 없이 방황하고 있었다. 사랑하는 여자의 아버지인 듯한 노인, 아니 유일한 희망이었던 그 미지의 두 사람을 어느 날 밤 바로 지척 거리에서 잠깐 보았으나, 이내 폭풍우가 몰려와 그의 꿈을 휩쓸고 가 버렸다. 언젠가 한번 골목에서 보았던 흰머리의 남자가 머릿속에 떠오르며 그 남자와 르블랑 씨가 아무래도 같은 사람이라는 생각이 들었다. 그럼 그가 변장을 하고 있었다는 것일까? 르블랑 씨에게는 묘하게도 영웅적인 면모가 있는가 하면 어딘지 수상한 면도 있었다. 그때 그는 왜 도망을 갔을까? 그가 정말 그녀의 아버지일까 아닐까?

마리우스는 다시 빈곤에 빠져 있었다. 그는 고뇌에 빠져 이미 오래전부터 일을 중단하고 있었다. 그의 마음은 오로지 그 여자에게만 가 있었다. 그러다 어느 날 문득 그는 자신의 외모가 극도로 초라해져 있다는 것을 느꼈다. 결국 자신의 인생마저 누더기 옷처럼 너덜너덜해지고 있다는 걸 깨달았다. 그러면서도 그는 속으로 이런 생각을 하고 있었다. '죽기 전에 그녀를 다시 한 번 만나볼 수 있다면!'

그러나 하루하루 날이 지나가도 새로운 건 아무것도 없었다. 하루는 성문 옆으로 큰길을 따라 걷다가 올라씨에르 구역의 자그마한 들판으로 나서게 되었다. 고독한 산책을 계속 하던 마리우스는 들판 위쪽의 저수지까지 갔다가 한 행인이 지나가기에 들판의 이름이 뭐냐고 물어보았다. "이곳은 종달새의 들판이라고 하죠." 하고 행인은 대답했다. 마리우스는 종달새라는 말만 들어도 가슴이 울렁거렸다. 그날부터 그는 날마다 그 종달새의 들판으로 산책을 나갔다.

고르보 주택의 사건에 대해 자베르는 완전한 매듭을 짓지 못하고 있었다. 무엇보다도 포로를 놓쳐 버린 것은 큰 실책이었다. 도망간 피해자는 가해자보다 더 수상한 법이었다. 강도들에게 중요한 포로였던 그 남자는 경찰에게도 덜 중요한 노획물이 아니었을 것이다.

게다가 자베르는 몽파르나스도 잡지 못했다. 그 '멋쟁이 악당'은 길가 가로수 밑에서 망을 보고 있던 에포닌을 만나 그녀를 데리고 도망쳤던 것이다. 그 바람에 그는 경찰의 손을 벗어났는데 불행히도 에포닌은 자베르의 부하에게 잡혀 끌려가고 말았다. 그러다 재판이 시작되어 떼나르디에에 대한 예심이 진행되는 동안 에포닌과 아젤마는 증거가 불충분하다는 이유로 석방되었다.

이제 마리우스는 누구도 만나지 않고 이따금 마뵈프 영감만을 만났다. 마뵈프 영감도 책이 전혀 팔리지 않아 빈궁한 처지인 건 마찬가지였다. 그는 일하는 할멈에게 1년 이상 월급을 못 주고 있는 형편이었다. 그의 얼굴엔 어린아이 같은 웃음도 사라지고 침울한 표정뿐이었다. 그리고 찾아오는 손님도 만나지 않았다. 마리우스도 그를 더 이상 찾아가지 않았다. 가끔 마뵈프 씨가 식물원에 가는 도중에 오피탈 거리에서 두 사람이 마주칠 때가 있기는 했지만 그들은 그저 서글프게 머리만 까딱 하고는 지나치는 게 보통이었다. 빈곤은 우정조차 저버리게 하여 예전엔 가까웠던 사이도 이제는 지나쳐 가는 행인 정도에 불과하게 된 것이다.

어느 날 저녁, 마뵈프 영감이 정원에 물을 주려고 물뿌리개를 가지고 우물로 갔다. 그리고 두레박줄을 잡았는데 그걸 잡아당겨 내릴 수가 없었다. 마뵈프 영감은 80세가 넘었고, 일하는 할멈은 아파 누워 있었다. 그가 끙끙대며 어쩌지도 못하고 멍하니 서 있는데 누군가 그를 부르며 소리쳤다.

"마뵈프 할아버지, 내가 정원에 물을 뿌려 드릴게요."

덤불 속에서 몹시 야윈 여자아이 하나가 불쑥 나오더니 거침없이 다가와 두레박줄을 잡고는 물을 퍼 올려 물뿌리개에 채우는 것이었다. 그러고는 정원 화초에 물을 뿌리기 시작했다. 여자애는 허름한 옷차림에 맨발로 마치 유령 같은 모습이었는데 노인이 보고 있는 앞에서 화단을 열심히 다니며 물을 주었다. 화초에 물 뿌려지는 소리를 들으며 마뵈프 영감의 마음은 기쁨으로 가득 차올랐다. 그 유령 같은 여자애는 세 번째 두레박을 길어 올려 마침내 정원 전체에 물을 다 뿌렸다.

미뵈프 영감의 눈에는 어느새 눈물이 고여 있었다. 그러고는 말했다.

"하느님의 축복을 받을 거예요. 당신은 천사인가 봐요."

"아니에요. 나는 악마예요. 하지만 그런 건 상관하지 않아요."

영감이 다시 말했다.

"난 가난해서 당신에게 아무 보답도 못해 드려요. 미안합니다."

"해 주실 수 있는 게 하나 있어요."

여자애가 말했다.

"그게 뭔데요?"

"마리우스 씨의 주소 좀 가르쳐 주세요."

"마리우스 씨라고?"

노인이 흐릿한 눈으로 허공을 올려다보고는 뭔가 기억을 더듬는 듯했다.

"전에 여기 자주 왔던 그 젊은 사람 말이에요."

그 사이 마뵈프 씨는 뭔가 생각이 났다.

"아, 그래…… 마리우스 씨…… 마리우스 퐁메르시 남작 말이군. 어디서 사느냐 하면…… 아참 지금은 거기서 안 사는데…… 아니, 모르겠는데…… 가만…… 그래, 이제 생각났어. 그 청년을 만나려면 글라시에르 쪽으로 가서 종달새의 들판으로 가 보세요."

그러면서 마뵈프 씨는 몸을 일으켰는데 그 여자애는 이미 보이지 않았다. 정말 유령처럼 사라져 버린 것이다.

마뵈프 영감 앞에 유령 같은 여자애가 나타난 지 며칠 지난 월요일 아침, 마리우스는 떼나르디에게 주려고 쿠르페락에게서 빌린 5프랑을 가지고 감옥으로 가기 전에 우선 산책을 했다. 그 즈음 그는 번역 일을 하고 있었는데, 집중이 잘 안 되고 언제나 눈앞에 별이 어른거리고 해서 그날도 벌떡 일어나 밖으로 나갔던 것이다. '나가서 산책을 하자. 그러면 기분이 좀 달라지겠지.' 속으로는 그렇게 말했지만 사실은 종달새의 들판으로 가려는 것이었다. 그런데 거기 가서도 별은 자꾸만 눈앞에 보이고 다시 돌아와 일을 하려고 집중을 해도 역시 마찬가지였다. 그래서 그는 '내 일은 가지 말아야겠어. 나가면 일이 더 안 돼.' 하고 생각하기도 했다. 하지만 좀처럼 맘먹은 대로 하지 못하고 날마다 그곳을 찾아갔다.

그는 쿠르페락의 집에서 산다기보다 거의 종달새의 들판에서 살고 있는 셈이었다. 그날 아침에도 그는 종달새(그녀) 생각을 하며 황홀함에 빠져 있는데 누군가 말하는 소리가 들렸다.

"드디어 만났네요!"

가만 보니 그 사건이 있던 날 아침에 찾아왔던 떼나르디에의 큰딸 에포닌이라는 여자애였다.

"마뵈프 할아버지 말이 맞네. 내가 당신을 얼마나 찾았다고요! 나는 그동안 유치장에 있었어요. 보름이나 가뒀다가 풀어 주더군요. 날 잡아 봐야 나올 게 아무것도 없고 난 아직 미성년자니까 말이죠. 두 달 더 있어야 성년이 되거든요. 하여튼 당신을 얼마나 찾아 헤맸는지, 벌써 육 주째네요. 지금은 전의 그 집에서 안 사시더군요."

"그래요."

마리우스는 심드렁하게 대답했다.

"그 사건 때문이죠? 나도 그런 야만스런 짓은 싫어요. 근데 왜 그렇게 헌 모자를 쓰고 헌 옷을 입고 있어요? 당신처럼 젊은 분은 좋은 옷을 입어야 되는데…… 참 어떻게 된 거예요? 마뵈프 할아버지가 당신을 마리우스 남작이라고 하던데, 당신 혹시 남작 아니죠? 남작이란 건 모두 늙은 이들이고 뤽상부르 궁 정원 같은 데 앉아서 신문이나 읽는 그런 사람 아닌가요? 그런데 당신 지금은 어디서 살아요?"

마리우스는 대답을 하지 않았다. 여자애의 표정이 차츰 어두워지며 다시 말을 이었다.

"어, 당신은 나를 만난 게 하나도 반갑지 않은가 봐요? 난 그래도 당신이 즐거운 표정을 짓도록 얼마든지 만들 수 있는데!"

"무슨 말이에요?"

"전에는 나한테 말을 놓더니만!"

"좋아, 그렇게 하지 뭐. 근데 그게 무슨 뜻이냐고?"

여자는 입술을 지그시 깨물며 무슨 고민이라도 있는 듯 잠시 망설였다. 그러고는 입을 열었다.

"할 수 없네. 당신이 슬픈 얼굴을 하고 있어서 기쁜 표정으로 만들어야겠어요. 마리우스 씨, 기억 안 나세요? 뭐든 내가 바라는 걸 주겠다고 나한테 약속했잖아요?……"

"그래, 약속했지. 그게 뭔데 말해 봐!"

여자애는 마리우스를 똑바로 쳐다보며 말했다.

"주소를 알아냈어요."

마리우스는 온몸의 피가 쑥 빠져나가는 것 같았다.

"주소라니?"

"알아봐 달라고 했잖아요! 그 아가씨의 주소 말이에요!"

아가씨라는 말을 하면서 여자는 깊은 한숨을 내쉬었다.

마리우스는 놀란 나머지 그녀의 손을 꽉 잡았다.

"아! 그래! 어디야? 말해 봐! 뭐든지 다 해 줄게! 도대체 어디야?"

"길 이름과 번지수는 모르지만 집은 분명히 알고 있으니까 날 따라오세요."

여자는 손을 빼내며 말했다. 그녀의 어조는 사뭇 가슴을 조이는 듯했지만 마리우스는 기쁨에 들떠 제대로 느끼지 못하고 이번엔 에포닌의 팔을 덥석 잡았다.

"하나만 맹세해 줘!"

"맹세라고요? 나더러 뭘 맹세하라는 거예요?"

"당신 아버지 말이야. 약속해 줘, 에포닌! 아버지한테는 그 주소를 절대 말하지 않겠다고 내게 맹세해 줘!"

여자가 깜짝 놀라며 그를 돌아다보았다.

"지금 에포닌이라고 했어요? 어떻게 내 이름을 알아요?"

"그래, 그러니까 약속해 줘!"

여자는 혼자 중얼거렸다.

"되게 좋네! 당신이 나를 에포닌이라고 불러 주니까!"

마리우스는 여자의 두 팔을 잡고 흔들었다.

"빨리 대답해! 그 주소를 당신 아버지한테는 말하지 않겠다고 맹세해 보라고!"

"아버지요? 안심하세요. 지금 감옥에 있으니까요. 어쨌든 난 아버지 같은 건 생각도 안 하니까!"

"그래, 그럼 약속해!"

"좋아요! 약속해요! 맹세한다고요! 아버지한테 주소를 말하지 않기로. 자, 됐어요?"

"그리고 또 아무한테도 말하지 마!"

"그러죠."

"됐어 이제. 그럼 그리로 안내해 줘."

"지금 바로?"

"그래, 지금 바로."

"그럼 따라와요. 되게 좋아하네!"

여자는 몇 발짝 앞서 가다가 걸음을 멈췄다.

"너무 바짝 따라오지 마세요, 마리우스 씨. 서로 모르는 척하고 오세요. 당신처럼 훌륭한 젊은 남자가 나 같은 여자하고 같이 다니는 걸 사람들이 보면 안 좋아요."

그렇게 한동안 걷다가 마리우스가 또 바짝 다가오자 여자는 뒤를 돌아보지도 않고 앞만을 바라보며 말했다.

"그런데 나한테 약속한 것 안 잊었겠죠?"

마리우스는 주머니를 뒤져 그가 갖고 있는 것이라곤 그것뿐인 떼나르디에에게 줄 5프랑을 꺼내 에포닌의 손 안에 쥐어 주었다. 그러자 여자는 손바닥을 벌려 돈을 땅바닥에 떨어뜨려 버리고는 좀 슬픈 표정으로 그를 바라보았다.

"당신의 돈 같은 건 필요 없어요."

3

플뤼메 거리의 집

생 제르맹 문 밖의 플뤼메 거리에 2층짜리 집 한 채가 있었다. 이 집엔 1층과 2층에 방이 두 개씩 있고, 부엌과 다락방, 정원이 있으며, 길 쪽으로 큰 철문이 나있었다. 정원은 넓이가 1에이커 정도 되어 지나가는 행인들이 들여다볼 수 있는 것이라곤 그것이 전부였다. 그 집 뒤에는 작은 마당과 지하실이 딸린 방 두 개짜리 나지막한 별채가 있는데, 이건 유사시에 아이들을 숨기기 위한 일종의 비상 건물이었다. 이 별채 뒤에는 또 비밀문이 하나 있어서 좁고 긴 통로로 이어지고 있었다. 이 좁고 구불구불한 통로는 사람 눈에 잘 띄지 않았는데, 옛날에 이 건물 주인인 어떤 고관이 많은 첩을 거느리면서 비밀리에 만들어 언제나 이 통로로만 드나들었다는 것이다.

1829년 10월경 나이 지긋한 한 남자가 이 집을 통째로 빌렸다. 그는 젊은 여자 하나와 늙은 하녀 한 사람을 데리고 왔는데, 마치 남의 집에 조심스레 들어가듯 그는 소리도 없이 조용히 이 집에 들어와 정착을 했다. 이 집은 주위와 좀 떨어져 있기도 했지만 이웃이라곤 아무도 없었다.

이 세입자는 장발장이었고, 젊은 여자는 코제트였으며, 하녀는 투생이라는 노처녀였다. 이 하녀는 늙은 시골뜨기에 말을 더듬으며 가난한 사람이라 장발장이 고용하기에 썩 좋은 조건을 갖추고 있는 셈이었다. 장발장은 연금을 받는 포슐르방이라는 가명으로 이 집을 빌렸다.

그는 수도원에 있는 동안 안전했을 뿐 아니라 행복하게 지냈었다. 날마다 코제트를 만나면서 그의 마음속에서는 부성애가 점점 커져갔다. '이 아이는 내 딸이다. 어떤 것도 내게서 이 아이를 빼앗아 가지 못한다. 그리고 아이는 나중에 틀림없이 수녀가 될 것이다. 그러면 나는 여기서 늙어 가고 딸은 여기서 자라나게 되며, 결국은 언젠가 딸도 늙어 가고 그럼 나는 여기서 죽게 되겠지. 그렇게 되면 우리는 절대 헤어지는 일이 없을 것이다.' 이런 생각을 하며 행복을 느끼고 있던 중, 어느 날 문득 장발장의 마음속에서 의문이 일어났다. 그런데 이 행복은 진정 나의 것인가? 남의 행복은 아닌가? 그러니까 내가 빼앗은 이 아이의 행복으로 이루어져 있는 건 아닐까? 이 아이에게 물어보지도 않고 내 맘대로 내려 버린 이 결정을 나중에 언젠가 아이가 알게 된다면, 그리고 수녀가 된 것을 유감으로 여기게 된다면, 그러면 결국 나를 원망하지 않겠는가? 그런 고민을 거듭하다 마침내 장발장은 수도원을 떠나기로 결정했다.

코제트의 교육이 거의 다 끝나 가고 있었으므로, 일단 마음을 굳힌 그는 기회가 오기만 기다리고 있었다. 기회는 곧 왔다. 포슐르방 영감이 죽은 것이다. 장발장은 수도원장에게 면회를 청해, 형의 죽음으로 작은 유산을 상속받게 되어 앞으로는 일하지 않아도 되므로 수도원 일을 그만두고 딸을 데리고 나가고 싶다고 말했다. 그러나 코제트가 아직 서원을 안 했기 때문에 그동안 무료로 교육을 받은 셈이 되므로 그 보상금으로 5천 프랑을 수도원에 헌납하겠다고 했다.

얘기가 잘 되어 장발장은 마침내 수도원에서 나올 수 있었다. 수도원을 떠날 때 그는 작은 가방 하나를 옆구리에 꼭 끼고 아무도 건드리지 못하게 했다. 가방에서 좋은 향기를 풍기고 있어 코제트의 마음을 몹시 끌었지만 그는 가방을 언제나 자기 옆에 두었고 이사할 때도 가장 중요하게 챙기는 첫 번째 물건이며 유일한 물건이기도 했다. 코제트는 그걸 보며 우습고 또 신기하다고 하면서 샘이 난다고 말하기도 했다.

장발장은 다시 자유로운 세계로 나왔지만 여전히 불안을 느끼지 않을 수는 없었다. 그래서 플뤼메 거리의 집을 얻을 때 월팀 포슐르방이라는 이름을 사용하면서도 다른 두 군데에 더 방을 얻었다. 하나는 웨스트 거리에 있고 또 하나는 아르메 거리에 있었는데, 그는 가끔 코제트만 데리고 둘이서 웨스트 거리나 아르메 거리의 집에 가서 한두 달씩 지내곤 했다.

플뤼메 거리의 집에서는 코제트와 하녀가 본체 건물에서 생활하고, 장발장 자신은 안마당에 있는 문지기 집 같은 곳을 사용했다. 장발장은 수도원에서 살림 꾸리는 요령을 배워 가계를 간소하면서도 규모 있게 잘 꾸려 나가고 있었다. 그는 뤽상부르 공원의 가장 한적한 길로 산책을 하고 일요일엔 멀리 있는 교회가 좋아 생 쟈크 성당의 미사에 참석했다. 그 지역은 매우 가난한 동네라 그는 어려운 사람들에게 많은 도움을 베풀고 있었다. 떼나르디에가 '생 쟈크 성당의 인자하신 어른에게' 라고 편지를 보냈던 것도 그런 소문을 들었기 때문이었다.

장발장은 수시로 코제트와 함께 가난한 사람들이나 병자들을 찾아다녔다. 플뤼메 거리의 집에는 외부 사람이 절대 들어오지 않았다. 필요한 물건은 투생이 다 사왔고, 신문이나 편지도 받는 일이 없었기 때문에 철문에 달린 우편함에는 오직 납세고지서나 소집영장밖엔 들어 있지 않았다.

연금 소유자 포슐르방 씨는 국민병이 되어 있었다. 1831년 징병검사 때 시행된 시의 조사는 신성불가침 지역인 프티 픽퓌스의 수도원에까지 미쳤다. 하지만 장발장은 그 수도원에 있었다는 이유로 당국으로부터 선량한 남자로 인정받아 경비 임무를 수행할 자격이 있는 것으로 간주되어 소집되었던 것이다. 그래서 장발장은 1년에 서너 번 군복을 입고 경비 근무를 하러 나갔다. 그는 그 일을 진심으로 기뻐했다. 변장을 하고 고독하게 살아가는 그로서는 그 일만이 세상 사람들 속에 끼어드는 유일한 기회였기 때문이다.

그는 호적도 없이 이름과 나이를 바꾸고 기꺼이 국민병이 되어 있었다. 보통 사람처럼 되는 이것이야말로 그가 바라는 바였다.

장발장은 코제트와 함께 외출할 때는 퇴역장교 같은 모습이었지만 혼자 외출할 때는 주로 저녁에 노동자 복장으로 챙 달린 모자를 푹 뒤집어 쓰고 다니기 일쑤였다. 코제트는 자신의 운명에 대해 뭔가 수수께끼 같은 게 있는 거라고 생각하며 아버지의 괴이한 행동에 대해서도 별로 신경 쓰지 않았다. 하녀 투생은 그야말로 장발장을 하늘 같이 생각하고 있었으므로 그가 하는 일이라면 뭐든지 다 좋게만 생각하고 있었다.

그들은 모두 쪽문으로만 출입하고 있어 정원 쪽에 있는 철문을 통해 그들이 보이지 않는다면 그 집에 살고 있는 줄도 모를 정도였다. 철문은 늘 닫혀 있고, 장발장은 사람들의 주의를 끌지 않기 위해 정원도 가꾸지 않았다.

코제트는 수도원에서 종교와 신앙심, 그리고 역사, 지리, 문법, 음악, 그림 그리기를 배웠다. 그러나 그 외의 것은 전혀 배우지 못했다. 그것은 코제트만의 특징이기도 했지만 위험한 일이기도 했다. 특히 어린아이에게는 어머니가 필요한데 코제트에게는 어머니가 없고 수많은 수녀들만이 있었다. 장발장은 아버지의 역할을 하며 온갖 정성과 애정을 쏟았지만 결국은 아무것도 모르는 늙은 남자에 불과했다.

이 플뤼메 거리의 집에 정착했을 때도 코제트는 아직 어린아이를 벗어나지 못했다. 장발장은 이 황폐하고 넓은 정원에서 아이가 맘껏 만지고 뛰어놀 수 있도록 했다. 그래서 코제트는 혼자 화단도 가꾸며 정원을 너무도 좋아하게 되었다.

코제트는 아버지, 즉 장발장을 순결하고 진정한 효심으로 사랑하고 있었다. 장발장은 마들렌느 씨로 있었던 시절에 많은 책을 읽었는데 지금도 독서를 계속해 오고 있었다. 그리고 스스로 가꿔온 겸손과 지혜로 넓은 교양과 화술을 갖추고 있었다. 따라서 책을 통해 얻은 지식과 고생을 겪으며 얻은 지혜로 코제트에게 온갖 것을 풍부하게 설명해 줄 수 있었다. 자연히 코제트는 아버지를 존경하며 늘 그의 곁에 머물기를 좋아했다. 그래서 안락의자가 있는 넓은 자기 방보다 짚의자가 놓여 있는 자그마한 아버지의 별채에 머무는 시간이 더 많았다.

코제트는 이따금 귀엽고 상냥하게 아버지에게 잔소리를 하기도 했다.

"아버지, 이 방은 왜 이렇게 추워요? 아버지 방에는 왜 카펫도 안 깔았어요?"

"어 그건, 나보다 훌륭하면서도 이런 방 하나 못 가진 사람들도 많으니까."

"그럼 왜 제 방은 따뜻하게 하고 뭐든지 다 갖춰 놓았어요?"

"너는 아직 어린 여자아이니까 그렇지."

"그럼 뭐 남자 어른들은 모두 춥고 불편하게 살아야 되는 거예요?"

"어떤 사람들은 그래야 되거든."

"그럼 이 방에 불을 피우도록 제가 자주 이리로 올래요."

그리고 또 코제트는 항상 검은 빵만 먹는 아버지에게 물었다.

"아버지는 왜 이런 나쁜 빵만 드세요?"

"그냥 그러고 싶어서."

"저도 그럼 아버지랑 같은 걸 먹을래요."

그날부터 장발장도 코제트가 검은 빵을 먹지 않도록 할 수 없이 흰 빵을 먹어야 했다.

코제트는 아주 어렸을 때의 일에 대해 거의 기억하지 못하고 있었다. 그러면서도 아침 저녁으로 얼굴도 떠오르지 않는 엄마를 위해 기도를 드렸다. 아이는 떼나르디에 부부의 얼굴은 꿈속에서 본 무서운 얼굴처럼 잘 기억하고 있었다. 어느 날 밤에 숲 속으로 물을 길러 갔던 일도 기억하고 있고, 구렁텅이 비슷한 것 속에 빠져 있던 자신을 장발장이 와서 구해 준 것도 잘 기억하고 있었다.

코제트가 어렸을 때엔 장발장이 거리낌 없이 엄마에 대한 얘기를 해주었지만 아이가 제법 커지자 그는 더 이상 얘기하지 않았다. 그는 제3자인 팡틴느를 자기들 두 사람의 운명 속에 끌어들이는 데에 일종의 경건한 공포심을 느끼고 있었다. 그래서 장발장은 팡틴느라는 이름을 입 밖에 꺼내지 않았다.

코제트는 장발장과 함께 외출할 때마다 그의 팔짱을 끼고 즐거워하면서 비참했던 자신이 이렇게 순수하고 좋은 사람에게 이토록 많은 사랑을 받게 해주신 것에 대해 하나님께 깊이 감사드리곤 했다.

그러던 어느 날 코제트는 거울을 들여다보다 문득 자신을 가만히 살펴보게 되었다. 자신의 얼굴이 제법 아름다운 것처럼 느껴졌던 것이다. 그건 이상한 동요를 불러일으켰다. 왜냐하면 그녀는 거울을 볼 때마다 얼굴을 자세히 쳐다보지 않았고, 또 사람들에게서 못생겼다는 말을 들었기 때문이었다. 오로지 장발장만이 그렇게 생각하지 않았다. "못생기다니! 그건 당치도 않은 소리야!" 그는 이렇게 말했다. 어쨌든 코제트는 늘 자신이 못생겼다고 생각해 왔는데, 어느 날 갑자기 거울이 그녀에게 장발장처럼 '당치도 않은 소리야!' 라고 말한 것이다.

그날 밤 그녀는 잠을 이루지 못했다. 그러다 이튿날 다시 거울을 자세히 들여다보다가 소리치고 말았다. '어제는 내 눈이 삐었었나 봐. 난 역시 못생겼어!' 사실은 잠을 잘 못 자 눈이 쑥 들어가고 얼굴이 창백해져 있던 것인데 또 다시 실망하자 그날부터 코제트는 두 번 다시 거울을 들여다보지 않게 되었다.

그러다 하루는 정원에 있는데 하녀 투생이 장발장에게 이렇게 말하는 것이었다.

"주인 어르신, 요즘 아가씨가 많이 예뻐지신 것 같지 않으세요?"

아버지가 뭐라고 대답하는지는 귀에 들어오지도 않고 다만 투생의 말이 너무 놀라워 코제트는 도망치듯 자기 방으로 올라가 석 달 동안이나 쳐다보지 않았던 거울 앞으로 달려갔다. 그러고는 탄성을 질렀다. 코제트는 자기 스스로에게 매혹됐던 것이다.

그녀는 아름답고 우아했다. 늘씬한 몸매로 자라나고 피부도 희며, 머리칼은 윤기가 나고 푸른 눈동자는 반짝이고 있었다. 이제는 자신이 아름답다는 확신이 마음속에 환하게 퍼져 나갔다. 그리고 말로 할 수 없는 환희에 도취되어 갔다.

그러나 장발장은 반대로 말할 수 없는 깊은 외로움을 느끼고 있었다.

사실 얼마 전부터 그는 코제트의 얼굴이 환하게 피어나는 걸 보며 두려운 마음으로 지켜보고 있었던 것이다. 그것은 지금의 행복함 속에 어떤 원하지 않는 변화가 끼어들 수도 있다는 두려움이었다. 코제트가 언제나 자기를 사랑해 주고, 언제까지나 자기한테 머물러 있기를 바라는 마음은 너무나 당연한 것이었다.

'아이가 참 아름다워졌다. 나는 이제 어떻게 될 것인가.'

이런 생각으로 장발장이 속으로 한숨을 쉬고 있는데, 그 첫 징후가 이내 나타났다. 코제트가 '난 확실히 아름다워!' 하고 생각한 그다음 날부터 옷차림에 신경을 쓰기 시작한 것이다. 장발장은 슬픈 마음으로 그런 변화를 지켜보고 있었다.

코제트는 자신의 아름다움을 알게 되면서 찬연히 빛나는 미에 환희를 느끼면서도 마음 한편으론 왠지 수심이 깊어졌다.

마리우스가 그녀를 처음 몇 번 본 뒤 6개월 후에 뤽상부르 공원에서 다시 본 건 바로 이 무렵이었다. 세상의 그늘 속에 있는 코제트처럼 마리우스 역시 세상의 음지에 속해 있으면서 오로지 인생이 불타오르기를 기다리는 청춘 시절을 겪고 있었다. 그리고 운명은 집요하고도 은근한 인내를 발휘하며 이들 두 청춘을 서서히 접근시키고 있었다.

첫 시선의 불꽃을 교환함으로써 두 영혼이 서로에게 주는 충격이 있다면, 이 두 사람의 시선은 분명히 그런 충격을 서로에게 주었다. 이미 오래전부터 코제트는, 처녀들이 흔히 그러듯, 다른 곳을 바라보는 척하면서 은근히 그를 살펴보고 있었다. 코제트의 마음도 마리우스와 마찬가지로 뭐라고 형언할 수 없는 끌림에 빠져들고 있었다.

코제트는 사랑이 어떤 것인지 모르고 있었다. 속세에서는 그것이 어떤 뜻인지 한 번도 들어본 적이 없었다. 그러나 사랑이란, 모르면서 하는 사랑이 더 열정적인 법. 그녀에게 다가온 사랑은 일종의 사모하는 마음이며, 말이 없는 응시면서 숭배일 뿐이었다.

장발장은 차츰 마리우스의 존재를 의식하게 되면서 침울한 마음으로 서글퍼 하고 있었다. 마음 한구석에서 뭔가가 허물어져 내리는 것을 그는 느끼고 있었다. 마리우스는 그녀의 '아버지'를 피하기 위해 무척 애를 썼지만 이따금 장발장의 눈에 띄고 말았다. 마리우스의 태도는 아무래도 자연스럽지 못하고 때론 수상하게 보이기도 하며, 서투르다 보니 경망스럽게 보이기도 했다. 장발장은 그 청년을 마음 깊이 미워했다.

그런데 코제트가 그 청년을 마음에 두고 있다는 걸 장발장은 전혀 생각하지 못했다. 그는 청년 혼자서만 코제트를 사모하며 멀리서 처다보고 있다고 짐작했던 것이다.

마리우스가 코제트를 다시 보았던 당시 장발장과 코제트는 웨스트 거리에 거주하고 있었는데, 마리우스가 뒤따라오는 걸 눈치챈 장발장은 결국 웨스트 거리의 집까지 포기하고 플뤼메 거리로 돌아갔으며, 두 번 다시 뤽상부르 공원이나 웨스트 거리엔 발도 들여놓지 않았다.

코제트는 아무 이유도 물어보지 않고 불평도 하지 않았다. 그녀는 오래전부터 아버지가 자신의 마음을 눈치챌까 봐 오히려 조심하고 있었기 때문이다. 장발장은 그런 종류의 고민에 대해서는 경험이 전혀 없었던 터라 처음엔 이해하지 못했지만 그녀가 어딘지 우울한 얼굴을 하고 있는 걸 나중에 알아차리고는 덩달아 침울해져 한번은 코제트의 마음을 떠보려고 물어보았다.

"뤽상부르 공원에 한번 가 볼까?"

순간 창백하던 코제트의 얼굴이 환해지며 말했다.

"그래요. 가요."

그들이 뤽상부르 공원에 다시 갔을 때 마리우스는 보이지 않았다. 3개월이나 지난 다음이어서 마리우스도 더 이상 그곳에 가지 않고 있었던 것이다. 다음 날 장발장이 코제트에게 또 물었다.

"뤽상부르 공원에 갈까?"

그녀는 우울한 표정에 힘없는 목소리로 말했다.

"싫어요."

장발장은 코제트의 슬픈 얼굴에 화가 나고, 힘없는 목소리에 마음이 아팠다.

'저 아이의 마음속에 무슨 일이 일어나고 있는 걸까?' 이따금 장발장은 침대에 머리를 감싸 안고 앉아 꼬박 밤을 새우면서 코제트의 변화에 대해 온갖 생각을 해보았다. 그러면서 수도원이라는 그 에덴동산을 무모하게 뛰쳐나온 일과, 코제트를 세상에 데려나온다면서 자기 희생이라는 그 경거망동한 행동을 한 자신이 후회스럽기만 했다.

코제트는 허탈한 마음에 빠져 있었다. 왠지 모르지만 마리우스를 보면 기뻤는데 마리우스가 보이지 않자 서글픈 마음이 들었다. 장발장이 늘 하던 습관대로 뤽상부르 공원에 산책을 갈 줄 알았는데 가지 않게 되자, 코제트는 여성의 본능으로 그곳에 가고 싶어 하는 눈치를 보여서는 안 된다고 생각하며 짐짓 관심 없는 체하고 있었다. 그러나 하루하루가 지나고 한 달이 지나도 아버지는 다시 갈 생각을 안 하고, 그러다 너무 늦어 버리고 말았다. 그기 다시 갔을 때 마리우스는 이미 다시 오지 않았다. 그는 사라져 버린 것이었다. 이젠 어떻게 하지? 언제 또다시 만나볼 수 있을까? 그녀는 가슴이 아프고 안색 또한 날로 창백해졌다.

장발장이 가끔 무슨 일이 있느냐고 물으면 그녀는 힘없이 대답할 뿐이었다.

"아무 일도 아니에요."

그리고 한참 있다가 장발장 역시 수심에 잠겨 있는 걸 알아차린 듯 코제트도 물었다.

"그런데 아버지는 왜 그러세요?"

그 또한 이렇게 대답할 뿐이었다.

"나? 난 아무렇지 않은데?"

그들은 그토록 둘이서만 서로 사랑하고 의지하며 살아 왔는데, 이제는 서로 말도 잘 안 하고 서로를 원망하며 겉으로는 웃는 얼굴이지만 속으로는 괴로워하며 지내고 있었다.

그래도 두 사람 중 더 불행하고 더 슬픈 사람은 장발장이었다. 청춘은 잠시 슬픔 속에 빠져 있다 해도 늘 빛을 품고 있는 법이니까.

이런 슬픔에 잠겨 있는 동안에도 그들은 처음 이 플뤼메 거리의 집에 살면서부터 해왔던 아침 해돋이 산책은 언제나 계속하고 있었다. 그건 인생을 시작하려는 사람에게나 인생을 마감하려는 사람에게 모두 다 좋은 일상의 즐거움이었다.

1831년 10월 어느 날 아침, 그날도 장발장과 코제트는 해돋이를 보러 메느의 성문 근처까지 갔다. 아직은 이른 새벽이라 어스름한 미명만이 보이는 시각이었다. 길에 다른 사람이라곤 그림자 하나 안 보였는데, 순간 갑자기 길 저쪽 끝에서 무슨 소리가 들려오더니 어슴푸레하니 어떤 형체가 다가오는 게 보였다. 마차인 듯 말과 바퀴와 고함 소리가 들리고 채찍 소리도 났다. 그리고 곧 윤곽이 드러났는데, 마차 여러 대가 줄을 지어 성문 쪽으로 오고 있었다. 마차는 총 일곱 대로 질서 있게 꼬리를 물고 나타났다. 마차 위에서는 사람이 움직이고 있었고, 어스름 속에서 칼이 번쩍이며 쇠사슬을 흔드는 소리도 들렸다. 어느덧 마차가 이들 가까이 지나가면서 위에 타고 있는 사람이 뚜렷이 보였는데, 그들은 쇠사슬에 묶여 있는 죄수들로 목에 번쩍거리는 쇠목걸이가 채워져 있었다. 그들은 서로 등을 대고 서 있었으며 아침 찬 공기에 얼굴이 새파랗게 얼어 있었다. 모두 얇은 바지에 맨발로 비참한 몰골이었다.

그런데 어디서 모였는지 순식간에 사람들이 모여들어 길 옆으로 늘어서서 구경을 하고 있었다. 그 흉악한 몰골의 죄수들은 굴비 엮이듯 꼼짝도 못하고 선 채로 덜컹거리는 마차에서 묵묵히 흔들리고 있었다. 마차엔 각각 앞뒤로 칼이나 몽둥이, 채찍 등을 든 호위병들이 서서 죄수들의 머리와 등을 채찍으로 때리고 있었다.

그걸 바라보던 장발장의 눈은 순간 공포와 파멸의 도가니가 되어 불타오르며, 이내 몸을 돌려 도망치려 했다. 그러나 그는 한 발짝도 움직일 수가 없었다. 단지 그는 얼어붙은 듯 그 자리에서 굳어 버려 꼼짝도 못하고, 이루 말할 수 없이 고통스럽고 넋 나간 표정을 짓고 있었다. 그 마차는 죄수들을 이송하면서 사람들의 눈을 피해 새벽에 하고 있었는데, 장발장도 35년 전에 바로 이곳을 지나간 적이 있었던 것이다.

코제트는 무슨 일인지 알지는 못했지만 역시 놀라면서 숨도 제대로 쉬지 못하고 있었다.

"아버지! 저 수레 속에 있는 사람들 도대체 뭐예요?"

"죄수들이란다."

"어디로 가는 건데요?"

"감옥살이 하러 가는 거지."

코제트는 공포심에 떨며 또 물었다.

"아니 저런 게 사람이라고 할 수 있나요?"

"그래, 때로는 사람이기도 하지."

늙은 장발장은 힘없이 대답했다. 그러고는 쓰러질듯 휘청거리며 간신히 집으로 돌아왔다. 그런 장면을 다시 보게 된 건 그에게 큰 충격을 주었고, 거의 정신을 나가게 만들었다. 혼미함 속에서 장발장은 코제트가 중얼거리는 소리를 어렴풋이 들었다.

"감옥살이가 뭘까? 만약 길에서 그런 사람을 만난다면 나는 보기만 해도 기절해 버릴 것 같아!"

4

하늘에서 떨어진 것

장발장과 코제트의 생활은 점점 더 가라앉았고 소일거리도 단 한 가지밖에 없었다. 그건 전에는 늘 뿌듯한 마음으로 했던 일로서, 가난하고 굶주린 사람들에게 빵과 옷을 가져다주는 일이었다. 그런 일을 하러 갈 때는 코제트도 장발장과 동행했는데, 그럴 땐 최소한 예전처럼 다정하고 즐거운 분위기를 되찾을 수 있었다. 그들이 종드레트의 집을 찾아간 것은 그 무렵이었다.

그 흉악한 사건이 있었던 다음 날 아침, 집으로 돌아온 장발장은 평소와 똑같았으나 왼팔에 커다란 상처가 하나 뻘겋게 나 있었다. 그는 이유를 적당히 둘러대며 한 달 이상 외출을 하지 않았다. 의사를 찾아가지도 않고, 코제트가 의사를 부르자고 하면 필요 없다고만 고집을 부렸다.

코제트는 천사처럼 거룩한 모습으로 아침저녁 매일 그의 상처를 치료해 주었다. 덕분에 장발장은 예전처럼 그 모든 행복이 다시 돌아오는 것 같고, 근심 걱정은 모두 사라져 버리는 것 같아 코제트에게 말했다.

"이 상처가 난 게 참 다행이지! 참 고마운 불행이야!"

코제트는 아버지가 아픈 게 마음에 걸려 본채보다는 작은 별채와 뒷마당에 주로 머물러 있었다. 그는 온종일 아버지 옆에 있으면서 그가 좋아하는 책을 읽어 주었다. 장발장의 행복은 서서히 되살아나고 있었다. 뤽상부르 공원과, 젊은 청년, 코제트의 냉정한 태도 등 그의 마음에 어둡게 걸려 있던 모든 먹구름도 어느덧 흩어져 가고 그는 이런 생각까지 들었다. '내가 괜히 쓸데없는 생각을 했던 거지. 나도 참 어리석은 늙은이야.'

그는 마침내 행복에 다시 빠져들어 심지어는 별안간 떼나르디에라는 작자를 만났던 그 무시무시했던 사건도 거의 희미하게 기억날 정도였다. 그 일을 생각하면 오로지 그 강도들이 불쌍할 따름이었다. '지금 감옥에 갇혀 있으니 나를 더 이상 해칠 일도 없어. 참 한심하고 가련한 녀석들!'

코제트는 가끔 저녁이면 아버지의 초라한 별채에서 슬픈 노래를 불렀다. 그녀의 목소리는 휘파람새같이 맑고 청아해 장발장은 그녀가 노래하는 걸 무척 좋아했다. 그러는 가운데 장발장의 상처도 아물어 가고, 아버지가 고통을 덜 느끼며 즐거워하는 것을 보는 코제트의 마음속에도 푸근한 만족감이 우러나왔다.

3월이 되면서 해도 점점 길어지고 있었다. 그리고 이어 4월이 왔다. 젊은 코제트도 청춘의 계절인 4월의 환희에 유혹되며 그동안 마음을 덮고 있던 구름이 자신도 모르는 사이에 사라져 가는 것을 느꼈다. 장발장 또한 그런 코제트를 알아채며 흐뭇한 마음으로 딸의 얼굴이 다시 피어나고 아름다워지는 것을 바라보고 있었다.

'참 고마운 상처였어!'

장발장은 속으로 중얼거리며 떼나르디에 부부에게 감사하는 마음이 또다시 들었다. 그리고 어느덧 상처가 다 아물자 그는 다시금 혼자서 조용히 저녁 산책을 다니기 시작했다.

어느 날 저녁 소년 가브로슈는 아무것도 못 먹고 거리에서 서성거리고 있었다. 소년은 전날도 못 먹어 몸이 너무 지쳐 가자 무조건 뭔가를 먹어야겠다는 생각이 들었다. 그는 살페트리에르 쪽으로 인적이 드문 곳까지 슬슬 걸어갔다. 전에 가끔 그 근처를 얼쩡거리며 눈여겨보았던 집이 생각나서 다시 그곳으로 갔다. 그 집엔 노인과 노파가 사는데 손질도 안 된 정원에 사과나무가 있고, 그 옆에는 잠겨 있지 않은 것 같은 과일창고가 있었던 것이다.

가브로슈는 그 정원 앞으로 가서 울타리 사이로 안을 들여다보았다. 정원엔 돌의자가 하나 있는데, 거기에 노인이 앉아 있고 그 앞에는 노파가 서 있었다.

"마뵈프 씨!"

노파가 부르는 소리에, '마뵈프라고? 참 괴상한 성도 다 있네' 하고 가브로슈는 생각했다.

그런데 노인은 소리를 못 들었는지 옴짝도 안 하고 있었다. 그러자 노파가 다시 그를 불렀다.

"마뵈프 씨! 집주인이 난리예요."

"왜?"

"집세가 삼기분이나 밀려 있잖아요?"

"그렇군. 석 달만 더 지나면 사기분이 밀리겠네."

"안 내면 내쫓겠대요."

"그럼 나가지 뭐."

"야채가게에서도 외상값 달라고 아우성이고, 이제 장작도 더 이상 안 주는데 불을 어떻게 때나요?"

"햇빛이 있잖아?"

"푸줏간에서도 더 이상 외상은 안 주겠대요."

"잘됐어. 고기는 소화도 잘 안 돼."

"그럼 뭘 드시겠어요?"

"빵 먹지 뭐."

"빵집에서도 외상값 안 갚으면 더 이상 안 주겠대요."

"할 수 없지 뭐."

"그럼 뭘 드시려고요?"

"사과나무에 사과는 열리겠지."

"그래도 돈이 한 푼도 없이는 살 수가 없잖아요?"

"그럼 없는 걸 어떻게 하나?"

노파는 그 자리를 떠나 버렸다. 그리고 노인 혼자 남아 생각에 잠겨 있었다. 그들의 대화를 들은 가브로슈 또한 이 생각 저 생각을 하다가 울타리를 넘어가겠다는 애초의 계획을 단념하고 울타리 앞에 쭈그리고 앉아 버렸다.

노인은 이제 의자에 누워 잠이 든 듯 고른 숨소리를 내고 있었다. 그때 어슴푸레한 길거리에 두 사람의 모습이 나타났다. 앞에 오는 사람은 무슨 생각에 잠겨 있는 듯하며 허리가 구부정하고, 그 뒤에 따라오는 사람은 몸이 꼿꼿하고 마른 체격의 청년이었다. 앞의 사람은 그저 평범한 늙은이 같은데, 뒤따라오는 사람은 앞에 가는 노인을 습격하려는 몽파르나스인 게 틀림없었다.

이런 시간에, 이런 한적한 장소에서 몽파르나스가 어떤 사람을 습격한다는 것은 안 봐도 벌써 무서운 사건이었다. 가브로슈는 비록 부랑아지만 늙은 사람에 대한 측은한 마음이 불쑥 솟아났다. '어떻게 하지? 내가 끼어들어? 그런 건 몽파르나스에겐 웃음거리밖에 되지 않는다. 저 열여덟 살의 잔인한 강도에게 이 늙은이나 나 같은 어린애는 한 입의 먹이에 불과할 것이다.'

가브로슈가 망설이고 있는 사이 벌써 무시무시한 습격이 시작돼, 몽파르나스가 노인에게 번개처럼 달려들어 먹살을 꽉 움켜잡았다. 가브로슈는 하마터면 소리를 지를 뻔했다. 그러다 일순간 벌써 한 사람이 밑에 깔려 있고 다른 사람은 위에서 무릎으로 짓누르며 서로 으르렁대고 있었다. 그런데 가만 보니까 가브로슈가 예상했던 것과는 정반대로, 땅바닥에 깔린 게 몽파르나스고 그 위에서 누르고 있는 사람이 노인이었다. 노인은 급작스레 공격을 받고는 순간 무시무시한 힘을 발휘해 눈 깜짝할 사이에 습격자를 때려 눕힌 것이었다.

'야 굉장한 노인이네!' 하고 가브로슈가 생각하고 있는데, 잠시 씩씩거리고 투닥거리는 소리가 나더니 이내 조용해졌다. 몽파르나스가 몸부림치다 끝난 것 같았다.

노인은 그동안 말 한마디, 고함 한 번 지르지 않고 있다가 일어서며 말했다.

"일어나!"

몽파르나스가 일어나자 노인은 다시 그를 움켜잡았다. 몽파르나스는 마치 양한테 잡혀 있는 이리처럼 어쩔 줄 몰라 하면서도 계속 씩씩거렸다.

"너 몇 살이야?"

"열아홉 살이요."

"너 힘도 좋은데 뭐 하는 놈이냐?"

"그냥 놀고먹고 있어요."

"똑바로 말해. 내가 널 어떻게 도와줄까? 너 뭐가 되고 싶냐?"

"도둑이요."

잠시 침묵이 흘렀다. 늙은 남자는 몽파르나스를 여전히 꽉 붙잡은 채 뭔가 생각하는 듯 가만히 서 있었다. 그는 한동안 그렇게 골몰해 있더니 몽파르나스를 똑바로 쳐다보면서 나직한 음성으로 일종의 심각한 설교를 하기 시작했다.

"이봐, 너는 게을러터져서 제일 힘들고 어려운 일을 택했구나. 네 입으로 직접 그냥 놀고먹는다고 했는데, 그러면 안 돼. 일하기 싫으면 노예가 되는 거야. 일하는 걸 좋아하지 않으면 결국은 노예가 되고 만다고. 인간다운 정직한 땀을 흘리기 싫어하고, 죄인의 땀을 흘리면서 신성한 노동을 외면한다면, 그러면 결국 네가 갈 곳은 오직 감옥뿐이야. 게으름과 쾌락은 너를 무서운 파멸로 이끌어갈 거야. 넌 그럼 버러지가 되고 말 거라고, 이 가련한 놈아! 넌 자신이 불쌍하지도 않니? 아직도 새파랗게 젊은 놈이! 그렇게 살면 언젠가는 네 목에 쇠고리를 차게 될 거야. 넌 감옥에 들어갈 때 스무 살 정도밖에 안 되겠지만 나올 때는 이미 쉰 살이 넘어 있을 거야. 들어갈 때는 젊고 건강하고 싱싱하고 그러겠지만 나올 때는 쪼그라지고 구부러지고 쭈글쭈글해지고, 참 꼴불견이 되고 허옇게 백발이 돼 있겠지! 넌 지금 참 불쌍하게도 잘못된 길을 가고 있어. 게으름뱅이 너 자신을 잘못 이끌어 가고 있는 거야. 세상에서 가장 어렵고 힘든 일 중 하나가 도둑질이거든. 자, 내 말 듣고, 그런 힘든 일은 그만두도록 해라. 도둑이 되는 건 결코 쉬운 길이 아니야. 정직한 사람이 되는 게 훨씬 더 쉬운 일이지. 자 이제 그만 가서 내 말을 잘 생각해봐. 참 너 나한테 무슨 볼일이 있었지? 내 지갑이었나? 자, 가져라.”

늙은이는 몽파르나스의 손에 자기 지갑을 쥐어 주며 태연히 떠나갔다. 몽파르나스는 지갑의 무게를 손 위에서 느껴 보고는 마치 방금 훔쳐낸 것처럼 자연스럽게 외투 주머니 속에 슬그머니 집어넣었다.

“에이, 망할 놈의 늙은이!”

몽파르나스는 혼자 중얼거리며 멍하니 서서 어둠 속으로 멀어져가는 노인의 뒤를 바라보고 있었다.

그 사이 가브로슈는 옆 눈으로 흘끗 정원을 다시 들여다보고 마뵈프 영감이 여전히 의자에 누워 있는 것을 확인했다. 그러고는 소리도 안 내고 조심조심 어둠 속을 기어가 멍하니 서 있는 몽파르나스의 외투 주머니 속으로 슬그머니 손을 집어넣어 지갑을 꺼낸 뒤 다시 울타리 아래로 기어갔다. 몽파르나스는 아무도 못 본 터라 당연히 아무런 경계도 안했고, 또 생전 처음 깊은 생각에 잠겨 있었기 때문에 아무것도 눈치채지 못하고 그 자리를 떠나 버렸다. 가브로슈는 몽파르나스가 떠난 후 지갑을 울타리 안으로 던지고는 도망을 쳐 버렸다.

지갑이 마뵈프 영감의 발 위에 떨어지는 바람에 그는 깜짝 놀라 잠에서 깨어났다. 그는 몸을 구부려 지갑을 주워서는 아무 까닭도 모르고 지갑을 열어 보았다. 지갑 속에는 잔돈 몇 푼과 나폴레옹 금화(20프랑짜리 금화) 여섯 닢이 들어 있었다.

마뵈프 씨는 몹시 놀라며 일하는 노파에게로 지갑을 가져갔다. 그러자 노파가 말했다.

“아니 이거 하늘에서 떨어졌나 보네요.”

5

애틋한 두 영혼의 재회

코제트는 4, 5개월 전까지만 해도 슬픔이 몹시 깊었지만, 지금은 마음 한쪽에 아직도 애잔한 감정이 남아 있긴 해도 거의 회복되어 있었다. 봄이 오고, 청춘의 나이가 되었으며, 또 아버지를 극진히 사랑하는 마음 등이 순결하고 젊은 그녀의 마음속에 어떤 망각과도 같은 그 무엇을 매일한 방울씩 스며들게 했는지도 모른다. 어쨌든 그녀는 타들어 가는 듯하고 찌르는 듯한 아픔은 거의 느끼지 않고 있었다.

그러다 어느 날 불현듯 마리우스 생각이 떠오르자 코제트는 속으로 중얼거렸다. '아! 내가 벌써 그분을 잊어버리고 있었구나.'

바로 그 주일이었다. 그녀는 훌륭해 보이는 철기병 장교 하나가 정원의 철문 앞으로 지나가는 것을 보게 되었다. 늘씬한 허리에 화려한 군복을 입고, 처녀처럼 불그레한 뺨에 군도를 찬 그 장교는 잘 다듬어진 콧수염에 번쩍이는 투구를 쓰고, 금발머리와 푸른 눈, 교만하고 당돌해 보이는 둥그스름한 얼굴을 하고 있어, 마리우스와는 정반대의 분위기를 풍겼다. 그리고 그 장교는 여송연을 물고 있었다.

그다음 날도 그녀는 그가 지나가는 것을 보았다. 그리고 우연인지는 모르지만 그 후 거의 날마다 그가 지나가는 것을 보게 되었다.

그 장교의 친구들도 보잘것없는 어떤 정원 안에서 제법 예쁜 여인 하나가 그 멋진 중위가 지나갈 때마다 나와 서 있는 걸 알아차리게 되었다. 그 장교의 이름은 테오뒬 질노르망이었다.

"이봐! 널 주시하는 여자애가 하나 있어. 좀 쳐다봐 줘."

친구들이 그에게 말하면 장교는 이렇게 대답했다.

"날 주시하는 여자애들이 어디 한둘이냐? 일일이 다 봐줄 수가 없지!"

그 무렵 마리우스는 깊은 고뇌 속에 빠져 '죽기 전에 그녀를 다시 한 번 만나 볼 수 있다면!' 하고 생각하고 있었다. 만약 창기병을 바라보고 있는 코제트를 그때 마리우스가 보았더라면, 아마도 그는 너무 슬퍼 말 한마디도 하지 못하고 죽어 버렸을지도 모른다.

코제트는 위험한 시기를 지나가고 있었다. 외로운 처녀의 마음이 봄날을 맞이하고 있었던 것이다.

그때 이상한 사건 하나가 일어났다.

4월 초에 장발장은 여행을 떠났다. 그는 그렇게 가끔 여행을 떠났는데, 하루나 이틀, 길어야 사흘 간 떠났다 돌아오곤 했다. 그러나 그가 어디를 가는지는 코제트도 몰랐다. 장발장이 그렇게 여행을 하는 것은 대부분 돈이 떨어지고 없을 때였다. 그는 늘 "사흘 안에 돌아올 거야." 라고 말하며 떠났다.

저녁에 코제트는 거실에서 풍금을 치며 노래를 부르다가 잠시 생각에 잠겨 있었는데, 갑자기 정원에서 사람 발걸음 소리가 들린 것 같았다. 아버지는 집에 없고, 투생은 자고 있었고, 시간은 밤 열 시쯤이었다. 그녀는 닫혀 있는 거실의 덧창으로 다가가 귀를 기울여 봤다. 정말로 그건 아주 조심스레 걷고 있는 남자의 발소리 같았다.

그녀는 2층 자기 방으로 올라가 덧창을 열고 아래를 내려다보았다. 마침 보름달이 정원을 환하게 비추고 있었는데, 그곳엔 아무도 보이지 않았다. 코제트는 자기가 잘못 들었나 보다고 생각하며 곧 그 일에 대해 잊어버렸다. 그녀는 원래 겁이 많지 않았다.

이튿날 좀 더 이른 시각, 어둑해질 무렵에 그녀는 정원을 산책하고 있었다. 이런저런 잡념에 잠겨 있으면서도 그녀는 이따금 정원 구석의 나무 아래 어둠 속에서 전날 밤처럼 또 발걸음 소리가 들리는 것 같았다. 그러나 나뭇가지가 서로 부딪치면서 나는 소리겠지 하며 별다른 신경은 쓰지 않았다.

그러면서 그녀는 정원 한가운데로 지나갔다. 거기서 본채 건물의 층계까지 좁다란 잔디밭 길이 나 있었는데, 그녀의 뒤에서 막 떠오른 달이 앞의 잔디밭에다 한 여자의 그림자를 만들어 놓고 있었다.

코제트는 깜짝 놀라 걸음을 멈췄다. 여자 그림자 옆에 둥그런 모자를 쓴 한 남자의 그림자 또한 그려져 있었던 것이다. 그녀는 멈춰선 채로 소리도 못 지르고, 움직이지도 못하고, 얼굴도 돌리지 못하고 그대로 있었다. 잠시 후 그녀는 용기를 내 홱 돌아보았지만 아무도 보이지 않았다. 그래서 다시 앞의 땅바닥을 내려다보았다. 그림자도 이미 사라지고 없었다.

코제트는 대담하게도 정원을 구석구석 다 뒤져 보고 철문까지 가보았다. 하지만 아무것도 보이지 않았다.

그제야 그녀는 몸이 오싹해졌다. 이번에도 환각이었나? 이틀간 계속해서? 그림자는 분명 유령은 아니었다. 유령이라면 둥그런 모자를 쓰고 있을 리가 없다.

그다음 날 돌아온 장발장은 코제트에게서 그 얘기를 듣고 몹시 걱정을 하면서도 '아무것도 아닐 거야'라고만 말했다.

코제트는 그날 한밤중에 잠에서 깼다. 이번엔 너무나 분명하게 바깥 돌층계 바로 근처에서 누군가 걷고 있는 소리가 들렸다. 그녀는 창문을 열어 보았다. 아닌 게 아니라 정원에 커다란 몽둥이를 든 한 남자가 서 있는 게 보였다. 그녀가 막 소리를 지르려고 하는데 순간 달빛이 그 남자의 옆모습을 비추는 것이었다. 남자는 바로 아버지였다.

그녀는 다시 침대로 올라갔다. 그러면서 '아버지가 엄청 걱정이 되시나 보네!' 하고 생각했다.

장발장은 그 후로도 이틀이나 계속 더 정원에서 밤을 지새웠다. 코제트가 덧창 구멍으로 그걸 확인했던 것이다. 셋째 날 밤에는 달빛이 좀 흐 릿하며 느지막이 떠올랐다. 그리고 밤 한 시쯤 될 무렵이었다. 코제트는 아버지가 큰 소리로 웃으며 자기를 부르는 소리를 잠결에 듣고 일어나 창 문으로 내다보았다. 아버지는 잔디밭에 서 있었다. 그러면서 코제트에게 말했다.

"너를 안심시키려고 일부러 깨웠다. 이것 좀 보렴. 네가 말한 그 둥그런 모자 쓴 그림자가 여기 있구나."

과연 잔디밭에는 둥그런 모자를 쓴 남자의 얼굴과 아주 비슷한 그림자 가 있었다. 그건 이웃집 지붕 위에 솟아 있는 뚜껑 달린 함석 연통의 그 림자였던 것이다.

코제트도 어이가 없어 같이 웃고 말았다. 그것으로 불안했던 며칠 간 의 추측은 말끔히 해결되었다. 이튿날 아침 식사 때 그녀는 또다시 그 그 림자 얘기를 하며 재미있어 했다. 장발장도 다시 평안을 되찾았다.

그런데 코제트는 함석의 연통이 만들어낸 그림자가 자신이 본 그 그림 자와 같은 지점에 있었는지, 달이 같은 곳에 떠 있었는지에 대해서는 특 별히 생각하지 않았다. 그리고 그 후로 얼마 안 가 또다시 새로운 사건이 벌어졌다.

정원엔 거리로 나 있는 철문 옆에 돌 벤치 하나가 놓여 있었다. 벤치는 관목 울타리에 가려 밖에서는 잘 안 보이지만 철문과 울타리 사이로 팔 을 뻗치면 밖에서도 손이 닿을 만한 거리에 있었다.

그날은 4월 어느 날 저녁이었다. 장발장은 외출해 집에 없었고 코제트는 혼자 노을을 바라보며 그 벤치에 앉아 있었다. 나무들이 바람에 살랑거렸다. 코제트는 생각에 잠겨 있다가 일어났다. 괜히 또 슬픔이 밀려들었던 것이다. 노을을 보면서 어떤 아련한 향수가 되살아났던 것인지도 모른다.

그녀는 정원을 이리저리 걷다가 다시 돌 벤치로 돌아왔다. 그런데 조금 전까지 앉아 있었던 자리에 큼직한 돌멩이 하나가 놓여 있는 것이었다. 그때는 분명히 없었던 돌이었다. 돌이 스스로 벤치 위로 올라왔을 리는 없고, 그렇다면 누군가 철문 사이로 팔을 뻗어 올려놓았다는 얘기였다. 그녀는 그런 생각이 들자 오싹해졌다. 그래서 돌을 건드리지도 못하고 뒤도 돌아보지 못한 채 도망치듯 헐레벌떡 집안으로 들어가 현관문을 잠갔다. 그리고는 투생에게 물었다.

"아버지, 돌아오셨어요?"

"아직 안 돌아오셨는데요, 아가씨."

장발장은 밤늦게 돌아올 때가 많았다.

"저녁엔 정원 쪽 현관문을 꼭 잠가야 돼요."

"그럼요, 아가씨."

투생은 언제나 그렇게 하고 있었고, 코제트도 잘 알고 있었다.

"여기는 너무 한적해서 말이에요!"

"정말 그래요. 사람이 죽어도 비명 한 번 지를 틈이 없을 거예요. 게다가 주인 어르신도 이 집에서 안 주무시고. 히지만 이가씨, 걱정하지 마세요. 창문은 전부 감옥처럼 꼭꼭 닫아 놓으니까요. 여자들밖에 없으니까 무섭기는 해요! 생각해 보세요. 한밤중에 웬 남자라도 들어와 '꼼짝 마!' 하고 달려들면…… 어휴, 죽는 건 뭐 한 번은 다 죽는 거니까 별것 아니지만, 만약 아가씨 몸에 손이라도 댄다고 생각하면, 아이고 끔찍해요, 정말."

"어휴, 그만둬요! 문이나 잘 닫고요."

투생의 쓸데없는 호들갑에 괜히 공포가 느껴지고, 게다가 지난 주일에 본 그림자 생각이 다시 떠올라 코제트는 투생에게 '벤치 위에 누가 돌멩이를 갖다 놓았는데 좀 가 보세요!' 하는 말을 결국 입 밖에 내지 못하고 말았다. 정원 쪽 현관문을 열었다가 투생이 말하는 그런 류의 남자들이 들어올까 봐 괜히 겁이 나기도 했다. 그녀는 온 집안의 문과 창문을 모두 잘 닫게 하고, 또 지하실부터 다락방까지 투생에게 살펴보게 한 후, 자기 방으로 들어가 문에 빗장까지 걸고, 침대 아래도 들여다보고 나서야 잠자리에 들었다. 그러나 잠은 오지 않고 비몽사몽 헤매기만 했다.

아침에 해가 환하게 떠오르자 코제트는 그제야 밤의 공포심을 떨칠 수 있었다. 그러면서 이런 생각이 들었다. '정원에 둥그런 모자를 쓴 남자는 없었던 것처럼 벤치 위에도 돌 같은 건 없었던 게 아닐까?'

코제트는 옷을 입고 정원의 벤치로 가 보았다. 순간 그녀는 몸에 식은땀이 흘렀다. 돌이 거기에 있었던 것이다. 그러다 문득 호기심이 발동했다. 밤엔 그렇게 무섭다가도 낮에는 그게 호기심으로 변할 수도 있었다.

'좀 봐야겠다.'

그녀는 그 큼직한 돌을 들어올렸다. 아래에 웬 봉투가 하나 놓여 있었다. 코제트는 그걸 집어 들고 살펴보았다. 겉에 수취인의 주소 이름도 적혀 있지 않은 봉투 속엔 종이가 들어 있었다. 그녀는 종이를 꺼냈다. 몇 장이 묶여 있는데 각 종이마다 페이지 숫자와 글이 몇 줄씩 쓰여 있었다. 무척 아름다운 필체라고 코제트는 생각했다. 그런데 쓴 사람의 이름 또한 아무 데도 없었다. 도대체 누가 누구에게 보낸 것일까? 그녀의 집 정원에 갖다 놓은 걸 보면 분명 그녀에게 보낸 것 같은데, 대체 누가 보낸 것일까?

그녀는 편지에 적힌 글을 천천히 읽어 보았다.

우주를 한 사람에게로 축소하며 또 그 한 사람을 신에게까지 확대하는 것, 그것은 곧 사랑이어라.

사랑, 그것은 뭇별에 대한 천사의 축사여라.
사랑으로 인하여 영혼이 슬퍼할 때 그 슬픔이란 얼마나 심각한 것인가!
세상을 가득 채우고 있는 그 한 사람이 있지 않을 때의 세상이란 얼마나 공허한가!

신은 만물의 뒤에 서 있고, 만물은 신을 가리고 서 있다. 사물은 검고 인간은 불투명하노니 한 사람을 사랑함은 투명하게 함이어라.

서로 헤어져 있는 애인은 갖가지 환상으로 그 부재를 잊는다. 그러나 그 환상이 그들에게는 현실인 것. 서로 뜻을 통하는 온갖 신비로운 방법을 발견한다. 새들의 노랫소리, 꽃의 향기, 아이들의 웃음소리, 햇빛, 바람, 별빛 등 온갖 것을 그들은 서로 보낸다. 사랑은 강력하여 모든 자연의 조화에 소식을 실어 보낸다.
오 봄이여, 그대는 그녀에게 써 보내는 나의 편지여라.

사랑은 영혼과 같다. 사랑은 영혼처럼 성스러운 불빛으로 영원불멸이어라.

오 사랑이여! 오 그리움이여! 서로 이해하는 두 정신의, 주고받는 두 마음의 즐거움이여! 마주 보는 두 시선의 즐거움이여! 오 행복이여! 그대 나에게 오려므나! 우리 함께 좋은 곳을 거닐자!

서로 사랑하는 인간들의 행복에 신이 줄 수 있는 것이란 오직 그것의 무한한 영속을 베푸는 것뿐이다. 신은 하늘의 완전이요 사랑은 인간의 완전이니.

오! 사랑의 고뇌여! 그녀는 지금도 뤽상부르 공원으로 산책을 나옵니까? 아니오. 그녀가 미사에 오는 곳은 이 성당이지요? 이제는 안 나옵니다. 그녀는 이 집에 살고 있지요? 이사 갔습니다. 어디로 갔나요? 아무 말도 안 하고 떠났습니다.
자기의 영혼인 사람의 주소조차 모르다니, 아! 얼마나 서글픈 일인가!

그대는 아는가? 나는 지금 절망 속에 있다. 그대가 가면서 하늘조차 거두어가 버린 것이다.

사랑으로 고뇌하는 그대여, 더욱 사랑하라. 사랑으로 죽음은 곧 사랑으로 삶이니라.

사랑하라. 사랑하므로 고뇌함은 사랑 속에는 으레 있게 마련인 것. 사랑으로 죽는 순간 마음속에는 황홀한 희열이 있나니.

사랑이야말로 낙원의 공기를 마시는 천국의 호흡이어라.

나는 거리에서 사랑을 품고 있는 가난한 청년 하나를 만났도다. 그의 모자는 낡아 빠지고 재킷은 헤지고 바지는 구멍이 뚫려있고 구두는 물이 스며들고 있었으나, 그의 영혼엔 별이 스며들고 있었노라.

사랑받음은 얼마나 위대한 일인가! 사랑함은 얼마나 더 위대한 일인가! 마음은 정열로 씩씩해지며 오직 순결로 가득 찰 뿐이어라.

이 세상에 사랑하는 이가 없다면 태양도 꺼져 스러지리라.

이 글을 읽으며 코제트는 어느덧 몽상에 빠져 있었다. 마지막 글을 읽고 나서 그녀가 막 얼굴을 들자 마침 그 멋진 장교가 자신만만한 걸음걸이로 철문 앞을 지나가고 있었다. 그러나 그의 모습은 이제 코제트의 눈에 더 이상 멋지게 보이지 않았다.

그녀는 다시 그 글들을 내려다보며 정말로 아름다운 필체라고 또다시 생각했다. 전부 다 같은 사람이 썼는데 잉크 색도 여러 가지고 쓴 날짜도 각기 다른 날이었다. 아무 때나 수시로, 특별한 목적도 없이, 생각나는 대로 적어 놓은 것 같았다. 코제트는 이런 글을 읽어 본 적은 한 번도 없었으나 글 속에서 어떤 이미지가 그려지고 있었다. 이토록 숭엄한 사랑의 정열에 불타고 고뇌하는 이 사람은 누구일까?

오직 한 사람. 그!

그녀의 마음속에 햇빛이 환하게 비쳐 들었다. 그건 분명 그 남자였다. 그가 바로 마음속에 있었던 것이다. 그가 철문 사이로 이 편지를 넣어두었던 것이다. 그녀가 그를 잊고 있는 동안 그는 다시 그녀를 찾아냈던 것이다!

그녀가 정말 그를 잊어버리고 있었을까? 천만에! 그녀는 한동안 그런 줄 알았지만 사실은 언제나 그를 생각하고 있었다. 사랑의 불은 잠시 덮여 연기를 내고 있었을 뿐, 속에서는 더욱 깊이 타들어 가고 있었다. 그 불이 바야흐로 새로 폭발하여 그녀를 활활 태우기 시작하였다. 그리하여 그녀는 다시 불타오르기 시작함을 느끼며 이 기록의 한마디 한마디가 가슴속에 사무쳐 오는 것을 느꼈다.

'난 벌써 다 알고 있었어! 그이의 눈빛 속에서 다 알아보았지.'

코제트가 글을 세 번이나 다 읽고 났을 때 테오듈 중위가 돌아와 철문을 두드렸다. 그녀는 고개를 들어 그를 바라보았는데, 그의 모습이 이제는 어리석고 한심하고 불쾌하고 건방지고 못생겨 보이기만 했다. 그 장교는 습관적인 그런 미소를 지어 보였다. 그녀는 짜증스러워 얼굴을 돌려 버리고 곧 그 자리를 피해 집 안으로 들어가 버렸다. 그러고는 그 글을 다시 읽으며 조용히 생각하면서 자신의 방에 머물러 있었다. 수없이 여러 번 글을 읽은 그녀는 편지에 입을 맞추고는 가슴속에다 집어넣었다. 그녀는 깊은 사랑의 느낌 속으로 다시 잠겨 들어갔다. 에덴의 심연이 입을 벌리고 있었다.

코제트는 하루 종일 꿈속에 있다가 장발장이 저녁 무렵에 외출하는 걸 보고는 자신도 머리를 새로 만지며 좋은 옷으로 갈아입었다. 그러고는 마치 누구를 기다리기라도 하는 듯 정원으로 나가 나뭇가지들을 매만지며 돌 벤치 있는 곳으로 갔다.

돌멩이는 아직도 그대로 있었다. 그녀는 벤치에 앉아 부드러운 하얀 손을 그 돌 위에 올려놓았다. 그러다 순간 그녀는 누가 자기 뒤에 서 있는 것을 느꼈다. 눈에 보이지는 않지만 육감으로 느끼며 뒤를 돌아다보았다. 그러고는 벌떡 일어섰다.

그가 서 있었다. 모자도 벗은 채 창백하고 몹시 야윈 모습이었다. 황혼의 어둠 속에서 그의 아름다운 이마가 반짝거리고, 그의 눈동자는 까맣게 빛나고 있었다. 그리고 옆 덤불 위에 그의 모자가 던져져 있었다.

코제트는 당장 기절이라도 할 것처럼 소리조차 나오지 않았다. 그리고 이어서 생전 처음 듣는 그의 목소리가 속삭이며 들려왔다.

"용서하십시오, 이렇게 찾아온 것을. 가슴이 터질 것 같고 오지 않고는 살아갈 수가 없어서 이렇게 온 것입니다. 이 의자 위에 올려둔 것 혹시 읽어 보셨습니까? 나를 알아보시겠어요? 나를 두려워하지 말아 주십시오. 당신이 나를 바라보시던 그날 일 기억나십니까? 벌써 일 년이나 지났군요. 그 후로 전혀 볼 수 없었습니다. 당신은 웨스트 거리에 사셨지요? 당신 뒤를 따라갔었어요. 그런데 어디론가 떠나셨더군요. 아! 얼마나 당신을 찾아 헤맸는지 모르실 겁니다. 이제 마침내 이렇게 당신을 찾아내게 되어 밤마다 여기로 왔습니다. 아무도 나를 본 사람은 없습니다. 당신 창문을 좀 더 가까이 보고 싶어서 오는 겁니다. 얼마 전 저녁에는 당신 뒤에 있었는데 당신이 돌아다보시기에 달아나 버렸어요. 또 한 번은 당신의 노래 소리를 들었습니다. 참 행복했습니다. 바깥에서 당신의 노랫소리를 듣는 건 그리 나쁠 게 없겠지요? 그렇지요? 당신은 나의 천사이십니다. 내가 올 수 있도록 허락해 주십시오. 난 죽을 것만 같습니다. 내가 얼마나 당신을 사모하고 있는지, 아! 당신이 그걸 아신다면! 용서하십시오. 이렇게 지금 내가 말하고 있습니다만 내가 무슨 말을 하고 있는지 나도 모릅니다. 내가 무슨 화내실 말이라도 했는지 모르겠습니다."

그때 코제트는 곧 까무라칠 듯 주저앉았다. 그는 얼른 쓰러지는 여자를 붙잡아 팔로 안았다. 그리고 무의식중에 꼭 껴안았다. 그의 머릿속은 안개가 자욱이 끼어 있는 것 같고 눈썹 사이에서는 번갯불이 번쩍거리는 듯했다. 그는 자신이 무슨 신성한 행위를 하고 있는 것 같기도 했고, 무슨 모독적인 행위를 저지르고 있는 것 같기도 했다. 다만 그는 자기 몸에 느껴지는 그 아름다운 여인의 육체에 대해서는 추호도 다른 생각을 품고 있지 않았다. 오로지 사랑에 정신을 잃고 있을 뿐이었다.

그녀가 그의 손을 잡아 자신의 가슴 위에 올려놓았다. 그는 그 속에 자신의 편지가 있는 것을 느끼며 더듬더듬 말했다.

"그럼…… 당신도 나를 사랑하십니까?"

그녀는 들릴 듯 말듯 힘없는 목소리로 대답했다.

"……잘 아시지 않아요……."

그러면서 그녀는 빨개진 얼굴을 사랑에 취한 씩씩한 청년의 가슴에 묻었다.

그들은 벤치 위에 앉았다. 그리고 이제 말이 없었다. 하늘엔 별이 반짝이고 있었다. 그들의 입술은 서로 부딪쳤다.

한 번의 입맞춤, 그리고 그것이 전부였다.

두 사람은 몸을 떨며 어둠 속에서 반짝이는 눈으로 서로를 쳐다보았다. 그러고는 자신도 모르는 사이에 서로 손을 맞잡고 이야기를 하기 시작했다.

밤하늘은 그들의 머리 위에서 맑게 빛나고 있었고, 정령처럼 순결한 두 사람은 서로의 마음을 모두 터놓고 시간 가는 줄 모르며 이야기에 빠져들었다. 몽상과 도취, 환희, 그리고 서로의 동경에 대해, 또한 만나지 못하고 있었을 때의 절망에 대해. 마침내 두 사람의 마음은 서로의 영혼을 차지하고 말았다.

모든 이야기를 다 하고 난 후 코제트는 그의 어깨에 머리를 기대며 물었다.

"이름이 뭔가요?"

"내 이름은 마리우스예요. 당신 이름은?"

"코제트예요."

6

소년 가브로슈

1823년부터 몽페르메유의 여관은 거의 파산 상태에 이르러 떼나르디에 부부는 부채의 늪에 빠져들고 있었다. 그동안에도 그들 부부는 아이 둘을 더 낳아 모두 딸 둘과 아들 셋의 5남매를 두게 되었다. 그러자 5남매가 너무 많다고 생각한 떼나르디에의 아내는 아직 어린 마지막 두 아들을 요행수로 처리해 버렸다.

질노르망 영감에게서 두 아이를 미끼로 연금을 받아내는 데 성공했던 그 마농이라는 옛 하녀가 셀레스탱 강변의 프티 뮈스크라는 허름한 동네에 살고 있었는데, 그녀는 어느 날 하루 사이에 어린 두 아들을 전염병으로 잃는 불행을 겪게 되었다. 그녀가 얼마나 큰 충격을 받았는지는 말할 필요도 없었다. 아이들은 그녀에게 매달 80프랑이라는 큰돈을 가져다주는 귀중한 재산이었던 것이다. 그 돈은 질노르망 씨의 집사로서 시실 거리에 살고 있는 집달리를 통해 전달되고 있었다. 그런데 아이들이 죽음으로써 그 수입도 사라질 판이었다. 따라서 마농으로서는 어린아이 둘이 꼭 필요했는데, 마침 떼나르디에 부부에게 나이도 같은 사내아이 둘이 있었던 것이다. 한쪽에서는 남에게 넘길 사람이 필요했고, 한쪽에서는 좋은 투자 가치로 얻어야 했으니, 딱 맞아 떨어진 셈이었다. 마침내 떼나르디에의 아들들은 마농의 아들들이 되었고, 마농은 셀레스탱을 떠나 클로슈페르스 거리로 이사를 했다. 파리에서는 이사를 가면 이웃도 전혀 모르는 사람이 되므로 문제 될 게 없었다.

그야말로 호적도 바꿀 필요 없이 일처리가 깔끔하게 끝났다. 다만 떼나르디에 부부는 자기 아이들을 빌려주는 대가로 매월 20프랑을 요구했고, 마뇽도 거기엔 동의를 했다. 그리고 아무것도 모르는 질노르망 씨는 변함없이 돈을 지급하고 있었다.

귀신같이 변신을 잘 하는 떼나르디에는 그 당시 이미 종드레트로 살고 있었고, 두 딸과 가브로슈는 어린 두 동생이 있었다는 걸 기억조차 못할 정도였다. 그저 어렴풋이 기억날까 말까 하다가 금방 잊혀져 버렸다.

우연히 마뇽의 손에 떨어진 두 아이의 운명은 그런대로 괜찮았다. 그들은 80프랑의 수입원이기 때문에 그럭저럭 잘 먹고 잘 입으며 부잣집 아이들 같은 대접을 받는 편이었다. 마뇽도 귀부인 같은 행세를 하며 아이들에게 절대 막말을 하지 않았다.

그렇게 몇 년이 지난 후, 가련한 운명의 두 아이들에게 갑자기 큰 시련이 닥쳐 왔다. 종드레트의 집에서 일어난 그 살벌한 사건 이후 수많은 강도들이 한꺼번에 소탕될 때 마뇽에게도 파멸이 닥쳤던 것이다.

어느 날 그녀는 밀수꾼을 집으로 불러들여 거래를 하다가 바로 그 자리에서 체포되었다. 정보를 입수한 경찰이 현장을 덮친 것이었다. 아이들이 온종일 놀다가 집으로 돌아가 보니 집은 이미 아무것도 없이 비어 있었고, 집 앞의 구두 수선 가게에서 어머니가 맡겨 놓은 것이라며 그들에게 쪽지 하나를 주면서 그 주소로 찾아가라고 했다. 거기엔 '시실 거리 8번지 집사 베르즈 씨.' 라고 적혀 있었다.

두 어린아이는 손을 잡고 그곳을 떠났다. 날씨가 몹시 춥고 어둑해지면서 아이는 손이 얼어붙고 힘이 빠져 종이를 꼭 쥐고 있을 수가 없었다. 그러다 클로슈베르스 거리쯤 가는데 모퉁이에서 바람이 세게 휘몰아치는 바람에 손에 겨우 쥐고 있던 종잇조각이 그만 바람에 날아가 버렸다.

아이들은 그 쪽지를 찾을 수가 없어 무작정 거리를 헤매기 시작했다.

　파리의 봄은 이따금 강한 북풍이 몰아쳐 추운 정도가 아니라 살을 파고드는 혹독한 추위가 찾아올 때가 있었다. 소년 가브로슈도 추위를 감당하지 못할 만큼 낡아 빠진 옷을 입고 앞을 잔뜩 여미며 거리를 돌아다니고 있었다. 그러다 우연히 한 이발소 안을 들여다보게 되었다. 이발사는 불이 활활 타는 난로 옆에서 손님에게 면도를 해 주고 있었는데, 그때 일곱 살과 다섯 살쯤 되어 보이는 깨끗한 차림의 두 아이가 머뭇머뭇하며 이발소 안으로 들어가더니 구걸을 하는 건지 뭔지 알 수는 없지만 하여튼 이발사에게 무슨 소리를 하고 있었다. 그러자 이발사가 짜증을 내며 그들을 내쫓고 문을 확 닫아 버렸다.

　"웬 애들이 들어와서 집을 식히고 자빠졌네!"

　아이들은 울면서 다시 걸어갔다. 시커먼 구름이 몰려들더니 빗방울이 떨어지기 시작했다.

　가브로슈는 그들을 뒤쫓아 가 말을 걸었다.

　"너희들, 왜 그러니?"

　"잘 데가 없어요."

　큰 아이가 대답했다.

　"그래? 큰일났네!"

　가브로슈는 나이를 더 먹은 형님답게 약간 무게를 잡으며 측은한 마음으로 말했다.

　"그럼, 애들아, 이리 와."

　아이들은 대주교를 따라가기라도 하듯 그의 뒤를 따라갔다. 그들은 이제 울지 않았다. 거리를 약간 올라가다가 가브로슈는 열서너 살쯤 되어 보이는 소녀거지 하나가 무릎까지 나온 짧은 옷을 걸치고 어떤 집 앞에 서서 떨고 있는 것을 보았다.

"불쌍한 계집애, 속옷도 없구나. 자, 이거라도 둘러라."

가브로슈는 목에 두르고 있던 너덜너덜한 목도리를 소녀거지의 야윈 어깨에 던져 주었다.

그 사이, 빗방울은 소나기로 변해 있었다. 가브로슈가 구름을 올려다 보며 소리쳤다.

"이거, 큰일이네."

두 아이는 그를 놓칠새라 바짝 따라가고 있었다. 그들이 발레 거리쯤 에 이르렀을 때 앞에서 누가 말했다.

"아니, 너 가브로슈 아니야?"

"어? 몽파르나스?"

상대 녀석이 가브로슈 옆으로 다가왔다. 그는 색안경을 쓰고 변장을 하고 있었는데도 가브로슈는 그가 누군지를 대번에 알아보았다.

"야! 스타일 근사한데!"

"쉿, 조용히 해!"

몽파르나스가 말했다. 그러면서 그는 골목 안으로 얼른 가브로슈를 끌 고 갔다. 두 아이는 손을 꼭 잡고 그 뒤를 바짝 따라붙었다.

"내가 지금 어디 가는지 알아?"

몽파르나스가 물었다.

"교수대에 가는 거겠지 뭐."

"까불기는! 나 지금 바베를 만나러 가는 길이야."

"잡혀가 있을 텐데."

"용케 빠져나왔어."

몽파르나스는 바베가 그날 아침 예심법정의 복도에서 운 좋게도 줄행랑을 친 얘기를 들려주었다.

"참 재주도 좋아!"

가브로슈는 감탄을 하며 무심코 몽파르나스가 들고 있는 지팡이의 꼭대기를 잡아당겼다. 그러자 거기서 칼이 뽑혀 나왔다.

"아!"

그는 흠칫하며 칼을 다시 꽂아 넣으면서 말했다.

"강도를 처녀로 변장시켜 가지고 다니는구먼. 개들(경찰)하고 한바탕 벌일 작정이야?"

"글쎄, 어쨌든 몸에 바늘 하나쯤 지니고 다니는 건 좋은 일이지. 근데 말이야, 나 며칠 전에 희한한 일을 하나 당했다. 어느 시민을 만났는데, 글쎄 그 자식이 나한테 설교와 지갑을 선사해 주더라고. 그래서 지갑을 주머니 속에 넣었는데, 조금 뒤에 찾아보니까 온데간데가 없어진 거야."

"그럼 설교만 남았네."

"한데 너 지금 어디 가는 거니?"

가브로슈는 두 아이를 가리키며 말했다.

"저 애들 잠재우러 가는 길이야."

"어딘데?"

"우리 집."

"네 집이 어딘데?"

"코끼리 뱃속이지."

몽파르나스는 탄성을 질렀다.

"뭐, 코끼리 뱃속?"

"거기가 얼마나 좋은데 그래. 다리 아래처럼 바람도 안 들어오거든."

"거길 어떻게 들어가는데? 구멍이 있나?"

"그럼! 근데 아무한테도 말하면 안 돼. 앞다리 사이에 있는데, 거긴 개들도 모르고 있지."

"저 애들한테는 사다리가 있어야겠구나. 근데 저 애들 어디서 주웠냐?"

"이발사가 선사해 주더군."

가브로슈는 몽파르나스와 헤어진 후 아이들과 함께 바스티유 쪽으로 계속 걸어갔다.

마침내 도착한 그곳은 바스티유 광장의 동남쪽 구역으로, 거기엔 기이한 모형물 하나가 서 있었다. 애초엔 기념물이지만 지금은 남아 있는 모형에 불과한 그것은 목재와 석고로 만들어진 높이 40척의 코끼리 상인데, 등 위에는 집채만 한 탑이 세워져 있었다. 넓은 이마와 코, 어금니, 등 위의 탑, 어마어마한 궁둥이, 거대한 기둥 같은 네 다리 등은 밤에 보면 무시무시하고 기이한 형상이었다. 그런데 이 모형물은 낮에도 걸음을 멈추고 바라보는 사람조차 거의 없었고, 게다가 이제는 거의 부서져 가고 있었다. 가브로슈가 아이들에게 말했다.

"애들아, 무서운 거 아니야."

그는 한쪽의 부서진 틈으로 해서 아이들을 데리고 코끼리 안으로 들어갔다. 안에는 목재상 일꾼들이 낮에 사용하는 사다리 하나가 있어 가브로슈는 아이들을 데리고 사다리로 올라갔다. 그러고는 코끼리의 배 부분에 있는 구멍으로 아이들을 들어가게 하고 자신도 안으로 들어간 다음 사다리를 발로 차서 풀밭 위로 넘어뜨렸다.

그들이 들어간 구멍은 코끼리의 배 아래에 가려져 있었고, 고양이나 어린애밖에는 들어갈 수 없을 정도로 좁아서 밖에서는 거의 보이지 않았다. 가브로슈는 나무판 하나를 주워서 그 구멍을 막았다. 그러고는 기름

램프에 불을 붙였다.

가브로슈의 두 손님은 살풍경한 주위 모습에 겁을 내며, 둘 중 큰애가 물었다.

"여기가 형네 집이에요?"

"그래, 걱정하지 말고 자. 내일은 또 내일 알아보자."

그때 뇌성이 울리며 폭우가 코끼리의 등을 때렸다.

"제기랄, 실컷 쏟아져라!"

가브로슈는 그렇게 말하며 막내 아이의 손을 잡아 주었다. 아이는 그 손을 꼭 잡고 있었다. 잠시 후에 생쥐들이 몰려와 한바탕 소동을 벌였지만 세 소년은 금방 깊은 잠에 곯아떨어져 버렸다.

날이 밝기도 전에 한 남자가 광장으로 달려와 코끼리의 배 아래로 슬슬 다가왔다. 그는 흠씬 젖어 있는 모습이었다. 아마도 밤새 비를 맞은 모양이었다. 코끼리 배 밑으로 들어온 그는 이상한 새소리 같은 걸 냈다. 그러자 코끼리 배속에서도 똑같은 소리가 들리며 곧 가브로슈가 나와 아래로 뛰어내렸다.

찾아온 남자는 몽파르나스였다.

"네가 좀 있어야겠다. 가서 도와줘야 돼."

"좋아."

둘은 몽파르나스가 왔던 길로 향해 뛰어갔다.

전날 밤에 포르스 감옥에서 탈옥 사건이 일어났었다. 바베, 브르종, 괼메르, 떼나르디에가 탈옥을 계획했던 것이다. 바베는 그날 오전에 이미 혼자 탈출했었다.

비바람이 몰아치는 날씨라 탈옥을 하기에는 딱 좋은 여건이었다. 괼메르와 브르종은 신관의 같은 방에 있었는데, 그들은 밤 한 시경에 침대 머리맡 쪽에 있는 벽난로의 연통을 못으로 뚫고 그 안으로 들어가 지붕으로 나간 다음, 노끈을 연통에다 묶고 담 너머로 내려뜨려 한 사람씩 줄을 타고 밖으로 나간 것이다. 그런데 중간에 노끈이 끊어지는 바람에 하마터면 다리가 부러질 뻔했다. 하여튼 그들은 탈출에 성공해 근처에서 망을 보고 있던 바베, 몽파르나스와 만났다.

떼나르디에는 맨 위층에 혼자만 따로 수용되어 있었는데, 밤 한 시 조금 지나 두 개의 그림자가 맞은편 지붕 위로 지나가는 걸 보고는 조용히 일어났다. 그는 숨겨 두었던 쇠끌로 천장을 뚫고 지붕 위로 나가서 신관 건물 지붕 위까지 갔지만 브르종의 노끈이 중간에서 끊어져 버려 너무 짧아서 그걸 타고 내려갈 수가 없었다.

감옥 뒤쪽으로 가 보니 오른쪽으로 더러운 벽이 있었다. 전에는 그곳에 집이 하나 있었는데 지금은 철거를 하고 안쪽 벽만 남아 있었다. 그 벽은 옆 건물들 사이에 끼어 있으며 높이가 4층 건물 정도 되었고 나무문이 하나 붙어 있었다. 떼나르디에는 새벽 세 시쯤 그 벽의 꼭대기로 겨우 도망을 쳤다. 그는 감옥 지붕에 있던 일꾼들의 사다리와 발판 등을 이용해 옆 건물들의 지붕 위를 곡예하듯 건너 그곳까지 가는 데 성공했던 것이다. 아무튼 그는 비에 흠뻑 젖고 옷이 다 찢어지며 손바닥이 벗겨지고 팔꿈치와 무릎이 깨져 피를 흘리면서 그 벽 위에까지 도달해서는 너무 기진맥진해 드러누워 있었다.

그가 연통에서 풀어 온 줄은 너무나 짧았다. 그래서 아슬아슬한 공포심에 거의 절망적으로 웅크리고 있는데 새벽 네 시가 울렸다. 그리고 잠시 후 감옥에서는 벌써 탈옥했다는 사실이 들통났는지 크게 소란스러운 소리가 들려왔다.

그는 넓이가 한 자 정도의 벽 위에서 계속 소나기를 맞으며 점점 더 절망에 빠져들었다.

'떨어지면 죽고 이대로 있으면 잡힐 것이다.'

절망과 고통 속에서 그가 허우적대고 있는데 컴컴한 어둠 속에서 한 남자가 담 아래로 다가와 판자 울타리 속으로 들어오더니 떼나르디에 바로 아래쪽에서 걸음을 멈췄다. 그러고는 곧 세 명이 더 나타나 조용히 걸어와서는 첫 번째 남자와 뭐라고 소곤거렸다.

"그만 가자고, 그 작자는 못 나왔어."

"그래도 좀 더 기다려 보자."

"그 주막집 작자는 잡힌 것 같아. 그러니까 저렇게 감옥이 뒤집혀서 난리지. 틀림없이 중간에 잡힌 거라고."

"그래 놈이 걸린 것 같다. 우리 얼른 사라지자."

그들은 떼나르디에가 혹시 어느 담 위에라도 나타나지 않을까 해서 폭우에 옷을 전부 적시면서도 기다리고 있었던 것이다. 떼나르디에는 소리를 지를 수가 없어 노끈을 주머니에서 꺼내 판자 울타리 안으로 던졌다.

"이게 뭐야?"

"이거 내 줄인데!"

그들은 위를 올려다보았다. 그때 떼나르디에가 머리를 내밀었다.

"줄이 또 한 뭉치 있지? 그걸 이어서 던져 줘. 그럼 벽에다 매달아 내려올 수 있을 거야."

괼메르가 부르종에게 하는 말을 듣고 떼나르디에는 위험을 무릅쓰고 작게 소리를 질렀다.

"얼어서 죽을 것 같아. 꼼짝도 못 하겠어."

"그냥 미끄러져 내려와. 밑에서 우리가 받을 테니까."

"손이 얼어서 감각이 없어."

"벽에 줄만 매달면 돼."

"그것도 못 하겠어."

"그럼 누가 올라가야 하는데."

몽파르나스가 말했다.

"사층 높인데!"

브루종이 말했다.

그런데 낡은 연통 하나가 벽에 붙어 있는데 떼나르디에가 있는 곳까지 이어져 있었다. 하지만 연통의 관이 몹시 좁았다.

"저 속으로 올라갈 수는 있겠는데."

몽파르나스가 말했다.

"저 좁은 관 속으로! 꼬마밖엔 못 들어가겠는데."

바베가 그렇게 말하자 괼메르가 중얼거렸다.

"꼬마를 어디서 찾아오나?"

"가만, 방법이 있어."

몽파르나스는 그렇게 말하며 떠나더니 30분 후에 소년 하나를 데리고 다시 왔다. 거리에는 비 때문에 개미 한 마리 보이지 않았다.

가브로슈는 울타리 안으로 들어와 그 강도들의 얼굴을 태연히 쳐다보며 물었다.

"무슨 일인데?"

"저 관 속으로 기어 올라가서 맨 위에 있는 창틀에 줄을 매달면 돼."

몽파르나스가 대답했다.

"그런 다음엔?"

"그것 뿐이야! 저 위에 사람이 있는데 구해야 되거든."

가브로슈가 신발을 벗자 괼메르가 그를 판잣집 지붕 위로 올려주었다. 지붕이 썩어 삐거덕 소리를 냈다. 부르종이 이어 붙인 노끈을 가브로슈에게 건넸다. 소년은 연통 쪽으로 걸어갔다. 그런데 지붕과 닿아 있는 부분에 커다란 틈이 있었다. 가브로슈가 막 올라가려 할 때 떼나르디에는 구원의 손길이 다가오는 것을 보려고 머리를 내밀었다. 그의 얼굴이 새벽 어스름에 어렴풋이 보였다. 가브로슈는 그 얼굴이 누구인지를 금방 알아보았다.

"이런! 저기 우리 아버지 아냐⋯⋯!"

그는 노끈을 입에 물고 연통 속으로 기어 올라가기 시작했다. 그러고는 그 벽 위까지 올라가 창틀에 노끈을 단단히 비끄러맸다. 잠시 후, 떼나르디에는 땅바닥에 내려와 있었다. 그는 내려서자마자 이죽거렸다.

"우선 뭐라도 한 건 해야 되는데."

"빨리 얘기하고 어서 피해야 돼. 자, 흩어지자고. 플뤼메 거리에 좋은 집이 하나 있는데, 외딴집에 여자만 둘이 산대."

바베의 말에 떼나르디에가 물었다.

"근데, 무슨 문제 있나?"

"에포닌이 마뇽의 심부름을 갔다가 우연히 그 집을 봤는데, 좋긴 한데 그 집은 안 된대."

그들은 수군거리면서 아무도 가브로슈를 신경 쓰지 않았다. 가브로슈는 그들이 얘기하고 있는 동안 널빤지 위에 앉아서 한참을 가만히 있었다. 아마도 아비지가 돌아다보기를 기다렸을 것이다. 그런데 아무도 안 쳐다보자 소년은 신발을 신고 말했다.

"다 끝났나? 이제 난 필요 없나 보네. 그럼 가볼게. 가서 아이들을 깨워야 하거든."

그러고는 곧 가 버렸다.

"그 문제는 다시 얘기하자."

다섯 남자들은 서둘러 하나씩 울타리 밖으로 나갔다. 가브로슈가 떠나고 없는 걸 보고는 바베가 떼나르디에에게 물었다.

"자네, 아까 그 꼬마 안 봤나?"

"무슨 꼬마?"

"벽에 기어 올라갔던 좀 전의 그 꼬마 말이야?"

"아니, 자세히 안 봤는데, 왜?"

"그래? 나도 확실치는 않은데, 자네 아들 같던데."

"그래?"

떼나르디에는 콧노래를 부르며 떠나갔다.

7

환희와 비탄

에포닌은 마뇽의 심부름을 하러 플뤼메 거리에 갔다가 한 주택의 철문 사이로 그 집에 살고 있는 아가씨를 보았다. 그녀가 누군지는 금방 알아보았다. 에포닌은 패거리가 그 동네에 오지 못하도록 해놓고 우선 마리우스를 데리고 왔던 것이다. 그로부터 며칠 간 마리우스는 그 주택 앞에서 설레는 마음으로 기회를 엿보았다. 그러다 마침내 쇠가 자석에 끌리듯 사랑의 힘에 이끌려, 그리고 로미오가 줄리엣의 집 안으로 들어가듯 코제트의 정원으로 들어가게 되었다. 그 정원에 들어가기는 너무나도 쉬웠다. 철문이 워낙 낡아 녹슬어 있는 문살을 조금만 잡아당겨도 금방 빠졌다. 그리고 마리우스의 여윈 몸은 그 구멍으로도 충분히 들어갈 수 있었다.

마침 주택 앞 길거리에는 다니는 사람이 아무도 없었고, 마리우스는 밤에만 정원으로 들어갔기 때문에 누구도 보는 사람이 없었다.

한 번의 입맞춤으로 두 영혼이 결합된 그 축복받은 거룩한 밤부터 마리우스는 매일 밤 코제트의 집을 찾아갔다. 만약 코제트가 그보다 불과 조금 앞서 그 경망스럽고 거만한 장교와 사랑에 빠졌더라면 그녀는 인생을 망쳤을 것이다. 왜냐하면 쉽게 자신의 몸을 맡겨 버리는 너그러운 성격의 여자들이 있는데, 코제트가 바로 그런 기질이 있었기 때문이다. 여자는 여러 종류의 아량을 갖고 있지만 그중 하나가 순종이다. 그러나 그런 고결한 마음을 가진 여성들이 또 얼마나 많은 모험을 하고 있는가! 여자들은 대체로 마음을 다 기울이는 반면 사내들이란 흔히 육체만을 맛보고 끝나기 일쑤다. 결과적으로 마음은 여자에게만 남아 어둠 속에서 떨며 후회하게 된다. 사랑에 중간이란 있을 수 없다. 파멸이냐 구원이냐의 둘 중 하나일 뿐이다. 인간의 운명은 그렇게 양쪽 사이에 끼어 있는 것이다.

1832년 5월, 한 달 내내 두 연인은 천사처럼 순수하고 정직한 사랑에 도취되어 서로에게 빛을 주고 있었다. 밤마다 그 평화로운 정원 속에서, 그리고 날로 무성해지는 향기로운 화초들 아래서 두 남녀는 정절과 순결의 화신으로서 하늘의 축복을 받고 있었다. 그들은 서로의 몸에 기대어 손을 잡고 바라보며 굳게 신뢰하고 있었다. 하지만 그들은 그 이상 선을 넘지는 않았다. 마리우스는 코제트의 순결을 지켜주었고, 코제트는 마리우스가 얼마나 성실한가를 느끼고 있었다.

첫 키스 이후 마리우스는 코제트의 손과 머리카락에만 입을 맞췄다. 그는 코제트를 향기로운 존재로 여겼으며, 육체를 탐하고 싶은 존재로 여기지는 않았다. 마리우스는 바로 코제트를 통해 숨 쉬고 있었던 것이다. 코제트는 아무것도 거절하지 않았고 마리우스는 아무것도 요구하지 않았다. 두 사람은 행복했다. 서로의 영혼이 서로를 유혹하는 황홀경 속에서 그들은 서로 열렬히 사랑하고 있었다.

코제트가 마리우스를 지그시 바라보며 말했다.

"당신은 참 아름다워요. 재치 있고 총명하고, 나보다 지식도 훨씬 깊고 말이죠. 하지만 사랑하는 면에서는 내가 결코 당신한테 지지 않아요."

마리우스는 마치 별의 노래 소리를 들으며 몸이 날아가고 있는 것 같았다. 그러면서 코제트에게 속삭였다.

"오! 그대는 너무도 아름다워 난 당신을 쳐다보지도 못하겠어요. 그래서 나는 마음만으로 당신을 바라보고 있어요. 가끔은 문득 이게 꿈이 아닌가 생각될 때가 있어요. 오, 코제트! 난 정말 미칠 것만 같아요. 당신은 너무나 사랑스러운 사람이에요. 그래서 난 당신의 영혼을 연구하고 있답니다."

그들은 이렇게 행복에 취해 몽롱한 나날을 보내고 있었다. 바로 그 달, 파리에 콜레라가 발생해 수많은 사람이 죽어 나갔는데도 그들은 모르고 있었다. 그들은 하늘 높은 곳에서, 이 세상이 아닌 어떤 경지에서 하루하루를 보내고 있었다. 현실의 것이 아닌 감격에 벅찬 황홀경 속에서 바야흐로 영원한 비상이라도 할 것 같았다. 그들은 자신들의 사랑이 미래에 어떻게 될 것인지 결코 자문하지 않았고 어떤 의심도 하지 않았다. 그들은 이미 목적지에 도달해 있다고 느끼고 있었을 뿐이다.

장발장은 아무것도 알아차리지 못하고 있었다. 코제트가 늘 쾌활하게 지내고 있어 그것만으로도 그는 행복할 따름이었다. 코제트는 장발장이 하자는 대로 조금도 반대하지 않고 따라 주었다. 산책하러 나가는 것도 좋고, 집에 그냥 있는 것도 좋다고 하며 항상 유쾌하게 대답했다. 장발장이 저녁에 코제트 옆에 있을 때도 그녀는 즐거운 표정이었다. 그는 언제나 밤 열 시가 되어야 자기 별채로 가기 때문에 마리우스는 열 시 이후에야 정원으로 찾아왔다.

장발장은 마리우스의 존재를 전혀 신경 쓰지 않고 있었다. 그런데 어느 날 아침에 코제트에게 이런 말을 한 적이 있었다. "아니, 등에 무슨 하얀 것이 묻어 있네!" 전날 밤에 마리우스가 장난을 치며 코제트를 담으로 밀었던 것이다.

투생 또한 일이 끝나면 언제나 일찍 방으로 들어가 버리므로 장발장과 마찬가지로 아무것도 모르고 있었다.

마리우스와 코제트는 언제나 현관 층계 옆의 쑥 들어간 곳에 숨어서 이야기를 나누기 때문에 길거리에서 보이지도 들리지도 않았고, 또 말을 많이 하지 않고 하늘의 별을 올려다보며 서로의 손을 꼭 잡고만 있을 때가 많았다. 그럴 때면 바로 옆에서 벼락이 떨어져도 모를 정도였다. 그들은 그토록 서로에 대해 깊이 잠겨 있었다.

마리우스는 정원으로 들어오고 나갈 때마다 철문의 문살을 언제나 원래대로 해놓아 누가 만졌다는 흔적이라곤 전혀 느낄 수도 없었다. 그는 밤 열두 시쯤에야 쿠르페락의 집으로 돌아갔다. 그러면 쿠르페락이 이따금 그에게 말하곤 했다.

"너 요즘 정신이 완전히 딴 데 가 있는 것 같다."

하루는 또 그가 마리우스에게 말했다.

"이봐, 요즘 너 무슨 꿈속에서 헤매고 있는 꼴이다. 도대체 어떤 여자냐?"

쿠르페락이 무슨 말을 해도 마리우스의 입을 열게 할 수는 없었다. 차라리 그의 손톱은 뽑을 수 있을지 몰라도 코제트라는 그 형언할 수 없이 신성한 이름은 단 한 자도 말하게 하지 못했을 것이다.

그날 밤도 마리우스는 코제트에게 가려고 길을 걸어가고 있었다. 고개를 숙이고 걷는 버릇이 있는 그가 막 플뤼메 거리의 모퉁이를 도는데 누가 옆에서 말을 걸어왔다.

"마리우스 씨, 안녕하세요?"

에포닌이었다.

마리우스는 이 여자애가 자신을 플뤼메 거리로 데려다 준 후 한 번도 그녀를 만난 적이 없었고, 아예 생각해 본 적도 없었다. 코제트를 찾게 해 주어서 고맙고, 사실 지금의 행복도 그녀 덕분이라는 걸 잘 알고는 있지만 솔직히 지금 그녀를 만난 것이 그에게는 불편하고 귀찮을 뿐이었다. 그래서 좀 당황해 하며 대답했다.

"아, 난 누구라고. 에포닌 씨 아닌가요?"

"왜 그렇게 쌀쌀맞게 말을 높이고 그래요? 내가 뭐 잘못한 거라도 있나요?"

"아니……."

마리우스가 그녀에게 기분 나쁠 일은 물론 없었다. 다만 지금은 짜증이 좀 날 뿐이었다.

"근데 왜 그렇게……."

마리우스가 아무 대답도 안하고 있자 그녀는 무슨 말을 할 듯하다가 그냥 인사만 하고는 휙 돌아서 가 버렸다.

"그럼 안녕히 가세요, 마리우스 씨."

그다음 날도 마리우스는 어두워진 다음에 즐거운 마음으로 늘 가는 똑같은 길을 걸어가고 있었다. 그런데 길 앞쪽에서 에포닌이 자기를 향해 오고 있는 것이 보이자 골목으로 들어가 길을 돌아서 플뤼메 거리로 갔다.

에포닌도 마리우스의 뒤를 밟아 플뤼메 거리까지 갔다. 그동안 그녀는 마리우스가 지나가는 것을 길에서 보면서도 그에게 다가가려 하지는 않았다. 어제 처음으로 비로소 그에게 말을 걸었던 것이다.

에포닌이 따라간 것도 알아차리지 못하고 마리우스는 늘 하던 대로 철문의 문살을 빼내어 정원 안으로 들어갔다. 에포닌은 철문으로 다가가 문살을 하나씩 만져 보고는 마리우스가 빼낸 다음 다시 넣어 둔 문살을 알아맞혔다. 그러고는 철문 옆 주춧돌 위에, 마치 문이라도 지키는 것처럼 걸터앉았다. 그곳은 철문이 옆의 담과 이어지는 곳이라 어둠침침한 구석이어서 전혀 눈에 띄지 않았다. 에포닌은 그렇게 앉아 조용히 꼼짝도 안 하고 있었다.

밤 열한 시쯤이었다. 여섯 명의 남자가 마치 순찰병처럼 조금씩 간격을 두고 이쪽으로 걸어오고 있었다. 정원 앞에 도착한 첫 번째 남자는 다른 사람들이 오기를 기다리고 있다가 여섯 명 모두 합류를 했다. 그들은 서로 나직이 속삭였다.

"개가 있을까?"

"모르겠어. 어쨌든 개에게 먹일 독은 가져왔어."

"유리창 깰 끈끈이도 가져왔겠지?"

"그럼."

"철문이 되게 낡았네."

여섯 번째로 도착한 남자가 철문의 문살을 하나하나 잡아 흔들어 보았다. 그러다 마침내 마리우스가 뜯어냈던 문살을 막 잡으려 할 때였다. 어둠 속에서 별안간 손 하나가 툭 튀어나오더니 그의 팔을 치며 가슴을 확 떠밀었다. 그리고 나지막이 말했다.

"개가 있어."

그 소리와 동시에 창백한 얼굴의 여자애가 불쑥 앞으로 나섰다.

"아니, 이 계집애는 뭐야?"

"아버지의 딸이지."

튀어나온 여자애는 에포닌이었고, 떼밀린 남자는 떼나르디에였다.

에포닌이 나타난 것을 보고 다섯 남자들, 즉 클락주, 괼메르, 바베, 몽파르나스, 그리고 브루종이 서서히 그들에게로 다가왔다. 그들은 모두 연장 하나씩을 들고 있었다.

"너 여기서 무슨 지랄을 하는 거야? 미쳤니? 어디서 느닷없이 나타나서 남의 일을 방해하고 난리냐고?"

떼나르디에가 악을 박박 쓰자 에포닌이 웃으며 그의 목을 껴안고 아양을 떨었다.

"그냥 여기 있는 거지 뭐. 돌 위에 앉지 말라는 법이라도 있나? 근데 아빠야말로 여긴 왜 왔어요? 마뇽에게 신신당부 했는데, 여긴 오면 안 된다고 말이죠. 그나저나 아빠 나오신 거네요? 정말 오랜만이네……."

떼나르디에는 에포닌의 팔을 뿌리치며 중얼거렸다.

"어 그래, 나 나왔다. 자, 가 봐라."

그러나 에포닌은 아버지를 더 껴안았다.

"아버지, 어떻게 나왔어요? 참 재주도 좋으시네. 얘기 좀 해 줘요, 네?"

"아마 네 엄마도 잘 있을 거다. 자, 이것 좀 놔라. 그리고 빨리 가라니까."

"가기 싫다니까. 넉 달이나 못 봤는데 왜 이리 못 쫓아서 안달이에요?"

그들을 보고 있던 바베가 끼어들었다.

"아니, 왜들 난리야!"

"빨리빨리 해치워! 개(경찰)가 올지도 모르니까."

괼메르가 말하자 에포닌이 다섯 남자들을 둘러보며 말했다.

"아! 난 또 누구라고. 브르종, 바베 아저씨들이네. 안녕하세요, 다들. 클락주 아저씨도 안녕하세요? 괼메르 아저씨는 날 몰라보나 봐? 어, 몽파르나스?"

"다들 너 알고 있으니까 빨리 가! 방해하지 말고!"

떼나르디에가 그렇게 말하고 이어 몽파르나스도 말했다.

"여우가 돌아다닐 때지 암탉이 쏘다닐 시간은 아니지."

바베도 한마디했다.

"우리가 여기서 볼일이 좀 있거든."

에포닌이 몽파르나스의 손을 잡으며 말했다.

"이보세요. 아시다시피 난 바보도 아니고, 모두들 언제나 날 믿었죠? 내가 여러 번 큰일도 했고요. 그런데 여기는 아무리 봐도 별 볼일 없는 집이에요. 괜히 헛수고만 할 거라고요. 내가 장담한다니까 그러네."

"여자들밖에 없는 집이잖아."

괼메르가 말했다.

"글쎄 지금은 아무도 안 살아요. 다 이사 갔다고요."

"근데 저 촛불은 뭐야?"

바베가 본채의 다락방 창문에 비치는 불빛을 가리키며 말했다. 그곳은 투생 할멈의 방이었다. 에포닌이 다시 말했다.

"하지만 지독히도 가난한 집이라니까. 돈 한 푼 없는 집이라고요."

"이서 끼지지 못해, 요년이! 이 집을 몽땅 뒤집어서 뭐가 나오는지 너에게 보여주마."

떼나르디에가 소리치며 에포닌을 밀어젖히자 그녀는 몽파르나스를 붙잡았다.

"몽파르나스 씨는 착한 사람 아니야? 이 집에는 제발 들어가지 말아요,

네?"

"조심해. 나 칼 가지고 있으니까. 다친다고!"

몽파르나스의 말에 이어 마침내 떼나르디에가 결심한 듯 단호하게 윽박질렀다.

"빨리 꺼지란 말이야, 요 계집애야! 더 이상 방해하지 말라고!"

에포닌이 몽파르나스의 손을 놓았다.

"기어이 이 집에 들어가겠다는 거야? 난 절대 못 들어가게 할 거야."

에포닌은 철문 앞에 섰다.

"자, 내 말 잘 들어요! 절대로 이 집엔 들어갈 수 없어요. 만약 이 정원에 들어가거나 철문에 손을 댔다가는 내가 고함을 지를 거야. 경찰을 불러 모두 붙잡아 가게 할 거라고."

"저년은 정말로 그럴지도 몰라."

떼나르디에가 브루종에게 나직이 말했다.

에포닌이 다시 말했다.

"먼저 아버지부터야!"

떼나르디에가 그녀에게로 다가갔다.

"가까이 오지 말라니까!"

에포닌의 고함에 그는 뒤로 주춤 물러섰다.

"저 계집애가 돌았나?"

에포닌은 더 단호하게 소리쳤다.

"절대 들어갈 수 없어. 난 순한 양이 아니야. 이리라고! 당신들 남자 여섯 명, 하나도 안 무서워. 다시 한번 말하는데, 아무도 이 집에 들어갈 수 없어. 다가오면 내가 짖어 버릴 테니까. 개가 있다고 내가 말했지? 그 개가 바로 나야. 다들 꺼지라고! 귀찮게 굴지 말고!"

떼나르디에가 딸 쪽으로 다시 다가가려 했다.

"가까이 오지 말라니까!"

그는 걸음을 멈추고 부드럽게 말했다.

"그래, 안 갈 테니까 제발 좀 큰소리는 내지 마라. 넌 우리 일을 끝내 방해할 모양인데, 그래도 먹고 살 건 벌어야 하잖니? 이 애비한테 왜 그리 섭섭하게 구니?"

"글쎄, 귀찮게 하지 말라고요."

"우리도 살아야 하지 않니? 먹어야 살지……."

"가서 죽어 버려요."

에포닌은 아까 그 주춧돌에 다시 앉아 버렸다.

여섯 명의 강도들은 한 여자애에게 끈질긴 저지를 당하자 당황한 나머지 담 아래 그늘 속으로 들어가 인상을 찌푸리며 상의를 했다.

"저 애한테 무슨 사연이 있나 봐. 웬 놈하고 연애를 하나? 이 집을 포기하기는 너무 아까워. 여자만 둘 있고, 늙은 남자 하나는 저 안쪽에 따로 살고 있거든. 창문에 달린 커튼도 보니까 과히 나쁘지 않고, 꽤 괜찮을 것 같은데. 브르종, 너는 어떻게 할래?"

바베의 질문에 브루종은 한참 생각하다가 고개를 흔들고는 입을 열었다.

"오늘 아침엔 참새 두 마리가 싸우는 걸 봤고, 저녁엔 또 여자가 반대를 하네. 이런 모든 게 불길한 징조 같아. 그만 포기하고 가자."

마침내 그들은 포기하기로 하고 모두 그곳을 떠났다.

"뭐 그딴 걸 가지고 그래. 하자고 하면 그 계집애 모가지를 비틀어버리지 뭐."

몽파르나스의 불만에 바베가 말했다.

"난 싫어. 여자에게 손 대고 싶지 않아."

그들은 길모퉁이에 이르러 걸음을 멈추고 작은 소리로 말했다.

"이제 어디 가서 잘까?"

"아랫동네, 하수도관으로 가자."

"떼나르디에, 너 철문 열쇠는 가지고 있냐?"

"그럼."

에포닌은 담 그늘 아래로 해서 큰길까지 그들 뒤를 몰래 따라갔다. 그들은 큰길로 나가자 각자 뿔뿔이 헤어져 어둠 속에 녹아 버리듯 사라졌다.

이 암캐 같은 계집애가 철문을 지키고 서서 여섯 강도를 쫓아버리는 동안 마리우스는 줄곧 코제트 옆에 있었다.

하늘의 별은 총총히 빛나고, 화초의 향기는 그윽했다. 마리우스는 언제나처럼 행복하고 황홀경에 빠져 있었으나 코제트는 슬픈 얼굴을 하고 있었다. 그녀는 울었는지 눈이 빨개져 있었다.

마리우스가 물었다.

"왜 그래?"

"저어……."

코제트는 층계 옆 벤치에 가서 앉으며 마리우스가 옆에 와서 앉자 얘기를 털어놓았다.

"오늘 아침에 아버지가 떠날 준비를 하라고 했어요. 무슨 일인지는 모르겠지만 이곳을 떠나야 할 것 같다면서……."

마리우스는 온몸이 떨려 왔다. 그동안 어느덧 마리우스는 코제트를 온통 차지하고 있었다. 그건 물론 정신적인 깊은 유대감을 말하는 것으로, 육체가 아닌 영혼을 사로잡고 있었던 것이다. 마리우스 또한 코제트에게 완전히 사로잡혀 있었다. 그들은 서로의 일부나 마찬가지였다. 마리우스는 그의 정신 속에 코제트가 살고 있음을 느끼며 함께 숨 쉬고 있었다. 이렇듯 두 사람이 신뢰와 사랑의 도취에 빠져 있는데, 코제트가 느닷없이 떠나야 한다는 냉엄한 현실이 닥친 것이다.

마리우스는 말이 나오지 않았다. 코제트는 그의 손이 싸늘해진 걸 느끼며 이렇게 말했다.

"왜 그래요?"

그의 대답은 너무나도 힘이 없어서 간신히 들릴 정도였다.

"도대체 무슨 일일까요?"

그녀가 다시 말했다.

"오늘 아침에 아버지가 그러시더라고요. 물건을 모두 정리해서 앞으로 일주일 안으로 짐을 싸라고요. 아마 영국에 가게 될 것 같다면서요."

마리우스는 정신이 혼미해짐을 느끼며 가느다란 목소리로 물었다.

"언제 떠나는데요?"

"언제라고 정확히는 얘기 안하셨어요."

"그러면 돌아오는 날짜는요?"

"그것도 얘기 안하셨고요."

마리우스는 자리에서 일어나 쌀쌀한 말투로 물었다.

"코제트, 그래서 당신도 가겠다는 겁니까?"

코제트는 고뇌에 찬 아름다운 눈으로 그를 쳐다보았다.

"어디를요?"

"영국에요."

"그런데 왜 그렇게 쌀쌀하게 말하세요?"

"가실 건지 어떻게 하실 건지 묻고 있는 거예요."

"그럼 나더러 어떻게 하라는 거예요?"

"그럼 당신은 가시겠다는 거군요?"

"아버지가 가시는데……."

"그래서 가시겠다는 거예요?"

코제트는 마리우스의 손을 꼭 잡고 한동안 침묵하고 있었다.

"좋아요. 그럼 나도 어딘가로 떠나겠어요."

코제트의 얼굴이 창백해지며 어둠 속에서도 하얗게 보였다.

"그게 무슨 얘기에요?"

마리우스는 그녀를 쳐다보고는 천천히 하늘을 올려다보며 대답했다.

"아무것도 아니에요."

그가 다시 코제트를 쳐다보자 그녀가 슬며시 웃으며 말했다.

"마리우스, 좋은 수가 있어요. 우리도 참 바보네."

"뭔데요?"

"우리가 떠나면 당신도 그리 오세요! 가는 곳을 알려주면 되죠! 그러면 거기서 같이 만나면 되잖아요!"

마리우스는 이제 완전히 꿈에서 깨어나 현실로 돌아와 있었다. 그러면서 코제트에게 소리쳤다.

"같이 떠나자고요! 미쳤어요? 그러려면 돈이 있어야 되는데 난 돈이 없어요! 영국에 간다고요? 난 지금 쿠르페락한테 이백 프랑 넘게 빚이 있어요! 그런데 지금 나한테 있는 것이라곤 삼 프랑 가치도 안 되는 모자 하나와 낡은 외투, 그리고 물 새는 구두밖에 없다고요. 지난 육 주일 동안 난 그런 것엔 전혀 신경도 안 썼고, 당신에게도 아무 말 안했지만 말이죠. 코제트, 난 가난뱅이예요! 당신은 나를 밤에만 만나니까 모르겠지만 만약 낮에 본다면 적선이라도 베풀고 싶어질 거예요! 그런데 어떻게 영국까지 가겠어요!"

마리우스는 머리를 두 손으로 감싼 채 나무에 이마를 대고 기대 서 있었다. 그는 절망으로 곧 쓰러질 것만 같았다. 코제트는 흐느끼고 있었다.

그는 그녀 앞으로 가서 엎드려 옷자락 아래로 나와 있는 그녀의 발에 입을 맞추었다. 그녀는 가만히 내맡기고 있었다.

"울지 말아요."

마리우스의 말에 코제트가 중얼거렸다.

"나는 결국 가게 될 텐데 당신이 못 온다면!"

그가 다시 물었다.

"당신은 날 사랑하고 있어요?"

그녀는 여전히 흐느끼며 천국에서 들려오는 듯한 매혹의 말로 대답했다.

"내 온 영혼으로 사랑하고 있어요."

"울지 말아요, 코제트."

"당신도 날 사랑하나요?"

마리우스는 그녀의 손을 잡았다.

"코제트, 난 한 번도 누구한테 맹세를 해본 적이 없는데 지금 바로 이 순간 가장 신성한 맹세를 하고 싶어요. 당신이 만약 나를 떠난다면 난 죽어 버릴 거예요."

그의 어조는 숭엄하고도 애잔한 우수에 젖어 있었다. 코제트는 감동에 몸을 떨며 울음마저 삼켜졌다.

그가 말했다.

"코제트, 내일은 기다리지 말아요."

"왜죠?"

"모레 올게요."

"왜요? 하루 종일 못 만나는 건 불가능해요!"

"우리의 일생을 얻기 위한 것이 될지도 모르니까 하루쯤은 참아야 돼요."

그러면서 마리우스는 혼잣말로 중얼거렸다.

'그분은 절대 습관을 고치지 않는 양반이고, 저녁에밖에는 사람을 안 만나니까.'

"누구 얘기를 하는 거예요?"

"아니에요. 아무것도."

"무슨 방법이라도 있어요?"

"아무튼 모레까지 기다려 줘요."

"꼭 그래야 하나요?"

"그래요, 코제트."

그녀는 그의 목을 두 팔로 감싸며 그의 눈 속을 들여다보았다. 뭔가 희망의 빛을 찾아보려 하면서.

마리우스가 다시 말했다.

"참 방금 생각났는데, 내 주소를 적어 둬요. 무슨 일이 생길지 모르니까. 쿠르페락이라는 친구 집에 살고 있는데 베르리 거리 십육 번지예요."

그러면서 주머니에서 작은 칼을 꺼내 담장 벽에다 새겼다. '베르리 거리 16.'

코제트는 한 번 더 그의 눈 속을 들여다보았다.

"무슨 생각을 하고 있어요, 마리우스? 내가 안심하고 잘 수 있게 말해 줘요."

"내가 생각하고 있는 건, 하느님도 우리를 갈라 놓으려 하시지는 않겠지, 하는 거예요."

"그럼 난 당신 일이 잘 되도록 하느님께 기도하면서 당신을 기다리고 있을게요."

두 사람은 마음이 통하여, 번민 속에 있으면서도 달콤한 기쁨에 젖어

서로를 포옹하고, 자연스레 입을 맞추며, 기쁨의 눈물을 흘리면서 하늘을 우러러보았다.

마리우스가 정원을 떠났을 때 길거리에는 사람 그림자 하나 안 보였다. 그때는 에포닌도 강도들의 뒤를 따라 큰길까지 나가고 없었다. 나무에 이마를 대고 고민에 빠져 있었을 때 마리우스의 머릿속으로 어떤 생각이 불현듯 지나갔었다. 마리우스 자신도 민망하고 당치 않는 생각이라는 걸 알고는 있었지만 그 방법밖에는 없었다. 그는 그렇게 하기로 결정을 내렸다.

질노르망 영감은 당시 아흔 살이 넘은 나이였다. 그는 아직도 질노르망 양과 함께 칼베르 거리의 오래된 집에 살고 있었는데, 육체와 정신 모두 기력이 다해 가고 있었다. 그래서 오래 살지 못할 거라는 걸 알고 마리우스를 늘 기다렸다. 그놈이 언젠가는 돌아와 문을 두드릴 거라고 생각은 하면서도 자신의 죽음이 불안한 것보다는 마리우스를 다시는 못 볼지도 모른다는 불안감이 더 컸다. 처음엔 마리우스를 두 번 다시 못 볼지도 모른다는 생각 같은 건 전혀 들지 않았었는데 언젠가부터 그런 생각이 들면서 그는 몹시 괴로웠다.

영감은 잠에서 깨면 맨 먼저 볼 수 있도록 침대 머리맡에다 예전에 죽은 딸의 초상화를 걸어 두었다. 초상화는 그녀가 열여덟 살 때의 모습인데, 하루는 영감이 그걸 들여다보며 말했다.

"그놈하고 많이 닮았어."

질노르망 양이 옆에 있다가 물었다.

"아버지는 아직도 그 아이에게 섭섭하세요……?"

딸은 더 이상 말을 잇지 못했다.

"누구 말이냐?"

"그 불쌍한 마리우스 말이에요."

영감은 쭈글쭈글하게 메마른 주먹으로 탁자를 치며 떨리는 목소리로 말했다.

"불쌍한 마리우스라고! 못된 놈 같으니! 그놈은 배은망덕하고 무정하고 건방진 자식이야!"

그는 눈에 글썽거리는 눈물을 딸이 볼까 봐 얼굴을 돌려 버렸다. 그 후로 사흘 간 영감은 아무 말도 하지 않았다. 그러다가 나흘째 되던 날 딸에게 느닷없이 역정을 냈다.

"그놈 얘기는 절대 하지 말라고 너한테 벌써 얘기했을 텐데."

질노르망 양은 아버지가 마리우스를 정말 미워한다고 생각하고는 자신이 좋아하는 그 창기병 장교를 마리우스 대신 데려오려고 했다가 성사되지 못했다. 질노르망 영감은 아무나 받아들이는 성격이 아니었다. 테오뒬 중위는 쾌활한 면은 있지만 수다스럽고, 멋지게 생기기는 했지만 속물스럽고, 남자다운 면은 있지만 천박했다. 질노르망 영감은 테오뒬이 바빌론 거리의 병영 근처에서 여자들과 놀아나고 있다는 얘기를 이미 여러 번 들은 바 있었다. 그래서 마침내 딸에게 말했다.

"그 테오뒬이란 놈 얘기는 듣기도 싫다. 만나고 싶으면 너 혼자 만나렴. 도대체 녀석이 천박해서……."

영감은 마음속으로 아무리 두 청년을 비교해 봐도 마리우스만이 애틋한 정이 가며, 테오뒬이란 존재는 마리우스를 그리워하는 마음만 더 크게 할 뿐이었다.

그날도 질노르망 씨는 애정과 번뇌로 마음이 오락가락하며 마리우스를 생각하고 있다가 결국은 늘 그렇듯 번뇌가 끓어올랐다. 그의 초조한 애정은 언제나 분노로 변해 갔고, 그러다 마침내 이젠 단념하고 마음을 누르며 잊으려 했다. '이제까지도 안 왔는데 마리우스가 돌아올 이유가 없지. 오려고 생각했으면 벌써 왔을 거야. 이젠 나도 그만 체념해야겠다.' 영감은 또 한번 그렇게 다짐하며 깊은 고뇌에 잠겨 있었다. 그때 하인 하나가 들어와 말했다.

"어르신, 마리우스 씨가 오셨는데, 들어오라고 할까요?"

영감은 앉은 채 상반신을 벌떡 일으켰다. 온몸의 피가 그의 심장으로 몰려갔다. 그는 간신히 입을 열었다.

"뭐…… 마리우스라고? 들어…… 오라고 해."

영감은 방문을 뚫어져라 쳐다보았다. 드디어 문이 다시 열리고 한 청년이 안으로 들어섰다. 마리우스였다.

그는 허름한 옷차림을 하고 있었지만 램프의 갓이 만든 그림자 때문에 잘 보이지 않았다. 그러나 그의 침착하고 위엄 있는 얼굴은 또렷이 잘 드러났다. 그는 어딘지 모르게 몹시 우울해 보였다.

질노르망 영감은 너무도 기쁘고 놀라운 나머지 금방이라도 기절할 것처럼 넋이 나가 있었다. 그는 정신을 차리려 애쓰며 마리우스를 쳐다보았다. 틀림없이 마리우스였다!

드디어 그가 왔다! 4년 만에! 영감은 눈을 가느다랗게 뜨고 마리우스를 위아래로 훑어보았다. 마리우스는 아름답고 고상하며, 이미 어른으로 성장해 있었다. 그는 태도가 반듯하며 자세도 우아했다. 영감은 당장이라도 양 팔을 벌리고 그를 덥석 안고 싶었다. 그러나 항상 냉정하게 구는 그의 본성은 일부러 마음에도 없는 말로 쏘아붙였다.

"여긴 뭐 하러 왔느냐?"

마리우스는 당황해 더듬거렸다.

"저어……."

영감은 손자가 자기 품 안에 뛰어들기를 바랐을 것이다. 그는 마리우스와 자기 자신에게 화가 났다. 자신은 퉁명스럽게 대하고 마리우스는 냉담하게 대했기 때문이다. 마음속으로는 그토록 애틋하고 가슴 아파하면서도 겉으로는 냉정하게 대할 수밖에 없는 상황에 영감은 고통스러웠다. 그러면서도 여전히 퉁명스럽게 또 내뱉었다.

"그래 여기 뭐 하러 온 거냐?"

질노르망 씨의 얼굴은 창백하니 돌처럼 굳어 있었다.

"저……."

영감이 더 노기 띤 목소리로 다시 물었다.

"나한테 용서를 빌려고 온 거냐? 이제야 네 잘못을 깨달았다고?"

그는 마리우스가 완전히 돌아온 줄 알고, 곧 용서를 빌 거라고 생각했다. 마리우스는 아직도 질노르망 씨에 대해 분노하고 있었다. 할아버지가 그에게 바라는 것은 곧 아버지를 부정하는 것이었기 때문이다. 그는 고개를 숙인 채 대답했다.

"그런 게 아닙니다."

"그럼 무슨 일로 왔느냐 말이야?"

영감은 더욱 분노에 떨며 소리를 내질렀다.

마리우스는 어렵사리 입을 열었다.

"도움을 좀 부탁드리려고 왔습니다."

영감이 두 손으로 지팡이를 짚고 일어섰다. 그는 고개를 숙이고 있는 마리우스의 머리를 내려다보며 소리쳤다.

"뭐, 좀 도와달라고? 아흔 살 늙은이에게 새파란 젊은놈이 도와달라고? 그게 대체 무슨 얘기냐?"

"제가 찾아온 것이 어르신을 불편하게 해 드린다는 걸 저도 잘 알고 있습니다. 하지만 한 가지 소원이 있어서 왔습니다. 말씀 드리고 바로 떠나겠습니다."

"야, 이놈아! 누가 너더러 나가라고 했냐?"

영감의 의중엔, '제발 용서를 빌어라, 이놈아! 나한테 잘못했다고 말하란 말이다!' 하는 말이 숨겨져 있었다. 질노르망 씨는 마리우스가 잠시 후면 또다시 자기를 떠나가 버릴 거라고 생각하며, 마리우스가 자기 마음을 알아주지 못하는 것에 화가 치밀었다. 그래서 더 버럭버럭 소리를 질러 댔다.

"너는 나와 의리를 저버린 놈이다. 무작정 집을 나가서 멋대로 돌아다니다가 사 년 만에 겨우 돌아온 놈이 그래 무슨 소원이 있다고? 그 소원이란 게 도대체 뭐냐?"

손자의 마음을 굴복시키려는 늙은이의 이 냉혹한 말은 오히려 손자의 침묵만을 야기시킬 뿐이었다.

마리우스는 금방이라도 무너질 것 같은 절박한 심정으로 말했다.

"제가 여기 온 것은 결혼 승낙을 받기 위해서입니다."

질노르망 씨는 벨을 눌러 하인을 부르고는 그가 오자 소리쳤다.

"딸을 오라고 해!"

곧 질노르망 양이 달려와 문을 열었다. 마리우스는 죄인 같은 얼굴로 서 있고, 질노르망 씨는 방 안을 왔다갔다 건다가 딸을 돌아보았다.

"아무 일도 아니다. 마리우스 도련님이 오셔서 인사하라고 부른 거다. 도련님이 결혼을 하고 싶다는구나. 그뿐이다. 자, 그만 가 봐."

늙은이는 딱딱하게 쉰 목소리로 말했는데, 몹시 언짢은 말투였다. 질노르망 양은 멍하니 마리우스를 바라보다가 아무 말도 안하고 얼른 나가 버렸다.

그러자 질노르망 씨의 말이 시작되었다.

"결혼을 한다고! 스물한 살에! 너 혼자 다 결정해 놓고 이제 승낙만 남았단 말이지. 그것도 형식 뿐인 승낙을. 자 앉으세요, 도련님. 도련님을 못 뵌 동안 혁명이 일어났었죠. 자코뱅당이 이겼으니까 도련님은 기쁘시겠군요. 너는 남작이 되고부터 공화주의자가 되었으니까. 아무튼 좋아. 그래, 네가 결혼을 하고 싶다고? 누구하고 말이냐?"

늙은이는 잠시 말을 멈췄다가 마리우스가 미처 대답할 새도 없이 다시 흥분해 소리쳤다.

"너 직업이 있다고 했지? 그동안 돈은 얼마나 모았냐? 변호사 일로 돈은 잘 버나?"

"한 푼도 못 법니다."

마리우스는 마음을 굳게 먹고 차라리 단호한 말투로 대답했다.

"한 푼도 못 번다고? 그럼 내가 주는 천이백 프랑만으로 살아야 된단 말이냐?"

마리우스는 아무 대답도 하지 않았다.

"그래, 아가씨가 부자인 모양이지?"

"저랑 마찬가지입니다."

"그럼 지참금은 있나?"

"없습니다."

"유산은?"

"없을 것 같습니다."

"그럼 맨몸으로 온다고? 걔네 아버지는 뭐하는데?"

"잘 모릅니다."

"아가씨 이름은 뭔데?"

"포슐르방입니다."

"포슈…… 뭐?"

"포슐르방이요."

"쯧쯧!"

노인은 못마땅해 했다.

"제발!"

마리우스가 말을 하려 하는데 질노르망 씨가 가로막았다.

"맙소사! 스물한 살 나이에 돈도 못 벌고 일 년에 천이백 프랑으로 살겠다고. 퐁메르시 남작 부인이 몇 푼어치 반찬을 사려고 채소가게에 다니겠다는 얘기냐?"

"제발 제 소원을 들어주십시오. 이렇게 어르신 발아래 엎드려 빌겠습니다. 그 여자와 결혼하는 걸 허락해 주십시오."

"허허! 넌 속으로 생각했겠지. 그 바보 같은 늙은이를 만나 보자! 에잇, 스물다섯 살이 안 된 게 정말 유감이야! 스물다섯 살만 됐어도 그따위 결혼승낙서는 필요도 없고, 당연히 그 늙은이를 만날 필요도 없는데 말이야! 어쨌든 가서 이렇게 말하자. '어르신, 나를 만나서 기쁘시죠? 나 결혼하고 싶어요. 어떤 남자의 딸하고요. 난 지금 구두도 없고, 그 여자는 옷도 없지만 우린 천상배필이지요. 나는 직업이고 장래고 청춘이고 몽땅 물속에 처넣어 버린다 해도, 그 여자만 있으면 가난에 허덕여도 상관하지 않아요. 내 생각은 이렇게 정해졌으니, 노인네는 동의해야만 해요.' 이렇게 말하면 그 늙은이가 별 수 없이 동의하겠지. '그래 네 좋을 대로 해라. 그 쿠솔르방인지 푸슐르방인지 하고 결혼하렴……' 하고 말이야. 하지만 안 된다! 절대 허락 못한다!"

"할아버지!"

"난 허락 못해!"

그토록 냉담한 '못해' 소리에 마리우스는 결국 한 가닥 희망조차 얻지 못하고 비틀거리면서 천천히 일어섰다. 마리우스가 문을 열고 막 나가려 하는데 질노르망 씨가 다가오더니 그의 목덜미를 움켜잡고 다시 방 안으로 잡아끌며 안락의자 쪽으로 밀어붙였다.

"그래, 네 연애 얘기나 들어보자!"

마리우스는 당황해 그를 쳐다보았다. 질노르망 씨의 표정은 어느새 변해, 냉정하면서도 어딘지 모를 여유를 보이고 있었다.

"자, 말해 봐라. 네 연애 얘기를 모두 털어놔 보라고! 요새 젊은 애들은 어쩔 수가 없다니까!"

"그럼, 할아버지."

마리우스가 말을 하려고 하는데 질노르망 씨가 또 말을 잘랐다.

"너 정말로 돈이 한 푼도 없냐? 네놈 하고 있는 꼴이 거지나 다름없으니 말이다."

그러면서 노인은 지갑을 꺼내 탁자 위에 올려놓았다.

"자, 백 루이(2천 프랑)를 줄 테니 가서 모자라도 하나 사렴."

마리우스가 말을 이어갔다.

"할아버지는 제가 얼마나 그 여자를 사랑하고 있는지 상상도 못하실 겁니다. 제가 그녀를 처음 본 건 뤽상부르 공원에서였습니다. 그 여자를 매일 거기서 보게 되면서 저도 처음엔 별로 생각을 안했는데 어느새 저도 모르게 사랑에 빠지게 되었습니다. 엄청나게 고민을 했었죠! 지금은 매일 그 여자 집에서 만나고 있습니다. 그녀 아버지는 아직 모르고 있어요. 그런데 그 여자가 아버지와 함께 이곳을 떠나려 하고 있습니다. 아마도 영국으로 갈 모양입니다. 그래서 이렇게 할아버지를 뵙고 말씀을 드리려고 온 것입니다. 만약 그녀를 못 만나게 된다면 저는 죽고 말 겁니다. 그녀와 꼭 결혼을 해야 합니다. 그렇지 못하면 전 미쳐 버릴 거예요. 이게 답니다. 그 여자는 플뤼메 거리에 있는 철문 달린 집에 살고 있습니다."

질노르망 영감은 마리우스의 이야기를 가만히 듣고 있더니, 플뤼메 거리라는 말에 얼굴색이 변했다.

"플뤼메 거리! 플뤼메 거리라고 했지? 잠깐…… 그 근처에 병영이 있고, 맞다, 네 사촌 테오뒬한테서 그 얘기를 들었다. 그 동네에 처녀 하나가 있다면서! 맞아, 플뤼메 거리 맞아. 이제 생각이 난다. 플뤼메 거리의 철문 달린 집 소녀 얘기를 하더구나. 아주 미인이라고 하던데. 너도 미인을 알아본 모양이지. 비밀인데, 그 얼간이 같은 테오뒬 놈도 그 여자를 건드린 것 같더라고. 얼마나 깊은 사이인지는 모르지만 말이다. 하지만 뭐 상관있니? 하긴 그 녀석이 워낙 허풍이 심해서 그 말도 믿을 건 못돼. 마리우스! 너 같은 젊은 애들은 연애를 해야 돼. 잘하고 있는 거다. 난 네가 자코뱅 당원 활동을 하는 것보다 연애하는 게 훨씬 더 맘에 드는구나. 계집애가 몇 명이면 어떠냐. 그런데 그 아가씨가 아버지 몰래 너를 만나고 있다고? 흔히들 그렇지. 나도 젊었을 때 그런 적이 있었으니까. 자 그럼 이제부터 너는 서툰 짓만 하지 말고 잘 대처하면 돼. 그저 무슨 일이 있어도 결혼 같은 걸 해서는 안 된다. 그냥 이 할애비나 자주 찾아와서 돈이나 가져 가렴. 자, 여기 이백 피스톨(2천 프랑) 받아라. 가서 재미있게 놀아. 그렇게 하는 게 최고! 결혼은 절대 하지 말라는 뜻이다. 건드리지 말라는 건 아니야. 알았니?"

마리우스는 돌처럼 굳어 버려 한마디도 안 하고 그냥 이해를 못했다는 식으로 노인을 쳐다보았다. 늙은이는 혼자 재미있어 하며 무릎을 치면서 덧붙여 말했다.

"이런 바보 녀석! 정부로 삼으라는 얘기야."

마리우스는 안색이 싹 변했다. 그는 노인의 말을 조금도 이해하지 못했다. 무슨 병영이 어떻고 하는 횡설수설은 백합꽃 같은 코제트와는 아무런 상관도 없었다. 모든 것은 그냥 못 들은 체할 수도 있었다. 그러나 마지막에 가서 노인은 코제트에 대해 극도로 모욕적인 말을 뱉고 말았다. '정부로 삼으라는 얘기야.' 그 한마디는 마리우스의 가슴에 칼을 꽂아 넣은 것이나 마찬가지였다.

그는 일어나 바닥에 있는 모자를 집어 들고 문으로 성큼성큼 걸어갔다. 그러고는 돌아서서 노인에게 공손히 인사를 하며 말했다.

"오 년 전에는 어르신께서 제 아버지를 모욕하셨고, 오늘은 또 제 아내를 모욕하셨습니다. 이제 다시는 아무것도 부탁하지 않겠습니다. 안녕히 계십시오."

질노르망 영감은 기절할 듯 놀라며 입을 벌린 채 팔을 뻗어 일어나려 했다. 그러나 미처 말할 새도 없이 문이 쾅 닫히고 마리우스는 떠나 버렸다.

늙은이는 벼락을 맞은 것처럼 한동안 움직이지도 못하고 숨도 못 쉬고 있다가 겨우 몸을 일으켜 90세 노인이 할 수 있는 모든 힘을 다해 문으로 달려가 열어젖혔다.

"아무도 없느냐! 아무도 없느냐고!"

딸이 뛰어나오고 이어서 하인들이 달려왔다. 노인은 비통한 어조로 말했다.

"그놈을 쫓아가서 잡아 와라. 내가 그놈한테 뭘 잘못했나? 아아! 가 버렸어. 어쩌면 좋으냐! 이놈의 일을 어떻게 하냐! 그놈이 다시는 안 올 텐데."

노인은 한길 쪽 창문으로 가서 떨리는 손으로 창을 열고 몸을 밖으로 내밀며 소리쳐 불렀다.

"마리우스! 마리우스! 마리우스!"

그러나 마리우스는 이미 멀리 가 있었다. 그는 벌써 골목을 빠져나가고 없었다.

노인은 절망적으로 비틀거리며 안락의자에 가서 쓰러지듯 주저앉았다. 말도 안 나오고 눈물도 나오지 않았다. 정신이 아득해진 그는 머리를 감싸 쥐고 흔들며, 입술까지 덜덜 떨려 왔다. 그리고 그의 눈에 보이는 것이라곤 오로지 컴컴한 밤, 그것뿐이었다.

8

또다시 이별

그날 오후 네 시경, 장발장은 연병장 방죽 뒤, 조용한 언덕에 혼자 앉아 있었다. 그즈음 그는 코제트와 함께 산책 나가는 일이 아주 드물었는데 어떤 경계심 때문이었는지, 그저 혼자 조용히 있고 싶어서였는지, 아니면 습관에 변화가 온 것이었는지 그건 알 수 없었다. 그는 늘 그렇듯 노동자 복장에 큰 차양 달린 모자를 쓰고 외출을 했다. 집에서는 코제트와 함께 평온하고 즐거운 나날을 보내고 있었다. 한동안 그를 불안하게 하고 괴롭히던 것들은 사라지고 없었다. 그런데 1, 2주 전부터 또 다른 걱정거리가 닥쳤다. 어느 날 큰길을 걷다가 떼나르디에를 본 것이다. 그는 변장을 했기 때문에 떼나르디에가 그를 알아보지는 못했는데, 그 후 여러 번이나 그를 보게 되었고 마침내 떼나르디에가 집 근처를 배회하고 있는 것을 확인했다. 장발장은 드디어 중대한 결단을 내려야 했다. 떼나르디에가 주변을 살피고 있다는 것은 동시에 위험한 일이 닥칠 수 있다는 얘기나 마찬가지였다.

그뿐 아니라 파리도 조용하지 못했다. 정치적 과도기로 인해 경찰이 불순분자를 대대적으로 색출하고 있었기 때문에 장발장 같은 사람을 잡아들일 가능성이 얼마든지 있었다. 그런데다 이해할 수 없는 일 하나가 돌발적으로 일어났다. 바로 그날 아침, 그는 먼저 일어나 코제트 방의 덧창이 열리기 전에 정원을 거닐다가 담벼락에 못 같은 것으로 파 놓은 것 같은 글자를 발견했다. '베르리 거리 16.'

검은 벽 위에 글자가 패인 부분만 하얗게 보이고, 그 아래에 있는 한 무더기 쐐기풀 위로 벽에서 떨어진 하얀 가루가 덮여 있었다. 그건 분명히 간밤에 쓴 글자 같았다. 이게 대체 뭘까? 누구의 주소일까? 아니면 무슨 암호일까? 아무튼 어떤 모르는 사람들이 정원에 들어왔다는 건 너무나도 분명한 일이었다. 장발장은 코제트가 또 두려워 할까 봐 그 글자에 대해 아무 말도 하지 않았다.

이 모든 것들 때문에 오랜 시간을 깊이 생각한 장발장은 마침내 파리를 떠나, 프랑스까지 아예 떠나서 영국으로 가기로 결정을 내리고 코제트에게 미리 말했던 것이다. 그들은 일주일 안으로 출발하기로 했다. 그래서 그는 마지막으로 이런저런 생각을 가다듬고 있는 중이었다.

그렇게 여러 상념에 몰두하고 있는데, 바로 뒤쪽 둑 위로 누가 와 서 있는 것을, 앞에 보이는 그림자로 알아차렸다. 그래서 장발장이 막 뒤를 돌아보려 하는데 접혀진 쪽지 하나가 그의 무릎 위로 떨어졌다. 쪽지를 주워 펴 보니 큰 글씨로 이렇게 적혀 있었다.

'이사하세요.'

장발장은 후다닥 일어나 둑을 돌아다보았다. 그러나 거기엔 이미 아무도 없었다. 주위를 둘러보자 허름한 옷을 입은 어린아이보다는 약간 크고 어른보다는 훨씬 작은 사람 하나가 난간을 뛰어넘어 연병장의 도랑 속으로 들어가는 것이 보였다. 장발장은 그 즉시 집으로 돌아갔다.

마리우스는 모든 희망을 잃고 질노르망 씨 집에서 나왔다. 들어갈 때는 일말의 희망을 품고 있었으나 나올 때는 절망만이 그의 가슴에 남아 있었다. 그러나 사촌인 바람둥이 장교 테오뒬에 대해서는 어떠한 마음의 찌꺼기도 남겨 두지 않았다. 질노르망 씨가 느닷없이 주절거린 얘기들은 생각할 가치도 없는 것들이었다. 코제트를 의심한다는 건 마리우스로서는 그 자체로 이미 큰 죄악을 저지르는 것이었다.

그는 거리를 헤매다 새벽 두 시가 되어서야 쿠르페락의 집으로 들어갔다. 그는 옷을 입은 채로 쓰러져 날이 훤히 밝아올 무렵에야 겨우 잠이 들었는데, 머리가 복잡하다 보니 온갖 상념들이 피곤하고 무서운 꿈으로 나타났다. 잠을 깼을 때는 쿠르페락과 앙졸라, 푀이, 콩브페르가 무척 바쁘게 서두르며 막 나가려 하고 있었다. 쿠르페락이 말했다.

"마리우스, 라마르크 장군 장례식에 안 갈래?"

쿠르페락의 말이 마리우스에게는 꿈속에서처럼 들렸다.

그들이 나간 후 조금 있다가 마리우스도 정신을 차리고 밖으로 나갔다. 지난번 떼나르디에의 집에서 있었던 그 끔찍한 사건 때 자베르가 주었던 권총 두 자루를 그는 주머니에 넣었다. 권총엔 아직도 탄환이 그대로 들어 있었다.

그는 온종일 방황하며 돌아다녔다. 가끔 비가 내렸지만 그것도 의식하지 못했다. 마리우스에게는 이제 아무런 희망도 두려움도 남아 있지 않았다. 전날 밤부터 이미 그랬다. 다만 그는 밤이 오기만을 초조하게 기다렸다. 그에게 확실한 생각은 오직 한 가지, 아홉 시에 코제트를 만나러 간다는 것뿐이었다. 사람이 거의 없는 큰길을 걷고 있는데 파리 시내 쪽에서 이상한 소리가 들려오는 것 같았다. 그는 막연히 생각했다. '난리가 났나?'

아홉 시 정각에 그는 철문 앞에 도착했다. 이번엔 48시간 만에 코제트를 만나는 것이었다. 그의 마음속에 있던 다른 모든 생각은 일거에 사라져 버리고, 황홀하고 숭엄한 기쁨만이 가슴을 꽉 채우고 있었다.

마리우스는 철문 살을 빼내고 정원으로 들어갔다. 그런데 코제트가 언제나 기다리고 있던 그곳에 있지 않았다. 그는 현관 층계 옆의 움푹 들어간 곳으로 가 보았는데 거기에도 코제트는 없었다. 집의 덧창은 모두 닫혀 있었고, 정원을 다 돌아보아도 아무도 없었다. 그는 순간 가슴이 철렁해 덧창을 쾅쾅 두드렸다. 설사 코제트의 아버지가 창문을 열고 음침한 얼굴로 '무슨 일이야?' 하고 소리친다 하더라도 별 수 없었다. 그는 계속 두드리다가 마침내 소리를 질러 코제트를 불렀다.

"코제트! 코제트!"

그러나 대답이 없었다. 집 안에는 아무도 없었다. 마리우스는 절망해 현관 층계에 주저앉아서 코제트가 떠나 버렸다면 자신은 죽음밖에 없다는 생각을 했다.

그때 별안간 누가 그를 불렀다.

"마리우스 씨! 마리우스 씨 계세요?"

그는 벌떡 일어서며 대답했다.

"그래요."

"마리우스 씨 친구들이 모두 샹브르리 거리의 바리케이드에서 기다리고 있어요."

에포닌의 목소리 같았다. 마리우스가 철문으로 다가가 움직이는 문살을 빼내고 그 사이로 머리를 내밀어 밖을 내다보니 벌써 어떤 그림자 하나가 도망을 치며 어둠 속으로 막 사라지고 있었다.

장발장의 지갑은 마뵈프 씨에게 아무런 도움도 되지 못했다. 존경스러울 만큼 엄격한 마뵈프 씨는 하늘이 내린 그 선물을 거절하였다. 그는 지갑을 들고 경찰서로 가서 습득물로 신고하고 말았다.

마뵈프 씨는 이제 극도의 궁핍으로 완전히 파멸해 가고 있었다. 어느 날 일하는 할멈이 말했다.

"저녁거리 살 돈이 없어요."

"외상으로 좀 사요."

"잘 아시잖아요, 모두 거절하는 거."

마뵈프 씨는 책장을 열고 한참 동안 장서들을 쳐다보다가 덜컥 한 권을 빼내어 겨드랑이에 끼고 집을 나갔다. 그로부터 두 시간 후 그는 책이 아니라 30쑤를 들고 돌아왔다.

"자, 이걸로 저녁거리 사세요."

그날부터 일하는 노파는 마뵈프 씨의 천진난만했던 얼굴에 어두운 그늘이 지기 시작하는 것을 보았다. 그리고 그날 이후로 날마다 똑같은 일이 되풀이되었다. 마뵈프 씨는 책 한 권을 갖고 나가서 팔아가지고 돌아오는 것이었다.

저녁마다 마뵈프 씨는 잠자기 전까지 디오제네스 라에르츄스의 책을 몇 페이지씩 읽곤 했다. 그에겐 그것 외에 이제 아무런 즐거움도 없었다. 그렇게 몇 주일이 흘러갔다. 그러다 일하는 노파가 병이 나고 말았다. 빵

살 돈이 없는 것보다 더 서러운 것은 약 살 돈이 없는 것이다. 하지만 의사가 보고 가더니 매우 비싼 약을 처방했고, 병이 심각해 간호사도 필요한 상황이었다. 마뵈프 씨는 또 책장을 열었다. 그런데 이젠 팔 책이 더 이상 남아 있지 않았다. 그에게 남아 있는 책이라곤 디오제네스 라에르츄스의 그 책뿐이었다.

그는 유일한 그 책을 또 겨드랑이에 끼고 밖으로 나갔다. 때는 1832년 6월 4일이었다. 그는 성문 앞 서점으로 가서는 책값으로 100프랑을 받아 가지고 집으로 돌아와, 노파의 침대 옆 탁자에 조용히 올려놓고는 아무 말도 안 하고 자기 방으로 돌아갔다.

그리고 다음 날 새벽부터 마뵈프 씨는 정원의 돌 벤치에 가서 앉았다. 꽃들은 이미 시들어 버리고 이따금 빗줄기가 내리는데도 그는 멍하니 정원을 바라보며 옷이 젖는 것도 모르고 마냥 앉아 있었다. 그렇게 있다가 오후가 되었는데, 파리 시내 쪽에서 큰 소음이 들려오며 이윽고 총소리도 울려 퍼졌다.

그제야 마뵈프 영감은 고개를 들고 마침 지나가고 있는 정원사를 보고는 물었다.

"지금 무슨 소리죠?"

정원사는 태연한 얼굴로 대답했다.

"폭동이 일어났답니다."

"뭐라고? 폭동이오? 어디서요?"

"병기창 쪽에서요."

마뵈프 영감은 집 안으로 들어가 모자를 쓰고 책 한 권을 가지고 나가려고 책장을 열었는데 한 권도 없었다. '참! 나 좀 봐!' 하며 그는 머리를 흔들고는 밖으로 나갔다.

9

1832년 6월 5일

폭동은 왜 일어나는가? 아무 이유가 없을 수도 있고, 또 모든 이유 때문일 수도 있다. 아스라이 발산하는 전기, 홀연히 솟아오르는 불꽃, 방황하는 힘, 스치는 바람, 이런 것들 때문일 수 있다.

폭동은 행정을 짓밟고 번영과 횡포를 짓밟으며 모든 것을 휩쓸어간다. 국가나 인생, 운명에 대해 반항심을 품고 있는 자들은 누구나 다 폭동에 가담할 수 있는 사람들이어서 폭동이 일어나기만 하면 몸을 떨기 시작하며 그 회오리바람에 휩쓸려 버린다.

폭동에 휩쓸리는 자도 거기에 대항하는 자도 다 같이 불행하다. 쌍방이 서로 부딪쳐 부서져 버리는 것이다. 폭동은 모든 것을 폭탄으로 만들 수 있어, 하나의 돌멩이도 탄환으로 만들고 한 사람의 노동자도 장군으로 만들어 버릴 수 있다.

정부의 입장에서 보면 다소의 폭동은 오히려 바람직한 것이라고, 교활한 정략가들은 그렇게 단정 짓는다. 그들에 의하면, 폭동은 정부를 전복시키지 않으면서 도리어 더 공고히 해준다는 것이다. 폭동은 군대를 긴장시키고 시민들을 결속하게 하며 경찰의 능력을 향상시키고, 그럼으로써 사회의 구조를 정돈한다고도 한다. 운동도 적당히 하면 몸이 튼튼해지듯 폭동이 일어난 뒤엔 정부 권력도 한층 강화된다는 것이다.

세상에는 폭동과 반란이 있다. 같은 분노의 표출이긴 하지만 하나는 정당하고 하나는 부당하다. 정의를 기초로 하는 민주주의 국가에 있어서도 때때로 한 부분이 국가 권력을 약탈하는 수가 있으며, 그럴 때 전체가 궐기하여 권리 회복을 위해 무기를 들기까지 한다. 전체의 주권에 속하는 모든 문제들에 있어서, 부분에 대한 전체의 전쟁은 반란이고, 전체에 대한 부분의 전쟁은 폭동이다. 튈르리 궁에 왕이 있느냐 국민의회가 있느냐에 따라서, 이 궁전을 공격하는 것은 정의가 되기도 하고 불의가 되기도 한다.

1832년 봄, 3개월 전부터 퍼지고 있는 콜레라는 사람들의 간담을 서늘하게 하여 파리 시민들이 품고 있는 동요에 어떤 우울한 진정을 가져다주고 있었지만 어쨌든 파리는 이미 오래전부터 폭발하려 하고 있었다. 대도시는 마치 대포가 포탄을 장전하고 있는 것과 같아 작은 불꽃이라도 발포만 되면 그 위력은 대단하다. 1832년 6월의 그 불꽃은 바로 라마르크 장군의 죽음이었다.

라마르크는 활동가로서 큰 명성을 떨쳤다. 그는 제정시대와 왕정복고 시대, 그 두 시대에 필요한 두 가지의 용기를 지닌 사람이었다. 즉 전쟁에서의 용기와 연단에서의 용기였다. 그는 군인이었고 또한 웅변가였는데, 용감하게 지휘권을 휘두른 다음엔 인간의 자유를 높이 휘둘렀다. 그는 좌파와 극좌파 사이에서 중도 입장을 취하며 민중들의 사랑과 존경을 받고 있었다. 그는 나폴레옹 휘하의 원수로서 웰링턴을 증오하고 있었는데, 그것으로 곧 군중들의 환호를 이끌어내고 있었다. 그렇게 17년 간 그는 다른 모든 사태에 초연한 채 워털루의 비분을 가슴 깊이 간직하고 있었다. 그는 죽을 때도 나폴레옹 백일천하 시대에 장교들이 그에게 헌정한 검을 가슴에 안고 있었다. 나폴레옹은 '군대'라는 말 한마디를 남기고 운명했지만 라마르크는 '조국'이라는 말을 남기고 운명했다.

라마르크의 장례식 날인 6월 5일, 파리는 그 전날부터 살벌한 분위기를 띠고 있었다. 파리 시민이 다 쏟아져 나온 길거리에는 온갖 소문이 떠돌아다녔고 사람들은 모두 나름대로 무장을 하고 있었다.

그날은 비가 오다가 햇빛이 나다가 했는데, 라마르크 장군의 장례식 행렬은 삼엄한 군인들의 호위 속에 파리 시내를 통과해 갔다. 영구차는 청년들이 끌고 가고, 그 뒤엔 상이군인들이 따라가며, 마지막엔 군중들이 떠들썩하게 뒤따랐다. 군중들은 온갖 부류의 사람들이 섞여 있었는데 마치 성난 이리들 같았다. 시민들은 상점에서, 건물의 창문에서, 그리고 지붕에서 불안한 얼굴로 내다보며 행렬을 지켜보고 있었다. 정부는 칼자루를 손에 쥔 채 지켜만 보고 있었다.

영구차는 바스티유를 지나 작은 다리를 건너 오스테를리츠 광장에 가서 멈춰 섰다. 곧 이어서 파리 시장이 라마르크에게 고별 조사를 올릴 때는 분위기가 비통하고 엄숙했다. 그때 모든 사람들은 모자를 벗어 예를 갖췄다. 그런데 느닷없이 검은 옷을 입은 남자 하나가 말을 타고 붉은 기를 들고는 군중 사이로 나타나서 폭풍을 일으키고 그대로 사라져 버렸다. 그리고 이어서 노도처럼 두 개의 함성이 일어났다. "라마르크를 팡테옹으로!" "시장 나리를 시청으로!" 청년들은 군중의 격려를 받으며 영구차에 실린 라마르크를 오스테를리츠 다리로 끌고 가고, 시장은 마차에 태워 강둑 쪽으로 이끌어 갔다.

센 강 좌측에서는 수비대 기병이 출동하여 다리를 막고, 우측에서는 용기병들이 강둑을 따라 내려오고 있었다. 용기병들은 다리 앞 200보쯤 거리에서 멈춰 섰다. 파리 시장이 탄 마차가 그들 앞까지 다가가자 그들은 길을 열어 마차가 지나가게 하고는 곧바로 길을 막아 버렸다. 하지만 용기병과 군중들은 이미 서로 바짝 접근해 있었고, 그 순간 바로 무시무시한 충돌이 일어나고 말았다. 세 방의 총성이 울리면서 용기병 중대장과 병사 두 명이 그대로 고꾸라졌다. 군중 뒤쪽에서 그걸 보고 있던 용기병 하나가 칼을 빼 들더니 마구 휘두르면서 말을 몰고 달려왔다.

무자비한 폭풍이 몰아쳤다. 돌멩이들이 튀어 오르고 총알이 날아가며, 수많은 군중들이 둑 아래로 처박히거나 뛰어내리고 있었다. 또 일부 청년들은 영구차를 끌고 오스테를리츠 광장으로 가고, 수비대를 습격했다. 용기병들은 계속 총을 쏘고 칼을 휘두르며, 군중들은 사방으로 도망치면서 "무기를 들어라!" 하고 외치고 다녔다. 바람에 불길이 퍼지듯 분노는 사방으로 폭동을 퍼뜨려 갔다.

그날의 폭동은 미리 준비되어 있던 것으로 첫 충돌이 일어난 지 10분도 채 안 돼 파리 전역에서 거의 동시에 일어났다. 군중은 시민들에게 동참할 것을 요구하며 거리에 혼자 떨어져 있는 보초의 무기를 빼앗았다.

학생들도 학교를 나와 군중 속으로 들어갔고 청년들은 그들에게 무기를 배급해 주었다. 곳곳에서 치열한 싸움이 벌어졌다. 급기야 소집령이 내려지고, 국민병들은 옷을 입고 무기를 들었으며, 각 부대가 병사에서 쏟아져 나오고 있었다.

10

폭동

폭동이 일어나고 있는 거리에 초라한 모습의 한 소년이 있었다. 그는 어디서 꺾은 듯한 꽃 한 송이를 들고 있었는데, 어느 고물상에 낡아 빠진 권총 한 자루가 있는 것을 보고는 꽃을 길바닥에 던져 버리며 가게 주인 여자에게 말했다.

"아줌마, 이것 좀 빌려 갈게요."

소년은 권총을 들고 냅다 도망쳐 버렸다. 한참을 뛰다가 그는 이제 흥얼거리며 군중들 속으로 들어가 거리를 쏘다녔다. 폭동의 무리에 이미 가담한 그는 가브로슈였다. 얼마 후 그는 권총에 방아쇠가 달려 있지 않은 것을 확인했다.

가브로슈는 비 오던 그날, 두 아이를 코끼리 속에 재워 주면서도 그들이 자신의 동생인 줄은 꿈에도 몰랐다. 그날 저녁에 동생들을 도와준 그는 다음 날 새벽엔 아버지를 구해 주었다. 그리고 다시 동생들에게 돌아가 코끼리 속에서 꺼내 준 다음엔 어디서 얻어 온 아침 식사거리를 두 꼬마들과 함께 나눠 먹은 뒤 거리 속으로 휩쓸려 들어갔던 것이다. 그는 아이들과 헤어지면서 저녁에 다시 그곳에서 만나자고 약속했다.

"난 지금 도망을 쳐야 하는데, 만약 엄마와 아빠를 못 만나면 저녁에 다시 이리 오너라. 저녁밥도 먹을 수 있고 여기서 잘 수도 있으니까 말이야."

그런데 두 아이는 다시 돌아오지 않았다. 길거리에서 그들을 본 어떤 경찰이 수용소에 집어넣었는지 어땠는지 알 수가 없었다.

방아쇠도 없는 권총을 들고서도 기분이 좋은 가브로슈는 마음이 든든하며 기운도 솟아나는 것 같았다. 그는 콧노래를 흥얼거리며 때로는 소리치면서 걸어갔다.

"와, 신난다. 왼쪽 다리가 류마티스에 걸려서 아프긴 하지만 그래도 기분 되게 좋네. 동지들이여, 시민들이여 일어나라! 형사가 뭐기에! 형사는 바로 개지! 내 권총에 그중 한 마리는 딱 걸려야 하는데 말씀이야. 자, 나가자! 나는 조국을 위해 목숨을 바치겠다. 자, 싸우자!"

그때 옆으로 지나가던 한 창기병의 말이 넘어지자 가브로슈는 그 창기병을 일으켜 주고 그를 도와 말도 일으켜 주었다. 그러고는 다시 행진을 계속해 나갔다.

그 시각, 가브로슈에게 두 꼬마를 선물했던 그 갸륵한 이발사는 제국 시대의 훈장을 찬 한 늙은 군인의 수염을 깎아 주며 폭동에 대한 얘기를 하고 있었다. 그런데 별안간 쾅 하는 소리가 났다. 그리고 창문 하나가 박살이 나며 떨어졌다. 이발사는 사색이 되어 소리 질렀다.

"아이고! 총알이 날아들었네!"

"뭐야, 이거!"

"대포탄이요."

"아니, 이것 말이오."

군인이 바닥에 떨어진 것을 집어 들었다. 그건 작은 돌멩이였다. 이발사가 깨진 유리창으로 달려가 내다보니 가브로슈가 저쪽으로 도망치고 있었다. 가브로슈는 마침 이발소 앞을 지나가다가 두 꼬마들 생각이 나자 인사를 해 줄 요량으로 유리창에 돌멩이를 던졌던 것이다.

어느새 가브로슈는 앙졸라, 쿠르페락, 콩브페르, 푀이 등이 앞장서고 있는 무리에 섞여 있었다. 그들은 모두 무기를 갖고 있었다. 바오렐과 장 프르베르도 그들과 합류해 무리는 꽤 숫자가 불어나 있었다. 앙졸라는 2연발 엽총을 가지고 있었고, 콩브페르는 국민병이 갖고 있던 소총을 획득하고 허리엔 권총 두 자루까지 차고 있으며, 장 프르베르는 낡은 기병 단총을, 바오렐은 기병총을, 쿠르페락은 칼이 꽂힌 방망이를 휘두르고 있으며, 푀이는 군도를 들고 선두에 서서 걷고 있었다. 가브로슈는 그들 뒤를 따라가고 있었다.

또 한 무리의 요란한 행렬이 그들 뒤로 따라오고 있었다. 그들은 학생, 예술가, 결사대에 가입돼 있는 청년, 노동자, 뱃사람 등이었는데, 모두 몽둥이와 총칼을 소지하고 있었다. 그들 속에 아주 나이가 많은 늙은이 한 사람이 무기도 없이 그냥 생각에 골몰한 자세로 걷고 있었는데, 그는 뒤처지지 않으려고 걸음을 재촉하고 있었다. 그 늙은이는 바로 마뵈프 씨였다.

앙졸라와 그의 친구들은 용기병이 공격을 시작했을 때 "바리케이드로!"를 외치며 진격해 나가다 큰길을 건너오는 한 노인을 보았다. 쿠르페락이 노인에게 다가가 말했다.

"마뵈프 씨, 댁으로 들어가세요."

"왜 그러나?"

"곧 소동이 벌어질 테니까요."

"그럼 잘됐네."

"총을 쏠 거예요."

"괜찮아. 그런데 자네들은 어디로 가나?"

"정부를 타도하러 갑니다."

"잘됐구먼."

그러면서 노인은 계속 그들을 따라갔다. 그는 한마디도 하지 않았지만 걸으면서 점점 더 힘이 솟아나는 걸 느꼈다. 옆에서 사람들이 도와주려 해도 그는 뿌리쳤다.

군중은 점차로 불어나고 있었다. 비예트 거리를 지나는데 머리칼이 희끗희끗하고 키가 큰 한 사나이가 또 무리들 속으로 들어왔다. 쿠르페락과 앙졸라, 콩브페르는 무뚝뚝하고 둥그스름하게 생긴 그 사나이의 얼굴을 유심히 쳐다보았지만 아무도 그를 아는 사람은 없었다. 가브로슈는 여전히 신나게 노래하고 휘파람을 불며, 고물 권총으로 가게의 창문들을 톡톡 치고 다니면서 그 사나이에게는 전혀 주의를 기울이지 않았다.

그들은 쿠르페락의 집 앞을 지나가고 있었다.

"지갑도 잊어버리고 모자도 없어졌으니……."

그는 급히 자기 집으로 뛰어들어가 모자와 지갑을 챙겨 들고, 헌 내의 속에 감춰 두었던 네모난 큰 상자를 꺼내 들었다. 그리고 방에서 막 나오는데 수위 여자가 그를 불렀다.

"쿠르페락 씨, 손님이 찾아왔어요."

"누군데요?"

"모르겠어요."

"어디 있는데요?"

"내 사무실에요."

"에이, 시간 없는데……."

"한 시간도 더 전부터 당신이 돌아오기를 기다리고 있어요!"

그때 노동자 차림의 젊은이 하나가 수위 사무실에서 나왔다. 그는 작은 키에 야위고, 창백한 얼굴엔 주근깨가 끼어 있으며, 옷은 드문드문 구멍이 나 있고, 사내라기보다는 남자로 변장한 계집애 같은 모양새였는데, 그래도 목소리는 여자 같지 않았다.

"미안합니다만 마리우스 씨 계신가요?"

"없는데요."

"저녁엔 돌아오시나요?"

"모르겠는데요. 어쨌든 나는 돌아오지 않을 거예요."

젊은이는 쿠르페락을 뚫어지게 쳐다보며 물었다.

"왜요?"

"알아야 할 이유라도 있나요?"

"어디로 가시는데요?"

"그건 왜 물으시죠?"

"그 상자 제가 들어드릴까요?"

"난 바리케이드에 가는데요."

"같이 가도 되나요?"

"좋을 대로 하세요. 거리는 누구에게나 열려 있으니까요."

그러면서 쿠르페락은 뛰어갔다. 그리고 다시 군중과 합류한 그는 한 친구에게 그 상자를 맡겼다. 얼마쯤 가다 돌아보니 그 젊은이도 뒤에서 따라오고 있었다.

11

코랭트 주점

쿠르페락과 그의 친구들이 자주 드나들었던 코랭트 술집의 주인은 위슐루 씨인데 그는 무척 호인인데다 음식도 특별히 잘해 언제나 사람들이 그 술집으로 몰려들었다. 그곳은 생 메리의 바리케이드 아래에 가려져 있었다. 1830년쯤 위슐루 씨가 죽자 그의 부인이 꾸려 가고 있는데 전처럼 음식 맛이 좋지 않아 사람들도 뚝 끊겼다. 그러나 쿠르페락과 친구들은 여전히 코랭트 술집을 자주 드나들었다.

6월 5일 아침 아홉 시경, 레글르와 졸리는 코랭트 술집으로 아침을 먹으러 갔다. 술집엔 일하는 사람들밖에 없었다. 두 사람이 포도주와 함께 막 식사를 하려는데 그랑테르가 들어왔다.

"그랑테르, 너 행렬에서 오는 길이냐?"

"아니."

"졸리와 난 아까 행렬이 지나가는 걸 봤어."

"정말 대단한데!"

졸리의 말에 레글르가 소리쳤다.

"여기는 완전히 절간 같네! 파리에서 지금 난리가 났다는 걸 누가 상상이나 하겠냐?"

졸리가 어이없다는 듯 말했다.

"마리우스는 정말 푹 빠졌나 봐."

"도대체 상대가 누군데?"

레글르가 물었다.

"모르겠어."

그때 그랑테르가 소리쳤다.

"아, 마리우스 그놈? 난 안 봐도 훤히 알겠다. 마리우스 그놈은 안개 같은 놈이니까 틀림없이 연기 같은 여자를 만났겠지. 그리고 그놈하고 여자는 어떤 연애를 할지 안 봐도 뻔해. 마냥 황홀해 가지고 키스할 줄도 모르고 한없이 껴안고만 있는 천하에 순진무구함 그 자체일 거야. 그들은 영혼의 사랑을 하며 별 속에서 함께 자고 있을 거라고."

그랑테르가 두 번째 포도주 병을 따며 계속 지껄이려 하는데, 열 살도 안 돼 보이는 아이가 하나 들어왔다. 초라한 옷차림에 키가 작고, 얼굴은 몹시 창백하지만 눈매가 날카로운 그 아이는 온통 비에 젖었는데도 즐거운 표정이었다.

"저, 길에서 금발머리의 키 큰 아저씨를 만났는데, 그분이 저한테 위슬루 아주머니를 아느냐고 묻기에 '샹브르리 거리의 과부 댁이요?' 하고 대답했더니, '거기 가면 레글르라는 분과 친구들이 있을 테니까 가서 내가 A, B, C 라고 하더라고 전해다오' 하시면서 저한테 십 쑤를 주셨어요."

소년의 말에 레글르가 20쑤를 챙겨주면서 물었다.

"너 이름이 뭐니?"

"나베요. 가브로슈랑 친구예요."

"뭐 좀 먹고 가렴."

"아니요. 빨리 가야 해요. 행렬에 참가하고 있거든요."

소년은 인사를 하고 떠나 버렸다. 레글르가 목소리를 낮춰 말했다.

"A, B, C는 라마르크의 장례식이란 약자고, 금발머리의 키 큰 사나이는 앙졸라야. 자, 어떻게 할래? 가 볼까?"

"비가 오고 있는데."

졸리의 말에 그랑테르가 중얼거렸다.

"우선 밥이나 다 먹고."

"그럼 여기서 그냥 있지 뭐."

"자, 술이나 마시자. 장례식엔 안 가도 나중에 폭동에 합류할 수 있으니까."

레글르의 말에 졸리가 외쳤다.

"폭동엔 나도 참가할 거야!"

그렇게 하기로 결정을 내리고 레글르와 졸리, 그랑테르는 계속 술을 마셨다. 그러다 오후 두 시쯤 되자 탁자엔 빈 병들이 가득 차 있었다.

레글르는 열려 있는 창가에 걸터앉아 등에 비를 맞으며 두 친구를 쳐다보고 있었다. 그런데 갑자기 거리의 왁자지껄한 소음 속에서 "무기를 들어라!" 하는 함성이 들렸다. 자세히 보니, 샹브르리 거리의 끝에 보이는 생 드니 대로 쪽에서, 총을 들고 맨 앞에 걸어가는 앙졸라와 권총을 든 가브로슈, 군도를 들고 있는 푀이, 칼을 든 쿠르페락, 단총을 든 장 프루베르, 콩브페르, 바오렐 등이 줄을 지어 뒤따라가며, 그 뒤로 무장한 군중들이 성난 폭풍처럼 따라가고 있었다.

레글르가 두 손으로 입에 나팔을 만들어 소리쳤다.

"쿠르페락! 쿠르페락!"

쿠르페락이 레글르를 쳐다보며 몇 걸음 다가와 외쳤다.

"왜 그러는데?"

"어디로 가는 거냐?"

"바리케이드를 만들려고."

"그러면 여기가 좋아! 여기에다 만들어!"

"아, 정말 그러네."

쿠르페락이 신호를 보내 군중들은 모두 샹브르리 거리로 몰려들어 왔다. 레글르의 말대로 그곳은 딱 좋은 장소였다. 샹브르리 거리는 입구가 넓고 안쪽은 좁아지는 막다른 모양새인데다 코랭트 술집이 끝에서 막고 있으며, 몽데투르 거리는 쉽게 차단할 수가 있었다. 따라서 공격이 가능한 곳은 아무것도 가려져 있지 않은 정면의 생 드니 거리 쪽뿐이었다.

샹브르리 거리는 군중이 쏟아져 들어오자 일시에 잠잠해지며 모든 행인들이 자취를 감추고 모든 집들의 문과 창문들도 재빨리 닫혀 버렸다. 그리고 거리 한복판엔 순식간에 사람의 키보다 훨씬 높은 장벽이 쌓아올려졌다. 그건 곧 바리케이드로, 부서진 마차라든지 짐수레, 빈 술통들, 벽돌들 등으로 만들어진 것이었다.

비는 어느덧 멈춰 있었고 새로 합류한 군중들도 많이 불어나 있었다. 이 모든 것은 앙졸라와 콩브페르와 쿠르페락이 지휘하고 있었다. 두 개의 바리케이드가 코랭트 술집 앞으로 직각을 이루며 구축되었는데, 큰 것은 샹브르리 거리를 막고, 작은 것은 몽데투르 거리의 시뉴 거리 쪽을 막고 있었다.

비에트 거리에서 행렬 속으로 들어왔던 그 키 큰 남자는 작은 바리케이드 쪽에 참가하고 있었고, 가브로슈는 큰 바리케이드 쪽에 있었다. 쿠르페락의 집에서 마리우스를 기다리고 있었던 그 젊은이는 조금 전부터 보이지 않았다.

그 모든 작업은 한 시간도 채 못 돼 준비가 되었으며, 두 개의 바리케이드 구축이 끝나고 붉은 깃발을 꽂은 다음, 쿠르페락은 가져온 상자를 열어 그 속에 가득 들어 있는 탄환들을 꺼내 군중들에게 나눠주었다.

사람들은 모두 침착하게 엄숙한 마음으로 자신들의 총에 탄환을 쟀다. 앙졸라는 바리케이드 앞 각 거리 쪽에 보초 세 명을 세웠다.

밤이 깊어가고 있었지만 특별한 일은 일어나지 않았다. 멀리서 어렴풋이 소음이 들리거나 이따금 총성이 들릴 뿐이었다. 그건 정부 측에서 병력을 집결시키고 있다는 걸 나타내는 것이었다. 두 개의 바리케이드에 참가하고 있는 사나이들이라고 해야 겨우 50여 명이었는데, 그들은 무려 수만 명의 장정들을 기다리고 있는 셈이었다.

앙졸라는 폭풍전야의 긴장감을 느끼며 가브로슈를 찾고 있었다. 소년은 아래층 홀의 희미한 불빛 아래서 탄환을 만들고 있었다. 홀의 촛불은 바깥으로 전혀 새나가지 않았다. 가브로슈는 그러나 탄환 만드는 일보다 다른 생각에 골똘해 있었다. 비에트 거리에서 행렬 속에 들어왔던 그 남자가 방금 홀 안으로 들어와 제일 구석진 자리로 가서 앉았는데, 커다란 보병 총을 무릎 사이에 끼고 있었다. 가브로슈는 다른 흥미로운 일에 더 정신이 팔려 있었기 때문에 그 남자는 눈에 들어오지도 않았었다. 그런데 그 남자가 방 안으로 들어올 때 그 커다란 총에 감탄하면서 가브로슈는 무심코 그를 쳐다보게 되었다. 그러다 그가 자리에 앉자 가브로슈는 벌떡 일어났다. 만약 그 남자의 행동을 계속 주의해 보았다면 그가 바리케이드와 모든 상황들을 유심히 관찰하고 있었다는 것을 알았을 것이다. 남자는 홀 안으로 들어와 앉은 다음엔 무언가 생각에 골몰하며 주위의 일은 전혀 상관하지 않는 것 같았다. 가브로슈는 그 남자 가까이 다가가서 고양이처럼 소리도 안 내고 살금살금 그의 주위를 돌며 온갖 표정을 지어냈다. '설마! 그럴 리가…… 내가 잘못 본 거지…… 그럴 리가 없어! 아니야, 틀림없어……' 가브로슈는 혼자 두 주먹을 꼭 쥐다가 아랫입술을 쑥 내밀고, 고개를 갸우뚱하며 의심하다가 확신을 내리고 있었다.

그때 앙졸라가 그를 찾아왔다.

"넌 작아서 사람들 눈에 잘 안 띄니까 바리케이드에 나가서 주변을 좀 둘러보고 거리의 상황도 좀 살펴보고 와라."

앙졸라의 말에 가브로슈가 대답했다.

"애들도 중요한 역이 있구먼! 좋아. 갔다 올게. 그런데 참……."

가브로슈는 목소리를 낮춰 비에트 거리에서 합류한 그 남자를 가리키며 속삭였다.

"저쪽에 있는 아저씨 있잖아?"

"?"

"저 사람 간첩이야!"

"정말?"

"이 주일도 안 됐을 거야. 루와얄 다리에 있다가 저 사람한테 귀때기를 잡혀 끌려갔었거든."

앙졸라는 얼른 문 쪽에 있던 한 사람에게 다가가 귀에 대고 뭐라고 속삭였다. 그러자 그 사람이 밖으로 나가 다른 세 명을 데리고 다시 들어와 그 수상한 남자의 뒤쪽으로 눈치채지 못하게 살금살금 다가가 섰다. 그런 다음 앙졸라가 그 남자 앞으로 다가갔다.

"당신 정체가 뭐죠?"

남자는 깜짝 놀라 얼굴을 들고 앙졸라의 눈을 뚫어져라 쳐다보더니 오만하고 느긋한 미소를 지으며 대답했다.

"그래…… 네가 생각한 그대로다!"

"넌 스파이다, 그렇지?"

"난 정부 관리다."

"이름은?"

"자베르."

앙졸라의 신호 하나에 자베르는 순식간에 네 명의 남자에게 잡혀 묶여 버렸다. 그의 옷 속에서 '감찰관 자베르, 52세'라고 적힌 신분증과 수도청장이 직접 서명한 명령서가 나왔다.

'감찰관 자베르는 맡은 바 임무를 완수하는 대로 즉시, 특별감시로 센 강변의 폭도들의 동태를 파악하라.'

장정들은 자베르의 몸을 다 수색한 다음 일으켜 세워 기둥에 묶었다. 자베르가 기둥에 결박돼 있는 것을 보고 쿠르페락과 두 바리케이드에 있던 사람들이 몰려왔다. 자베르는 기둥에 칭칭 묶인 채 꼼짝도 못하고 있지만 애써 태연한 것처럼 머리를 꼿꼿이 쳐들고 있었다.

앙졸라가 외쳤다.

"이자는 스파이다. 바리케이드가 함락되기 바로 직전에 총살하겠다."

그러자 자베르는 오만하게 지껄였다.

"왜 당장 하지 않나?"

"총알을 아끼기 위해서다."

"그럼 칼로 하지 그래!"

"이봐 스파이, 우린 심판자지 도살자가 아니거든."

앙졸라는 그렇게 대꾸하고는 가브로슈를 불렀다.

"넌 얼른 가서 내가 말한 대로 해."

"어, 알았어. 그런데 저자의 총은 다른 사람 주지 말고 나한테 줘!"

가브로슈는 거수 경례를 붙이고 후닥닥 뛰어나갔다.

그리고 곧이어 처참한 사건이 하나 일어났다.

앙졸라와 그의 동료들이 이끄는 행렬 중에는 중간에 합류한 무리들이 있는데, 그중 노동자 복장을 하고 큰 소리로 떠들어 대는 난폭한 사나이가 하나 있었다. 그는 술에 취한 채 몇 사람과 함께 술집 바깥 탁자에 앉아 있다가 벌떡 일어났다.

"이보게들, 저 건너편 건물에서 총을 쏘면 좋지 않을까? 저 안에 숨어서 내다보면 아주 좋을 것 같은데."

"그렇긴 하겠는데 건물이 닫혀 있잖아."

"문을 부숴 버리지 뭐!"

그러면서 사나이는 건너편 건물로 달려가더니 문을 막 두드렸다. 한참을 두드리자 마침내 4층 한 창문에 불빛이 비치며 창문이 열렸다. 그러고는 촛불이 보이더니 수위 영감이 놀란 얼굴로 내다보았다.

"무슨 일인가요?"

"문 열어!"

"안 됩니다."

"안 돼?"

"예, 안 됩니다."

사나이가 총을 들어 영감에게로 겨누었다. 그러나 영감은 캄캄한 아래에 있는 사나이가 보이지 않았다.

"열 거야, 안 열 거야?"

"안 됩니다."

"못 열어?"

"예, 못 열……."

영감의 말이 채 끝나기도 전에 총알이 발사되어 그의 턱을 관통했다. 영감은 소리 지를 겨를도 없이 그대로 쓰러져 버렸다. 촛불도 아래로 떨어지고 말았다.

"이제 됐어!"

그 사나이가 총의 개머리판을 아래로 막 내리는데 누가 어깨를 덥석 움켜잡았다.

"무릎 꿇어!"

그가 돌아보니 앙졸라가 얼음 같은 표정으로 권총을 들고 서 있었다. 그는 총성을 듣고 달려왔던 것이다.

"무릎 꿇어!"

앙졸라가 다시 말했다. 그는 무서운 얼굴을 하고, 가냘픈 몸으로 우락부락한 사나이를 잡아 진창 속에 무릎을 꿇게 만들었다. 그 사나이는 거절하려 했지만 뭔가 초인적인 힘에 끌려가는 것처럼 어떻게 피할 수가 없었다.

바리케이드에 있던 사람들이 모두 다가와 주위를 에워쌌다. 사나이는 온몸을 떨며 가만히 있었다. 앙졸라는 주머니에서 시계를 꺼냈다.

"자, 일 분의 시간을 줄 테니 반성하고 기도해라."

"용서해 주십시오."

그 살인자는 고개를 숙이고 몇 마디 중얼거렸다.

앙졸라는 1분이 지나자 시계를 다시 주머니에 집어넣었다. 그러고는 울부짖는 그 사나이의 머리털을 움켜쥐고는 그의 귀에다 총을 댔다. 구경꾼들은 모두 얼굴을 돌렸다.

곧 총성이 울리고 살인자는 땅바닥에 그대로 쓰러졌다. 앙졸라는 준엄한 눈초리로 주위를 둘러보며 말했다.

"시체를 멀리 내던져 버려!"

남자들이 시체를 들고 바리케이드 뒤로 멀리 내던졌다. 주위는 쥐죽은 듯 조용했다.

앙졸라가 나서서 외쳤다.

"동지 여러분, 저자가 저지른 짓은 가증스럽고, 내가 행한 짓은 망측스럽습니다. 그가 죄 없는 시민을 죽였기 때문에 난 그를 죽였습니다. 반란에도 규율은 지켜야 하므로 나는 그를 죽여야만 했습니다. 살인은 큰 죄가 됩니다. 우리는 혁명의 감시를 받고 있는 공화의 목자이며 의무의 희생입니다. 우리의 투쟁에는 한 점의 오점도 용납될 수 없습니다. 그러므로 나는 저 사나이를 심판하여 처단한 것입니다. 하고 싶지 않았지만 그렇게 하지 않을 수 없었습니다. 그러나 나는 나 자신도 심판하였습니다. 이제 여러분은 조만간 내가 나 자신을 어떻게 심판하였는지 알게 될 것입니다."

듣고 있던 모든 사람들은 간담이 서늘해지는 걸 느꼈다.

"우리는 너와 운명을 함께 하겠다."

콩브페르가 외쳤다.

"한마디 더 덧붙이겠습니다. 저 사람을 처형한 것은 내가 필연성에 복종한 것입니다. 그러나 필연성이란 것은 구시대의 산물입니다. 필연성이란 바로 숙명을 말하는 것인데, 진보의 법칙은 그런 구시대의 산물이 사라진다는 것입니다. 지금은 사랑이라는 말을 할 때가 아니지만, 그러나 나는 사랑을 말하며 그것을 찬미하고자 합니다. 사랑이여, 미래는 그대의 것이니, 지금 나는 죽음을 사용했지만 죽음을 증오한다. 동지들이여, 미래에는 암흑도 없고, 흉악한 무지도 없고, 피비린내 나는 복수도 없을 것입니다. 미래엔 아무도 사람을 죽이는 법이 없을 것입니다. 세상은 빛나고 인류는 서로 사랑할 것입니다. 여러분, 언젠가는 그런 날이 올 것입니다. 우리가 지금 죽으려 하는 것은 그런 날을 오게 하기 위해서입니다."

앙졸라는 말을 중단했다. 그의 순결한 입술이 다시 닫혔다.

군중들은 서로 손을 잡고, 수정처럼 맑은 광채와 바위처럼 강인한 위엄을 갖춘 이 청년을 감동 어린 눈으로 바라보고 있었다.

나중에 밝혀진 바에 의하면, 앙졸라에게 처형당한 그 사나이는 다름 아닌 강도 클락주였다고 한다.

그 사건 이후 쿠르페락은 아침에 자기 집에서 마리우스를 기다리고 있었던 그 가냘픈 청년이 다시 바리케이드 속에 들어와 있는 것을 발견했다. 그는 밤이 되자 다시 이곳으로 들어왔던 것이다.

마리우스는 누군가 황혼녘에 와서, 샹브르리 거리의 바리케이드로 오라고 한 그 목소리가 마치 운명의 소리처럼 들렸다. 죽고만 싶었던 그에게 그럴 기회가 생긴 것이었다. 그는 절망하며, 그렇게나 수없이 들어갔던 그 정원의 철문살을 떼내고 밖으로 나와 '그래, 가자!' 하며 바리케이드 쪽으로 걸음을 재촉했다. 더 이상 희망이 없어진 그에게는 이제 '어서 빨리 끝을 내버리자'는 것밖에 다른 소원이 없었다.

그는 마침 자베르에게서 받은 권총 두 자루가 있어 무장을 한 셈이었다. 거리는 이미 쥐죽은 듯 고요하며 공포와 파괴뿐이었다. 마리우스는 어떤 심연과도 같은 커다란 입 속으로 자신이 빠져들어가고 있는 것 같았다. 그는 몸이 부르르 떨렸다.

그로서는 코제트 없이 산다는 건 정말 불가능한 일이었다. 따라서 그녀가 떠나고 없는 지금 그는 살 용기가 더 이상 없었다. 자신은 죽을 거라고 코제트에게도 분명히 말했었다. 그런데도 코제트는 떠나갔다. 그녀는 나를 사랑하지 않는다. 자신의 주소를 알면서도 내게 알려주지 않고 말 한마디 없이, 편지 한 장도 없이 그냥 떠나 버리지 않았는가! 더 살아서 뭐하나! 뭐하겠다고 더 산단 말인가!

12

절망 앞에서

아직은 아무 일도 일어나지 않았다. 생 메리 성당에서 두 시를 알리는 종을 쳤다. 앙졸라와 콩브페르는 기병총을 들고 큰 바리케이드 옆에 앉아 있었다. 거리는 적막하기만 했다.

그때 사람 그림자 하나가 급히 뛰어오는 게 보였다. 가브로슈였다. 그는 바리케이드 속으로 얼른 기어 들어오며 숨을 헐떡거렸다.

"내 총 줘! 놈들이 오고 있어."

바리케이드 안에서 사람들이 웅성거리며 여기저기서 총을 찾느라 부산했다.

"내 단총 줄까?"

앙졸라가 말했다.

"아니, 큰 총 줘."

가브로슈는 자베르의 총을 받아 들었다.

바깥에 있던 보초 두 명도 안으로 들어왔다. 왼쪽 좁은 길에 있는 보초 하나는 그대로 남아 있었다. 그쪽은 다리와 시장 쪽인데, 별일이 없기 때문이었다.

사람들은 모두 각자의 자리에 가서 전투 자세를 취했다. 앙졸라, 콩브페르, 쿠르페락, 레글르, 졸리, 바오렐, 가브로슈 등 총 43명의 폭도들은 큰 바리케이드 속에서 무릎을 꿇고 총을 겨누고 있었다.

얼마 후, 한 무리의 묵직한 발걸음 소리가 규칙적으로 분명히 들려오기 시작했다. 그 발걸음 소리는 처음엔 희미하게 들리다가 점점 크게 들리더니, 그다음엔 무겁고 힘차게 중단되지도 않으면서 서서히 무시무시한 소리를 내며 다가오는 게 들렸다. 이제 들리는 소리는 오로지 그것밖에 없었다.

그러다 저쪽 어둠 속에서 어떤 목소리가 외쳤다.

"누구냐?"

앙졸라는 힘차고 위엄 있게 대답했다.

"프랑스 혁명군이다!"

"쏴라!"

그 목소리에 이어 곧바로 무시무시한 총성이 바리케이드를 향해 쏟아졌다. 바리케이드 위에 꽂혀 있던 붉은 깃발이 넘어지고 말았다. 빗발치는 총알에 여러 명이 부상을 입으면서 혁명군들은 간담이 서늘해질 수밖에 없었다. 상대 병력이 최소한 1개 연대 정도는 되었기 때문이다.

쿠르페락이 나서서 외쳤다.

"화약을 낭비하지 마라. 적군이 이 거리로 들어올 때까지 기다렸다가 발사하라."

"군기를 다시 세워야 돼!"

앙졸라가 발밑에 떨어져 있는 깃발을 주워 들며 말했다. 적군 쪽에서는 총알을 다시 장전하는 소리가 요란하게 들려왔다.

"용기 있는 사람 있나? 누가 바리케이드에 다시 깃발을 꽂겠나?"

앙졸라가 묻는데 아무도 대답하지 않았다.

"아무도 없나?"

앙졸라가 다시 물었다.

그들이 코랭트 술집 앞에서 바리케이드를 치기 시작했을 때 아무도 마뵈프 영감에게 주의를 기울이지 않았지만 그는 여전히 군중 속에 그대로 있었다. 그는 술집 아래층의 카운터 뒤에 앉아 아무것도 쳐다보지 않고 생각하지도 않는 듯 맥없이 그냥 있기만 했다. 쿠르페락과 몇 사람이 그에게 다가가 위험하다면서 집으로 돌아가라고 몇 번이나 얘기를 했지만 그는 들은 체도 안하고 있었다. 모두들 전투에 임하느라 나가고 없을 때 아래층 홀에는 기둥에 묶여 있는 자베르와 그를 지키고 있는 보초 하나, 그리고 마뵈프 씨뿐이었다. 그러다 총성이 울리자 영감은 그제야 겨우 정신을 차린 듯 벌떡 일어나더니 홀 밖으로 나갔다. 그는 앙졸라가 "아무도 없나?" 하고 마지막으로 외친 바로 그 순간, 술집 입구로 막 나오고 있었다.

그가 나타나자 군중들 속에서 동요가 일어났다. 영감은 앙졸라 앞으로 서서히 걸어갔다. 폭도들은 모두 그에게 길을 비켜 주었다. 모두들 공포심으로 숨죽이며 그를 쳐다보고 있었다. 영감은 당황해 서 있는 앙졸라의 손에서 깃발을 뺏어 가지고는 아무도 무슨 말을 할 사이도 없이 힘찬 동작으로 바리케이드 위로 올라가기 시작했다. 서글프긴 하지만 그야말로 장엄한 모습이라고 하지 않을 수 없었다. 주위는 일제히 숙연해졌다.

늙은이는 꼭대기까지 올라가 붉은 깃발을 흔들며 외쳤다.

"혁명 만세! 공화국 만세!"

적군 진영에서 아까와 같은 무시무시한 목소리가 또다시 명령을 외쳤다.

"썩 물러가라!"

마뵈프 씨는 창백한 얼굴에 비통한 불꽃이 번득이는 눈으로 깃발을 높이 쳐들며 또다시 외쳤다.

"공화국 만세!"

"쏴라!"

두 번째 사격이 바리케이드 위로 쏟아졌다.

영감은 쓰러졌다 다시 일어났지만 곧 다시 깃발을 떨어뜨리며 땅바닥으로 고꾸라지고 말았다.

폭도들은 그의 모습에 감동하며 공포에 떨면서도 시체 옆으로 다가갔다.

"몸은 늙었지만 마음은 브루투스야."

앙졸라가 중얼거리며 소리쳤다.

"동지 여러분! 우리는 두려워 망설이면서 뒷걸음치고 있었는데, 이 어르신은 용기 있게 앞장섰습니다! 이분은 무서워 떨고만 있는 젊은이들에게 직접 행동으로 교훈과 모범을 보여주었습니다! 이 어르신은 조국을 위해 숭고한 희생을 하셨습니다. 이제 우리는 모두 자신의 아버지를 지키듯 이분을 지키고, 이 바리케이드를 난공불락의 것으로 만듭시다!"

모두들 힘차고 굳세게 찬성한다는 대답을 했다.

앙졸라는 허리를 굽혀 마뵈프 영감의 이마에 입을 맞추었다. 그런 다

음 영감의 찢겨진 외투를 벗겨내 피투성이가 된 것을 들고 군중들에게
보이며 말했다.

"이제부턴 이것이 우리의 깃발입니다!"

마뵈프 영감의 시체 위에는 어느새 위슐루 과부의 커다란 검은 숄이
덮이고, 여섯 명의 남자들이 총을 잇대 그 위에 시체를 싣고 술집 아래층
방의 탁자 위로 운반해 갔다.

그때 앙졸라가 자베르 옆을 지나며 말했다.

"네 목숨도 이제 멀지 않았다!"

그동안 가브로슈는 혼자 바리케이드에서 자리를 지키고 있었는데, 몇
명의 수상한 놈들이 바리케이드로 몰래 다가오는 것을 발견했다. 그가
소리쳤다.

"적이다!"

쿠르페락, 앙졸라, 콩브페르 등이 술집에서 후닥닥 뛰어나왔으나 이미
상당히 늦어 있었다. 총과 칼들이 바리케이드 위에서 번쩍거리며 부딪치
고 있었다. 바리케이드를 넘어오는 놈들도 있었고, 그 사이로 들어와 가
브로슈를 쫓는 놈들도 있었다. 가브로슈는 뒷걸음질치고 있었다.

일촉즉발의 위기 상황이었다. 단 1초만 늦었어도 바리케이드는 점령당
해 버렸을 것이다. 그런데 순간, 바오렐이 맨 앞에 들어오고 있는 시민병
에게 기병총을 쏘아 즉사시켰다. 그러나 불행히도 그는 뒤따라 들어온
시민병의 총에 맞아 죽고 말았다. 쿠르페락은 다른 시민병에게 걸려 도와
달라고 소리 지르고 있었으며, 또 다른 병정은 가브로슈에게 총을 겨눴
다. 가브로슈는 자베르의 큰 총을 그 작은 팔로 들고 용감무쌍하게 그 병
정을 향해 쏘았다. 그러나 총알이 나가지 않았다. 자베르가 총 안에 총알
을 재어 두지 않았던 것이다. 그 시민병은 비웃듯이 웃으며 총을 소년의

머리 위로 쳐들었다.

그러나 총알이 가브로슈의 몸에 닿기 전에 그 시민병의 손에서 먼저 총이 떨어져 버렸다. 다른 곳에서 총알 하나가 날아와 시민병의 이마를 뚫어 버렸던 것이다. 또 다른 총알은 쿠르페락을 겨누고 있던 다른 병정의 가슴 한복판을 꿰뚫었다. 바리케이드 안으로 막 들어선 마리우스가 두 발의 권총을 쏘았던 것이다.

마리우스는 거리의 구석에 숨어서 전투를 지켜보며 뛰어들지도 못하고 떨기만 하고 있었다. 그러다 마뵈프 씨가 죽고, 바오렐이 저격당하며, 쿠르페락과 가브로슈도 위험해지는 것을 보고는 주저하던 마음이 일시에 싹 없어져 버렸다. 그래서 권총 두 자루를 꺼내 들고 전투에 뛰어들었던 것이다.

마리우스는 더 이상 총알이 없는 권총을 내던져 버리고 다른 무기를 찾아 헤매다가 술집 아래층에서 화약통을 발견하게 되었다. 그래서 막 그쪽으로 돌아서려는데 병정 하나가 그에게 총을 겨눴다. 그리고 발사하는 순간 어떤 손이 그 총구멍을 덥석 막았다. 갑자기 달려들었던 그 손의 주인은 쿠르페락의 집으로 찾아갔던 그 청년이었다. 그는 쓰러졌다. 총알이 손을 뚫으면서 다른 데도 다친 것 같았다. 그러나 마리우스는 전혀 맞지 않았다.

폭도들은 당황해 잠시 흩어졌다가 다시 모여들었다. 앙졸라가 외쳤다. "침착하라! 무턱대고 쏘지 마라!"

이미 많은 시민병이 바리케이드를 넘어 들어왔다. 그중 장교 하나가 칼을 빼 들고 외쳤다.

"무기를 버려라!"

"쏴라!"

앙졸라가 소리쳤다.

양쪽에서 다시 총격을 가하며, 모든 것은 곧 연기 속에 파묻혀 버렸다.

연기가 사라진 후 보니 양쪽의 숫자는 모두 줄었지만 여전히 서로를 겨누며 다시 총에 장전을 하고 있었다.

그리고 이어서 우레 같은 목소리가 울렸다.

"물러가라! 물러가지 않으면 바리케이드를 폭파시키겠다!"

모두들 그 소리를 향해 돌아다보았다.

마리우스가 아래층 방에서 화약통을 들고 연기 자욱한 바깥으로 걸어 나오며 외친 소리였다. 그는 화약통을 내려놓고 술집 문 안에 있는 횃불을 뽑아 그걸 화약통에 갖다 대며 또 한번 소리를 질렀다.

"물러가라! 물러가지 않으면 당장 바리케이드를 폭파시켜 버리겠다!"

그러자 적군 쪽의 한 병정이 같이 소리쳤다.

"폭파시키면 너도 함께 사라지는 거다!"

"물론이다. 너도 없어지는 거다."

마리우스는 그렇게 응답하며 횃불을 화약통에 더 바짝 들이댔다. 적군들은 사상자들을 내팽개치고 정신없이 거리의 끝으로 도망치기 바빴다. 그들은 곧 어둠 속으로 순식간에 사라져 버렸다.

바리케이드는 지켜졌다. 군중들이 모두 마리우스에게로 몰려들었다. 쿠르페락은 그의 목을 끌어안았다.

"네가 왔구나. 네가 없었다면 난 죽었을 거야."

"아저씨가 안 그랬다면 나도 죽었을 거야!"

가브로슈도 한마디했다.

마리우스가 물었다.

"근데 대장은 어디 있어?"

"대장은 이제부터 너야."

옆에 있던 앙졸라가 말했다.

마리우스는 하루 종일 머릿속이 복잡해 마치 동굴과도 같았다가 지금은 폭풍이 들어온 것 같았다. 사랑과 행복으로 넘쳤던 지난 두 달, 그리고 잃어버린 코제트, 바리케이드와 마뵈프 씨의 죽음, 폭도들의 대장이 된 자신. 마리우스의 온 정신은 자욱한 안개에 젖어 있는 것만 같아 자베르를 알아보지도 못했다.

사람들이 정신을 차리고 살펴보니 장 프루베르가 보이지 않았다. 부상자들 속에도 없고, 시체들 속에도 없었다. 그렇다면 포로가 되어 끌려갔다는 얘기다.

콩브페르가 앙졸라에게 말했다.

"놈들이 우리 동지 하나를 납치했어. 그런데 우리한테도 저쪽 경찰 한 놈이 있으니까 교환을 제의하자."

하지만 그때 길 끝에서 무기 소리 같은 게 철거덕 하고 나면서 누군가 고함을 질렀다.

"프랑스 만세! 미래 만세!"

프루베르의 목소리였다. 그리고 곧바로 불꽃이 터지면서 총소리가 들리더니 다시 잠잠해졌다.

"그를 죽인 소리다!"

콩브페르의 외침에 앙졸라가 자베르를 보고 말했다.

"네 패거리들이 방금 너를 총살했어."

거리는 다시 쥐죽은 듯 조용해졌다.

마리우스가 막 바리케이드를 돌아보고 있는데 어둠 속에서 가느다란 목소리가 들려왔다.

"마리우스 씨!"

마리우스는 온몸이 떨렸다. 그 목소리는 두 시간 전에 플뤼메 거리의 철문 밖에서 그를 부르던 목소리와 똑같았기 때문이다. 다른 점이라면 목소리가 너무 약해 숨소리처럼 작았던 것이다. 마리우스는 주위를 둘러보았다. 그런데 아무도 보이지 않았다. 그는 자기가 잘못 들었나 하며 다시 막 걸어가려 했다.

"마리우스 씨!"

또다시 그 목소리가 들렸다. 이번엔 분명히 들었다는 걸 알았다. 그런데 또다시 주위를 둘러보아도 역시 아무것도 보이지 않았다.

그 목소리가 다시 말했다.

"당신 발밑을 보세요."

마리우스가 허리를 굽혀 자세히 보니 한 사람이 자기 쪽으로 기어오고 있었다. 어렴풋이 보이는 그 사람은 몹시 창백한 얼굴로 간신히 몸을 일으켰다.

"나를 모르겠어요?"

"누구시죠?"

"에포닌이에요."

마리우스는 얼른 다가가 들여다보았다. 에포닌이 분명했다. 그녀는 남장을 하고 있었다.

"여기엔 어떻게 와 있는 거야? 도대체 뭘 하고 있어?"

"난 곧 죽을 거예요."

마리우스는 기겁을 하며 소리쳤다.

"아, 다쳤네! 잠깐만, 방으로 옮겨 치료를 받게 해 줄게. 많이 다쳤어? 어디를 어떻게 다쳤어?"

그는 에포닌을 안아 일으키려고 했다.

"어디를 다쳤어?"

"손이 뚫렸어요. 총알에……."

"손이 뚫렸다고? 아니 어쩌다가?"

"아까 누가 당신을 총으로 겨누는 거 보았죠?"

"봤지. 누군가 그 총구를 손으로 막는 것도……."

"그게 나였어요."

마리우스는 절망적으로 부르짖었다.

"도대체 왜 그런 짓을! 맙소사! 잠깐, 그 정도라면 괜찮아. 금방 치료 받으면 돼. 손이 뚫렸다고 해서 죽지는 않으니까."

"총알이 손을 뚫고 등으로 빠져나갔어요. 나는 가망이 없어요. 의사보다 당신이 필요해요. 내 옆에서 내 말 좀 들어봐요."

그녀는 마리우스의 무릎에 머리를 기대고 말했다.

"이젠 괜찮아요! 하나도 안 아파요!"

그녀는 한참 동안 가만히 있다가 어렵게 머리를 돌려 마리우스를 쳐다보았다.

"마리우스 씨, 나는 당신이 그 정원에 들어가는 게 싫었어요. 참 바보 같이…… 그 집을 지켜준 게 바로 나면서 말이죠. 그런데…… 당신은 나를 못생겼다고 생각했죠? 근데 이젠 당신도 살아남기 힘들어요! 아무도 이 바리케이드에서 살아 나가지 못할 거예요! 누가 당신을 총으로 겨누는 걸 보고는 내가 총구를 막았어요. 당신보다 먼저 죽고 싶었기 때문이에요. 총을 맞고 난 여기까지 기어 와서 당신을 기다리고 있었어요. 아무도 나를 못 봤기 때문에 내버려 두더군요. 당신이 여기로 오시길 얼마나 바랐는지 몰라요. 너무나 고통스러웠지만 지금은 괜찮아요. 혹시 생각나세요? 내가 당신 방으로 처음 들어가서 거울을 쳐다보던 그날 말이에요. 그리고 또 길에서 당신을 만났던 일도? 그때 당신이 내게 백 쑤(5프랑)를 주셨지요. 그때 난 당신 돈 같은 건 원하지 않는다고 말했죠. '당신은 부자도 아니잖아요, 마리우스 씨!' 하면서요. 난 지금 정말 행복해요! 이제 머지않아 모두 죽게 될 거예요."

에포닌은 정신이 혼미하면서도 엄숙하고 비통해 보였다. 그녀는 뚫어진 손을 가슴에 얹고 있었는데 그 아래에 나 있는 구멍에서 피가 줄줄 흘러나오고 있었다.

마리우스는 한없이 불쌍한 이 소녀를 애통한 마음으로 들여다보고 있었다.

"아아! 숨이 막혀!"

그녀는 입고 있는 작업복을 쥐어뜯듯 잡아당겼다.

그때 가브로슈의 휘파람 소리가 들렸다. 소년은 탁자에 올라앉아서 총알을 장전하며 휘파람을 불고 있었던 것이다.

에포닌이 몸을 일으키려 하며 중얼거렸다.

"내 동생이에요. 저 애가 나를 보면 안 돼요."

"동생이라고? 누가?"

마리우스는 아버지가 유언한 대로 늘 떼나르디에 가족에 대한 의무를 괴롭고 아픈 마음으로 기억하고 있었다.

"지금 휘파람 분 애요."

마리우스는 일어나려 했다.

"아, 가지 마세요. 전 이제 얼마 안 남았어요!"

그녀는 자기의 얼굴을 마리우스의 얼굴에 가까이 대며 말했다.

"당신을 속이고 싶지 않아요. 내 주머니 속에 당신에게 전달할 편지가 들어 있어요. 어제 받은 거예요. 우편함에 넣어 달라고 했는데 그냥 가지고 있었어요. 당신에게 편지가 가는 게 싫었어요. 하지만 잠시 후 저승에서 만나면 나한테 화를 내실 거예요. 편지를 꺼내세요."

그녀는 구멍 뚫린 손으로 간신히 마리우스의 손을 잡아 자신의 작업복 주머니 속으로 넣었다. 거기에 편지가 하나 있었다.

"이제 한 가지 약속을······."

그녀의 말이 끊겼다.

"뭔데?"

"약속해 주세요!"

"약속할게."

"내가 죽으면 이마에 키스해 주겠다고 약속해 주세요. 나는 죽어서도 알 거예요."

그녀는 마리우스의 무릎에 다시 머리를 떨어뜨리고 눈을 감았다.

"마리우스 씨, 나는······ 당신을 좀······ 사랑하고 있었던 것 같아요."

그녀는 그 마지막 말을 하고 미소를 지으려 하다가 숨을 거뒀다.

마리우스는 약속을 지켰다. 그는 찬 그녀의 이마에 입을 맞췄다. 그건 코제트를 배반한 행위가 아니라 한 불행했던 영혼에 대한 추도이며 고별 인사였다.

그는 에포닌의 몸을 땅에 가만히 내려놓고 자리에서 일어났다. 그러고는 아래층 방으로 가서 촛불 옆에 앉았다. 봉투엔 여자의 필적으로 이렇게 쓰여 있었다.

베르리 거리 16번지. 쿠르페락 씨 댁, 마리우스 퐁메르시 그는 봉투를 뜯었다.

오, 사랑하는 이여! 아버지가 빨리 떠나자고 해서 우리는 오늘 저녁에 옴므 아르메 거리 7번지로 갈 거예요. 그리고 일주일 후엔 런던에 가 있을 거예요. 6월 4일 코제트

이제까지의 모든 일은 에포닌이 꾸민 짓이었다. 그녀는 6월 3일 저녁에 두 가지를 계획했다. 하나는 플뤼메 거리의 장발장 집을 털려는 아버지와 그 일당들의 수작을 가로막는 것이었고, 다른 하나는 마리우스와 코제트를 갈라놓는 것이었다. 그러고는 길에서 젊은 부랑자를 만나 그와 옷을 바꿔 입었다. 연병장 둑길에서 장발장에게 '이사하시오'라는 경고 쪽지를 떨어뜨린 것도 에포닌이 한 짓이었다. 장발장은 그 경고대로 집으로 돌아가자마자 코제트에게 당장 떠나자고 재촉했다. 코제트는 별안간 일이 닥치자 허둥지둥하며 겨우 몇 자 적었는데, 어떻게 그걸 우편함에 넣어야 할지 몰랐다. 혼자 외출한 적도 없었고, 또 투생 할멈에게 부탁하면 무슨 일인가 하고 놀라 포슐르방 씨에게 보일 게 분명했다. 그래서 코제트는 걱정만 하고 있다가 철문 밖에 남장을 하고 지나가는 에포닌을 보게 되었다. 에포닌은 그즈음 정원 앞에서 줄곧 서성이고 있었던 것이다. 코제트는 그 청년에게 5프랑과 편지를 맡기면서 그 주소로 전달해달라고 부탁했다.

에포닌은 편지를 받은 다음 날인 6월 5일에 쿠르페락의 집으로 가서 마리우스를 기다렸다. 편지를 전해 주기 위해서가 아니었다. 질투와 연정으로 불타오르고 있기 때문에 마리우스의 '꼴을 보기 위해서'였다. 그런데 쿠르페락이 '우리는 바리케이드로 간다'고 말하자 그녀는 죽음의 격전

지에 자신의 몸을 던지고 마리우스도 끌어들이려고 마음먹었다. 그래서 그녀는 쿠르페락을 따라가 바리케이드를 만드는 장소를 확인하고는 플뤼메 거리로 가서 마리우스를 기다렸다. 그는 아무것도 모르고 언제나처럼 저녁이면 플뤼메 거리의 정원으로 갈 것이며, 코제트를 못 만나게 되면 그가 절망할 것이라는 것도 에포닌은 확신했다. 그리고 친구들이 바리케이드로 오라는 쪽지를 보내면 그는 틀림없이 올 것이라고 생각했다. 아닌 게 아니라 그녀의 작전은 모두 맞아떨어졌다.

마리우스는 코제트의 편지에 입맞춤을 계속하며 그녀의 사랑을 확인하고는 자신이 죽으면 안 된다는 생각이 들었다. 그러나 곧 그녀가 아버지를 따라 영국으로 갈 것이고, 할아버지는 자신의 결혼을 허락하지 않을 텐데, 그렇다면 이 불행한 운명에 달라질 것이 없다는 생각이 들었다.

그는 자신이 꼭 해야 할 두 가지 의무가 남아 있다는 것을 떠올렸다. 하나는 코제트에게 자신의 죽음을 알리고 마지막 작별인사를 하는 것이며, 다른 하나는 에포닌의 동생이자 떼나르디에의 아들인 그 소년이 파멸하지 않도록 도와야 하는 것이었다. 그는 수첩에서 종이를 한 장 뜯어내 다음과 같이 적었다.

우리의 결혼은 불가능했어요. 할아버지에게 요청했는데 거절당했어요. 나는 재산도 없고, 당신도 마찬가지예요. 당신 집으로 갔는데 벌써 떠나고 없더군요. 내가 한 맹세 기억하시겠죠. 나는 그걸 지키겠습니다. 나는 죽을 것입니다. 당신을 사랑합니다. 당신이 이 편지를 읽을 때쯤 나의 영혼은 그대 옆에 가 있을 것입니다. 그리고 내 영혼은 그대에게 미소를 지을 것입니다.

편지를 묶을 것이 아무것도 없어 그는 종이를 접어 그 위에다 주소를 썼다. '옴므 아르메 거리 7번지. 포슐르방 씨 댁, 코제트 포슐르방'

그는 잠시 생각하다가 다시 수첩을 꺼내 이렇게 적었다.

나는 마리우스 퐁메르시이다. 내 시체는 마레의 피유 뒤 칼베르 거리 6번지, 내 할아버지 질노르망 씨에게 보내주시오.

그는 수첩을 다시 주머니에 넣고 나서 가브로슈를 불렀다. 소년은 마리우스가 부르자 흥얼거리면서도 충성스런 표정을 지으며 재빨리 달려왔다.

"내 심부름을 하나 해 줄래?"

"그럼요. 아저씨 아니었더라면 난 죽었을 텐데요 뭐."

"이 편지를 갖고 지금 당장 바리케이드를 나가. 그리고 내일 아침에 이 주소로 찾아가서 그 집의 코제트 양에게 전해 주렴."

가브로슈가 씩씩하게 물었다.

"그런데 그동안 만약 바리케이드가 무너진다면 난 돌아오지도 못하는데요?"

"바리케이드는 여러 상황으로 볼 때 아마도 내일 새벽녘이나 되어야 공격을 받을 것 같고, 정오 전에는 함락되지 않을 거야."

"그럼 이 편지를 내일 아침에 갖다 주면 어떨까요?"

"그러면 너무 늦어. 바리케이드가 완전히 포위되어 거리를 온통 시민병들이 지키고 있으면 여기서 빠져나가지도 못할 텐데 뭐. 그러니까 지금 바로 나가는 게 좋아."

가브로슈는 뭐라고 대꾸할 말이 없어 귀를 긁적이다가 편지를 받아 들었다.

"알았어."

그러면서 작은 길 쪽으로 뛰어갔다. 그는 속으로 이렇게 생각하고 있었다.

'아직 열두 시도 안 됐고, 옴므 아르메 거리는 멀지 않으니까 지금 편지를 갖다 주고 바로 돌아오면 되겠지.'

13

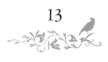

격랑 속으로

그때 장발장은 깊은 번민에 빠져 있었다. 무서운 혁명의 소용돌이 속에서 그는 어찌할 바를 모르고 떨고 있었던 것이다. 그런 갑작스런 변화는 불과 몇 시간 사이에 일어난 일이었다.

6월 4일 저녁 그는 코제트와 투생을 데리고 옴므 아르메 거리로 이사를 했다. 장발장이 투생까지 데려간 것은 다시는 플뤼메 거리로 돌아올 수도 없는데 투생을 그곳에 남겨둘 수가 없었기 때문이었다.

그가 도망가다시피 플뤼메 거리에서 나오면서 챙긴 것이라곤 늘 몸의 일부처럼 가지고 다니는 향기 나는 작은 가방뿐이었다. 모든 짐들을 챙기자면 짐꾼이 있어야 하는데 그러자면 증인을 남기게 되는 것이었다.

투생은 최소한의 내의와 옷, 화장품만 가지고 나올 수 있도록 허락했고, 코제트는 필기도구만 조금 가지고 나왔다.

장발장은 해가 넘어간 다음 어둑해서야 움직일 계획이었으므로 코제트는 마리우스에게 편지 쓸 시간을 겨우 가질 수 있었다. 그들이 옴므 아르메 거리에 도착했을 때는 한밤중이었다. 그들은 모두 아무 말도 하지 않고 곧바로 잠을 잤다.

다음 날 장발장은 개운하게 일어났다. 그 집에선 당분간 안심할 수 있을 것 같았다. 코제트는 일어나더니 투생에게 자기 방으로 수프 한 그릇을 가져오게 하고는 저녁 때까지 방에서 나오지 않았다.

다섯 시쯤 저녁 식사에 나온 코제트는 아버지를 생각해 예의로 식탁에 나와 앉았을 뿐 음식을 먹지는 않았다. 그러고는 두통이 아직 있다면서 인사를 하고 다시 자기 방으로 들어가 버렸다.

장발장이 간단한 식사를 하고 있는 동안 투생은 시내에 폭동이 일어났다면서 두세 번이나 더듬거리며 중얼거렸다. 장발장은 식사를 끝낸 후, 코제트를 데리고 영국으로 떠날 계획을 세우며 방 안을 왔다갔다 하면서 서성거리고 있었다. 그러다 갑자기 그의 눈에 이상한 것이 띄었다. 찬장 위에 비스듬히 세워져 있는 거울 속에 몇 줄의 글이 비쳐 보였던 것이다.

오, 사랑하는 이여! 아버지가 빨리 떠나자고 해서 우리는 오늘 저녁에 옴므 아르메 거리 7번지로 갈 거예요. 그리고 일주일 후엔 런던에 가있을 거예요. 6월 4일 코제트.

장발장은 너무나 놀라 그 자리에 굳은 채로 멈춰 서 버렸다.

코제트는 이 집으로 옮겨 온 후 슬픔에 빠진 나머지, 전날 마리우스에게 편지를 쓰고 나서 말리려고 펼쳐 놓았던 압지를 찬장 위 거울 앞에 그대로 놓아두었다는 것도 잊어버리고 있었던 것이다. 때문에 글씨가 압지

위에 그대로 남아 있었고, 그것이 거울 속으로 비치면서 압지 위에 거꾸로 박혀 있는 글씨는 거울 속에서 반대로 정확한 모양을 보여주고 있었다.

장발장은 코제트가 전날 마리우스에게 쓴 편지 내용을 고스란히 읽을 수가 있었다. 그건 장발장에겐 무서운 일이었다. 그는 거울 앞으로 가서 압지를 들고 다시 읽어 보고는 비틀거리며 낡은 안락의자에 털썩 주저앉았다. 눈앞이 흐려지며 어지러웠다.

'그래, 분명해졌어. 이 세상의 빛은 이제 영원히 사라졌다. 코제트가 이걸 누군가에게 써 보낸 거야.'

장발장이 그 편지를 발견했을 때 마리우스는 아직도 코제트의 편지를 받지 못하고 있었다. 우연은 야속하게도 마리우스보다 장발장에게 먼저 편지를 내보였던 것이다. 장발장은 이제까지 수많은 시련을 견뎌 왔고 수 없는 고통을 감수해 왔지만 지금처럼 온 영혼이 흔들리는 것을 느낀 적은 없었다.

아! 최악의 시련은 사랑하는 사람을 잃는 것이 아니겠는가!

평생을 혼자서 살아 온 그에겐 코제트가 모든 것이나 다름없었다. 딸처럼, 어머니처럼, 그리고 여동생처럼 그는 코제트를 사랑하고 있었다. 애인도 아내도 그에겐 있어 본 적이 없기 때문에 그는 맹목적인 순수한 마음으로 천사 같은 사랑을, 아니 그저 본능적인 사랑을 간직하고 있었다. 그리고 그런 사랑을 오직 단 하나 있는 딸에게 쏟고 있었던 것이다.

'그녀의 마음은 딴 남자를 향해 있다. 그녀가 사랑하는 사람은 내가 아니라 다른 사람이며, 나는 이제 없는 것이나 다름없다. 그녀가 나를 떠나가고 있다.'

장발장이 이렇게 절망적인 생각에 한없이 잠겨 있는데 투생이 들어왔다. 그는 투생에게 물었다.

"어느 쪽인지 알고 있소?"

투생은 이해를 못해 어리둥절하기만 했다.

"?"

"아까 시내에 난리가 났다고 말하지 않았소?"

"아, 그거요? 생 메리 쪽이라고 하던데요."

5분쯤 후, 장발장은 무슨 생각에서인지 모자도 안 쓰고 대문 밖의 주춧돌 위에 앉아 있었다. 마음이 너무 답답해서일까? 그런데 이미 밤이 깊어가고 있었다. 얼마 동안이나 그렇게 앉아 있었을까?

길거리에서는 아무 소리도 안 들리고 적막하기만 했다. 그는 여전히 돌 위에 앉은 채 꼼짝도 하지 않았다.

그러다 갑자기 고요를 뚫고 시장 쪽에서 총격 소리가 들려오더니 잠시 후 더 격렬한 총성이 이어졌다. 한밤중이라 더 무시무시하게 들리는 그 두 차례의 총격 소리에 장발장은 몸을 떨면서도 계속 그 자리에 앉아 있기만 했다.

한참을 더 그렇게 있다가 그는 갑자기 얼굴을 들었다. 저쪽에서 누가 걸어오는 발걸음 소리가 들려왔다. 가로등 불빛 아래서 작고 창백한 어떤 사람이 주위를 두리번거리며 이쪽으로 다가오고 있는 게 보였다. 가브로슈가 막 도착했던 것이다. 소년은 뭔가를 찾으며 계속 두리번거리면서 장발장을 보고도 본체만체했다.

"제기랄!"

가브로슈는 혼자 중얼거리며 집을 기웃거렸다. 그러고는 대문을 쳐다보았다. 장발장은 조금 전까지만 해도 아무에게도 말을 하고 싶지 않았지만 이 소년에게는 말을 걸고 싶었다.

"애야, 왜 그러니?"

"배가 고파서 그래, 근데 왜 물어?"

가브로슈는 노인을 무시하듯 말했다. 장발장은 바지 주머니를 뒤져 5 프랑을 꺼냈다. 가브로슈는 날쌔게 돌멩이 하나를 주워서는 가로등을 보며 소리쳤다.

"아니, 아직도 불이 켜 있다니. 이런 건 부숴 버려야 돼."

그가 가로등을 향해 돌을 던지자 유리가 박살이 나며 떨어졌다. 가로등이 꺼져 버리자 거리가 더 캄캄해졌다.

장발장이 가브로슈에게 다가가 5프랑을 손에 쥐어주었다. 가브로슈는 엄청나게 큰 액수의 돈을 보고 놀라며 번쩍이는 돈을 잠시 쳐다보고 있더니 다시 장발장에게 내밀며 말했다.

"나는 가로등을 깨는 게 더 기분 좋아. 난 매수당할 사람이 아니라고."

"네 엄마는 있니?"

"당신보다 더 많은데요."

가브로슈가 대답했다.

"그럼 이 돈을 엄마한테 갖다드려라."

가브로슈의 마음이 흔들렸다. 이 노인이 모자를 안 쓰고 있어서 그는 안심이 되었다.

"가로등을 못 부수게 하려고 그러는 게 아니네?"

"그건 네 멋대로 해."

"참 좋으신 분이네요."

가브로슈는 5프랑짜리 돈을 주머니에 넣으며 마음이 편안해졌다.

"이 거리에 사시는 거예요?"

"그래. 근데 왜 그러니?"

"칠 번지가 어딘지 아세요?"

"칠 번지는 왜?"

소년은 순간 말을 하지 말아야겠다고 생각했다. 괜히 쓸데없는 말을 많이 한 것 같았기 때문이다.

그때 장발장의 머릿속에 어떤 생각 하나가 번개처럼 떠올랐다. 그래서 소년에게 물었다.

"너, 내가 기다리고 있는 편지를 가져온 거 아니야?"

소년이 전혀 이해를 못하겠다는 눈으로 장발장을 쳐다보며 말했다.

"할아버지한테요? 할아버지는 여자가 아닌데요."

장발장이 다시 물었다.

"코제트 양한테 편지 가져온 거 아니니?"

"코제트? 그래요…… 그 비슷한 이름인 것 같아요."

"그럼 이리 줘. 내가 전해 주면 되니까."

"그럼 제가 바리케이드에서 온 거 아시겠네요?"

가브로슈는 잠시 생각하더니 말했다.

"자, 여기요."

소년은 주머니에 손을 넣어 쪽지 하나를 꺼냈다.

"중요한 편지예요. 임시정부에서 온 거죠."

가브로슈가 그렇게 말하자 장발장이 편지를 받으며 대답했다.

"답장은 생 메리로 보내는 거 맞지?"

"거기가 어딘 줄 알고 그러시죠? 이 편지는 샹브르리 거리의 바리케이드에서 온 거예요. 난 다시 그리 갑니다. 안녕히 계세요, 동지."

그렇게 말하며 가브로슈는 새장에서 나온 새처럼 왔던 길로 날아가듯 사라졌다.

장발장은 마리우스의 편지를 꼭 쥐고 집으로 들어갔다. 그는 코제트와 투생이 자고 있는 것을 확인하고 촛불을 켰다. 그러고는 테이블 앞에서 편지를 읽기 시작했다. 하지만 감정이 몹시 격렬해져 전체 내용 가운데 몇 줄밖에는 눈에 들어오지 않았다.

'나는 죽을 것입니다…… 당신이 이 편지를 읽을 때쯤 나의 영혼은 그대 옆에 가 있을 것입니다.'

장발장은 심한 충격에 머리가 멍해지며 놀란 눈으로 마리우스의 편지를 내려다보았다. 그러면서 그 가증스런 청년의 죽음을 상상해 보았다. 그러고는 속으로 빙긋이 웃었다. 자, 이제 모든 건 끝났다. 그의 인생을 가로막고 있던 청년은 이제 곧 사라질 것이다. 왜냐하면 이 전투에 가담했다면 그 청년은 살아날 수 있는 희망이 없기 때문이다. 그러나 장발장 자신은 살아남을 것이다.

그렇게 되면 이제부터는 또다시 코제트와 둘이 살아갈 수 있게 된다. 경쟁은 끝나고 새로운 미래가 펼쳐질 것이다. 그럼 이 편지를 주머니 속에 감춰 두기만 하면 된다. 코제트는 마리우스의 일에 대해 결국 아무것도 모르게 되리라. 일이 되어 가는 대로 내버려 두자. 그 청년은 거기서 헤어날 가능성이 없다. 아직 죽지 않았다 하더라도 이제 곧 죽을 것이다. 얼마나 다행인가!

그런 생각에 빠지면서 장발장은 한편으로 우울해졌다. 그는 아래층으로 내려가 수위를 깨웠다.

그로부터 한 시간쯤 후, 장발장은 국민병 제복을 입고 무장을 한 채 밖으로 나갔다. 수위가 장발장이 필요로 하는 물건들을 주변에서 쉽게 구해다 주었던 것이다. 그는 총알이 들어 있는 총과 탄약이 가득 들어 있는 탄창을 휴대하고 시장 쪽으로 갔다.

제 5 부

장발장

1

바리케이드의 젊은이들

샹브르리 거리에 구축한 바리케이드는 사실 허술한 것이었지만 당시로선 그것도 충분히 두려워할 만한 것이었다.

마리우스는 깊은 상념에 잠겨 아무것도 못 보고 있었는데, 그동안 폭도들은 앙졸라의 지휘 아래 밤을 이용해 바리케이드를 새로 손보고 위로 더 높이 쌓아 올렸다. 그리고 바리케이드 내부를 새로 정리하고 부상자들을 돌보며, 여기저기 흩어진 화약을 주워 모으고, 새로 탄환을 만드는가 하면 무기를 서로 나누고 시체를 치우기도 했다.

시체들 속에는 국민병 네 구가 섞여 있었다. 앙졸라는 그들의 군복을 벗겨 두라고 지시했다. 그러고는 모두 두 시간씩 교대로 잠을 자라고 했다.

그리고 보니 코랭트 술집의 주인과 일하는 사람들은 그동안 모두 사라지고 없었다. 폭도들은 차라리 그게 더 잘 됐다고 생각했다. 술집 아래층 홀에는 검은 천을 씌워 놓은 마뵈프 씨의 시체와 아직도 기둥에 묶여 있는 자베르밖에는 아무도 없었다.

"여기가 시체실이야."

앙졸라가 말했다.

내부엔 촛불 하나가 켜 있어 간신히 보일 정도였고, 마뵈프 씨의 시체가 놓여 있는 탁자 뒤로 자베르가 기둥에 묶여 있어, 서 있는 자베르와 누워 있는 마뵈프 씨의 시체가 마치 커다란 십자가 같은 모양새를 하고 있었다.

앙졸라는 죽은 마뵈프 씨의 피투성이 옷을 벗겨내 바리케이드 꼭대기에다 매달아 놓았다.

그런데 폭도들은 먹을 게 아무것도 없었다. 바리케이드에 있는 50여 명의 남자들은 그곳에 들어온 이후 열여섯 시간 동안 코랭트 술집에 조금 남아 있던 음식을 나눠 먹은 게 전부였다. 배가 고프지만 참는 수밖에는 없었다. 그래도 폭도들이 빵을 달라고 요구하자 잔느가 소리쳤다.

"지금이 세 신데, 네 시쯤엔 우리 모두 죽을 수도 있어."

먹을 것이 없기 때문에 앙졸라는 포도주를 금지시키고 브랜디만 조금 나눠주었다. 새벽 두 시쯤, 남아 있는 인원을 모두 점검해 보니 아직 37명이 있었다.

날이 밝기 시작했다. 바리케이드 내부는 아직도 컴컴했지만 틈 사이로 어렴풋이 바깥 건물들이 희끄무레하게 보이고 있었다. 하늘은 흰색과 파란색이 섞여 아직 뿌옇게 보였다.

앙졸라가 정찰을 하러 밖으로 나갔다. 그러고는 잠시 후 돌아와 말했다.

"파리의 모든 병력이 다 출동했어요. 그중 삼분의 일이 우리의 바리케이드를 공격하러 올 겁니다. 국민병들도 거기에 합류하고 있어요. 한 시간쯤 후에 우리는 공격을 받을 것 같습니다. 어제는 군중들이 많이 가세를 했는데 오늘 아침엔 아직 움직이는 낌새가 없네요. 우리는 이제 기다릴 그 어떤 것도 없고 희망도 없습니다. 우리는 완전히 고립되어 있어요."

폭도들은 갑자기 벙어리가 된 듯 아무 말이 없었다. 그들 사이로 죽음의 불안감이 엄습한 것이다. 하지만 그것도 한순간이었다. 누군가가 외쳤다.

"그럼 바리케이드를 더 높이 쌓고 모두 여기 붙어 있읍시다. 동지들이여, 죽음이 오더라도 끝까지 저항합시다. 민중들이 공화주의자들을 외면하더라도 공화주의자들은 민중들을 외면하지 않는다는 것을 보여줍시다."

그 말에 모든 사람들은 불안감을 떨쳐내고 열광적인 환호를 했다. 그들은 모두 비장하고 무서운 각오를 외쳐 댔다.

"만세! 모두 여기서 버티자."

"모두 버티자! 모두."

환호가 터져 나오자 앙졸라가 말했다.

"모두 남을 필요는 없어요. 바리케이드는 튼튼하고 위치도 유리하니까 서른 명만 남아도 됩니다. 모두 희생할 필요는 없어요."

"아무도 떠나고 싶어 하지 않아요."

그러자 앙졸라가 다시 외쳤다.

"동지들이여, 우리 공화주의자들은 무익한 희생을 할 만큼 숫자가 많지 않습니다. 일부는 떠나는 것이 우리의 의무이기도 합니다. 의무도 수행해야 합니다."

냉철한 대장인 앙졸라의 주문에도 불구하고 사람들은 불평을 터뜨렸다.

"바리케이드가 포위되어 있는데도 떠나라는 소립니까? 떠나는 거야 쉽죠."

"시장 쪽은 문제없어요."

"그래도 금방 체포될 거예요. 군대 눈에 띄었다가는 곧 발각될 겁니다. 노동복 차림에 모자를 쓰고 있으면 어디서 오느냐고 묻겠죠. 손에서 화약 냄새가 나면 그대로 총살시킬 겁니다."

앙졸라는 아무 대꾸도 안하고 콩브페르를 데리고 술집 아래층 홀로 들어갔다. 그리고 잠시 후 적군의 시체에서 벗겨내 보관해 두었던 군복

네 벌을 들고 다시 나왔다.

"이 군복을 입고 군대 속에 섞여서 도망치면 됩니다."

앙졸라가 바닥에다 군복들을 내려놓았다. 군중들은 아무도 떠나려는 사람이 없었다. 콩브페르가 나서서 말했다.

"여러분! 잘 생각해 보시기 바랍니다. 여기에 아내 있는 분들 없습니까? 자식 있는 사람들은요? 금발의 자식을 생각하고 백발의 부모님 생각을 하십시오. 아들을 기다리는 어머니 생각도 해 보시고요. 자신을 죽일 수는 있어요. 그러나 내일을 생각해 보세요. 먹을 것 없는 아이들 생각도요. 생각만 해도 무서운 일입니다. 남자는 구걸을 하고, 여자는 몸을 팔게 됩니다! 여러분, 우리는 죽는다 해도 가족이 남아 있어요. 그들에게 얼마나 큰 고통이 되겠어요! 여러분 모두 용감하고, 큰 뜻을 위해 목숨을 바칠 각오가 되어 있다는 걸 잘 알고 있습니다. 그러나 여러분은 이 세상에 혼자 있는 것이 아닙니다. 당연히 챙겨야 할 가족이 있습니다. 이기주의자가 되어서는 안 됩니다."

모두들 침울한 표정으로 말이 없었다. 엄숙하고 숭고한 침묵의 시간이 잠시 흘렀다. 콩브페르도 고아가 아니었다. 그는 말하는 동안 다른 사람의 어머니 생각은 했지만 자신의 어머니 생각은 하지 않았다. 그러고는 자신을 죽음으로 몰아넣으려고 했다. 그 자신이야말로 바로 이기주의자가 아닌가.

마리우스는 굶주림과 모든 희망이 사라진 가운데 괴로움에 몸부림치며, 바야흐로 최후의 순간이 다가오는 것을 느끼면서 환각과 마비 상태 속에서 점점 무너져 내리고 있었다. 자신이 죽는다는 생각에만 오로지 열중하고 있던 그는 콩브페르의 말을 듣고, 자신을 희생함으로써 다른 사람을 구할 수 있다는 생각을 하며 사람들에게 외쳤다.

"앙졸라와 콩브페르의 말이 맞습니다. 쓸데없는 희생은 할 필요가 없습니다. 나는 그들의 의견에 찬성합니다. 자, 서둘러야 할 것 같습니다. 여러분들 중에 어머니나 아내가 있는 사람들은 앞으로 나오시기 바랍니다."

그래도 아무도 움직이지 않았다.

"그럼 결혼한 분들과 가족을 책임지고 있는 분들, 앞으로 나오십시오."

마리우스가 또 말했다.

그는 권위를 갖고 있었다. 앙졸라가 바리케이드의 대장이라면 마리우스는 바리케이드의 수호자였다.

"이건 명령입니다!"

마침내 앙졸라가 소리쳤다.

"제발 부탁합니다."

이번엔 마리우스가 외쳤다.

콩브페르의 말에 감동하고, 앙졸라의 명령에 마음이 흔들리고, 마리우스의 간청에 감격한 군중들은 서로를 쳐다보며 상대방에게 말하기 시작했다.

"당신은 가족이 있잖아요, 어서 나가세요."

한 청년이 중년 남자에게 말했다.

"아니, 자네가 나가게나. 자네야말로 먹여 살릴 여동생이 둘이나 있지 않나."

중년 남자가 대답했다. 그러고는 둘이서 옥신각신 하기 시작했다. 서로 묘지의 입구에서 밀려 나가지 않으려는 기묘한 다툼이었다.

"서둘러야 합니다. 조금만 늦어지면 이미 때는 놓치게 됩니다."

앙졸라도 덧붙여 말했다.

"여러분, 여기는 공화국입니다. 지금 우리는 보통선거를 시작하고 있는 것입니다. 떠나야 할 사람을 여러분 스스로가 선택하도록 하십시오."

사람들은 그 말에 따라 잠시 후 다섯 사람을 만장일치로 선택해 앞으로 나오게 했다.

"다섯 사람이군요!"

마리우스가 말했다. 군복은 네 벌뿐이었다.

"그럼 한 사람이 남아야겠네요."

다섯 사람이 서로 똑같이 말했다. 그들은 이제 서로 남으려고 또 옥신각신하기 시작했다. 그러면서 서로에게 남아서는 안 된다는 이유를 지적하기 바빴다. 그들은 누구 하나 양보하지 않으려 했다.

"빨리 정하세요."

쿠르페락이 재촉했다. 다섯 사람 중 하나가 마리우스에게 말했다.

"남을 사람을 당신이 정해 주시오."

그리고 다섯 사람 모두 이구동성으로 외쳤다.

"당신이 정해 주시오. 당신의 명령대로 하겠소."

마리우스는 전투에서 희생될 사람을 자신이 직접 선택해야 한다는 생각을 하자 온몸의 피가 거꾸로 치솟는 것처럼 얼굴이 파랗게 질리고 말았다. 하지만 자신을 쳐다보고 있는 다섯 사람에게로 가까이 다가갔다. 그들은 모두 열망의 불꽃이 번득이는 눈으로 그에게 소리쳤다.

"나를 택하시오! 나를 택하시오! 나를!"

마리우스는 어리둥절해 그들을 바라보다가 네 벌의 군복을 쳐다보았다. 그 순간 마치 하늘에서 떨어지기라도 한 것처럼 다섯 번째 군복이 네 벌의 군복 위로 날아왔다.

마리우스가 눈을 들어 보니 포슐르방 씨가 보이는 것이었다. 장발장은 막 바리케이드 안으로 들어서 있었다. 그는 국민병 복장을 하고 있었기 때문에 거리에서 아무런 의심을 받지 않았고, 폭도들 쪽에서는 바리케이드 밖에 서 있는 보초가 단 한 명의 국민병 때문에 경보를 울릴 생각은 하지 않았다. 이 국민병이 지원하러 온 것일지도 모르고, 아니면 가서 포로가 되겠지 하는 생각으로 그냥 통과시켰던 것이다.

장발장이 바리케이드 안으로 들어섰을 때 모든 사람들은 다섯 남자들과 네 벌의 군복만을 열심히 쳐다보고 있었기 때문에 아무도 그를 주의하지 않았다. 장발장은 상황을 보고 이야기를 들은 후 아무 말도 하지 않고 자기 군복을 벗어서 다른 군복들 위로 던졌다.

사람들은 감격하며 어안이 벙벙해 서로들 속삭였다.

"저 사람이 누구지?"

"남을 구하러 온 사람이야."

그때 마리우스가 엄숙하게 말했다.

"내가 아는 분이십니다."

그 한마디에 모두들 안심하는 눈치였다.

앙졸라가 장발장에게 말했다.

"환영합니다, 동지. 아시다시피 우리는 희생될 것입니다."

장발장은 아무 말도 없이 자신이 구원해 준 폭도가 옷 입는 것을 도와주었다.

마리우스는 눈앞에 보이는 모든 것이 그저 환영인 것만 같았다. 그래서 포슐르방 씨가 어떻게 왜 무엇을 하러 거기에 왔는지 의문을 품지도 않았다. 스스로의 절망감 때문에 그 자신을 포함한 모든 다른 사람들도 그곳에 죽으러 왔고, 그것이 당연하다고 생각했다.

그는 가슴이 먹먹하도록 코제트 생각만 했다. 게다가 포슐르방 씨는 그에게 말도 걸지 않고 그를 쳐다보지도 않으며, 마리우스가 아는 사람이라고 얘기했을 때도 그의 말을 들은 체도 하지 않았다.

마리우스는 포슐르방 씨의 그런 태도가 오히려 더 안심이 되었다. 그를 보게 되어 왠지 반가우면서도 어딘지 수상쩍고 음울한 정체불명의 그 남자에게 말을 걸 용기는 전혀 없었다. 그를 본 것도 오래 전 일인데다 마리우스의 소심하고 내성적인 성격으로는 도저히 불가능할 뿐이었다.

선택된 다섯 남자들은 슬퍼하며 다른 사람들과 포옹을 하고 떠나갔다. 그들이 떠나고 나서 앙졸라는 사형에 처해질 사람을 떠올리며 아래층 홀로 내려갔다. 자베르는 기둥에 묶인 채 물었다.

"나를 언제 죽일 거요?"

"기다려. 지금 우리는 탄약 하나도 아껴야 하니까."

"그럼 물이나 좀 주쇼."

앙졸라는 물 한 컵을 가져다 그의 입에 대 주었다.

"더 원하는 게 없나?"

"이대로 서서 하룻밤을 새우게 했으니, 나를 묶어서라도 저 탁자 위에 좀 눕게 해 주시오. 저 사람처럼 말이오."

자베르는 고개로 마뵈프 씨의 시체를 가리켰다.

폭도들이 탄약을 만들 때 썼던 긴 탁자가 한쪽 구석에 놓여 있었다. 앙졸라는 그를 탁자로 옮겨 다시 묶도록 지시했다. 사람들이 자베르를 묶고 있는데 한 남자가 입구에 서서 그를 뚫어지게 쳐다보고 있었다. 자베르도 그 남자의 그림자를 보고는 고개를 돌려 쳐다보았다. 그는 장발장이었다. 자베르는 그를 알아보고는 소름이 돋았지만 거만한 눈길을 던지고는 혼자 중얼거렸다. "뻔하지."

날이 훤히 밝아 오고 있었다. 그러나 거리엔 창문 하나 열리지 않고 아무도 드나들지 않았다. 해는 떠오르는데 인기척이 전혀 없었다. 보이는 건 아무것도 없지만 멀리서 어떤 소리가 들려왔다. 뭔가 서두르는 소리 같았다. 그 소리는 점점 가까이 다가오고 있었다. 보초들도 모두 퇴각을 했다.

앙졸라는 모두 전투 위치로 가도록 하고 자신도 기병총을 들고 제 위치로 가서 섰다. 그리고 얼마 지나지 않았다. 대규모 병력의 웅성거리는 소리와 철거덕거리는 소총 소리가 웅장하게 들리는가 싶더니 순식간에 대포가 나타났다. 그때 앙졸라가 외쳤다.

"발포하라!"

바리케이드에서 일제히 불이 뿜어졌다. 무시무시한 사격이었다. 적군의 대포와 병사들이 연기에 뒤덮여 잠시 보이지 않았으나, 곧 몇 초 후 연기구름이 사라지면서 다시 서서히 대포가 모습을 드러냈다. 그리고는 조준을 하는가 싶더니 이어 포탄이 발사되면서 무서운 폭음이 터졌다.

포성이 울리고 곧이어 한 목소리가 씩씩하게 외쳤다.

"내가 여기 왔다."

포탄이 바리케이드에 떨어지는 그 순간 바로 가브로슈가 바리케이드 안으로 뛰어들며 외쳤던 것이다. 포탄은 바리케이드의 한구석에 있는 마차 바퀴 하나만을 부수고 옆으로 튀기며 빠져나갔다. 폭도들은 그 광경을 보며 웃어 대고, 보쉬에는 상대 포병들에게 소리쳤다.

"어디 계속해 보시지."

마리우스는 간담이 서늘해지며 가브로슈를 불렀다.

"여기엔 뭐하러 왔니?"

"그럼 당신은 왜 왔어요?"

소년은 겁도 없이 태연한 표정으로 마리우스를 빤히 쳐다보았다.

"아니 누가 다시 오라고 했니? 편지는 제대로 잘 전달했니?"

"동지, 편지는 수위한테 전했으니까 그 부인이 일어나면 편지를 받겠죠."

마리우스가 그 편지를 보낸 목적은 두 가지, 하나는 코제트에게 작별인사를 하는 것이었고, 또 하나는 가브로슈를 구해 내기 위해서였다. 하지만 그가 바랐던 것은 하나만 이루어진 셈이었다. 그는 편지가 전달된 것과 포슐르방 씨가 바리케이드에 나타난 것을 보며, 가브로슈에게 포슐르방 씨를 가리키면서 물었다.

"너 저 사람 아니?"

"아니, 모르는데요."

편지를 가지고 갔을 때 가브로슈는 장발장을 어둠 속에서 잠깐 봤기 때문에 그를 알아보지 못했다. 마리우스 또한 포슐르방 씨가 공화주의자일 것이라고 짐작하고는, 바리케이드에 그가 온 것에 대해 조금도 이상하게 생각하지 않았다.

가브로슈는 어느새 바리케이드 저쪽으로 가서 총을 들고는 자신의 '동지'들에게 바리케이드가 포위당해 있다고 알려주었다. 그래서 겨우 다시 올 수 있었다고 말했다.

바리케이드에 다시 포탄이 날아왔다. 폭도들 중 두 명이 희생되고 세 명이 부상을 입는 사태가 벌어졌다. 이대로 포격이 계속된다면 바리케이드는 얼마 못 가 무너지고 말 것이다.

"막아야 돼."

앙졸라가 기병총으로 포수장을 겨누며 외쳤다. 포수장은 포신의 뒤쪽에 몸을 숨기고 다시 조준을 하고 있었다. 포수장은 포병 중사로서, 아주 잘생기고 젊은 금발의 사나이였다. 콩브페르가 앙졸라 옆에 서서 그 젊은 포수장을 뚫어져라 관찰하며 말했다.

"유감스럽군! 이런 살육전을 해야 하다니! 왕이란 작자들이 없어지면 전쟁도 일어나지 않을 텐데. 앙졸라, 자네 저 포수장을 겨누고 있지? 하지만 생각해 봐. 무척 호감이 가는 청년이구먼. 저 친구도 부모와 가족이 있을 거고, 연애를 하고 있는지도 모르지. 많아야 스물다섯쯤 됐을까. 자네의 형제일 수도 있잖아."

"그렇지. 내 형제지."

"그래, 내 형제이기도 하고. 그럼 우리 죽이지 말자."

"내가 알아서 할게. 해야 할 일은 해야 되니까."

앙졸라의 대리석처럼 창백한 얼굴에서 눈물이 천천히 흘러내렸다. 그와 동시에 그의 총에서 방아쇠가 당겨지며 불꽃이 일어났다. 포수장은 두 팔을 앞으로 내민 채 그대로 대포 위로 엎어져 꿈쩍도 하지 않았다. 그의 시체가 치워지고 포수장이 새로 바뀌는 동안 몇 분의 시간을 벌 수 있게 되었다.

그러나 포격이 다시 시작되면 바리케이드 쪽에서는 15분도 견뎌낼 수 없게 된다. 앙졸라가 소리쳤다.

"짚을 가져와 쌓아."

"부상자들이 누워 있어서 짚이 더 없는데."

콩브페르가 외쳤다.

장발장은 혼자 한 곳에 앉아 있다가 앙졸라의 말을 듣고 일어났다.

폭도들이 바리케이드를 구축할 때 어떤 집의 노파 하나가 자기 집 창문에다 짚들을 막아 놓은 적이 있었다.

"누가 카빈총 갖고 있으면 좀 빌려주시오!"

장발장이 소리쳤다. 앙졸라가 자신의 카빈총에 탄환을 재어 장발장에게 내밀었다. 그러자 장발장이 그걸로 7층 높이에 있는 그 창문을 향해 쏘았다. 짚을 묶어 놓은 한쪽 줄이 끊어지자 그는 다시 한 번 쏘아 나머지 줄을 끊었다. 짚 뭉치가 땅바닥으로 떨어졌다. 사람들이 일제히 박수를 쳤다.

"그런데 누가 저걸 끌고 오지?"

짚 뭉치는 바리케이드 너머 방어군과 공격군 사이에 떨어졌다. 공격군들은 포수장의 죽음에 격분해 부랴부랴 쌓아 올린 방어벽에 납작 엎드려, 포수들이 제자리를 찾는 동안 바리케이드에 사격을 가해왔다. 방어군들은 탄약을 아끼기 위해 그들의 사격엔 대응하지 않았다. 총탄은 바리케이드를 때리며 부서질 뿐이었다. 그래도 총알이 빗발치는 거리는 공포 그 자체였다.

짚 뭉치를 가지러 간 건 결국 장발장이었다. 그는 바리케이드의 부서진 틈 사이로 나가 총알이 빗발치는데도 불구하고 짚 뭉치까지 다가가 그걸 등에 업고 다시 돌아왔다. 그러고는 직접 짚 뭉치를 끌고 가 바리케이드의 부서진 틈에다 대고 막았다.

그러자 곧바로 공격군 쪽에서 대포가 폭음을 울리며 공격을 해왔다. 그러나 산탄들은 주변으로 튀어나가지 않고 짚 뭉치에 그대로 박혀 버리고 말았다. 예상대로 바리케이드는 안전하게 버틸 수 있었다.

앙졸라가 장발장에게 말했다.

"동지, 공화국이 선생께 감사를 드립니다."

바로 그 시각, 코제트는 잠에서 깨어났다. 그녀는 파리 시내에서 전투가 벌어지고 있는 줄도 전혀 모르고 있었다. 그 전날 밤엔 밖에 나가지를 않았고, 투생이 시내에 난리가 났다고 말했을 때는 자기 방에 있었기 때문이다. 코제트는 잠을 잘 잤고 꿈도 꾸었는데, 꿈속에서 마리우스 같은 어떤 사람이 빛에 휘감겨 자기에게로 다가오는 내용이었다. 코제트는 마리우스

없이는 살아갈 자신이 없었다. 그녀는 마리우스가 꼭 올 거라고 생각했다. 그가 오지 않았던 지난 사흘 간 그녀는 무서울 정도로 고통스러웠다.

마리우스는 틀림없이 오고 있을 것이다. 좋은 소식을 갖고…….

코제트는 침대에서 나와 기도를 하고 몸을 씻었다. 그러고는 얼른 옷을 입고 몸단장을 하고는 창문을 열고 집주변을 자세히 살펴보았다. 혹시라도 마리우스가 집 근처나 골목 한구석에 조용히 나타날지도 모르기 때문이었다. 그러나 그녀의 방 창문에서는 집 밖의 거리는 하나도 보이지 않고 마당을 둘러싸고 있는 높은 담만 보일 뿐이었다.

식구들은 아직도 일어나지 않고 있었다. 덧창은 아무 데도 열려 있지 않고 수위의 방도 닫혀 있었다. 코제트는 투생이 일어나지 않았으므로 당연히 아버지도 아직 주무시고 있는 걸로 생각했다. 이따금 멀리서 무슨 묵직한 진동 소리 같은 것이 들려왔다. 바리케이드를 포격하는 대포 소리라는 걸 코제트는 꿈에도 생각하지 못했다.

그녀는 창문 아래 벽에 붙어 있는 낡은 박공 속에 제비집 하나가 있는 걸 우연히 발견했다. 그 작은 낙원 속이 훤히 들여다보였다. 어미는 날개를 부채처럼 펼쳐 새끼를 감싸고 있었고, 아비는 부지런히 밖으로 나가서 입에 먹을 것을 물고 와 새끼들에게 먹여 주고 있었다. 코제트는 빙긋이 웃으며 제비들의 모습을 내려다보았다.

공격군의 포격은 계속되고 있었다. 소총과 포탄이 연이어 발사되고 있었지만 실제로 큰 피해는 아직 없었다. 다만 코랭트 술집의 정면 윗부분은 수많은 산탄이 부딪치며 구멍이 뚫려 점차로 모습을 잃어 가고 있었다. 그건 공격군 쪽의 전술이기도 했는데, 그럼으로써 바리케이드 쪽의 탄약을 바닥나게 하려는 것이었다. 앙졸라는 이미 눈치를 채고 그 함정에 빠지지 않았다. 바리케이드 쪽에서 전혀 응사를 하지 않았던 것이다.

방어군들은 머리를 숙이고 엎드려 있었는데, 그러다 문득 근처 건물의 지붕 위에서 햇빛에 반짝이고 있는 투구가 보였다. 병사 하나가 굴뚝에 몸을 기대고 숨어서 바리케이드를 정찰하고 있었던 것이다.

앙졸라가 말했다.

"정찰병이 나타나서 문젠데."

그때 장발장이 다른 소총을 들고 있다가 순간 그 병사를 향해 총을 겨누었다. 방아쇠가 당겨지고 이어서 병사의 투구가 벗겨지며 요란한 소리를 내면서 길바닥으로 떨어졌다. 병사는 놀라며 쏜살같이 도망치고 말았다.

잠시 후 두 번째 정찰병이 또 그 자리에 나타났다. 이번엔 장교였는데, 장발장은 다시 총에 탄환을 잰 후 그 장교의 투구마저 땅바닥으로 떨어뜨렸다. 장교도 잽싸게 사라져 버리고 그 후론 아무도 지붕 위에 다시 나타나지 않았다.

"왜 그 사람들을 죽이지 않으셨죠?"

보쉬에가 장발장에게 물었지만 대답이 없었다.

그러는 동안 파리의 곳곳에서 작은 규모의 충돌들이 일어났는데 모두 쉽게 진압되고 끝나 버렸다.

태양이 지평선 위로 떠오르고 있었다.

그때 쿠르페락이 외쳤다.

"또 왔다!"

두 번째 대포가 나타나더니 포병들이 부산히 움직이며 첫 번째 대포 옆에 붙여 놓았다. 그리고 잠시 후, 두 대의 대포가 조준을 맞추며 바리케이드를 향해 포격을 하기 시작했고, 보병들도 동시에 사격을 퍼부어 댔다.

"모든 방법을 동원해 저 대포들을 눌러 버려야 한다. 일제히 포수들을 쏴라!"

앙졸라의 지시에 바리케이드에 있던 모든 방어군들은 미친 듯이 사격을 가했다. 7, 8차에 걸쳐 탄환들이 날아가며 거리는 앞이 안 보일 정도로 연기가 자욱했다. 안개가 조금 가시자 희미하게 저쪽 상황이 보였는데, 포수의 절반 이상이 대포 바퀴 아래에 나뒹굴고 있는 걸 확인할 수 있었다. 살아남은 병사들이 끈질기게 계속 대포로 달려들었지만 발포까지는 속도가 느렸다.

"해냈다."

보쉬에가 외치자 앙졸라가 고개를 가로저으며 대답했다.

"다시 쏘려면 십오 분 정도 있어야 돼. 그런데 우리 바리케이드에는 탄약통이 열 개밖에 없어."

쿠르페락은 문득 총알이 날아다니고 있는 바리케이드 밖에서 뭔가를 하고 있는 가브로슈를 발견했다. 소년은 앙졸라의 말을 듣고 술병 바구니를 가져와 바리케이드 틈 사이로 나가서는, 죽은 국민병들의 탄약통에서 탄약을 꺼내 태연히 바구니에 담고 있는 것이었다.

"너, 저 탄환들이 안 보이니?"

"비 오는 것 같은데 뭘. 왜 그래?"

"얼른 돌아와!"

"금방 갈게요."

그러면서 가브로슈는 더 멀리까지 기어가 여기저기 널려 있는 20여 구의 시체에서 탄약통을 빼내 바구니에 담고, 또 다른 하사의 시체에서 화약통 하나를 빼내 가지고 막 돌아오고 있었다. 그러다 뒤에서 오는 탄환에 맞고 그 자리에 엎어지고 말았다.

마리우스는 바리케이드 밖으로 뛰쳐나갔다. 콩브페르가 뒤따라 나갔다. 그러나 가브로슈는 이미 죽어 있었다. 콩브페르는 탄약 바구니를 들고, 마리우스는 가브로슈를 들어 안고 돌아왔다.

'아! 무슨 운명일까!' 마리우스는 속으로 곱씹었다. '그 아비가 내 아버지에게 했던 일을, 이번엔 내가 그의 자식에게 하고 있구나. 하지만 떼나르디에는 살아 있는 내 아버지를 메고 왔는데, 나는 죽은 그의 자식을 메고 왔구나.'

마리우스의 얼굴도 피투성이가 되어 있었다. 가브로슈를 안으려고 몸을 굽혔을 때 탄환 하나가 그의 이마를 스쳐 지나갔는데도 그는 느끼지 못하고 있었다. 쿠르페락이 넥타이를 풀어 마리우스의 이마에 동여매 주었다.

사람들은 마뵈프 씨 옆에 가브로슈를 눕히고는 검은 천을 가져다 씌웠다. 콩브페르는 바구니에서 탄약을 꺼내 나눠주었다. 모두에게 15발씩 돌아갔다. 장발장은 여전히 아무 말도 없이 가만히 앉아 있었는데, 콩브페르가 15발을 그에게 내밀자 그는 고개를 가로저었다.

콩브페르가 앙졸라에게 낮은 소리로 말했다.

"특이한 사람이야. 이 바리케이드에 왔으면서 싸우려 하진 않아."

"그래도 바리케이드를 지키지 않는 건 아니야."

앙졸라의 대꾸에 쿠르페락이 말했다.

"마뵈프 노인과 다른 사람이야."

이어서 두 번이나 사격이 쏟아진 다음 정오를 알리는 종소리가 멀리서 울려 왔다. 그때 앙졸라가 벌떡 일어나며 외쳤다.

"포석들을 집 안으로 가져가 창가나 다락방에 막아 놔. 절반은 사격을 하고, 나머지 절반은 포석을 나르도록. 일 분도 지체할 수 없다!"

앙졸라의 지시는 곧 실행되었다. 2층의 창문과 다락방 창문들을 포석으로 완전히 막고 총구만 내놓을 수 있도록 구멍을 몇 개 터놓았다.

앙졸라가 마리우스에게 말했다.

"나는 집 안에서 마지막 명령을 내릴 거니까 너는 밖에서 정세를 좀 살펴봐 줘."

마리우스는 바리케이드 꼭대기로 올라가서 주변을 정찰했다.

앙졸라가 푀이에게 말했다.

"계단을 잘라 버리도록 이층에 도끼를 준비해 줘."

"도끼는 세 개나 있어."

"오케이. 우리 중에 부상자를 제외하고 건강한 자는 모두 스물여섯 명이야. 소총은 몇 자루나 있지?"

"서른네 자루."

"여섯 개나 남는군. 모든 총에 총알을 장전해 놔. 총은 허리에 차도록 하고, 스무 명은 바리케이드에 자리 잡고, 여섯 명은 다락방이나 이층 창문에서 보고 사격을 할 것. 자, 곧 공격의 북이 울리면 아래층의 스무 명은 바리케이드로 뛰어나가. 알겠지?"

앙졸라는 지시를 내린 다음 자베르에게 말했다.

"널 잊지 않고 있다."

그는 테이블 위에 권총을 하나 놓으며 덧붙여 말했다.

"여기서 마지막으로 나가는 사람이 이 첩자의 머리를 처치해."

"여기서?"

"아니. 이놈 시체를 우리와 섞으면 안되지. 몽데투르 쪽 낮은 바리케이드를 지나서 처치해 버려."

그런데 자베르는 앙졸라보다 더 태연하게 있었다. 그때 장발장이 다가와 앙졸라에게 말했다.

"좀 전에 당신이 나에게 감사하다고 했죠?"

"네, 공화국의 이름으로요. 이 바리케이드는 두 사람의 도움으로 살아

남았습니다. 마리우스 퐁메르시와 당신입니다."

"그럼 내가 그 보상을 받아도 되겠어요?"

"물론이죠."

"그럼 그걸 받겠습니다."

"어떤 것으로요?"

"내가 저 첩자를 쏘아 죽이겠소."

자베르가 고개를 들고 장발장을 쏘아보며 중얼거렸다.

"당연히 그러겠지."

앙졸라가 주위를 돌아다보았다.

"반대하는 사람 없습니까?"

그러면서 앙졸라는 장발장에게로 돌아서서 말했다.

"이 첩자를 데려가세요."

장발장은 권총을 들고 탄알을 장전했다.

그 순간 나팔 소리가 울리며 "주의하라!" 하고 외치는 마리우스의 목소리가 들렸다.

자베르가 회심의 미소를 지으며 폭도들에게 말했다.

"너희들도 내 목숨보다 길게 버티지는 못할 것이다."

앙졸라가 다급히 외쳤다.

"전원 밖으로 나가!"

장발장은 혼자 남아 포로를 묶어 놓은 끈을 테이블에서 풀어내 데리고 나갔다. 그는 한 손엔 권총을 들고 다른 한 손으로는 자베르의 포승줄을 잡고는 바리케이드 내부의 빈 공간을 지나갔다. 방어군들은 공격군을 집중해 쳐다보느라 두 사람을 볼 새가 없었다. 마리우스만이 방어벽 끝에 자리 잡고 있어서 그들이 지나가는 것을 볼 수 있었다.

장발장은 몽데투르 쪽의 낮은 바리케이드로 가서 자베르에게 넘어가 도록 했다. 그 길목에는 두 사람 외에 아무도 없었다. 그들을 보는 사람 도 물론 없었다. 집들 뒤로 가려져 있어 폭도들 쪽에서는 전혀 보이지도 않았다.

"이제 복수를 하시지."

자베르가 말했다.

장발장은 권총을 겨드랑이에 끼고 자베르를 뚫어져라 쳐다보며 주머 니에서 칼을 꺼내 들었다.

"그렇게 작은 단도로? 그래 너한텐 그게 잘 어울리는군."

자베르가 악다구니를 쓰는데도 장발장은 포승줄을 칼로 자르며 조용 히 말했다.

"이제 당신은 자유요."

자베르는 어지간해서 놀라는 사람이 아니었지만 이건 너무나 큰 충격 이었다. 그는 어안이 벙벙해 입을 다물지 못하고 얼어붙은 듯 그대로 서 있었다.

장발장이 말을 이었다.

"난 여기서 살아 나갈 수 있을 것 같지 않지만 만약 요행으로 살아 나 간다면 나는 포슐르방이라는 이름으로 옴므 아르메 거리 칠 번지에 살고 있소."

자베르는 여전히 맹수처럼 으르렁거렸다.

"두고보자."

"가시오."

장발장이 말했다.

"포슐르방이라고 했지? 옴므 아르메 거리라고?"

자베르가 말을 씹듯 우물거렸다.

"칠 번지요."

장발장이 다시 말해 주었다.

자베르는 재킷 단추를 채우며 어깨에 힘을 주고 팔짱을 끼고는 시장 쪽으로 걸어가기 시작했다. 장발장은 그 자리에 아직 서 있었다. 자베르가 걸어가다가 뒤를 돌아보며 장발장에게 소리쳤다.

"당신은 날 괴롭히고 있는 거요. 차라리 날 죽이는 게 나아요."

자베르는 자신이 장발장에게 반말을 하지 않고 있다는 것을 모르고 있었다.

"가시오."

장발장은 그렇게만 말할 뿐이었다.

자베르는 천천히 멀어져 갔다.

잠시 후 자베르가 더 이상 보이지 않자 장발장은 하늘에 대고 권총을 쏘았다. 그러고는 바리케이드로 돌아왔다.

"해치웠소."

마리우스는 더 중요한 일에 정신을 쏟느라 아래층 홀의 어두운 구석에 묶여 있던 첩자를 자세히 쳐다보지 않았었다. 그러다 마지막 순간에 밝은 곳에서 그를 보았을 때 어렴풋이 얼굴이 떠올랐다. 그는 감찰관이었던 것 같았다. 자신에게 두 자루의 권총을 주었던 그 사람. 얼굴뿐 아니라 이름도 기억이 났다. 그가 틀림없었다.

마리우스는 바리케이드 저쪽 끝에 와서 자리를 잡고 있는 앙졸라에게 물었다.

"앙졸라! 아까 그 사나이 이름이 뭐지?"

"누구 말이야?"

"그 경찰관. 그 사람 이름 알아?"

"그럼! 스스로 말하던데 뭘."

"이름이 뭐였지?"

"자베르."

마리우스가 몸을 일으키는데 바로 그 순간 권총 소리가 울렸다. 그리고 곧 장발장이 다시 와서 말했다.

"해치웠소."

한 줄기 소름이 마리우스의 마음에 싸늘히 스쳐갔다.

바리케이드의 최후가 막 시작되려 하고 있었다. 그들은 무엇을 하려고 여기에 온 것일까? 누구를 비난하야 하는가? 아무도 아니고, 또한 모든 사람이다. 비난해야 할 건 바로 이 불완전한 시대다.

급기야 공격을 알리는 북이 울리며 태풍 같은 돌격이 몰아쳤다. 공격군은 시커먼 벌 떼처럼 천천히 바리케이드를 향해 밀고 들어왔다. 장벽은 잘 버티고 있었고, 이쪽의 방어군들 또한 맹렬하게 사격을 퍼부었다. 바리케이드의 한쪽 끝에는 앙졸라가 있었고, 반대쪽 끝에는 마리우스가 있었다.

그런데 방어군 쪽의 탄약이 바닥나기 시작했다. 마리우스는 전신에 부상을 입었는데, 특히 머리에 큰 부상을 입어 얼굴에서 피가 계속 흘러내리고 있었다.

보쉬에, 푀이, 쿠르페락, 졸리 모두 죽었다. 콩브페르는 부상병을 일으키려 하다가 총검에 세 번이나 찔려 죽었다. 앙졸라는 총을 잃어버리고 칼로 싸움을 계속했다. 세 자루는 이미 부러지고 벌써 네 자루째였다.

살아 있는 지휘자는 바리케이드 양 끝의 마리우스와 앙졸라 뿐이었고, 중앙을 지키던 쿠르페락은 무너졌다. 그럼으로써 바리케이드는 삽시간에 함락되고 말았다.

마리우스는 바리케이드 아래로 굴러 떨어졌다. 쇄골 부분에 총알을 맞은 그는 정신이 아득해져 눈을 감고 있었는데, 갑자기 억센 손 하나가 자기 몸을 붙잡는 것 같았다. 정신을 잃기 바로 직전 코제트 생각이 나며 그는 이런 생각을 했다. '이제 포로가 되는구나. 총살당하겠지.'

앙졸라는 술집 안으로 후퇴해 온 사람들 중에 마리우스가 없는 것을 보고는 2층으로 뛰어 올라가 층계를 부숴 버리고 최후의 순간까지 저항을 했다. 그러나 때는 이미 늦어, 남은 몇 명마저 죽어 나가고 마침내 앙졸라도 포로로 잡히고 말았다.

열두 명의 병사가 앙졸라의 반대편 구석에 일렬로 서서 총살할 준비를 했다. 그중 한 장교가 마지막으로 앙졸라에게 물었다.

"눈을 가리겠는가?"

"필요 없다."

"포병 장교를 죽인 게 그댄가?"

"그렇다."

잠시 후 총소리가 울리고 앙졸라는 그 자리에서 숨이 끊어졌다.

그런 다음 공격군들은 근처의 집들을 뒤지며 도망자들을 추격하기 시작했다.

마리우스 역시 포로가 되었는데, 장발장에게 붙잡힌 것이었다. 그가 쓰러지는 순간, 뒤에서 그를 붙잡은 손은 장발장의 손이었다.

장발장은 바리케이드에 있었지만 전투에 참가하지는 않았다. 그는 부상자들을 술집 아래층으로 운반하는 일만 하고 있었다. 그러면서 바리케이드 근처에서 계속 왔다 갔다 하며 마리우스를 지켜보고 있었다. 마리우스는 장발장이 자신을 줄곧 쳐다보고 있는 줄은 전혀 알지 못했다. 그러다가 총알 하나가 마리우스에게 날아가자 장발장은 비호처럼 날쌔게 달려가 먹이를 채 가듯 마리우스를 덥석 잡아 안고 데려가 버렸다.

그 순간은 아수라장이었기 때문에 의식이 없는 마리우스를 안고 일순간 사라져 버린 장발장의 모습을 본 사람은 아무도 없었다. 그야말로 위기의 순간이었다. 적군에 붙잡히면 끝장이었다.

그때 장발장이 바리케이드 내부의 포석이 없는 공터를 막 건너서 가려는데, 포석에 가려져 잘 보이지 않는 틈새에 하수구 뚜껑이 있는 게 보였다. 그는 생각해 볼 것도 없이 축 늘어져 있는 마리우스를 어깨에 멘 채그 뚜껑을 열고 구멍 안으로 내려가서 다시 뚜껑을 닫았다.

2

하수도 안에서

파리의 하수도는 중세기엔 말 그대로 전설적인 존재였다. 16세기에 앙리 2세가 측량을 계획했다가 실패했고, 100년쯤 전까지도 하수도는 그대로 방치되어 있었다. 장발장은 바로 그런 파리의 하수도로 들어간 것이다.

결국 그는 도시 한복판에 있으나 도시 밖으로 나간 셈이었다. 뚜껑을 한 번 열었다가 다시 덮는 눈 깜박할 사이에 그는 대낮에서 컴컴한 암흑 속으로, 소동에서 침묵 속으로, 그리고 큰 위험에서 절대 안전 지역으로 들어간 것이었다.

부상자가 꿈적도 하지 않아 장발장은 그가 살아 있는지 죽었는지 알수가 없었다. 일단 하수도로 내려온 그는 잠시 움직이지도 못하고 가만히 있었다. 칠흑처럼 어두워 아무것도 보이지 않고 아무것도 들리지 않았기 때문이다.

얼마 있다가 시력이 어둠에 익숙해지고, 방금 내려온 구멍에서 희미한빛이 어렴풋이 비쳐들고 있어서 조금씩 분간을 할 수가 있었다.

그는 열 걸음쯤 앞으로 내딛었다. 구멍에서 비쳐 들어오는 빛은 더 이상 안 보이고, 하수도의 칙칙한 벽만이 겨우 10여 미터 정도까지 어렴풋이 보일 뿐 그 이상은 다시 컴컴한 암흑 세계였다. 그곳으로 가야 한다고생각하니 끔찍했지만 장발장은 서둘러야 했다. 그가 돌바닥 틈에서 발견한 하수구 뚜껑을 공격군들 쪽에서 발견할지도 모르기 때문이었다. 그리고 그들 역시 하수구로 들어와 샅샅이 뒤질지도 모르니 한시도 지체해서는 안 되었다. 장발장은 대담하게 암흑 속으로 계속 걸음을 옮겼다.

그런데 50걸음쯤 나아가자 길이 두 갈래로 갈라져 있었다. 어떤 쪽으로 가야 하나? 그 암흑 속에서 어떻게 방향을 잡아야 할까? 장발장의 머리에 뭔가 퍼뜩 떠올랐다. 경사를 살펴서 그 경사를 따라 내려가면 강으로 나갈 수 있게 된다. 그러나 곧 그는 고개를 가로저었다. 경사를 따라가다가 잘못하면 센 강의 어떤 곳으로 나가게 될 것이기 때문이었다. 그건 파리의 가장 중심부에 대낮에 나타나게 되는 셈인데, 피투성이가 된두 남자가 불쑥 나타나면 사람들이 얼마나 놀라겠는가.

장발장은 반대로 경사를 거슬러 오른쪽으로 나아갔다. 얼마쯤 가다가모퉁이를 돌아가자 구멍에서 내리비치던 희미한 빛이 사라지고 다시 암흑의 세계가 되었다. 하지만 그는 가능한 빨리 계속 걸어갔다. 마리우스의 두 팔은 장발장을 껴안듯 앞으로 축 늘어져 있고, 두 발은 등 뒤로 뻗어 있었다. 장발장은 마리우스의 두 팔을 한 손으로 잡고 다른 한 손으로는 벽을 짚었다. 마리우스의 얼굴이 그의 얼굴에 닿아서 피로 붙어 버렸다. 그리고 마리우스에게서 흐르는 미지근한 뭔가가 그의 옷 속에까지 스며들고 있었다. 그래도 마리우스의 입이 닿아 있는 목둘레에 온기가 느껴지고 있었다. 부상자가 아직 살아 있다는 증거였다. 계속 걸어가다 보니 아까보다 길이 좁아져서 그는 아주 조심스럽게 걸어갔다.

그렇게 약 30분 동안 마리우스를 받치고 있는 팔만 바꾸어 가며 쉴 겨를도 없이 어두컴컴한 굴 속을 걸어가고 있는데, 돌연 그는 자기 앞에 자신의 그림자가 생기는 것을 보았다. 화들짝 놀라 뒤를 돌아보니 그가 지나온 굴 입구 쪽에서 짙은 어둠 속에 불빛이 움직이고 있는 게 보였다. 하수도 안을 정찰하는 수색대의 불빛이었다.

6월 6일 낮에 하수도를 수색하라는 명령이 내려졌던 것이다. 경관들이 굴 속을 수색하다가 무슨 발걸음 소리가 들리는 것 같아, 램프를 들고 그 소리가 나는 방향의 어둠 속을 바라보고 있었다.

장발장에게는 절체절명의 순간이었다. 다행히도 장발장에게는 그 램프가 잘 보였지만 그들 쪽에서는 장발장이 보이지 않았다. 그는 꽤 먼 거리에서 암흑 속에 묻혀 있었기 때문이다. 그는 벽에 딱 붙어 꿈쩍도 하지 않았다.

장발장이 걸음을 멈추자 아무 소리도 안 들려 순찰대원들은 다시 귀를 기울였다. 하지만 더 이상 아무 소리도 안 들리고 아무것도 보이지 않자 그들은 경사 길인 왼쪽으로 돌아 센 강 입구를 향해 가 버렸다. 그들은 가면서 반대쪽 방향, 즉 장발장이 있는 방향을 향해 총을 발사했다. 폭음은 굴속에서 엄청난 메아리를 일으켰다.

그들의 발소리와 빛이 점점 멀어지더니 드디어 아무것도 들리지 않고 보이지도 않았다. 장발장은 그래도 한참 동안 감히 움직이지 못하고 벽에 붙은 채 그대로 있었다.

경찰은 그들의 본래 임무대로 폭동이 일어나고 있는 상황 속에서도 악당들을 활보하도록 내버려 두지는 않았다. 6월 6일 오후, 센 강 오른쪽에 위치한 앵발리드 다리 부근의 둑 위에서 두 사나이가 어느 정도 거리를 두고 떨어져 서로를 감시하면서 뒤따라가고 있었다. 앞에 가는 사나이는 빨리 멀어져 가려 하고, 뒤에 가는 사나이는 그에게 더 가까이 가려고 걸음을 재촉했다. 그 둑 위에 다른 사람은 없었다.

앞에 가는 사나이는 고약한 인상에 허름한 옷차림을 하고 몹시 불안해 하며 떨고 있었고, 뒤에서 쫓아가는 사나이는 외투를 챙겨 입은 경찰관 같았다. 뒤의 사나이가 마침 강가를 지나가고 있는 빈 마차를 보고는 마부에게 신호를 했다. 마부는 신호를 보낸 사람을 금방 알아보고는 말 고삐를 돌려 천천히 앞으로 향해 갔다.

경찰관의 수칙 중에는 '사건에 대비해 항상 마차를 확보해 둘 것' 이라는 게 있다. 쫓기고 있는 사나이는 다른 길로 빠지지 않고 계속 강가의 둑 위로만 가고 있었다. 어떻게 하려는 걸까? 계속 가면 강이 휘어지는 지점이라 둑도 좁아지다가 없어지게 된다. 그러면 오른쪽은 절벽이고, 왼쪽과 앞은 강이며, 뒤에서는 경찰이 쫓아오고, 그는 결국 사면초가가 되는 셈이다.

하지만 둑 끝에 어디서 파내온 것 같은 흙이 쌓여 있었다. 그렇다고 해서 흙더미 뒤에 따로 숨을 곳이 있는 건 아니었다.

쫓기는 사나이는 그 흙더미 뒤로 돌아갔다. 뒤에 따라가던 사나이도 앞의 사나이가 안 보이자 재빨리 걸어가 흙더미 앞에서 반대 방향으로 뒤로 돌아갔다. 그런데 앞의 사나이가 안 보이는 것이었다. 그는 완전히 자취를 감춰 버렸다.

뒤따라가던 사나이는 눈을 크게 뜨고 몸을 부르르 떨며 골똘히 생각에 잠기다 갑자기 자기 이마를 탁 쳤다. 흙더미 끝 지점에 묵직한 자물쇠가 달린 흰색 철문 하나가 눈에 띈 것이었다. 그 철문 아래로 거무스름한 물이 센 강 쪽으로 흘러가고 있었다. 그리고 녹 쓴 그 철문 안으로는 천장이 둥글고 몹시 어두운 굴이 보였다. 사나이는 철문으로 달려가 흔들어 보았지만 문은 굳게 잠겨 있었다. 앞에 간 사나이는 그 문 안으로 들어간 게 틀림없었다. 그렇다면 그는 열쇠를 가지고 있었다는 얘기다.

"대단한 녀석이구먼! 공공장소의 열쇠를 갖고 있다니!"

사나이는 격분해 혼자 중얼거리며 사냥개처럼 흙더미 뒤에 숨어서 관찰하고 있었다. 따라오던 마차는 둑이 끝나는 지점에 정차하고 있다가 오래 기다려야 할 것 같은 낌새를 보고는 마부가 말의 먹이를 챙기고 있었다.

장발장은 하수도에서 다시 걷기 시작해 멈추지 않고 계속 나아갔다. 그런데 굴의 천장이 점점 낮아지고 있었다. 그는 마리우스가 천장에 부딪치지 않도록 하기 위해 몸을 구부려야 했다. 그러고는 가끔씩 몸을 일으키며 계속 굽힌 채로 벽을 더듬으면서 걸어갔다. 얼마나 걸었을까? 오후 세 시쯤 되었을까? 문득 눈앞에 아주 넓은 곳이 나타났다.

그곳은 큰 하수도로 이어지는 네거리였다. 장발장은 네 갈래 중에서 가장 넓은 길을 선택했는데, 그곳이 내려가는 쪽이든 올라가는 쪽이든, 이제는 무슨 위험이 닥치더라도 센 강 쪽으로 나가야 했기 때문이었다. 길은 다시 암흑처럼 캄캄했다. 벽을 더듬으며 한참을 걸어가다가 그는 작은 틈새에서 희미한 빛이 들어오는 곳에 이르렀다. 장발장은 아주 조심스럽게 마리우스를 물이 없는 바닥에 내려놓았다. 축 늘어져 있는 마리우스는 이미 온몸이 싸늘했다. 장발장은 그의 옷 속으로 가슴에 손을 대 보았다. 심장은 아직 약하게 뛰고 있었다. 그는 셔츠를 찢어서 마리우스의 상처 부분을 싸매고 출혈을 막았다. 그러고는 의식도 없이 거의 숨만 붙어 있는 마리우스를 형언할 수 없는 증오심으로 내려다보았다.

장발장은 그의 옷 속에서 수첩을 하나 발견하고는 꺼내서 첫 페이지를 들여다보았다. 거기엔 네 줄의 문장이 쓰여 있었다.

'나는 마리우스 퐁메르시다. 내 시체는 마레의 피유 뒤 칼베르 거리 6번지, 내 할아버지 되는 질노르망 씨에게 보내주시오.'

장발장은 수첩을 그의 주머니에 다시 넣고 그를 등에 업었다. 그러고는 다시 하수도를 걸어 내려가기 시작했다. 그렇게 얼마간 암흑 속을 걷고 있다가 장발장은 자신이 문득 물속으로 들어가고 있는 것을 느꼈다. 계속 나아가자 물은 점차 가슴까지 올라와 있었다. 그는 마리우스를 가능한 높이 들어 올리며 어렵게 걸어 나갔다. 그곳은 바로 웅덩이였던 것이다. 더러운 물에서 악취가 나며 바닥이 진흙이라 발이 빠져들었다. 물은 이제 목까지 차올라 왔다. 장발장은 발돋움을 하고 마리우스를 자신의 머리 위로 치켜들고는 간신히 물속을 허우적거리면서 한걸음씩 디뎌 나갔다. 그러고는 어느덧 그 웅덩이를 다 건너갔다. 그리고 물속에서 겨우 기어 나오다 그는 돌에 부딪치면서 그만 그 자리에 고꾸라져 엎어지고 말았다. 한참을 엎드려 있다가 다시 일어나긴 했지만 그는 이미 너무 기진맥진해 고개도 들지 못하고 숨도 제대로 쉬지 못하며 간신히 발을 옮기고 있었다. 그렇게 얼마간 가다가 장발장은 또 갑자기 벽에 부딪치고 말았다. 모퉁이 벽이었는데, 고개를 숙이고 있었기 때문에 못 보고 부딪쳤던 것이다. 그제야 고개를 들어 보니 저 멀리 하수도 끝에 희미한 빛줄기가 나타나 있는 게 보였다. 그건 바로 햇빛이었다.

드디어 출구를 찾은 것이었다. 순간 장발장은 모든 피로가 사라지고 마리우스의 무게도 느껴지지 않았다. 그는 이제 걸어가는 게 아니라 거의 뛰다시피해서 출구 앞에 도달했다. 그러나 출구가 맞긴 했으나 그곳으로는 나갈 수가 없었다. 육중한 철책이 커다란 자물쇠로 잠겨 있었다. 철책 너머로 강과 하늘, 둑길, 그리고 멀리로는 파리 시내가 보였다. 밤에 빠져나가기에는 딱 적당한 장소였다. 파리에서도 가장 한적한 지역 중 한 곳이기 때문이다.

해가 저물기 시작했다. 장발장은 물기 없는 바닥에 마리우스를 내려놓고 철책으로 가서 두 손으로 잡고 흔들어 보았지만 꿈쩍도 하지 않았다. 그는 철책을 하나 뽑아 지렛대로 활용해 문을 열 수 있을지, 아니면 자물쇠를 부술 수 있을지 생각하며 하나하나 잡고 흔들어 보아도 전혀 움직이는 게 없었다. 문을 열 수 있는 방법은 없었다.

어떻게 해야 하나? 되돌아갈 수는 없다. 그럴 힘이 더 이상 없다. 죽을힘을 다해 빠져나온 웅덩이와 경찰 수색대를 어떻게 다시 통과한단 말인가?

만사는 수포로 돌아가고 말았다. 장발장은 돌아서서 아직도 의식을 못 찾고 있는 마리우스 옆에 털썩 주저앉아 머리를 무릎 사이로 파묻었다. 그는 깊은 절망감 속에서 코제트를 떠올렸다. 코제트는 어떻게 될 것인가? 넋이 나간 채 앉아 있는 그의 어깨 위로 별안간 손 하나가 얹히면서 동시에 나직한 말소리가 들렸다.

"둘이 나눠 먹죠."

어둠 속에 누가 있을까? 장발장은 꿈속에서 들은 말이라고 생각하며 고개를 들었다. 그런데 몹시 낡은 작업복을 입은 한 남자가 신발을 손에 들고 맨발로 서 있는 게 아닌가. 남자는 발걸음 소리를 내지 않으려고 신발을 벗어 든 게 분명했다. 그야말로 우연한 만남이었지만 그 남자는 바로 떼나르디에였다.

장발장은 남자를 알아보고 내심 깜짝 놀랐는데 떼나르디에는 상대방이 누군지 보려고 눈을 깜빡거리며 들여다보면서도 장발장을 알아보지 못했다. 장발장은 햇빛을 등지고 앉아 있는데다 햇빛 속에서도 분간할 수 없을 만큼 온통 진흙과 피로 범벅이 돼 있었고, 반대로 떼나르디에는 철책 너머에서 오는 햇빛을 정면으로 받고 있었기 때문이다. 장발장은 떼나르디에가 자기를 알아보지 못한다는 것을 곧바로 눈치챌 수 있었다.

떼나르디에가 다시 말했다.

"여기서 어떻게 나갈 거요?"

장발장은 대답하지 않았다. 떼나르디에가 또 말했다.

"저 철문은 못 열어. 한데 당신은 나가고 싶겠지?"

"물론이지."

"그러니까 우리 둘이서 나눠 먹자고."

"무슨 뜻인가?"

"당신이 그 녀석을 죽인 거지? 나한텐 열쇠가 있어. 당신이 누군지는 모르겠지만 도와주겠다는 거야."

떼나르디에는 손가락으로 마리우스를 가리키며 말했다. 장발장은 그제야 이해를 했다. 떼나르디에가 그를 살인자로 생각했던 것이다.

"이봐, 그 녀석 주머니에 얼마나 있는지는 모르겠지만 나한테 반을 주게. 그럼 문을 열어 주겠네."

떼나르디에는 찢어진 작업복 속에서 큰 열쇠를 반쯤 꺼내 보여주었다. 장발장은 그것 또한 꿈인가 하는 생각이 들었다. 떼나르디에는 작업복

속에서 이번엔 밧줄을 꺼내더니 장발장에게 내밀었다.

"자, 덤으로 이 밧줄도 가지게나. 그놈을 강에다 던져 버리려면 돌을 매달아야 해. 안 그러면 나중에 뜰 거라고."

장발장은 무심결에 그 밧줄을 받았다.

"아, 근데 참, 저 웅덩이는 어떻게 건너왔나? 나는 건너갈 수가 없던데. 어휴! 이 고약한 냄새. 근데 그놈을 웅덩이에다 처박아 버리지 않고 왜 데려왔나?"

장발장은 침묵을 지키고 있었다.

"당신이 잘한 건지도 모르지. 내일이라도 그 웅덩이를 막으러 일꾼들이 왔다간 금방 시체를 발견할 테니까. 그래, 하수도보다는 강이 안전하지. 한 달쯤 지나서야 어떤 그물에 시체가 걸리겠지만 그때는 뭐 해골이 돼 있겠지! 잘했어. 아무튼 그 얘기는 끝내고, 그놈 돈이 얼마나 있었나?"

장발장은 자기 주머니를 뒤졌다. 그는 항상 습관적으로 돈을 가지고 다녔다. 언제 무슨 일이 닥칠지 모르기 때문에 늘 가지고 다니는 것을 철칙으로 했다. 그런데 이번엔 아니었다. 전날 밤에 국민병 옷을 입을 때 다른 생각에 빠져 있느라 주머니에 지갑 넣는 것을 잊어버렸던 것이다. 지금 조끼 주머니엔 잔돈 30프랑 정도밖에 없었다. 그는 진흙투성이가 된 주머니를 뒤집어 루이 금화 하나와 5프랑짜리 은전 두 닢과 동전 대여섯 닢을 바닥에 쏟아냈다.

떼나르디에가 못마땅하다는 듯 말했다.

"돈이 많지도 않은 놈을 죽였구먼."

떼나르디에는 태연하게 그 돈을 전부 모아 제 주머니에 넣고는 장발장과 마리우스의 주머니까지 만져 보았다. 장발장은 가만히 내버려 두었다. 떼나르디에는 장발장 몰래 민첩한 손놀림으로 마리우스의 찢어진 옷자락을 조금 뜯어내 재빨리 자기 주머니에 넣었다. 그 한 조각으로 나중에 피해자와 살해자가 누구인지 밝혀지리라고 생각했던 것이다. 주머니에서 돈은 더 이상 나오지 않았다.

"자, 그럼 당신은 나가야지."

떼나르디에는 장발장이 마리우스를 등에 업도록 도와주며 철책으로 다가가 잠시 밖을 살펴보고는 열쇠를 꺼내 자물쇠를 열었다. 문은 뻑뻑하지도 않고 부드럽게 열렸다. 아마도 그 철책의 돌쩌귀에 기름이 쳐 있고, 밤에 그 문을 통해 은밀히 왕래하는 남자들이 많은 것 같았다.

떼나르디에는 장발장이 나간 후 다시 철책을 닫아 잠그고는 쥐죽은 듯 조용히 암흑 속으로 사라져 버렸다.

드디어 밖으로 나간 장발장은 마리우스를 둑에 내려놓았다. 그는 잠시 맑은 공기를 마시며 숨을 고르고 있다가 손으로 강물을 떠서 마리우스의 얼굴에 뿌렸다. 마리우스는 아직 눈을 뜨지는 않았지만 반쯤 벌어진 입에서는 숨소리가 나고 있었다. 장발장은 또다시 강물을 뜨려 하다가 등 뒤에 누가 서 있는 것을 느끼고 확 돌아보았다. 긴 외투를 걸친 키 큰 사나이가 곤봉을 들고 몇 걸음 뒤에 버티고 서 있었다. 그가 자베르라는 걸 장발장은 곧바로 알아보았다.

자베르는 바리케이드에서 살아 나온 후 곧바로 경시청으로 가서 총감을 직접 만나 구두 보고를 하고, 그대로 원래 맡은 임무로 돌아갔다. 그의 주머니에 들어 있는 임무 서류에 의하면, 얼마 전부터 경찰의 주의를 끌고 있는 센 강변을 감시하는 일도 포함돼 있었다. 그는 거기서 떼나르디에를 발견하고 그의 뒤를 따라왔다. 그런데 떼나르디에가 장발장에게 순순히 철문을 열어 주었던 것은 사실 그 작자의 술책으로서, 추적자가 아직도 거기서 감시하고 있으리라고 생각하고는 그에게 밥으로 내주기 위해서였던 것이다.

장발장의 모습이 완전히 달라져 있어 자베르는 금방 그를 알아보지 못했다.

"누구냐?"

"나요."

"나라니? 누구냐?"

"장발장."

자베르는 곤봉을 겨드랑이에 끼고 허리를 굽혀 그 남자의 어깨를 두 손으로 억세게 붙잡고, 그의 얼굴을 가만히 들여다보고서야 그가 장발장인 것을 비로소 알아보았다. 두 사람의 얼굴은 거의 닿을 정도로 가까이 있었다.

장발장은 자베르에게 붙잡힌 채 가만히 있었다.

"자베르 감찰관, 나는 지금 당신 손아귀에 들어 있소. 사실 난 오늘 아침부터 당신한테 이미 잡힌 몸이라고 생각하고 있었소. 당신한테서 도망칠 생각이었다면 내 주소를 가르쳐 주지는 않았겠지. 나를 체포하시오. 그러나 부탁 하나만 들어주시오."

자베르는 그의 말을 듣는 둥 마는 둥하며 장발장에게서 손을 놓고 몸을 일으키며 말했다.

"당신 여기서 뭐 하고 있는 거요? 그 사나이는 누구요?"

그는 장발장에게 반말을 하지 않았다.

"내가 부탁하는 게 바로 이 사람 때문이오. 나는 당신 맘대로 해도 되지만 이 친구를 그의 집으로 보내는 데 좀 도와주시오. 내 부탁은 그것뿐이오."

자베르는 아무 대답도 없이 수건을 물에 적셔서 피투성이인 마리우스의 얼굴을 닦아 주었다.

"바리케이드에 있던 청년이군."

그러면서 그는 마리우스의 맥을 짚어 보았다.

"죽었네요."

"아직 죽지 않았소."

"당신은 이 사람을 바리케이드에서 여기까지 짊어지고 왔군요."

"이 청년의 주소는 칼베르 거리이고, 그의 할아버지 이름은……."

장발장은 마리우스의 외투 주머니에서 수첩을 꺼내 그가 쓴 페이지를 펼쳐 자베르에게 보여주었다. 저녁 빛이 아직은 글씨를 읽을 수 정도로 남아 있었다. 자베르는 마리우스가 쓴 주소를 읽으며 중얼거렸다.

"칼베르 거리 육 번지 질노르망."

그리고 나서 그는 마차를 불렀다.

그들은 마리우스를 마차 안 의자에 눕히고 자신들은 앞쪽 의자에 앉았다. 마차가 문이 닫히면서 곧바로 바스티유 쪽을 향해 달려갔다. 두 사람 사이엔 얼음 같은 침묵만 있었다.

그들이 칼베르 거리 6번지에 도착했을 때는 한밤중이었다. 자베르가 먼저 마차에서 내려 대문 위의 번지수를 확인하고는 문을 쾅쾅 두드렸다. 잠시 후 문 한쪽이 조심스레 열리자 자베르가 확 밀어젖혔다. 문지기가 하품을 하면서 촛불을 들고 서 있었다.

그동안 장발장은 마부와 함께 마리우스를 마차에서 끌어내렸다. 자베르가 큰 소리로 문지기에게 물었다.

"여기가 질노르망 씨 집이 맞나?"

"그렇습니다만 무슨 일이시죠?"

"그의 아들을 데리고 왔다."

"아들이요?"

"바리케이드에 있던 아들 말이다. 죽어서 데려왔으니 가서 아버지를 나오라고 해."

문지기는 꼼짝도 않고 그대로 있었다.

"가서 깨우라니까!"

자베르가 또 외쳤다.

문지기는 안으로 들어가 우선 남자 하인을 깨웠다. 그리고 남자 하인은 여자 하인을 깨웠고, 여자 하인은 질노르망 양을 깨웠다. 질노르망 영감에게는 가능한 나중에 알리려고 깨우지 않았다.

마리우스는 조용히 2층으로 옮겨져 질노르망 씨 옆방의 안락의자에 눕혀졌다.

장발장은 다시 마차로 가서 말했다.

"자베르 감찰관, 부탁이 하나 더 있소."

"뭐요!"

자베르가 거칠게 물었다.

"잠깐만 집에 들르고 싶소. 그다음엔 당신 맘대로 하시오."

자베르는 잠시 침묵하고 있다가 마부에게 말했다.

"옴므 아르메 거리 칠 번지로 갑시다."

그들은 목적지에 도착할 때까지 한마디도 하지 않았다.

장발장이 하려고 하는 건, 코제트에게 모든 사정을 이야기하고 미리우스가 있는 곳을 알려주며, 그다음 조치를 하려는 것이었다.

마차는 아르메 거리 입구에 멈춰 섰다. 그 거리는 좁아서 마차가 들어갈 수 없었다. 자베르와 장발장은 마차에서 내렸다.

마부는 새 벨벳으로 된 마차 의자가 피와 진흙으로 더러워졌다고 '감

찰관님'에게 정중히 얘기하고는 손해 배상을 해 주지 않으면 안 된다고
덧붙이며, '무슨 증명이라도 한 줄' 써 달라고 수첩을 내밀었다.

자베르는 수첩을 무시하며 말했다.

"그래, 다 합해서 얼마요?"

"일곱 시간 십오 분에다 새 벨벳이니까…… 감찰관님, 팔십 프랑만 주
십시오."

자베르는 주머니에서 나폴레옹 금화 네 닢을 꺼내 주며 마차를 돌려보
냈다.

장발장은 자베르가 가까운 지서로 자기를 데리고 갈 거라고 생각했다.
그들은 아르메 거리 7번지 앞으로 갔다. 장발장이 문을 두드려 열리자 자
베르가 말했다.

"좋소. 들어가시오. 나는 여기서 당신을 기다리고 있겠소."

그건 자베르가 쓰는 방법이 아니었다. 장발장은 자베르의 얼굴을 한
번 쳐다보고는 집 안으로 들어갔다.

그는 2층으로 올라가 숨을 돌리고는 계단 위로 창문이 활짝 열려 있는
걸 보며 그리로 가서 밖을 내다보았다. 아르메 거리는 길이가 짧아 거리
전체에 가로등이 밝게 켜 있었다. 그러다 순간 그는 넋을 잃고 말았다. 그
곳에서 기다리고 있겠다던 자베르는 보이지 않았다. 그는 사라져 버린 것
이었다.

마리우스는 하인과 문지기에 의해 응접실로 옮겨졌고, 의사도 금방 달
려왔다. 질노르망 양은 두려워 왔다 갔다 하며 "이게 웬일이냐"를 연신 중
얼거렸다.

의사는 마리우스를 간이침대에 눕혀 놓고 진찰을 하기 시작했다. 그가

마리우스의 셔츠를 벗길 때 질노르망 양은 기도를 하기 위해 자기 방으로 갔다. 다행히 마리우스의 부상은 그리 심각하지는 않았다. 탄환이 옆으로 스쳐가면서 겨드랑이 쪽이 찢어져 심한 출혈이 있었을 뿐 그리 위험한 상태는 아니었다. 그러나 쇄골이 부러져 빠져 있었고, 머리에도 부상을 입어 뇌에 어떤 영향이 미칠지 알 수 없었다.

의사가 마리우스의 얼굴을 닦고 있는데 응접실 문이 열리면서 창백한 얼굴의 노인이 얼굴을 내밀었다. 질노르망 씨였다.

파리 시내에서 일어난 이틀 간의 폭동 때문에 질노르망 씨는 분노로 치를 떨었다. 그는 너무나 상심해 전날 밤엔 잠을 한숨도 못 자고, 또 그날 낮에도 열이 심하게 올라 있었다. 그러다 밤이 되어서야 피로 때문에 일찍 잠자리에 들어 살짝 잠이 들었었다.

질노르망 씨의 방은 응접실 바로 옆인데, 모두들 조심을 하고 있었지만 잠귀가 밝은 노인이라 그는 무슨 소리를 듣고 잠이 깬 것이었다. 그는 문을 열다가 깜짝 놀라며 침대 위의 청년을 보고는 얼굴이 새파랗게 질리면서 떨리는 목소리로 중얼거렸다.

"마리우스……"

"어르신, 도련님을 어떤 사람들이 싣고 왔는데, 바리케이드에 가셨다가 이렇게……"

"죽었구나! 나쁜 자식! 바리케이드에 가서 목숨을 내던지다니. 나를 원망하고 나에게 보복하기 위해 그런 짓을 한 거야. 이 못된 놈아! 이렇게 돼서야 나에게 돌아오다니. 정말 이렇게 죽을 수가 있나! 아! 정말 이렇게 죽을 수 있단 말이냐!"

의사는 노인이 걱정돼 잠깐 마리우스를 놔 두고 질노르망 씨에게 다가가 그의 팔을 잡았다.

"고마워요. 난 괜찮아요. 난 이미 별 죽음도 다 보았고 별 난리도 다 겪어 봤어요."

그러면서 노인은 실신해 있는 마리우스에게 다가가 기력이 다해 겨우 나오는 목소리로 계속 중얼거렸다.

"나쁜 자식, 나보다 먼저 죽다니. 이놈아! 어째서 세상을 즐기지 않고 네 목숨을 그렇게 함부로 내던진단 말이냐! 누구를 위해서, 무엇을 위해서! 공화제를 위해서냐! 꼴 같지도 않은 어리석은 공화국이란 것이 세상에나 이 귀한 자식들을 모두 데려가 버리다니! 이놈아! 네가 죽었다니! 이제 이 집에서 너와 내 장례식이 두 차례나 있겠구나. 이 못된 놈아!"

바로 그때 마리우스가 고요히 눈을 떴다. 그러고는 아직도 의식이 맑지 못한 상태에서 질노르망 씨를 쳐다보았다.

"마리우스! 애야! 이놈아! 눈을 뜬 거냐? 내가 보이냐? 이놈아! 살아났구나! 고맙다, 이놈아!"

노인은 소리쳐 부르고는 모든 기력이 다했는지 실신해 그대로 쓰러져 버렸다.

3

자베르의 양심

자베르는 그답지 않게 머리를 숙이고 두 손은 뒷짐을 진 채 생각에 잠겨 걷고 있었다. 그의 심경에 변화가 일어난 것이었다. 그는 가급적 조용한 거리를 택해 한 방향으로 계속 걸어갔다. 그러다 센 강으로 이어지는 가장 가까운 길로 들어가 노트르담 다리로 빠져나왔다. 그곳의 센 강은 급류가 흐르고 있어 수부들도 두려워하는 장소였다. 다리 바로 아래로 물살이 무섭게 솟구치고 있었다. 그곳은 한 번 떨어지면 아무리 헤엄을 잘 쳐도 절대 살아남을 수 없었다.

자베르는 다리 난간에 팔꿈치를 올려 턱을 괴고는 무서운 생각에 잠겨 있었다. 사실 몇 시간 전부터 자베르의 마음은 이미 무서운 생각에 빠져 있었다. 그는 자신의 마음속에서 의무감이 두 갈래로 나뉜 것을 느끼고 있었다. 센 강에서 뜻밖에 장발장을 만났을 때 그의 심정은 먹이를 다시 잡은 늑대의 마음과 주인을 다시 만난 개의 마음, 그 두 가지였다.

평생 오로지 하나의 직선밖에 몰랐던 그에게 반대되는 두 갈래 길이 나타나 서로를 배척하고 있는 것이었다. 어느 길이 진실이란 말인가? 자베르는 장발장이 자기를 용서한 일에 놀랐고, 또 자신이 그를 용서한 일에 스스로가 아연실색하고 있었다.

그는 이제 어떻게 해야 하는가? 장발장을 잡아 넘기는 것은 나쁜 일이며, 그렇다고 장발장을 그대로 놔 두는 것도 나쁜 일이다. 앞의 경우는 관리가 죄수보다 낮게 떨어지는 것이고, 뒤의 경우는 죄수가 법 위에 올라서서 법을 짓밟는 것이었다. 어느 쪽을 택해도 그건 추락이었다.

자베르는 자신이 한 일에 몸서리를 쳤다. 그는 경찰로서의 의무를 저버리고 사법적 조직에 반대했으며, 법률을 무시하고 죄인을 놓아준 것이었다. 그건 자신에게는 지당한 일이었으나 사적인 일을 가지고 공적인 일을 희생시킨 셈이었다.

장발장이란 존재는 그의 정신을 억압하는 무거운 짐 그 자체였다. 그는 어찌해야 좋을지 알 수 없었다. 자베르에 대한 장발장의 관용은 그를 압도하여, 마들렌느 씨의 모습과 장발장의 모습이 합쳐져 그 두 모습이 하나가 되어 숭배해야 할 대상으로 비쳐졌다.

자베르는 마침내 위대한 장발장 옆에서 추락한 자신의 모습을 보았다. 한 죄인이 그의 은인이 된 것이다! 어째서 그는 그 사나이가 자기를 살려 주도록 내버려 두었단 말인가. 자신은 바리케이드 안에서 죽임을 당할 권리가 있었고, 그 사나이는 자신을 죽일 권리가 있었으니 마땅히 그걸 행했어야 했다. 다른 폭도들을 소리쳐 불러서 장발장의 기도를 방해하고 억지로라도 총살당하는 편이 나았던 것이다.

그는 자신이 송두리째 거세되었음을 느꼈다. 법전도 그의 손 안에서는 이미 휴지 조각에 지나지 않았다. 그는 자신의 비겁함을 인정하며 스스로가 혐오스러웠다. 자베르의 이상은 인간적인 것도, 위대한 것도 아니었다. 다만 규율에 조금도 어긋나지 않게 완벽하게 하는, 바로 그것이었다. 그런데 자신이 방금 과오를 저질렀던 것이다.

어째서 그는 그렇게 했고, 또 그런 일이 일어났는지 자신도 알 수 없었다. 그는 두 손으로 머리를 감싸고 아무리 생각을 해 봐도 스스로 그것을 설명할 수 없었다. 그는 늘 장발장을 또다시 법 아래에 집어넣으려는 생각만 하고 있었다. 장발장은 곧 법률의 포로이며, 자베르는 법률의 노예였다. 장발장을 손아귀에 쥐고 있으면서 그를 놓아 주려는 생각을 했다는 건 그 스스로가 단 한순간도 시인한 적이 없었다. 그가 그런 생각을 했던 것이 아니라 그의 손이 저절로 열려져서 자기도 모르게 장발장을 놓아 주게 된 것이었다.

그는 철학자라든지 불신자라고 일컬어지는 그런 류의 인물은 전혀 아니었다. 오히려 본능적으로 교회를 존중하고 있었다. 다만 사회의 한 부분으로밖엔 종교를 알지 못했다. 그러나 사회의 질서는 그의 신조이며 그것만으로도 그에게는 충분했다. 그가 경찰의 직업에 뛰어든 이후로는 자기 종교의 전부를 경찰이라는 틀 속에 집어넣은 것이었다. 그의 위에는 경찰 업무에서의 상관이 있을 뿐 신이라는 다른 상관이 있다고는 오늘날까지 단 한 번도 생각해 보지 않았다.

그런데 이제 신이라는 이 새로운 주인을 뜻밖에도 감득하게 되어 마음이 몹시 흔들리기 시작한 것이다. 그는 그 뜻하지 않은 상관에 마주쳐서 당황하고 어떻게 해야 할지 몰랐다. 지금까지 그의 신조는, 부하란 항상 허리를 굽혀야 하고 거역하거나 비방해서는 안 되며 도저히 어떻게 할 수 없는 상관일 때는 사표를 제출하는 수밖엔 없었다.

그러나 신에게 사표를 제출하려면 어떻게 해야 한단 말인가? 무엇보다도 확실한 사실은 자신이 포로를 놓아 주는 그 가공할 죄를 범했다는 것이었다. 그는 법에 속하는 한 사나이를 법 밖으로 훔쳐 내온 것이었다.

질서의 감시인으로, 경찰의 엄격한 종복으로서 사회를 지키는 개였던 자베르 자신은 패배하여 거꾸러지고 말았고, 그 폐허 위에 녹색 모자를 쓰고 후광을 받으며 한 사나이가 서 있었다.

어떻게 해야 하나? 이 상태에서 빠져나가려면 두 가지 길밖엔 없었다. 하나는 장발장을 다시 붙잡아 지하 감옥으로 돌려보내는 것이고, 또 하나는……

자베르는 다리의 난간에서 떨어져 이번에는 머리를 똑바로 세우고 거리의 저쪽에 등이 켜 있는 초소 쪽으로 걸어갔다. 그는 초소의 문을 열고 들어가 신분증을 순경에게 보이고, 촛불이 켜 있는 테이블 앞에 앉았다. 그러고는 테이블 위에 놓여 있는 메모지에 뭔가를 쓰기 시작했다. 그가 쓴 내용을 다 열거하지 않고 간단히 요지만 살펴보면, 그건 경시총감에게 보내는 것으로서, 그가 이제까지 경찰 업무를 수행해 오면서 느낀 개선점과 각 법정 및 감옥에서의 죄수 관리와 경비 등에 관한 사항들을 열거한 일종의 건의서 형식이었다.

그는 종이를 접어 붙이고는 그 위에 '제도에 관한 건의서'라고 쓰고는 그걸 테이블 위에 그대로 두고 초소를 나왔다. 그러고는 좀 전에 떠나왔던 그 다리 난간으로 다시 돌아가 똑같이 팔꿈치를 괴고 섰다. 어둠 속에서 자베르는 한참을 그렇게 있다가 이윽고 고개를 숙여 급류의 무시무시한 소용돌이가 뿜어 대는 그 허연 물보라를 내려다보았다.

자베르는 그 악마와도 같은 아가리를 내려다보며 한동안 서 있었다. 물은 거센 소리를 내지르고 있었다. 갑자기 그는 모자를 벗어 난간 위에 올려놓았다.

그리고 잠시 후 키 큰 한 사람의 검은 그림자가 난간 위로 불쑥 솟아오르더니 곧바로 급류 속으로 떨어졌다. 순간 둔탁한 물소리가 잠시 들렸을 뿐 암흑 같은 물살은 금방 그 그림자를 삼켜 버렸다.

4

돌아온 손자와 할아버지

마리우스는 오랫동안 혼수상태에 빠져 있었다. 몇 주일 동안 고열이 계속되어 의식불명 상태에 있었는데, 상처 그 자체보다도 머리 상처로 인한 자극 때문에 뇌가 위험한 상황에 있었던 것이다. 혼수 상태 속에서 마리우스는 헛소리를 하며 코제트의 이름을 계속 불러 댔다. 그가 위독한 상태에 있자 질노르망 씨는 손자 옆에 넋을 잃고 앉아 있어서 그 노인도 죽었는지 살아있는지 알 수 없을 정도였다. 문지기의 말에 의하면, 아주 잘 차려입은 한 백발의 신사가 매일 한두 번씩 마리우스를 찾아와 병세를 물으며 치료에 쓰라면서 거즈를 한 꾸러미씩 놓고 갔다는 것이다.

2개월쯤 지나자 마리우스는 천천히 회복되어 갔다. 그러나 쇄골이 부러진 것은 아직도 2개월 이상 더 치료를 해야 했다. 다행히 그 길고 고통스런 시간 동안 군법회의에서는 폭도들 가운데 포로가 된 자 외에는 불문에 붙이기로 결정이 내려져 마리우스는 그대로 머물러 있을 수가 있었다.

질노르망 씨는 온갖 고통과 슬픔을 겪다가 이젠 온갖 기쁨과 행복을 느끼고 있었다. 그는 매일 밤 마리우스 옆에서 밤을 새우며 스스로 고통스런 일을 마다 않고 정성을 기울이다 마침내 의사로부터 마리우스가 위험한 고비를 넘겼다는 말을 듣고는 그대로 쓰러져 버렸다.

마리우스가 점차 회복되어 가는 것을 보며 질노르망 씨는 너무 기쁜 나머지 뛸 것만 같았다. 노인은 평소의 그답지 않게 들떠서 허둥대기도 하고 마리우스를 남작님이라고 부르며 "공화국 만세" 하고 외칠 때도 있었다.

혼수상태에서 빠져나온 이후로 마리우스는 이제 코제트 이름을 부르지 않았는데, 그건 그의 넋이 바로 코제트에게 가 있었기 때문이었다. 그는 코제트가 어떻게 되었는지 전혀 알지 못하고 있었고, 바리케이드에서의 처참했던 상황도 분별할 수 없을 정도로 희미한 그림자로만 그의 머리에 남아 있었다. 게다가 거기에 포슐르방 씨가 나타난 것은 수수께끼로밖엔 여겨지지 않았다. 마리우스는 자신의 부상에 대해서도 아무것도 모르고 있었다. 자신이 누구에 의해서 어떻게 구조되었는지 주위에 아무도 아는 사람이 없었다. 그에게는 모든 것이 안개처럼 희미한 관념에 지나지 않았다. 하지만 그런 속에서도 명확하게 떠오르는 형체와 의지가 존재하고 있었는데, 그건 다시 코제트를 만난다는 사실이었다. 그에게 있어서 자신의 생명과 코제트는 같은 것이었다.

할아버지의 어떠한 친절과 사랑도 마리우스의 마음을 조금도 변화시킬 수 없었다. 그건 자신을 달래려는 의도적인 행동이라고 그는 생각하며 할아버지를 냉담하게 대하고 있었다. 할아버지는 너그럽게 대하다가도 코제트 애기만 나오면 표정이 돌변할 것이며, 따라서 그의 본래 모습은 역시 가면 뒤에 숨어 있을 것이 틀림없다고 그는 생각했다.

질노르망 씨는 노골적인 태도를 보이지는 않았지만 마리우스가 의식을 찾고 나서부터 한 번도 자기에게 할아버지라고 부르지 않는 것이 마음에서 떠나지를 않았다. 마리우스는 아무 존칭도 사용하지 않아도 되도록 말을 가능한 돌려서 했다. 그의 마음속에는 절대로 양보하지 않고 용서하지 않는 옛날의 그 질노르망 씨로만 남아 있었다.

하루는 질노르망 씨가 마리우스를 들여다보며 다정한 어투로 말했다.

"마리우스, 내가 만일 너라면 이젠 생선보다는 고기를 먹겠다. 환자는 잘 회복하려면 좋은 고기를 먹어야 돼."

그때 마리우스는 거의 체력을 회복해 가고 있을 무렵이어서 상체를 일으켜 세우며 단호한 어조로 대답했다.

"그렇게 말씀하시면 저도 한 가지 말씀드리고 싶은 것이 있습니다."

"말해 봐라."

"결혼하고 싶습니다."

"그래, 알고 있다. 그 아가씨를 데려오렴."

할아버지의 그 한마디에 마리우스는 어리둥절했다.

질노르망 씨가 말을 이었다.

"그 예쁜 아가씨를 데려오너라. 그 애는 매일 노인을 대신 보내 네 병세를 알아보고 있단다. 네가 부상당한 이후로 늘 울면서 거즈를 만들고 있다는 걸 잘 알고 있다. 지금 아르메 거리 칠 번지에 살고 있지. 그래, 좋다. 네가 원한다면 결혼하도록 해라. 네가 정말 그 아가씨한테 푹 빠져 있구나."

질노르망 씨는 미소까지 지으며 말을 계속했다.

"자, 들어봐라. 내가 여러 가지로 조사를 해 보았더니 그 아가씨 참 마음이 예쁘고 현명하더구나. 내가 말한 창기병 녀석 얘기는 거짓말이었다. 그 아가씨는 너를 아주 깊이 사랑하고 있어. 만약 네가 죽었다면 우리는 세 명의 장례식을 치를 뻔했다. 나도 네가 회복되기 시작하자 그 아가씨를 네 곁에 데려오고 싶었지만 아직 환자라 망설였단다. 그런데 이젠 괜찮겠다. 나도 마음먹고 있었으니 그 아가씨랑 결혼해라. 그럼, 네 삶인데, 난 네가 행복하기를 바랄 뿐이다."

노인의 눈에 눈물이 어리며 마리우스의 머리를 두 팔로 포옹했다. 그리고 두 사람은 함께 울기 시작했다.

"할아버지!"

"이젠 네가 날 미워하지 않는 거냐?"

무슨 말도 할 수 없는 순간이었다. 두 사람은 가슴이 터질 것 같아 더 이상 말을 할 수도 없었다.

코제트와 마리우스는 다시 만났다.

코제트가 오자 집 안에 있는 사람들은 하인들까지 모두 마리우스의 방으로 모였다. 그녀가 문 앞에 들어섰을 땐 마치 온 자태가 후광에 싸여 있는 것 같았다. 코제트는 기쁘면서도 한편 두렵기도 하고, 꿈속인 듯 하늘로 올라가는 기분이기도 했다.

그런 코제트 뒤에서 백발 노인 한 사람이 장엄한 표정을 하고 방 안으로 들어섰다. 노인은 포슐르방 씨, 바로 장발장이었다. 그는 검정색 새 양복에 흰 타이를 매고, 문지기의 말대로 아주 훌륭한 차림새를 하고 있었다.

문지기는 이 노인이 6월 7일 밤에 혼수상태의 마리우스를 팔에 안고 온, 그 누더기 차림에 끔찍하게 더러운 피와 진흙투성이의 그 남자라고는 꿈에도 상상할 수 없었다. 그는 다만 '왜 꼭 전에 본 적이 있는 사람 같은 생각이 들까…… 참 이상하네.' 하는 생각만 들었다.

포슐르방 씨는 종이로 싼 책 같은 것을 겨드랑이에 끼고 있었다.

질노르망 씨가 인사를 하고 나서 씩씩한 어투로 말했다.

"포슐르방 씨, 나는 손자인 마리우스 퐁메르시 남작을 위해 따님께 청혼을 하게 되어 영광으로 생각합니다."

포슐르방 씨는 가볍게 머리를 숙였다.

질노르망 씨는 마리우스와 코제트를 향해 축복하듯 두 팔을 벌리며 외쳤다.

"자 그럼 결정되었다. 두 사람은 서로를 사랑하도록 해라."

둘은 따뜻한 시선으로 서로를 확인하며 주위 사람들을 의식해 말은 하지 않고 다만 다정하게 손을 맞잡았다. 곧 결혼을 할 수 있다니 꿈인 것만 같았다.

질노르망 씨는 두 사람 옆에 앉아서 그들의 손을 자신의 쭈글쭈글한 손으로 붙잡았다.

"참 훌륭한 사람이다. 코제트는 아직 어리지만 정말 귀부인이야. 타고난 귀족 부인 같구나. 서로를 사랑하도록 해라, 알겠지? 그런데 걱정이 하나 있다. 내 재산의 반 이상은 종신연금으로 돼 있으니 내가 살아 있는 동안은 문제가 없겠지만 내가 죽고 나면 그 후로 이십 년 후엔 너희들이 무일푼이 되어 버리는구나. 우리 남작부인의 이 고운 손으로 먹고 살기 위해 일하지 않으면 안 된다니……."

그때 묵직하고 낮은 음성이 들려왔다.

"포슐르방 양은 육십만 프랑의 돈을 가지고 있습니다."

장발장의 말이었다. 그때까지 그는 말 한마디하지 않고 행복한 사람들 뒤에 가만히 서 있었다.

질노르망 씨가 깜짝 놀라며 물었다.

"육십만 프랑이라고요?"

"거기서 아마 만 사천 오백 프랑쯤 부족할 것 같습니다."

장발장은 겨드랑이에 끼고 있던 책 같은 것을 테이블 위에 내려놓더니 직접 포장을 풀었다. 속에서 지폐 뭉치가 나왔는데 정확히 58만 4천 프랑 이었다.

"오십팔만사천 프랑이네!"

질노르망 양이 중얼거리자 노인이 딸에게 말했다.

"다 잘 됐구나. 그렇지? 마리우스 녀석이 갑부의 딸을 만났구나. 너도 이젠 이애들의 결혼에 딴말을 못 하겠지. 아름다운 소년이 육십만 프랑 을 가진 미소녀를 찾아낸 거야."

마리우스와 코제트는 줄곧 서로의 얼굴만 마주 보고 있으며 다른 일 에는 마음 쓰지 않았다.

장발장은 샹마티외 사건 이후 처음 며칠 동안 도망을 다닐 때 파리로 와서, 메르에서 시장 마들렌느 씨로 일할 때 벌었던 돈을 모두 은행에서 꺼내 몽페르메유 숲 속의 한 곳에 묻어 두었었다. 전부 63만 프랑이었는 데, 지폐였기 때문에 부피가 얼마 안 돼 작은 상자에 넣을 수가 있었다. 그는 상자에 습기가 차는 것을 막기 위해 밤나무 부스러기를 가득 담은 참나무 상자에 넣었는데, 지폐 외에 또 하나의 보물인 신부의 촛대를 함께 넣어 사람들이 다니지 않는 곳에 묻은 다음 곡괭이 하나도 감춰 두었었다. 그리고 그 후 돈이 필요할 때마다 장발장은 그곳에 가서 돈을 꺼냈다. 그가 가끔 집을 떠났던 것은 그곳에 가기 위해서였다. 그러다 이제 마리우스가 회복이 되자 그 돈이 필요한 때가 드디어 온 것을 느끼며 전부 꺼내 온 것이었다. 실제로 남아 있던 금액은 58만 4천 5백 프랑이었는데, 장발장은 그중 5백 프랑만을 자기 것으로 떼어 놓았다. '나중엔 또 어떻게 되겠지.' 하고 그는 생각했다. 라피드 은행에서 처음 꺼냈을 때는 총 63만 프랑이었는데 그 차액은 1823년부터 1833년까지 10년 동안 쓴 비용이었다. 수도원에 있었던 5년 동안엔 단 5천 프랑밖에 들지 않았었다.

장발장은 은촛대 두 개를 벽난로 위에 올려놓았다. 투생은 그걸 보고 훌륭하다면서 감탄을 했다.

장발장은 자베르가 자신을 놓아 주었다는 것을 알고 있었다. 그는 그 사실을 정부 기관지에서 다시 한번 확인했다. 그 기사에 의하면 자베르 감찰관이 센 강의 급류에서 익사체로 발견되었는데 그가 남긴 글을 보면 일종의 정신착란 증세로 자살을 한 것 같다는 것이었다. 장발장은 그걸 보며 생각했다. '그가 나를 체포하고서도 방면한 것을 보면 그때도 이미 미쳐 있었던 것에 틀림없어.'

결혼 준비는 완료되었다. 의사가 2월쯤이면 해도 좋겠다고 했다. 지금은 12월. 완전한 행복의 몇 주일이 지나가고 있었다. 질노르망 씨도 마찬가지로 행복해 하며 몇 십분 동안이라도 계속해 코제트를 바라보곤 했다.

장발장은 모든 일을 평탄하고 쉽게 되도록 했다. 그는 코제트와 함께 즐겁고 열심히 그의 행복을 만들어 가고 있었다. 또 그는 시장을 지낸 경험으로 코제트의 호적이라든지 곤란한 문제까지도 잘 해결해 나갔다. 출신을 노골적으로 밝히면 혹시라도 결혼이 성사되지 않을지도 모르기 때문이었다.

그는 픽퓌스 수도원을 찾아갔다. 선량한 수녀들은 신원 문제 같은 건 알지도 못하고 또 별로 주의하지도 않았다. 더구나 나쁜 일도 일어나지 않았기 때문에 예전의 그 꼬마 코제트가 포슐르방 형제의 누구 딸인지를 정확히 알지도 못했다. 장발장은 수녀들이 원하는 대로 답변을 해주어 곧 신원증명서를 받았다. 코제트는 법률상 외프라지 포슐르방 양이 되었고, 양친이 없는 고아라고 확인이 되었다. 장발장은 포슐르방이라는 이름으로 코제트의 후견인이 되고, 또 질노르망 씨는 후견 감독인으로 정해졌다.

58만 4천 프랑은 이름을 밝히지 않은 어떤 사람이 죽으면서 코제트에게 유산으로 남긴 것으로 하였다. 그 유산은 원래 59만 4천 프랑이었으나 그중 1만 프랑은 코제트의 교육비로 사용되었고, 또 5천 프랑은 수도원에 지불된 것이었다. 또한 그 유산은 다른 사람이 보관하고 있다가 코제트가 성년이 되거나 결혼할 때 주어지기로 되어 있었다.

몇 가지 의문스러운 점도 없는 것은 아니었으나 사람들은 눈치채지 못했다. 당사자 중 하나는 사랑에 눈이 가려 있었고, 다른 사람들은 60만 프랑에 눈이 가려 있었다.

코제트는 자신이 여태껏 아버지라고 불렀던 그 노인의 딸이 아니라는 말을 들었다. 그 노인은 친척이었고, 다른 포슐르방이라는 사람이 진짜 아버지라는 것이었다. 그녀에겐 너무나 마음 아픈 일이었지만 말로 할 수 없는 행복에 젖어 있는 지금으로서는 다행히 그 일이 약간의 일시적인 구름에 지나지 않았다. 그녀는 기쁨에 넘쳐 있었기 때문에 그 구름도 오래 머물러 있지는 않았다. 그녀에겐 이제 마리우스가 있었다. 그가 나타남으로써 포슐르방 노인을 가린 것이다. 인생이란 그런 것이 아니겠는가. 사실 코제트는 어릴 때부터 자기 삶에서 수수께끼 같은 일을 겪는 게 예사였다. 아무튼 노인이 자신의 친아버지가 아니라는 게 밝혀졌다 해도 코제트는 장발장을 여전히 아버지라고 부르고 있었다.

결혼 후 두 사람은 질노르망 씨 집에서 살도록 결정되었다. 노인은 그 집에서 가장 좋은 자신의 방을 젊은이들에게 주기로 했던 것이다. 그래서 그 방을 아름다운 장식물들로 꾸미고 천장과 벽에는 고급 벽지를 붙이기로 했다.

질노르망 씨의 서재는 마리우스의 변호사 사무실이 되었다. 변호사는 사무실을 갖추고 있어야만 하기 때문이었다.

두 연인은 매일 만났다. 코제트는 항상 포슐르방 씨와 함께 왔다. 마리우스와 포슐르방 씨는 늘 보면서도 서로 많은 말을 나누지는 않았다. 언제나 친절하지만 한편으론 냉정한 포슐르방 씨에 대해 마리우스는 여전히 어떤 의문을 갖고 있었다. 진지하고 침착한 인물인 포슐르방 씨를 바리케이드에서 본 것이 사실이었는지, 마리우스는 때로 자기 기억조차도 의심을 품고 있었다. 이따금 그는 두 손으로 머리를 감싸 안았다. 희미한 기억이 뇌리에서 어지럽고 막연하게 가물거릴 때가 많았다.

그가 기억나는 것은, 마뵈프 씨가 쓰러지는 모습을 본 것과 탄환들이 날아오는데도 노래를 흥얼거리던 가브로슈의 목소리, 그리고 싸늘하게 식어 간 에포닌의 이마에 입술을 댄 기억, 그것들이었다. 앙졸라, 쿠르페락, 콩브페르, 그랑테르…… 등 친구들이 그의 앞으로 다가왔다가 그냥 스쳐 지나갔다. 이 모든 것이 꿈이었나? 실제 있었던 일인가? 그들은 전부 어디에 있는 걸까? 그를 제외한 모두가 죽었다는 것이 사실인가?

그리고 바리케이드에 있다가 사라진 그 포슐르방 씨가 지금 진지한 얼굴로 코제트 옆에 앉아 있는 이 포슐르방 씨와 같은 사람이라고는 믿기 어려웠다. 오랫동안 혼수상태에 있었던 터라 바리케이드의 기억은 이따금 악몽으로 되살아나기도 했다. 그렇다고 포슐르방 씨에게 물어보기도 어려웠다. 두 사람 사이엔 묘한 거리감이 있었던 것이다.

딱 한 번 마리우스가 암시를 했다. 대화 중 거리 이야기를 하며 포슐르방 씨에게 물었다.

"그 거리 잘 아시죠?"

"어떤 거리?"

"샹브르리 거리 말입니다."

"그런 거리에 대해서는 아무 생각도 안 나는데……."

포슐르방 씨가 아주 자연스럽게 대답하자 마리우스는 이렇게 생각했다.

'내가 정말 환상을 본 거야. 비슷한 사람이 있었던 모양이지. 포슐르방 씨는 아니야.'

마리우스는 벅찬 기쁨의 나날 가운데서도 전혀 아무런 근심이 없는 것은 아니었다. 결혼 준비가 진행되는 동안 그는 몰래 사람을 시켜 지나간 일에 대해 자세히 조사를 하게 했다.

그가 빚은 은혜는 아비지를 위한 것도 있었고, 자신을 위한 것도 있었다. 자신을 질노르망 씨 집으로 데려온 미지의 인물, 그리고 떼나르디에, 그 두 사람은 반드시 찾아내야 했다. 떼나르디에는 비록 악한이긴 하지만 자기 아버지를 구한 사람이었다. 마리우스는 백방으로 알아보았으나 떼나르디에를 찾을 수가 없었다. 그의 아내는 예심 중 감옥에서 죽었고,

그 가족 중에 살아남은 사람은 떼나르디에와 막내딸 아젤마뿐인데, 그들마저 어둠 속으로 사라지고 없었다.

고르보 주택의 잠복사건은 애매한 채 남아 있었다. 중죄재판소는 남은 두 명의 공범에게 10년 형을 선고하고, 탈주한 공범들에게는 무기징역을, 주범인 떼나르디에에게는 궐석재판에 의해 사형 선고를 내렸다.

마리우스의 목숨을 구해 준 미지의 사나이에 대해서는 처음에 다소 진전이 있었다. 그날 밤 마리우스를 태우고 온 전세마차를 찾아냈던 것이다. 그 마부의 말에 의하면, 6월 6일 오후 센 강가의 하수도 출구 위에서 어떤 경관의 주문으로 정차를 하고 있었는데, 오후 아홉 시경 그 하수구의 철책문이 열리고 한 사나이가 죽은 것 같은 다른 사나이를 어깨에 둘러메고 나오다 그곳을 지키고 있던 경관에게 붙잡혔다. 경관의 명령으로 마부는 그 다친 사람을 마차에 태우고 먼저 칼베르 거리로 가서 죽은 사나이를 내려놓았다. 그리고 두 사람은 다시 마차를 타고 가다가 아르메 거리 근처에서 내리고, 마부는 돈을 받고 그곳을 떠났다는 것이다. 두 사람은 어디론가 갔는데, 마부는 그 이상은 아무것도 모른다고 했다. 그날 밤은 무척 어두웠다고 그 마부는 기억하고 있었다.

마리우스는 아무것도 기억나지 않았다. 바리케이드에서 떨어졌을 때 누군가의 억센 손이 자기를 붙잡아 준 걸 느낀 이후로는 의식을 잃었기 때문이다. 그러다가 다시 의식을 되찾은 것은 질노르망 씨의 집에서였다.

마부가 말한 죽은 사나이는 자신이 분명했다. 그런데 바리케이드에서 의식을 잃었는데 어떻게 앵발리드 다리 근처의 센 강둑에서 경관에게 발견되었던 것일까? 누가 그를 하수도를 통해 운반했다면 그것은 엄청나게 놀라운 헌신적 행위가 아닌가?

그 사나이는 누굴까? 마리우스가 찾고 있는 사람은 바로 그 사나이였다. 그는 도대체 어떻게 되었을까? 그 경관은 왜 입을 다물고 있는 것일까? 그 사나이는 도망을 쳤을까? 아니면 경찰을 매수했을까? 어째서 그토록 헌신적인 행위를 한 그 사나이는 다시 나타나지 않을까? 그날 밤이 무척 어두웠다고 마부는 말했다. 문지기와 하인들은 너무 당황해 피투성이가 된 젊은 마리우스에게만 신경을 썼고, 기억하는 것은 마리우스를 데려온 그 사나이의 얼굴 또한 피투성이라 무서운 모습이었다는 정도뿐이었다.

마리우스는 할아버지 집에 실려 왔을 때 입고 있었던 그 피 묻은 옷을 그대로 두게 했다. 그 웃옷은 한쪽 소매가 찢겨져 없어져 버렸다.

어느 날 밤 마리우스는 코제트와 장발장 앞에서, 그 이상한 사건에 대해 알아보았으나 모든 노력에도 불구하고 그 사나이를 찾아내지 못했다는 이야기를 들려주었다. 그런데 포슐르방 씨가 무관심한 듯 냉담하게 듣고 있는 모습을 보고 마리우스는 화가 치밀었다. 그는 분노에 찬 목소리로 외쳤다.

"그가 어떤 사람이었든 간에 그는 거룩한 사람입니다. 그는 천사처럼 나타나서는 전투가 한창 벌어지고 있는 그 위험한 곳에서 저를 구해서 하수도 속으로 들어가지 않으면 안 되었던 것입니다. 그 무서운 지하 굴 속을 말이죠. 오로지 한 생명을 구하기 위해……. 그 생명이 바로 저였습니다. 그는 다 죽어 가는 한 생명을 살려내기 위해 자신의 목숨을 수없이 여러 번 위험에 빠뜨렸습니다. 하수도를 나오자마자 바로 체포된 것을 보면 알 수 있습니다. 그는 그렇게 엄청난 일을 하고도 어떠한 대가도 기대하지 않았습니다. 그때 저는 한 사람의 폭도일 뿐이었는데…… 만약 코제트의 저 육십만 프랑이 제 것이라면……."

"그것은 자네 것일세."

장발장이 그의 말을 잘랐다.

"만약 그렇다면 그 사람을 찾기 위해 전 그 돈을 다 쓰겠습니다."

장발장은 말없이 듣고만 있었다.

5

잠 못 이루는 밤

1833년 2월 16일에서 17일 사이의 밤은 축복의 시간이었다. 그 밤에 마리우스와 코제트가 결혼을 한 것이다. 그 당시엔 집에서 결혼식을 하고 첫날밤도 집에서 치르는 것이 보통이었다. 마리우스와 코제트의 결혼도 그 풍습을 따라 질노르망 씨 집에서 거행되었다.

그날은 사육제의 마지막 화요일이었다. 밖에선 법석을 떨어도 상관하지 않고 결혼식을 치렀던 그날 밤엔 비가 내렸지만 사랑으로 맺어진 그들의 마음속에선 하늘이 파랗기만 했다. 그 전날 밤 장발장은 질노르망 씨 앞에서 58만 4천 프랑을 마리우스에게 건네주었다. 투생은 장발장에게 필요가 없어져서 코제트에게로 갔다.

질노르망 씨는 집에서 특별히 아름다운 방을 마련해 장발장에게 제공하였다. 코제트가 장발장을 간절히 설득하는 바람에 그는 할 수 없이 그렇게 하겠다고 약속했던 것이다.

결혼식이 있기 며칠 전 장발장은 오른손 엄지손가락을 다쳤는데, 아무에게도, 심지어 코제트에게도 그 상처를 보여주지 않았다. 그는 손에 붕대를 감아야 했기 때문에 서명을 할 수가 없었다. 그래서 질노르망 씨가 코제트의 후견인으로서 장발장 대신 서명을 했다.

혼례식이 끝난 후 가족들은 모두 혼례마차를 타고 생 폴 성당으로 이어지는 큰 길로 나섰다. 거리엔 사육제의 가장행렬이 지나가고 있었다. 앞 혼례마차에는 코제트와 질노르망 씨, 장발장, 그리고 질노르망 양이 타고, 뒤 마차엔 마리우스가 따로 탔는데, 관습에 따라 신부와 떨어져 뒤에 탔던 것이다.

비가 간간이 흩뿌리는데도 아랑곳하지 않고 대로변엔 탈을 쓴 사람들로 북적거리고 있었다. 혼례마차도 바스티유로 향하는 오른쪽 대열 속에 섞여 함께 가고 있었다. 그들 행렬이 잠시 멈춰 섰다. 동시에 반대편 방향으로 가던 행렬도 멈춰 섰는데, 그 행렬 속에 가장마차가 한 대 있었다. 그 가장마차 안에는 온갖 차림을 한 사람들로 붐비고 있었는데, 어딘지 천박한 사람들의 무리 같았다. 그들 중 탈을 쓴 사람 하나가 혼례마차를 보고 말했다.

"아니, 저거 혼례마차 아니야?"

그 남자는 앞가슴을 드러내 놓고 있는 야비한 계집에게 말을 했다.

"저기 좀 봐라."

"뭐요, 아빠?"

"저기, 저 늙은이 보이냐?"

"어띤 늙은이요?"

"저기, 저 앞 마차에 타고 있는 늙은이 말이다."

"검정 띠로 팔을 걸어 매고 있는 늙은이요?"

"그래, 내가 분명히 아는 사람이야."

"그래요?"

"근데 잘 봐라, 신부가 있는지."

"안 보이는데요."

"신랑도?"

"신랑도 안 보이는데요."

"설마."

"정말 없어요. 늙은이가 또 하나 있는데 그 사람이 신랑이면 몰라도요."

"자세히 좀 봐라."

"안 보인다니까요."

"됐어, 그럼. 좌우간 저 팔을 매고 있는 늙은이는 내가 분명히 아는 사람이야."

"그래서 뭐하게요?"

"뭐 두고 봐야겠지만 때로는 쓸모가 있지."

"난 저런 늙은이 필요 없는데."

"근데 저 늙은이가 도대체 어떻게 혼례마차에 타고 있는 걸까?"

"내가 알아요?"

"너 말이야, 내려서 저 혼례마차 좀 따라가 봐라."

"뭐하게요?"

"어디로 가는지, 그리고 무슨 혼례인지 좀 알아보게 말이야. 빨리 내려서 쫓아가 보라니까."

"지금은 시청에서 하루 일당을 받고 이 가장행렬을 하고 있는데, 만약 마차에서 내렸다가 경찰에 잡히면 어떡하게요."

"참 그렇지. 근데 저 늙은이는 신부 마차에 타고 있으니까 신부의 아버지일 거야."

"그래서요?"

"저자가 신부의 아버지라면 말이야, 내 말 잘 들어. 난 지금 탈을 썼으니까 간신히 나왔지만 내일은 다시 그 하수구로 돌아가야 하잖니. 하지만 넌 자유로운 몸이 아니냐?"

"나도 별로 자유롭지 못한데."

"그래도 나보다는 자유로우니까 저 마차가 어디로 가는지 좀 알아봐 주라, 아젤마."

이제 대로변 양쪽의 두 행렬은 서로 반대 방향을 향해 다시 걷기 시작했다.

코제트는 시청과 성당의 예식 앞에서 참으로 매혹적이고 아름다웠다. 그녀는 하얀 호박단 치마에 비취 레이스의 긴 옷을 입고, 하얀 베일을 썼으며, 진주 목걸이에 오렌지 꽃이 장식된 모자를 쓰고 있었다. 흰색으로 둘러싸인 그녀는 눈부시게 빛이 났다. 고상한 순결이 광명 속에서 더욱 빛나며 마치 처녀가 이제 여신이 되려는 것 같았다.

시장과 사제 앞에서 필요한 모든 의식과 절차가 끝나고, 또 시청과 성당의 모든 서류에 서명을 한 후, 신랑과 신부는 서로 손을 잡고 하객들의 축복을 받으며 두 줄로 늘어선 그 가운데를 걸어 나갔다. 그러고는 활짝 열려 있는 성당 문을 나가 다시 마차에 올라타고 나서야 코제트는 모든 것이 끝났다는 것이 믿어지지 않으며 아직도 꿈속인 것 같았다. 그녀는 마리우스를 바라보고 또 하객들을 바라보고, 그러고는 하늘을 우러러보았다. 마치 꿈에서 깨어날까 두려워하고 있는 것 같았다. 집으로 돌아가는 마차 안에는 신랑 신부 맞은편에 질노르망 씨와 장발장이 함께 앉았다. 그리고 질노르망 양은 뒤의 마차에 탔다.

이 한 쌍의 젊은이들은 빛이 났다. 그들은 한 번 앞으로 나가면 다시 되돌아오지 못할 그런 순간에 있었고, 온갖 희열의 눈부신 교차점에 있었다. 두 젊은이는 두 송이의 백합으로 서로 마주 보는 것이 아니라 서로 응시하고 있었다. 지난날의 모든 고통은 오히려 그들을 도취시켰고 수많은 슬픔과 불면, 눈물과 번뇌, 공포와 절망들마저 지금은 애무와 광휘로 변하여 다가오는 즐거운 시간을 더욱 즐겁게 해 주고, 이제 그들 앞에 환상의 입맞춤과 꿈의 회합을, 동방화촉의 베개를 가로놓아 축복해 주고 있었다.

마차는 꿈결인 듯 칼베르 거리의 집으로 돌아왔고, 마리우스는 코제트와 함께 찬연한 광휘에 싸여 2층으로 가는 계단을 당당하게 올라갔다. 그 계단은 얼마 전에 빈사 상태에 빠졌던 자신의 몸이 누군가에 의해 끌어올려졌던 그 층계였다.

질노르망 씨 집엔 수많은 친지들이 초대되었는데, 모두들 코제트에게 몰려들어 서로 질세라 남작부인이라고 불렀다. 지금은 대위가 된 테오뒬 질노르망도 그 결혼식에 참석했지만 코제트는 그의 얼굴을 알아보지도 못했다. 테오뒬도 자신이 언제나 미남이라고 자부하고 있기 때문에 다른 여자들이나 마찬가지로 코제트를 기억하지 못하고 있었다.

'내가 이 창기병 녀석의 이야기를 곧이듣지 않은 건 정말 잘한 일이었지!' 하고 질노르망 영감은 혼자 속으로 생각했다.

코제트는 장발장에게 더할 나위 없이 다정하게 대했고, 질노르망 씨와도 뜻이 잘 맞았다. 파티가 벌어진 집 안은 온통 축제 분위기였다. 모두 식당으로 몰려가기 직전, 코제트는 객실 입구 옆 의자에 혼자 앉아 있는 장발장을 보고 다가가서는 두 손으로 드레스를 잡고 예의를 갖춰 인사하며 그에게 다정한 눈길로 말했다.

"아버지, 기쁘시죠?"

"물론이지."

"그럼 좀 웃어 보세요."

장발장은 빙긋이 웃었다.

잠시 후 식사 준비가 되었다는 소리에 모두들 식당으로 들어가 정해진 자리에 앉았다. 신부 좌우의 자리엔 질노르망 씨와 장발장이 앉도록 정해졌다. 질노르망 씨가 먼저 자리에 와 앉았다. 그런데 장발장의 의자는 비어 있었다. 사람들이 모두 '포슐르방 씨'를 찾으며 둘러보았다. 그러자 질노르망 영감이 하인에게 물었다.

"포슐르방 씨는 어디 게시지?"

"포슐르방 씨는 손의 상처가 아프서서 남작 부부님과 식사할 수가 없으니 주인어른께서 양해하여 주시라는 말씀을 남기시고 방금 떠나셨습니다. 그리고 내일 아침에 오시겠다고 하셨습니다."

그 일 때문에 축하 파티장의 분위기가 잠시 썰렁해졌지만 마리우스가 그 빈자리에 가서 앉음으로써 포슐르방 씨의 부재는 곧 잊혀졌다.

어느덧 흥겨웠던 밤의 향연이 끝나고, 신랑 신부도 물러났다.

장발장은 아르메 거리로 돌아왔다. 투생마저 없는 집은 텅 비어 있었다. 그는 어깨에 헝겊으로 묶어 걸어 놓았던 팔을 풀고는 침대로 가서 코제트가 늘 그의 부속품이라며 놀려 대던 그 가방을 열었다. 그리고 속에서 코제트가 몽페르메유를 떠날 때 입었던 옷들을 천천히 꺼냈다. 작은 소녀가 입고 있었던 모든 옷과 신발이 그대로 그 안에 들어 있었다. 옷들은 진부 김징색이었다. 아이를 위해 옷들을 몽페르메유로 가져다주었던 사람도 장발장 자신이었다. 그는 이제 그것들을 전부 가방에서 꺼내 침대 위에 늘어놓고는 회상에 잠겼다.

때는 몹시 추운 12월이었다. 아이는 거의 벌거벗은 채 누더기 같은 걸 간신히 걸치고 있었다. 그 가련한 작은 발은 양말도 없이 새빨개져 나막신 위로 드러났다. 장발장은 아이의 누더기를 벗기고 이 상복을 입혔다. 아이의 엄마가 자기 딸이 그렇게 따뜻한 옷을 입고 있는 것을 보았더라면 무덤 속에서도 기뻐했을 것이다. 그는 또 몽페르메유의 그 숲을 생각하며 코제트의 옷들 속에 백발의 머리를 파묻고 처절한 소리를 내며 흐느끼기 시작했다.

그날 밤 장발장은 자신과의 마지막 싸움을 하고 있었다. 하나의 절실한 문제가 제기되어 있었다. 장발장 자신은 코제트와 마리우스의 행복에 대해서 장차 어떠한 태도를 취해야 할 것인가? 그녀의 행복을 바란 것은 그였다. 그것을 만들어 준 것도 바로 그였다. 그는 그 행복을 자신의 저 깊은 곳에 넣어 두고 있었는데, 지금은 그것을 꺼내 들여다보고 있는 것이었다.

이제 현존하고 있는 그 행복에 대해 장발장 자신은 장차 어떻게 하려는 것인가? 그 행복을 자신이 함께 나누어 가져도 좋을 것인가! 자신이 여전히 존경받고 있는 아버지의 지위에 종전대로 머물러 있어도 좋을 것인가? 코제트의 집에 태연히 들어가도 되는 것인가? 그녀의 미래 속에 자신의 과거를 아무 말도 하지 않고 그대로 가지고 들어가도 좋을 것인가? 당연한 권리인 듯 거기에 나타나 정체를 숨긴 채 그들의 결백한 손을 자신의 비참한 손 안에 잡고 그들에게 미소를 보내도 좋을 것인가?

저 귀여운 코제트는 파선자인 자신에게는 하나의 뗏목이었다. 그런데 지금 그것에 매달려 있을 것인가, 놓아 버릴 것인가? 만약 거기에 매달려 있다면 그는 재난에서 벗어나고 구출되어 살아날 수 있을 것이다. 그러나 만약 놓아 버린다면 심연이 있을 뿐이다.

울 수가 있었다는 게 장발장에게는 다행한 일이었다. 현재 앞에 다시 나타난 과거에, 그는 갈등하며 흐느꼈다. 눈물이 흐르면서 점점 더 그는 절망으로 몸부림쳤다.

양심과의 대결은 언제까지라도 끝이 없었다. 한참을 울고 난 장발장은 기진맥진해 오히려 마음이 가라앉았다. 그래도 그는 생각을 거듭하며 광명과 음영의 신비로운 교차를 응시했다.

빛나는 두 젊은이에게 자신의 형벌을 지워 주느냐, 또는 구할 길 없는 자신의 몰락을 자신에게만 그치게 하느냐. 전자는 코제트를 희생시키는 것이고, 후자는 자신을 희생하는 것이다.

그의 고뇌는 밤새 계속되었다. 날이 밝아 오도록 그는 꿈쩍도 하지 않았다. 마치 살아 있는 시체 같았다. 그러다 별안간 그는 몸을 부르르 떨며 코제트의 옷에다 입맞춤을 했다. 그제야 비로소 그가 살아 있다는 것을 알 수 있었다.

6

쓴잔의 마지막 한 모금

결혼식 다음 날은 오히려 쓸쓸하다. 흥분도 가라앉았고, 사람들은 행복한 두 사람의 평화를 존중해 그들의 늦잠을 다소 묵인한다. 그리고 좀 느지막이 방문과 축하로 다시 떠들썩해진다. 다음 날 정오가 조금 지난 시각, 누가 조용히 문을 두드리는 소리가 들려 하인이 나가 보니 포슐르방 씨가 서 있었다.

"서방님, 일어나셨나?"

장발장의 물음에 하인은 대답을 안하고 되물었다.

"어떤 서방님 말씀이십니까? 새서방님 말씀인가요?"

"퐁메르시 남작님 말이네."

"남작님이요? 얼른 가서 포슐르방 어른이 오셨다고 말씀드리겠습니다."

"아니, 내가 왔다고는 하지 말게. 그냥 누가 좀 조용히 말씀 드리고 싶다고만 얘기하게. 좀 놀래 주고 싶으니까 말일세."

"예!"

하인이 물러가자 장발장은 객실로 들어갔다. 그곳은 아주 어수선했다. 몇 분 후 문이 열리며 마리우스가 들어왔다. 그는 미소를 지으며 밝은 표정을 하고 있었다. 마리우스 또한 한숨도 못 잤다.

"아버님 오셨어요? 무척 일찍 오셨군요. 코제트는 아직 자고 있어요."

마리우스가 '아버지'라고 부른 것은 장발장에게는 최고의 행복을 의미하는 것이었다. 두 사람 사이엔 이제까지 항상 쌀쌀하고 거북스러운 것이 끼어 있었는데, 이젠 모든 것이 풀어지고 있었다. 마리우스는 포슐르방 씨에게 아버지라고 부를 정도로 도취경에 빠져 있었다.

마리우스가 말을 이었다.

"어젯밤엔 아버님이 안 계셔서 저희들이 얼마나 쓸쓸했는지 모릅니다! 밤엔 잘 주무셨는지요? 손은 좀 어떠세요? 저희 둘은 아버님에 대해 많은 얘기를 했어요. 코제트가 아버님을 얼마나 사랑하는지! 여기에 아버님 방이 마련돼 있다는 걸 잊고 계시지는 않겠죠? 오늘부터 바로 이곳으로 오셔서 사시도록 하세요. 안 그러면 코제트한테 야단맞으실 거예요. 할아버지도 아버님을 좋아하셔서 두 분이 잘 맞으실 겁니다. 모두 같이 살면 좋겠어요. 제가 재판소에 나가는 날엔 아버님께서 코제트를 데리고 산책을 좀 나가 주세요. 전에 뤽상부르 공원에서 하셨듯이 말이죠. 우리는 행복하게 살아가자고 굳게 마음먹었어요. 거기엔 아버님의 행복도 절대 빠져선 안 됩니다. 아시겠어요?"

그러나 장발장은 침울하게 말을 시작했다.

"사실은 자네한테 얘기할 게 있어 왔네. 나는 전과자의 몸이네."

마리우스는 이해를 못하고 멍하니 서 있었다. 이제야 그는 포슐르방 씨의 표정이 심각하다는 것을 깨달았다. 그는 행복에 겨운 나머지 상대방이 몹시 창백한 얼굴을 하고 있는 것을 알아차리지 못했다.

장발장은 오른팔을 걸어 맸던 검은 띠를 풀고 손에 감겨 있는 붕대도 풀어 엄지손가락을 마리우스에게 보여주었다.

"손은 처음부터 다치지도 않았네."

정말 손가락엔 아무런 상처도 없었다.

장발장은 계속 말했다.

"난 자네의 결혼식에 참석하지 않으려 했네. 그래서 위증을 안 하려고, 결혼계약서에 무효한 것이 끼어들지 않게 하려고, 그리고 서명하는 것도 피하려고 손을 다쳤다고 거짓말한 거네."

"무슨 말씀을 지금 하시는 겁니까?"

마리우스는 더듬거리며 물었다.

"무슨 말이냐 하면, 나는 감옥살이를 한 사람이란 말이네."

"설마요!"

"퐁메르시 군. 나는 십구 년 간 감옥에서 살았다네. 절도죄로 말이야. 그러다가 다시 절도죄로 무기징역 형을 받았지. 그리고 현재는 탈주자 상대라네."

마리우스는 아무리 이 현실을 부정하려 해도 어쩔 수 없이 결국은 그 앞에 굴복하고 말았다. 그는 이해하기 시작했고, 더불어 전율을 느꼈다.

"다 말씀해 주세요, 전부 다요! 당신은 코제트의 아버지입니다."

장발장은 엄숙한 태도로 몸을 꼿꼿이 세웠다.

"내 말을 믿게. 하느님 앞에서 맹세하는데, 난 코제트의 아버지가 아니라네. 퐁메르시 남작, 나는 파브롤에서 태어나 나무를 자르며 살았었네. 내 이름은 포슐르방이 아니라 장발장이고, 코제트와는 아무런 연고도 없네. 그 점은 안심해도 되네."

마리우스가 중얼거리듯 말했다.

"누가 그걸 증명합니까……."

"내가 증명하지. 내가 그렇다면 그런 거니까."

마리우스는 앞에 있는 남자를 바라보았다. 남자는 침울한 얼굴이지만 침착했다. 그는 몹시 차분하고 평정심을 갖고 있는 사람이었다. 그런 사람이 거짓말을 할 리는 없었다. 그렇게 무덤처럼 싸늘한 상대방에게서 마리우스는 진실함을 느낄 수 있었다.

"당신 말씀을 믿겠습니다."

마리우스의 말에 장발장은 고개를 끄덕이고는 계속 말했다.

"코제트에게 내가 이제 무슨 상관이 있겠나? 그저 아는 사람에 불과하겠지. 십 년 전까지만 해도 난 그 애가 이 세상에 존재한다는 것도 모르고 있었네. 난 아직도 그 애를 사랑하고 있네. 나이 든 사람이 어린 소녀를 보면 당연히 사랑하게 되지. 코제트는 고아였다네. 그래서 나 같은 사람이라도 그 애한테는 필요했었지. 그 때문에 난 그 아이를 돌보게 되었고 보호자 노릇도 해 왔던 것이네. 만일 그것이 선행이라고 할 수 있다면 내가 그랬다고 해 두세. 이제 코제트는 나를 떠나, 우리의 삶의 방향이 달라졌네. 그럼으로써 나는 코제트에 대해 아무런 관계도 없어졌네. 그녀는 퐁메르시 부인이고, 이제부터 보호자가 바뀐 것이네. 그리고 코제트에게는 그게 더 행복한 삶이야. 그러니 모든 게 잘 되었지 뭔가. 육십만 프랑의 돈은 내가 위탁받은 것이었네. 그 위탁금이 어떻게 내 손에 들어왔는지는 굳이 설명하지 않겠네. 내가 그걸 돌려주었으니까. 내가 내 본명을 밝혔으니 이제 나 자신으로 돌아가게 되었네. 아무튼 그건 내 자신에 관한 일이고, 내가 어떤 인간인가를 그저 밝히고 싶었네."

장발장은 마리우스의 얼굴을 지그시 바라보았다.

마리우스는 아직도 믿어지지 않는 듯 어리둥절해 하며 장발장이 그런 고백을 굳이 한 것에 대해 원망하듯 말했다.

"그런데 왜 이런 말씀을 저에게 하시는 겁니까? 혼자 비밀로 간직하고 계셔도 되지 않습니까? 누가 고발을 하는 것도 아니고 수배령이 내려진 것도 아닌데 스스로 그런 폭로를 하신 건 무슨 이유라도 있는 겁니까? 다 말씀해 주세요. 뭣 때문에 이런 고백을 하시는 건지, 무슨 이유가 있는 겁니까?"

"무슨 이유냐고?"

"장발장은 혼자 얘기하듯 나지막이 중얼거렸다.

"뭣 때문에 스스로 '난 죄수요' 하고 떠벌리느냔 말이지? 그건, 나 스스로에게 정직하고 싶어서겠지. 내 마음속에 나를 옭아매고 있는 것이 나 자신을 끊임없이 불행하게 만드니까. 그건 나이 들어가면서 더욱 질겨지고 있네. 내가 그냥 이 줄을 끊어 버리고 혼자 멀리 떠나 버릴 수 있었다면 난 구제되었을지 모르네. 그러면 당신들도 홀가분하니 행복할 것이고, 난 가 버리면 그만이니까 말이야. 그래서 이 줄을 끊어 버리려고 해 봤는데 그게 영 힘들더구먼. 내 마음까지 뽑혀 버리는 것처럼 어렵더라고. 결국 '다른 데 가서는 살 수 없다'는 생각이 들어서 떠나지 못했다네. 그러고 보니 자네 말도 옳은 것 같네. 내가 바보야. 그냥 조용히 여기서 눌러 살면 될 걸. 퐁메르시 부인도 나를 무척 사랑하고, 자네 할아버지께서도 내가 여기 와서 사는 걸 환영하시니 말이야. 모두 이렇게 같이 살면서, 코제트의…… 아니, 실례했네. 오랫동안 버릇이 돼서 그만…… 퐁메르시 부인의 손도 잡아 주면서 다 같이 한 집에서 이렇게 살아간다면 참 좋겠지. 그 이상 더 좋은 게 뭐 있겠나? 우리 모두 한 식구로 살아가는 거야. 한 식구로!"

그러다 장발장은 갑자기 화를 내며 거칠게 말했다.

"한 식구라고? 아니야! 나에게 식구라곤 아무도 없어. 난 자네 집안 식구도 아니고, 세상 어느 집안의 식구도 아니야! 어떤 가정에서도 나는 남이야. 세상엔 수많은 가정이 있지만 내가 들어갈 가정은 없어! 나는 불행한 사람이지. 난 이 세상 바깥의 사람이야. 코제트가 결혼한 날 나의 모든 것은 끝이 났네. 그녀가 행복한 것을 보고, 그녀가 사랑하는 사람과 함께 가정을 이루고 모든 것이 잘 돼 나가는 것을 보고, 난 나 자신에게 '넌 그곳에 들어가지 마라' 하고 말했다네. 그래, 아무 말도 하지 말고, 모두를 속이고, 포슐르방이란 이름으로 그냥 남아 있을 수도 있었지. 그러나 그것이 그녀를 위한 것이었을 때는 거짓말을 할 수도 있었지만 이제 그것이 나를 위한 것이 될 때는 거짓말을 할 수가 없었던 걸세. 나의 양심 때문이지. 내가 계속 포슐르방으로 있으면 난 그녀와 함께 행복하고 또 모두가 만족하겠지. 내 영혼만은 제외하고 말이네. 그러나 나의 진짜 얼굴을 감추고 하나의 수수께끼가 되면서부터 나는 당신들 속에 있으면서도 결국 수상한 사람으로 끼어 있는 꼴이 되겠지. 그렇게 되면 이미 죽은 자인 나는 살아 있는 당신들에게 짐만 될 것이고……."

장발장은 잠시 말을 쉬었다. 마리우스는 계속 듣고만 있었다. 장발장은 다시 낮은 목소리로 말을 이어갔다.

"왜 이런 말을 하느냐고? 나만 입 다물고 있으면 되는데 말이지? 고발이나 수배를 당하고 있는 것도 아니면서? 아니야, 난 수배당하고 있다네. 누구에게냐 하면 바로 나 자신에게지. 내 앞길을 가로막고 있는 건 바로 나 자신일세. 나는 나를 끌어다가 스스로 포박하고 처형하고 있다네. 사람이란 자기 스스로를 붙잡을 때야말로 비로소 꼼짝없이 붙잡히는 것이지."

장발장은 크게 한숨을 내쉬며 결론을 내리듯 한마디를 더 했다.

"옛날에 나는 살기 위해서 빵 한 조각을 훔쳤지만 이제 또다시 살기 위해서 이름을 훔치고 싶지는 않다네."

두 사람 사이에 한동안 침묵이 흘렀다. 두 사람 다 각자의 생각에 잠겨 있었다.

"이제 마음이 좀 가벼워졌네!"

장발장은 객실 끝까지 걸어갔다가 다시 돌아오며 마리우스가 자기 걸음걸이를 쳐다보고 있다는 걸 알아차리고는 서글픈 어조로 말했다.

"내가 다리를 좀 절름거려요. 이제 그 이유도 짐작했을 거요."

장발장은 이제 마리우스에게 말을 높이며 그에게 가까이 다가왔다.

"이런 경우를 한번 상상해 보시오. 내가 아무 말도 안하고 포슐르방 씨로 있으면서 이 집에 들어와 웃고 얘기하며 살고 있는데, 어느 날 별안간 '장발장' 하고 부르며 경찰이 들이닥쳐 그 살벌한 손을 뻗치면서 한순간에 내 가면을 벗겨 버린다면 말이오……."

그는 잠시 말을 끊었다. 그때 마리우스가 부르르 떨며 일어섰다.

"그럴 때 당신은 어떻게 하겠소?"

장발장이 물었지만 마리우스는 침묵하고 있었다. 장발장은 계속 말을 이었다.

"내가 말하길 잘했다는 걸 당신도 잘 이해했을 거요. 자, 그럼 이제 행복하시고, 천사를 지켜 주는 천사가 되길 바라겠소. 그리고 한 가련한 죄인이 의무를 지키려고 이렇게 다 고백한 것에 관해서는 걱정하지 마시오. 지금 여기 있는 이 사람은 가련한 한 남자일 뿐이오."

그때 마리우스가 장발장에게 손을 내밀었다. 그러나 장발장은 그의 손을 잡지 않았다. 마리우스가 이번엔 바짝 다가가 장발장의 손을 잡았다.

"할아버지에겐 친구 분들이 많이 있습니다. 제가 사면을 얻으시도록 힘써 보겠습니다."

"아무 소용없어요. 나는 죽은 사람으로 돼 있으니 그걸로 충분해요. 그러니 조용히 죽어갈 거요."

그러면서 장발장은 마리우스에게서 손을 빼내 위엄 있는 태도로 덧붙여 말했다.

"나는 오로지 하나의 사면밖에 필요 없소."

그때 객실의 문이 조용히 열리며 코제트의 머리가 보였다. 그녀는 둥지에서 머리를 내미는 새끼 새처럼 살며시 남편을 바라보고는 이어 장발장을 바라보며 싱긋 미소 지으면서 말했다.

"정치 얘기 하고 계시죠? 나만 빼놓고!"

장발장은 몸을 떨었고, 마리우스는 "코제트……" 하고 부르다 말이 끊겼다. 두 사람은 마치 몰래 나쁜 짓을 하다가 들킨 죄인들 같았다.

코제트는 계속 두 사람을 바라보았다. 그녀의 눈 속엔 낙원의 빛만 가득히 반짝이고 있었다.

"현장을 들키셨네요. 아버지가 '양심'이 어떻고, '의무수행'이 어떻고 하면서 말씀하신 것을 문밖에서 들었거든요. 그게 정치가 아니면 뭐예요? 싫어요. 벌써부터 정치 얘기를 하시니…… 나도 들어갈래요. 그래도 되죠?"

그러면서 코제트는 객실로 들어왔다.

"전 여기 안락의자에 앉아 있을게요. 삼십 분쯤 후에 식사를 하셔야죠. 자 뭐든 얘기 나누세요. 남자 분들은 얘기를 하지 않고는 못 견디나보죠? 전 가만히 있을게요."

마리우스가 그녀의 팔을 잡으며 다정하게 말했다.

"우리 지금 일 얘기 하고 있으니까 이따가 봐요, 코제트. 오래 안 걸릴 거예요. 숫자 이야기니까 당신은 재미없을 거예요."

"당신 오늘 아침에 멋진 넥타이 맸네요. 난 숫자 얘기 싫증 나지 않아요."

"분명히 싫증 날 거예요."

"아니에요. 당신이 말하는 거 잘 이해 못하더라도 한번 들어 볼래요. 이해 못하는 건 상관없어요. 그냥 당신 옆에 좀 같이 있고 싶은 거예요."

"당신을 사랑하지만 그건 안 돼요."

"안 된다고요?"

"그래요."

"좋아요! 나도 이제부터 당신한테 아무것도 말 안할 거예요. 두고 봐요. 나도 '안 돼' 하고 말할 테니까요. 누가 이기나 두고 보죠. 자, 그러지 말고 좀 같이 있게 해 줘요, 네?"

"안 돼요. 우리 둘이서 따로 얘기해야 되는 내용이거든요."

"내가 남인가요 뭐?"

장발장은 한마디도 하지 않고 있었다. 코제트가 이젠 장발장에게 말했다.

"아버지, 저한테 키스해 주세요. 아니 왜 제 편도 안 들어주시고 가만히 계세요? 제 남편이 저를 이렇게 무시하는데…… 자 빨리 키스해 주세요."

장발장이 그녀에게 다가갔다.

코제트는 마리우스에게 "당신 미워요." 하고 말하고는 장발장에게 이마를 내밀었다.

장발장은 그녀 쪽으로 더 바짝 다가섰다. 그때 코제트가 뒷걸음치며 말했다.

"아버지, 안색이 안 좋으시네요. 팔이 아프세요?"

"아니, 팔은 다 나았어."

"그럼 잠을 못 주무셨어요?"

"아니."

"그럼 무슨 안 좋은 일이라도 있으세요?"

"아니."

"그럼 저한테 키스해 주세요. 아무 문제없으면 됐어요."

그러면서 다시 이마를 내밀었다.

장발장은 천국과도 같은 그 이마에 경건히 입을 맞췄다.

"자, 이제 웃어 보세요."

장발장은 웃었지만 유령 같은 미소였다.

"남편한테 저를 좀 두둔해 주세요."

"코제트!"

마리우스가 말했다.

"아버지, 제가 여기 있어야 한다고 편 좀 들어 주세요. 저한테는 무슨 얘기든 할 수 있잖아요! 남자들은 별것도 아닌 걸 가지고 괜히 비밀인 척하기를 좋아하지만 난 여기 있을래요. 저 오늘 아침에 무척 예쁘지 않아요?"

코제트가 뾰로통한 얼굴로 마리우스를 바라보았다.

"당신을 사랑해요."

마리우스의 말에 코제트가 대답했다.

"난 당신을 더 사랑하고 있어요!"

두 사람은 서로를 끌어안았다.

"이제 여기 있어도 되죠?"

"그건 안 돼요. 마무리 지을 얘기가 좀 있거든요!"

"또 안 된다고요?"

마리우스가 진지한 어조로 말했다.

"정말 안 돼요, 코제트."

"어, 정말 무거운 말투네요. 좋아요. 갈게요. 아버지도 제 편을 안 들어주시고, 할아버지한테 가서 일러바칠 거예요. 제가 다시 올 거라고는 기대하지 마세요. 저도 자존심이 있으니까요. 아마 두 분이 같이 저한테 찾아오셔야 될 걸요. 두고 봐요. 제가 없으면 재미없을 거예요. 자, 그럼 갈게요."

그러고는 나가더니 잠시 후에 또다시 문이 슬그머니 열리며 그녀가 빨개진 얼굴을 다시 한번 내밀며 소리쳤다.

"정말로 화가 나 미치겠어요."

문이 다시 닫히고 방 안은 적막해졌다. 마리우스가 문으로 가서 다시 한번 꼭 닫고는 중얼거렸다.

"가엾은 코제트! 코제트가 알게 된다면……"

그 말을 듣고 장발장은 두려운 눈빛으로 마리우스를 쳐다보았다.

"코제트가! 아, 그렇지. 당신이 코제트한테 얘기를 하겠죠. 그러네요. 난 미처 그 생각은 못했소. 그럼 하나만 꼭 약속해 주시오. 그녀한테는 절대 말하지 않겠다고 말이오. 당신만 알고 있으면 되지 않겠소? 난 스스로 이 세상 모든 사람에게 그걸 말할 수는 있지만, 코제트에게는 못 해요. 그녀가 얼마나 충격을 받겠소? 죄수라니! 그녀는 그게 뭔지도 몰라요. 감옥살이를 한 자라는 걸 설명해 줘야 할 거요. 그녀는 전에 한 번 사슬에 묶인 한 무리의 죄수들이 지나가는 걸 본 적이 있는데, 그게 다요!"

장발장은 의자에 털썩 주저앉아 두 손으로 얼굴을 감쌌다. 소리는 안 나지만 어깨가 떨리고 있는 것으로 보아 분명 울고 있는 것이었다. 소리 없는 고통의 눈물이었다.

"안심하세요! 저 혼자 비밀로 간직하고 있겠습니다."

마리우스는 포슐르방 씨의 모습 위에 한 죄수의 모습이 겹쳐지는 것을 느끼며, 이 비통한 현실 앞에서 그 남자와 자신 사이에 어쩔 수 없이 생기는 거리감을 인정하지 않을 수 없었다. 그가 입을 열었다.

"정직하게 돌려주신 그 위탁금에 관해 말씀드리면, 너무나 청렴한 행위를 하셔서 당신은 그만한 대가를 당연히 받으셔야 한다고 봅니다. 당신께서 직접 금액을 말씀해 주시면 드리겠습니다. 아무리 많아도 상관없습니다."

"고맙소."

장발장은 그렇게만 말하고 한참 생각에 잠겨 있다가 다시 입을 열었다.

"모든 게 다 끝났고 마지막으로 한 가지만 남았소……."

그는 망설이는 듯하다가 아주 낮은 소리로 말했다.

"이제 모든 것을 다 아셨으니, 이제부턴 내가 코제트를 만나서는 안 된다고 생각하나요?"

"그렇습니다."

"그러면…… 다신 안 만나겠소."

장발장은 바로 문으로 다가가 손잡이를 잡았다. 문이 살짝 열렸다. 그는 문을 잡고 가만히 서 있다가 다시 문을 닫고는 마리우스에게로 돌아섰다.

그의 얼굴빛은 창백하다 못해 종잇장 같았고 눈물은 이미 말라 있었으나 눈엔 처참한 고통의 불꽃이 타오르고 있었다. 그의 목소리는 가라앉아 있었다.

"그런데…… 괜찮으시다면 그녀를 보러 오겠습니다. 간절히 바라고 있습니다. 만약 내가 코제트를 안 볼 생각이었다면 당신에게 이런 고백도 하지 않고 떠나 버렸을 거 아니겠소? 나는 코제트를 계속 만나 보고 싶어서 내 모든 이야기를 했던 것이오. 나의 마음을 이해하시겠소? 내가 그녀를 데리고 온 후부터 우리 둘은 단 한 번도 떨어져 산 적이 없었소. 구 년이 넘도록 말이오. 나는 그녀에게 아버지처럼, 그녀는 나에게 딸처럼 그렇게 살았소. 퐁메르시 군, 내가 지금 떠나 버려 영영 그녀를 못 만나고 산다는 것은 참으로 어려운 일이오. 만약 폐가 되지 않는다면 가끔 와서 코제트를 만나 보고 싶어요. 아래층 작은 방에서 만나도 상관없소. 난 잠시라도 코제트를 만나 보고 싶을 뿐이오. 자주 오지 않아도 좋고 아주 드물게 와도 좋아요. 내 입장으로 바꿔 놓고 생각해 보시오. 나는 그것밖에는 아무 소원도 없소. 내가 전혀 안 오면 그게 오히려 더 이상할 거예요. 저녁에 오는 게 좋겠죠. 어두워진 다음에."

"저녁마다 오셔도 좋습니다. 코제트에게 얘기해 두겠습니다."

"정말 고맙소."

마리우스는 장발장에게 인사를 하고 문까지 배웅했다.

마리우스는 아직도 어리벙벙한 채로 코제트와 함께 있던 그 남자에게 왜 항상 그렇게 경원감이 들었는지 이제야 이해가 되었다. 그런데 이제 코제트와 결혼함으로써 그 죄수까지도 짊어져야 한단 말인가?

마리우스는 지난날들을 돌이켜 생각해 보았다. 플뤼메 거리의 정원에서 6, 7주 동안 황홀한 사랑에 도취되어 있었을 때, 그는 고르보 주택에 있었던 그 강도들의 사건에 대해 코제트에게 말하지 않았었다. 떼나르디에의 이름조차도 입 밖에 내지 않았다. 그런데 에포닌을 만났던 것에 대해서조차 말하지 않았던 것은 왜였을까? 자신이 코제트에게 너무나 열중하느라 도취되고, 의혹이 가는 모든 일들은 사랑에 흡수되어 버려, 도리어 기억 속에 남아 있지 않기를 바랐기 때문이었는지도 모른다.

그러나 고르보 주택의 사건과 떼나르디에의 이름을 코제트에게 말하고, 장발장이 죄수였다는 것을 알았다고 해서 자신의 마음이나 코제트의 마음이 변했을까? 자신이 그녀와의 결혼을 포기하고 결국 안하게 되었을까? 하여튼 뭔가 달라졌을까? 천만에, 달라지지 않았을 것이다. 그렇다면 스스로를 탓하거나 후회할 건 아무것도 없다. 모두 다 잘 되었다. 사랑이 그의 눈을 가렸지만 그것은 낙원으로 그를 이끌어가기 위해서가 아니었던가! 그런데 그 낙원에 이제 지옥이 나란히 함께 놓이게 되었으니…….

그 남자, 장발장인 그 포슐르방 씨에게서 마리우스가 처음부터 느꼈던 어떤 거리감에 이제는 혐오감이 섞여 들었다. 그러나 그 혐오감에는 연민의 정과 어떤 놀라움이 깃들어 있었다. 이 죄수는 오직 자기 혼자서만 알고 있는 비밀인 그 위탁금을 다 차지해 버릴 수도 있었을 텐데, 자그마치 60만 프랑이나 되는 거액을 통째로 돌려주었던 것이다. 그리고 스스로 자신의 정체를 밝혔다. 군이 그럴 필요도 없었는데 말이다.

장발장은 진실한 사람이었다. 그의 진실함은 눈에 훤히 보여 포슐르방 씨로 알고 있을 때는 그에게서 풍기던 것이 모두 의혹투성이였는데, 지금 죄수 장발장에게서 풍겨 나오는 것은 모든 점에 신뢰가 갔다.

마리우스는 문득 바리케이드에 있었을 때의 기억이 다시 선명하게 떠올라 왔다. 그런데 포슐르방 씨는 그때 왜 바리케이드에 왔을까? 게다가 그는 바리케이드에 와 있었어도 싸움에 가담하지는 않았다. 그럼 무엇 때문에 왔을까? 그랬다. 자베르를 바리케이드 밖으로 끌고 나가던 그 참혹한 장면과 곧 이어 모퉁이 뒤에서 울려 오던 권총 소리, 별안간 그것들이 기억에 떠올랐다. 아마도 그것이었을까? 그 자베르라는 첩자와 장발장이라는 죄수 사이에 관련된 것 때문에 자베르가 거기에 붙잡혀 있다는 소리를 듣고 장발장이 그에게 복수하기 위해 바리케이드에 왔던 것인지도 모른다. 절도죄로 복역했던 그 죄인은 더 이상 도둑질은 안 할 수 있었겠지만 복수만은 참을 수 없었을 것이다. 그러므로 장발장은 분명히 자베르를 죽였을 것이다.

모든 건 다 그렇다 하더라도 장발장과 코제트는 어떻게 그토록 오랫동안 함께 살아 왔을까? 천사와 악마를 함께 묶어 놓은 하늘의 장난이었던 말인가? 어떻게 그런 기적이 일어나 이 천국의 소녀와 지옥의 남자가 만나 함께하는 생활이 이루어졌을까? 더구나 이해할 수 없는 것은, 그 이리가 양 새끼를 사랑으로 돌보아 왔다는 점이다. 9년 동안이나 이 천사는 그 괴물 같은 인간에게 삶을 송두리째 맡기고 있었다. 어린아이 때부터 모든 생명과 영광을 향한 성장이 장발장의 그 기이한 헌신에 의해서 보호되어 왔던 것이다.

자신은 추악한 몸이면서도 한 소녀를 그토록 깨끗하게 지키면서 경건한 마음으로 사랑하고 돌보아 온 이 불한당 같은 인간은 과연 무엇이란 말인가?

하지만 이제 와서 그 남자가 무슨 상관인가? 마리우스 자신이 코제트를 열렬히 사랑하고 품고 있으며, 코제트가 그토록 눈부시게 순결한데, 무엇이 문제란 말인가. 그것으로 충분하지 않은가. 그 이상 어떤 빛이 더 필요한가. 코제트가 그 자체로 빛인데 무슨 빛을 더 밝힐 필요가 있는가. 따라서 마리우스 자신이 모든 것을 가지고 있는데 무엇을 더 바라겠는가. 장발장 개인의 문제 따위는 아무 상관도 없다. 마리우스는 그런 생각을 하며 그 비참한 사나이의 솔직한 고백을 다시 떠올렸다.

'코제트에게 내가 무슨 상관이 있겠나? 십 년 전까지만 해도 난 그 애가 세상에 존재한다는 것조차 모르고 있었는데 말일세.'

장발장은 스스로 말한 것처럼 그저 스치는 사람에 불과했는지도 모른다. 그렇다면 지금 이렇게 스쳐가고 있는 것이다. 어찌 됐든 그의 역할은 여기서 끝났다. 이제부터 코제트의 보호자는 마리우스가 된 것이다.

마리우스의 머릿속엔 이처럼 온갖 것들이 스치고 지나갔으나 결국엔 장발장에 대한 일종의 공포감이 되살아났다. 장엄한 느낌도 없지는 않았지만 아무리 생각해도 '그는 죄수'였다. 이 남자는 살아있는 무서운 밤이었다. 이 남자로 인해 새벽마저 영원히 어두워질지도 모른다.

이런 정신 상태에 이르자 마리우스는 앞으로 이 남자가 코제트를 만나게 된다는 것만 생각해도 불안이 몰려오며 머리가 아플 지경이었다. 그는 스스로가 너무 마음이 약하고 순진하다는 생각이 들었다. 얼떨결에 바보같이 양보를 해 버리고 감동한 나머지 그의 꾀에 넘어갔던 것이다. 장발장의 요구를 냉정하게 거절해 버렸어야 했다는 생각에 후회가 밀려왔다.

이젠 어떡해야 하나? 장발장이 이따금 찾아올 것을 생각하니 온몸이 오싹해졌다. 그 남자를 더 이상 집에 들어오게 할 필요는 없다. 하지만 이를 어쩌면 좋은가? 와도 좋다고 이미 약속을 해 버렸으니 말이다…… 얼떨결에 해 버린 약속이지만 약속을 되돌릴 수는 없다.

마리우스는 이 모든 생각들을 하나씩 더듬으며, 무엇보다도 코제트가 눈치채지 못하도록 했다. 그는 코제트에게 어린 시절의 이런저런 얘기들을 물어보며 들어 보았다. 그 결과 죄수 장발장이 코제트에게는 너무나 큰 애정으로 돌봐 주었다는 것을 확신하게 되었다. 마리우스가 어렴풋이 짐작하고 있었던 것은 모두 사실이었으며, 그건 곧 음산한 쐐기풀과도 같은 그 사나이가 백합꽃과도 같은 코제트를 오로지 사랑으로 헌신하며 지켜 왔다는 것이었다.

7

황혼을 등지고

이튿날 저녁에 장발장은 질노르망 씨 집으로 갔다. 그가 문을 두드렸을 때 마치 하인이 미리 분부를 받고 나와 기다리고 있었던 듯 그를 정중하게 맞아들였다.

하인이 먼저 장발장에게 여쭈었다.

"위층으로 오실 건지, 아래층에 계실 건지 여쭤 보라고 남작님이 말씀하셨습니다."

"아래층에 있겠네."

장발장의 대답에 하인은 극진한 태도로 아랫방 문을 열어 주고는 "마님께 여쭙겠습니다." 하며 올라갔다.

장발장이 들어간 그 방은 천장이 낮고 눅눅하며, 필요할 경우 창고로 쓸 수 있는 침침한 방이었다. 벽에 군데군데 크게 벗겨진 곳이 있으며, 구석에 있는 작은 벽난로엔 장작불이 지펴져 있었다. 그걸 본 장발장은 자신이 아래층에 있겠다고 한 대답을 마리우스가 이미 예상하고 있었다는 사실을 알 수 있었다.

두 개의 안락의자가 벽난로 옆에 놓여 있었다. 방 안은 벽난로의 불빛과 작은 창문에서 들어오는 저녁노을 빛으로 어스름하게 보이는 정도였다.

장발장은 안락의자에 앉았다. 그는 며칠 동안 먹지도 않고 자지도 않아 몹시 피곤했다. 하인이 들어오더니 벽난로 위에 촛불을 켜놓고 다시 나갔다. 장발장은 고개를 숙이고 앉아서 하인도 촛불도 안 보고 있다가 별안간 위로 튕겨지듯 벌떡 일어났다. 언제 들어왔는지 코제트가 옆에 와 있었던 것이다. 그녀는 숭고함을 느낄 정도로 아름다웠다.

"아버지, 참 별일이시네요! 아버지가 원래 좀 이상한 분이라는 건 알고 있었지만 이렇게까지 하실 줄은 꿈에도 생각 못했어요. 여기서 저를 만나고 싶어 하신다고 마리우스가 그러던데요."

"맞아. 내가 그랬다."

"그렇게 대답하실 줄 알았어요. 하지만 앞으론 그러지 마세요. 제가 가만히 있지 않을 거예요. 우선 키스해 주세요, 아버지."

그러면서 그녀는 뺨을 내밀었다. 그러나 장발장은 우두커니 서 있기만 했다.

"아니, 왜 그러세요, 꼭 죄인같이? 자, 좋아요. 이번 한 번만 용서해드릴게요. 자, 여기에 키스해 주세요."

그녀는 이번엔 다른 쪽 뺨을 내밀었다. 그래도 장발장은 여전히 움직이지 않았다. 그의 발이 방바닥에 붙어 있기라도 한 것 같았다.

"정말 안 하시려나 봐요. 제가 뭐 잘못이라도 했어요? 저 그럼 화낼 거예요. 그러면 아버지가 저한테 사과하셔야 될 걸요? 오늘 저녁은 저희와 함께 식사하셔야 돼요, 아셨죠?"

"저녁은 먹고 왔다."

"거짓말이시죠? 질노르망 할아버지께 아버지를 좀 야단치시라고 해야겠어요. 자, 얼른 저하고 객실로 올라가세요."

"그건 안 돼."

"아니, 우리 집에서 제일 누추한 곳에서 저를 만나시겠다고요? 이 방은 안 돼요."

"너도 알다……."

장발장은 다시 말을 고쳐서 했다.

"아니, 부인도 아시다시피, 난 원래 좀 괴상한 버릇이 많이 있는 사람이죠."

그때 코제트는 손바닥을 마주 치며 말했다.

"뭐예요? 그 이상한 말투는 또 무슨 뜻이에요?"

"이제부턴 나를 아버지라고 부르지 마세요."

"아니!"

"나를 그냥 장발장 씨라고 부르세요. 그냥 장이라고 하든지요."

"이젠 아버지가 아니시라고요? 저도 그럼 코제트가 아니에요? 장 씨라고요? 그게 무슨 뜻이에요? 아비지, 대체 무슨 일이에요? 제 얼굴을 좀 똑바로 쳐다보고 말씀하세요. 아버지는 여기서 같이 살려고 하시지도 않고, 도대체 어떻게 된 거예요? 제가 뭐 잘못이라도 했나요? 무슨 이유가 있는 거예요?"

"아니, 아무 일도 없어."

"그럼 왜 그러시는 거예요?"

"아무것도 이전과 달라진 건 없어."

"그런데 왜 딴 이름을 말하세요?"

장발장은 빙그레 웃으며 말했다.

"당신이 퐁메르시 부인이 된 것처럼 나도 장 씨가 된 게 뭐 이상할 건 없지요."

"도대체 무슨 말씀인지 도통 모르겠네요. 웃을 일도 아니고요. 아버지를 장 씨라고 불러도 되는 건지 마리우스한테 한번 물어볼게요. 안 된다고 할 걸요. 아버지는 지금 저를 괴롭히는 거예요. 괴상한 버릇도 좋지만 저를 슬프게 만드시면 안 돼죠. 참 좋으신 분이 왜 그렇게 심술을 부리세요."

코제트는 얼른 장발장의 두 손을 잡고 그가 뿌리칠 새도 없이 자신의 얼굴에 갖다 대고 비볐다.

"제발 좀 저를 편안하게 대해 주세요, 네? 그렇게 까다롭게 굴지 마시고요. 여기서 같이 사시면서 예전처럼 산책도 하시고 그러면 좋잖아요. 아르메 거리의 그 굴 속 같은 집은 처분하시고, 저랑 여기서 같이 사시면서 제 아버지가 되어 주시라고요."

장발장은 자기 손을 코제트에게서 가만히 빼내었다.

"당신에겐 이제 아버지가 필요 없어요. 남편이 있으니까요."

코제트는 이제 참다못해 버럭 화를 냈다.

"이젠 저한테 아버지가 필요 없다고요? 무슨 그런 말씀을 하시는 거예요? 아버지를 장 씨라고 부르라고 하시질 않나, 저더러 당신이라고 부르시질 않나. 뭐예요, 도대체?"

그러다 코제트는 갑자기 정색을 하고 장발장을 유심히 쳐다보았다.

"제가 행복한 게 언짢으신 건가요?"

장발장은 금방 안색이 변했다. 그는 아무 말도 안 하고 있다가 스스로에게 말하듯 뭐라고 혼자서 이상한 어조로 중얼거렸다.

"너의 행복은 내 삶의 목적이었다. 이제 하느님이 나에게 사라지라고 하시는구나. 코제트, 너는 행복해라. 내 삶은 끝났단다."

"아, 이제는 너라고 부르시네요."

코제트는 그렇게 말하며 장발장을 껴안았다. 장발장도 넋이 빠진 사람처럼 멍하니 그녀를 함께 껴안았다. 마치 그녀를 다시 찾은 것처럼.

"고마워요, 아버지."

그러나 장발장은 자신이 감정을 내비친 것을 곧 후회했다. 그는 코제트의 팔에서 가만히 몸을 빼내고 모자를 집어 들었다.

"왜 그러세요?"

"부인, 이만 가보겠습니다. 모두 기다리실 테니까요."

그러면서 장발장은 문 앞에서 덧붙여 말했다.

"방금 너라고 불렀는데, 앞으로 다신 안 그럴 테니 남편 분께 말씀드려 주세요. 미안합니다."

코제트를 그대로 남겨 두고 장발장은 떠났다. 코제트는 그 수수께끼 같은 장발장의 말에 아연실색하며 서 있었다.

이튿날 같은 시가에 장발장은 코제트를 만나러 다시 찾아왔다. 아래층 방은 전날보다 더 깨끗하게 정돈돼 있었다. 먼지도 없고 거미줄도 걷혀 있었다. 코제트는 이제 더 이상 묻지도 않고 이상하게 생각지도 않았다. 그리고 아버지라고도, 장 씨라고도 부르기를 피했다. 또한 그가 자기를 당신이라고 부르고, 부인이라고 부르는 것도 내버려 두었다. 하지만 그녀는 그리 기뻐하지도 못하고 조금 서글픈 기색이었다. 사랑하는 사람끼리는 무슨 이야기든 할 수 있고, 또 쉽게 이해가 되기 때문에 코제트는 마리우스와 얘기를 나누었다.

그 이후로도 장발장은 매일 같은 시각에 찾아왔다. 마리우스가 말했던 것처럼 장발장은 그대로 하게 된 것이다. 마리우스는 그가 오는 시간엔 항상 외출을 했다. 그리고 집안사람들 모두 포슐르방 씨의 기이한 버릇을 그러려니 하고 넘기게 되었다. 그렇게 된 데는 투생의 말도 도움이 되었다. 그녀는 항상 '저 어르신은 언제나 저렇게 하셨죠.' 라고 말했다. 질노르망 씨도 그를 가리켜 '저 사람은 좀 기인이야.' 라고 단언했다. 그래서 장발장과 관련된 모든 것은 차츰 당연한 것으로 여겨지게 되었다. 질노르망 씨는 이미 90세가 넘어 기력도 거의 없기 때문에 함께 이야기를 나눌 수도 없었다.

그렇게 몇 주일이 지나갔다. 코제트도 새로운 생활에 차츰 적응을 해나갔다. 그녀는 집안에서의 생활, 새로운 사람들과의 교제와 방문 등으로 하루하루를 보내고 있었다. 무엇보다 그녀는 마리우스와 함께 있는 것만으로도 행복할 따름이었다. 그와 함께 외출하고 그와 함께 집에 있는 것, 그것이 바로 코제트에겐 가장 중요한 생활이었다. 다만 한 가지 안 좋은 일이 있었다면, 투생이 그 집에 원래 있던 하녀와 마음이 안 맞아 나가 버린 것이었다.

그 점 외에는 만사가 평온하게 흘러가고 있었다. 질노르망 씨는 여전히 큰 문제가 없고, 마리우스는 이따금 변호를 맡는 일이 생기고, 질노르망 이모는 젊은 부부와 함께 조용히 만족하며 지내고 있었다. 그리고 장발장도 매일 찾아오고 있었다.

코제트와 장발장 사이에는 '너'와 '아버지' 라는 호칭이 사라지고, 당신이나 부인, 장 씨라고 부르면서 서로에게 딴사람이 되어 가고 있었다. 코제트의 마음을 자신에게서 떼어내려는 장발장의 노력은 성공한 셈이었다. 그녀는 점차 더 쾌활해지면서도 장발장에게 점점 덜 다정하게 대했다. 그래도 코제트는 여전히 장발장을 사랑하고 있었고, 장발장도 그걸 느끼고 있었다. 그러다 어느 날 그녀가 말했다.

"당신은 예전엔 제 아버지였는데 이젠 아버지가 아니고, 또 예전엔 포슐르방 씨였는데 지금은 장 씨가 되셨으니 당신은 도대체 어떤 분이신가요? 전 그런 건 다 싫어요. 만약 당신이 그렇게나 좋은 분이 아니셨다면 저는 당신이 무서울지도 몰라요."

장발장은 여전히 아르메 거리에 살고 있었다. 코제트가 살던 집을 그는 결코 떠날 수가 없었다. 그는 처음 한동안은 코제트 옆에 잠시만 머물다 곧 가버리곤 했는데, 이젠 더 오랫동안 머물러 있다 가곤 했다. 그는 좀 더 일찍 왔다가 좀 더 늦게 돌아갔다.

그러던 어느 날 코제트의 입에서 '아버지'라는 말이 불쑥 튀어나왔다. 순간 장발장의 침울했던 얼굴에 기쁜 빛이 반짝 떠올랐다.

"장이라고 하셔야죠."

"아참! 그렇지요, 장 씨."

그녀는 웃으며 대답했다.

"네, 됐어요."

그렇게 말하며 장발장은 얼굴을 돌려 코제트가 못 보도록 눈물을 닦았다.

그것이 마지막 빛이었다. 그 마지막 반짝임 이후로 그의 얼굴에 더 이상 빛은 떠오르지 않았다. 코제트 또한 예전 같은 친밀성은 보이지 않고,

키스를 한다든지 "아버지!" 하고 애정 어린 투로 부르던 말도 하지 않았다. 장발장은 스스로 원하고 행동함으로써 자신의 모든 행복을 몰아내 버렸다. 그리하여 그는 하루아침에 코제트를 송두리째 잃어버리고는 점점 더 그녀를 잃어가는 저 비참한 신세가 되어 갔던 것이다.

이제 그는 코제트를 날마다 보는 것만으로 충분해졌다. 그의 모든 삶은 그 시간에 집중되어 그녀 옆에 앉아 말없이 바라보고 있거나 옛날 일들 즉 그녀의 어린 시절 얘기라든지 수도원 시절 얘기를 하기도 했다.

4월 초순의 어느 날 오후였다. 날씨는 훈훈하면서도 아직은 쌀쌀했다. 마리우스와 코제트는 플뤼메 거리에 있는 옛날 집의 정원을 찾아갔다. 그 집은 아직 계약기간이 끝나지 않아 코제트의 집으로 남아 있었다. 그들은 추억이 어린 그 정원에서 과거를 회상하며 상념에 빠져 있었다.

그날 저녁도 같은 시각에 장발장은 칼베르 거리의 마리우스 집으로 갔다. 그런데 하인이 말하는 것이었다.

"마님께서는 남작님과 함께 외출하셔서 아직 안 돌아오셨습니다."

장발장은 그 아래층 방에 앉아서 한 시간을 기다렸다. 그러나 코제트는 영 나타나지를 않았다. 할 수 없이 그는 고개를 숙이고 힘없는 모습으로 돌아갔다.

코제트는 정원을 산책하며 과거 속에서 하루를 보내다 도취되어 다음날 장발장을 만났을 때도 오로지 그 얘기만 했다. 장발장을 못 만난 것에 대해서는 아무런 말도 없었다.

"그 집엔 뭘 타고 갔었소?"

장발장이 물었다.

"걸어갔어요."

"그럼 돌아올 때는요?"

"마차로 왔어요."

얼마 전부터 장발장은 이 젊은 부부가 약간 궁색한 생활을 하고 있다는 걸 느끼고 있었다. 그의 마음이 편치 않았다.

"왜 마차를 한 대 사지 않소? 작은 마차 한 대쯤이야 그저 한 달에 오백 프랑 정도밖에 안 들 텐데 말이오. 당신들한테 그 정도 돈은 있지 않소?"

"저는 잘 모르겠어요."

코제트는 간단히 대답하고 말았다.

장발장은 올 때마다 방문 시간이 조금도 단축되지 않고 오히려 점점 길어져만 갔다. 그는 가능한 시간을 오래 끌고 싶고, 코제트가 시간 가는 걸 잊어버리게 하고 싶을 때에는 마리우스의 칭찬을 늘어놓았다. 마리우스는 아름답고, 고상하며, 씩씩하고, 재능도 있고, 그리고 친절하다고, 그렇게 말하면 코제트도 맞장구를 쳤다. 그러면 장발장은 그 얘기를 또 되풀이하여 이야기를 한없이 끌고 가곤 했다. 그럼으로써 가능한 오랜 시간 동안 머무를 수가 있었다. 코제트를 바라보며 그녀 옆에서 모든 것을 잊어버리는 일만큼 행복한 것은 없었다. 그동안 하인이 두 번이나 와서 식사를 재촉할 때도 여러 번 있었다. 그런 날이면 특히 장발장은 더 생각에 골몰해 집으로 돌아갔다.

어느 날 그는 다른 때보다 더 오래 머물러 있었다. 그러다 이튿날 왔는데 벽난로의 불이 꺼져 있었다. 그는 속으로 '어! 불이 없네.' 하다가 '당연하지. 벌써 사월이니까 추위는 지나간 거야.' 하고 또 생각했다.

"아이 추워!"

코제트가 들어오면서 몸을 움츠렸다.

"뭐가 추워요."

장발장이 말했다.

"그럼 당신이 불 피우지 말라고 이르셨어요?"

"그렇소. 곧 오월이니까요."

"하지만 유월까지는 다 불을 피우잖아요. 이런 굴속에서는 일 년 내내 불을 피워야 될 거예요."

"난 이제 불을 안 피워도 되겠다고 생각했죠."

그다음 날엔 불은 피워져 있었는데, 안락의자 두 개가 방구석의 창문 옆으로 옮겨져 있었다. 장발장은 '이건 왜 바꿨을까?' 하고 생각하며 안락의자를 다시 벽난로 옆에다 끌어다 놓았다. 그는 다시 불이 피워져 있어서 용기가 났던 것이다. 그날도 그는 평소보다 더 오래 이야기를 나누고는 가려고 막 일어섰다. 그때 코제트가 말했다.

"어제 남편이 저한테 이상한 말을 했어요."

"무슨 말을?"

"남편이 저한테 묻더라고요. '코제트, 우리에게 삼만 프랑의 연금이 들어오고 있잖아요. 이만 칠천 프랑은 당신한테서 오는 것이고, 삼천은 할아버지가 주시는 건데…… 당신 삼천 프랑만 갖고 살 수 있겠어요?' 하고요. 그래서 전 '당신과 함께 있기만 하다면 한 푼도 없어도 괜찮아요.' 하고 대답했지요. 그런데 그 말은 왜 하느냐고 물었더니, 그냥 물어본 거라고 하지 않겠어요?"

장발장은 뭐라고 말해야 할지 몰랐다. 코제트는 그가 무슨 말을 해 주기를 기다렸으나 그는 그저 침울한 표정으로 있다가 아르메 거리로 돌아갔다. 그는 생각에 잠겨 있느라 이웃집으로 잘못 들어가 3층까지 올라가서야 틀린 것을 알고 다시 내려왔다.

그는 몹시 괴로웠다. 마리우스는 그 60만 프랑의 돈의 출처에 의혹을 품고, 무슨 깨끗하지 못한 데서 오는 돈이 아닌가 하는 생각을 하고 있었던 것 같았다.

다음 날 장발장은 여전히 그 아래층 방으로 들어서다 전율을 느꼈다. 안락의자 두 개가 다 없어져 방 안엔 앉을 곳이 아무데도 없었던 것이다.

"아니, 의자가 없어졌네요!"

코제트도 놀라며 소리쳤다.

장발장은 속으로 '이건 좀 너무한데!' 하고 중얼거리며 코제트에게 말했다.

"내가 치우라고 하인에게 말했소."

"왜요?"

"오늘은 금방 가려고요."

"아무리 잠깐이라도 서 있어야 할 이유는 없잖아요."

"객실에 안락의자가 필요하다고 하인이 그러더구먼."

"무슨 일인데요?"

"저녁에 손님이 오나 보던데."

"오늘 저녁엔 올 손님 없는데요."

장발장은 더 이상 아무 말도 할 수가 없었다.

"아버지, 참 이상하시네요! 지난번엔 불을 끄게 하시고, 이번엔 또 의자를 치우라고 하시다니!"

"잘 있어요."

그는 멍하니 서 있다가 갑자기 그렇게 중얼거리듯 말했다. 그는 '잘 있어요, 코제트.' 라고 하지도 않고, '잘 있어요, 부인' 이라고 하지도 않았다. 그는 기운이 다 빠진 사람처럼 힘없이 나가 버렸다.

다음 날 장발장은 코제트에게 오지 않았다. 코제트는 저녁 무렵이 되어서야 비로소 그걸 깨닫고, '오늘은 장 씨가 안 오시네.' 하고 생각했을 뿐이었다. 그녀는 약간 서글픔 같은 것을 느꼈으나 마리우스와 함께 있어 그 기분도 금방 가시고 얼마 있다가는 아예 잊어버렸다.

그다음 날도 장발장은 오지 않았다. 코제트는 그 일에 대해 별로 신경도 쓰지 않고 하루를 보냈다. 그리고 이튿날 아침이 되어서야 겨우 그 일이 생각났다. 그녀는 그토록 행복하게 지냈던 것이다! 그녀는 결국 오전 나절에 장 씨 집에 하녀를 보내, 그가 아픈지, 왜 이틀 간이나 오지 않았는지를 알아보게 했다. 하녀가 곧 돌아왔는데, 그의 대답은 '아프지는 않고 요즘 좀 바빴으며, 가능한 빠른 시일 내에 다시 올 것이다. 그리고 곧 여행을 떠날 것이다. 내가 가끔 여행하는 습관이 있다는 걸 부인은 잘 알고 있으니, 걱정하지 마시라.' 는 내용이었다.

1833년 늦봄에서 초여름에 이르는 몇 달 동안, 가게 주인들과 이웃 사람들은 검은색 옷을 입은 한 늙은 남자가 매일 저녁 같은 시각에 아르메 거리에서 나와 생 루이 거리로 가는 것을 보았다. 그리고 거기서부터 그는 걸음을 천천히 하며 아무것도 보지도 듣지도 않는 듯 언제나 한 곳만을 열심히 쳐다보고 있었다. 그곳은 그에게 서광이라도 비춰 주는 듯했지만 사실은 칼베르 거리의 모퉁이였다. 그래도 그 모퉁이가 가까워질수록 그의 눈빛은 더 반짝거리고 말할 수 없는 기쁨의 빛이 얼굴에 가득 차올랐다. 그뿐 아니라 매혹되고 감동한 듯한 표정에 입술마저 가볍게 떨리며 마치 누구와 이야기를 하고 있는 것처럼 희미한 미소까지 짓고, 더욱 더 천천히 걸음을 옮기고 있는 것이었다. 마치 그쪽으로 가고 싶으면서도 한편으론 두려워하기라도 하는 것 같았다. 아무튼 그를 끌어당기는 것 같은 그 지점에 거의 다가가게 되면 그의 걸음은 한껏 더 느려져서 때로는 아예 걷지 않고 있는 것 같기도 했다. 그의 흔들리는 머리와 고정된 눈동자는 지극한 염원을 담고서 아무리 도착을 지연시키려 해도 마침내 거기에 도착하지 않을 수가 없었고, 그리하여 그는 결국 그 칼베르에 다다르는 것이었다. 그러면 그는 걸음을 멈추고 몸을 떨며 침울한 얼굴과 소심한 몸짓으로, 그 모퉁이에서 머리를 살며시 내밀고는 그 거리를 바라보았다. 이어서 눈물이 눈에 고이며 잠시 후 뺨 위로 흘러내렸다. 그는 마치 굳어 버린 것처럼 한참을 그렇게 서 있다가 이윽고 다시 돌아서서 오던 길을 되돌아갔다. 그리고 점점 멀어져 감에 따라 그의 눈에 반짝거렸던 빛은 희미하게 꺼져 갔다.

점차로 그 늙은 남자는 이제 칼베르 거리의 그 모퉁이까지도 가지 않게 되었다. 그는 다만 생 루이 거리의 중간쯤에서 걸음을 멈춰버렸다. 때로는 좀 더 가기도 했지만, 어느 날은 생 루이 거리의 모퉁이에서 걸음을 멈추고는 멀리 칼베르 거리를 그저 바라보기만 했다. 그는 거기서 마치 뭔가를 거절하듯 머리를 좌우로 흔들고는 되돌아서 오던 길을 걸어갔다.

머지않아 그는 생 루이 거리까지도 가지 않게 되었다. 생 루이 거리의 입구에서 이미 머리를 흔들고는 되돌아갔다. 그 후론 거기까지도 가지 않았다.

날마다 그는 같은 시각에 집에서 나오기는 했지만 자신도 모르게 점차로 걷는 거리를 매일 조금씩 줄여 가고 있었다. 그의 눈에 떠오르던 빛도 이젠 스러져 반짝이지 않았다. 눈물 또한 말라 버려 고이지도 않았다. 그의 머리는 인제나 앞으로 내밀어져 있고, 가끔은 턱이 흔들기렸다. 목은 말라 비틀어져 주름살이 패여 있고, 보기에도 몹시 쓸쓸하기만 했다. 때로 비가 오면 우산을 갖고 나오기는 했지만 그걸 펴 드는 적은 없었다. 동네 사람들은 그를 보며 "저 늙은이가 이제 정신이 이상한가 봐." 하며 수군거렸다. 아이들도 시시덕거리면서 그의 뒤를 따라다니곤 했다.

8

마지막 어둠과 마지막 새벽

행복, 행복하다는 것, 사람들은 얼마나 그것에 만족하고 자족해버리는 가! 따라서 인생의 참다운 목적인 의무를 우리는 얼마나 망각하고 있는 것인가!

그러나 마리우스를 비난할 수만은 없었다. 그는 얼떨결에 장발장에게 약속해 버린 것을 후회하고 있었다. 그런 절망적인 사람에게 양보를 한 건 실수였다고 생각하며 그는 장발장을 자기 집에서 서서히 멀어지게 하 고, 코제트의 머릿속에서도 가능한 그를 지워 버리도록 했다.

마리우스는 다만 자신이 옳다고 판단한 것을 실행하고 있다고만 생각 했다. 그러나 너무 가혹하게 하지는 않고, 나약하게 끌려 다니지도 않으 면서 장발장을 따돌리고 있는 것이었다. 또한 마리우스는 장발장이 준 그 60만 프랑을 되돌려주려고 만지지 않고 있었다. 코제트는 그런 비밀 들을 전혀 모르고 있었다. 그녀는 거의 본능적이고 기계적으로 마리우 스가 하자는 대로 했다. 심지어 '장 씨'에 대해서도 그녀는 마리우스의 의 지대로 따라 하고 있었다. 따라서 마리우스는 그녀에게 아무것도 말할 필요가 없었다. 코제트는 남편의 내밀한 의향에도 막연하지만 뚜렷한 압 력을 느낌으로써 맹목적으로 따르고 있었다.

그녀의 마음은 완전히 마리우스의 마음과 똑같이 되어, 마리우스의 마음속에 어둠에 싸여 있는 부분은 그녀의 마음속에서도 그대로 가려 져 있었다. 장발장에 관한 생각도 그저 피상적인 망각과 소멸, 그런 것에 불과했다. 그녀는 잊어버렸다기보다는 오히려 멍하니 있었던 것이다. 마음속으로는 아직도 오랜 세월 동안 아버지라고 불렀던 그 남자를 무척 사랑하고 있었다. 그러나 그녀는 남편을 훨씬 더 사랑하고 있어서 그녀의 마음이 한쪽으로 기울어져 있었던 것이다.

이따금 코제트는 장발장의 얘기를 하면서 걱정을 하는 경우가 있었다. 그러면 마리우스는 "집에 안 계시나 봐요. 여행 가신다고 하시지 않았어요?" 하고 말했고, 코제트도 그걸 알면서 "그분이 이렇게 훌쩍 떠날 때가 종종 있긴 했지만 이번처럼 오래 걸린 적은 없었는데." 하며 불안해 했다. 그러고는 하녀를 몇 번이나 아르메 거리로 보내 장 씨가 돌아왔는지 살펴보게 했다. 장발장은 하녀에게, 아직 돌아오지 않았다고 대답하도록 시켰다. 코제트도 그 이상은 묻지 않았다. 그녀에게 필요한 것은 오직 마리우스 하나뿐이었기 때문이다.

장발장은 어느 날 밖으로 나와 몇 걸음 걷다가 다시 문 앞의 주춧돌로 가서 앉았다. 6월 5일과 6일 사이의 밤에 가브로슈가 편지를 가지고 왔을 때 생각에 잠겨 앉아 있었던 바로 그 돌이었다. 그는 거기에 한참 앉아 있다가 다시 집 안으로 들어갔다. 그것이 그의 마지막 외출이었다. 이튿날 그는 방에서 나오지도 않았고, 또 그 이튿날엔 침대에서 일어나지도 않았다. 그 집 문지기 여자가 날마다 양배추나 감자를 돼지기름에 졸려서 그에게 갖다주는데, 그릇을 보고는 외쳤다.

"아니, 어제는 전혀 안 드셨네요. 어쩌면 좋지!"

"조금 먹었소."

장발장이 대답했다.

"그릇이 그대로 있는데요, 뭘."

"물은 다 비웠잖소?"

"물을 마신 거지, 뭘 드신 건 아니잖아요?"

"난 물밖에 먹고 싶지 않은 걸 어떡하오."

"갈증이 나시나 본데요……. 그렇다고 아무것도 안 드시면 신열이 날 텐데요."

"내일은 먹겠소."

"왜 오늘은 안 드시고 내일 드시겠다고 그러세요? 내일은 또 그다음 날 드시겠다고 하시는 거 아니에요? 제가 만든 이 졸임이 얼마나 맛있는데!"

장발장은 노파의 손을 잡고 다정하게 말했다.

"아니오, 내일은 꼭 먹겠소."

"참 알 수 없는 분이시라니까."

장발장은 이 노파 외에는 거의 아무도 만나지 않았다. 파리엔 아무도 지나가지 않는 거리도 있고, 아무도 찾아오지 않는 집들도 있다. 장발장은 그런 거리의 그런 집에서 혼자 살고 있었다.

밖에 나다니던 무렵, 그는 한 철물점에서 구리로 만들어진 작은 십자가 상 하나를 사서는 침대 맞은편 벽에 걸어 놓았었다. 그는 언제나 그걸 보면 기분이 좋아졌다.

일주일이 지났지만 그동안 장발장은 계속 침대에만 누워 지내며 방에서조차 한걸음도 걷지 못했다. 문지기 노파가 자기 남편에게 말했다.

"윗집 노인은 아예 일어나지도 못하고 먹지도 못하는데, 오래 못 갈 것 같아요. 무슨 걱정이 있는 것 같기도 하고, 쯧쯧. 그 집 딸이 암만해도 시집을 잘못 갔나 봐요."

그 남편이 퉁명스럽게 대꾸했다.

"돈이 있으면 의사한테 가는 거고, 돈이 없으면 의사한테 못 가는 거지. 의사한테 못 가면 죽는 거고."

"의사한테 가면요?"

"그래도 죽을 사람은 죽는 거지."

문지기의 아내는 문앞 돌 위에 자라난 풀을 칼로 긁어 내며 혼자 중얼거렸다. '참 불쌍하지. 단정한 노인인데!' 그러다 길 저쪽으로 동네 의사가 지나가는 것을 보고는 쫓아가 이 노인을 좀 봐 달라고 했다.

"삼 층인데요. 그냥 들어가서도 돼요. 노인이 침대에서 못 일어나고 있거든요."

의사가 올라갔다가 내려오자 문지기의 아내가 물었다.

"어떤가요, 선생님?"

"노인은 매우 위중합니다."

"어디가 아픈데요?"

"어디라고 할 수도 없이 온통 다 나빠요. 아주 소중한 사람을 잃은 것 같은데…… 그런 걸로 죽는 수도 있지요."

"노인은 선생님에게 뭐라고 했어요?"

"아픈 데는 아무 데도 없다고 하시더군요."

"다시 좀 와 주세요."

"그럴 수는 있지만 내가 오기보다는 그 소중한 사람이 오는 게 좋을 거예요."

어느 날 저녁 장발장은 침대에서 일어났다. 팔꿈치로 간신히 짚고 몸을 일으킨 그는 자기 손목을 잡아 보았으나 맥박을 찾을 수가 없었다. 가쁜 호흡도 이따금 멎었다. 그는 자신이 극도로 쇠약해져 있는 것을 깨닫고는 마치 마지막으로 꼭 해야 할 일이 있는 듯 힘겹게 일어나 옷을 챙겨 입었다. 그는 헌 노동복을 꺼내 몇 번이나 쉬어 가며 입었다. 외투 소매에 팔을 끼는 동안 벌써 이마에선 땀이 흘렀다.

혼자 살기 시작하면서 그는 침대를 작은 방으로 옮겨 놓았었다. 안방은 너무 썰렁해 있고 싶지가 않았던 것이다.

그는 가방을 열어 코제트가 어렸을 때 입었던 옷들을 꺼내 침대 위에다 펼쳐 놓았다. 주교가 준 촛대 두 개는 벽난로 위에 놓여 있었다. 그는 서랍에서 초 두 자루를 꺼내 촛대에 꽂고, 여름이라 아직 밖은 훤히 밝았지만 양초에 불을 켰다. 원래 촛불을 대낮에 켜는 건 방 안에 죽은 사람이 있을 경우이다.

겨우 그만큼 움직이고도 그는 벌써 피곤해서 주저앉아야 했다. 그 피로는 일시적으로 몰려왔다가 다시 회복되는 그런 피로가 아니었다. 그가 움직일 수 있는 마지막 남은 기력이었다. 그는 거울 앞에 놓여 있는 의자에 앉았다. 그 거울은 바로 코제트의 편지를 비춰 주었던 거울로, 장발장에게는 숙명 같은 것이었고, 마리우스에게는 신의 섭리와도 같은 그런 거울이었다. 그는 거울 속을 쳐다보았으나 자기의 모습 같지가 않았다. 80세쯤 된 노인 같았다. 코제트가 결혼하기 전에는 50세도 채 안 돼 보였는데, 1년 사이에 30세나 더 나이를 먹어 보였다. 이마 위에 패어 있는 것은 주름살이 아니라 죽음의 신호였다. 볼은 축 늘어져 있고 얼굴은 이미 무덤 속에라도 들어가 있는 것 같은 빛깔을 띠고 있었다.

슬픔의 눈물도 말라 버린 그는 너무나 쇠약해져 생의 마지막 상태에 들어가 있는 것 같았다. 밤이 되자 그는 가까스로 탁자와 의자를 벽난로 옆으로 끌어당겨 놓고 펜과 종이와 잉크를 가져왔다.

그러고 나서 그는 잠시 쓰러졌다. 다시 정신을 차리고 나자 심한 갈증을 느꼈는데 물병을 들어 올릴 힘이 없어서 병에다 겨우 입을 대고 기울여 마셔야 했다. 그런 다음 그는 앉은 채 침대 쪽으로 몸을 돌려 그 작은 검은색 옷들과 모든 소중한 물건들을 애틋하게 바라보았다. 그러다 갑자기 그는 몸이 떨리고 한기가 들었다. 그는 촛불 아래서 펜을 들었다. 잉크가 말라붙어 있어 그는 힘겹게 물 몇 방울을 잉크 속에 떨어뜨렸다. 그의 손은 떨리고 있었다. 그래도 편지를 써 내려갔다.

코제트야, 너에게 축복을 보낸다. 네 남편이 너한테서 내가 떠나야 한다는 걸 암시해 준 것은 옳은 일이다. 그러나 그의 생각에도 틀린 점은 있더구나. 그렇다고 그가 나쁘다는 얘기는 아니다. 그는 훌륭한 사람이지. 그러니 내가 죽은 다음에도 항상 그를 많이 사랑하도록 해라. 퐁메르시 군, 자네도 항상 내가 사랑하는 아이 코제트를 많이 사랑해 주게. 코제트야, 너한테 말하고 싶은 걸 여기 적어 볼까 한다. 잘 들어보렴. 내가 준 그 돈은 네 것이 틀림없단다. 그 이유를 설명하면 이렇다. 흰 구슬은 노르웨이에서 오고, 검은 구슬은 영국이나 독일에서 오는데, 구슬이 귀하고 비싸다 보니 그 모조품이 독일에서 생산되고 있단다. 프랑스에서도 만들어 낼 수가 있는데, 모조품이라고 해도 값이 상당히 비싼 편이었다. 그래서 내가 새로운 제조기술을 개발해서 훨씬 싼 값에 훨씬 좋은 품질로 생산해 낼 수가 있었단다. 그러므로……

여기서 그의 편지는 중단되고, 펜이 그의 손에서 떨어졌다. 이 가련한 사나이는 가슴 저 속에서 끓어오르는 슬픔에 절망하며 두 손으로 머리를 감싸안았다.

"아! 모든 게 끝났구나!"

그는 속으로 절규했다.

"난 이제 다시는 그녀를 못 보겠지. 그녀를 만나 보지도 못하고 이렇게 어둠 속으로 꺼져가는 것인가! 아! 단 일 분, 일 초라도 그 목소리를 듣고, 그 천사 같은 얼굴을 보면서 죽을 수 있다면! 죽는다는 건 아무것도 아닌데, 다만 무서운 건 그녀를 보지 못하고 죽는다는 것이다. 그런데…… 아! 다 끝났다. 난 이렇게 영원히 혼자 있다. 아! 아! 다시는 그녀를 못 보게 된다. 아! 아!"

그때, 누가 문을 두드렸다.

바로 같은 날 저녁, 마리우스는 식사를 한 후 소송서류를 살펴보기 위해 사무실 방으로 들어갔는데 문지기가 편지 하나를 가지고 들어왔다.

"이 편지를 갖고 온 사람이 지금 기다리고 있습니다."

그때 코제트는 할아버지를 부축해 정원에서 산책을 하고 있었다. 마리우스가 편지를 건네받았는데 거기서 역한 담배 냄새가 풍겨 왔다. 그런데 그 담배 냄새가 기억에 떠올랐다. 편지봉투엔 퐁메르시 남작 각하라고 쓰여 있었다. 담배 냄새뿐 아니라 그 필적까지도 낯설지 않았다. 마리우스의 머릿속에 한순간 번개처럼 뭔가가 스치며, 비로소 종드레트의 그 주택 모습이 눈앞에 떠올랐다. 그토록 오랫동안 찾고 있었지만 도저히 찾아내지 못할 것만 같았던 두 사람 중 하나가 스스로 그에게 찾아왔던 것이다. 그는 황급히 편지봉투를 뜯었다.

남작 각하

소생은 각하께 문안을 드리오며 자애로우신 각하의 호의를 기다리겠습니다. 각하께서 소생에게 베푸러주실 후의에 대해서는 저로서도 보답할 것이 있으오리다. 다름 아니오라, 소생은 어떤 사람에 관한 비밀을 알고 있사온데 그 사람은 각하와 관계가 있는 사람이오니다. 다만 소생이 그 비밀에 관하야는 각하의 처분에 마끼겠나이다. 남작부인마님께옵서는 고귀한 가문의 태생이온지라, 각하의 영예로운 가정에서 하등의 권리도 없는 그 사나이를 추방해버릴 수 있는 간단한 방법을 소생이 각하께 제공하오리다. 소생은 여기 문간방에서 각하의 분부를 기다리고 있겠소이다.

끝에는 떼나르라고 서명되어 있었다. 그의 이름은 틀린 게 아니라 좀 줄여 썼을 뿐이었고, 횡설수설한 어투나 틀린 맞춤법으로 보아도 떼나르디에가 틀림없었다. 마리우스는 무척 놀라면서도 마침내 그의 종적을 찾게 된 게 기뻤다.

마리우스는 서랍에서 지폐 몇 장을 꺼내 주머니에 넣고는 벨을 눌러 문지기를 불렀다.

"들어오시라고 해라!"

문지기의 안내로 한 사나이가 들어왔다.

"떼나르입니다."

마리우스는 깜짝 놀랐다. 들어온 남자가 처음 보는 얼굴이었던 것이다. 사나이는 꽤 늙은 사람이었는데, 큰 코에 턱은 옷 속으로 푹 박혀 있으며, 초록색 안경을 쓰고, 머리칼은 이마에 딱 붙어 눈썹까지 내려와 있었다. 그리고 반백의 머리칼에 검은 옷을 제법 단정하게 입고 있었다. 그는 낡은 모자를 들고 허리를 굽히며 인사를 했다.

그런데 이상한 건, 사나이의 외투가 너무 커서 다른 사람의 옷을 입은 것 같았다는 점이다. 마리우스는 기대하고 있던 사람이 아닌, 전혀 모르는 사나이가 들어오자 실망하여 그가 머리를 깊이 숙이며 인사하고 있는 동안 그를 자세히 살펴보고 나서 무뚝뚝한 어투로 물었다.

"그래, 무슨 일이죠?"

사악한 얼굴 뒤에 딴에는 애교를 떤답시고, 사내는 이빨까지 드러내면서 웃어 보였다.

"각하를 어떤 사교계에서 뵙는 영광을 가진 걸로 생각됩니다만."

처음 보는 사람에게 어디선가 만난 체하는 것은 사기꾼들의 상투적인 수작이다. 마리우스는 이 사나이의 말을 주의해 들으며 아무리 그 어투와 몸짓을 살펴보아도 실망은 더욱 커져만 갔다. 그는 어딘지 콧소리를 내고 있는 것 같았는데, 아무튼 기억에 떠오르는 그 째지는 듯한 목소리는 전혀 아니었다. 마리우스는 더욱 퉁명스럽게 대답했다.

"난 당신을 처음 봐요. 그런데 용건이 뭐죠?"

"남작 각하, 이기심이란 세상의 법칙이라, 품팔이 시골 여편네는 역마차가 지나가면 돌아보지만 제 밭에 서 있는 부잣집 마나님은 돌아보지도 않지요. 저마다 제 이익을 위하는 겁니다요. 에또, 미국 파나마 지방에 조야라는 작은 마을이 있습니다. 마을이라고 하지만 집은 딱 한 채밖에 없습니다. 그런데 그곳에는 사람들이 많이 모이고 있습니다. 그 지방은 식인종이 득시글거려서 매우 위험한 곳인데도 사람들이 모여드는 건 그곳에서 황금이 나기 때문입니다요. 참 굉장한 거죠."

"결론을 말하시오."

"저는 그 조야에 가서 살 작정입니다. 우리는 세 식구인데, 아내와 딸이 있읍지요. 딸은 썩 예쁩니다. 여행은 길고 돈도 많이 드니, 그래서 저는 돈이 좀 필요합니다요."

"그게 나와 무슨 상관이오?"

이 수상한 사나이는 목을 빼고 얼굴에 가득 웃음을 담으며 대꾸했다.

"남작 각하께서는 제 편지를 안 읽어 보셨습니까?"

"요점을 말하라고요."

사나이는 여전히 허리를 구부린 채 머리만 들고서 초록색 안경 너머로 마리우스의 동정을 살피며 말했다.

"예, 남작 각하, 요점을 말씀드리겠습니다. 그러니까 각하께서 사 주시면 좋을 비밀을 하나 제가 갖고 있습니다요."

"비밀이라고?"

"예, 비밀입죠."

"그 비밀이란 게 뭐요?"

마리우스는 다시 한번 사나이를 유심히 살펴보았다.

"남작 각하님 댁에 절도 살인범이 있습니다."

마리우스는 깜짝 놀랐다.

"뭐? 우리 집에? 천만에."

"살인자고 도둑놈이지요. 제 말씀을 들어 보세요, 각하님. 제가 지금 말씀드리는 건 옛날 얘기가 아닙니다요. 법률 시효가 소멸된 얘기도 아니고, 하느님 앞에서 회개하는 걸로 끝난 그런 얘기가 아닙죠. 이건 최근의 사실인데, 아직도 사법당국에 알려져 있지 않은 사실을 말씀드리는 것입니다요. 그 사나이는 용케도 각하의 신임을 얻어 가명으로 이 댁에 드나들고 있습니다만, 제가 그의 본명을 알려드리겠습니다. 이건 그냥 공짜로 알려드리는 거지요."

"그래, 뭐요?"

"장발장이라는 이름입니다."

"그건 나도 이미 알고 있소."

"그가 어떤 인물이냐 하면 그는 전과자입니다."

"그것도 알고 있소."

"그러면 뭐 거기까지는 좋습니다. 그러나 지금부터 제가 알려 드리는 것은 저 말고는 아무도 모르고 있는 사실입니다. 그건 남작부인마님의 재산에 관한 것입지요. 이건 굉장한 비밀입니다요. 돈을 받고 팔 만한 것이죠. 그래서 우선 각하께서 그걸 좀 사주십사 하는 겁니다요. 싸게 해 드립죠. 이만 프랑만 내십시오."

"그 비밀도 역시 난 알고 있소."

"남작 각하, 그럼 일만 프랑으로 해 드리지요."

"다시 말하지만 당신이 내게 알려줄 건 아무것도 없소. 당신이 말하려는 걸 난 다 알고 있으니까."

사나이가 적이 실망하며 외쳤다.

"허지만 오늘 저녁에 밥은 먹어야지요. 이건 정말 아주 굉장한 비밀인데요. 남작 각하, 좋습니다. 말씀드립죠. 이십 프랑만 주십시오."

마리우스는 사나이를 물끄러미 바라보며 말했다.

"나는 당신이 말하는 그 굉장한 비밀을 다 알고 있소. 장발장이라는 이름을 알고 있듯이, 당신 이름도 난 알고 있소."

"제 이름을 아신다고요?"

"그렇소."

"그야 뭐 제가 편지에 썼으니까요. 떼나르라고 말이죠."

"디에를 붙여야지."

"?"

"떼나르디에."

"누구 말씀입니까요?"

그러면서 사나이는 짐짓 웃기 시작했다. 그리고 모자의 먼지를 손으로 털어 냈다.

"당신은 노동자 종드레트라고도 하고, 그 외에도 여러 이름을 쓰고 있지. 또 전에는 몽페르메유에서 여관을 하고 있었지."

"여관을요? 천만의 말씀입니다요."

"당신의 본명은 떼나르디에요."

"아닙니다요."

"그리고 당신은 악랄한 강도요. 자, 이거나 받아요."

마리우스는 주머니에서 지폐 한 장을 꺼내 그의 얼굴에다 던졌다.

"감사합니다요! 오백 프랑이나 주시다니! 남작 각하."

사나이는 어리둥절하여 굽실거리며 지폐를 집어 들고 살펴보다가 부르짖었다.

"오백 프랑이나 주시다니! 어마어마한 지폐를 주시는군요. 예, 좋습니다. 남작 각하께서 말씀하신 대로 저는 떼나르디에입니다."

이제 그는 콧소리도 내지 않고 구부정하게 하고 있던 허리도 꼿꼿이 폈다. 떼나르디에가 틀림없는 그는 스스로 몹시 놀라고 말했다. 상대방을 놀래 주려고 왔다가 그는 도리어 자신이 놀라게 된 것이다. 그래도 어쨌거나 그는 5백 프랑의 보상을 받았다.

떼나르디에로서는 변장을 하고 있었고 퐁메르시 남작과 초면이었는데도 그가 자신을 간파했고, 게다가 그가 자신만 알고 있는 것이 아니라 장발장까지도 잘 알고 있어 어리둥절할 수밖에 없었다. 가뜩이나 젊은 남자가 너무나 침착해 떼나르디에는 이 젊은이가 도대체 어떤 사람인지 궁금하지 않을 수 없었다. 모든 걸 간파하고도 나에게 돈을 주는 이 젊은이는 도대체 누구인가?

떼나르디에는 전에 마리우스의 옆방에 살고 있었지만 얼굴을 본 적은 한 번도 없었다. 이런 일은 파리에서는 흔히 있는 일이었다. 그는 딸들에게서 마리우스라는 매우 가난한 청년이 옆방에 살고 있다는 얘기를 듣고 얼굴도 모르면서 그에게 편지를 써 보낸 적이 있었을 뿐이었다. 그래서 그 마리우스라는 청년과 지금의 퐁메르시 남작을 관련시켜 생각한다는 건 그의 머리로는 도저히 불가능했다.

퐁메르시라는 이름은 워털루 전투에서 그가 구해 준, 죽었는지 살아 있는지 모르는 어떤 장교의 이름이기는 했지만, 그저 고맙다는 뜻으로 한 말이라는 것 외에 별로 기억하지 않고 있었다.

그는 딸 아젤마를 시켜 2월 16일의 그 혼례마차를 쫓아가게 하고, 자신도 여러 가지로 방법을 찾아 마침내 갖가지 비밀의 실마리를 잡게 되었던 것이다. 그리하여 하수도 속에서 만났던 사나이가 누구였는지를 추적해 짐작하고, 또 그 사나이의 이름까지도 알게 되었다. 물론 퐁메르시 남작부인이 코제트라는 것도 알게 되었다.

코제트에 대해서는 그 자신도 정확히는 알지 못했지만 사생아라는 것만은 어렴풋이 알고 있었다. 그러나 그 얘기를 해서 무엇 하겠는가! 입막음용 돈을 긁어내려고? 그보다 더 좋은 팔 것이 있으니 그 얘기는 그만두자. 아무런 증거도 없이 불쑥 '당신 부인은 사생아입니다' 라고 퐁메르시 남작에게 알렸다가는 틀림없이 그 남편의 구둣발에 허리나 걷어차이게 될 것이기 때문이었다.

떼나르디에는 마리우스와 대화를 하는 데 있어 전술을 고쳐야겠다고 마음먹었다. 이미 5백 프랑을 받아 주머니에 가지고 있고, 아직 결정적으로 더 해줄 말도 있으니 우선 자신이 유리하다고 생각하며, 상대방이 어떤 사람인지 궁리해보면서 재빨리 상대방의 동정을 살펴보았다.

그러나 마리우스는 다른 생각에 잠겨 있었다. 그가 그토록 찾았던 그 사나이가 지금 바로 앞에 있으니 이제야 그는 퐁메르시 대령의 부탁을 실행할 수 있게 된 것이다. 영웅이었던 아버지가 이런 악질 강도에게 은혜를 입은 것은 사실이지만 운명하시기 전에 자신에게 남긴 유언을 아직까지 실천하지 않고 있었다는 것은 부끄러운 일이었다. 그러나 한편으로 떼나르디에에게 혐오감을 갖고 있었던 마리우스는 자신의 아버지가 이런 강도를 통해 살아났다는 그 불행스런 일을 되갚아 주고 싶다는 생각도 들었다. 어쨌거나 그는 반가웠다. 이제야 드디어 이처럼 비열한 채권자에게서 아버지의 그림자를 떨쳐 버릴 수 있는 날이 찾아온 것이다.

그런 의무 외에도 마리우스에게는 한 가지 일이 더 남아 있었다. 코제트의 재산이 어디서 오는 것이지를 알아내는 일이었다. 그런데 마침 떼나르디에가 그 문제에 대해 뭔가를 아는 눈치이므로 이 사나이를 좀 떠보면 밝혀질지도 모를 일이었다.

마리우스가 입을 열었다.

"떼나르디에, 나는 당신 이름도 알고 있소. 이제는 당신이 내게 알려주려고 온 그 비밀을 내가 당신에게 말해 주겠소. 나는 여러 가지에 대해 당신보다 더 자세히 알고 있을지도 몰라요. 장발장은 당신처럼 살인자고 도둑놈이오. 마들렌느라는 돈 많은 선량한 공장주를 파산시키고 그 돈을 훔쳤으니까 도둑놈이고, 경관 자베르를 죽였으니까 살인자란 말이오."

"무슨 말씀을 하시는 건지 잘 모르겠는뎁쇼, 남작 각하."

떼나르디에는 교활한 눈빛으로 깜박거렸다.

"그럼 내가 다시 설명하지. 잘 들어보시오. 내가 알아본 바로는, 1822년경에 메르 시에 한 사나이가 있었소. 근데 그 사나이가 전에 무슨 유죄 판결을 받은 적이 있어서, 마들렌느라는 이름으로 새 출발을 해서 성공을 하고 명예도 되찾아서 훌륭한 인물이 되어 갔소. 그는 무슨 제조업을 해서 그 도시 전체를 번영시키고 재산도 많이 쌓았소. 그리고 가난한 사람들을 돕고 도시를 위해서도 많은 노력을 기울여 그야말로 그 도시의 수호신 같은 존재로 추앙받았소. 그는 훈장도 거절했는데 결국은 시장에 추대되었소. 그런데 한 전과자가 나타나서는 마들렌느 씨의 전력을 알아내고 고발하는 바람에 체포되고 말았소. 그리고 그 전과자는 그 틈을 이용해 파리로 가서 허위 서명을 하고는 라피드 은행에서 마들렌느 씨의 돈 오십만 프랑 이상을 빼내 갔소. 그 전과자가 바로 장발장 그자란 말이오. 그가 살인자라는 사실에 대해서도 더 이상 증거가 필요 없소. 장발장은 감찰관 자베르를 죽였으니까. 바로 그 현장에 내가 있었소."

떼나르디에는 한껏 득의에 찬 시선으로 마리우스를 바라보며 다만 이렇게 말했다.

"남작 각하, 뭔가 잘못 알고 계십니다요."

"그럼 그렇지 않다는 얘긴가? 그게 사실이 아니란 말이오?"

"남작 각하께서 다 말씀해 주셨으니까 저도 말씀드리지요. 우선은 진실과 정의가 제일 중요한 것입죠. 제가 뭐 그 장발장이란 사나이를 두둔하는 건 아니지만, 사람이 괜히 억울한 누명을 쓰는 건 보고 싶지 않습니다요. 남작 각하, 장발장은 마들렌느 씨의 돈을 훔치지도 않았고, 또 장발장은 자베르를 죽이지도 않았습니다요."

"설마 그럴 리가! 어째서 그렇소?"

"거기엔 두 가지 이유가 있읍죠. 첫째, 마들렌느 씨는 바로 장발장 자신입니다요. 그러니 그는 마들렌느 씨의 돈을 훔친 것이 아닙죠."

"그게 무슨 소리요?"

"둘째는, 장발장이 자베르를 죽인 게 아니라, 자베르가 스스로 자살을 했다는 말씀입니다요."

"아니, 그건 또 무슨 소리요?"

"말 그대로 자베르는 자살을 했다는 말씀입죠."

"자살을 했다고? 증거가 있나? 증거가 있냐고?"

마리우스는 거의 미친 듯이 외쳐 댔다.

그러자 떼나르디에가 한마디씩 또박또박 얘기를 했다.

"……감찰관 자베르는…… 센 강의…… 급류에…… 빠져 있었습니다 요."

"아니 증거를 대라니까! 증거 말이오!"

떼나르디에는 주머니에서 큰 봉투 하나를 꺼냈다.

"여기에 기록들이 있읍죠. 남작 각하를 위해서 제가 장발장에 대해 나름대로 좀 캐 보았는데요, 장발장과 마들렌느가 같은 인물이고, 자베르는 자살했다고 제가 말씀드린 건 여기 이렇게 다 증거가 있기 때문입니다요. 그것도 손으로 쓴 게 아니라 인쇄된 증거물입죠. 그러니 틀림없는 것 아닙니까요, 네."

떼나르디에는 역한 담배 냄새가 풀풀 풍기는 누런 신문지를 봉투에서 꺼냈다. 그중 한 장은 접힌 부분이 닳고 찢어져 있어 다른 한 장보다 훨씬 더 오래된 것 같았다.

"이게 그 두 가지 사실에 대한 증거물입니다요."

그 두 장의 신문 중 더 오래된 것은 1823년 7월 25일의 것으로, 그 기사는 마들렌느 씨와 장발장이 같은 사람임을 설명하는 것이었고, 다른 하나의 신문은 1832년 6월 15일의 '정부 기관지'로서 자베르의 자실 소식과 함께 자베르가 경시총감에게 한 보고서를 덧붙여 확인해 주고 있었다. 그 보고서에 의하면, 자베르는 샹브르리 거리의 바리케이드에서 포로가 되었는데, 그의 처형을 맡은 한 폭도가 권총으로 자신의 머리를 쏘지 않고 공중에 쏘아 버림으로써 그는 살아 돌아왔다는 것이었다. 그러므로 의심할 여지가 없는 명백한 증거였던 것이다. 이제 장발장은 갑자기 위대한 인물이 되어 마리우스의 머릿속에 다시 나타났다. 그는 감격해 중얼거렸다.

"그 가련한 사나이가 이렇게나 훌륭한 사람이었다니! 그 재산은 정말 그분의 것이 맞았어! 한 도시의 수호신인 마들렌느, 그리고 자베르를 살려낸 장발장! 아! 그는 정말 영웅이고 성인이시네!"

"그가 성인이고 영웅이라니요. 아닙니다요. 그는 여전히 살인자고 도둑놈입니다요."

떼나르디에는 또 무슨 다른 이야기를 꺼낼 태세였다.

"그가 사십 년 전에 저질렀던 그 사소한 도둑질을 말하는 거요? 그건 신문에도 나와 있듯이 그가 참회와 기부와 극기의 생활을 하면서 다 속죄한 것이나 마찬가지요."

마리우스의 말에 떼나르디에는 또다시 음흉하게 웃으며 입을 열었다.

"그자는 마들렌느한테서 훔치지도 않았고 자베르를 죽인 것도 아니지만 그래도 역시 도둑놈이고 살인잡니다요. 남작 각하, 저는 옛날 일을 말씀드리는 것이 아니라 현재의 사실을 갖고 말씀드리는 겁니다. 이건 정말 아무도 모르는 일입죠. 어쨌든 남작 각하께 다 털어놓고 말씀드리겠습니다요. 보수는 남작 각하의 너그러우신 마음에 맡기겠습니다. 이 비밀은 정말 커다란 금덩이를 주고도 살 만한 것입죠. 그럼 장발장을 찾아가지 그러느냐고 하실지 모르지만, 그건 그 장발장이란 자가 돈을 다 내버렸다는 것을, 그러니까 남작 각하께 다 줘 버렸다는 것을 제가 알고 있으니까 그런 것입죠. 그건 그자의 묘한 꾀였습니다만 어쨌든 그자는 이제 한 푼도 없는 처지니 빈손만 벌리겠지요. 그런데 저는 조야까지 가려면 돈이 좀 필요하니까 그 돈을 다 가지고 있는 남작 각하께 이렇게 찾아왔다는 말씀입죠. 제가 좀 피곤한데 의자에 앉아도 되겠습니까?"

마리우스는 자리에 앉으며 그에게도 앉으라는 손짓을 했다.

"남작 각하, 일 년 전쯤, 그러니까 1832년 6월 6일 폭동이 일어났던 날 저녁에 말입죠. 파리의 하수도 속에 한 사나이가 있었습니다요."

마리우스는 눈을 크게 뜨고 자신의 의자를 떼나르디에 옆으로 끌고 가 앉았다. 떼나르디에는 그런 마리우스의 태도를 눈여겨보며 천천히 말을 이어갔다.

"그 사나이는 정치적인 문제와는 상관없는 어떤 이유로 해서 몸을 숨겨야 할 형편이라 하수도에서 살다시피 하며 거기로 들어가는 열쇠까지 가지고 있었읍죠. 그런데 그날 저녁 여덟 시쯤이었는데, 사람 발걸음 소리가 들리면서 누군가가 어둠 속에서 그 사나이 쪽으로 오고 있었습니다요. 참 이상한 일이었는데, 웬 사나이가 그 하수도 속에 있었던 것이지요. 하수도 속에서 밖으로 나가는 철책이 멀지 않은 곳에 있어서, 희미하게 들어오는 빛을 통해 그는 상대방 사나이를 볼 수 있었는데, 그가 등에다 시체 하나를 메고 있는 것이었습니다요. 그 사나이는 살인 현행범인 셈이었지요. 그 사나이는 사람을 죽여 돈을 강탈한 뒤 그 시체를 강에 던져 버릴 작정이었던 겁니다요."

마리우스는 의자를 더 그의 옆으로 당겨 앉았다.

"남작 각하, 하수도는 연병장과는 분명히 다른 것이지요. 근데 바로 그 앞에 진흙 웅덩이가 하나 있었는뎁쇼. 지는 그걸 도지히 못 건너고 있었는데 그자는 시체를 메고서 어떻게 그걸 건너왔는지 참 대단한 자였지요. 그자가 어디서부터 어떻게 그 살벌한 곳을 뚫고 왔는지는 모르겠지만 워낙 다급하다 보면 그럴 수도 있었겠지요. 좌우지간 그 사나이는 저를 보고는 흉악한 표정으로 겁을 주면서 '임마, 내가 메고 있는 이게 뭔지

알겠지? 여기서 나가야 되니까 열쇠를 빌려줘. 너 분명 열쇠 갖고 있지?'
이러는 거였습니다요. 거절할 도리가 없었지요. 열쇠를 갖고 있는 사나
이가 시체를 자세히 들여다보니, 젊고 좀 잘생긴 것 같은데 얼굴이 완전
히 피투성이가 되어 있다는 것 말고는 더 이상 알 수가 없었습니다요. 그
는 말을 하면서 그 살인자가 알아차리지 못한 사이에 뒤에서 시체의 옷
을 조금 잘라 냈지요. 증거품으로 삼으려는 것이었지요. 그는 증거품을
주머니에 넣고는 철책문을 열어 그 살인자가 밖으로 나가도록 하고는 다
시 문을 잠그고 그곳을 도망쳐 버렸습니다요. 뭐 이쯤 말씀드렸으면 남
작 각하께서도 다 아셨을 테지만, 그 시체를 메고 있었던 사나이는 바로
장발장이었고, 열쇠를 갖고 있었던 사람은 지금 남작 각하께 말씀드리고
있는 바로 이 사람입니다요. 그리고 그 옷 조각은……."

떼나르디에는 피로 얼룩져 검게 변해 버린 옷 조각을 주머니에서 꺼내
마리우스의 눈높이로 들어 올리며 이야기를 끝맺었다.

마리우스는 벌떡 일어났다. 그는 얼굴이 새파랗게 되어 거의 숨도 못
쉬고 옷 조각을 쳐다보면서 뒷걸음쳐 벽장으로 가더니 문을 열었다.

그러는 동안 떼나르디에가 한마디를 더했다.

"남작 각하, 그 피살당한 청년은 분명히 장발장의 올가미에 걸려든 어
느 거부로 아마도 몸에 큰돈을 지니고 있었음이 틀림없습니다요, 네."

"그 청년은 바로 나다. 여기 그 옷이 있지!"

마리우스는 부르짖으며 피투성이 검은색 외투를 꺼내 바닥에다 내던
졌다. 그러고는 떼나르디에에게서 그 옷 조각을 빼앗아 찢어진 외투 위에
갖다 대고 맞춰 보았다. 꼭 맞아 들어갔다.

떼나르디에는 아연실색하며 입을 멍하게 벌리고 있었다.

마리우스는 부들부들 떨며 회한과 환희에 젖어 벌떡 일어났다. 그리고

는 주머니를 뒤지며 무서운 얼굴을 하고서 떼나르디에 앞으로 다가가 5 백 프랑과 천 프랑짜리 지폐 한 주먹을 쥐고는 그의 얼굴에 들이댔다.

"이 파렴치한! 이 거짓말쟁이! 이 강도 같으니! 당신은 그분에게 죄를 뒤 집어씌우려고 왔다가 오히려 그분의 무죄를 증명했어. 이 파렴치한! 당신 이야말로 도둑놈이고 살인자다! 이봐 떼나르디에! 종드레트! 당신이 오피 탈 거리의 주택에서 한 짓을 나는 다 보았다. 당신을 징역보다도 더한 곳 으로 보낼 만한 증거를 나는 충분히 가지고 있어. 자, 내가 이런 강도한테 천 프랑을 선심 쓰지!"

그러면서 마리우스는 천 프랑짜리 지폐를 떼나르디에에게 던졌다.

"이봐, 떼나르디에! 이 비루한 악한아! 이것이 좋은 교훈이 되기를 제발 빌겠다! 비밀이나 팔고 다니고, 암흑 속을 뒤지고 다니는 이 불쌍한 인간 아! 자, 여기 오백 프랑짜리도 줄 테니 어서 나가 버려! 워털루 덕분이란 것만 알아둬!"

"워털루!"

떼나르디에는 지폐들을 주머니에 집어넣으며 중얼거렸다.

"그래, 이 살인자야! 당신은 거기서 한 대령의 목숨을 구했었지."

"장군이었는데."

"대령이었다! 이 파렴치한아! 당신은 파렴치한 짓을 하려고 또 여기에 왔었지! 죄란 죄는 다 저지르는 자. 어디로든 꺼져 버려! 다만 당신이 행복 하기를 바라겠다. 아! 인간도 아닌 깃 같으니! 자, 또 삼천 프랑도 주마. 이 것도 다 가져라. 그리고 당장 내일이라도 미국으로 떠나라. 딸과 함께 말 이다. 당신 아내는 이미 죽었지? 고약한 거짓말쟁이! 당신이 떠나는 걸 내 눈으로 보고, 그때 이만 프랑을 더 주겠다. 어디든 가서 뒈져 버려!"

"남작 각하 은혜는 영원히 잊지 않겠습니다요."

떼나르디에는 머리가 땅에 닿도록 절을 하고는 도대체 무슨 일인지 어리둥절하면서도 돈벼락을 맞은 것이 너무 기쁘기만 해 밖으로 물러났다.

그로부터 이틀 후 떼나르디에는 마리우스의 도움으로 이름을 바꾸고, 딸 아젤마와 함께 미국으로 떠났다. 2만 프랑은 뉴욕에서 받기로 하고 일단 어음을 가지고 갔다. 하지만 그 파렴치한 자는 천성을 도저히 고치지 못하고 미국에서도 악행을 일삼다가 마리우스한테서 받은 돈으로 노예 장사를 시작했다.

떼나르디에가 떠나자 마리우스는 곧바로 정원으로 나갔다. 코제트는 아직도 산책을 하고 있었다.

"코제트! 코제트! 이리 와 봐요! 빨리! 빨리 갑시다! 누구 없나? 마차를 불러! 코제트, 빨리 와요! 아! 내 목숨을 구해 준 분은 바로 그분이었어! 잠시도 지체할 수 없어요!"

코제트는 무슨 일인지도 모르고 마리우스에게로 갔다. 마리우스는 숨도 제대로 못 쉬고, 가슴에 손을 얹어 진정시키며 이리저리 왔다 갔다 하다가 코제트를 껴안고 소리쳤다.

"아! 코제트. 내가 얼마나 한심한 놈인지!"

마리우스는 무아지경에 빠져 장발장의 모습을 눈앞에서 보고 있었다. 숭엄하고도 온화한 모습의 그 죄수는 십자가에 매달린 예수의 모습으로 변해 가고 있었다. 금방 마차 한 대가 집 앞에 도착했다. 마리우스는 코제트를 태우고는 자신도 곧 뛰어올랐다.

"아르메 거리 칠 번지로 갑시다."

마차가 출발하자 코제트가 흥분하며 말했다.

"아니, 아르메 거리로 간다고요? 난 사실 말을 못하고 있었지만…… 장 씨를 만나러 가는 거죠?"

"당신 아버지예요, 코제트! 이젠 정말 정말로 당신의 아버지예요, 코제트. 난 이제야 겨우 알았소. 내가 가브로슈를 시켜 보낸 편지를 당신 못 받았다고 했죠? 그 편지는 분명 그분에게 전달됐던 것이오. 그래서 그분은 나를 살리려고 바리케이드로 오셨던 거야. 그리고 다른 사람들까지도 살려 내셨지. 자베르도 살려 내시고 말이지. 나를 당신에게 주시려고, 그 수렁에서 나를 건져내 등에 업고 그 무시무시한 하수도를 통과하신 거라고. 아! 나란 놈은 정말 멍청한 배은망덕자지. 코제트, 그분은 당신의 수호신이셨고 또 나에게도 수호신이 돼 주셨던 거야. 나는 그것도 모르고…… 가서 그분을 모셔 와야 해. 싫어하셔도 할 수 없어. 무조건 우리 집으로 모셔 와서 다시는 못 떠나시게 해야 해. 지금 집에 계셔야 할 텐데! 난 이제부터 평생 그분을 존경하면서 살아갈 거예요. 당연하지. 안 그래요, 코제트?"

코제트는 여전히 무슨 뜻인지도 모르면서 그저 감동해 말했다.

"그럼요. 당신 말이 옳아요."

마차는 열심히 달려가고 있었다.

9

장발장

노크 소리가 들리자 장발장은 어렵게 뒤를 돌아보며 힘없이 말했다.

"들어오시오."

곧 문이 열리고, 그곳엔 코제트와 마리우스가 서 있었다. 마리우스는 문을 잡고 그대로 있었다.

"코제트."

장발장은 말할 수 없는 기쁨의 빛을 창백한 얼굴에 드러내며 두 팔을 벌리고 의자에서 일어났다. 코제트가 장발장의 가슴으로 뛰어들었다.

"아버지!"

"코제트! 애야! 아니 당신! 부인! 아니, 너구나! 너야! 오 하느님!"

장발장은 코제트를 안고 계속 부르짖었다.

"네가 왔구나! 네가 왔어! 나를 용서해 주는 거니?"

마리우스는 눈물을 참으며 떨리는 입술로 중얼거렸다.

"아버님!"

"당신도 나를 용서하시는군요!"

마리우스는 차마 말이 나오지 않았다. 장발장이 또 말했다.

"고맙소."

코제트는 숄과 모자를 벗어 침대에 던져 놓고는 노인의 무릎에 앉아 다정하게 그의 머리카락을 걷어 올리며 이마에 키스를 했다. 장발장은 어리둥절하면서도 가만히 있었다. 코제트는 제대로 알지는 못하지만 마치 마리우스가 빚진 걸 보상하겠다는 듯 한없는 애정으로 그를 쓰다듬었다.

장발장이 더듬거리며 말했다.

"인간이 참 어리석기도 하지! 난 이제 다시는 이 애를 못 만날 줄로 생각했거든. 생각해 보시오, 퐁메르시 군. 당신이 들어오기 방금 전까지도 난 속으로 이렇게 생각하고 있었소. '모든 것이 끝났구나. 난 참 비참한 사람이다. 이제 난 코제트를 만나지도 못해.' 이런 말을 당신들이 층계를 올라오고 있을 때 난 중얼거리고 있었소. 참 어리석지. 인간은 그렇게 어리석은 거라오. 그건 신을 생각하지 않기 때문이지. 신은 우리를 내려다보시면서 이렇게 말씀하실 거요. '너는 사람들한테 버림을 받았다고 생각하는구나. 그렇지 않다. 그건 어리석은 생각이야. 결코 그렇지 않단다.' 그동안 난 불행했소."

장발장은 더 이상 말을 할 수 없어 잠시 쉬었다가 다시 이어갔다.

"사실 난 가끔씩이라도 코제트를 만나고 싶었소. 하지만 또 한편으로는 내 스스로가 쓸데없는 인간이라고 느끼고 있었소. '저 사람들에게 너는 필요 없다. 너는 너대로 따로 있어라. 인간은 항상 같을 수가 없는 거니까.' 하고 나 스스로에게 말했소. 그런데 고맙게도 다시 이 애를 만나게 되다니! 코제트, 네 남편은 훌륭한 사람이다. 퐁메르시 군, 난 이 아이를 너라고 싶소. 얼마 남지 않은 동안이나마 말이오."

코제트가 말했다.

"저희들을 그렇게 내버려두시다니, 아버진 참 나쁘세요. 그동안 도대체 어딜 다녀오셨어요? 이번엔 왜 그리 오래 계셨어요? 전에는 한 사흘만 다녀오셨는데. 하녀를 보냈는데도 늘 안 계시다고만 하던데, 언제 돌아오셨어요? 왜 알려주시지도 않았어요? 그동안 많이 달라지셨네요. 어디 아프셨나 봐요. 마리우스, 이 손 좀 만져 봐요. 너무 차요!"

"당신도 이렇게 와 주다니 퐁메르시 군, 나를 용서해 주는 거요?"

장발장은 그 말을 또 했다.

마리우스는 이제 가슴속에 가득 차 있는 것이 터져 나오듯 모든 것을 쏟아내기 시작했다.

"코제트, 들었어요? 이분이 내게 용서를 구하고 있어요. 하지만 이분이 나에게 어떻게 하셨는지 당신 알고 있어요, 코제트? 이분은 내 목숨을 구해 주셨소. 아니, 그 이상을 하셨지. 나를 살려 주시고, 당신을 내게 주신 후, 자신을 스스로 희생시키셨소. 참으로 훌륭하신 분이오. 게다가 은혜도 모르는 나에게, 무자비한 이 나에게 오히려 고맙다고 하시다니. 코제트, 나는 평생토록 이분의 발아래 무릎을 꿇어도 시원찮아요. 저 바리케이드의 위험 속을 뚫고, 또 하수도의 더러운 물속을, 그 죽음의 장소를 지나 나를 구해 주신 거요. 나를 살려 주기 위해 당신의 생명의 위험도 기꺼이 감수하시고 말이오. 이분은 모든 용기와 덕과 고결함을 가지고 계시오!"

"쉬잇! 그런 말은 하지 마시오."

장발장이 낮은 소리로 말했다.

마리우스는 존경심에 가득 차 외쳤다.

"당신은 왜 그 말씀을 전혀 안 하셨습니까? 나쁜 분이세요. 목숨을 구해 주시고도 그걸 감추고, 게다가 자신에 대해 고백하시면서 오히려 자신을 비방하셨습니다. 정말 나쁜 분이십니다."

"나는 진실을 말한 것뿐이오."

장발장의 대답에 마리우스가 다시 소리쳤다.

"아닙니다. 그렇지 않습니다. 진실은 모든 것에 대해서가 아니면 아닌 것입니다. 당신은 모든 걸 말씀하시지 않았습니다. 당신은 마들렌느 씨였는데 왜 그런 말씀을 안 하시고, 자베르를 살려 주시고도 왜 그 말씀도 안 하셨습니까? 또 저의 생명을 구해 주는 은혜를 베푸시고도 왜 그 말씀은 하지 않으셨나요?"

"그건, 나도 당신과 같은 생각을 했기 때문이었소. 당신의 생각은 옳아요. 나는 코제트를 놔줘야만 했소. 만약 그 하수도 일을 당신이 알았다면 분명 나를 그 집에 머무르게 했을 거요. 그래서 나는 입을 다물었던 것이오. 내가 떠나야 했으니까."

"아니 무슨 말씀을 그렇게 하세요? 여기서 이대로 계시겠다고요? 꼭 저희와 함께 가셔야 합니다. 전 그 일에 대해 알았을 때를 생각하면 지금도 숨을 쉬기가 어렵습니다. 저희는 반드시 아버님을 모시고 갈 겁니다. 코제트의 아버지시고 동시에 저의 아버지시니까요. 이젠 하루도 이런 곳에서 혼자 사시면 안 됩니다. 계속 여기서 사시겠다고 생각하시면 절대 안 됩니다."

"내일 난 여기에 있지 않을 거요. 그렇다고 당신 집에도 가지 않을 거요."

장발장이 조용히 말했다.

"무슨 말씀이신지요? 아, 여행가시려고요? 아니오. 이젠 여행도 가시면 안 됩니다. 다시는 저희 곁을 떠나시면 안돼요. 아버님은 저희들이 지키겠습니다. 절대 놓지 않겠어요."

마리우스의 말에 코제트도 거들며 나섰다.

"네, 꼭 같이 가셔야 돼요. 마차도 지금 기다리고 있어요. 전 아버지를 꼭 모시고 갈 거예요. 안 가시면 제가 억지로라도 끌고 갈 거예요."

그녀는 웃으며 장발장을 두 팔로 들어 올리는 제스처를 하면서 말을 이어갔다.

"우리 집엔 항상 아버지 방이 그대로 있어요. 요즘 정원도 잘 어우러져 있고요. 이제부턴 새롭고 즐거운 마음으로 모두들 울지 않기로 해요. 웃으면서 행복하게 살아요, 아버지. 저희 집으로 같이 가세요, 네? 할아버지도 기뻐하실 거예요. 이제부터 전 뭐든지 아버지가 원하시는 대로 할 거예요. 그러니까 아버지도 제 원을 좀 들어주세요."

장발장은 아직도 멍하니, 그녀의 말을 듣는다기보다는 그저 그 목소리를 듣고 있을 뿐이었다. 슬픈 영혼의 결정체인 눈물 한 방울이 그의 눈속에 어른거렸다.

"네가 이렇게 온 것은 신께서 나를 어루만지신 증거다."

"아버지."

코제트가 부르는데도 그는 혼자 중얼거렸다.

"함께 사는 건 분명히 즐거운 일이겠지. 새가 지저귀는 뜰에서 코제트랑 같이 산책도 하고……."

장발장은 잠시 말을 끊었다가 계속했다.

"참 안된 일이다."

그의 눈물은 흘러내리지 않고 다시 잠겨 버렸다. 그러면서 장발장은 미소를 지어 보였다. 코제트는 노인의 두 손을 감싸 쥐었다가 이내 소리를 질렀다.

"아니, 아까보다 손이 더 차가우세요. 아프신가 본데. 아버지, 어디 편찮으세요?"

"내가? 아니, 난 아픈 게 아니라, 그저……."

"그저 뭔데요?"

"난 이제 곧 죽을 거야."

코제트와 마리우스는 소스라치게 놀랐다.

"죽을 거라니요!"

마리우스가 외쳤다.

"그래, 하지만 그건 아무것도 아니지."

장발장은 숨을 가쁘게 쉬며 다시 미소를 지으면서 말했다.

"코제트, 너 지금 나한테 얘기를 하고 있었지. 계속해 주렴. 네 귀여운 목소리를 듣고 싶구나!"

마리우스는 돌처럼 굳어 노인을 쳐다보고만 있었고, 코제트는 애처롭게 소리를 질렀다.

"아버지, 아버진 오래 사셔야 돼요. 건강하게 사실 수 있을 거예요. 제가 그렇게 되도록 할 거예요, 아버지!"

장발장은 그녀가 너무 사랑스럽다는 표정으로 가만히 바라보았다.

"그래, 내가 죽지 않도록 좀 해 주렴. 네 말대로 될지도 모르겠다. 너희들이 들어오기 직전에 난 죽어 가고 있었단다. 그런데 너희들을 보니까 아직 여기 있는 거야. 왠지 내가 다시 살아난 느낌이 드는구나."

마리우스가 소리쳤다.

"아버님은 아직 충분히 기력이 있으세요. 왜 그렇게 죽는다는 생각을 하십니까? 걱정이 많으셔서 그러겠지만 이젠 다 없어졌어요. 저를 좀 용서해 주세요. 제발 부탁드립니다! 아버님은 오래 사실 수 있어요. 저희와 함께 가세요."

코제트는 울면서 말했다.

"보세요, 아버지. 마리우스도 아버지가 돌아가시지 않는다고 말씀드리고 있잖아요."

장발장은 여전히 미소를 지으며 말했다.

"퐁메르시 군, 자네가 나를 데려간다고 해서 내가 이제까지와 다른 사람이 될 수 있을까? 아니야. 신께서는 자네나 나와 똑같이 생각하시고, 결코 그 생각을 바꾸시지 않을 거야. 내가 저세상으로 가는 게 도움이 될 거야. 죽음은 좋은 해결법이지. 신께선 우리가 어떻게 되는 게 좋다는 걸 우리보다 더 잘 알고 계시네. 자네가 행복하고, 코제트와 결혼해 잘 살고, 하늘의 기쁨이 자네들의 영혼을 가득 채우고 있으면 그게 좋은 것이네. 난 이제 아무 소용도 없어졌으니 죽는 게 옳은 일이야. 잘 생각해 보게. 난 이제 아무 할 일도 없다네. 모든 것이 끝났다는 걸 난 분명히 느끼고 있어. 한 시간 전에는 잠시 의식을 잃었었지. 코제트, 네 남편은 참 좋은 사람이다. 나와 같이 있을 때보다 넌 지금이 훨씬 더 행복한 거야."

그때 문이 열리더니 의사가 들어왔다.

"선생, 뵌 지 얼마 안 됐는데 곧 이별이군요. 이 애들이 내 아이들이랍니다."

장발장이 의사에게 말하고 있는 동안 마리우스가 의사에게 다가갔다.

"선생님?"

마리우스의 이 한마디 어조엔 충분한 질문이 묻어 있었다.

의사 또한 심각한 눈빛으로 답변을 대신했다.

장발장이 말했다.

"모든 것이 자기 뜻대로 되지 않는다고 해서 신을 원망해선 안 된다."

방 안에 있는 모든 사람들은 가슴이 짓눌리는 걸 느꼈다.

장발장은 영원히 잃지 않겠다는 듯이 코제트를 바라보았다. 그는 이미 깊은 어둠 아래로 가라앉아 있었지만 코제트를 바라보는 시선만은 황홀함 속에 있었다. 한없이 아름다운 그녀의 빛이 죽어 가는 노인의 창백한 얼굴을 비추고 있었다. 의사가 장발장의 맥을 짚어 보며 코제트와 마리우스에게 조용히 말했다.

"이분에게 필요했던 것은 바로 당신들이었어요."

그러면서 의사는 마리우스의 귀에 대고 낮은 소리로 말했다.

"이제 늦었습니다."

장발장은 문득 밝은 목소리로 마리우스와 의사를 쳐다보며 말했다.

"죽는 건 아무것도 아니에요. 살 수 없는 게 무섭지."

그러고는 갑자기 일어섰다. 그렇게 돌연 힘이 솟아나는 것은 일종의 단 말마 증세였다. 그는 부축하려는 마리우스와 의사를 밀치고 벽에 걸려 있는 구리 십자가 상을 내려서 들고 멀쩡한 사람처럼 다시 자리에 앉았다. 그러고는 십자가 상을 테이블에 내려놓고 큰 소리로 말했다.

"주님은 진정으로 위대하신 순교자십니다."

그리고 갑자기 그의 가슴이 쑥 꺼지고 머리가 흔들거리면서, 바짝 마른 두 손으로 바지 자락을 움켜쥐었다.

코제트는 장발장의 어깨를 붙잡고 울며 무슨 말을 하려고 해도 나오지를 않았다. 그러다 간신히 비통하게 부르짖었다.

"아버지! 저희를 떠나지 말아 주세요, 네? 이제야 다시 만났는데 바로 헤어지다니, 이럴 수는 없어요, 아버지……."

죽음의 순간은 고비가 있다. 무덤 쪽으로 가다가 생명 쪽으로 되돌아오다 하는 것이다. 장발장은 잠시 혼절 상태까지 갔다가 다시 정신이 되돌아와, 마치 어둠의 그림자를 털어내려는 듯 이마를 흔들고는 거의 의식을 되찾았다. 그러고는 코제트의 소매 한자락을 잡아 입에 갖다 댔다.

"회복되셨어요, 선생님. 회복되셨어요!"

마리우스가 그를 유심히 보며 외쳤다.

"너희들에게 고맙구나. 한데 지금 내 마음을 괴롭히고 있는 한 가지를 말하겠네, 퐁메르시 군. 그건 자네가 내가 준 돈을 만지려 하지 않는 것이네. 그 돈은 자네 아내 것이네. 그 이유를 내가 두 사람에게 말해 주겠네. 검은 구슬은 영국에서 오고, 흰 구슬은 노르웨이에서 왔지. 자세한 내용은 모두 이 종이에 써 놨으니까 나중에 읽어 보도록 해라. 난 모조품의 새로운 가공법을 발명했단다. 훨씬 예쁘고, 품위도 있고 하지만 가격은 더 저렴하게 할 수 있었지. 그것으로 난 많은 돈을 벌 수 있었다. 그래서 내가 코제트에게 남긴 그 재산은 정당한 그녀의 것이네. 내가 이 얘기를 들려주는 건 자네 마음을 편하게 해 주고 싶어서네."

　문지기 여자가 층계를 올라와 살짝 열려 있는 문틈으로 안을 들여다보았다. 의사가 그녀에게 가라고 말했으나 그 여자는 갈 생각은 하지 않고 친절하게도 다 죽어 가는 사람에게 물었다.

　"신부님을 부를까요?"

　"신부님이 한 분 계십니다."

　장발장은 그렇게 말하며 손가락으로 위를 가리켰다. 그러고는 실제로 어떤 사람을 보듯 위를 쳐다보았다. 아마도 미리엘 주교가 거기 와 계셨는지도 모른다. 장발장은 계속 말했다.

　"퐁메르시 군, 그 돈에 대해 꺼림칙하게 생각지 말게. 그 육십만 프랑은 분명히 코제트의 것이니까. 자네가 만일 그걸 쓰지 않는다면 내 인생은 헛되이 되고 말 거네. 난 유리세공품을 새로운 방법으로 만들어 성공했던 것이네. 어떤 나라의 어떤 것들도 내 것을 따라올 수 없었지."

　마지막 순간을 지켜보고 있는 사람들은 모두들 침묵하며 그를 바라보고만 있었다. 코제트와 마리우스는 너무나도 비통한 마음에 할 말을 잃고 절망에 몸을 떨면서 서로 손을 맞잡고 가만히 서 있었다.

　이제 장발장은 촌각을 다투며 스러져 가고 있었다. 가끔 숨이 멈추고 두 팔은 움직이지도 않으며, 그렇게 몸이 굳어 가면서 영혼의 장엄함이 이마 위로 퍼져 갔다. 죽음의 빛은 이미 그의 눈 속에 뚜렷이 자리 잡고 있었다. 그의 창백한 얼굴은 여전히 미소를 짓고 있었지만 생명의 기운은 사라지고 없었다.

　그는 코제트와 마리우스에게 가까이 다가오라는 눈짓을 했다. 분명 최후의 순간이었다. 그러고는 희미하게 들리는 소리로 말을 하기 시작했다.

　"가까이 오너라. 난 너희 둘 다 깊이 사랑하고 있다. 내가 이렇게 죽을 수 있는 게 고맙구나. 코제트, 너도 나를 사랑해 주겠지. 나는 네가 이 늙은이를 항상 좋아해 주었다는 걸 알고 있었다. 내가 죽으면 넌 조금은 슬퍼해 주겠지. 그러나 많이 슬퍼하지는 말아라. 네가 너무 오래 슬퍼하는 걸 난 정말 바라지 않는다. 너희들은 앞으로 많이 행복해야 된다. 참 내가 저 구슬 사업으로 얼마나 돈을 잘 벌었는지 얘기 안 해 줬군. 열두 타스가 든 큰 포장이 십 프랑에 만들어져 육십 프랑에 팔렸었지. 참 잘 팔렸어. 그러니까 퐁메르시군, 그 육십만 프랑에 전혀 놀라지 말게. 정직하게 번 돈이니까 말일세. 자네는 그걸 편하게 쓰고 부자가 돼도 상관없네. 마차도 사고, 극장에 가서 비싼 표도 사고, 코제트는 멋진 드레스도 사고, 또 친구들도 초대하고, 그렇게 하도록 해라. 즐겁게 살아야지. 아까 내가 코제트한테 편지를 써 놓았는데, 어딘가에 있을 거야. 그리고 저 벽난로 위에 있는 촛대 두 개는 코제트 네가 간직해라. 은제품이지만 나에겐 금이나 다이아몬드로 만들어진 것이나 다름없단다. 그걸 나한테 주신 분이 하늘에서 내려다보시면서 과연 내가 한 일을 만족하게 봐 주실지 그건 모르겠다. 다만 나는 내가 할 수 있는 최선을 했다. 너희들은 내가 가난한 사람이었다는 것을 잊지 말고, 나를 묻은 곳에 단지 그곳을 표시하는 돌만 하나 세워 다오. 그것이 내가 바라는 것이야. 돌엔 이름을 새기지 마라. 그리고 코제트가 가끔 찾아와 준다면 너무 기쁘겠지. 자네도 와 주게, 퐁메르시 군. 이젠 고백하지 않으면 안 돼서 얘기하겠네. 내가 자네를 늘 사랑했던 건 아니네. 그 점은 용서해 주기 바라네. 그러나 지금은 코제트와 자네가 나에겐 단 하나일세. 그래서 자네에게 깊이 감사하고 있네. 나는 자네가 코제트를 행복하게 해 준다는 것을 분명히 느끼고 있다네. 아! 퐁메르시 군, 저 아이의 아름다운 저 장밋빛 얼굴을 보게나. 저것이 바로 나의 기쁨이었네. 그 빛이 조금만 나빠도 나는 슬펐었지.

참 벽장 속에 오백 프랑 짜리 지폐가 한 장 있는데, 가난한 사람들에게 주려고 안 쓰고 있었다. 그리고 코제트, 침대 위에 네가 어렸을 때 입었던 옷들이 있다. 네가 그걸 기억하는지 모르지만, 그때로부터 아직 십 년밖에 안 지났어. 세월이 참 빠르기도 하지. 우리는 아주 행복했었단다. 하지만 이제 다 끝나 버렸구나. 두 사람 다 울지 마라. 난 아주 멀리 가는 게 아니야. 항상 너희들 쪽을 쳐다보고 있을게. 너희는 밤이 되면 가끔 그저 바라보기만 하면 돼. 그러면 내가 미소 짓고 있다는 걸 알 거야. 코제트, 너 몽페르메유 기억나니? 너 그때 숲 속에서 무서워하고 있었지. 내가 너의 작은 손을 만진 것은 그때가 처음이었다. 손이 어쩌나 차가웠는지! 아! 떼나르디에는 정말 나쁜 사람이었다. 그러나 그들을 용서해 주어야 해. 코제트, 이제 네 엄마 이름을 말해 줘야겠다. 네 엄마 이름은 팡틴느였단다. 그 이름을 잊지 말아라. 어머니 이름을 말할 때마다 너는 무릎을 꿇어야 한다. 네 어머니는 무척 고생을 많이 했지. 너를 너무나 사랑하셨고 말이다. 자, 이제 나는 가야겠다. 너희들은 서로 언제까지나 사랑해야 한다. 이 세상엔 사랑밖에 아무것도 없단다. 그리고 이 가여운 늙은이도 가끔은 생각해 다오. 아, 나의 코제트! 근래 내가 너를 보러 가지 못했지만, 그 때문에 내가 얼마나 괴로웠는지 모른다. 너의 집 동네 골목까지 수없이 여러 번 갔었다. 이젠 잘 보이지도 않는구나. 하고 싶은 말이 아직도 많은데…… 내 생각을 조금만 해 다오. 아주 조금이라도. 빛이 보이는구나. 더 가까이 오렴. 나는 행복하게 죽을 거야. 어디, 귀여운 얼굴들을 이리 내밀어 봐. 내 손을 거기다 얹어."

코제트와 마리우스는 무릎을 꿇고 넋이 나간 채 장발장의 손을 하나씩 붙잡고 있었다.

그 장엄한 손은 더 이상 움직이지 않았다.

이윽고 장발장의 고개가 뒤로 젖혀졌다.

촛대의 불빛이 그의 얼굴을 비추고 있었다. 그의 창백한 얼굴은 위로 향해 있고, 코제트와 마리우스는 그의 두 손에 키스를 하고 있었다.

그의 생명은 꺼져 있었다.

별도 없는 캄캄한 밤이었다. 어둠 속에서 한 천사가 그의 넋을 기다리며 날개를 펴고 있었을 것이다.

파리의 한 공동묘지, 그중에서도 쓸쓸한 한구석의 잡초와 이끼 틈에, 메꽃이 넝쿨져 올라가 있는 커다란 주목 아래 돌이 하나 있다. 그 돌은 오랜 세월을 지나며 이끼나 곰팡이나 새똥 등으로 덮이고 또 물에 잠기면서, 초록색이 되었다가 이젠 검은색이 되었다.

그저 외롭고 헐벗은 채 서 있는 그 돌은 비석인 듯하지만 아무 이름도 적혀 있지 않다. 단지 여러 해 전에 누군가가 연필로 적어 놓은, 비와 먼지에 지워져 희미해진 시구만 남아 있을 뿐이었다.

그는 잠잔다네.
비록 그의 운명은 기구했지만,
그는 살았다네.
자기의 천사가 날아가 버리자 그는 죽었다네.
올 일이 결국 오고 만 것이었지.
마치 낮이 지나면 밤이 오듯이.

마침내 빛을 향하여 올라가는
인간 승화의 드라마

《레 미제라블》은 빅토르 위고가 무려 35년 동안이나 마음속에 품고 있으면서 16년에 걸쳐 완성한 일생의 역작이다. 이 작품은 1832년 6월의 파리 봉기를 다뤘다는 점에서 역사소설이기도 하고, 장발장이라는 한 개인의 삶과 사랑을 이야기한 소설이기도 하며, 범죄인 장발장과 감찰관 자베르 사이의 쫓고 쫓기는 탐정소설이라고 할 수도 있다. 빅토르 위고 자신은 '사회적 서사시'라는 표현을 썼던 만큼 어쩌면 그 정의가 가장 어울릴 것이다.

소설의 성격이 무엇이든《레 미제라블》은《파리의 노트르담》과 더불어 위고 소설 중 가장 널리 알려진 작품이며, 확고한 대중성을 얻어 오늘날까지 그 생명력이 이어지고 있는 그의 대표작이다. 영화, 연극, 뮤지컬 등 다양한 장르로 수없이 옮겨지고 있는 것에서 알 수 있듯이, 이 작품의 가장 큰 생명력은 무엇보다도 인간의 숭고한 감정을 깊고도 풍부하게 잘 묘사하고 있다는 데 있다. 연민의 감정과 영혼의 속죄, 그리고 자기희생이라는 과정을 통해 한 인간이 마침내 빛을 향하여 올라가는 승화의 드라마가 펼쳐지는 것이다.

《레 미제라블》은 하나의 거대한 사회상을 반영하고 있는데, 그 안에는 종교적, 철학적, 역사적, 사회적, 심리적 고찰과 함께 온갖 탈선과 방종, 선과 악의 갈등들이 풍자적으로 그려져 있다.

이 소설은 역사적인 실제 배경의 사회에서 행해진 한 인간의 범법 행위를 시발점으로 하여 그 인간이 번뇌와 더불어 끝없는 속죄와 희생을 거듭함으로써 성자의 위치로까지 부상하는 거룩한 변모의 과정을 그려 내고 있다.

이 소설에서 우리는 작가 빅토르 위고가 의도하는 그대로, 한 인간의 자기완성 과정에서 나타나는 사랑의 거룩한 힘과 그 사랑에서 비롯되는 자기희생의 숭고함 그리고 인내의 무한함을 보게 된다. 선과 악에 대한 명확한 판별 능력도 가지지 못했던 한 인간이 그의 본성 속에 내재하고 있던 선의 깨우침으로 인해 마침내 지고지순의 경지에 도달하는, 인간성의 숭엄함과 존대함을 볼 수 있는 것이다.

소설 속의 주인공 장발장은 바로 빅토르 위고 자신의 화신일 것이다. 위고에게도 장발장처럼 명예롭고 편안한 삶을 누릴 수 있는 기회와 유혹이 여러 번 있었다. 그러나 그는 자신의 안위보다는 동료나 사회를 먼저 돌아보았고, 헐벗고 굶주리는 인류를 먼저 생각했다. 그 스스로도 곤경에 처하는 입장에 서면서까지 외면받는 사람들에 대한 끝없는 관심을 보이며, 그 모순을 바로잡고 그들의 지위를 향상시키기 위해 온 정열을 바쳤다.

《레 미제라블》은 긴 집필 기간만큼이나 방대한 분량의 작품이다. 작품 전체를 아우르는 치밀한 구성 하에 주인공 장발장을 둘러싼 수많은 인간 군상들이 등장하는데다, 역사적 사건들과 당시의 사회상 등을 실제에 부합하게 세밀하게 묘사하는 데에 많은 분량을 할애하고 있다. 그래서 긴박한 사건 전개를 뚫고 들어오는, 당시의 독자들에게는 관심과 흥미를 불러일으킬 수 있었을 문제들에 대한 길고 다소 장황하게 느껴지는 여타의 서술들이, 오늘날 독자들에게는 일관된 몰입을 방해하는 요소가 되곤 한다.

이 책은 완역본은 아니지만 빅토르 위고가 이 작품을 통해 말하고자 했던 핵심적인 내용을 세심하게 선별하여 담아내는 데 최선을 다했다. 그래서 지루할 틈이 없이 사건이 전개되고 인물들이 발전해 나가며 반전을 거듭함으로써 작품에 몰입하게 한다. 이 책을 통해 《레 미제라블》의 재미와 감동을 만끽하고 난 후 여유를 가지고 원작 읽기에 도전해 보는 것도 성장하는 책읽기의 한 방법이 될 것이다.

— 박재인

빅토르 위고 연보

1802년   프랑스 브장송에서 2월 26일 장교 레오폴 시기베르 위고와 소피 트레 뷔셰 사이에서 3남으로 태어남.

1803-1814년   장군이었던 아버지를 따라 엘바 섬, 나폴리 등에서 지내다가 파 리에서 어린 시절을 보냄.

1815-1816년   중학교를 다니며 〈프랑스 운문수첩〉과 비극 〈이르타멘느〉를 씀.

1817년   아카데미 프랑세즈의 콩쿠르에 시 출품. 희극 〈우연은 좋은 것〉과 비 극 〈아텔리 또는 스칸디나비아 사람들〉을 씀.

1818년   산토 도밍고 섬의 흑인반란을 주제로 한 〈뷔그 자르갈〉의 초고 완성.

1819년   〈르 콩세르바퇴르 리테레르〉지 창간. 시가집 〈방데의 운명〉 출간.

1820년   루이 18세의 조카 암살사건에 영향을 받아 〈베리 공의 죽음〉을 씀.

1821년   〈보르도 공의 세례〉 발표. 어머니 사망.

1822년	첫 시집 《오드 그리고 기타 시들》을 출간해 큰 호응을 얻음. 루이 18세로부터 1천 프랑의 장려금 받음. 10월 12일 아델 푸셰와 결혼.
1823년	소설 《아이슬란드의 한(Han)》 발표. 정부에서 2천 프랑의 연금 받음.
1824년	시 〈라 방드 느와르〉 발표. 첫째딸 레오폴딘느 태어남.
1825년	정부로부터 레종 도뇌르 훈장 받음.
1826년	시집 〈오드 그리고 발라드〉 출간. 첫아들 샤를르 위고 태어남.
1828년	아버지 사망. 둘째아들 프랑수아 빅토르 위고 태어남.
1829년	《동방시집》 출간. 소설 《사형수 최후의 날》 출간. 여러 가지 특혜와 행정부의 요직, 연금 등을 제의받았지만 거절함.
1830년	시집 《보시》 출간. 둘째 딸 아델 위고 태어남.
1831년	소설 《파리의 노트르담》, 시집 《가을 낙엽》 출간. 희곡 '마리옹 드 로롬' 상연됨.
1832년	라마르크 장군의 장례식과 파리에서 일어난 공화주의자들의 반란을 목격함 (이 사건은 《레 미제라블》의 소재가 됨).
1833년	희곡 〈뤼크레스 보르지아〉 상연. 이 극의 주연을 맡은 줄리에트 드루에와 사랑에 빠짐. 이 사랑은 이후 50년 동안 지속됨. 희곡 〈마리 튀토르〉 씀.
1834년	《문학과 철학에 부쳐》 간행.
1835년	줄리에트와 여행. 시집 《황혼의 노래》 간행.

1836년   아카데미 프랑세즈에 두 번 입후보하여 낙선.

1837년   《동정》을 출간하여 그 수익금을 파리 10구의 빈민들에게 기부함. 시
집 《내심의 목소리》 출간.

1840년   시집 《빛과 그림자》 간행. 줄리에트와 라인 지방을 여행함.

1841년   아카데미 프랑세즈에 입후보한 지 네 번 만에 회원으로 선출됨.

1842년   아카데미 프랑세즈의 원장으로 선출됨. 희곡 〈성주들〉 집필.

1843년   2월에 첫째딸 레오폴딘느 결혼. 9월에 첫째딸이 남편과 함께 센 강에서
익사. 이 우울한 시기에 위안을 준 레오니 비야르와의 관계가 시작됨.

1845년   국왕 루이 필립에 의해 상원의원에 임명됨. 레오니 비야르와의 간통
현행범으로 체포돼, 그는 풀려나고 비야르는 구속됨. 《레 미제라블》
집필을 시작함.

1848년   입헌의회 의원에 선출됨. 사형제도와 검열제도의 폐지에 찬성하는 연
설을 함.

1849년   새 입법의회 의원으로 선출됨. 국제평화회의 의장에 선출되어 개막
및 폐막 연설을 함.

1851년   줄리에트 드루에가 레오니 비야르와의 사이를 알게 됨. 루이 나폴레
옹의 쿠데타에 앞장섰다가 실패하자 브뤼셀로 망명.

1852년   8월에 줄리에트와 재회.

1853년   시집 《징벌들》이 브뤼셀에서 간행. 프랑스로 밀입국.

1856년   시집《관조》출간. 이 시집의 성공으로 오트빌 거리에 집 구입.

1860년   12년 전에 중단했던《레 미제라블》을 다시 집필.

1861년   유럽 대륙을 여행하며 워털루 전쟁지역에 머물면서《레 미제라블》
         완성.

1862년   브뤼셀과 파리에서《레 미제라블》출간.

1863년   둘째딸 아델 위고 캐나다에 정착. 빅토르 위고의 아내가《눈으로 직
         접 지켜본 빅토르 위고의 생애》출간.

1864년   《윌리엄 셰익스피어》출간.

1865년   시집《거리와 숲의 노래》간행. 장남 샤를르 위고 결혼.

1866년   소설《바다의 노동자들》간행.

1868년   아내 아델 푸셰 사망.

1869년   소설《웃는 남자》출간.

1870년   공화정부가 들어서면서 19년의 망명생활을 끝내고 프랑스로 돌아옴.

1871년   국민의회 의원으로 선출되었으나 3주 후 사퇴. 장남 샤를르 위고 급
         사함.

1872년   둘째딸 아델 위고가 정신병으로 파리로 돌아옴(그녀는 요양소에 있다
         가 1915년에 사망). 소설《무서운 그해》출간.

1873년   둘째아들 프랑수아 빅토르 사망.

1877년 《여러 세기의 전설》, 《할아버지가 되는 법》, 《어느 범죄의 이야기》 출간.

1879년 시집 《최상의 연민》 출간.

1880년 시집 《종교들과 종교》, 《당나귀》 간행.

1881년 《정신의 네 방향》 출간.

1883년 줄리에트 드루에 사망. 《영국해협 군도》 출간.

1885년 5월 22일 빅토르 위고 사망. 장례는 국장으로 치러졌고 유해는 팡테옹에 안장됨.